À Pierre
le 25 décembre
" 1981 "

LE NINJA

ERIC VAN LUSTBADER

LE NINJA

Roman

Traduit de l'américain
par Guy Casaril

ACROPOLE

3 bis, passage de la Petite-Boucherie
75006 Paris

Un livre présenté par Hortense Chabrier

Des remerciements sont dus aux auteurs, éditeurs et agents suivants, pour la permission qu'ils m'ont accordée d'utiliser le matériel ci-inclus :

Epigraphe : Haiku, de Matsuo Bashō, tiré de *Une Introduction au Haiku*, par Harold G. Henderson. Copyright 1958, Harold G. Henderson. Reproduit par permission de Doubleday et Compagnie, Inc. *Epigraphe* : lignes tirées de *Peter Pan*, de J.M. Barrie. Copyright 1928, J.M. Barrie ; copyright renouvelé en 1956, par Lady Cynthia Asquith et Peter Llewelyn Davies. Utilisé avec la permission de Charles Scribner's Sons. *Page 36* : « All Mixed Up » (Ric Ocasek). © 1978 Lido Music, Inc. Copyright International. Tous droits réservés. Utilisé avec permission. *Pages 371, 411 et 414* : « All My Loving » (John Lennon and Paul McCartney). © 1963 et 1964 Northern Songs Ltd. Reproduit avec la permission de Maclen Music, Inc. *Page 449* : « Radar in My Heart » (Bill Nelson). Utilisé avec l'aimable permission de Bill Nelson et Arnakata Music Inc., ainsi que *page 450* : « Revolt into Style ». Copyright mondial Arnakata Music Ltd. *Page 451* : « I Feel like a Wog » (The Stranglers). Copyright 1977 Albion Music Ltd. Administré aux États-Unis par Irving Music, Inc. (BMI). Tous droits réservés. Copyright international. *Page 452* : « Strange Way » (Rick Roberts). © 1978 Warner-Tamerlane Publishing Corporation, El Sueno Music et Stephen Stills Music. Tous droits réservés. Utilisé avec permission. *Pages 453 et 454* : « Station to Station » (David Bowie). © 1976 Bewlay Bros. Music, Moth Music, Fleur Music Ltd.

Si vous souhaitez être tenu régulièrement
au courant de nos publications,
envoyez vos nom et adresse en citant ce livre aux
Editions Acropole
3 bis, passage de la Petite-Boucherie
Paris 6ᵉ

Ce livre a été publié sous le titre original : *The Ninja* par M. Evans and Company, Inc. New York.
© Eric Van Lustbader, 1980.
© Acropole, 1981, pour la traduction française.
ISBN 2-7144-1362-5

Remerciements

Comme j'ai rencontré, en plus d'un cas, les personnes réelles occupant certaines fonctions évoquées dans ce roman, je tiens à affirmer que les personnages fictifs ne ressemblent en aucune manière à leurs homologues de la vie — qui m'ont tous sans exception accordé un concours très précieux.

Je voudrais remercier notamment :

— le docteur Gita Natarajan, des services de médecine légale de la municipalité de New York ;

— le lieutenant Jim Doyle, commandant de la police rurale de West Hampton Beach ;

Et tout particulièrement :

— le docteur Michael Baden, ancien directeur des services de médecine légale de la municipalité de New York.

Merci également à toutes les personnes qui m'ont aidé pour les traductions, et à mon père qui a vérifié les manuscrits.

Merci surtout à Ruth et à Arthur pour leurs inspirations en Shangri-La.

Et à ma mère, pour son courage.

A SYD
avec amour

Natsu-gusa ya
tsuwamono-domo ga
yume no ato.

Herbes d'été :
des rêves splendides de vaillants guerriers
la conséquence.

MATSUO BASHŌ,

Mme DARLING. — Chères lumières nocturnes
qui protégez le sommeil des petits,
brûlez, claires et stables, dans la nuit.

J. M. BARRIE, *Peter Pan.*

Dans les ténèbres réside la mort.

C'était la première chose qu'on lui avait enseignée et il ne l'avait jamais oubliée. Il savait *aussi* se déplacer en plein jour et sans se faire remarquer — selon d'autres méthodes. Mais la nuit était sa grande amie.

Le cri aigu, perçant, du système d'alarme de la voiture, trancha d'un coup tous les autres bruits de la nuit : la stridulation des cigales ; le tonnerre éclatant du ressac sur le sable gris et les rochers noirs, vingt mètres plus bas ; le cri farouche d'un corbeau dérangé dans son sommeil, très loin, au-delà de la masse des arbres.

Brusquement, un reflet d'or teinta les feuilles du vieux sycomore aux longues branches : on venait d'allumer des lumières dans la maison. Mais il était déjà loin de la voiture, profondément enfoui dans les ombres secrètes de la haie soigneusement taillée. Cette protection ne lui était guère nécessaire pour l'instant, car il était entièrement vêtu de noir mat : bottes courtes, pantalon de coton, chemise à manches longues, veste de laine peignée, gants, cagoule qui lui recouvrait tout le visage, hormis une bande à la hauteur des yeux — qu'il avait barbouillée de noir de fumée mêlé à de la poudre fine de charbon pour éliminer tout reflet éventuel. Mais sa formation spéciale s'était trop bien enracinée en lui pour qu'il tienne jamais une « cible » pour acquise : il fallait prévenir toute faute de jugement susceptible d'entraîner une erreur sur le plan de la sécurité.

La lampe du perron s'alluma. Des insectes voletèrent autour

d'elle. Le bruit du dispositif antivol de la voiture était trop intense dans ses oreilles pour qu'il entende la porte s'ouvrir, mais il compta les secondes dans sa tête et il tomba juste...

Barry Braughm * pénétra dans la lumière jaune citron de la véranda. Il était en blue-jeans, avec un tee-shirt blanc. Sa braguette ouverte trahissait la hâte avec laquelle il s'était vêtu. Il tenait une lampe-torche à la main droite.

Profitant de sa position légèrement surélevée sur le perron, il dirigea le mince faisceau lumineux vers la voiture. La lumière réfléchie par les chromes poignarda la nuit. Il plissa les yeux et écarta brusquement sa lampe. Il n'était guère d'humeur à aller batifoler sur sa pelouse — ni à faire quoi que ce soit d'autre, d'ailleurs.

Une demi-heure plus tôt, à peine, il s'était pris de violente querelle avec Andy, et cela s'était naturellement terminé par le départ précipité du jeune homme dans la nuit — il était retourné en ville, avait supposé Barry. Après tout, cela faisait son affaire. Bof, si Andy voulait à tout prix cracher dans sa propre soupe, tant pis pour lui. En tout cas, c'était de l'Andy tout pur.

Sur l'honneur, songea Barry furieux, je ne sais pas pourquoi je continue à le supporter... Puis il hocha la tête. Mais si, tu le sais, se dit-il. Enfin...

Il descendit les quelques marches de pierre, sans oublier de sauter la première. Elle était fendue : encore une des choses qu'Andy avait promis d'arranger dans la semaine.

Il traversa à pas feutrés le gazon humide de la pelouse jusqu'à la masse sombre, immobile, de la voiture. Le vent sifflait entre les jeunes érables sur sa gauche. Il eut du mal à distinguer, au-delà, la clôture basse de la grosse haie. Pourquoi diable ai-je une Mercedes ? se demanda-t-il pour la forme. Si cela n'avait pas été pour Andy... Mais Andy adorait l'aisance matérielle... Il préfère ne pas bouger plutôt que de voyager en seconde. Et c'est tout aussi vrai pour moi-même, songea Barry non sans humeur. Il scruta la route pendant un instant, comme s'il avait une chance d'apercevoir les phares de l'Audi bleu nuit d'Andy déboucher du grand virage pour inonder la pelouse de lumière. Puis il se détourna brusquement. Pas ce soir, songea-t-il. Jamais il ne recouvrera son calme aussi vite.

Tout en marchant, il projeta le faisceau de la lampe vers le haut de la haie, le long de l'allée de gravier, puis il fit jaillir un éclair fugitif de lumière liquide qui caressa le capot de la voiture. La tache de lumière devint plus intense à son arrivée près de la Mercedes.

* Prononcer Braum.

12

Maudite chaleur ! se dit-il. Elle déclenche toujours l'antivol. Et je n'ai pas envie de dormir seul ce soir. Il fallait y penser avant de traiter Andy de merdeux.

Il s'arrêta, le temps d'un dernier coup d'œil autour de lui, puis il se pencha et tira sur la manette qui actionnait le capot. Il vérifia l'intérieur, promenant le faisceau sur les éléments du moteur, s'attardant un instant sur la batterie.

Satisfait, il claqua le capot et fit le tour de la Mercedes pour vérifier les portes l'une après l'autre. Il éclaira les joints des glaces et les chromes, à l'affût d'une trace d'effraction. N'en trouvant pas, il revint sur le côté gauche, puis, se penchant de nouveau, inséra une petite clé de métal dans une enjolivure de la carrosserie. Il tourna la clé d'un geste brusque et le silence régna de nouveau. Le chant des cigales reprit et le grondement du ressac clama de nouveau son attaque inlassable contre la grève lentement érodée.

Barry avait déjà fait demi-tour vers la maison lorsqu'il crut entendre un bruit fugitif sur les rochers, près du rebord de la falaise basse qui bordait sa propriété face à la mer. Quelque chose comme le claquement amorti de pieds nus en train de courir. Il se retourna brusquement et leva sa lampe-torche pour explorer l'endroit. Il ne vit rien.

Curieux, il traversa la pelouse et s'avança dans les hautes herbes qu'il ne s'était jamais donné la peine de tondre parce qu'elles étaient trop au bord de la falaise. Quelques secondes plus tard, il parvint sur une partie du terrain légèrement surélevée et hérissée de rochers d'ardoise grise. Il regarda à gauche et à droite, le long du promontoire. Puis il vit, juste au-dessous de lui, les dos pâles et irisés des vagues déferlantes qui roulaient sans fin avant d'éclater avec rage. C'est la marée haute, songea-t-il.

La douleur dans sa poitrine survint entièrement à l'improviste. Il fut projeté en arrière comme si une main jaillissant de la nuit l'avait poussé, et il tituba sur les rochers glissants de rosée. Ses bras s'écartèrent de son corps, en quête d'équilibre, et la lampe-torche tomba et rebondit en tournoyant comme une toute petite étoile filante dans la nuit. Il entendit très nettement le bruit métallique lorsqu'elle ricocha sur les rochers avant de plonger dans la mer agitée, telle une luciole suicidaire. Des spasmes contractèrent ses lèvres. Il voulut hurler mais ne parvint à émettre qu'une sorte de hoquet, dénué de tout sens et de toute portée. Il songea qu'il savait à présent ce que ressent un poisson ferré au bout d'une ligne.

Ses bras et ses jambes lui semblèrent coulés dans du plomb et l'air lui parut soudain manquer d'oxygène, exactement comme s'il s'était perdu sur une planète étrangère sans la protection d'une combinaison spatiale. Il était incapable de coordonner ses gestes, en équilibre sur les aspérités des rochers, à deux doigts de la longue chute dans la mer blanche et noire. Obscurément, il songea qu'il devait avoir une crise cardiaque et, avec une angoisse soudaine, il tenta de se rappeler ce qu'il fallait faire pour sauver sa vie. Il mourut en essayant de se souvenir...

Dès que tout mouvement eut cessé, une ombre se détacha du mur vert de la haie et s'avança très vite, sans le moindre bruit, à travers les rochers. Son passage ne dérangea même pas les cigales ni les oiseaux de nuit.

L'ombre s'agenouilla au-dessus du cadavre et des doigts noirs s'affairèrent sur un objet sombre et métallique, logé dans la poitrine du mort, juste au-dessous et à droite du cœur. Une dernière torsion et l'objet fut libre.

L'ombre vérifia d'abord la carotide, puis les yeux, regardant intensément la cornée blanche pendant ce qui sembla un long moment. Puis elle examina les bouts des doigts.

Et à mi-voix, pour elle-même, l'ombre récita le *Hannya-Shin-Kyō.*

L'homme se releva. Dans ses bras, le cadavre semblait léger comme l'air. Sans aucun élan, sans aucun effort apparent, l'ombre lança le cadavre dans les ténèbres, par-dessus la crête de la falaise, assez loin pour qu'il tombe directement en eau profonde. Le courant de marée l'entraîna aussitôt.

Quelques secondes plus tard, l'ombre avait disparu, absorbée par la nuit, sans laisser la moindre trace de son passage.

LE LIVRE DE LA TERRE

1. West Bay Bridge, l'été dernier

Quand Nicholas Linnear les vit retirer de l'eau cette chose bleu-noir toute boursouflée, il fit aussitôt demi-tour et s'éloigna. Il était déjà de l'autre côté de la plage quand la foule commença à s'attrouper vraiment.

Les mouches bourdonnaient en sourdine sur la minuscule crête de sable qui serpentait le long de la trace de la marée haute. L'écume avait formé en séchant des accroche-cœur de cheveux blancs, fins comme ceux d'un enfant. Plus loin, la houle déferlait, bleu violet tout d'abord, puis blanche lorsque la cime des vagues se faisait moutonnante, avant de s'étaler sur le sable mouillé, jusqu'à ses pieds nus.

Il enfonça ses orteils, exactement comme lorsqu'il était enfant, mais bien entendu cela ne le soulagea nullement. La mer aspira le sable au-dessous de lui, et il raccourcit de plusieurs centimètres tandis que le sol s'effritait sous l'effort inexorable de la mer.

Jusqu'alors, l'après-midi avait été paisible. Dune Road paressait en ce milieu de semaine, bien que ce fût celle qui suivait la Fête Nationale. Il chercha machinalement le paquet de minces cigarettes brunes qu'il n'avait plus sur lui : il avait cessé de fumer six mois plus tôt. Il ne se souvenait que trop bien de la date, puisque c'était le jour même où il avait quitté son emploi.

Il était arrivé à l'agence par un matin d'hiver glacial et morne, et il n'était resté dans son bureau que le temps de poser son porte-documents en peau d'autruche, que Vincent lui avait offert sans raison apparente — c'était deux ou trois mois après son anniversaire et quelques mois de plus après sa promotion. Oui, il avait

17

posé son porte-documents sur son bureau en bois de rose et verre fumé, beaucoup trop moderne pour posséder quelque chose ressemblant même de loin à des tiroirs ; puis il était ressorti, il avait tourné sur la gauche et, sans regarder le visage intrigué que Lil, sa secrétaire, levait vers lui, il avait traversé le hall à la moquette beige et à l'éclairage indirect au néon rose. Au fait, quand avait-il pris sa décision ? Il n'en avait sincèrement aucune idée. Sur le chemin du bureau, dans le taxi, son esprit était demeuré vacant, peuplé de pensées qui tourbillonnaient comme du marc dans un fond de café de la veille. Rien d'autre ne semblait surnager...

Il arriva à la hauteur des deux gardiennes — sphinges de pierre devant la tombe d'un grand pharaon, qui flanquaient l'immense porte d'acajou sculpté. La vérité, c'est qu'elles étaient, en plus, extrêmement efficaces. Il frappa d'un coup bref et entra.

Goldman était au téléphone — l'appareil bleu-noir, ce qui signifiait une conversation avec un client important, alors que le beige aurait indiqué un entretien de travail avec un collaborateur. Nicholas s'avança donc vers la fenêtre et regarda dehors. Tout le monde veut l'étage supérieur, maintenant, songea-t-il. Il y avait des jours où le trente-sixième étage avait ses avantages, mais sûrement pas aujourd'hui. Le ciel était si chargé de nuages plombés qu'on avait l'impression d'un couvercle rabattu sur la ville. Peut-être se remettrait-il à neiger à la tombée de la nuit. Il n'arrivait pas à décider si ce serait mieux ou plus mal.

— Nick, mon garçon ! cria Goldman en raccrochant. C'est de la transmission de pensée ! Votre entrée dans le bureau, je veux dire. Devinez qui était à l'appareil ? Non ?

Il agita la main. Il avait l'air d'un canard impatient de s'envoler.

— Non, ne cherchez pas. Je vais vous le dire. C'était Kingsley. Ses yeux s'agrandirent. Comme toujours lorsqu'il s'excitait.

— Vous savez ce qu'il m'a dit ? A m'en arracher les oreilles à force de délirer à propos de vous et de la campagne publicitaire ! Les premiers résultats sont déjà là. « Une amélioration spectaculaire », voilà ce qu'il m'a dit, ce schnock. Ses propres termes : « Une amélioration spectaculaire. »

A soixante ans ou presque, Sam Goldman en paraissait cinquante, et pas un jour de plus. Il était svelte, en pleine forme, toujours bronzé. Ce dernier détail (avait toujours songé Nicholas), pour mieux mettre en valeur la crinière de cheveux d'un blanc éblouissant qu'il portait très longs et coiffés en arrière. Goldman adorait les contrastes. Il avait un visage assez allongé, ridé et légèrement grêlé sur les pommettes. Un visage fier, dominé par de grands yeux bruns, malgré un nez long et une bouche généreuse.

Il portait une chemise bleue à rayures très fines, avec un col blanc amidonné et une cravate de soie italienne, bleu marine et marron. Il savait s'habiller, cela ne faisait aucun doute. Mais ses manches étaient retroussées jusqu'au milieu des avant-bras.

Quand il se tourna vers lui, Nicholas comprit soudain pourquoi ce qu'il allait faire serait si pénible.

— J'en suis ravi, Sam, dit-il.

— Eh bien, asseyez-vous, asseyez-vous donc.

Goldman lui indiqua de la main un fauteuil tout daim beige et chromes, devant son énorme bureau. Ce n'était peut-être pas l'ameublement qu'il aurait choisi personnellement, mais cela faisait plaisir à l'ensemble de ses clients.

— Non, je suis très bien comme je suis, merci.

Maintenant, au pied du mur, Nicholas se rendait compte qu'il n'existait aucun moyen facile d'annoncer la nouvelle.

— Je m'en vais, Sam.

— Vous partez ? Comment ? Vous voulez déjà des vacances ? Vous n'êtes directeur-concepteur que depuis six mois...

— Sept.

— Qui se soucie de compter ? Bon, vous voulez des vacances ? D'accord, vous avez vos vacances. Où irez-vous ?

— Je crois que vous n'avez pas compris, Sam. Je désire quitter la compagnie. Démissionner.

Goldman fit pivoter son fauteuil et regarda par la fenêtre.

— Vous savez, il neigera avant ce soir. Ils ont dit le contraire à la radio, mais je le sais mieux qu'eux. Un vieux briscard ne se trompe jamais là-dessus. Mon pied me tient au courant. Chaque fois que je joue au tennis. J'ai dit à Edna ce matin...

— Sam, vous avez entendu mes paroles ? demanda Nicholas à mi-voix.

— Ce Kingsley. Quelle cloche ! C'est peut-être un bon éditeur mais pour la publicité, de la merde. Il en a mis, du temps, avant de se décider à venir ici !

Il pivota de nouveau, brusquement.

— Vous, Nick, vous connaissez la publicité.

— Sam...

— Démissionner, Nicky ? Démissionner ? Qu'est-ce que ça veut dire : démissionner ? Je n'y crois pas. Vous avez tout, ici. Tout. Vous savez combien nous allons faire, en chiffres nets — pas bruts, hein ? nets — avec cette bon Dieu de campagne que vous avez conçue ?

— Je m'en moque, Sam.

— Deux cents putains de mille dollars, Nick. Alors pourquoi partir ?

— Je suis fatigué, Sam. Sincèrement, J'ai l'impression d'être dans la publicité depuis tellement longtemps que ces jours-ci... ces jours-ci, je me suis réveillé la nuit dans la peau du comte Dracula.

Goldman pencha la tête en un geste d'interrogation muette.

— Vous savez bien : comme si j'étais dans un cercueil, expliqua Nicholas.

— Vous allez retourner au Japon ?

— Je n'y ai pas vraiment réfléchi.

Il était beaucoup plus touché que surpris : Goldman était anormalement perceptif pour ce genre de choses.

— Je ne sais pas si c'est important, ajouta-t-il.

— Bien sûr, c'est important ! explosa Goldman. Je pense à mon retour en Israël toutes les minutes, moi !

— Vous n'avez pas grandi en Israël, objecta Nicholas.

— Mais c'est là que j'aurais grandi si Israël avait existé à l'époque, répliqua-t-il d'une voix rageuse. Et d'ailleurs, cela n'a rien à voir.

De nouveau il agita une main.

— L'histoire. L'histoire, rien d'autre ne compte.

Un téléphone sonna et il aboya à l'une des sphinges de prendre note pour qu'il rappelle.

— Écoutez, je me fous comme d'une guigne de ce que nous allons tirer à Kingsley, Nicky, vous le savez. Mais c'est un signe. Vous ne comprenez pas ? Vous valez de l'or en ce moment. Je l'ai senti venir il y a un an, et aujourd'hui je sais que je ne me trompais pas. Comment pouvez-vous avoir envie de laisser tomber tout ça maintenant ?

— *Envie* n'est pas le mot juste, répondit Nicholas. Je crois que *besoin* conviendrait mieux.

Goldman prit un cigare dans son grand humidor de bois et se mit à le contempler.

— Nick, je ne vais pas vous ennuyer en vous racontant combien de types formidables donneraient leur couille gauche pour avoir votre place...

— Merci, répondit Nicholas sèchement. J'apprécie...

— C'est chacun pour soi, dit Goldman en fixant le bout de son cigare.

D'un coup de dent, il sectionna un peu de tabac, puis craqua une longue allumette de bois.

— J'espérais bien que vous ne m'en offririez pas, dit Nicholas. J'ai cessé de fumer.

Goldman leva les yeux vers lui, la flamme en suspens.

— C'est bien de vous, dit-il d'une voix neutre. Tout en même temps.

20

Il plaça sur la flamme l'extrémité de son cigare, et, n'achevant pas son geste, lança l'allumette dans un vaste cendrier de verre. Puis, se refusant peut-être à reconnaître sa reddition sans conditions, il planta sans joie le cigare froid entre ses lèvres et se mit à le mâchonner d'un air songeur.

— Vous savez, Nick, j'aime à croire que je suis pour vous davantage qu'un patron. Cela fait pas mal d'années que je vous ai ramassé à l'arrivée du bateau.

— De l'avion.

Goldman agita la main.

— Peu importe. (Il ôta le cigare de sa bouche.) En tant qu'ami, reprit-il, je crois que vous me devez au moins une explication.

— Écoutez, Sam...

Goldman leva la main, la paume en avant.

— Eh ! Je ne vais pas essayer de vous empêcher de partir. Vous êtes majeur, hein ? Mais je ne peux pas dire que je ne suis pas déçu, parce que je le suis. Pourquoi diable vous mentirais-je ? J'aimerais savoir, c'est tout.

Nicholas se dirigea vers la fenêtre. Goldman fit pivoter son fauteuil pour suivre sa trajectoire, comme un radar panoramique.

— Ce n'est pas encore très clair, même pour moi, Sam, répondit Nicholas en passant la main sur son front. Je ne sais pas, c'est comme si cet endroit était devenu une prison. Un lieu d'où l'on s'évade au lieu d'être un endroit où l'on a envie d'aller.

Il se retourna, face à Goldman.

— Oh, ce n'est pas l'endroit *en lui-même*. Il n'y a rien qui cloche, je pense..., reprit-il en haussant les épaules. C'est peut-être la publicité. Je me sens perdu dans ce média, à présent. Comme si le passage à l'électronique n'avait plus aucun sens pour moi. Comme si j'avais dérapé en arrière, je ne sais comment, dans un autre âge, un autre temps.

Il se pencha en avant et une tension très particulière lui étreignit le haut du torse.

— Oui, poursuivit-il, je commence à me sentir ballotté, à la dérive, en haute mer, sans le moindre signe de terre ferme aux quatre points de l'horizon.

— Je ne peux donc changer votre décision en rien ?

— En rien, Sam.

Goldman poussa un soupir.

— Edna va être bouleversée.

Pendant quelques secondes, leurs regards s'accrochèrent en une sorte de lutte muette où chacun, semblait-il, prenait la mesure de l'autre. Puis Goldman posa ses grosses mains à plat sur le bureau.

— Vous savez, dit-il à mi-voix, il y a des années, dans les services de police de cette ville, le seul moyen de s'en sortir, c'était d'avoir un « rabbi » au quartier général : quelqu'un qui s'occupait de vous quand les choses tournaient mal, ou... (il haussa les épaules)... qui sait ? Le monde marchait comme ça. Sur toute la ligne.

Il fit passer le cigare non allumé d'un coin de sa bouche à l'autre.

— Aujourd'hui, c'est peut-être différent. Les grandes sociétés ignorent les « rabbis ». Il faut se mettre à la page. Il faut lécher les bottes de tous les vice-présidents, se faire inviter à leurs week-ends, être gentil avec leurs femmes, qui sont si travaillées par le sexe et si malheureuses qu'elles s'enverraient un arbre s'il pouvait leur dire qu'elles sont jolies ; il faut habiter dans ce coin bien particulier du Connecticut où ils habitent tous, dans une maison à étage avec une allée en demi-lune devant. Dans le temps, on avait l'esprit collet monté ; maintenant on a l'esprit ordinateur. On fonce, Nick, les affaires sont les affaires. C'est ce que les gens me disent. Moi, je ne saurai jamais. Pas de première main, en tout cas. Je prendrai ma retraite avant qu'on me fasse tomber dans ce genre de piège.

Ses yeux étaient limpides et ils luisaient, bien que la lumière fût terne et grise.

— Moi, j'ai été élevé au temps des « rabbis ». Ils font partie de mon système. Pas moyen de les en chasser maintenant, même si j'en avais envie.

Il s'avança sur le bord de son fauteuil à haut dossier, posa les coudes sur le bureau et leva les yeux vers Nicholas.

— Vous voyez ce que je veux dire ?

Nicholas lui rendit son regard :

— Oui, Sam, dit-il après un temps de silence. Je sais exactement ce que vous voulez dire.

Les cris lancinants des mouettes tournoyantes couvrirent pendant un moment le hurlement de la sirène, mais quand l'ambulance se rapprocha, sa plainte en dents de scie étouffa tous les autres sons. Les gens couraient, sans bruits de pas, sur l'immensité de la plage, pareils à des oiseaux bizarres, essayant non sans maladresse de compenser la trop grande mollesse du sol.

Nicholas était venu à West Bay Bridge en début de saison. Pour pouvoir survivre à présent, il fallait qu'il écarte tout de lui, à distance moyenne et réconfortante : ni trop près, ni trop loin. L'agence, l'université de Columbia, tout. Et ce n'était pas la simple découverte d'un cadavre de noyé qui allait battre en brèche son univers solipsiste : cela eût beaucoup trop ressemblé à la ville.

Chose étrange, cela lui rappela le coup de téléphone. Il lui était parvenu quelques jours après son départ de l'agence. Il était au milieu de la page des libres opinions du *Times* et de son deuxième *irish coffee*...

— M. Goldman a eu la bonté de me donner votre numéro personnel, M. Linnear, avait déclaré le doyen Whoolson. J'espère que je ne vous dérange pas.

— Je ne comprends toujours pas pourquoi vous vous adressez à moi, répondit Nicholas.

— C'est très simple en fait. Nous assistons, ces derniers temps, à un regain d'intérêt en faveur des Études orientales. Le caractère... superficiel, dirons-nous, de la plupart de nos cours sur l'Extrême-Orient ne satisfait plus nos étudiants. J'ai bien peur qu'ils nous jugent tristement dépassés en cette matière.

— Mais je n'ai pas de qualification pour enseigner.

— Oui, nous en sommes tout à fait conscients.

La voix était sèche, comme une pincée de tabac à priser éventé flottant dans l'air. Mais on sentait en contrepoint une note de sincérité sur laquelle il était impossible de se méprendre.

— Bien entendu, nous savons que vous n'avez pas de diplôme de professeur, M. Linnear. Mais, voyez-vous, le cours que j'ai en tête vous conviendrait parfaitement.

Il eut un petit rire : un son étrange, surprenant, comme sorti de la gorge d'un personnage de dessin animé.

— Parfait pour nous aussi, dois-je ajouter...

— Mais je n'ai aucune connaissance des programmes, lui dit Nicholas. Je ne saurais même pas par où commencer.

— Oh, cher ami, c'est merveilleux, répondit le doyen Whoolson d'une voix qui irradiait maintenant une confiance sans limites. Le cours en question est un séminaire, voyez-vous. Enseigné par quatre professeurs. Enfin, trois maintenant, puisque le Dr Kinkaid est tombé malade. Deux sessions par semaine pendant le semestre de printemps, avec les autres professeurs — y compris vous-même, bien entendu — en alternance. Vous comprenez la beauté de la chose, M. Linnear ? Vous pouvez abandonner le programme aux autres et vous en tenir à ce que vous connaissez mieux que quiconque dans l'hémisphère occidental.

Le gloussement étrange, curieusement sympathique, se reproduisit alors, évoquant pour Nicholas les chocolats à la menthe et les bonbons à la crème.

— Je crois que vous n'aurez pas à vous soucier de faire double emploi avec les cours des autres, voyez-vous. Je veux dire, ajouta-t-il très vite, comme entraîné par l'assurance et la chaleur de sa propre voix, ce que nous recherchons en fait, c'est justement ce genre de coup de fouet... euh..., de connaissance intime, pour ainsi dire, de l'âme japonaise. Les étudiants seront ravis, sans aucun doute. Et nous aussi.

Pendant le silence qui suivit, on entendit clairement une sorte d'incantation sur la ligne, et Nicholas distingua faiblement le chuintement discontinu d'autres voix fantômes, en train de se disputer.

— Vous aimeriez peut-être visiter le campus ? dit le doyen Whoolson. Bien entendu, il est plus beau au printemps...

Pourquoi ne pas essayer quelque chose de différent ? avait songé Nicholas. Et il avait donné son accord.

Des gens passaient encore en courant, attirés par l'angoisse que hurlait la sirène plaintive. Un groupe de plus en plus compact de badauds rôdait, frémissant, à la limite de la répulsion et de la fascination, moustiques papillonnant autour d'une flamme sur une orbite de plus en plus serrée. Il se concentra sur le bruit du ressac qui déferlait vers lui et l'appelait comme un ami — mais les voix des hommes, tendues par l'excitation et l'incertitude, perçaient l'après-midi comme des aiguilles. Pour eux, ce n'était qu'une attraction marginale, l'occasion, lorsqu'ils écouteraient les informations de six heures, de dire à leurs amis : « Eh ! Vous entendez ça ? J'y étais. Je l'ai vu de mes yeux », exactement comme si Elizabeth Taylor et sa bande avaient surgi de cette petite section de ressac pour traverser la plage. Puis, aussi placides que des bovins repus, ils retourneraient à leurs Martini-gin glacés et aux pepperoni en tranches qu'une main attentionnée aurait rapportés de chez Balducci, en ville.

Sa maison était de galets gris usés par le temps, et de briques couleur café ; pas de fenêtres en bulles de plexiglas exorbitées et pas de murs en porte à faux, comme dans la plupart des villas de cette langue de terre. Vers la droite de la maison, les dunes cédaient brusquement la place à du sable plat, légèrement en contrebas par rapport au reste. Jusqu'au début de décembre, une maison valant à peu près un quart de million de dollars se dressait sur cette parcelle, mais l'hiver avait été au moins aussi horrible que celui de 1977-1978, et la bâtisse avait été arrachée par la mer, avec une bonne partie du terrain lui-même. La famille attendait encore l'argent de l'assurance pour reconstruire. Et, pour le moment, il y avait, de ce côté-là, davantage d'espace découvert que partout ailleurs sur ce front de mer très peuplé — et très à la mode.

Les vagues déferlantes semblaient frapper de plus en plus fort à mesure que la marée s'avançait, et il sentit l'eau salée froide remonter de ses chevilles à ses mollets. Le bas de son blue-jean, pourtant retourné plusieurs fois, était lourd de sable mouillé. Comme il se penchait pour le nettoyer, une silhouette le heurta brutalement. Il tomba à la renverse en poussant un grognement, et quelqu'un s'écroula sur lui.

— Vous ne pouvez pas regarder où vous allez ? cria-t-il, furieux, en essayant de se relever.

— Désolée, mais vous n'avez pas besoin de hurler. Je ne l'ai pas fait exprès.

La première chose qu'il vit fut son visage, mais il avait déjà senti son parfum — citronnelle très légère — aussi sec que la voix du doyen Whoolson. Et ce visage était tout contre le sien. Elle avait des yeux d'une couleur qu'il qualifia de noisette, avant de se rendre compte qu'ils recelaient à coup sûr davantage de vert que de marron. Il entrevit aussi une ou deux étincelles rouges flotter dans l'iris gauche. Elle avait une peau de lait, avec de légères taches de rousseur. Son nez, plutôt trop large, lui donnait du caractère, et elle avait des lèvres charnues, signe de sensualité naturelle.

Il la prit sous les aisselles d'une main ferme, et la releva en même temps que lui.

Elle s'écarta aussitôt et croisa les bras sur sa poitrine.

— Bas les pattes !

Elle ne le quittait pas des yeux, sans faire le moindre geste pour s'éloigner. Du bout des doigts, elle massa les muscles de ses bras comme si le contact de la main de Nicholas l'avait meurtrie.

— J'ai l'impression que nous nous sommes déjà rencontrés, non ? dit-il.

Ses lèvres esquissèrent un sourire ironique.

— Je suis sûre que vous pourriez trouver meilleure attaque, non ?

— Non. C'est vrai. Je vous ai déjà vue quelque part.

Pendant un instant, elle regarda au loin l'horizon derrière lui. Quand elle le fixa de nouveau dans les yeux, elle dit :

— Je ne crois pas...

Il fit claquer ses doigts :

— Dans le bureau de Sam Goldman. A l'automne dernier ou pendant l'hiver. (Il pencha la tête.) Je ne peux pas me tromper, dit-il.

Le regard de la jeune femme parut s'éclairer, comme si, au nom de Sam, un rideau invisible s'était levé, qui les séparait. D'une voix lente, elle dit :

— Je connais Sam Goldman. J'ai fait des travaux à la pige pour lui.

Elle posa un index délié au centre de ses lèvres ; l'ongle au vernis transparent scintillait dans la lumière. Le son discontinu des voix sur la plage parut s'enfler comme l'ovation d'une foule à la perspective d'une victoire sur son terrain, ou après une défense héroïque sur le terrain adverse.

— Vous êtes Nicholas Linnear, dit-elle.

Et comme il hochait la tête, elle tendit le doigt vers lui :

— Il parle tout le temps de vous.

— Mais vous ne vous souvenez pas de notre rencontre, rétorqua-t-il en souriant.

Elle haussa les épaules.

— ·Sincèrement, non. Quand je suis en plein travail...

Ses épaules se levèrent de nouveau, puis retombèrent. Nicholas éclata de rire.

— J'aurais pu être un personnage important.

— A en juger par votre réputation, vous l'êtes. Mais vous avez tout lâché, hein ? Je trouve ça bizarre.

Levant la tête vers lui, elle plissa les yeux. Sans lunettes de soleil, elle avait l'air d'une collégienne soudain, comme si les rayons du soleil, en la pénétrant, avaient mis en lumière une sorte d'innocence cachée. Enfin, elle détourna le regard.

— Qu'est-ce qui se passe, là-bas ? demanda-t-elle.

— On a trouvé un corps dans l'océan.

— Oh... C'est qui ?

Il haussa les épaules.

— Je n'en ai aucune idée.

— Vous n'arriviez pas de là-bas ?

Son regard revint de l'horizon, passa par-dessus l'épaule gauche de Nicholas et effleura son visage. Comme une brise fraîche, en été, après le coucher du soleil.

— Vous devez les avoir vus le repêcher, non ?

Ses yeux, mieux que des bras, le maintenaient à une distance calculée. Il y avait, dans son attitude, quelque chose d'étrangement enfantin, se dit-il. Celle d'une gosse blessée — ou apeurée. Il eut envie de tendre la main et de la toucher pour la rassurer.

— Je suis parti avant que cela se passe, dit-il.

— Êtes-vous vraiment dénué de toute curiosité ?

Elle semblait ne prêter aucune attention au vent qui fouettait son épaisse crinière de cheveux noirs.

— C'est peut-être quelqu'un d'ici, ajouta-t-elle. Vous savez à quel point l'endroit est... incestueux : nous sommes tous du même métier.

— Cela ne m'intéresse pas. Absolument pas.

Elle décroisa les bras et enfonça les mains dans les poches de devant de son blue-jean aux jambes coupées. Elle portait un gilet de daim sans manches, tout simple. Ses seins fermes se gonflaient à chaque inspiration, et l'on devinait la pointe des mamelons. Elle avait la taille fine, des jambes longues et élégantes. Des gestes de danseuse...

— Mais *certaines choses* vous intéressent, à ce que je vois, dit-elle d'une voix neutre. Quelle impression ressentiriez-vous si je vous regardais, *vous*, de cette façon ?

— Je serais flatté, répondit-il. Oui, je me sentirais certainement flatté.

★

Justine était dessinatrice de publicité, elle vivait quatre maisons plus loin sur la plage, et elle trouvait commode de travailler en dehors de la ville pendant les mois d'été.

— J'ai horreur de New York en été, lui dit-elle le lendemain après-midi, à l'heure de l'apéritif. Vous savez qu'une année, j'ai passé tout l'été dans mon appartement avec la climatisation à fond, sans franchir une seule fois la porte ? J'avais une peur bleue d'être étouffée par l'odeur des crottes de chien. Je téléphonais chez D'Agostino pour qu'on me monte à manger, et une ou deux fois par semaine, le bureau m'envoyait le gros pédé musclé — celui qui s'envoyait le directeur sous la table pendant les pauses café — pour prendre mes dessins et m'apporter mes chèques. Mais même comme ça, je n'ai pas tenu, il a fallu que je parte. J'ai jeté deux ou trois trucs dans un sac et j'ai pris le premier avion pour Paris. J'y suis restée deux semaines, pendant qu'au bureau on s'arrachait les cheveux pour savoir où j'avais disparu.

Elle détourna à demi la tête et prit une gorgée de Manhattan avant de poursuivre.

— Mais quand je suis revenue, rien n'avait changé, sauf que le pédé était parti.

Le soleil se couchait, la mer dévorait sa masse écarlate ; la couleur coulait sur les vagues, scintillante. Puis, brusquement, il fit sombre : même plus de petites lumières clignotant à l'horizon.

Et il en était de même pour Justine, songea-t-il. Couleur brillante, tout en surface, mais qu'y avait-il donc par-dessous, dans le noir ?

— Vous ne retournerez pas à Columbia, à l'automne ? demanda-t-elle.

— Non.

Elle se tut, s'enfonça dans le divan de coton haïtien et allongea sur le dossier ses bras fuselés ; une fois sortis des flaques de lumière de la lampe, on eût dit des ailes sombres, en train de planer. Puis elle pencha la tête de côté, et il eut le sentiment que la barrière de glace s'était fêlée et allait se briser.

— Je suis tombé amoureux du campus, dit-il, soucieux de lui répondre en commençant par le commencement. Bien entendu, c'était le début de février, mais je pouvais imaginer les allées de brique rouge bordées de magnolias et de cornouillers en fleur, se perdre entre les vieux chênes...

« Le cours lui-même — *Les sources de la pensée orientale* — n'était pas vraiment inintéressant non plus. En tout cas les étudiants avaient envie de savoir, et quand ils ne dormaient pas, ils se montraient assez intelligents, et même — certains d'entre eux —, très brillants : ils avaient l'air surpris que je m'intéresse à eux.

« Cela a provoqué ma curiosité. Au début. Mais à mesure que le semestre s'est déroulé, j'ai eu l'occasion de comprendre de quoi il retournait. Les autres professeurs qui donnaient les cours consacraient horriblement peu de temps aux étudiants ; ils avaient bien trop de recherches à faire pour leur prochain livre. Et lorsqu'ils prenaient tout de même la peine d'enseigner, ils traitaient leurs étudiants avec mépris.

« Je me souviens d'avoir assisté à un de leurs cours, peu après le milieu du semestre. Les docteurs Eng et Royston, qui enseignaient l'essentiel du programme, annoncèrent au début de la séance que les devoirs de mi-semestre avaient été notés et allaient être rendus aux élèves. Ensuite, Royston commença son cours. Quand la cloche sonna, Eng demanda aux étudiants de rester assis et, avec une précision parfaite, il posa quatre tas de copies par terre, devant la chaire. « Les étudiants dont les noms commencent par les lettres A à F trouveront leurs copies ici », dit-il en montrant le tas sur sa droite. Et ainsi de suite. Puis les deux professeurs tournèrent le dos, et quittèrent l'amphi avant que les premiers étudiants aient eu le temps de s'agenouiller pour fouiller dans les tas.

« C'était dégradant, poursuivit Nicholas. Ce manque de respect à l'égard d'un autre être humain est pour moi absolument intolérable.

— Donc, vous aimiez enseigner...

L'affirmation lui parut étrange.

— Cela ne me déplaisait pas.

Il se versa un autre gin-tonic et pressa une rondelle de citron avant de la laisser tomber dans son verre plein de glaçons.

— Finalement, ce sont les autres professeurs qui m'ont fait trouver le temps long. Je crois qu'ils ne pensaient pas beaucoup de bien de moi. Tout compte fait, les amphis de l'université sont un univers assez clos. Tout le monde est lié par les contraintes de la

28

situation. « Publier ou mourir », voilà qui ressemble fort à un cliché, n'est-ce pas ? Mais là-bas, c'est une réalité que les professeurs doivent affronter tous les jours. (Il haussa les épaules.) Ils m'en voulaient sans doute de mon statut particulier. J'avais tous les avantages de leur vie sans en supporter aucune des responsabilités.

— Les Royston et les Eng..., dit-elle, de quoi ont-ils l'air ?

— Oh, Royston était très bien, j'en suis persuadé. Plutôt raide au début, mais il s'était dégelé un peu, sur la fin. Quant à Eng... (il secoua la tête) Eng était un beau salopard. Il s'était fait une opinion à mon sujet, avant même qu'on nous présente. Nous étions tous les trois, un après-midi, dans la salle des professeurs : « Alors vous êtes né à Singapour », m'a-t-il dit. Comme ça. Me regardant de haut à travers ses lunettes rondes cerclées de fer. Oui, cela avait bel et bien dû être des lunettes, mais elles semblaient trop démodées pour qu'on puisse encore les qualifier ainsi. Il avait une élocution étrange : ses mots sortaient pincés, presque glacés, et on pouvait les imaginer en suspens dans l'air comme du givre. « C'est une ville dégoûtante, pardonnez-moi l'expression, avait-il repris. Construite par les Anglais, qui n'avaient pas plus de considération pour les Chinois que pour les Indiens. »

— Qu'avez-vous répondu ?

— Franchement, j'étais trop abasourdi pour répliquer, dit Nicholas d'une voix sombre. Ce salopard ne m'avait pas adressé plus de trois mots pendant tout le semestre. Il m'avait cueilli vraiment à l'improviste.

— Vous n'avez pas trouvé de réplique cinglante ?

— Je lui ai simplement dit qu'il se trompait : je ne suis pas né là-bas, j'y ai seulement été conçu.

Il remit son verre sur la table basse.

— J'ai posé des questions au doyen Whoolson par la suite, mais il a tout balayé d'un geste. Que croyez-vous qu'il m'ait répondu ? « Eng est un génie, et vous savez comment sont parfois les génies... Je dois vous avouer que j'ai une chance du diable de l'avoir ici. Il a failli aller à Harvard, mais nous l'avons piégé au dernier moment. En le convainquant de la supériorité de notre matériel de recherche. » Il m'a donné deux ou trois claques dans le dos comme si j'avais été la mascotte du service. « On ne sait jamais avec Eng, a-t-il ajouté. Il a peut-être cru que vous étiez Malais. Nous devons tous nous montrer tolérants, M. Linnear... »

— Je ne comprends pas, dit Justine. Vous n'êtes pas Malais, n'est-ce pas ?

— Non, mais si Eng le croyait, il avait une bonne raison de me détester. Les Chinois et les Malais ont toujours été à couteaux tirés du côté de Singapour. Pas de quartier, là-bas !

— Qu'êtes-vous, en fait ?

Elle lui parut soudain toute proche... Ses yeux étaient immenses et très lumineux.

— Il y a un soupçon d'Asie dans votre visage, reprit-elle. Dans vos yeux, je crois, ou dans le saillant de vos pommettes.

— Mon père était anglais. C'était un juif qui avait dû changer de nom pour avoir une chance de réussir en affaires et ensuite, pendant la guerre, dans l'armée. Il était colonel.

— Comment s'appelait-il ? Avant de changer de nom, je veux dire ?

— Je ne sais pas. Il n'a pas voulu me le révéler. « Nicholas, m'a-t-il dit un jour, qu'y a-t-il dans un nom ? L'homme qui prétend que son nom a une signification particulière est un menteur éhonté. »

— Mais vous n'avez jamais éprouvé de curiosité à ce sujet ?

— Oh, si ! Pendant un certain temps. Ensuite, j'ai cessé de chercher.

— Et votre mère ?

— Ah !... Cela dépendait de la personne à qui l'on s'adressait. Elle affirmait toujours qu'elle était chinoise pur sang.

— Mais... souffla Justine.

— Mais, selon toute vraisemblance, elle n'était qu'à demi chinoise. L'autre moitié devait être japonaise. (Il haussa les épaules.) Je n'en ai jamais été certain, reprit-il. Mais j'ai toujours eu l'impression qu'elle pensait comme une Japonaise. (Il sourit.) De toute façon, je suis un romantique, et c'est beaucoup plus excitant de l'imaginer sang-mêlé — et d'un mélange très exceptionnel, quand on songe à l'animosité historique mutuelle de ces deux peuples. Comble du mystère...

— Et vous aimez les mystères ?

Il regarda la masse des longs cheveux bruns de Justine qui glissaient sur sa joue, dissimulant l'œil aux points écarlates.

— En un sens, oui.

— Tous vos traits sont caucasiens, dit-elle, changeant brusquement de sujet.

— Oui, répondit Nicholas. Physiquement, je tiens de mon père, le colonel.

Il posa la tête en arrière sur le dossier du canapé. Ses cheveux effleurèrent pendant un instant les doigts de Justine puis elle recula sa main, serrant le poing. Il leva les yeux vers le réseau des taches de lumière jouant sur le plafond.

— Mais en dedans, dit-il, je suis le fils de ma mère.

★

Le Dr Deerforth ne voyait jamais venir l'été avec beaucoup de plaisir. Chose curieuse, songea-t-il, parce que c'était invariablement le moment où il avait le plus de travail. L'arrivée des gens de la ville ne cessait de l'étonner ; pourtant presque tout le côté Nord-Est de Manhattan avait un programme migratoire aussi fixe et précis que les vols triangulaires d'oies sauvages fuyant vers le sud à l'annonce de l'hiver.

Mais Doc Deerforth connaissait assez peu de choses sur Manhattan, en tout cas sur le Manhattan d'aujourd'hui. Il n'avait pas mis les pieds dans ce repaire de cinglés depuis plus de cinq ans, et encore, cela avait uniquement été pour rendre une visite très brève à son ami Nate Graumann, le chef des services de médecine légale de la municipalité de New York.

Il était très content de se trouver en dehors de tout ça. Il avait ses filles, qui venaient le voir régulièrement avec leurs enfants (sa femme, morte de leucémie dix ans plus tôt, n'était plus qu'une photo jaunie), et ses occupations de médecin à West Bay Bridge. Et puis, il y avait le travail occasionnel de médecin légiste qu'il effectuait à Hauppauge, pour Flower. On l'appréciait, là-bas, parce qu'il était méticuleux et imaginatif à la fois. Flower ne cessait de lui demander de venir travailler pour les services de médecine légale du comté de Suffolk, mais il était beaucoup trop heureux où il était. Il avait des amis, nombreux et chaleureux, mais surtout, il avait sa propre compagnie. Il s'était rendu compte depuis longtemps qu'il se suffisait — en principe. Cela n'empêchait pas les cauchemars de se glisser en lui, parfois, comme des voleurs sans visage. Il lui arrivait encore de se réveiller en sursaut, trempé de sueur, les draps moites, collants, entortillés autour de ses jambes. Certaines nuits il rêvait de sang blanc, mais il avait bien d'autres songes, reflets symboliques de ses angoisses personnelles. En ces moments-là, il se levait et se dirigeait à pas de loup vers la cuisine pour se préparer une tasse de chocolat chaud. Puis il se mettait à lire, au hasard, l'un des sept romans de Raymond Chandler, dont la prose économe et logique imposait une sorte de calme existentiel à sa tempête intime. Dans la demi-heure qui suivait, il retrouvait le sommeil.

Doc Deerforth s'étira. La douleur plantée comme une fourche entre ses deux omoplates se calma un peu. C'est ce que l'on récolte à travailler si longtemps de suite à mon âge, songea-t-il. Et une fois de plus, il passa en revue ses découvertes. Tout était là, noir sur blanc, les mots alignés en phrases et en paragraphes, mais maintenant, pour la première fois, il en découvrait la signification, comme un égyptologue tombant enfin sur la pierre de Rosette.

Un noyé de routine, s'était-il dit quand on l'avait fait venir à

Dune Road. Bien entendu, il ne le pensait pas vraiment. Le mot *routine* n'appartenait pas à son vocabulaire. Pour lui, la vie était ce qu'il y a de plus précieux au monde. Mais il n'avait pas eu besoin de devenir docteur pour ressentir cela. Il lui avait suffi de connaître la guerre sur le front du Pacifique. Jour après jour, depuis son camp désemparé au milieu de la jungle, pendant les combats les plus acharnés des Philippines, il avait vu les cascades de petits avions monoplaces, guidés par leurs pilotes *kamikaze*, plonger la tête la première sur les vaisseaux de guerre américains, avec plus d'une tonne d'explosifs puissants dans leurs nez camus. Oui, ces avions exprimaient bien le fossé entre l'Orient et l'Occident, Doc Deerforth l'avait toujours pensé. Leur nom japonais était *oka* : fleur de cerisier. Mais les Américains les appelaient *baka* : la bombe stupide. La pensée philosophique occidentale n'avait pas de place pour le concept de suicide rituel, cher au samouraï. La tradition samouraï survivait, malgré tous les obstacles dressés sur sa voie. Doc Deerforth n'oublierait jamais le haïku écrit, disait-on, par un pilote kamikaze de vingt-deux ans, juste avant sa mort. Cela faisait partie de la tradition, comme le reste :

> *Si seulement nous pouvions tomber,*
> *Comme des fleurs de cerisier au printemps,*
> *Purs et rayonnants !*

Voilà, songea-t-il, comment les Japonais ressentent la mort. Le samouraï naît pour mourir d'une mort glorieuse, en combattant. Et moi, tout ce que je voulais, c'était que la guerre s'achève en me laissant la peau intacte et l'esprit serein.

Mais tout cela était devenu du passé — tout, sauf ces cauchemars qui le hantaient encore comme des vampires assoiffés et sortis depuis peu de la tombe.

Doc Deerforth se leva de derrière son bureau et se dirigea vers la fenêtre. Au-delà des dentelles de feuilles de chêne qui baignaient d'ombre ce côté de la maison pendant les longues heures de chaleur de l'après-midi, il regarda l'enfilade de la Grand-Rue. Deux ou trois voitures faisaient la queue au guichet automatique de la Caisse d'épargne, bâtie dans le style colonial, et plus loin, la réunion du Comité de bienfaisance déferlait comme le ressac sur le perron d'honneur de la Bibliothèque. Un jour d'été comme les autres. Mais ce monde lui parut soudain à des millions de kilomètres, aussi lointain que la surface d'une autre planète.

Doc Deerforth revint à son bureau, ramassa le classeur beige et son contenu, sortit de la maison et descendit la Grand-Rue vers l'affreux bâtiment d'un étage, en brique rouge, qui abritait les pompiers et, au fond de la cour servant de parc à voitures, la Police rurale.

A mi-chemin, il tomba sur Nicholas qui franchissait les portes automatiques du supermarché, les bras chargés d'épicerie.

— Salut, Nick.

— Eh Doc ! Comment va ?

— Bien. Bien. Je vais voir Ray Florum.

Ils avaient fait connaissance, comme la plupart des habitants de West Bay Bridge, sur cette même Grand-Rue, présentés l'un à l'autre par des amis communs. Les personnes les plus sauvages avaient du mal, ici, à ne pas lier connaissance, même si les relations dépassaient rarement le stade du « bonjour, bonsoir ».

— Je viens de rentrer d'Hauppauge, ajouta le docteur.

— Le corps repêché hier ?

— Oui.

Doc Deerforth tourna vivement la tête et cracha un petit morceau de nourriture qui s'était logé entre ses dents. Il était ravi de cette diversion : il redoutait vraiment d'affronter Florum avec ce qu'il avait découvert. Et surtout, Nicholas lui plaisait.

— Dites donc, vous deviez le connaître, dit-il. Il habitait Dune Road, pas très loin de chez vous.

Nicholas esquissa un sourire.

— C'est peu probable...

— Il s'appelait Braughm. Barry Braughm.

Nicholas, pendant un instant, fut saisi d'un étrange vertige, et il songea aux paroles de Justine sur la plage, quand elle l'avait bousculé : *Vous savez à quel point l'endroit est incestueux.* Jamais elle n'aurait cru avoir autant raison.

— Oui, répondit Nicholas lentement. Je le connaissais. Quand j'étais dans la publicité, nous travaillions dans la même agence.

— Oh !... Désolé, Nick. Vous le connaissiez bien ?

Nicholas prit le temps de la réflexion. Braughm avait un esprit analytique brillant. Il comprenait le public peut-être mieux que personne à l'agence. Quel choc de le savoir mort soudain...

— Assez bien, dit-il d'un ton pensif.

★

Il l'entraînait, danse lente dans la nuit, l'écran-moustiquaire de la porte grand ouvert... Le tourne-disque déroulait sa musique en rubans langoureux, couvrant la rumeur sourde de la marée, tendresse en stéréo.

Les bras de Justine avaient tremblé lorsqu'il les avait saisis pour la guider vers la véranda. Mais c'était la seule chose à faire. Parfait. D'ailleurs, elle adorait danser. Et la tenir dans ses bras de cette façon était absolument convenable de sa part, même si, de toute évidence, le rock est Eros ; même si toute danse, au niveau subconscient, n'est pas autre chose... Qu'importe ? Elle dansait.

Elle cache tous les miroirs
Et n'allume jamais les lumières...

En s'abandonnant au rythme, elle devenait sensuelle : l'espèce d'exosquelette glacé qui lui servait d'armature, d'ordinaire, fondait à ses pieds, révélant une flamme riche de violence naturelle, élémentaire.

Souvent tout ce que je lui dis
Semble glisser, sans aucune prise...

C'était comme si la musique l'avait en quelque manière libérée de ses entraves, de ses blessures — *inhibitions* était un mot beaucoup trop limité pour convenir à la situation —, de sa peur. La peur qu'elle avait, non point de lui ou de tout autre homme, mais d'elle-même.

Laisse-moi faire, laisse-moi faire,
Et tout se passera bien.

Leurs épaules se touchaient et la musique comblait un autre vide...

— J'ai grandi en lisant. Au début, c'était tout ce qui me tombait sous la main. Pendant que ma sœur, toujours si aimable avec les gens, sortait avec ses flirts, j'engloutissais bouquin sur bouquin. Bizarrement, ça n'a pas duré longtemps. Je veux dire : j'ai continué à lire, mais très vite, je suis devenue assez difficile sur le choix.

Elle rit. Un rire riche, heureux, qui le surprit par son abandon sincère.

— Oh, j'ai eu mes toquades, oui vraiment ! La comtesse de Ségur et les histoires de chiens. J'ai adoré *Robin des Bois*. Un jour, je devais avoir seize ans, j'ai découvert Sade. A l'époque, c'était une lecture interdite. Et donc d'autant plus passionnante ! Mais cela mis à part, beaucoup de choses m'ont marquée dans les œuvres du Divin Marquis. Et puis je m'étais imaginé que c'était à cause de Sade que mes parents m'avaient appelée Justine. Mais quand j'ai posé la question à ma mère, plus tard, elle m'a répondu : « Oh, tu sais, nous aimions simplement beaucoup ce prénom, ton père et moi. » Un nom qui avait sûrement touché la fibre européenne de maman. Elle était française, vous comprenez. Mais à ce moment-là, oh ! comme j'aurais voulu ne le lui avoir jamais demandé ! Ce que j'avais imaginé était tellement mieux que la réalité... Mais j'aurais dû m'y attendre : ils étaient trop banals tous les deux.

34

— Votre père était américain ?

Elle releva son visage vers lui et la lumière chaude des lampes du salon satina sa joue comme le pinceau d'un artiste.

— Très américain.

— Que faisait-il ?

— Rentrons, dit-elle en se détournant. J'ai froid.

★

Au premier coup d'œil, on remarquait une grande photographie en noir et blanc représentant un homme assez lourdement bâti, à la mâchoire autoritaire et au regard sévère. Avec, au-dessous, la légende : *Stanley J. Teller, chef de la Police, 1932-1964.* Et à côté, sur le mur, une reproduction encadrée de *The Runaway* de Norman Rockwell.

Le bureau était un réduit modeste avec une double fenêtre donnant sur le parc à voitures de la cour. Il n'y avait rien à voir de ce côté-là à cette heure de la soirée.

— Coupez-moi tout ce jargon, Doc, et racontez-moi les choses en bon anglais, clair et simple, dit le lieutenant Ray Florum. Qu'est-ce qu'il a de tellement spécial, ce noyé ?

Le murmure assourdi de l'émetteur-récepteur radio, dans le vestibule, formait un fond de conversation constant, comme lorsque deux communications téléphoniques se mêlent.

— Mais c'est justement ce que je me tue à vous expliquer, répondit Doc Deerforth patiemment, en prenant tout son temps. Cet homme n'est pas mort noyé.

Ray Florum s'assit dans son fauteuil tournant de bois, qui craqua sous son poids. C'était un homme énorme, en hauteur comme en tour de taille — prétexte, pour les agents de son service, à toute une série d'aimables plaisanteries aussi éculées les unes que les autres. Il était à la tête de la Police rurale de West Bay Bridge. Il avait des joues toutes rondes de buveur de bière avec, planté en plein milieu comme le mille d'une cible, un nez bulbeux veiné de rouge. Sa peau tannée avait la couleur du vieux cuir ; les cheveux, poivre et sel, étaient taillés en brosse. Il portait un complet marron en Dacron, non parce que cela lui plaisait, mais parce qu'il y était forcé ; il aurait préféré de beaucoup venir au bureau en chemise de flanelle et en blue-jeans.

— Et alors, dit Florum avec la même lenteur, il est mort de quoi ?

— Il a été empoisonné, répondit Doc Deerforth.

— Doc, commença Florum d'un ton las en passant la main sur son visage, je veux que tout ça soit bien clair, compris ? Comme du cristal. Tellement clair qu'il ne reste pas de malentendu possible quand je pondrai mon rapport. Parce que, en plus de la Police de l'État, à qui, vous vous en doutez, il va falloir que j'envoie copie de tout ça... et dès que ça sera fait, ils vont nous tomber dessus comme des sauterelles sur un champ de blé pour nous faire faire leur putain de travail sur le terrain et nous pomper tout ce qu'on aura trouvé... oui, et en plus de ces fils de garce, il va falloir que je me coltine les salopards du comté, qui vont probablement brailler que le truc tombe sous leur juridiction. Là-dessus, pour couronner le tout, voilà que vous me racontez que c'est un meurtre... et moi je vais voir Flower rappliquer d'Hauppauge sur son cheval blanc, et il me demandera pourquoi notre enquête dure si longtemps, et quand arrêtera-t-on de le maintenir sur la brèche, parce que ses hommes sont surchargés de travail, et tout le tralala.

Florum fit claquer sa main droite, bien à plat, sur un exemplaire de *La criminalité aux États-Unis en 1979*.

— Eh bien ce coup-ci, ils vont attendre, le temps que j'aie un grand pas d'avance, c'est tout !

Un sergent entra, tendit à Florum plusieurs feuillets dactylographiés et ressortit sans un mot.

— Bon Dieu ! des fois, j'en ai le sang qui bout. Je ne suis pas un de ces putains de politicards. Mais c'est ce qu'il faudrait être, dans ce boulot. Qui diable se soucie de savoir si je connais les méthodes d'enquête, hein ? Merde !

Il se leva tout de même, et alla chercher un dossier qu'il ouvrit sur son bureau. Il se passa la main dans les cheveux et se gratta le crâne. Il se mit à feuilleter une série de clichés 9 × 12 en noir et blanc que, même à l'envers, Doc Deerforth reconnut : des instantanés du « noyé ».

— Pour commencer, dit Doc Deerforth doucement, je me suis occupé de Flower. Il ne vous embêtera pas, en tout cas pendant un certain temps.

Florum lui lança un regard bref, interrogateur, avant de baisser de nouveau les yeux vers les photos.

— Ah oui ? Comment avez-vous opéré ce petit miracle ?

— Je ne lui ai encore rien raconté.

— Vous voulez dire, reprit Florum en prenant une loupe rectangulaire dans le tiroir du bureau, que personne n'est au courant de ce... meurtre, en dehors de nous, pauvres poulets enfermés dans cette cage ?

— C'est exactement ce que je veux dire, répliqua Doc Deerforth à mi-voix.

Florum ne répondit qu'au bout d'un instant.

— Vous savez, rien n'apparaît sur ces photos.

Il les battit comme un jeu de cartes, jusqu'à ce qu'un gros plan de la tête et de la poitrine du noyé se trouve au-dessus du tas.

— Une simple noyade de routine, ajouta-t-il.

— Vous ne découvrirez rien là-dedans.

— C'est bien ce que je dis.

— Cela ne signifie pas pour autant qu'il n'y ait rien d'autre à découvrir.

Florum s'enfonça dans son fauteuil et croisa les mains sur son énorme ventre.

— D'accord, docteur. Je suis tout ouïe. Racontez-moi tout.

— En deux mots, l'homme était mort avant même de toucher la surface de l'eau. (Il poussa un soupir avant de poursuivre :) Même un aussi bon médecin légiste que Flower aurait pu passer à côté.

Florum grogna mais ne dit rien.

— Regardez, il y a une petite blessure, une écorchure traumatique, sur la poitrine de l'homme, vers le centre gauche, et on aurait très bien pu la prendre pour une éraflure provoquée par la chute sur les rochers — ce qu'elle n'est pas. Cette écorchure m'a poussé à prendre des échantillons de sang, dont l'un dans l'aorte, où ce genre de poison se concentre ; il afflue en cet endroit de toutes les parties du corps, dans les vingt minutes environ qui suivent la mort. Par quel moyen, je n'en ai pas la moindre idée. Il s'agit d'un poison cardio-vasculaire tout à fait hors du commun.

Florum claqua des doigts.

— Et paf ! Crise cardiaque.

— Oui.

— Vous en êtes sûr ?

— Pour le poison ? Oui. Sinon, vous savez, je ne serais pas venu vous parler. Mais il me reste deux ou trois vérifications à faire. Il paraît probable qu'un morceau de ce qui a piqué les chairs de l'homme se trouve encore dans son sternum.

— Pas de blessure de sortie ?

— Non.

— Le truc a pu tomber dans la chute. Ou bien la mer...

— Ou bien on l'a arraché quand l'homme s'est écroulé.

— Ce que vous racontez là...

Il s'interrompit, écarta les photos d'un geste et consulta un formulaire imprimé rempli à la main.

— Ce type, Barry Braughm, dit-il, directeur commercial chez (il donna le nom de l'agence de publicité de Sam Goldman à New York) habitait 301, soixante-troisième rue Est. Assassiné, d'accord. Mais de cette façon ! Pour quelle raison ? Il était seul, ici. Pas de femme jalouse ni de petit ami... (Il rit entre ses dents.)

Il a une sœur dans le quartier de Queens ; nous l'avons déjà contactée et interrogée. Nous avons fouillé la villa de Dune Road. Nada. Pas le moindre signe d'effraction, et rien n'a l'air de manquer. Sa voiture était à l'endroit où il l'avait garée, juste devant la maison, aussi bien protégée que Fort Knox. Il n'y a rien qui...

— Il y a ceci, dit Doc Deerforth.

Le moment était enfin venu, le moment qu'il avait redouté dès qu'il avait découvert l'écorchure, puis, en conséquence, prélevé le sang du cœur du noyé. Ce n'est pas possible, se disait-il sans cesse, tandis que ses mains et ses yeux effectuaient les tests qui confirmaient tout. Ce n'est pas possible, répétait-il comme une litanie pour se protéger du mauvais sort. Et maintenant, il avait l'impression de n'être plus tout à fait lui-même, mais de vivre dans un monde aussi irréel qu'un rêve, qui lui permettait de s'asseoir dans un autre coin de cette pièce pour se regarder lui-même en train de parler à Ray Florum, exactement comme s'il jouait son propre rôle dans un film.

Au-dehors, un enfant éclata d'un rire discordant, cristallin, transformé par quelque magie de l'oreille en un son fantastique issu d'un autre monde — la stridence moqueuse des cris des perroquets dans la jungle des Philippines.

— Le poison, reprit-il. Il est d'un type très particulier.

Il se frotta les mains sur les jambes de son pantalon. Cela faisait longtemps qu'il n'avait pas senti ses paumes moites de sueur.

— J'ai déjà rencontré cette mixture-là, quand je servais outre-mer.

— Pendant la guerre ? dit Florum. Mais, bon Dieu, mon vieux, c'était il y a trente-six ans ! Vous voulez me faire croire que...

— Impossible d'oublier ce poison, Ray, peu importe le nombre des années. Une patrouille est sortie, un soir. Cinq hommes. Un seul est revenu, et il a eu du mal à rejoindre le camp. Nous n'avions entendu aucun coup de feu, rien. Les oiseaux et le bourdonnement des insectes... C'était étrange, ce silence, à vous donner la chair de poule. Pendant toute la journée, des hommes embusqués nous avaient tiré dessus, et cela durait depuis près d'une semaine.

Doc Deerforth prit une profonde respiration avant de plonger de nouveau.

— Quoi qu'il en soit, on m'a apporté le type quand il est revenu. En fait, ce n'était qu'un gosse. Dix-neuf ans à peine. Il était encore vivant et je me suis mis au travail. J'ai fait tout ce que j'ai pu. Tous les trucs classiques et ceux qui ne le sont pas. Sans succès. Il est mort, là, sous mes yeux.

— Mort à cause de cette saloperie ?

Doc Deerforth hocha la tête.

— La même.

★

— Vous voulez que je parte ? lui demanda Nicholas.

— Oui, dit Justine. Non... Je ne sais pas.

Elle était debout derrière le canapé, et ses doigts tiraient machinalement sur les franges de coton haïtien.

— Mon Dieu, murmura-t-elle, mais vous me faites perdre la tête.

— Je n'en avais pas l'intention, s'excusa-t-il.

— Les mots ne disent pas ce qu'on pense.

Il remarqua, surpris, que de profil son visage semblait très différent ; c'était comme s'il voyait la jeune femme du point de vue d'une époque révolue, depuis une autre vie. Soudain, elle lui rappelait Yukio. Bien entendu, avec Yukio, il avait toujours cru que cela s'expliquait par le mélange particulier dont elle était issue, héritage enseveli en un monde mystérieux auquel il n'appartenait pas et dont il ne pouvait avoir qu'une intuition extérieure. C'était (il le savait à présent) une réaction purement occidentale à ce qui demeurait, de toute évidence, inexplicable ; et il s'étonnait qu'ici, en Occident, cela le frappe d'une manière si différente. Peut-être était-ce simplement le passage du temps — la distance prise à l'égard d'un désir — qui lui permettait enfin de voir Yukio telle qu'elle était vraiment, pour lui et pour tous ceux qui l'entouraient. L'espace qui le séparait maintenant des schémas aux ramifications multiples et ritualisées de sa vie au Japon lui permettait de prendre conscience de ses erreurs d'autrefois, de comprendre le rôle qu'il avait joué dans l'ensemble des choses.

Justine bougea, de l'autre côté du canapé, aussi loin de lui que si elle se trouvait dans un autre pays. Et pourtant il sentait son parfum...

— Il est tard, murmura-t-elle.

Cela n'avait pas de sens. De simples mots, se dit-il, destinés à combler un vide qui devenait trop lourd de menaces pour elle.

Mais ce genre de tension intérieure était l'une des choses qui l'intriguaient le plus chez Justine. Oh ! oui, elle était d'une beauté extraordinaire à ses yeux. S'il l'avait croisée dans une rue animée de Manhattan, il se serait sûrement retourné sur elle et il l'aurait peut-être même suivie dans telle ou telle boutique élégante, Bendel ou Botticelli, avant de la perdre dans la foule mouvante... Que faire d'autre avec ce genre d'apparitions ? Quand on les suit jusqu'au bout, on est invariablement déçu. Ensuite, elle aurait hanté son esprit, une heure ou deux. Et après ? La beauté physique, il l'avait appris très jeune, ne débouchait sur rien et pouvait même être dangereuse, redoutable. Plus que de toute autre chose, il avait besoin d'être mis au défi, avec les femmes comme pour tout ce qui l'intéressait dans la vie. Car il sentait au fond de lui que rien, dans l'existence, ne mérite d'être possédé sans combat — même l'amour. Surtout l'amour. Cela aussi, il l'avait appris au Japon, où les femmes sont des fleurs que l'on doit effeuiller comme on déplie les papiers de l'*origami*, avec une précaution et une retenue infinies, pour découvrir qu'une fois pleinement ouvertes, elles débordent de tendresse exquise, de violence et de fourberie.

Le silence, imprégné par la rumeur crémeuse du ressac... Le disque qui attirait la poussière sur la platine figée... Puis le cri brutal d'une mouette, solitaire et plaintive, comme si elle avait perdu son chemin...

Il se demanda ce qu'il devait faire. Et avait-il vraiment envie de faire quelque chose ? Après tout, lui aussi ressentait une certaine peur latente.

— Vous avez connu beaucoup de femmes ? demanda-t-elle soudain.

Il se rendit compte que les bras de la jeune femme, raides comme des colonnes, s'étaient mis à trembler, et qu'elle avait dû faire effort pour relever la tête. Elle le regardait fixement, le mettant au défi de se moquer d'elle, ou peut-être de l'insulter — ce qui eût confirmé ses soupçons sur lui, et en général sur les hommes.

— Quelle question étrange !

Elle tourna légèrement la tête et il vit la lumière chaude de la lampe souligner l'arête de son nez, glisser dans le creux au-dessous de son œil, puis le long de la pommette. Les petites taches écarlates semblaient des clous de cuivre rouge poli. Le côté droit de son visage était complètement dans l'ombre.

— Acceptez-vous d'y répondre ?

Il sourit.

— Un certain nombre dont je ne me suis pas soucié. Peu qui aient compté pour moi.

Elle fixait sans cesse ses yeux, à l'affût de la moindre étincelle d'ironie. Elle n'en trouva pas.

— Que désirez-vous savoir en réalité, Justine ? reprit-il à mi-voix. Avez-vous peur que je ne veuille pas vous le dire ?

— Non. (Elle secoua la tête.) J'ai peur que vous me le disiez.

Ses ongles picoraient les fils de coton, comme les doigts d'un musicien les cordes d'une harpe.

40

— Je veux et je ne veux pas, reprit-elle au bout d'un instant.

Il était sur le point de dire, avec un sourire, que ce n'était pas si grave — mais il comprit soudain son erreur : c'était très grave en fait. Oui, il savait de quoi elle parlait. Il contourna le canapé et s'arrêta près d'elle.

— Ce n'est que moi, Justine, dit-il. Personne d'autre. Nous ne sommes que tous les deux.

— Je sais.

Mais cela ne suffisait pas, car elle avait prononcé ces mots comme une fillette qui ne croit pas tout à fait ce qu'elle dit, qui cherche seulement à être rassurée du dehors au sujet d'une décision intérieure importante.

Elle s'écarta de cette orbite si serrée, sentant peut-être que le magnétisme de plus en plus puissant commençait à faire pencher la balance. Elle traversa la pièce et se campa devant la fenêtre. Les lumières de l'extérieur étaient encore allumées et au-delà de la véranda et du volètement pitoyable des papillons de nuit, la mer se brisait sans fin sur la grève. Le sable était maintenant noir comme du charbon.

— Je ne sais pourquoi, lui dit-elle, mais ce décor me rappelle San Francisco.

— Quand êtes-vous allée là-bas ? demanda-t-il en s'avançant pour s'asseoir sur un des bras du sofa.

— Il y a deux ans, je crois. J'y suis restée dix-huit mois, ou presque.

— Pourquoi êtes-vous repartie ?

— Je... j'ai rompu avec quelqu'un. Je suis revenue ici. Le retour vers l'Est de la fille prodigue, au sein de sa famille.

Sans raison apparente, cela l'amusa ; mais son rire parut s'étouffer et mourir dans sa gorge.

— Vous aimiez San Francisco ?

— Oui, dit-elle. Je l'ai aimé. Beaucoup.

— Alors pourquoi l'avez-vous quitté ?

— Je... Il le fallait.

Elle avait levé sa main fine et elle la regarda, comme surprise de la trouver dans cette position.

— Je n'étais pas la même, à l'époque. Pas du tout sûre de moi.

Elle joignit les mains devant elle, bras tendus vers le bas.

— J'étais tellement vulnérable. Je me suis sentie..., Oui, je crois que je me suis sentie incapable de rester là-bas toute seule. Une espèce de vent soufflait au-dedans de moi.

Et elle ajouta, comme saisie d'une réflexion après coup :

— La situation était stupide. Moi, j'étais stupide.

Elle secoua la tête, comme si elle ne parvenait pas encore à croire qu'elle ait pu agir ainsi.

— Je suis allé là-bas deux fois, commença Nicholas. A San Francisco, je veux dire. J'en suis tombé amoureux. L'immensité de la ville et sa blancheur, vue depuis Mill Valley.

Il regarda la mince ligne de phosphorescence, presque transparente, qui marquait la montée de la houle puis sa chute vers la terre, toujours plus proche, plus proche...

— Je descendais souvent sur la grève simplement pour regarder le Pacifique. Et je pensais : ces vagues qui roulent sous mes yeux ont franchi la moitié du monde, depuis le Japon.

Il se tut.

— Pourquoi avez-vous quitté le Japon ? lui demanda-t-elle. Qu'est-ce qui vous a poussé à venir ici ?

Il respira profondément.

— C'est difficile à exprimer en quelques mots. Je suppose que c'est la conjonction de bien des éléments, une accumulation lente... Mon père, vous comprenez, avait envie de venir en Amérique. Il adorait le Japon. Il avait combattu pour lui, toujours. Il aurait pu venir ici, oui. Mais... ce n'était pas son *karma*, sans doute... Et il le regrettait.

L'écume, au loin, formait comme une dentelle d'argent, là-bas, au sein de la mer.

— Si une part de lui existe en moi, il est ici à présent, et c'est pour cela que je me sens bien.

— Vous croyez vraiment à ce genre de choses ? La vie après la...

Il sourit.

— Oh oui !... non ! Je ne peux vous le dire en toute sincérité. L'Orient et l'Occident se rencontrent en moi comme deux courants tumultueux, et la lutte est sans fin. Mon père et ma mère, oui. Chacun tire de son côté sur la corde. Mais ils sont avec moi, oui.

— Cela paraît si étrange...

— Uniquement parce que nous sommes ici, sous une véranda de West Bay Bridge. Si nous étions en Asie...

Il haussa les épaules comme si c'était une explication suffisante.

— Et puis, reprit-il, je suis venu ici pour me prouver que je pouvais être un Occidental aussi bien qu'un Oriental. J'ai obtenu mon diplôme supérieur en communications de masse et je me suis lancé dans l'ère atomique. La publicité m'a paru un choix logique quand je suis arrivé ici, et j'ai eu la chance de trouver quelqu'un qui a bien voulu me « débourrer » un peu... Il se trouve que j'avais un tempérament, ajouta-t-il en riant.

Elle tourna son corps perpendiculairement au ressac, face à Nicholas. Elle s'avança, puis s'arrêta. Sa longue chevelure, comme un lien... Ils ne s'étaient pas touchés.

— Vous avez envie de moi ? murmura-t-elle, aussi doucement que la mer. Vous avez envie de faire l'amour avec moi ?

— Oui, dit-il en scrutant ses yeux, dont le vert semblait avoir viré au noir, à cause de la dilatation des pupilles.

Il sentit son estomac se nouer. Il n'était plus très sûr de ses propres fantasmes ; son angoisse demeurait en filigrane, comme une plume effleurant le creux de ses reins.

— Et vous, dit-il, avez-vous envie de faire l'amour avec moi ?

Elle ne dit rien ; il sentit la proximité de sa main plutôt qu'il ne la vit, hypnotisé par ses yeux dont les piquetures rouges et luisantes agissaient comme des aimants. Il sentit leur chaleur, puis le bout des doigts de Justine effleura la peau de son biceps, se coula autour des muscles, fermement mais sans serrer : un geste qui communiquait tant de choses que tout était comme si elle ne l'avait jamais encore fait, comme si lui-même n'avait jamais encore reçu pareille caresse. Et ce premier contact était si intensément tendre qu'il sentit les muscles de ses jambes trembler. Son cœur lui fit mal.

Il l'enveloppa lentement dans ses bras et il était presque sûr qu'en un bref sursaut d'émotion érotique elle avait crié : « Oh ! » juste avant qu'il ne lui couvrît les lèvres de sa bouche — et elles s'entrouvrirent aussitôt sous son baiser. Il sentit toute la longueur de son corps se tendre contre lui, le brûlant soudain au contact de ses seins, de son ventre et de ses cuisses.

Le brûlant, oui, tandis qu'il caressait des lèvres son long cou en suivant la crête douce de sa clavicule... Il tira sur son corsage. Elle fit courir sa bouche contre son oreille... Sa langue voletait, voletait sans fin comme la dernière mouette affamée tournoyant au-dessus de la plage ensevelie dans la nuit. Elle murmura :

— Pas ici. Pas ici. Je t'en supplie...

Elle leva les bras et le corsage disparut. Il laissa courir ses doigts le long de son dos, longue faille profonde. Elle frissonna et gémit lorsqu'il l'embrassa sous les bras, avant de glisser lentement vers ses seins gonflés, aux mamelons déjà durs et dressés.

De ses doigts elle défit la ceinture de son jean, et il entendit le bruit de ses ongles tandis qu'il faisait glisser ses lèvres ouvertes en spirales de plus en plus serrées sur les courbes de ses seins.

— Je t'en supplie, murmura-t-elle, je t'en supplie.

Elle le dégagea du blue-jean, déjà presque en érection, et le caressa doucement tandis qu'il lui prenait le bout des seins dans sa bouche.

Il sentit la peur pousser un dernier cri, comme un soupir de lassitude avant de s'évaporer tout à fait. Ils se laissèrent glisser à terre, agités de frissons et de tremblements, tandis que le reste de leurs vêtements s'envolait. Les mains de Justine voulurent baisser la fine culotte de soie qui la couvrait encore, mais il l'arrêta. Il la souleva du tapis, une main sous les genoux, l'autre au creux des reins, et la déposa à demi sur le sofa, puis s'avança entre ses cuisses étalées, courbé, cherchant de sa bouche ouverte la peau douce de l'intérieur, et remontant lentement vers la haute montagne couverte de soie. Elle agrippa le rebord des coussins. Ses doigts crispés devinrent blancs. Elle sentit la langue effleurer la soie moite et de nouveau elle gémit, les reins cambrés.

Il l'embrassa à travers la fine barrière de la soie et les mains de Justine s'envolèrent vers le visage de l'homme, lui caressant les oreilles, tandis que sa bouche grande ouverte poussait des petits cris involontaires, à mesure que la tension montait en elle. Puis il écarta la soie humide et ensevelit son visage contre elle. Elle fit courir des ongles prêts à griffer le long de son dos et ses longues jambes remontèrent convulsivement, chevilles nouées dans le dos de l'homme. Elle cria. Il la sentit frissonner contre lui, puis il entendit de nouveau son cri. La tension en elle parut se dissoudre. Tiédeur, moiteur. Elle l'attira vers le haut. Ses doigts le cherchèrent ; ses lèvres, sauvages, prirent sa bouche ; elle le voulait en elle, à présent, en cet instant précis, plus que toute autre chose, pour aller au-delà de l'exquise chaleur qui l'emplissait et lui donner le plaisir qu'il lui avait offert.

Elle le guida en elle. Un brasier. Elle l'éperonna de son ventre quand il s'enfouit en elle, et ils gémirent ensemble. Elle l'entoura de ses bras et son buste oscilla langoureusement pour que ses seins lourds de sève effleurent la poitrine de Nicholas. Le frottement intense de ses mamelons la fit gémir. Elle posa ses lèvres sur son cou tandis que ses mains d'homme glissaient sur sa peau, partout, accroissant son plaisir. Très haut, plus haut. Et à la fin, quand la tension devint presque insoutenable, quand la sueur et la salive baignèrent ses bras et le pli de ses seins, jusqu'à son nombril, quand le contact de l'homme devint si intense qu'il l'emporta en une sorte de quatrième dimension, elle contracta ses muscles internes, une fois, deux fois ; et elle entendit qu'il perdait son souffle, elle se vit en équilibre au bord d'un précipice, le battement de leurs deux cœurs assourdit son oreille, elle voulut murmurer : « Viens, viens », mais elle suffoqua en sentant le doigt de l'homme, moite de leurs essences mêlées, se glisser vers son dernier secret — et elle perdit toute conscience, envahie par le feu jusqu'à la gorge.

★

Le Dr Vincent Ito remua le thé au chrysanthème brûlant qui fumait dans la tasse de céramique sans anse. Dérangés, plusieurs petits bouts de feuilles séchées, tout noirs, quittèrent le fond en voletant et tourbillonnèrent à la surface. Cela lui rappela les cadavres flottants. Ils remontaient, il le sentait, ils avaient entamé leur lent voyage depuis un mois ou deux — anciens êtres vivants qui avaient sauté (ou que l'on avait peut-être poussés contre leur gré) dans l'East River ou dans l'Hudson pendant les longs mois de l'hiver. Immobilisés dans les profondeurs, ils avaient été conservés par les eaux glaciales du fond, et les courants très lents ne les avaient pas dérangés avant le début de l'été, quand l'eau s'était enfin réchauffée... A partir de deux ou trois degrés centigrades, les bactéries commencent à se reproduire, provoquant la putréfaction, et des gaz qui ramènent tôt ou tard le corps à la surface. Et le cadavre flottant, des mois après sa chute dans l'eau, faisait enfin son apparition sur sa table de dissection, à la morgue.

Cela ne le tracassait guère. Puisque Vincent Ito était médecin légiste adjoint, les cadavres flottants faisaient partie de sa vie. Une partie importante, il s'en était aperçu depuis bien longtemps. La morgue, au sous-sol, avec ses superpositions de portes doublées d'acier, portant toutes de petites cartes nettement dactylographiées, avec son dallage de grès gris toujours impeccable et sa grosse bascule où l'on pesait les morts, était le lieu où il passait le plus clair de ses jours. Rien de vampirique dans tout ça : des corps bruns ou blancs, allongés sur les brancards à roulettes, vidés de leur sang, et puis les grandes incisions en forme de T sur les poitrines, d'une épaule à l'autre et vers le bas sur tout l'abdomen, l'épiderme épais comme du cuir, le visage aussi paisible que s'ils dormaient du sommeil des innocents. Cela n'avait aucun effet sur Vincent. L'intérêt et, oui, le côté excitant de la médecine légale, résidait pour lui dans le caractère énigmatique et complexe de la mort. Pas de la mort en elle-même, mais de ce qui l'avait provoquée. Il se considérait comme un détective dont le travail parmi les morts avait plus d'une fois aidé les vivants.

Vincent regarda par la fenêtre tout en dégustant lentement son thé. Les ténèbres semblaient s'étirer en attendant la venue de l'aurore : 4 heures 25. Il se levait toujours très tôt.

Il observa la ville, les rues vides, éclairées, de Manhattan. Très loin il entendit le grondement d'un camion d'éboueurs remontant la dixième rue avec une lenteur désolante. Puis, beaucoup plus près, une sirène de police surgit brusquement, brisant la quiétude matinale. Mais elle disparut bientôt elle aussi, dissoute par les ténèbres. Il ne resta plus rien dans la nuit que ses propres pensées se mouvant en spirales ininterrompues.

Il se sentait pris au piège. Mon *karma* a dû être très mauvais au cours de ma vie précédente, se dit-il. Le Japon lui semblait aussi inaccessible que s'il avait appartenu à un autre monde. Jamais il ne pourrait le retrouver — en tout cas pas le Japon qu'il avait quitté douze ans plus tôt. Pour lui, il n'y avait plus de Japon ; ce n'était plus qu'une fleur séchée, mais qui l'appelait encore comme une sirène de la mer.

★

Nicholas s'éveilla juste avant l'aurore. Pendant une fraction de seconde, il eut l'impression précise de se trouver dans sa vieille maison des environs de Tokyo — le jardin zen, les ombres obliques sur le mur, près de sa tête, projetées par le bosquet de bambous, toujours plein de murmures. Il entendit le cri bref d'un coucou, la rumeur des voitures filant vers la ville, assourdie, comprimée et pourtant amplifiée par la distance et l'acoustique particulière découlant de la topographie des lieux.

Il tourna la tête, encore somnolent, et vit une forme féminine endormie près de lui. Yukio. Tout compte fait, songea-t-il, elle est revenue. Il avait toujours su qu'elle reviendrait. Mais maintenant, le fait qu'elle fût réellement là, près de lui...

Il s'assit brusquement, le cœur battant. Une mélopée primitive, venue de très loin par-delà la mer, métamorphosée soudain en gémissement du ressac sur la grève, lui parvint, de plus en plus claire, par la fenêtre ouverte. Le cri des mouettes ! Et pourtant il connaissait la signification de cette mélopée secrète...

Il respira à fond plusieurs fois. Le Japon collait à sa peau comme un voile de tulle, et le prenait dans ses rets. Qu'est-ce qui le lui avait rappelé avec autant d'intensité ?

Il regarda autour de lui, aperçut le bout du nez de Justine et ses lèvres douces et sensuelles, entrouvertes par son haleine — les seules parties de son corps que ne recouvrait pas le drap bleu, blanc et gris, frissonnant comme les flots. Elle dormait profondément dans le sein tumultueux de la mer.

Qu'y a-t-il en cette femme, se demanda-t-il, qui m'entraîne comme un torrent ? Bizarrement, il se sentit à la dérive sur les vagues. Et en contemplant le doux ressac de ce corps tiède, il comprit qu'il était happé en arrière, vers ce Japon, ce passé dont il n'osait pas franchir le seuil...

Une sensation délicieuse, impossible à décrire, l'éveilla de nouveau. Il ouvrit les yeux : les cuisses de Justine étaient à la hauteur de son visage. Il huma leur musc et il eut conscience qu'elle le prenait entre ses lèvres. Sa langue glissait, lascive, et il gémit. Il ten-

46

dit la main pour la toucher, mais les cuisses s'éloignèrent. Il regarda la courbe de son mont de Vénus, dessinant des yeux la pente fortement cambrée, profondément sillonnée à sa base, les boucles fraîches et luisantes au centre, et la chair aussi tumescente que la sienne, flèche de délices.

Le plaisir se déroulait devant lui, telle une route à l'infini. Chaque fois qu'il parvenait au bord de l'abîme, elle éloignait ses lèvres pour l'apaiser de la main, à petits cercles, jusqu'à ce que les spasmes annonciateurs se dissipent. Puis elle revenait et le crescendo reprenait, sans fin, jusqu'à ce que ses jambes frissonnent. Et son cœur bondissait, comme brûlant de fièvre, tandis que le plaisir se concentrait et se répandait à la fois dans tout son bassin.

Il prit conscience de ses seins, glissant contre son ventre, et il les engloba de ses mains, caressant les pointes jusqu'à ce que, d'un geste involontaire, les cuisses s'offrent et bondissent vers lui.

Chaque effleurement était si délicieux à présent qu'il sentait les muscles de tout son corps frémir et tressauter au moindre contact. Elle fit quelque chose à la pointe de son pénis, et il cria. Il étreignit ses seins, elle glissa pour enfouir entre eux sa virilité. Il ensevelit son visage dans la crevasse entre ses cuisses, ouvrit tout grand la bouche et atteignit à une jouissance aiguë, infinie.

★

Vincent Ito arriva au bureau de la morgue, au coin de la Première Avenue et de la trentième rue, à huit heures moins quatre. Il poussa la porte de verre, en haut du perron, fit un signe de tête à l'agent de service et dit bonjour à Tommy l'albinos, le chauffeur de Nate Graumann. A son entrée dans la pièce 134, il savait qu'il lui restait tout juste le temps d'avaler un café en vitesse avant la conférence du matin.

Il tourna à droite dans le petit vestibule et pénétra dans le grand bureau, plein de monde, du médecin légiste en chef.

Nate Graumann, le directeur des services de médecine légale de la municipalité de New York, était un colosse. Il avait des yeux comme des fentes, noirs et brillants, à moitié cachés sous des replis de peau distendue, en forme de demi-lune, plus pâle que le reste. Son nez, très épaté, avait été cassé, peut-être au cours d'un combat de rue, la nuit, dans les bas quartiers du Bronx où il était né et où il avait grandi. Il avait les cheveux poivre et sel, mais sa moustache était d'un noir de jais. Il avait l'air, en un mot, d'un adversaire très redoutable, et c'est ce qu'il était, comme le maire et plusieurs membres de la commission des finances de la Municipalité en auraient volontiers attesté.

— Bonjour, Vincent, cria-t-il.

— Bonjour, Nate.

Il traversa la pièce à grands pas, jusqu'au grand dôme chromé de la machine à café qui se dressait comme un palais de doge au milieu du chaos. Pas de sucre, pas de lait, songea-t-il tristement. J'ai besoin de caféine pure ce matin...

Lorsque la conférence de répartition du travail s'acheva, Graumann le retint.

— Reste une minute, Vincent.

Le Dr Ito s'assit sur un fauteuil vert en face du bureau encombré et quand Graumann lui demanda de voir les dossiers qu'il avait demandés, il les lui tendit.

Ils étaient amis, en dehors de leurs responsabilités à la morgue, mais leurs relations semblaient s'amenuiser peu à peu avec les années. Quand Vincent avait obtenu son poste dans le service, Graumann n'était que médecin légiste adjoint, et tout le monde avait plus de temps à l'époque. Ou peut-être y avait-il plus d'argent. Leur travail n'avait cessé d'augmenter depuis que la crise fiscale s'était abattue sur eux comme une avalanche. La municipalité avait des problèmes beaucoup plus importants que ceux des citoyens matraqués, poignardés, étranglés, noyés, asphyxiés, décédés par balle, écrasés ou déchiquetés dans les rues de la ville ou dans les eaux des environs. Quatre-vingt mille personnes meurent chaque année à New York, songea-t-il, et nous héritons de trente mille d'entre elles.

— Sur quoi travailles-tu en ce moment ? dit Graumann.

— Hm... L'affaire Morway, dit Vincent, les sourcils froncés, et le coup de poignard Holloway : je dois témoigner d'un instant à l'autre. L'affaire Prince est presque terminée — deux ou trois petits trucs pour le procureur, c'est tout — l'analyse de sang devrait revenir cet après-midi. Et puis, ah oui... Marshall.

— Qu'est-ce que c'est ?

— Il est arrivé hier en fin d'après-midi. McCabe a dit que c'était urgent, alors je m'y suis mis tout de suite. Noyé dans le bassin de Central Park. McCabe croit qu'on lui a tenu la tête sous l'eau. Un type soupçonné a été arrêté, alors McCabe a besoin de la marchandise tout de suite.

Graumann grogna.

— Tu en as ton compte, hein ?

— Et plus encore.

— Je voudrais que tu te rendes à Long Island pendant deux ou trois jours.

— Quoi ? Au milieu de tout ce cirque ?

— Si ce n'était pas important, je ne te le demanderais pas, n'est-ce pas ? dit-il d'un ton patient.

— Mais... Et tout ce que j'ai en train ?

— Je m'occuperai personnellement de tes dossiers en cours. Et ceux-là (il prit les deux chemises brunes et les tapota deux ou trois fois sur le bureau comme pour en redresser les feuilles), je les donnerai à Michaelson.

— Michaelson est un imbécile, répliqua Vincent qui commençait à s'échauffer.

Graumann lui lança un regard placide.

— Il suit les principes à la lettre, Vincent. Il est méticuleux et on peut compter sur lui.

— Mais il est tellement lent, grogna Vincent.

— La vitesse n'est pas tout, lui rappela Graumann.

— Raconte ça à McCabe. Il lui faudra bientôt l'ensemble du service. Et tous ces putains d'assistants du Parquet qui nous tombent sur le dos et qui salopent tout...

— C'est pour ça qu'on les paie, Vincent.

— Et qu'est-ce que je vais aller faire à Long Island ?

— Paul Deerforth a appelé hier soir. Tu te souviens de lui ?

— Bien sûr. Nous nous sommes vus l'an dernier, quand je suis allé passer quelques jours chez toi. Il est à West Bay Bridge, non ?

— Hm, hm, répondit Graumann en s'avançant sur son siège. Apparemment, il a un problème qui le dépasse. Il sert à l'occasion de médecin légiste pour le comté de Suffolk.

Il baissa les yeux vers ses ongles bombés, puis les releva vers le visage de Vincent.

— Il t'a demandé personnellement.

★

Il y avait un grand aquarium contre le mur de gauche de la salle de séjour de Nicholas. Assez grand, estimait-il, pour contenir deux cents litres d'eau. Mais ses habitants n'étaient pas des poissons rouges ordinaires : les propriétaires lui avaient confié (il n'était que locataire pour l'été) la garde d'une multitude de poissons d'eau de mer dont les couleurs brillantes électrisaient l'eau autour d'eux, comme un vol d'oiseaux au plumage d'arlequin voletant dans un monde tropical luxuriant.

Il regarda la forme de Justine à travers cette loupe aquatique, comme un primitif épiant à travers le feuillage une memsahib survenue à l'improviste.

Elle portait un costume de bain rouge échancré très haut sur les cuisses, et qui soulignait la longueur de ses jambes comme un maillot de danseuse. Elle avait passé une serviette blanche autour de son cou et on aurait dit qu'elle sortait d'une salle de gymnastique. Elle léchait le jaune d'œuf qui avait coulé entre les doigts d'une main tout en essuyant l'assiette, de l'autre main, avec la dernière bouchée de sa tartine. Elle l'enfonça dans sa bouche et se tourna vers lui.

— Ils ne sont pas à toi ? demanda-t-elle.

Il avait fini de leur donner à manger mais il demeurait sans raison dans la même position accroupie, fasciné peut-être par les distorsions des courants très doux engendrés par les poissons et l'aérateur à bulles. Cette irréalité relative était rassurante, bien qu'il fût davantage enclin à la considérer comme un reflet de ses propres fantasmes.

— Pas à moi, non, répondit-il de derrière sa barrière de corail. Ils sont aux véritables propriétaires de la maison.

Elle se leva pour rapporter les assiettes dans la cuisine.

— Zut, il pleut !

Elle posa les coudes sur l'évier et regarda par la fenêtre.

— J'avais envie de travailler dehors ce matin.

Venant de la mer, la pluie cliquetait doucement contre les fenêtres du séjour et sur le toit plat. La lumière était froide et grise, veinée comme du marbre.

— Travaille ici, répondit-il. Tu as ton matériel avec toi...

Elle revint dans le salon en se frottant les mains l'une contre l'autre.

— Non, je ne crois pas. Si je dois rester à l'intérieur, autant me mettre à la planche à dessin.

Elle le surprit : ne rien faire était, en un sens, tout aussi négatif que de choisir un mauvais parti. Et il méprisait l'hésitation.

— Tu as apporté des esquisses ?

— Oui, je...

Elle jeta un coup d'œil vers son grand sac de toile posé près du sofa et elle ajouta :

— Bien entendu, oui.

— J'aimerais les regarder.

Elle acquiesça, prit un carton à dessins recouvert de papier bleu et le lui tendit.

Elle se promena dans la pièce tandis qu'il passait de feuille en feuille. Murmure des bulles de l'aquarium. Crissement du ressac en sourdine.

— Qu'est-ce que c'est ? dit-elle.

Il leva les yeux. Elle était debout devant une desserte basse en noyer, les mains croisées négligemment derrière le dos. Elle parlait des objets qu'il avait accrochés au mur, l'un au-dessus de l'autre ; deux épées légèrement recourbées, dans leurs fourreaux. Celle du haut avait environ soixante-quinze centimètres de long, l'autre un peu plus de cinquante.

Il regarda pendant un instant la ligne d'ombre du milieu de son dos, la comparant à l'esquisse qu'il avait devant lui.

— Ce sont les anciennes épées du samouraï japonais, dit-il. La plus longue est le *katana*, l'épée à tuer ; l'autre est un *wakizashi*.

— A quoi servent-elles ?

— Au combat. Et au *seppuku* : le suicide rituel. Dans le temps, seul le samouraï avait le droit de porter et d'utiliser le *daïsho*, les deux lames.

— D'où te viennent-elles ? demanda-t-elle, les yeux toujours attachés aux deux armes.

— Elles sont à moi, dit-il.

Elle tourna la tête et sourit.

— Tu veux dire que tu es un samouraï ?

— En un sens, répondit-il d'un ton grave.

Il se leva et s'approcha d'elle, en songeant aux trois heures d'entraînement qu'il faisait chaque jour.

— Je peux voir la plus longue ? demanda-t-elle.

Avec précaution, il tendit la main et décrocha le *katana*.

— Je ne devrais pas faire ça, dit-il, une main sur le fourreau, les doigts de sa main droite enveloppant la longue garde...

— Et pourquoi ?

Il tira lentement, révélant dix centimètres de lame étincelante.

— On ne doit dégainer le *katana* que pour le combat. Il est sacré. Offert au moment de la cérémonie du passage à l'âge d'homme, il est baptisé au nom du samouraï, et devient son cœur et son âme. Celui-ci est un *daï-katana*, plus long que l'épée normale. Ne touche pas ! dit-il vivement, et elle retira son doigt tendu, alarmée... Il te couperait le doigt.

Il vit le reflet de la jeune femme sur la lame, yeux agrandis, lèvres entrouvertes. Il entendit son haleine toute proche.

— Laisse-moi la regarder encore un peu. (Elle chassa une boucle égarée sur ses yeux.) C'est beau. Elle a un nom ? demanda-t-elle.

— Oui, répondit-il en songeant à Cheong et à Itami. *Iss-hōgaï*. Cela veut dire « pour la vie ».

— C'est toi qui le lui as donné ?

— Non. Mon père.

— J'aime ce nom. Il lui va bien, je ne sais pas pourquoi.

— Il y a de la magie dans une lame forgée par un Japonais, dit-il en replaçant le *daï-katana* dans son fourreau. Cette épée-là a presque deux cents ans, mais sa facture est si magnifique qu'elle n'a pas vieilli d'une seule année. C'est la lame la plus fine que le monde ait jamais connue et qu'il connaîtra jamais, ajouta-t-il en raccrochant l'arme.

Le téléphone sonna et il alla décrocher.

— Nick ? C'est Vincent.

— Eh ! Comment va ?

— Très bien. Figure-toi que je suis en route pour ton petit nid dans les bois... ou plutôt sur la plage, je ne sais plus.

— Long Island ?

— Mieux que ça. West Bay Bridge.

— C'est formidable. Je ne t'ai pas vu depuis...

— Depuis le mois de mars, si tu veux savoir. Écoute, je vais loger chez le Dr Deerforth, en ville.

— Sûrement pas. Tu vas loger ici, sur la plage. Il y a de la place à revendre. Tu pourras aller en ville à la nage.

— Désolé, mais je ne suis pas en vacances. Et tant que je ne saurai pas exactement de quoi il retourne, je ferai mieux de rester chez le docteur.

— Comment va Nate ?

— Comme toujours, ou à peu près. Nous avons tous beaucoup trop de travail, tu sais.

Nicholas lança un coup d'œil à Justine qui feuilletait ses esquisses, tout en glissant l'autre main dans sa chevelure abondante. Elle se pencha par dessus le sofa, chercha un crayon dans son sac et se mit à continuer l'esquisse inachevée qu'elle regardait.

— Tu n'es pas seul ? demanda Vincent.

— Non.

— Je vois. J'arriverai en fin d'après-midi.

Il éclata de rire, et quand il reprit, sa voix parut soudain plus frêle et plus tendue.

— Ce doit être vraiment une sacrée histoire ! Graumann m'a donné la voiture *et* Tommy. Tout ce qui me reste à faire est m'asseoir à l'arrière et ronfler. Pauvre de moi, ajouta-t-il dans un soupir, il y a deux ou trois ans, avant l'effondrement financier, j'aurais fait mon arrivée dans une Lincoln. Maintenant, il va falloir me contenter d'une Plymouth caca d'oie.

Nicholas éclata de rire.

— Passe-moi un coup de fil quand tu auras défait ta valise. Tu viendras prendre un verre.

— D'accord. Salut.

Il raccrocha et vint s'asseoir près de Justine. Ses yeux suivaient les nouvelles lignes qu'elle avait tracées, mais son esprit était très loin.

★

— Maintenant, je commence à comprendre pourquoi vous m'avez fait venir, dit Vincent.

— Vous connaissez cette drogue ? demanda Doc Deerforth.

Vincent se frotta les yeux avec le pouce et l'index. La lumière fluorescente crue lui faisait mal. Il leva la main pour rapprocher des feuilles de papier qu'il lisait, le col de cygne de la lampe à incandescence.

— Sincèrement, je ne sais que penser.

— L'homme que nous venons de voir en bas n'est pas mort noyé.

— Oh, cela ne fait aucun doute, acquiesça Vincent en hochant la tête. Quelle que soit la cause de sa mort, ce n'est pas l'asphyxie.

— Comme vous pouvez le constater, dit Doc Deerforth en montrant les feuilles du classeur entre les mains de Vincent, il n'y a dans son dossier médical aucune trace de crise cardiaque ou d'ennuis vasculaires. Et aucun antécédent non plus dans sa famille. Race caucasienne, sexe masculin, trente-six ans et en par faite santé. Peut-être pas en grande forme, et pourtant...

— Il est mort subitement d'un infarctus du myocarde, dit Vin cent, terminant la phrase. Crise cardiaque.

— Provoquée, j'en suis convaincu, par cette substance, répliqua Doc Deerforth en se penchant en avant, le doigt pointé vers le formulaire.

— Vous avez interrogé l'ordinateur ?

Doc Deerforth secoua la tête.

— N'oubliez pas que, pour tout le monde ici, il s'agit d'un « décès accidentel par noyade », en tout cas jusqu'à nouvel ordre. De toute façon, vous devez bien vous douter que l'ordinateur n'aurait pas été très utile.

— Pourquoi ce retard dans l'envoi de votre rapport au Bureau de la médecine légale du comté ? demanda Vincent en refermant le classeur d'un coup sec avant de le tendre à Doc Deerforth.

— Je ne vous l'ai pas dit ? J'ai quelques ennuis avec la famille du bonhomme.

Il prit le classeur sous le bras et conduisit Vincent vers la sortie du laboratoire, après avoir éteint les lumières. Les vingt minutes de leur retour en voiture jusqu'à West Bay Bridge lui parurent soudain effroyablement longues.

★

Justine s'était pelotonnée dans un des coins du divan, genoux relevés, bras autour de ses jambes. Son carton d'esquisses était étalé sur la table basse devant eux. De l'autre côté de la pièce, les vitres s'ornaient encore de perles liquides bien que la pluie ait fait place à une sorte de brouillard lourd.

— Parle-moi du Japon, dit-elle brusquement, amenant son visage au niveau de celui de Nicholas.

Son regard calme était loin de regarder Nicholas avec indifférence.

— Cela fait bien longtemps que je n'y suis pas retourné, dit-il.

— Cela ressemble à quoi ?

— C'est différent. Très différent.

— Tu veux dire, la langue ?

— Oh, la langue fait partie des différences, bien sûr. Mais c'est plus fondamental que cela. Quand on va en France ou en Espagne, on est amené à « fonctionner » dans une autre langue. Mais dans le fond, les processus de la pensée ne sont pas tellement éloignés. Ce n'est pas le cas pour le Japon. Les Japonais surprennent la plupart des Occidentaux, et leur font peur ; c'est assez étrange.

— Pas tant que cela, fit-elle observer. Les gens ont tous peur de ce qu'ils ne comprennent pas.

— Et puis, dit-il, il y a ceux qui comprennent d'emblée. Mon père était l'un d'eux. Il adorait l'Orient.

— Comme toi.

— Oui, dit-il, comme moi.

— Qu'est-ce qui t'a poussé à venir ici ?

Il la regarda. Les ténèbres tombaient doucement. Au-dehors, le monde devenait bleu... Il se demanda par quelle intuition elle pouvait poser des questions si lourdes de sens, tout en demeurant aussi vague dans ses propres réponses. Ils étaient assis près de l'aquarium, dans le bruissement des bulles ; les lumières de la maison semblaient jaunes comme de la crème à la vanille.

— Je n'avais plus envie de vivre au Japon, dit-il.

Et cette affirmation simple reflétait à la fois la vérité et l'insuffisance déplorable des mots. Mais quels mots pouvaient donc suffire à exprimer ce qu'il avait ressenti ?

— Alors tu es venu ici, et tu t'es lancé dans la publicité ?

Il hocha la tête.

— C'est cela, oui.

— Et tu as quitté ta famille ?

— Je n'ai pas de famille.

Les mots avaient jailli, froids et durs, aussi meurtriers que des balles. Elle recula.

— Tu me fais avoir honte de ne jamais parler à ma sœur, lui dit-elle en détournant son visage un instant, comme pour exprimer son embarras par un geste.

— Tu dois la haïr beaucoup.

Elle bascula la tête en arrière.

— C'est cruel de dire ça.

— Vraiment ? s'écria-t-il, sincèrement surpris. Je ne pense pas. Tu es indifférente à son égard ? Ce serait bien pire, n'est-ce pas ?

— Non, répondit-elle. Non je ne suis pas indifférente. C'est ma sœur. Je... je ne crois pas que tu puisses comprendre, acheva-t-elle d'une manière bancale.

Il devina qu'elle avait eu l'intention de dire autre chose, mais qu'elle s'était ravisée au dernier moment.

— Pourquoi refuses-tu de parler de ton père ? Une fois, tu as dit quelque chose sur lui au passé. Il est mort ?

Il vit dans ses yeux un regard étrange, une sorte d'opacité brillante, comme si elle fixait une flamme.

— Oui, dit-elle. Il est mort autant qu'on peut l'être.

Elle quitta le sofa, s'avança jusqu'à l'aquarium et regarda l'eau avec une sorte d'intensité rentrée, comme si elle avait eu envie de diminuer de taille pour plonger dans l'eau salée et se perdre dans la multitude errante des poissons.

— De toute façon, qu'est-ce que ça change pour toi ? Je ne suis pas la fille-à-son-papa. Je ne crois pas à toute cette merde.

Mais le ton de sa voix révélait le contraire, et Nicholas se demanda ce que son père avait bien pu lui faire pour qu'elle le méprise à ce point.

— Parlons de ta sœur, dit-il. Je suis curieux, parce que je suis fils unique.

Elle se détourna de l'aquarium. Le reflet de l'eau, allié à la lumière du plafond, coula sur un côté de son visage : on eût dit qu'elle était immergée, créature marine exotique attirée par le remous de la plongée de l'homme. Il imagina qu'ils étaient au fond de la mer, algues arborescentes à la majesté de bambous, bercées par la brise des courants profonds. Il imagina qu'ils parlaient sans voix, de squelette à squelette, par vibrations échangées comme des balles de tennis.

— Gelda.

Sa voix avait acquis une tessiture étrange, qu'il ne parvint pas à situer.

— Ma sœur aînée... (Elle aspira une gorgée d'air.) Tu as de la chance d'être seul ; il y a des choses que l'on ne devrait partager avec personne ; des choses qu'il vaut mieux laisser où elles sont.

Ensevelies dans le sable au fond de la mer ? se demanda-t-il. Pourquoi lui reprocher son refus de le mettre dans la confidence ? C'était irrationnel, et pourtant la réticence têtue de la jeune femme le blessait. Soudain, il éprouva un besoin dévorant de partager ses secrets : ses humiliations, ses divagations puériles, sa haine, son amour et sa peur ; sa honte aussi. Le mystère de Justine l'attirait, tel un nageur de fond qui atteint sa limite puis la dépasse et coule en prenant conscience qu'il a tenté de découvrir et de soumettre quelque chose de trop puissant pour lui, et qui découvre que cette prise de conscience même est la clé qui lui permettra d'accéder aux réserves cachées susceptibles de le pousser jusqu'à la grève lointaine.

Mais pour Nicholas, c'était un peu différent. Car une partie de lui, au moins, savait parfaitement quelles choses recelait cette plage sans fin, et il frissonnait à la pensée de les affronter de nouveau, de plonger ses regards sur leurs masques hideux. Car il les avait rencontrées déjà une fois dans sa vie, et il avait failli en être détruit.

★

Ils sortirent de la maison dans la nuit d'été. Les nuages s'étaient laissés dériver vers l'ouest et le ciel était enfin clair. Les étoiles brillaient, clignaient comme des paillettes sur du velours, et ils avaient l'impression que le monde les enveloppait dans un châle spécialement tissé pour la circonstance.

Ils se promenèrent le long de la plage, à la limite de l'eau, très loin car la mer était basse. Leurs chevilles ramassaient le varech humide, et les carapaces des crabes de sable piquaient parfois la plante de leurs pieds.

Le ressac s'essoufflait en ondulations basses, vaguement phosphorescentes, qui évoquaient un autre univers, vu par le mauvais côté d'un télescope. Ici-bas, sur la plage, ils étaient seuls. Un point orangé, braise ardente et fumée, trahissait un barbecue tardif au creux d'une dune, très loin au fond de la nuit.

— Tu as peur de moi ? dit-il, la voix légère comme un voile de brume.

— Non, répliqua-t-elle en enfonçant les mains dans les poches de devant de son blue-jean. J'ai peur, c'est tout. C'est en moi depuis plus d'un an et demi, à présent. La peur aux mille facettes, semblable au spectre lumineux d'un diamant et impossible à chasser.

— Nous avons tous peur... d'une chose ou d'une autre.

— Je t'en prie, Nick, abandonne ce ton protecteur. Tu n'as jamais eu peur comme ça.

— Parce que je suis un homme ?

— Parce que tu es toi.

Son regard demeura fixe, loin de lui, loin de sa violence physique. De la paume de la main, elle frotta ses bras nus et il crut qu'elle frissonnait.

Il se pencha pour ramasser un galet incrusté de sable. Il l'essuya

56

et sentit sa douceur ineffable contre la peau. Le temps en avait supprimé toutes les aspérités ; le temps lui avait dicté sa forme. Mais l'essence du galet, sa couleur mouchetée, ses stries, ses imperfections de structure, sa densité et sa dureté — tout demeurait. Inattaquable.

Elle lui prit le galet des mains et le lança, très loin dans l'eau. Il heurta la surface de la mer sans un bruit, puis il sombra, hors de vue, comme s'il n'avait jamais existé ; mais Nicholas pouvait encore en sentir le poids au creux de sa main, là où il avait reposé.

— Tout serait tellement simple, dit-il, si nous pouvions nous avancer sans passé vers les gens qui nous attirent. Nous pourrions les voir sans faux jour.

Elle le regarda en silence, et seul un léger tremblement le long de son cou lui révéla qu'elle l'avait entendu.

— Mais nous ne pouvons pas, poursuivit-il. La mémoire humaine est longue. Après tout, c'est ce qui nous rapproche, c'est ce qui provoque parfois ce petit déclic si particulier, lors d'une première rencontre, comme un signe — très faible mais impossible à confondre — de re-connaissance... Re-connaissance de quoi ? Une parenté des esprits, peut-être. Une aura. Cela porte beaucoup de noms... Oui, cela existe, invisible mais immuable. (Il s'interrompit.) Tu l'as ressenti, quand nous nous sommes rencontrés ? demanda-t-il enfin.

— J'ai ressenti... quelque chose. Oui.

Du bout du pouce elle caressa le dos de la main de Nicholas, en suivant les lignes des os.

— Une étincelle jaillie d'une flamme, dit-elle.

Elle baissa les yeux vers ses pieds, vers le sable humide, noir, et l'eau qui gagnait.

— J'ai peur de te faire confiance, ajouta-t-elle.

Elle redressa brusquement la tête comme si sa décision était maintenant prise et qu'elle avait résolu de s'y tenir.

— Les hommes que j'ai connus étaient de tels salauds ! dit-elle. Et... Après tout, c'est moi qui les avais choisis.

— Comment pourrais-je être différent ? C'est cela ?

— Mais tu n'es pas comme eux, Nick. Je le sens.

Pourtant elle éloigna son visage.

— Je ne pourrais pas recommencer à vivre tout ça, reprit-elle. C'est impossible. Il ne s'agit pas d'un film. Je ne suis pas certaine que tout finisse par s'arranger avant la fin.

— On ne peut jamais savoir ce genre de choses.

Mais elle n'en tint pas compte, et poursuivit :

— Nous grandissons dans une atmosphère de romantisme tellement factice que cela nous entraîne à la dérive. Coup de foudre et mariage pour toujours. C'est ce que nous racontent les films, la télévision, même — et surtout — la publicité... Nous sommes tous devenus des bébés électroniques. Mais ensuite on déchante. Et il faut passer du *nous* au *je*... Oui, que fait-on quand le *nous* ne marche pas et que le *je* implique une trop grande solitude ?

— On continue de chercher, je suppose. La vie n'est que cela, après tout. Une longue poursuite de ce que l'on désire vraiment : amour, argent, gloire, être reconnu pour ce que l'on est, sécurité — tout cela. Ce qui varie d'un individu à l'autre, c'est le degré d'importance accordé à cette échelle de valeurs.

— Sauf pour moi, répondit-elle d'une voix teintée d'amertume. Je ne sais plus ce que je veux.

— Et à San Francisco, que désirais-tu ?

Il ne distinguait que le contour de son corps, silhouette d'ébène dans l'ombre, occultant la lueur des étoiles.

Quand elle répondit, sa voix était comme un murmure hors du temps, un filet d'eau glacée, vaguement étrangère à la terre, et il sentit un bref frisson traverser tout son être.

— Je désirais être dominée, dit-elle.

★

— Je ne parviens pas encore à croire que je t'ai avoué ça.

Ils étaient allongés, nus sous les draps, dans le lit de Nicholas. Un rayon de lune tombait de la fenêtre après avoir franchi la mer comme un pont impalpable au-dessus d'une terre étrangère.

— Pourquoi ? lui demanda-t-il.

— Parce que j'en ai honte. J'ai honte d'avoir ressenti cela un jour. Je veux ne jamais redevenir ainsi. Je le refuse.

— Vouloir être dominé est donc si terrible ?

— La façon dont je le voulais... Oui, c'était... contre nature.

— Que veux-tu dire par là ?

Elle se tourna et il sentit la douce pression de ses seins contre sa peau.

— Je n'ai plus envie d'en parler. Oublions ce que j'ai dit.

Il posa les mains sur les bras nus de Justine et la regarda droit dans les yeux.

— Réglons les choses une fois pour toutes. Je suis qui je suis. Et non pas... Comment s'appelait ce type à San Francisco ?

— Chris.

— Je ne suis pas Chris et je ne suis aucun des autres hommes qui ont passé dans ta vie. (Il s'arrêta, à l'affût de son regard.) Tu comprends ce que je te dis ? reprit-il. Si tu as peur que les mêmes choses se produisent, alors tu me verras forcément sous les traits de Chris ou d'un autre. Oui, cela nous arrive parfois, inconsciemment, parce que nous avons tous des hantises. Mais en ce moment il ne faut pas, tu n'as pas le droit. Si tu échoues, si tu ne t'en évades pas maintenant, une fois pour toutes, tu ne t'en évaderas jamais. Tous les hommes que tu rencontreras seront Chris d'une manière ou d'une autre, et tu ne te libéreras jamais de ta peur.

Elle s'écarta de lui.

— Tu n'as pas le droit de me sermonner comme ça. Pour qui tu te prends, hein ? Je t'ai dit une petite chose et aussitôt, tu crois me connaître...

Elle se leva du lit.

— Qu'est-ce que tu sais de moi ? lui cria-t-elle. De la merde ! Tu ne me connaîtras jamais. D'ailleurs tout le monde se fout de ce que tu racontes.

Il la suivit des yeux. Un instant plus tard, la porte de la salle de bain claqua.

Il s'assit et lança ses jambes par-dessus le bord du lit. Son besoin de fumer était si violent qu'il lui fallut orienter son esprit vers autre chose. Il passa la main dans ses cheveux, les yeux rivés à la mer, sans la voir. Même en ce moment, le Japon imprégnait sa conscience. Il y avait là un message, il le savait ; mais il avait contraint son passé à s'enfouir si profondément que le message avait du mal à se frayer un chemin jusqu'à la lumière.

Il se leva.

— Justine ! appela-t-il.

La porte de la salle de bain s'ouvrit à la volée et elle parut, en blue-jeans et corsage décolleté sombre. Ses yeux, comme des pointes dures et brillantes, lançaient des flammes.

— Je file, dit-elle entre ses dents.

— Déjà ?

Tout ce mélodrame affecté l'amusa. Pas une seconde, il ne crut qu'elle partirait.

— Espèce de salaud ! Tu es comme tous les autres !

Elle se dirigea vers le vestibule. Il lui saisit le poignet droit, la forçant à se retourner.

— Où vas-tu ?

— Ailleurs ! cria-t-elle. Loin d'ici ! Loin de toi, ordure !

— Justine, tu te conduis comme une idiote.

Sa main libre jaillit et elle le frappa en pleine figure.

— Ne me dis pas ça, hein ! Ne me dis pas ça !

Sa voix grondait, sourde comme un roulement de tonnerre. Son visage n'était plus qu'un masque bestial.

Sans réfléchir, il la gifla. Suffisamment fort pour qu'elle bascule en arrière contre le mur. Aussitôt, il sentit son cœur se briser. Il murmura tendrement son nom et elle se pelotonna dans ses bras, lèvres entrouvertes contre les tendons de son cou. Il sentit ses larmes, brûlantes, contre sa peau. Elle posa doucement la main sur sa nuque.

Il la souleva et la déposa sur le lit défait. Puis ils firent l'amour. Violemment, pendant très longtemps.

Ensuite elle l'entoura de ses bras souples et leurs jambes s'entrelacèrent.

— Cela ne se reproduira jamais, lui dit-il d'une voix grave. Jamais.

— Jamais, murmura-t-elle en écho.

★

Il entendit le téléphone sonner dans son sommeil, et il se hissa, à travers les niveaux de conscience, de delta à bêta, puis à alpha. Juste à l'instant où il s'éveillait, les muscles de son estomac se nouèrent. Il se retourna et saisit l'appareil. Près de lui, Justine bougea.

— Allô ?

Sa voix semblait revêtue de fourrure. Justine posa la main sur sa poitrine. Même ses ongles étaient chauds.

— Salut ! C'est Vincent. (Un temps de silence.) Dis-moi, je te dérange ?

— Eh bien, euh...

— Désolé, vieux.

Il n'entendit plus que le bourdonnement de la ligne, et il s'éveilla tout à fait. Vincent Ito était trop japonais pour s'imposer à autrui, mais il n'appellerait pas à une heure aussi matinale sans raison importante. C'était à Nicholas de décider, à présent, et il le savait. S'il disait : « Plus tard », Vincent raccrocherait, point final. La tête de Justine glissa au creux de son épaule ; son visage passa de la lumière à l'ombre et les ténèbres parurent s'accumuler dans les courbes de son corps.

— Qu'est-ce qu'il y a, Vincent ? dit-il. Il ne s'agit pas d'un appel strictement privé, n'est-ce pas ?

— C'est exact.

— Que se passe-t-il ?

— Tu as entendu parler du macchabée qu'on a sorti de l'eau il y a deux jours ?

— Oui. (Son estomac se révulsa.) Et alors ?

— C'est à cause de lui que je suis ici.

Vincent se racla la gorge, manifestement gêné.

— Je suis à la morgue d'Hauppauge, reprit-il. Tu sais où c'est ?

— Je sais aller à Hauppauge, répondit Nicholas sèchement. C'est là où tu veux en venir ?

— C'est bien ce que je crains, Nick.

Il avait soudain du mal à respirer.

— Mais qu'est-ce qui se passe, bon Dieu ? Pourquoi tous ces mystères à la flan ?

— Je crois qu'il faut que tu constates de tes propres yeux ce que nous avons trouvé, répondit Vincent d'une voix tendue. Je ne veux pas... Je ne veux pas t'influencer ni dans un sens ni dans l'autre. C'est pour ça que je ne t'en dis pas plus par téléphone.

— Tu te trompes, vieux. Tu m'en as déjà trop dit pour que je ne gamberge pas. (Il regarda sa montre : sept heures et quart.) Tu m'accordes quarante minutes, d'accord ?

— Parfait, répondit Vincent. Je t'attendrai dehors et je te piloterai. (Un temps de silence.) Désolé, vieux.

En raccrochant le téléphone, il se rendit compte que la paume de sa main était moite de sueur.

★

Nicholas regarda de nouveau la pellicule de métal sous la lentille de microscope — un fragment de l'éclat que Doc Deerforth avait recueilli dans le sternum du cadavre.

— Voici les indications du spectrographe, lui dit Vincent en faisant glisser les feuilles sur la table de zinc. Nous les avons vérifiées trois fois pour être certains.

Nicholas ôta son œil du microscope, prit les feuilles et parcourut les chiffres du regard. Il se doutait déjà de ce qu'il trouverait. Et pourtant, cela lui semblait tellement incroyable.

— Cet acier, dit-il prudemment, a été fabriqué à partir d'un certain type de fer magnétique et de sable ferrugineux. Il y avait peut-être vingt couches superposées. Bien sûr, la taille du fragment ne permet pas de le préciser.

Vincent, qui ne quittait pas Nicholas des yeux, prit une respiration profonde avant de parler.

— Il n'a pas été fait dans ce pays.

— Non, répondit Nicholas. Il a été fabriqué au Japon.

— Tu sais ce que cela signifie ? demanda Vincent.

Il se rassit, pour inclure Doc Deerforth dans la discussion.

— Que peut-on déduire d'un détail isolé comme celui-là ? demanda Nicholas.

Vincent prit un classeur sur la table et le tendit à Nicholas.

— Jette un coup d'œil page trois.

Nicholas ouvrit le dossier et tourna les feuillets. Il demeurait parfaitement immobile, mais il sentit son sang couler soudain plus vite dans ses veines. Son cœur bondit. Il se rapprochait de la grève lointaine... Il leva les yeux.

— Qui a fait l'analyse chimique ?

— Moi, répondit Doc Deerforth. Aucune erreur possible. J'étais affecté aux Philippines pendant la guerre. Ce n'est pas la première fois que je tombe sur cette substance-là.

— Vous savez ce que c'est ? lui demanda Nicholas.

— Je peux le deviner sans grand risque d'erreur. Un poison non synthétique affectant le système cardio-vasculaire.

— C'est du *doku*, dit Nicholas. Un poison extrêmement puissant distillé à partir des pistils de chrysanthèmes. La technique de fabrication est pour ainsi dire inconnue hors du Japon. Et au Japon même, très rares sont les personnes sachant le préparer. On croit qu'il est d'origine chinoise.

— Nous savons donc comment le poison a été administré, dit Vincent.

— Que voulez-vous dire ? s'écria Doc Deerforth.

— Il veut dire, répondit Nicholas lentement, que l'homme a été tué par un *shaken* — l'étoile de jet japonaise, élément du *shuriken* — l'arsenal des petites lames —, trempé dans du *doku*.

— Ce qui signifie que nous savons aussi *qui* a tué, ajouta Vincent.

Nicholas acquiesça.

— C'est juste. Il n'existe qu'un genre d'homme capable de ça. Un *ninja*.

★

Pour plus de sécurité, Doc Deerforth les pressa de quitter les lieux. Ils prirent soin d'emporter tous les éléments de preuves et tous les résultats des analyses.

Comme aucun d'eux n'avait songé à déjeuner, ils s'arrêtèrent sur le chemin du retour à West Bay Bridge, dans un bistrot juste à la sortie de la nationale, où l'on servait de la cuisine portugaise authentique.

Ils commandèrent du café noir très fort, des sardines grillées et des praires arrosées de sauce au vin fumante, qu'ils avalèrent en regardant les voitures défiler sur l'autoroute. Personne ne semblait avoir envie de parler le premier. Mais il fallait bien que quelqu'un se résigne, et Vincent se lança.

— Qui est la nouvelle dame, Nick ?

— Hmm ?

Nicholas se détourna de la fenêtre et sourit.

— Elle s'appelle Justine Tobin. Elle habite tout près de chez moi, sur la plage, dit-il.

— Dune Road ? demanda le docteur.

Et lorsque Nicholas acquiesça, il ajouta :

— Je la connais. Belle fille. Seulement, elle ne s'appelle pas Tobin, mais Tomkin.

— Désolé, Doc, répondit Nicholas. Vous faites erreur. Cette Justine-là s'appelle Tobin.

— Cheveux bruns, yeux verts — l'un d'eux avec des points grenat — environ un mètre soixante-dix...

— C'est cela.

— Elle s'appelle Justine Tomkin, Nick. En tout cas c'était son nom quand elle est née. Tomkin, comme les Pétroles Tomkin.

— Celui-là ?

— Eh oui, c'est son papa.

Tout le monde connaissait Raphael Tomkin. Les Pétroles Tomkin n'étaient qu'une de ses nombreuses multinationales, mais de l'avis de tous la plus rentable. Raphael Tomkin « valait » — où donc avait-il lu ça ? Dans *Newsweek*, peut-être — la bagatelle d'environ cent millions de dollars, la dernière fois que quelqu'un avait pris la peine de compter ; à ce niveau éthéré, il ne semblait plus guère y avoir de raison de se livrer à ce genre de calcul.

— Elle n'a pas l'air de l'aimer beaucoup, dit Nicholas.

Doc Deerforth éclata de rire.

— Ouais... Vous pouvez le dire. Elle ne veut manifestement rien lui devoir.

Nicholas se souvint des paroles de la jeune femme : *Il est aussi mort qu'on peut l'être.* Il commença à comprendre toute l'ironie de cette remarque. Mais découvrir la vérité ainsi le contrariait.

— Et maintenant, que pouvez-vous me dire sur les ninjas ? demanda Doc Deerforth en avalant ses praires.

A l'extérieur, une Ford blanche à damier noir et blanc s'arrêta sur le parc à voitures du restaurant. Un gros homme en descendit et se dirigea vers eux. Il avait un visage écarlate où trônait un nez bulbeux.

— J'espère que vous n'y voyez pas d'inconvénient, dit Doc Deerforth, mais j'ai téléphoné à Ray Florum en arrivant ici. C'est le chef de la Police rurale de West Bay Bridge. Je crois qu'il a le droit de savoir ce qui se passe. D'accord ?

Vincent acquiesça.

— Nick ? insista Deerforth.

— C'est parfait, Doc, répondit Nicholas du ton le plus léger qu'il put affecter. J'ai été pris au dépourvu, pour Justine, c'est tout. Je ne m'attendais pas à ce qu'elle soit...

Il fit un geste de la main au lieu de terminer sa phrase.

La porte s'ouvrit et Florum pénétra dans la salle. Doc Deerforth le présenta et il s'assit. Ils le mirent au courant.

— Au sens littéral, dit Nicholas, *ninja* signifie « furtivement ». Florum se versa du café et Nicholas poursuivit.

— En dehors du Japon, on ne sait presque rien du *ninjutsu*, l'art du ninja. Et même au Japon, il existe peu de documentation. Surtout parce qu'il s'agissait d'une connaissance extrêmement secrète et jalousement gardée. On naissait dans une famille de ninjas, ou bien il fallait abandonner tout espoir d'en devenir un.

« Comme vous le savez peut-être, la société japonaise a toujours été rigoureusement compartimentée. Il existe un ordre social très strict. Personne ne peut, ne serait-ce qu'envisager de quitter sa place dans la vie. La position que chacun occupe fait partie de son karma, avec toutes les résonances religieuses et sociales que cela suppose.

« Les samouraïs, par exemple, les guerriers du Japon féodal, étaient des nobles de la caste *bushi*. Personne d'autre n'avait le droit de devenir samouraï ou de porter deux épées. Les ninjas, eux, sont nés à l'autre extrême du spectre social, au sein de la caste *haïnin*. Ce niveau était si bas que l'on pourrait traduire ce terme par « non humain ». Bien entendu, ils se situaient aux antipodes des *bushis* aristocratiques. Mais lorsque les guerres de clans devinrent plus fréquentes au Japon, les samouraïs furent souvent amenés à faire appel aux compétences spécifiques des ninjas, car les samouraïs eux-mêmes étaient liés par le code d'airain du *bushido*, qui leur interdisait formellement certains actes. Les clans samouraïs engagèrent donc des ninjas indépendants pour provoquer des incendies ou commettre des assassinats, des actes d'espionnage et de terrorisme que leur honneur leur interdisait. L'histoire nous apprend, par exemple, que les ninjas ont fait leur première apparition importante au sixième siècle de notre ère. Le prince régent Shokotee les utilisait comme espions.

« Ils connurent un tel succès que, pendant les périodes Heïan et Kamakura de l'histoire japonaise, leur nombre se multiplia de façon spectaculaire. Ils se concentrèrent dans le Sud. A Kyoto, par exemple, ils étaient les maîtres dès que la nuit tombait.

« Mais leur dernière intervention, en tant que facteur déterminant de l'histoire du Japon, date de la guerre Shimbara, en 1637. On se servit d'eux pour mater une rébellion chrétienne dans l'île de Kyūshū. Cependant, nous savons maintenant qu'ils sont demeurés très actifs pendant tout le long shōgunat Tokugawa.

— En quoi consiste leur « art » ?

Les narines de Doc Deerforth respiraient les senteurs de pourriture de la jungle des Philippines.

— Il est très vaste, répondit Nicholas. Les ninjas ont appris aux samouraïs l'art du trappeur, les déguisements, le camouflage, les codes secrets et le langage muet, la préparation des bombes et des écrans de fumée... En un mot, on peut considérer les ninjas comme des prestidigitateurs de l'art de la guerre. Mais chaque *ryu* — c'est-à-dire chaque école, et dans le cas des ninjas, chaque clan — se spécialisait dans une forme différente de combat, d'espionnage, de technique, etc., de sorte que l'on pouvait souvent dire, d'après la méthode utilisée, à quel *ryu* appartenait tel ou tel assassin. Par exemple le *ryu* Fodo était connu pour travailler avec toutes sortes de petites lames cachées ; le Gyōkku était expert dans l'utilisation du pouce et de l'index sur les centres nerveux du corps, dans le combat à main nue ; le Kotto savait briser les os ; d'autres utilisaient l'hypnotisme, et ainsi de suite. Les ninjas étaient aussi, très souvent, des *yogen* — c'est-à-dire des chimistes — particulièrement habiles.

Le silence se prolongea. Puis Vincent s'éclaircit la gorge.

— Nick, je crois que tu devrais leur dire tout le reste.

Nicholas ne répondit pas.

— Qu'est-ce qu'il raconte ? dit Florum.

Nicholas prit une profonde respiration.

— L'art du ninjutsu est très ancien, dit-il enfin. Si ancien, en fait, que personne ne connaît vraiment son origine. On croit qu'il est né dans une région de la Chine. Les Japonais ont emprunté beaucoup de choses à la culture chinoise, à travers les siècles. Il y a un élément de... superstition dans tout ça. On peut même dire de magie.

— De magie ? répéta Doc Deerforth. Vous voudriez sérieuse-ment nous faire croire...

— Dans l'histoire du Japon, dit Nicholas, il est parfois difficile de séparer les faits de la légende. Je n'essaie pas de faire du mélo-drame. Au Japon, les choses sont comme ça. On a attribué aux ninjas des exploits irréalisables sans l'aide d'une forme quelconque de magie.

— Des histoires à dormir debout, dit Florum. Il y en a dans tous les pays.

— Oui. C'est possible.

— Et le poison que vous avez découvert ?

— C'est un poison ninja. Tout à fait inoffensif si on l'avale. Une méthode en honneur pour l'administrer consistait à préparer un sirop séchant très vite et à en enduire le *shaken*.

— Qu'est-ce que c'est que ça ? demanda Florum.

— Une partie de l'arsenal des armes silencieuses, faciles à dissi-muler, du ninja : son *shuriken* de petites lames. Le *shaken* est un objet de métal en forme d'étoile. Lancé par le ninja, il devient une arme mortelle. Et enduite de ce poison, l'arme n'a même pas besoin de piquer un centre vital pour que la victime perde la vie.

— Vous voulez me faire croire que ce macchabée a été tué par un ninja ? Bon Dieu, Linnear, vous avez dit qu'il n'y en a plus depuis trois cents ans, ricana Florum.

— Non, corrigea Nicholas. J'ai simplement dit que c'était la dernière fois qu'on les avait utilisés de façon déterminante. Beaucoup de choses ont changé au Japon depuis le dix-septième siècle et le shōgunat Tokugawa. A bien des égards, le pays n'est plus ce qu'il était autrefois. Mais il existe des traditions que ni l'homme ni le temps ne sont capables de faire disparaître.

— Il y a forcément une autre explication, dit Florum en secouant la tête. Que ferait donc un ninja à West Bay Bridge ?

— Je crains de ne pouvoir répondre, dit Nicholas. Mais je suis sûr d'une chose : il y a un ninja par ici. Et il n'existe au monde aucun ennemi plus redoutable et plus rusé. Il vous faut prendre des précautions extrêmes. Les armes modernes — fusils, grenades, gaz lacrymogènes — ne vous garantiront nullement contre lui, car il les connaît à la perfection, et elles ne l'empêcheront pas de détruire qui il a l'intention de détruire, puis de s'échapper sans être vu.

— Eh bien, il l'a déjà fait, non ? dit Florum, en se levant. Merci pour les renseignements. (Il tendit la main.) Ravi de vous avoir rencontrés.

Il hocha la tête et s'en fut.

★

A l'instant où Justine entendit le coup frappé à la porte, elle sentit son cœur se dilater. Elle posa sa plume, s'essuya les mains sur une peau de chamois et s'éloigna de la planche à dessin. Elle avait trouvé l'éclairage excellent. Elle préférait la lumière du jour à la lampe à col de cygne fixée à sa table, bien que l'association d'ampoules à incandescence et de tubes fluorescents lui offrît une approximation convenable de l'éclairage naturel.

Elle fit entrer Nicholas.

— On t'avait appelé à propos du cadavre, n'est-ce pas ?

Il traversa la pièce et s'assit sur le canapé, mains croisées sur sa nuque.

— Quel cadavre ?

— Tu le sais bien. Celui qu'on a repêché sur la plage le jour où nous nous sommes rencontrés.

— Oui, c'est bien ça.

66

Elle le trouva fatigué, les traits tirés.

— Pourquoi t'a-t-on appelé, toi ?

Il leva les yeux vers elle.

— Ils pensaient que je pourrais peut-être les aider à découvrir la cause de sa mort.

— Tu veux dire qu'il ne s'est pas noyé ? Mais que pouvais-tu...

— Justine, pourquoi ne m'as-tu pas dit que ton père était Raphael Tomkin ?

Ses mains, qu'elle tenait devant elle, doigts entrelacés, tombèrent brusquement.

— Et pour quelle raison aurais-je dû te le dire ?

— Tu crois que j'en veux à ton argent ?

— Ne sois pas stupide. (Elle émit un petit rire, mais il s'étrangla dans sa gorge.) Je n'ai pas d'argent, dit-elle.

— Tu sais ce que je veux dire.

— Parce que le nom de mon père change quelque chose ?

— Non. En réalité, non. Ce qui m'intéresse, c'est pourquoi tu as décidé de prendre un autre nom.

— Je ne crois pas que cela te regarde.

Il se leva et s'avança vers la planche pour voir sur quoi elle travaillait.

— Pas mal, dit-il. J'aime bien.

Il passa dans la cuisine et ouvrit le réfrigérateur.

— Cet homme a été assassiné, lui dit-il par-dessus son épaule. Par un meurtrier très habile. Mais personne ne sait pourquoi.

Il prit une bouteille de Perrier, l'ouvrit et la vida dans un verre. Il but une gorgée avant de reprendre :

— On a fait appel à Vincent et il m'a demandé de l'aider, parce que le meurtrier est, selon toute probabilité, un Japonais. Un homme qui tue pour de l'argent.

Il fit demi-tour et revint dans le séjour. Elle était debout, à l'endroit où il l'avait laissée. Elle le regardait fixement, les yeux brillants.

— Pas un tueur à gages comme ceux qu'on évoque dans les journaux quand il y a un règlement de comptes entre bandes rivales dans le New Jersey ou à Brooklyn. Non. Un homme d'une espèce dont on n'entend jamais parler. Beaucoup trop intelligent pour se faire connaître en dehors d'un cercle d'élite — ses clients en puissance. Mais à vrai dire, je ne sais pas grand-chose sur ce côté du problème.

Il s'installa de nouveau dans le canapé et leva les yeux vers elle.

— Tu m'écoutes ? lui demanda-t-il.

Dans le silence qui suivit, le grondement du ressac parut plus lointain. Elle s'avança enfin vers la stéréo et mit un disque. Mais presque aussitôt, elle releva le saphir, comme si la musique eût été un intrus à éloigner tout de suite.

— Il m'a rappelée à la maison dès ma première année à l'université, commença-t-elle.

Elle lui tournait le dos. Sa voix était monocorde, sèche, contenue.

— Il m'a envoyé son fichu jet privé pour me convoquer. Il voulait être sûr que je ne manque aucun de mes cours.

Elle se retourna, mais elle avait la tête basse, le regard rivé sur un trombone qu'elle torturait d'avant en arrière. Jusqu'à ce qu'il casse...

— Tu comprends, j'étais... je ne sais pas... « angoissée », c'est bien le mot. Je n'arrivais pas à deviner pour quelle raison pressante il me rappelait à la maison. J'ai songé aussitôt à ma mère. C'est drôle, pas à Gelda : elle n'était jamais malade, elle. Tandis que Maman...

« Bref, on m'a introduite dans son bureau. Il était debout devant le feu, en train de se chauffer les mains. Je l'ai regardé. Mon loden était encore plein de neige, je n'avais pas pris le temps de l'enlever. Il m'a offert un verre.

Elle redressa brusquement la tête et elle jeta à Nicholas un regard perçant :

— Tu te rends compte ! dit-elle. Il m'a offert un verre comme si nous étions deux relations d'affaires sur le point de discuter une transaction importante.

« C'est étrange, tu sais. J'ai eu exactement cette impression, sur le moment. C'était prophétique. « Ma chérie, m'a-t-il dit, j'ai une surprise pour toi. Je suis tombé sur un homme tout à fait extraordinaire. Il va arriver d'un instant à l'autre. Je crois que la neige l'a mis un peu en retard. Viens. Enlève ton manteau et installe-toi. » Mais je suis restée sur place, abasourdie. « C'est pour ça que tu m'as envoyé ton avion ? » lui ai-je demandé. « Mais oui. Je veux que tu fasses sa connaissance. Il est idéal pour toi. Sa famille est d'un niveau qui convient, avec des relations excellentes. Il a belle allure, et un nom, par-dessus le marché... — Père, lui ai-je dit, tu m'as fait une peur bleue pour je ne sais quelle idée folle... — Je t'ai fait peur ? — Oui, j'ai cru que quelque chose était arrivé à Maman ou bien... — Ne sois pas si stupide, Justine ! Je ne sais pas ce que je vais pouvoir faire de toi. » J'ai bondi vers la porte, furieuse. Il ne comprenait même pas ce qui m'avait mise hors de moi. J'étais prête pour l'amour, m'a-t-il dit. « Sais-tu combien de temps j'ai passé à faire ce choix ? » criait-il encore quand je suis sortie. (Elle poussa un soupir.) Le temps était pour mon père la matière première la plus précieuse, conclut-elle.

— On ne fait plus ce genre de choses, à présent, dit-il. On ne vend plus les gens comme si c'étaient des objets.

— Ah non ? répliqua-t-elle avec un rire amer. Mais cela se produit tout le temps ! Partout ! (Elle écarta les bras.) Dans les mariages, dit-elle, quand on attend de la femme qu'elle accomplisse certains devoirs ; dans les divorces, quand les gosses servent de monnaie d'échange ; dans les affaires. Tout le temps, Nick. Deviens adulte, veux-tu ?

Il se leva du sofa, agacé d'être plus bas qu'elle.

— Je parie que c'est ce que ton père te disait à tout bout de champ : « Deviens adulte, Justine, veux-tu ? »

— Tu es un vrai salaud, est-ce que tu sais ça ?

— Allons ! Tu ne vas pas lancer une autre querelle, hein ? Je t'ai dit...

— Salopard !

Elle bondit par-dessus la table à thé qui les séparait et son corps s'écrasa contre celui de Nicholas. Ses mains tourbillonnaient comme des fléaux, mais il saisit ses poignets sans difficulté et les immobilisa.

— Et maintenant, tu vas m'écouter, s'écria-t-il. Je veux bien me bagarrer avec toi, mais je te l'ai déjà dit, je ne suis pas Chris, et tu ne vas pas provoquer un échange de coups chaque fois que tu veux attirer l'attention sur toi. Il y a d'autres manières de l'obtenir. Par exemple en posant des questions.

— Je ne devrais pas avoir besoin de demander, dit-elle.

— Oh, oh ! Alors c'est ça ! Mais je ne suis pas extralucide, moi. Je ne suis qu'un être humain. Et je n'ai pas besoin de psychodrames.

— Moi, si.

— Non, c'est faux, dit-il, la lâchant.

— Prouve-le.

— Tu es la seule à pouvoir le faire.

— Pas sans aide, en tout cas. Je ne peux pas.

Elle le regarda dans les yeux, puis elle leva les mains et, du bout des doigts, elle effleura ses joues.

★

Il semblait hautement invraisemblable que Billy Shawtuck ait pu mériter le surnom de Bill le Dur, mais c'était un fait. A quarante ans passés, il avait un teint rubicond. Court sur pattes et trapu, il n'était pas même du type costaud. Il portait toujours des chemises à manches longues, même au cœur de l'été, sur la plage, les jours sans vent, quand tout le monde transpirait.

Si vous aviez posé la question à ses copains, au bistrot Grendel, ils vous auraient répondu que Billy n'aimait pas faire étalage de ses énormes biceps. Bien entendu, en les pressant un peu, ils auraient ajouté qu'il devait son surnom à la façon dont il s'abstenait de bière — en prenant à la place des whiskys *on the rocks*. Apparemment, la chaleur ne le dérangeait jamais.

Billy travaillait à la Lilco. Il tirait les lignes électriques et il répondait toujours à ceux qu'il battait régulièrement au bras de fer, chez Grendel, que ses muscles ne devaient rien à personne. « Pas besoin d'aller dans ces salles de gym pour pédés tous les jours, disait-il en éclusant d'une gorgée son double scotch *on the rocks* et en levant les bras pour en commander un autre. Merde, mon boulot suffit. Un boulot honnête qui mérite qu'on transpire, ouais ! » Puis il secouait sa tête hérissée de cheveux couleur de sable et ajoutait : « Je ne suis pas un de ces culs-vissés derrière un bureau. »

Grendel était l'abreuvoir local — fréquenté presque exclusivement par des ouvriers (les écrivains avaient, eux aussi, leur endroit favori) —, à plusieurs kilomètres en dehors de West Bay Bridge, près de l'autoroute de Montauk.

Tard dans la soirée, Billy Shawtuck se tenait sur le seuil de chez Grendel, prêt à partir. Le ciel passait de l'indigo au noir. Sur la grand-route, la circulation prenait une allure fantomatique. Les phares et les feux arrière scintillaient comme les yeux inquisiteurs d'animaux nocturnes. En haut des marches, Billy prit une respiration profonde et cria une insulte à l'adresse de la foule des estivants... Nous allons tous crever empoisonnés par l'oxyde de carbone un de ces jours, songea-t-il.

A moins de quatre pas, son camion Lilco l'attendait. Mais ce soir, il hésitait à quitter la chaleur joyeuse du bar. La musique du juke-box bêlait dans son dos. Tony Bennett chantait : « J'ai laissé mon cœur à San Francisco. »

Tu peux prendre ton San Francisco, songea Billy, ramasser tous ceux de la côte Ouest avec et te les foutre au cul. Il était allé là-bas dans l'armée, et il avait détesté. Je n'en ai rien rapporté, à part une chtouille carabinée. Il rit. Mais, bon Dieu, je regrette d'avoir accepté ce boulot du soir. Les heures supplémentaires ont du bon, mais il y a des jours... Oui, il y a des jours où ça n'en vaut pas le jus. Il avait le sentiment de vivre un de ces jours-là.

Il poussa un soupir et descendit les marches, mais non sans envoyer un bras d'honneur à Tony Bennett et à sa ville merdeuse. Pourtant son humeur changea dès qu'il se fut engagé dans une des rues latérales sombres et il se mit à siffloter. Il espérait bien que le boulot ne le retiendrait pas trop longtemps. Et bien entendu, il pensait déjà à Hélène et au truc qu'il lui avait acheté sur le catalogue de *Frederick's of Hollywood*. Ah !... Et si c'était arrivé par la poste aujourd'hui ? C'était déjà presque en retard.

Il imagina l'allure d'Hélène, avec ses longues jambes, dans la lingerie neuve. Il rit : si on peut appeler ça de la lingerie... Puis il s'engagea dans le dernier virage avant les propriétés du front de mer et il vit la silhouette vêtue de noir avancer tout droit dans le faisceau de son phare de gauche.

— L'enfoiré !

Il se jeta sur le frein et obliqua brusquement sur l'accotement de droite. Il se pencha par la portière et cria :

— Espèce de connard ! J'aurais pu te tuer ! Qu'est-ce qui t'a...

La portière de son côté s'ouvrit brusquement et il eut l'impression qu'une tornade l'arrachait de son siège.

— Eh !

Il roula sur le goudron froid.

— Eh ! L'ami...

Il se releva, penché en avant comme un boxeur, les poings à la hauteur de sa poitrine.

— T'approche pas, fils de garce !

Ses yeux s'ouvrirent tout grands lorsqu'il vit l'éclair de la longue lame à la lueur des phares. Nom de Dieu, se dit-il, une épée ? Faut-il que je sois saoul !

Un papillon de nuit, ébloui, se cogna au phare. Les cigales continuaient de chanter. Tout près, le ressac chuchotait, chantonnait comme une grand-mère apaisant un enfant apeuré.

Il lança un direct du droit. Il n'arriva jamais.

L'air devant lui parut se fendre en deux et vibrer comme un rideau de perles.

Il éprouva les deux sensations, presque simultanées. C'étaient les impressions les plus vives et les plus délicieusement douloureuses qu'il ait jamais vécues.

Un jour, non loin de la base, il s'était pris de bagarre avec un type de la Police militaire, et le salopard avait réussi à le toucher avec un couteau et à le blesser au côté, avant qu'il puisse lui enfoncer son poing dans la figure. Il s'était retrouvé au mitard, mais jamais il n'avait éprouvé une aussi grande joie de sa vie.

Pourtant cette douleur, cette brûlure, n'était rien à côté de ce que Billy Shawtuck ressentait à présent. L'éclair de la lame transperça la nuit, puis transperça Billy. Du haut de son épaule droite, à travers tout son abdomen, jusqu'à la gauche de son pubis. Ses tripes commencèrent à se répandre, et ses narines s'emplirent d'une odeur nauséabonde.

— Nom de Di...

Puis le bâton rond s'écrasa, sifflant comme un enfant qui joue, sur son épaule. Il entendit le craquement sec lorsque les os se bri-sèrent mais — ce qui le stupéfia — il n'y eut absolument aucune douleur. Seul, le sentiment d'avoir été aplati contre le goudron de la route.

Des larmes montèrent aux yeux de Billy pour la première fois depuis des années. Maman, songea-t-il, maman, je rentre à la maison.

★

— Je crois que je sais ce que c'est, dit-elle.

Il faisait nuit noire et un vent fort, soufflant de la terre, agitait les arbres proches de la maison. Au loin, une sirène de bateau sif-fla une fois, puis se tut. Ils étaient allongés sur le lit de Justine côte à côte, tout au plaisir de la proximité de leurs chairs, sans rien de sensuel. Deux êtres ensemble — et cela suffisait.

— Ne ris pas, dit-elle en se tournant vers lui. Promets-moi de ne pas rire.

— Promis.

— La douleur — la douleur physique, je veux dire — me pré-parait, tu comprends.

— Te préparait à quoi ?

— A l'autre forme de douleur. La rupture, le départ.

— Cela me paraît une vision terriblement pessimiste de l'exis-tence.

— Oui, certainement.

Il passa le bras autour d'elle. Elle glissa un pied entre les siens et lui frotta les chevilles.

— Quel est ton vrai désir ? lui demanda-t-il au bout d'un ins-tant.

— Être heureuse, répondit-elle. C'est tout.

Rien d'autre n'existe plus au monde, songea-t-elle, en dehors de nos corps enlacés, de nos âmes jumelées, et elle comprit que jamais elle n'avait été aussi proche d'un autre être qu'en cet ins-tant, allongée contre Nicholas. Il fallait bien que la confiance commence quelque part. Peut-être était-ce pour elle l'occasion d'un nouveau départ...

Elle bondit, secouée par un fracas énorme, très proche, vers le devant de la maison, dans la cuisine, semblait-il. Elle hurla comme si une main glacée lui avait griffé le ventre. Elle vit Nicho-las se dresser et lancer ses jambes par-dessus le bord du lit, et tan-dis qu'il se dirigeait sans bruit vers la lumière jaune citron qui inondait le couloir, il sembla soudain se transformer totalement sous les yeux de Justine. Il marchait le pied gauche en avant, le corps de côté, comme un escrimeur, les genoux légèrement fléchis, toujours les deux pieds sur le sol. Se dirigeant vers le fond du couloir. Il n'avait pas dit un mot à Justine.

Reprenant ses esprits, elle le suivit.

Elle vit qu'il avait les mains levées devant lui, très haut, et les tranchants de ces mains, tendus, raides comme de l'acier, lui rappelèrent bizarrement des lames. Il s'avançait, furtif, vers la cuisine.

Au-delà de la table, elle vit que la fenêtre au-dessus de l'évier avait été brisée de l'extérieur. Des éclats de verre scintillaient dans la pénombre. Elle n'osa pas aller plus loin pieds nus. Les rideaux claquaient dans le vent qui s'engouffrait par le trou. Ils fouettaient les faïences des murs.

Elle regarda Nicholas avancer puis s'immobiliser, figé comme une statue, pour regarder quelque chose par terre, de l'autre côté de la table, près de la fenêtre. Il demeura dans cette position pendant si longtemps qu'elle traversa sur la pointe des pieds le sol jonché de verre et s'approcha de lui. Elle suffoqua et se détourna. Mais la chose attira inexorablement ses yeux et elle regarda de nouveau.

C'était une masse noire, couverte de fourrure, assez grosse et immobile. Du sang suintait sur le carrelage en plusieurs endroits, venant de dessous le corps, et brillait sur le verre brisé. Une odeur étrange, astringente, assaillit ses narines, et elle eut un haut-le-cœur. Ses yeux s'emplirent de larmes.

— Qu'est-ce... (Elle eut une autre nausée.) Qu'est-ce que c'est ?

— Je n'en suis pas certain, dit-il lentement. C'est trop gros pour une chauve-souris, en tout cas dans cette région, et ce n'est pas un écureuil volant.

Le téléphone se mit à sonner et Justine sursauta. Elle s'étreignit les bras des deux mains.

— J'en ai la chair de poule, dit-elle.

Nicholas ne bougea pas, les yeux rivés sur la chose noire qui avait brisé la fenêtre.

— Aveuglé par la lumière, dit-il.

Justine alla décrocher le téléphone mural. Elle parla un long moment. Nicholas semblait n'avoir rien remarqué. Elle dut revenir jusqu'à lui et lui toucher le bras.

— Vincent veut te parler.

Il détourna enfin les yeux de la chose et regarda Justine.

— Très bien... Ne t'approche pas, la prévint-il.

Sa voix paraissait plus épaisse. Ses pensées semblaient très loin. Il prit l'appareil.

— Qu'est-ce qu'il y a ? demanda-t-il sèchement.

— J'ai essayé de te joindre chez toi, répondit Vincent. Comme personne ne répondait, j'ai tenté ma chance.

Nicholas ne dit rien.

— Écoute, reprit Vincent, je sais l'heure qu'il est.

Sa voix vibrait dans l'oreille de Nicholas et elle avait une tonalité inhabituelle.

— Cela s'est reproduit, poursuivit-il. Florum vient de trouver un autre corps. Ils sont en train de le photographier.

Le vent hurlant à travers la fenêtre brisée parut glacial soudain. Il attendit. De la sueur perlait sur tout son corps. Il regarda le gâchis, par terre : le cadavre à la fourrure noire, le sang rouge qui suintait encore, courant sur le sol, commme à la recherche de quelque chose ou de quelqu'un.

— Nick, reprit Vincent. Le corps a été tranché en oblique, de l'épaule à l'aine, aussi nettement que... D'un seul coup. Est-ce que tu comprends ?

2. Environs de Tokyo

Singapour, été 1945
Environs de Tokyo, hiver 1951

Il y avait un sanctuaire shintō au milieu de la forêt la plus luxuriante que Nicholas ait jamais vue, à trois cents mètres à peine de
la bordure extrême de la propriété de son père, vers l'est. A cent
cinquante mètres se dressait la maison, vaste édifice délicat et
minutieusement orchestré, de conception japonaise traditionnelle.
La façade en forme de L était précédée, quand on arrivait de ce
côté-là, par un jardin classique délicieux qui exigeait, inutile de le
préciser, une attention inlassable et autant d'amour qu'un petit
enfant.

Le sort ferait preuve de son ironie quand, des années plus tard,
sur l'autre flanc de la longue colline ondulant vers l'ouest, on
construirait une autoroute ultramoderne à huit voies, pour aider
la masse des voitures à pénétrer au centre de Tokyo et à en ressortir.

Les dernières traces de la puissance militaire japonaise avaient
été réduites en poudre de métal. Les *daïmyos* impériaux avaient
été jugés et emprisonnés comme criminels de guerre. L'empereur
restait en place mais, partout, des Américains en uniforme pares-
saient sous ce qu'ils appelaient souvent, par dérision, « le soleil
atomique ».

Cependant, pour Nicholas, les leçons d'histoire devaient commencer dans un autre pays.

Le 15 février 1942, lui apprit son père quand il eut dix ans, la
garnison britannique de Singapour s'était rendue aux assaillants
japonais. Ceux-ci conservèrent la ville pendant trois ans et demi,
jusqu'en septembre 1945, date à laquelle les Anglais l'occupèrent
de nouveau. C'était à ce moment-là que son père avait rencontré

sa mère, parmi les réfugiés de toute sorte qui se pressaient dans l'île déchirée par la guerre. Elle avait été mariée à un commandant de garnison japonaise, qui avait été déchiqueté sous ses yeux pendant les dernières journées de cet horrible été chargé de pluies. Et pendant quelque temps, elle en avait eu l'esprit dérangé.

L'avant-garde des forces britanniques s'infiltrait déjà dans les environs de la ville, et le commandant avait fait avancer sa garnison vers l'est pour tenter d'encercler l'assaillant. Mais, après avoir trop déployé ses troupes, il s'était lui-même trouvé encerclé. Sous un feu croisé meurtrier, il avait sabré six soldats anglais avec son *katana*, avant que les autres aient eu le réflexe de reculer et de lui lancer une volée de grenades. Il n'était rien resté de lui, même pas des ossements.

Des années plus tard, dans une minuscule rue latérale de Tokyo, chez un marchand d'estampes *ukiyo-e* (une vieille boutique délabrée), Nicholas était tombé sur une estampe intitulée *La fin du samouraï*. Elle représentait la mort d'un guerrier vaincu et effaré ; une charge de poudre lui arrachait le *katana* des mains. Et à travers ce dessin, Nicholas avait peut-être vu là une sorte de rédemption du premier mari de sa mère et avait bien dû reconnaître l'impératif historique de cet ennemi-là.

Sa mère avait toujours été une femme apolitique. Elle s'était mariée par amour, non par raison. Mais par la suite, avec la défaite des Japonais à Singapour et la mort de son mari, tout son univers avait explosé en un chaos qui l'avait emplie de frayeur. Et elle n'avait pas pu le supporter. La vie, elle en était fermement convaincue, appartenait aux vivants. On enterrait ses morts et puis on allait de l'avant. C'était le *karma*. Et elle croyait au karma plus qu'en toute autre chose. Pas en la prédestination : elle n'était pas fataliste, comme de nombreux Occidentaux auraient pu l'imaginer à tort. Non, mais elle savait s'incliner devant l'inévitable. Comme la mort d'un mari.

Mais c'était une époque de changements violents. Et telle une belle fleur prise dans un maelström inextricable, elle était partie à la dérive au milieu du tumulte des armes automatiques et des explosions de mortier.

Elle rencontra le père de Nicholas, ironie amère, dans le bureau même où son mari défunt avait commandé la garnison vaincue. Elle errait dans la place, comme s'il se fût agi d'un temple bouddhiste sacro-saint pour les flammes de la guerre qui dévoraient tout autour d'elle. Peut-être était-elle venue là parce que c'était l'un des seuls endroits de Singapour qui lui fût encore familier. Chose étrange, l'idée de fuir la cité ne lui était jamais venue à l'esprit. Elle marchait au hasard dans les rues saisies par la mort, sans le moindre égard pour sa sécurité personnelle.

La ville avait tellement changé qu'elle en était toute désorientée ; elle ne savait plus où se trouvait le quartier des affaires, ni même son ancien appartement. Partout des monceaux de décombres, et les artères semblaient envahies par une marée d'enfants, houleuse et bruyante — comme si au réveil du cauchemar horrible de la guerre, on les avait enfin libérés d'un esclavage honteux. Cela lui rappela le bonheur qu'elle ressentait, aux fêtes du Nouvel An, quand elle était petite fille et qu'elle se retrouvait libérée pour un temps des soucis et des contraintes du monde. Et cela aussi la déconcerta.

Ainsi donc, pendant des jours, elle avait marché dans les rues fumantes, se blottissant instinctivement sous des porches sombres dès qu'elle entendait le pas lourd des soldats : elle avait dépassé le stade où l'on cherche encore à distinguer les camps. Par miracle, elle évita toute mésaventure grave. Le karma, dirait-elle plus tard. Elle survécut grâce à la tolérance et à la pitié d'humbles Chinois qui l'aperçurent et la firent manger, presque comme un bébé, glissant quelques cuillerées de leur maigre soupe au riz entre ses lèvres mortes, lui essuyant le menton chaque fois, car elle ne pouvait même pas faire toute seule un acte aussi simple. Elle se soulageait dans les caniveaux, et avait oublié à quoi ressemble un bain. Quand elle tombait sur de l'eau courante, devant les fontaines encore debout auxquelles le hasard la conduisait parfois, elle plongeait les doigts dans le filet de l'onde et le fixait des yeux comme si elle n'en avait jamais vu. Lorsqu'il pleuvait, elle s'arrêtait et levait les yeux vers la mer de nuages, s'attendant peut-être à entrevoir Dieu.

Le matin où elle se glissa dans le bureau de la garnison, le père de Nicholas se trouvait au milieu d'une crise administrative. Non seulement ses troupes étaient obligées d'assainir les dernières poches de l'opposition japonaise dans l'île, mais de nouveaux ordres le pressaient de charger ses hommes de faire la police dans la zone urbaine, pour mettre enfin un terme aux explosions de plus en plus violentes entre Chinois et Malais, qui cohabitaient depuis toujours dans une demi-paix instable. Cela ne laissait à ses hommes qu'une heure et demie de sommeil par jour. De toute évidence, cette situation ne pouvait se prolonger, et il était en train de chercher comment tout concilier sans désobéir à un ordre direct. Depuis l'aurore de la veille, il était assis dans le même fauteuil de rotin qui avait été, pendant les trois années précédentes, la propriété exclusive du commandant défunt de la garnison japonaise.

Sauf plusieurs passages rapides dans la salle de bains, le colonel Denis Linnear n'avait donc pas bougé depuis trente-six heures lorsqu'il aperçut une femme qui pénétrait comme une somnambule dans son saint des saints. Comment était-elle parvenue à se glisser à travers les trois cordons de la garde ? Jamais il ne put l'établir de façon satisfaisante. Mais ce point particulier ne devait l'intriguer que beaucoup plus tard. Sur le moment, il ne se soucia que de l'apparence de l'intruse, et lorsqu'il bondit de derrière son bureau surchargé de dossiers, ses aides de camp parurent s'étonner davantage de ses propres mouvements que de la présence insolite d'une femme dans la pièce.

— Danvers ! cria le colonel à son adjudant. Apportez un brancard, pas de gymnastique !

L'homme se précipita. Le colonel arriva près de la femme juste au moment où elle commençait à défaillir. Ses paupières battirent et elle s'évanouit dans les bras de l'officier anglais.

— Colonel, dit le lieutenant McGivers. A propos de ce détachement...

— Ah, je vous en prie, voyons ! Apportez-moi une serviette mouillée d'eau froide, lança le colonel furieux. Et ramenez-moi Grey.

Grey était le médecin-major de la garnison, un homme très grand, tout en angles, avec une moustache en broussaille et une peau rougie de soleil. Il arriva juste au moment où Danvers s'empêtrait avec son brancard dans l'embrasure de la porte.

— Donnez-lui un coup de main, McGivers, soyez gentil ! dit le colonel au lieutenant qui revenait.

Et les deux hommes firent passer le brancard dans le bureau. Le colonel souleva la femme — non sans remarquer la finesse de ses traits asiatiques sous les couches de poussière et de saleté — puis la déposa doucement sur le brancard.

Laissant Grey prendre les choses en main, il revint derrière son bureau et reprit son problème à l'envers, tout en observant du coin de l'œil l'angle de la pièce où, au bout d'un moment, le major se releva.

— Très bien, lieutenant, dit le colonel d'une voix lasse. Que tout le monde sorte d'ici. La réunion reprendra à huit heures.

Il se leva, glissa ses longs doigts dans ses cheveux et s'avança vers Grey. Le major avait toujours les yeux baissés sur la malade.

— Comment va-t-elle ? demanda le colonel quand ils furent seuls dans la pièce.

Le major haussa les épaules.

— Difficile à dire tant qu'elle ne reprendra pas connaissance. Il faudrait que je fasse quelques analyses. Manifestement, elle a reçu un choc et elle a souffert de la faim. Plusieurs bons repas devraient la remettre d'aplomb, cela ne m'étonnerait pas.

Il s'essuya les mains avec la serviette qu'il avait utilisée pour nettoyer le visage de la jeune femme.

— Écoute, Denis, reprit-il, j'ai des blessés par-dessus la tête. Si tu vois un problème quand elle refera surface, envoie Danvers me chercher. Sinon je crois que tu sais aussi bien que moi ce dont elle peut avoir besoin.

Le colonel appela Danvers et lui demanda d'apporter un peu de soupe chaude et tous les morceaux de poulet bouilli qu'il pourrait trouver. Puis il s'agenouilla près de la femme et regarda les pulsations douces battre le long de ce cou pareil à une colonne.

Ainsi donc la première chose que vit Cheong en ouvrant les yeux fut le visage tout proche du colonel. Et aussitôt — elle s'en souvenait encore lorsqu'elle raconta l'histoire à Nicholas — le regard de l'officier anglais la frappa.

— C'étaient les yeux les plus doux que j'avais jamais vus, lui dit-elle de sa voix légèrement chantante. Ils étaient du bleu vraiment le plus profond. C'était la première fois que je voyais des yeux bleus. J'étais hors de la ville quand les Anglais sont arrivés, avant le début de la guerre.

« J'ai souvent pensé que ce sont ces yeux bleus, tellement stupéfiants, qui m'ont remis la tête d'aplomb. Soudain, je me suis souvenue des longues journées après la mort de Tsūkō comme si elles appartenaient à un film, projeté en entier pour la première fois : tous les morceaux venaient enfin d'être montés à leur place. Plus de voile de tulle devant mes yeux, plus de coton enfoncé dans mon crâne.

« Et aussitôt, tout s'est mis à défiler devant moi, de façon extérieure, comme si je me souvenais d'événements appartenant à la vie de quelqu'un d'autre. Tout : les derniers jours sombres, horribles, de la guerre...

« C'est à ce moment-là que j'ai su que ton père faisait partie de mon karma. Oui, dès le premier instant où je l'ai vu, car je ne me souviens pas d'être entrée dans la garnison, ni d'avoir rencontré un seul soldat anglais avant lui.

Le colonel l'emmena chez lui à la fin du jour, parmi le long crépuscule scintillant d'émeraude et de lapis-lazuli, tandis que la ville étouffait sous les tourbillons de poussière, que les jeeps bringuebalaient dans les rues, et que les soldats arpentaient les trottoirs où Chinois et Malais faisaient halte au milieu de leur trajet de retour — debout, immobiles, muets, paisibles et éternels avec leurs pantalons de cotonnade trop larges et leurs chapeaux pointus, en roseau tressé.

Comme d'habitude, les rues étaient pleines d'une foule grouillante, et le colonel fit avancer la jeep, bien qu'il préférât souvent marcher. Il lui fallait vingt minutes en moyenne pour aller de la garnison, située près de Keppel Harbour, à la maison qu'il occupait maintenant de l'autre côté de la ville, vers le nord. Comme on s'en doute, l'état-major n'était pas du tout ravi de le voir faire tout ce chemin à pied, et il avait été contraint d'accepter que deux hommes armés de sa garnison l'escortent jusqu'à sa porte. C'était à ses yeux un odieux gaspillage de matériel humain, mais on ne lui avait pas laissé le choix en la matière.

Au début, on lui avait assigné une propriété immense, tout à l'ouest de la ville, mais il s'était très vite aperçu qu'elle se trouvait non loin — et sous le vent — d'un marais à palétuviers non moins immense : c'était plus qu'il n'en pouvait supporter. Il s'était donc mis à chercher, et il avait emménagé dans sa maison actuelle, plus petite mais beaucoup plus agréable.

Elle était située sur une colline, ce que le colonel appréciait beaucoup. Cependant, les jours où il faisait particulièrement chaud et humide, quand sa chemise collait à sa peau comme de la cire brûlante et que la sueur lui coulait des cheveux dans les yeux, quand toute la ville était nimbée de vapeur comme une forêt primaire des Tropiques, il avait l'impression que toute la masse de l'Asie, glissant lentement vers le bas, surplombait son crâne et l'étouffait sous une couverture de marécages sans fin, de moustiques et d'hommes ; alors, son torticolis le reprenait, plus douloureux que jamais.

Mais tout ceci, c'était avant l'apparition de Cheong... Pour le colonel, ce n'était rien moins qu'un miracle, comme si elle fût venue non pas des rues de Singapour, mais du ciel chargé de nuages. Et ce premier soir, lorsqu'après l'avoir confiée à la vieille Pi pour le bain et la toilette, il s'installa devant son bureau de teck ciré pour prendre son premier alcool de la journée, il sentit toute sa lassitude se détacher de lui, comme un reste de sel entraîné par une douche chaude. Il se laissa aller au plaisir d'être enfin chez soi après avoir travaillé si longtemps. Mais ce n'était peut-être que la partie la plus avouable de sa joie, car lorsqu'il évoquait ces moments, des années plus tard — et le plus souvent il s'y refusait — il ne semblait pas du tout certain de ses motivations et de ses sentiments ce soir-là. Il n'était sûr que d'une chose: quand elle était revenue dans la pièce, quand il avait revu son visage, pour la première fois depuis qu'il avait quitté l'Angleterre pour l'Orient au début de la guerre, l'Asie avait enfin cessé de l'obséder. Il se leva. Il la regarda s'avancer vers lui, et il se sentit comme une maison libérée du fantôme qui la hantait depuis de si longues années, vide désormais, attendant d'être remplie par de nouveaux locataires, infiniment plus réels. Il s'aperçut alors que son esprit, enfin sans entrave, dansait en lui ; et il comprit que là, sous ses yeux, se tenait la véritable raison pour laquelle il avait désiré percer les mystères de l'Asie.

Il étudia le visage de la jeune femme dans la lumière du ciel pâle, dernière lueur du jour, dernier jaillissement avant la chute définitive de l'ombre, d'un regard chargé de la même ardeur farouche avec laquelle il s'était acharné à détruire l'ennemi. C'était l'un des plus redoutables talents du colonel, très respecté par les militaires américains aussi bien qu'anglais, et qui lui avait valu promotions sur promotions, toujours méritées, sur le champ de bataille.

Ce n'était pas, il le sentit, un visage purement chinois. Cette déduction ne lui vint pas de telle ou telle configuration des traits, mais plutôt de l'allure d'ensemble. Il n'y avait rien de classique dans ce visage — ce que le colonel trouva extrêmement intéressant pour ne pas dire séduisant. Un ovale allongé, des pommettes hautes, des yeux en amande très longs, et un nez moins plat qu'on aurait dû normalement s'y attendre. Des lèvres larges et pleines — ce qu'elle avait de plus expressif avec ses yeux. Plus tard, il serait capable de deviner le moindre de ses changements d'humeur par un simple coup d'œil à ses lèvres.

Pi avait tiré les longs cheveux de Cheong en arrière, puis, après avoir peigné les mèches emmêlées, elle les avait attachées par un ruban de satin rouge, pour les faire tomber sur l'une de ses épaules, longue queue de cheval si épaisse et si brillante que le colonel, pendant un instant, crut voir une créature mythique revenue à la vie. Elle était si intensément orientale qu'il vit en elle l'incarnation vivante de l'immense continent surpeuplé.

— Comment vous sentez-vous ? dit-il en cantonais.

N'obtenant pas de réponse, il répéta sa question en mandarin.

— Très bien, maintenant. Merci, répondit-elle en s'inclinant.

C'était la première fois que le colonel l'entendait parler et il resta bouche bée. Jamais il n'avait entendu une voix aussi belle et aussi musicale. Cheong était grande, plus d'un mètre soixante-dix, avec une silhouette menue comme un roseau, mais aussi bien proportionnée que l'homme le plus exigeant pouvait le désirer.

— J'ai eu beaucoup de chance de vous rencontrer, dit-elle, les yeux rivés au plancher.

Elle essaya, mais en vain, de prononcer son nom de famille anglais.

— J'ai honte, avoua-t-elle en renonçant enfin. Pi me l'a fait répéter tout au long du bain. Je suis humblement désolée.

— Peu importe, dit le colonel. Appelez-moi Denis.

Elle y parvint, non sans prononcer le D d'une manière inconnue dans la langue anglaise. Elle le répéta deux fois, puis ajouta :

— Je ne l'oublierai jamais, Denis.

Et le colonel se rendit compte qu'il avait décidé de l'épouser.

★

Quand le colonel reçut, par courrier américain, mais via le service de liaisons anglais, l'invitation de se joindre, en tant que conseiller du général Douglas MacArthur, à l'état-major du SCAP à Tokyo — les forces d'occupation américaines — sa première pensée fut pour Cheong. Comment allait-il le lui apprendre ? Il n'était pas question de refuser ce poste. Il avait déjà hâte de se trouver à Tokyo.

On était encore au début de 1946, et cette partie du monde vibrait encore des retombées passionnelles suscitées par les explosions d'Hiroshima et de Nagasaki : les conséquences étaient incalculables, les ramifications sans fin.

Il était marié à Cheong depuis quatre mois et elle était enceinte de trois. Pourtant, il abandonnerait Singapour sans arrière-pensée, même si l'île constituait désormais son foyer, beaucoup plus que l'Angleterre ne l'avait jamais été. Non seulement il sentait que son devoir exigeait qu'il accepte le poste au quartier général du SCAP, mais il comprenait en profondeur les problèmes complexes qui avaient vu le jour au Japon depuis la reddition sans conditions qui avait mis fin à la guerre, l'année précédente. Et il était impatient de se plonger dans ce que MacArthur avait appelé « la nouvelle orientation décisive du Japon ».

Le colonel n'hésita qu'un instant, puis appela Danvers dans son bureau et lui dit qu'il partait pour la journée. Si quelque chose d'important survenait, on pourrait le joindre chez lui.

Quand il arriva, Cheong l'attendait pour s'occuper de lui en personne. Elle avait éloigné Pi du seuil de la maison dès qu'elle avait entendu la jeep s'engager dans l'allée.

— Vous rentrez en avance, aujourd'hui, Denis, lui dit-elle en souriant.

Il descendit de la jeep et congédia le chauffeur.

— Ah, vous allez me demander de ne pas traîner dans les jambes des servantes pendant les corvées du ménage, n'est-ce pas ? dit-il d'un ton bourru.

— Oh, non, s'écria-t-elle en lui prenant le bras pour monter le perron et l'entraîner dans la maison.

Ils traversèrent le vestibule et passèrent dans son bureau, où elle lui prépara aussitôt une boisson fraîche et lui fit signe de s'asseoir dans son fauteuil préféré. Quand il fut confortablement installé dans le cuir moelleux, les jambes allongées devant lui sur le

tapis, une botte sur l'autre, elle s'agenouilla près de lui. Elle portait une robe de brocart de soie, bleu nuit, avec un col mandarin
et des manches larges en cloche. Où avait-elle trouvé ce costume
tout à fait étonnant ? Il n'en avait pas la moindre idée, et il
n'aurait pas eu le mauvais goût de lui poser la question.

Le colonel, qui avait dégusté sa boisson en silence, se redressa et
posa son verre sur la table à thé, proche du fauteuil. L'Occidental
en lui avait une folle envie de prendre entre les siennes les mains
délicates mais habiles de la jeune femme, de se pencher vers elle et
de lui dire : « Qu'y a-t-il, chérie ? Tu sembles préoccupée ? » Mais
c'était impossible, il le savait, car en agissant ainsi, il lui aurait fait
honte. Manifestement, elle avait passé beaucoup de temps à se
préparer. Il devait lui faire honneur en la laissant aborder le vif
du sujet à sa manière à elle. Si le colonel avait appris une chose,
en six années d'Extrême-Orient, c'était bien la patience ; car ne
pas apprendre cette leçon très vite, c'était courir irrémédiablement au désastre, dans cette partie du monde où la vie était si différente, toujours en train de flotter, semblait-il, au sein de l'éternel Pacifique.

— Vous savez, Denis, la tranquillité n'est qu'une facette de
l'harmonie de la vie. Et l'harmonie est ce à quoi tout le monde
s'efforce de parvenir. L'harmonie est le fondement de la clarté de
l'esprit, la base d'un bon karma puissant.

Elle posa les doigts sur le dos de la main du colonel, allongée
sur le bois lisse, usé, de l'accoudoir.

— Vous avez ce genre de karma, continua-t-elle. Il est très fort,
comme le filet que lance un maître pêcheur.

Elle baissa les yeux vers ses propres mains, posées l'une sur
l'autre, puis elle les releva brusquement vers le visage de son
mari.

— Je ne voudrais pour rien au monde faire une chose susceptible de le détruire. Mais maintenant, je n'ai plus le droit de penser
uniquement à un seul être. Nos karmas se sont mêlés et entrelacés,
peut-être en un surcroît de puissance, ne croyez-vous pas ?

Il acquiesça de nouveau, et satisfaite d'avoir à la fois son attention et son approbation, elle dit enfin :

— Maintenant, il faut que je vous demande quelque chose.

— Vous savez qu'il vous suffit de parler, répondit le colonel du
fond du cœur. Vous êtes, de tous les êtres du monde, celui qui
m'a apporté le plus de bonheur, et tout ce qui est à moi est à vous.

Mais ce discours sincère sembla avoir peu d'effet sur Cheong.

— La chose que je dois vous demander est énorme.

Il hocha la tête.

— Il nous faut quitter Singapour, dit-elle brutalement.

Puis voyant qu'il ne l'arrêtait pas, elle se hâta de poursuivre :

— Je sais que votre travail compte beaucoup pour vous, mais c'est... (elle chercha le mot le plus juste pour transmettre sa pensée) c'est plus « impératif » pour nous tous. Pour vous, pour moi et pour le bébé.

Elle posa la paume de sa main contre son ventre.

— Il faut que nous allions au Japon, dit-elle. A Tokyo.

Il éclata de rire, frappé d'abord par l'humour de la situation, puis intrigué par son étrangeté.

— Qu'est-ce qu'il y a de drôle ? cria-t-elle en se méprenant sur son expression de soulagement. Rester ici est mauvais pour nous. Très mauvais. Au Japon, notre karma fleurira, grandira. C'est là que se trouve notre — quel est le mot dans votre langue ? — destin, c'est bien ça ? Notre destin.

— Je ne faisais que rire d'une coïncidence plutôt bizarre, la rassura le colonel, et non pas de vos paroles. Mais dites-moi, ajouta-t-il en lui caressant la main, pourquoi devons-nous aller à Tokyo ?

— Parce qu'Itami est là-bas. C'est la sœur de Tsūkō.

— Je vois.

Elle lui avait parlé, bien entendu, de son mariage précédent, mais depuis lors ils avaient rarement évoqué cet épisode de la vie de Cheong.

— Et qu'a-t-elle à voir avec notre karma ? demanda-t-il.

— Je ne sais pas. Je ne peux pas le savoir, répondit-elle. Mais j'ai eu un rêve la nuit dernière.

Le colonel n'ignorait pas l'importance que revêtait pour ces gens le message des songes. A cet égard, ils n'étaient pas différents des Romains de l'Antiquité. Lui-même, d'ailleurs, ne se montrait pas tout à fait sceptique à ce sujet. Il estimait que l'inconscient influe sur les orientations prises par chacun dans la vie, davantage que la plupart des gens ne veulent bien l'admettre. Et de toute manière, les rêves étaient étroitement liés au concept de karma, et le karma était une chose à laquelle le colonel croyait fortement. Il avait passé trop d'années en Extrême-Orient pour qu'il en fût autrement.

— C'était un rêve à propos d'Itami, dit Cheong. J'étais dans une ville. A Tokyo. Je faisais des courses et je me suis engagée dans une petite rue calme. Partout autour de moi, il y avait des boutiques de bois et de papier, comme on en trouvait au Japon à l'époque où Tokyo s'appelait Edo et où les Tokugawa étaient les maîtres du shōgunat.

« Je suis passée devant un commerce à la vitrine décorée de couleurs gaies, et je me suis arrêtée. Au centre de l'étalage, se trouvait une poupée. C'était la plus belle poupée que j'aie jamais vue. Son aura était très forte.

« Elle était en porcelaine avec un visage tout blanc, vêtue avec élégance dans le style *bushi*. Ses yeux m'ont fixée et je n'ai pas pu détourner mon regard. "Achète-moi", disaient-ils.

« Le marchand l'a enveloppée pour moi dans un tissu de soie et je l'ai emmenée chez moi. Puis, au moment où je l'ai déballée, elle s'est mise à parler. Sa voix était impérieuse, exigeante, et très, très autoritaire. Manifestement, c'était une dame de grande lignée.

« C'était Itami ; et elle m'a dit qu'il fallait que nous venions près d'elle. Elle m'a dit qu'il fallait que nous quittions Singapour pour aller à Tokyo.

— Avez-vous déjà rencontré Itami ? demanda le colonel.

— Non.

— Tsūkō vous avait-il montré une photo d'elle ?

— Non.

— Mais vous êtes certaine que la poupée de votre rêve était Itami.

— C'était Itami, Denis.

Il se pencha en avant, enfin, et lui prit la main entre les siennes, comme il en avait le désir depuis si longtemps. Les ongles très longs de la jeune femme, il le remarqua, étaient recouverts d'un vernis écarlate profond. Il effleura pendant un instant leur miroir satiné, savourant ce simple délice.

— Nous irons au Japon, Cheong. A Tokyo. Nous rencontrerons Itami, exactement comme dans votre rêve.

Le sourire qui se dessina sur le visage de Cheong était comme un lever de soleil.

— Oui, Denis ? Vrai de vrai ?

— Vrai de vrai.

— Alors dites-moi *pourquoi* ? Parce que mon âme est heureuse et n'a plus de soucis, mais mon esprit, Denis, mon esprit brûle de savoir.

★

La veille de leur départ, elle l'emmena voir So-Peng.

Il habitait en dehors de la ville, au nord-ouest, dans un village de papier huilé et de bambou où aucun Oriental n'avait jamais mis les pieds. La bourgade ne figurait sur aucune carte de la région que le colonel ait eue sous les yeux. Pour tout dire, quand Cheong lui avait parlé de cet endroit, il avait éclaté de rire, affirmant que leur destination n'était que le milieu d'un marécage à palétuviers. Mais cela ne l'avait nullement découragée, et il s'était plié à ses désirs.

C'était dimanche, et Cheong avait insisté pour qu'il ne porte pas son uniforme.

— C'est tout à fait vital, avait-elle précisé.

Et en endossant son complet de toile crème à larges revers, sa chemise de soie blanche et la cravate aux couleurs de son régiment, il s'était senti dramatiquement nu : une tache de vermillon dans une jungle d'émeraude de toutes parts, le mille d'une cible impossible à manquer. Pour sa part, Cheong portait une robe de soie blanche, ornée de hérons bleu ciel brodés, au col mandarin, et à l'ourlet au ras du sol. Elle avait l'air de sortir tout droit d'un rêve.

Le soleil brillait lorsqu'ils quittèrent la ville ; la chaleur déferla sur eux par vagues successives. Une brise nonchalante apportait la puanteur fétide des marais à palétuviers, toujours sur leur gauche. Deux fois, ils furent obligés de se figer, parfaitement immobiles, tandis que de longues vipères noir et argent traversaient le sentier en oblique. La première fois, le colonel fit un geste pour tuer le serpent, mais la main ferme de Cheong sur son poignet le retint.

Très loin — mais paraissant aussi proche à leurs yeux que la toile de fond aux couleurs flamboyantes de quelque théâtre de verdure — l'horizon, du côté de l'est, était presque entièrement étouffé par des nuages d'un gris sombre qui s'entassaient dans le ciel comme des enfants insupportables formant une dangereuse pyramide. Au-dessus, le ciel était d'un jaune très particulier. On ne voyait de bleu nulle part. Et, de temps en temps, des éclairs blancs éclataient sans bruit et zigzaguaient à travers le gris uniforme, qu'en de brefs instants ils veinaient comme du marbre. On avait du mal à croire au calme et à la paix qui régnaient sur le sentier sinueux qu'ils suivaient à présent, vers la crête d'une longue colline basse.

Singapour était hors de vue depuis longtemps. Comme une ancre de bateau lancée par-dessus bord, la ville semblait avoir complètement disparu ; elle faisait partie d'un autre monde, qu'ils avaient quitté, et, après avoir franchi quelque barrière invisible, voilà qu'ils se trouvaient dans un pays complètement à part. En tout cas, c'est ce qu'il sembla au colonel par cet après-midi magique, et c'est cette image qui lui revint, sans relâche, dans les rêves qui l'assaillaient aux petites heures dolentes précédant l'aurore.

De l'autre côté de la crête boisée, toutes traces du chemin qu'ils avaient suivi jusque-là disparurent, et il ne resta même plus un semblant de sentier perçant le monde vert. Mais Cheong semblait n'avoir aucun mal à s'orienter. Elle lui prit la main et le guida jusqu'au village de So-Peng.

Il se trouvait dans un repli de terrain, enfoui dans les feuilles, adossé au contrefort d'un massif de basalte, barrière naturelle derrière laquelle ne se trouvait peut-être que la mer.

Ils s'arrêtèrent devant une maison, en tout point semblable à ses voisines, et après avoir gravi les trois ou quatre larges marches de bois qui l'isolaient de la boue des rues, ils parvinrent sous le porche de la façade, large comme la véranda des maisons du Sud des États-Unis, autrefois, et qui protégeait l'entrée des pluies torrentielles ou du soleil brûlant, selon les saisons. Cheong lui demanda d'ôter ses chaussures comme elle le faisait elle-même.

La porte s'ouvrit et une vieille femme les fit entrer. Elle avait les cheveux gris acier, coiffés avec élégance, et elle portait une longue robe de soie, couleur de cendre légère. Elle posa ses deux mains jointes devant sa poitrine et s'inclina devant eux. Ils lui rendirent son salut, et quand elle leur sourit, le colonel s'aperçut qu'elle n'avait plus de dents. Son visage était ridé, bien sûr, mais sa peau conservait encore l'ombre de la vitalité et de la beauté qui devaient émaner d'elle au temps de sa jeunesse. Ses yeux noirs en amande, lumineux comme des fanaux, brillaient avec l'innocence curieuse de la petite fille, resurgie du passé.

Cheong présenta le colonel, et ajouta sans autre précision :

— Et voici Chia Sheng.

Chia Sheng se mit à rire, évaluant la masse du colonel, et secoua la tête d'un côté à l'autre comme pour dire : « Ah, les jeunes gens, de nos jours ! » Elle haussa ses épaules frêles et fit claquer vivement sa langue contre son palais.

Le colonel remarqua que Cheong avait parlé uniquement mandarin, et il comprit, sans plus d'explications, qu'il devait faire de même.

Ils étaient dans une pièce d'une taille considérable. Aucune maison dans laquelle il était entré à Singapour, pas même la demeure de maître près des marécages, où il avait logé au début, ne pouvait se flatter de posséder un espace aussi vaste. La façade extérieure, se dit-il, ne correspondait en rien à ce que l'on trouvait à l'intérieur.

Fait plus anormal, cette pièce était recouverte de tatamis — ces matelas de roseau japonais, dont les dimensions déterminées servent de mesure à toutes les pièces des maisons traditionnelles au Japon. Mais les lieux réservaient au colonel d'autres surprises.

Chia Sheng, sans un mot, les fit traverser cette première pièce, très peu meublée — tables basses de laque, coussins, et presque rien d'autre — et passa dans un corridor assez court, faiblement éclairé. Le mur du fond consistait en une énorme plaque de jade, sculptée avec tellement de relief qu'elle formait claire-voie. En son milieu se trouvait une ouverture ronde, connue (le colonel l'avait lu quelque part) sous le nom de Porte de Lune. Il y en avait de semblables dans les maisons des familles les plus riches, pendant la dernière moitié du XIXᵉ siècle, en Chine continentale.

Derrière l'ouverture de la Porte de Lune, il vit une tenture de soie, suspendue à un bambou placé en travers. Soie grise, portant une broderie bleu roi représentant une roue à rayons. Ce motif parut étrangement familier au colonel, qui se tortura l'esprit pendant de longues minutes, avant de se rappeler avoir vu la même tenture, reproduite sur une estampe *ukiyo-e* d'Ando Hiroshige. Une estampe de la série des *Cinquante-trois stations du Tokaïdo*, mais il ne se souvenait plus de son titre. Toutefois, il savait que le motif servait d'emblème à un *daïmyo* en voyage. Autre mystère. Le colonel haussa les épaules intérieurement tandis que Chia Sheng les précédait dans la Porte de Lune, tache blanche ombrée de noir et de vert.

Ils débouchèrent dans une pièce à peine plus petite que la première. Sur trois côtés se trouvaient des paravents d'une facture exquise — couleurs sombres transmettant les vibrations de la vie, traversant les années comme si elles n'étaient que voiles de fumée.

Des parfums envahirent ses narines, senteur crayeuse du charbon de bois, senteur musquée de l'encens ; et puis d'autres, plus subtiles, huiles délicates, suif, et toutes celles qu'il ne put définir.

— Je vous en prie, dit Chia Sheng en leur faisant contourner une table basse de laque rouge.

Au milieu, dans un bol, se trouvaient des fleurs fraîchement coupées.

Ils disparurent entre les bords de deux des paravents, qui révélèrent une porte de ténèbres, comme taillée au cœur d'une plaque d'onyx.

Un escalier étroit et en spirale les attendait, où deux personnes ne pouvaient pas monter de front. Il débouchait dans une sorte de tour, endroit que le colonel compara en lui-même à des combles. Des poutres de bois, aux quatre coins de la bâtisse, soutenaient un toit de tuiles vertes vernissées. La vue s'étendait, parfaitement libre de tous les côtés, sauf celui où la montagne de basalte, tel un Léviathan redoutable surgi de quelque mythologie oubliée, se dressait, assez proche pour servir de sentinelle.

Dès leur arrivée dans cette soupente, les yeux du colonel tombèrent sur une haute silhouette qui observait l'orage menaçant à travers une longue lunette. C'était So-Peng.

— Bienvenue, colonel Linnear.

Sa voix, riche et profonde, semblait capable de faire vibrer ce grenier. Son mandarin avait un accent insolite ; en termes occidentaux on aurait pu le qualifier de « pincé ». Il ne se retourna pas ; et rien dans ses paroles n'indiqua qu'il avait remarqué la présence de Cheong. Chia Sheng, sa mission peut-être terminée, les quitta et redescendit sans bruit l'escalier en spirale.

— Approchez-vous, je vous en prie. Venez ici, près de moi, colonel, dit So-Peng.

Il portait une robe chinoise de cérémonie à la mode d'autrefois, couleur de nacre. Elle était tissée dans une matière totalement inconnue du colonel, et au moindre mouvement du vieil homme, sa surface captait la lumière et la renvoyait en reflets capricieux d'un merveilleux effet.

— Regardez. Ici..., dit le vieillard en tendant la lunette au colonel. Regardez du côté de l'orage, colonel, et dites-moi ce que vous voyez.

Le colonel prit l'instrument de laiton poli, ferma un œil et approcha l'autre de l'oculaire. Dans l'étroit cercle de sa vision, très loin là-bas, il vit l'épanouissement des nuages, devenus d'un noir violacé, comme des ecchymoses. Et la couleur du ciel derrière l'orage avait changé, elle aussi. La nuance jaune, d'aspect uniforme, était sillonnée de veines d'un vert très pâle, mélange que le monde de la Terre ne pourrait jamais reproduire. On entendait déjà des grondements gutturaux, ininterrompus, qui roulaient par-dessus les collines comme un *tsunami* — un raz de marée invisible. Le colonel retraça minutieusement tout ce qu'il voyait.

— Et vous ne voyez rien d'autre, dit So-Peng.

Il n'y avait pas la moindre inflexion interrogative dans sa voix.

Non, faillit répondre le colonel, je ne vois rien d'autre. Mais il se retint au dernier moment, certain qu'il avait sous les yeux une chose particulière que le vieillard désirait qu'il vît.

Pendant de longues minutes il balaya tout l'espace avec l'objectif de la lunette d'approche, centimètre par centimètre, mais sans rien de nouveau à rapporter. Puis cela l'agaça : il déplaça la lunette vers le haut : rien. Ensuite vers la terre. Au-dessous de l'orage menaçant, il vit les femmes dans les rizières, champs d'eau complètement plats sans la protection d'un seul arbre ou même d'un appentis de branchages. Presque à l'unisson, les femmes se courbaient sur leurs tâches : elles se penchaient, tendaient la main et enfonçaient les plants de riz. Leurs jupes étaient relevées au milieu et formaient des gros nœuds entre leurs jambes ployées ; des hottes tressées recouvraient leur échine, leur donnant une allure de bêtes de somme ; l'eau recouvrait leurs pieds nus jusqu'à la cheville.

— Les femmes continuent à travailler, dit le colonel. Comme si l'orage n'était pas là.

— Ah ! s'écria So-Peng en hochant la tête. Et qu'est-ce que ceci vous apprend, colonel ?

Le colonel ôta la lunette de son œil, baissa le bras et regarda So-Peng — son crâne jaune, sans cheveux, la mèche grise de sa barbe tombant tout droit de l'extrême pointe de son menton, les yeux sombres pleins de sérénité qui le fixaient froidement, comme depuis une autre ère.

— Elles savent quelque chose que nous ignorons, dit le colonel.

— Hmmm, se contenta de murmurer So-Peng.

Il était pleinement conscient que par « nous » le colonel avait voulu dire, implicitement, les Occidentaux. Mais il lui fallait encore décider si le colonel était sérieux ou simplement condescendant. So-Peng, comme tout Asiatique sur son continent, était beaucoup plus habitué à rencontrer des Occidentaux exprimant le second sentiment. Mais il ne se désintéressa pas du colonel sans aller plus loin, comme il aurait très facilement pu le faire, car dès ce premier contact, son instinct avait dû réagir en faveur de cet homme.

Pour sa part, le colonel savait parfaitement qu'il était parvenu à un nœud crucial de ses relations avec Cheong. Pour elle, la bénédiction de ce vieil homme était impérative. Pourquoi n'avait-elle pas été nécessaire à son mariage ? Il n'arrivait pas à le comprendre. Mais pour qu'elle puisse quitter Singapour, So-Peng devait devenir un élément actif.

Le fait que cette maison, ce village même, fussent si isolés, si totalement inconnus de la population occidentale, augmentait son appréhension. Le colonel était douloureusement conscient que de nombreux Chinois ne portaient pas dans leur cœur les Occidentaux, ces géants barbares venus d'outre-mer. Que cette aversion — en fait cette hostilité — soit, au fond, en grande partie justifiable, ne changeait rien pour lui en cet instant.

Mais le colonel éprouvait beaucoup d'amour pour ces gens, pour leur vie, leur histoire, leur religion et leurs coutumes, et ce fut sa connaissance de ce monde qui lui redonna du cœur et le poussa à dire :

— Sans aucun doute, nous avons beaucoup à apprendre ici, mais j'ai également la conviction que la plus avantageuse de toutes les situations est celle qui implique un échange. Un échange de connaissances au départ, mais qui provoque — et c'est plus important — un échange de... confidences.

So-Peng croisa les bras devant sa poitrine frêle. Ses mains étaient entièrement dissimulées dans les larges manches de sa robe.

— Confidences, dit-il d'un ton songeur, comme si ce mot avait un goût nouveau, exotique, qu'il voulait mettre à l'épreuve de son palais. Confidences peut avoir plus d'un sens, selon les inflexions de la voix et la place du mot dans le contexte. Je pourrais donc être amené à croire que vous avez voulu parler, en fait, d'un échange de secrets.

— Ce ne serait pas très loin de mes intentions, répliqua le colonel.

— Et qu'est-ce qui vous fait croire qu'une telle intimité devrait s'étendre à vous ?

Le regard du colonel se figea, transpercé par les yeux en face de lui, et ce regard devint si intense qu'à la fin le visage de l'autre sembla disparaître, ne laissant que cette paire de lumières, isolées, en suspens dans l'atmosphère. Comme un dialogue de feu.

— Avant tout, le respect, monsieur. Ensuite la connaissance, la connaissance désirée et assimilée. Puis l'acceptation de ce qui est et de ce qui a été, la compréhension de son propre rôle au sein de la matrice. Ensuite, la curiosité qui pousse à l'étude de l'inconnaissable. Et enfin, il y a l'amour.

Le colonel se tut, détendu soudain, conscient d'avoir ouvert son cœur, de s'être exprimé en des termes qui le satisfaisaient et honoraient sa femme. Il ne restait plus rien à ajouter.

Mais lorsque So-Peng reprit la parole, il ne s'adressa pas au colonel mais à son épouse.

— Cheong, dit-il. Je crois que Chia Sheng t'appelle. Sa voix monte jusqu'à moi dans cet air lourd.

Sans un mot, Cheong s'inclina et partit.

Le colonel ne bougea pas, ne parla pas. A l'extérieur de leur abri fragile, l'orage approchait.

— Cheong me dit que vous partez au Japon dans peu de temps.

— Oui. Demain, acquiesça le colonel. On m'a demandé de travailler auprès du général MacArthur à la reconstruction d'un nouveau Japon.

— Oui. Il y a beaucoup de prestige dans une œuvre comme celle-là. Une place dans l'histoire, n'est-ce pas, colonel ?

— Je n'avais pas songé à cela, très honnêtement.

— Ne croyez-vous pas, dit So-Peng, qu'il vaudrait mieux laisser le peuple japonais décider lui-même de ce que sera cette « reconstruction », comme vous dites ?

— Ce serait l'idéal, bien entendu. Mais, malheureusement, certains éléments de la société japonaise ont orienté le peuple sur une mauvaise voie, au cours des vingt dernières années.

So-Peng garda le silence et le colonel poursuivit :

— Je suis certain que vous êtes parfaitement au courant de leurs activités en Mandchourie.

— La Mandchourie ! railla le vieillard. Qu'ai-je à voir, qu'est-ce que mon peuple a à voir avec la Mandchourie ? Pour nous,

Chinois, c'est comme un faubourg pouilleux à l'autre bout du monde. Que les Japonais et les bolcheviks se battent pour elle, je la leur laisse volontiers. De mon point de vue, la Mandchourie ne serait pas une grosse perte pour l'ensemble de la Chine.

— Mais les Japonais convoitaient ce pays pour en faire une tête de pont contre le reste de la Chine. Ils y auraient établi des bases militaires leur permettant une invasion.

— Oui, soupira So-Peng. Leur naturel impérialiste m'attriste profondément ; en tout cas il m'attristait lorsque j'étais jeune homme. Oui, ce fut comme une épine dans mon flanc, car la ligne japonaise est celle du militarisme. Depuis toujours. Il ne peut pas en être autrement. C'est le sang qui coule à travers les siècles, et l'on ne saurait nier cet impératif — ni par des beaux discours politiques, ni par une forme d'amnésie collective. Vous me comprenez, colonel ? Les Allemands nient leur racisme, à présent. Mais quelle sottise ! Comment le pourraient-ils ? Il serait plus facile de nier que l'air est source de vie.

— La Chine n'a rien à redouter du Japon d'aujourd'hui. Cela je vous le dis... en confidence, n'est-ce pas ? Les pressions viennent maintenant des bolcheviks, et ils sont davantage à craindre que les Japonais ne l'ont jamais été.

— *Bushido*, colonel. Comprenez-vous ce concept ?

Il acquiesça :

— Oui, je crois.

— Bien. Dans ce cas vous comprenez ce que je veux dire.

So Peng se tourna vers le ciel, entièrement gris maintenant, et mouvant comme si un géant invisible agitait à leur adresse un étendard frissonnant.

— C'est une forme d'amitié, vous le savez ? reprit le vieillard. Je parle d'une bonne amitié, pas de celles qui naissent entre sociétés d'affaires ou entre relations de voisinage. Dans ce genre d'amitié, la communication cesse d'être un problème ou, comme cela est très souvent le cas, une barrière. Etes-vous d'accord avec ma façon de présenter cette notion ?

— Oui, monsieur, absolument.

— Hmm. Quelque chose me disait qu'il en serait ainsi. (Il rit doucement sans ironie.) Voyez-vous, le jour où Cheong vint à moi pour la première fois était exactement comme celui-ci. Elle n'était qu'un tout petit enfant. Trois ans à peine, je crois. Autrefois, sa famille était assez nombreuse. Je ne sais pas ce qui lui est arrivé ; apparemment personne ne le sait, car j'ai effectué beaucoup de recherches, pendant de très longues années. Sans succès.

« Après un certain temps, cela n'a plus compté du tout Nous étions sa famille, et je n'aurais pas pu l'aimer davantage si elle avait été ma propre fille. J'ai de nombreux enfants, et maintenant de nombreux petits-enfants et arrière-petits-enfants. Oh, oui ! Ils sont si nombreux à présent que je me trompe dans les noms et les visages. Mais c'est excusable. Je suis un vieil homme, et mon esprit est absorbé par tant de sujets...

« Mais je dois vous avouer en toute candeur qu'entre toute ma progéniture, Cheong occupe une place spéciale. Elle n'est pas le fruit de ma semence, mais elle est à coup sûr le fruit de mon esprit. Vous me suivez, n'est-ce pas ? C'est de là qu'elle vient, et il faut que vous le sachiez, que vous compreniez bien ce que cela signifie et ce que cela augure, avant de quitter Singapour.

Il garda le silence un instant, comme s'il rêvait d'une terre lointaine, ou peut-être d'un âge depuis longtemps englouti. L'air parut se fendre et la pluie se déversa soudain du ciel de suie, crépita sur le petit toit carré de la tour, et s'écroula par les minuscules gouttières. Les feuillages verts des arbres, trempés, frissonnèrent sous l'ondée, puis, dans un sifflement, le monde entier disparut derrière une muraille compacte d'eau. Le colonel ne pouvait même plus, en se penchant légèrement sur le côté, distinguer le toit en contrebas de la maison de So-Peng. Une brume de vapeur, aussi dense que de la fumée, monta jusqu'à eux. Le monde était maintenant un tableau pointilliste gris-vert dont seules émergeaient de brèves ombres, et ils eurent l'impression d'observer l'image de pensées en germination au sein de quelque cerveau divin.

— Nous semblons très seuls, ici en-haut, désormais, dit le colonel. (So-Peng sourit.) On n'est jamais vraiment seul en Asie, n'est-ce pas ?

Il avait une immobilité de statue, et le décor derrière eux était en proie à une telle violence que la chose parut au colonel d'autant plus surprenante. Des embruns rebondirent sur la traverse et l'éclaboussèrent d'une fine brume ; il recula d'un pas vers le centre. On eût dit qu'il se dressait à la proue d'une vedette rapide sur une mer tourmentée.

— Le monde est différent, ici, reprit So-Peng. *Notre* monde est différent. Nous sommes nés, nous grandissons, et nous vivons à vrai dire toutes nos vies avec le concept d'éternité toujours proche de nous. Cette... peut-on dire « intimité » ? m'a souvent semblé une arme à double tranchant. C'est incontestablement notre grande force dans la vie mais c'est aussi — une confidence de plus — notre faiblesse, notre tendon d'Achille, j'en ai peur, lorsque nous sommes amenés à traiter avec l'Occident. Oui, je redoute qu'un grand nombre de mes compatriotes sous-estiment les Occidentaux, précisément parce qu'ils voient en eux des Barbares incapables de saisir pleinement les conceptions orientales de l'homme, de l'honneur, et de la nature du temps. Cela risque d'être fatal. Témoin, les Japonais. Ce qu'ils ont tenté était idiot ! Glorieux, mais stupide. Oh, les Japonais connaissent très bien la noblesse de l'échec. La majorité de leurs héros nationaux traditionnels seraient considérés comme de misérables ratés, selon les normes occidentales. C'est la nature de leur être, la qualité de leur pensée, que les Japonais révèrent. En Occident, seuls les actes comptent. L'éthique protestante — c'est l'expression en honneur, je crois ? — eh bien, il n'y a pas à en rire, comme le premier Japonais pourrait vous le dire à présent ; c'est l'éthique protestante qui a vaincu le Japon. Il a dû payer très cher son erreur de calcul de Pearl Harbor. Les États-Unis étaient en fait un géant qui sommeillait — et sa colère a été terrible.

Il fixa la pluie sauvage. L'air était de plus en plus lourd et moite.

— Nous manquons encore d'une compréhension suffisante de la nature du temps. Nous avons encore les yeux tournés vers hier, où l'éternité du temps était tout. Nous n'avons pas encore rattrapé le présent. (Il rit.) Mais laissez-nous le temps. Nous sommes un peuple très ingénieux. Qu'on nous montre la voie un jour, et ce sera notre salut. Nous sommes un peuple extrêmement souple. Faites bien attention, nous vous rattraperons et vous dépasserons !

La fixité de ce regard lointain, onirique, n'était plus les yeux de So-Peng lorsqu'il se retourna vers le colonel et ajouta :

— Mais ma philosophie personnelle offre sans doute peu d'intérêt pour vous. Des « paroles de sagesse » — je ne crois pas en cette expression. On ne peut pas apprendre la sagesse en s'asseyant aux pieds de quelqu'un. Il faut vivre sa propre vie, faire ses propres erreurs, expérimenter sa propre extase, pour apprendre la véritable signification de l'existence, car elle est différente pour chaque individu. Tomber, se relever et tout recommencer, dans un autre contexte. Essayer. Et apprendre. C'est la seule méthode.

« Bon. Assez de bavardage. Je parle comme une vieille femme, aujourd'hui. Peut-être est-ce le temps qui me rend ainsi. Je deviens loquace pendant les orages ; peut-être cela soulage-t-il mes angoisses. La saison de la mousson était toujours pour moi une période de terreur, lorsque j'étais enfant.

« Cette présentation en vaut une autre. Vous vous demandez peut-être, colonel, quelles sont mes origines culturelles. Eh bien, mon père était chinois. Pas mandchou, grâce au ciel : un mandarin cultivé et paisible. Il était boutiquier à l'origine, mais son esprit d'entreprise fit très vite de lui un homme d'affaires important, et à l'âge de trente-trois ans, il émigra à Singapour. Oh, je suis un Chinois de Chine, oui. Pas d'ici. Ma mère était une Japonaise.

Les yeux du colonel s'agrandirent.

— Oh non, colonel, n'ayez pas l'air si surpris, reprit le vieillard. Ce genre de choses se produisait de temps en temps. Pas régulièrement, je l'admets. Non, non. Et la véritable nature des origines de ma mère a été scrupuleusement dissimulée, pour des raisons évidentes. Mon père expliquait ses traits différents en prétendant qu'elle venait du Nord de la Chine, près de la frontière russe, où le sang s'est beaucoup mêlé : Mongols, Mandchous et qui sait quoi d'autre.

« Cependant, sur les origines de Cheong, je n'ai aucune information précise. Peut-être les connaît-elle et peut-être ignore-t-elle tout. Nous n'en avons jamais discuté, elle et moi. Peut-être vous en parlera-t-elle un jour. Mais, bien entendu, c'est votre affaire à tous les deux. Quant à moi, je crois que cela ne compte guère, et même pas du tout, car ses racines sont ici. C'est ici qu'elle a grandi, et c'est ce qui a déterminé ce qu'elle est.

« Quand on a la possibilité de voir la matrice dont une pierre précieuse est issue, on est forcément mieux à même d'apprécier la qualité de cette pierre. (Il secoua la tête.) Mais cet exemple manque un peu de chaleur. Je vais vous en donner un autre. On rencontre une femme d'une beauté extraordinaire mais, en passant du temps avec elle, on s'aperçoit peu à peu que son comportement est assez erratique, surprenant — bref, incompréhensible. Puis l'on apprend, par exemple, que cette même femme était la deuxième-née de trois sœurs. On vient peut-être de faire un premier pas vers la découverte du mystère de l'étrange comportement de cette belle femme. Et, bien entendu, plus on apprend de choses, moins ce comportement devient bizarre, jusqu'au jour où il apparaîtra parfaitement clair.

Il huma l'air brièvement.

— Cela sera bientôt fini, dit-il. Venez. Descendons.

Ils s'assirent tous les trois — le colonel, Cheong et So-Peng — autour de la table de laque rouge, dans la salle des paravents, et, sans un mot, Chia Sheng leur servit une succession de plats. Le colonel n'avait jamais vu, en trois ans, autant de nourriture à la fois, et jamais il n'avait goûté autant de mets aussi délicieux ou présentés de façon aussi délicate. Il y avait, tout d'abord, toutes sortes de *dim sum* — petits raviolis de pâte de riz très fine remplis de diverses farces. Puis ce fut la soupe de poisson, brûlante et épicée, mais extrêmement légère. En troisième lieu, six espèces de riz, depuis le riz blanc bouilli de la façon la plus simple, jusqu'à un plat où les grains frits à deux reprises s'accompagnaient de fruits de mer émincés et de jaunes d'œufs cuits. La quatrième entrée consistait en une salade froide épicée avec du raifort blanc et du concombre. Venaient ensuite les plats de résistance : volaille découpée, d'une belle couleur dorée, croustillante, frottée avec du gros sel et des herbes ; des langoustines braisées, presque aussi grosses que des langoustes ; des crabes fendus, dont les carapaces brillantes, bleu et rouge, sortaient juste de l'eau bouillante. Et enfin, comme de grands croissants, des tranches de melon dont le jus ruisselait déjà de la chair coupée à vif dans les assiettes de faïence, comme un glacier au soleil.

Enfin le repas prit fin et So-Peng, s'éloignant de son assiette décorée d'épluchures, poussa un profond soupir et posa la main sur son ventre.

— Parlez-moi de votre matrice, colonel, dit-il.

Et le colonel lui parla de son père, de tout ce que celui-ci lui avait raconté de sa mère, qu'il n'avait jamais connue : la diphtérie l'avait terrassée quand il avait deux ans. Il lui parla de sa belle-mère, qu'il méprisait, non pour telle ou telle raison particulière mais pour de nombreuses raisons diffuses. Il parla de ses sentiments d'enfant unique — notion que les autres jugeaient passionnante et révélatrice mais que lui-même trouvait simplement anormale. Il évoqua son enfance dans la campagne de l'Essex et le chemin de l'école, qui devait le conduire plus tard — comme tant d'autres — jusqu'à Londres. Il expliqua son intérêt naissant pour l'Extrême-Orient, ses études, puis son engagement dans l'armée.

— Et maintenant, lui dit So-Peng, vous allez vous lancer dans un nouveau chapitre de votre vie. Vous allez devenir un personnage politique ; et, mieux encore, un artisan de l'histoire. Très bien. Très bien. Bientôt, je quitterai Singapour, moi aussi, pour un certain temps. On a besoin de mes services ailleurs. Ceci devient donc, en vérité, une réunion d'adieux.

Il s'interrompit, comme s'il attendait que quelque chose se produise. Le silence se prolongea, uniquement rompu par la chute régulière des dernières gouttes de pluie tombant des néfliers du Japon luxuriants qui entouraient la maison.

Puis Chia Sheng parut, tenant contre elle, dans l'ombre, un objet. A son arrivée près de la table, elle le déposa entre les mains de So-Peng. Cette fois, elle ne quitta pas la pièce, mais demeura debout près du vieillard.

So-Peng présenta l'objet devant lui, à hauteur de poitrine, et le colonel vit qu'il s'agissait d'un coffret de cuivre d'environ vingt-cinq centimètres sur vingt, orné d'émaux et de laque de façon très recherchée. Sur le couvercle était peint avec beaucoup de délicatesse un dragon à écailles, farouche, en train de lutter avec un énorme tigre.

Tenant toujours le coffret en l'air, So-Peng dit :

— J'ai maintenant le devoir de te présenter mes excuses, très chère Cheong, pour avoir été loin de Singapour le jour de ton mariage avec le colonel Linnear. J'ai réfléchi pendant plusieurs mois avant de décider ce qui conviendrait le mieux, car comme tu le sais, tout ce qui est à moi est aussi à toi. Comme pour tous mes enfants.

Il baissa lentement le coffret jusqu'au plateau de la table où il le déposa, telle la plus ravissante des pierres précieuses au sortir de la mine.

— Mais tu comptes davantage pour moi que tous les autres, Cheong, car ton amour brille d'autant plus fort, d'autant plus pur, que tu as dû peiner sur une route plus dure. Aucun de tous mes enfants, aucun, à part toi, n'a jamais manqué de quoi que ce soit depuis l'instant de sa naissance.

« Tout ceci, j'en suis sûr, tu le sais déjà. Mais ce que tu ne sais pas, et que je vais t'apprendre maintenant, c'est que, entre tous, c'est ton esprit qui a adhéré le plus étroitement au mien. Cela m'a touché profondément, car cela s'est produit de façon naturelle, sans pression de ma part. C'est ce que tu as toi-même désiré, et que maintenant tu possèdes.

« A présent, à l'instant de notre dernier adieu — car j'ai bien peur que nous ne nous revoyions jamais — ceci est pour toi, pour ton colonel, pour ton enfant à naître, pour tes enfants encore à concevoir. Je te le donne avec joie, avec tout mon amour. Cela vient de moi, de Chia Sheng, des longues lignées de nos familles. Dans le monde entier, il n'y en a pas d'autre semblable. Et ce qu'il contient est également unique, sans équivalent dans aucune partie du monde. Je te le lègue. Utilise-le à ta guise.

Ses vieilles mains, aux longs doigts dont la peau était tendue comme du parchemin patiné, se déplièrent pour pousser lentement le coffret vers l'autre partie de la table, jusqu'à ce qu'il franchisse la ligne médiane. A ce moment-là, comme si la force leur manquait soudain, elles lâchèrent prise et se retirèrent, par-dessus l'étendue rouge et vide de la laque, jusqu'aux genoux du vieillard.

Le colonel, saisissant la main tremblante de Cheong, plongea son regard dans les yeux de So-Peng. Il voulut parler, mais son esprit, tournoyant sur lui-même, paralysa sa langue et il demeura figé, comme dans un monde séparé, en face de cet homme visiblement aussi important que mystérieux, ignorant qui il était, ce qu'il faisait, ou pourquoi il était aussi important. Mais il comprenait cependant tout pour la première fois.

★

Le colonel et Cheong tombèrent tous les deux amoureux de la maison et de ses jardins, dans les faubourgs de Tokyo. MacArthur avait demandé, non sans raison, que le colonel trouve un logement à sa convenance dans le périmètre proprement dit de la ville, pour se rendre plus facilement à son travail. Mais il n'avait rien découvert ; rien en tout cas qui puisse le satisfaire ainsi que Cheong.

Ils s'étaient donc éloignés de la ville et ils étaient tombés sur la maison presque aussitôt. Elle se trouvait dans une zone qui avait miraculeusement échappé à la destruction — une bonne moitié de la ville et une grande partie de sa banlieue étaient complètement dévastées.

La maison se trouvait à l'orée orientale d'une vaste forêt de cèdres du Japon et de pins, au sein de laquelle le sanctuaire shintō s'épanouissait comme une plante d'un autre monde. La grâce de ses lignes, son calme et son humilité naturelle ensorcelèrent au premier coup d'œil l'esprit du colonel : ils exprimaient, avec plus d'éloquence que les meilleurs orateurs du pays, la pérennité et la dignité de la spiritualité japonaise. Et chaque fois qu'il l'apercevait, il songeait à So-Peng.

Nul ne savait qui avait habité la maison avant l'arrivée du colonel et de Cheong, pas même Ataki, le vieux jardinier tout rassoté. Elle était restée abandonnée pendant des années, avait-il dit au colonel, bien qu'il fût venu chaque jour, fidèlement, soigner les jardins, et puis le temps avait obscurci sa mémoire. Peut-être, songea le colonel avec une certaine résignation, le vieux ne voulait-il rien dire.

Le jardin classique, devant la maison, était stupéfiant. Il n'y manquait ni les arbres *bonsaï* aux inflorescences complexes, ni le bassin de pierre, peu profond, plein de poissons rouges aux yeux bleus, dont les nageoires semblaient de fines voiles de gaze légère (le colonel acheta presque aussitôt un aquarium qu'il installa dans la cuisine, l'une des rares pièces occidentalisées de la maison, pour leur offrir un lieu de séjour tiède en hiver.)

A l'arrière de la maison se trouvait un jardin d'une autre espèce, un rectangle de graviers avec quatre rochers abrupts placés par l'artiste zen qui l'avait conçu, en des points significatifs de l'étendue uniforme, telles — songeait le colonel — des îles jaillies des fonds d'une mer parfaitement calme. Pourtant, comme le fit observer Nicholas dès qu'il fut en âge de parler, c'étaient presque certainement des pics montagneux se dressant au-dessus d'un banc de nuages — commentaire qui fit les délices aussi bien de Cheong que du colonel. Quoi qu'il en fût, le jardin zen était, comble de l'ironie, un endroit de paix et de méditation parfaites, dans un pays à moitié mort, mutilé et carbonisé, en lutte vers une nouvelle forme de survie.

Nicholas dédiait à la maison et aux jardins une passion impossible à assouvir. Sans relâche, le jardin zen l'attirait et Cheong l'y trouvait souvent, immobile et songeur, la tête entre les mains, les yeux perdus sur la sérénité dépouillée des rochers surgissant au milieu des graviers disposés avec une minutie absolue. Au bout d'un certain temps, ce fut toujours le premier endroit où elle allait le chercher.

Nicholas ne put jamais décider s'il aimait le jardin davantage lorsqu'il s'y trouvait seul, ou bien quand Ataki venait avec son seau et son râteau — pour empêcher la terre du dessous de se dessécher et pour s'assurer que les graviers étaient convenablement alignés —, car il adorait à la fois la solitude intense des lieux (« C'est comme si l'on pouvait entendre sa propre âme respirer », dit-il un jour au colonel) et observer la précision, l'habileté et l'économie de gestes du vieil homme arrangeant les graviers — si lisses à force d'usure que Nicholas croyait fermement qu'ils devaient provenir de quelque endroit secret des côtes de l'île, car seule l'action constante d'une mer agitée était capable de créer une douceur aussi stupéfiante.

Aux yeux de Nicholas, les gestes du vieux semblaient si dénués de tout effort qu'il paraissait ne dépenser aucune énergie physique. A l'âge de six ans environ, il avait demandé à Ataki comment il pouvait accomplir ces gestes, et lorsque le vieillard lui avait répondu d'un seul mot : « Bujutsu », Nicholas était allé sur-le-champ demander au colonel ce que cela signifiait. Il était inutile de harceler Itaki de questions, car il vous disait seulement ce qu'il voulait vous faire savoir.

— Bujutsu, lui répondit le colonel en posant sa tasse de thé et en repliant lentement son journal dans lequel il s'absorbait, bujutsu désigne, de façon collective, tous les arts martiaux du Japon.

— Alors, dit Nicholas d'une voix claire, je veux qu'on m'enseigne le bujutsu.

Le colonel regarda son fils. Il s'était aperçu très tôt que Nicholas ne parlait jamais à la légère, et que s'il disait maintenant qu'il voulait apprendre le bujutsu, il était réellement prêt à commencer. Le colonel n'avait nul besoin de lui représenter à quel point la tâche allait sans doute être ardue.

Le colonel se leva de table puis, posant le bras sur les épaules de son fils, ouvrit le *shoji* — la cloison coulissante de bois et de papier — et l'entraîna dehors.

Ils s'arrêtèrent au bord du jardin zen mais Nicholas remarqua, en levant les yeux vers son père, que le colonel semblait regarder bien au-delà du mur de clôture. Oui, au-delà même de la dernière limite de leur propriété, vers les épées vertes, dressées, de la forêt de cèdres.

— Sais-tu, Nicholas, dit le colonel d'une voix hésitante, que dans le périmètre du sanctuaire shinto, au centre de la forêt, se trouve un parc — tout petit, n'oublie pas — qui contient, paraît-il, quarante espèces différentes de mousses ?

— Je n'y suis jamais allé, dit Nicholas. Voudras-tu m'y emmener ?

— Un jour, peut-être, répliqua le colonel.

Et son cœur lui fit mal, car il savait que le temps serait trop bref, et qu'il était ici pour accomplir un travail, un sale travail, monstrueux et sanglant, mais qui pourtant devait être fait et bien fait, ce qui exigeait tout de lui-même. Ces seules années auraient suffi à broyer tout homme de moindre trempe et de moindre persévérance que lui. Mais chaque fois que son esprit épuisé semblait sur le point de renoncer, il songeait toujours à So-Peng et à son fils, réunis dans la même pensée, et il poursuivait sa tâche, tout au long d'une longue nuit et de la journée suivante, plus longue encore, jusqu'à la venue du week-end... Et tout recommençait à l'infini.

— Mais je n'ai jamais vu moi non plus ce jardin des mousses, Nicholas, reprit-il. En dehors des prêtres shintō de ce temple, rares sont ceux qui y ont posé les yeux.

Le colonel hésita longtemps avant de poursuivre.

— Ce que je veux dire, c'est que tu t'orientes vers une voie où très peu de jeunes désirent s'engager de nos jours... et il y a de nombreuses spécialisations.

— Je veux seulement commencer par le commencement, père. Ce n'est pas beaucoup demander, n'est-ce pas ?

De nouveau, il leva les yeux.

— Non, dit le colonel en serrant plus fort les épaules de son fils. Ce n'est pas trop demander.

Il réfléchit un instant, puis son visage mince se plissa autour de ses arcades sourcilières têtues.

— Je vais te dire, répliqua-t-il enfin. J'en parlerai à ta tante, d'accord ?

Nicholas acquiesça et son regard quitta le visage de son père pour se poser sur les montagnes qui jaillissaient, aveugles, de la mer de nuages.

★

La personne à laquelle le colonel avait fait allusion était, en réalité, Itami. Nicholas, connaissant ses origines, ne l'avait jamais vraiment considérée comme sa tante. Peut-être, après tout, était-ce parce qu'elle lui avait déplu aussi loin que remontât son souvenir et, une fois ce sentiment exprimé, jamais il n'avait pu s'en débarrasser.

On ne s'étonnera guère d'apprendre que son aversion instinctive pour Itami n'était que le reflet de sa réaction au contact de Satsugaï, son mari. Pour un enfant à qui, dès la naissance, on avait appris à rechercher en lui-même le calme intérieur de l'esprit, comme un courant frais qui vous guide, les rencontres avec Satsugaï ne pouvaient qu'être très déroutantes. Chaque fois, il se sentait comme une lune impuissante, entraînée dans le tournoiement d'une nova. De grands torrents tumultueux, des tourbillons puissants perturbaient sa paix intérieure, et son incapacité à retrouver un semblant d'équilibre avant le départ de Satsugaï l'effrayait toujours.

En revanche, sa tante ne provoquait jamais le même effet sur lui. C'était une femme de toute petite taille, aux attaches délicates, très belle ; bien que, de l'avis de Nicholas, la parfaite symétrie de son visage ne pût se comparer aux traits doux de sa mère.

Itami portait toujours le costume japonais classique, et elle était, en toutes circonstances, assistée de servantes. Sa taille minuscule rendait d'autant plus fascinante sa nature pour ainsi dire charismatique. Elle appartenait, lui avait appris le colonel, à l'une des plus grandes et des plus anciennes lignées du Japon, de la caste *bushi*. C'était une dame samouraï. Elle était mariée depuis onze ans à Satsugaï, homme d'affaires riche et influent, autant que Nicholas avait pu en juger.

Et puis il y avait le fils d'Itami, Saïgō. Plus âgé que Nicholas d'une année, c'était un garçon fort et bien charpenté, aux yeux sombres et profonds, qui avait un tempérament cruel et calculateur. Il passait beaucoup de temps avec son père mais, aux nombreuses occasions où les deux familles se réunissaient, il était inévitable que Nicholas et Saïgō se retrouvent ensemble.

Nicholas avait l'impression que l'enfant l'avait haï presque au premier regard. Pour quelle raison, il fut incapable de le deviner, en tout cas pendant de nombreuses années. Mais sur le moment, il avait réagi à cette hostilité sans mélange comme aurait réagi n'importe quel autre enfant, dans n'importe quelle partie du monde ; il lui avait rendu mesure pour mesure.

C'était bien entendu Satsugaï qui avait monté Saïgō contre lui. Lorsqu'il l'apprit, la haine et la peur de Nicholas à l'égard de cet homme redoublèrent aussitôt. Mais à ce moment-là, Saïgō avait déjà présenté Nicholas à Yukio. Comme on dit souvent : dans la vie, une chose en compense une autre.

N'est-il pas vrai ?

LE LIVRE DU VENT

1. New York et West Bay Bridge, l'été dernier

Quand l'homme aux lunettes d'aviateur, brillantes comme des miroirs, sortit des profondeurs de la gare de Pennsylvanie et déboucha sur la Septième Avenue, il ne regarda pas autour de lui ; il ne se dirigea pas non plus tout de suite vers le bord du trottoir, comme la plupart de ses compagnons de voyage, pour lever le bras à l'intention d'un taxi en maraude.

Non, il attendit scrupuleusement que le feu passe au vert, puis il traversa l'avenue d'un pas vif, sans tenir compte de la pluie fine. A sa démarche, et peut-être à cause du sac molletonné noir, assez long, jeté en travers de ses épaules musclées, on aurait pu le prendre pour un danseur professionnel ; ses gestes, sans effort et pleins de grâce, étaient légers comme le vent.

Il portait une chemise de soie bleu roi à manches courtes et un pantalon de coton, du même bleu intense, des souliers de daim gris anthracite presque sans talon, avec une semelle d'une minceur de papier. Son visage était assez large ; des sillons profonds le creusaient de chaque côté de la bouche, donnant l'impression qu'il n'avait jamais appris à sourire. Ses cheveux noirs, raides, étaient coupés court.

Du côté est de la Septième Avenue, il longea le terre-plein, noir de monde, du Statler Hilton Hotel, traversa la trente-deuxième rue, puis, après le dais vert et blanc du Chinatown Express, il pénétra dans la brasserie McDonald attenante.

Il parcourut d'un pas rapide les espaces jaunes et orangés du décor tapageur, jusqu'à une file de cabines téléphoniques alignées le long du mur. A côté de la cabine du bout, sur la gauche, se trouvait une rangée d'annuaires enchâssés dans des reliures d'acier pour décourager le vol et le vandalisme. Ils pendaient à l'envers sous une étagère, à hauteur de la taille, comme des chauves-souris endormies au fond d'une grotte.

L'homme aux lunettes de soleil redressa l'annuaire des professions. Sa couverture était déchirée, méconnaissable, et, sur une bonne épaisseur, le bas des pages du milieu était mutilé comme si quelqu'un avait essayé de les ronger. Il feuilleta l'annuaire jusqu'à la section qu'il désirait. Son index courut le long de la page, s'arrêta presque en bas et l'homme hocha la tête d'un air entendu. Il connaissait déjà l'adresse mais, par une vieille habitude, il préférait vérifier ses renseignements.

Il ressortit, retraversa l'avenue et s'éloigna vers l'ouest d'un bon pas, le long du vaste complexe de Madison Square Garden. Ensuite, sur la Huitième Avenue, il prit un autobus vers le nord de Manhattan. Il était plein à craquer. L'homme resta debout dans le véhicule brûlant et sans air, où régnait une odeur de sueur de la veille et de moisi.

A l'arrêt de la soixante-quatorzième rue, il descendit et continua à pied vers le nord jusqu'à la rue suivante. Là, il tourna le dos à Central Park et se dirigea vers l'ouest et l'Hudson. La pluie avait cessé pour l'instant, mais le ciel restait bas et sombre : comme s'il ne parvenait pas à chasser les vapeurs d'une longue nuit de bombance. L'air était absolument immobile. La ville suait.

Il trouva l'adresse, à peu près à égale distance de Colombus Avenue et de Broadway, sur le côté nord de la rue. Ses narines frémirent à l'instant où il gravit les marches du perron du vieil immeuble de briques. Il ouvrit la porte extérieure de verre et de bois, et pénétra dans le petit vestibule. Il se trouva en face d'une porte moderne, d'acier et de verre, pourvue d'une serrure de sécurité. Il appuya sans hésiter sur le bouton de sonnerie. Il y avait, juste au-dessus, une plaque de cuivre discrète où l'on pouvait lire en lettres gravées : *Tōhoku No Dōjō* ; et, au-dessus de la plaque, la petite grille ovale d'un haut-parleur.

— Oui ? dit une voix métallique venue de la grille.

L'homme aux lunettes de soleil se pencha légèrement sur le côté.

— Je désire un rendez-vous.

Il attendit, la main déjà sur la poignée de la porte intérieure.

— Montez, je vous prie. Deuxième étage. Tout au fond à gauche.

La porte grésilla, il l'ouvrit.

Il sentit un relent de sueur, mêlé aux épices piquantes de la fatigue et de la peur. Pour la première fois depuis qu'il avait mis

106

le pied dans cette ville, il se sentit chez lui. Avec dédain, il chassa ce sentiment. Il monta d'un pas vif, sans un bruit, les marches revêtues de moquette.

★

Lorsqu'Eileen monta le voir, Terry Tanaka était au téléphone, en conversation avec Vincent Ito. En voyant le regard de la jeune .femme, il demanda à Vincent de ne pas quitter et posa la paume sur le combiné.

— Que se passe-t-il, Ei ? dit-il.

— Un homme qui veut s'entraîner aujourd'hui. Il vient d'arriver.

— Eh bien ? nous pouvons faire ça, non ? Inscris-le.

— Je crois que tu ferais mieux de t'occuper de lui toi-même, répondit-elle.

— Pourquoi ? Qu'est-ce qu'il a de spécial ?

— Eh bien, d'abord, il t'a demandé personnellement. Et ensuite, j'ai vu sa façon de marcher. Ce n'est pas un débutant.

Terry sourit.

— Tu vois, notre renommée s'étend. L'article dans *New York* nous a fait un bien énorme.

Et comme Eileen ne réagissait pas, il ajouta :

— Il y a autre chose, hein ?

Elle secoua la tête.

— Ce type me donne la chair de poule. Ses yeux..., (Elle haussa les épaules.) Je ne sais pas, mais... Je préfère que tu t'occupes de lui.

— D'accord. Écoute, donne-lui une tasse de thé ou quelque chose. J'arrive tout de suite.

Elle acquiesça, avec un sourire contraint.

— Qu'est-ce que c'était ? demanda Vincent dans son oreille.

Terry ôta sa main.

— Oh, probablement rien. Un client qui a fichu la trouille à Eileen, c'est tout.

— Comment va-t-elle ?

— Bien.

— Et comment ça va, tous les deux ?

— Oh, tu sais bien. A peu près pareil, répondit Terry avec un rire bref. J'attends toujours qu'elle dise oui. J'ai passé tellement de temps à genoux que j'ai usé quatre pantalons.

Vincent éclata de rire.

— Le dîner de ce soir tient toujours ?

— Bien entendu. Mais pas trop tard, hein ? Je veux avoir le temps de voir Ei.

— C'est sûr. Il y a juste deux ou trois questions que j'aimerais te poser. Nick devait venir, mais...

— Eh ! Comment va-t-il ? Il m'a appelé juste avant de partir pour Long Island. Il a lézardé au soleil tout l'été ?

Vincent rit.

— Ouais ! Jusqu'à ce que je lui mette la main dessus. Il est avec une nouvelle fille, tu sais.

— Bravo, dit Terry. Il était grand temps. Il n'est toujours pas guéri, hein ?

— Non...

Vincent ne savait que trop bien ce que voulait dire Terry.

— Bon, écoute, mon nouveau client va sans doute bouffer Eileen toute crue si je ne me secoue pas un peu. On se voit à sept heures. Salut.

Il raccrocha, traversa la pièce et se hâta d'aller rejoindre son client prodige.

★

Dès que Terry parut, Eileen Okura sentit se dissiper une partie de son appréhension. Deux éléments sans aucun lien entre eux l'avaient frappée de stupeur. D'une part elle n'avait pas entendu l'homme s'approcher. D'autre part, son allure était tout à fait inhabituelle. Il était debout, exactement à l'endroit où il se trouvait lorsqu'elle l'avait vu pour la première fois, son sac de toile dans le dos, ses lunettes de soleil en train de se balancer entre le pouce et l'index de sa main droite. La peau de son visage et de ses mains était beaucoup trop blanche pour une peau d'Oriental. Mais, en regardant sa gorge dans l'échancrure de sa chemise, elle vit que cette couleur neigeuse ne dominait que sur les parties apparentes de son corps : sa poitrine était d'une teinte plus sombre, plus naturelle. C'était comme s'il avait subi une sorte d'accident affreux. Une explosion peut-être, ayant affecté les parties exposées de ses chairs. Mais c'étaient pourtant ses yeux qui avaient le plus retenu Eileen. Ils avaient l'air complètement morts, des pierres noires tombées dans une mare d'eau stagnante. On n'imaginait pas qu'ils puissent exprimer quelque forme d'émotion que ce fût. Et c'étaient ces mêmes yeux qui la regardaient maintenant, comme si elle eût été une sorte de cobaye, allongée toute nue sur une table d'opération, prête à être disséquée.

— *Watashi ni nanika goyō desu ka ?* demanda Terry à l'homme. (« Que puis-je faire pour vous ? »)

— *Anata ga kono dōjō no master desu ka ?* (« C'est vous le maître de ce *dōjō* ? »)

108

Terry feignit d'ignorer la forme abrupte, et donc extrêmement impolie, de la question de l'homme.

— *Sō dsu,* dit-il. (« Oui. »)

— *Koko de renshu sasete itadakitaï no desu ga.* (« Je désire m'entraîner. »)

— Je vois. Quelles disciplines vous intéressent ?

— Aïkido, karaté, kenjutsu.

— Pour l'aïkido et le karaté, je peux sûrement vous satisfaire. Mais pour le kenjutsu, j'ai peur que ce soit tout à fait impossible. Mon instructeur est en congé.

— Et vous-même ?

— Moi ? J'ai cessé d'enseigner le kenjutsu.

— Je n'ai pas besoin de leçon. Pratiquez avec moi pendant une heure.

— Mais je...

— Cela fait plus de bien que de remplir des formulaires.

— Certainement. Je m'appelle Terry Tanaka. Et vous ?

— Hideyoshi.

Un nom qui venait d'un lointain passé. Terry hocha la tête.

— D'accord. Mademoiselle Okura vous donnera les imprimés nécessaires. Le tarif est de quarante dollars l'heure.

L'homme inclina légèrement la tête. Terry s'attendait un peu à le voir sortir un portefeuille de matière plastique bourré de chèques de voyage, mais l'homme retira six billets de vingt dollars d'un rouleau qu'il gardait dans la poche droite de son pantalon.

— Signez ici, lui dit Terry en lui montrant la case du bout du doigt.

Puis il lui indiqua une petite porte à l'autre bout de la pièce.

— Vous pouvez vous changer là-bas. Vous avez votre robe personnelle ?

— Oui.

— Très bien. Parfait. Le *dōjō* proprement dit est à l'étage supérieur. Par quelle discipline préférez-vous commencer ?

— Faites-m'en la surprise, répondit Hideyoshi en s'éloignant.

Il franchit le seuil et disparut dans les ténèbres du vestiaire. Terry tourna la tête : Eileen regardait fixement l'embrasure vide de la porte. Il n'y avait pas d'ombres sur son visage. La lumière qui filtrait entre les stores mi-clos protégeant les fenêtres, hautes mais étroites, était assez diffuse pour recouvrir comme d'une patine sa peau transparente. Comme elle semblait mince et menue ! songea-t-il. Une sylphide sur le point de s'élancer dans un pas de deux difficile.

— Qui est-ce ? demanda-t-elle.

Sa voix n'était qu'un murmure. Au-dessus de leurs têtes, les lames du parquet résonnaient de coups sourds.

Terry haussa les épaules. De haute stature, plus de un mètre quatre-vingts, il avait les épaules larges comparées à sa taille et à ses hanches étroites. Son visage était plat, avec des yeux noirs au-dessus de pommettes très hautes. Il répéta à Eileen ce que l'homme lui avait dit.

— Tu vas le faire, Terry ?

— Pourquoi pas ? Ce n'est jamais qu'une heure d'entraînement.

Mais il savait ce qu'elle voulait dire, et il n'avait pas le cœur aussi léger, il s'en fallait, que le ton de sa voix. Avec Nicholas, il était l'un des plus grands maîtres de kenjutsu vivant en dehors du Japon. A trente-huit ans, Terry avait déjà passé les trois quarts de son existence à étudier le kenjutsu, l'art de l'épée selon la tradition du Japon ancien. La raison pour laquelle il avait abandonné brusquement au cours de l'année précédente n'aurait pas été facile à comprendre pour un Occidental.

Tout d'abord, aucun art martial ne dépend uniquement de la discipline physique. En réalité, une partie essentielle demeure mentale. Des années plus tôt, il avait lu le *Go rin no sho* de Miyamoto Musashi. C'était peut-être le plus grand traité de stratégie du monde entier. Écrit en quelques semaines seulement, peu avant la mort du grand guerrier, il recelait une connaissance hors du temps. Aujourd'hui, Terry en était parfaitement conscient, de nombreux hommes d'affaires japonais de première grandeur déterminaient les plus grandes campagnes de publicité et de ventes de leurs compagnies dans l'esprit des principes de Miyamoto.

Un an plus tôt environ, il avait repris le *Go rin no sho* une nouvelle fois. Mais en le lisant, il avait découvert des significations cachées — complètement différentes et plus sombres, croyait-il — au sein de la logique et des dédales de l'imagination. Il sentait que se consacrer si religieusement à la domination des autres ne pouvait être le but d'une vie. Peu après, des rêves l'avaient troublé, présages noirs sans forme ni visage, mais d'autant plus réels et d'autant plus effrayants. Il s'était senti contraint de se débarrasser de l'ouvrage, et il l'avait jeté, au milieu de la nuit, sans même attendre le lendemain.

Et à la lumière du jour, ce même sentiment avait subsisté. Il avait l'impression d'avoir pris par erreur, au sein des ténèbres, une mauvaise direction, et de s'être trouvé à l'improviste sur le bord extrême d'un abîme. Il avait eu la tentation de jeter un coup d'œil dans le vide, mais il avait su au même instant que s'il le faisait, il perdrait inévitablement l'équilibre et basculerait dans la nuit. Terry avait donc reculé. Il s'était détourné et il avait rangé son *katana* pour toujours.

110

Et puis aujourd'hui, voici que survenait cet homme étrange, qui se faisait appeler Hideyoshi... Terry frissonna en lui-même, beaucoup trop maître de lui pour qu'Eileen puisse deviner ses véritables émotions. Et d'ailleurs, il fallait éviter de l'alarmer.

C'était certainement de mauvais augure, car, il n'en doutait pas, l'homme devait très bien connaître les enseignements de Miyamoto. Mais en outre, il était certain qu'Hideyoshi était un adepte de l'*harageï*. Cette notion, née de la combinaison de deux racines verbales, *hara* (qui signifie centralisation et intégration) et *ki* (l'énergie au sens le plus large), correspond à l'intuition, au sixième sens, mais elle est davantage encore. Comme le disait le *senseï* de Terry : « C'est un moyen sûr de percevoir la réalité. » Exactement comme d'avoir des yeux derrière la tête et des amplificateurs dans les oreilles. Et l'*harageï* pouvait « fonctionner » dans les deux sens : en tant que récepteur ultra sensible, on devenait également un émetteur excellent dès que l'on se trouvait à une certaine distance d'un autre adepte de l'*harageï*. Terry avait perçu instantanément l'« émission » d'Hideyoshi.

— Un Japonais de plus débarquant du dernier avion de Haneda, dit-il à Eileen d'une voix nonchalante.

Sous aucun prétexte il ne lui aurait avoué ce qu'il savait en réalité de cet homme.

— Il y a quelque chose de singulier en lui : ses yeux ! dit-elle avec un frisson. Tellement impersonnels, comme... comme des caméras. Qu'est-ce qu'il fait si longtemps là-dedans, tu crois ?

Elle se rapprocha de Terry.

— Il doit être en méditation, répondit-il.

Il décrocha l'interphone et appuya sur un bouton. A voix basse, en quelques mots, il annonça au troisième étage l'arrivée d'un nouveau client. Il reposa l'appareil.

— Il en a encore pour vingt minutes au moins, dit-il à Eileen.

Il regarda les longs cheveux noirs brillants de la jeune femme. Coiffés en arrière, sans ruban, ils dévalaient sur ses épaules comme un torrent de nuit, cascade épaisse tout le long de son dos, et qui s'achevait à la hauteur des hanches.

Elle sursauta.

— Qu'est-ce qu'il y a ? lui demanda-t-il.

Elle tourna la tête.

— Rien. J'ai senti que tu me regardais fixement.

Il sourit.

— Mais, je le fais tout le temps.

— Le soir, d'accord...

Ses yeux demeurèrent graves, et ses lèvres boudeuses restèrent figées.

— Ne fais pas ça ici, Terry. Je t'en prie. Tu sais ce que j'en pense. Nous travaillons ensemble et...

Leurs regards se croisèrent, et pendant un bref instant, il sentit son cœur vaciller. Quelle était donc cette peur qu'il avait entrevue, rôdant comme un voleur dans la nuit ?

Il tendit la main et l'attira doucement vers lui. Cette fois, elle ne résista pas et, comme si elle avait besoin de chaleur, elle se laissa dorloter et passa ses bras autour de lui. Elle se sentait en sécurité ainsi, tout près de lui.

— Tout va bien, Ei ?

Elle secoua la tête sans répondre, contre les muscles de Terry, mais elle sentit ses yeux, telles des flaques profondes, s'emplir soudain de larmes. Elle avait la gorge nouée, et elle ne parvenait pas à comprendre pourquoi.

— Je veux venir chez toi ce soir, s'entendit-elle dire.

Et aussitôt elle se sentit mieux.

— Pourquoi pas tous les soirs ? dit Terry.

Ce n'était pas la première fois qu'il le lui demandait, même si la requête avait été formulée différemment. La réaction d'Eileen avait toujours été la même, mais soudain, elle connaissait la source de ce bouillonnement au fond d'elle-même, elle savait que s'il lui reposait la même question ce soir-là, comme il était probable, elle répondrait oui.

— Ce soir, dit-elle doucement. Tu me le demanderas ce soir. A quelle heure pourrai-je venir ? ajouta-t-elle en séchant ses yeux.

— Je dîne avec Vincent. Pourquoi ne te joindrais-tu pas à nous ?

Elle esquissa un sourire

— Hm... Vous avez trop de choses à vous dire qui ne me concernent pas.

— Nous mettrons tout ça de côté pour un soir. C'est promis.

Elle éclata de rire.

— Non, non. Je ne vous en veux pas. Le *bushido* est important pour vous.

— Il fait partie de notre héritage. Nous ne serions pas Japonais sans lui. Je n'ai pas assimilé la culture occidentale — et je ne le ferai jamais — au point de pouvoir oublier l'histoire de mon peuple.

Il s'interrompit en la voyant frissonner, les yeux clos.

— Mon peuple... *Bushido*... Mourir pour l'empereur et la patrie bien-aimée...

Les mots de la jeune femme résonnèrent comme un écho fantôme. Des larmes perlèrent au bord de ses paupières baissées, dessinant de minuscules arcs-en-ciel. Par-delà, on devinait des galaxies de souffrance.

— Nous avons survécu à la grande tempête de feu du printemps... murmura-t-elle, mais ses mots semblaient des hurlements d'agonie. Quand la flotte américaine a déversé presque trois quarts de million de bombes au napalm ; quand deux cent mille civils japonais ont été rôtis ou grillés vivants ; quand la moitié de Tokyo a été réduite en cendres ; quand, dans les rues, le lendemain matin, un vent furieux s'emparait des cadavres carbonisés et les entraînait comme de la poussière...

— Ei, ne te...

— Alors nous sommes partis loin de la guerre, à Hiroshima, dans le Sud ; mais très vite, mes parents, terrifiés par tous les bruits qui couraient, m'ont envoyée chez mes grands-parents, dans les montagnes. (Elle regardait fixement le visage de Terry, sans le voir.) Il n'y avait jamais assez à manger et, lentement, nous avons commencé à mourir de faim. Oh, rien de très spectaculaire, une sorte de lassitude envahissante, rien de plus. Je restais au soleil pendant des heures, incapable de penser à quoi que ce soit. Il me fallait une éternité pour brosser mes cheveux, parce que mes bras me faisaient mal quand je les soulevais. Voilà quel était mon sort. Mais pour ma mère et mon père, ce fut Hiroshima, et l'éclair est tombé du ciel.

Son regard se concentra enfin sur lui, toujours aussi fixe.

— Que me reste-t-il en dehors de la honte et de la souffrance ? Celles que *nous* avons infligées, et celles qui, ensuite, nous ont été infligées. Mon pauvre pays...

— Tout ça est oublié, à présent, dit-il.

— Non. Sûrement pas. Et toi, plus que nul autre, tu devrais bien le comprendre. C'est toi, avec Vincent et Nick, qui parles tout le temps de l'âme de notre pays. Comment peux-tu être fier d'un de ses aspects sans avoir honte de l'autre ? La mémoire est sélective, pas l'histoire. Nous sommes ce que nous sommes. Tu ne peux pas, de façon arbitraire, retrancher le mauvais et prétendre qu'il n'a jamais existé. Nick n'en fait rien, je le sais. Il se souvient ; il ressent encore la douleur. Mais Vincent et toi, non.

Il eut envie de lui parler de ses pensées récentes, mais il s'aperçut que c'était impossible. Pour l'instant, en tout cas. Le moment et l'endroit ne convenaient pas : il avait un sens très aigu de ce genre de choses. Ce soir, peut-être. Ce soir il s'efforcerait de tout lui dire. Il regarda la lumière diffuse jouer comme le pinceau d'un artiste sur son corps ferme et svelte. Il était impossible d'imaginer qu'elle avait quarante et un ans. Elle en paraissait trente tout au plus, même sous la lumière crue.

Cela faisait deux ans environ qu'ils s'étaient rencontrés, un an avant de devenir amants clandestins — en tout cas pour toutes les personnes fréquentant le *dōjō* ; bien entendu tous leurs amis étaient au courant. Pendant tout ce temps, elle n'en avait jamais demandé davantage, n'avait jamais voulu envisager l'avenir. C'était lui qui, récemment, avait ressenti le besoin de quelque chose de plus. Et depuis peu, Terry avait pris conscience que, au moins en partie, la fin de son histoire d'amour avec le kenjutsu était en même temps le début d'une idylle avec Ei. Maintenant, il lui semblait, le plus logiquement du monde, que rien n'était plus important dans sa vie que la présence d'Eileen. Le *dōjō*, qu'il avait ouvert cinq ans plus tôt, s'était taillé une réputation enviable, et il pourrait continuer sur sa lancée pendant un certain temps, le temps d'un mariage et d'une longue lune de miel paresseuse quelque part au loin. A Paris, peut-être. Oui, Paris serait parfait. C'était la ville préférée d'Ei, il le savait. Et il n'y était jamais allé. Il n'avait plus qu'une chose à faire : sa demande. Ce soir ? Dirait-elle oui, cette fois ? Il en était persuadé, et son cœur dansait à cette idée...

— Ce soir, dit-il. Je rentrerai à neuf heures. A dix, si Vincent perd du temps dans les embouteillages pour venir de Long Island. Tu as la clé et quelques-uns de tes vêtements sont là aussi. Viens quand tu voudras. Mais apporte du champagne. Du Dom Pérignon. Je m'occupe du caviar.

Eileen aurait pu lui demander en quel honneur, mais elle sentit que cela gâcherait cet instant. Après tout, elle avait tout son temps pour découvrir ce qu'elle savait déjà au fond de son cœur.

— Très bien, dit-elle, les yeux devenus soudain immenses.

Il se détourna : il venait de se souvenir.

— Je ferais mieux de monter préparer le *bokken*, dit-il. Hideyoshi va en avoir terminé et je veux être prêt.

★

Les yeux de Justine étaient complètement secs. C'était nouveau pour elle, mais cela ne lui apporta aucun soulagement. L'angoisse était revenue ; il y avait un nœud douloureux dans son ventre, un poids sur sa poitrine qui l'empêchait de respirer — et qui refusait de s'en aller. Il n'y a rien à craindre, se répétait-elle sans cesse. Rien. Absolument rien. Elle frissonna. De froid. Ses mains étaient comme de la glace.

Elle se leva dans le salon plongé dans l'ombre, dans la maison de Nicholas, et elle regarda au-dehors la brume et la pluie de ce dimanche maussade. Là-bas, quelque part, la mer roulait à l'infini, mais la pluie hargneuse la lui dissimulait, comme un beau jouet refusé un matin de Noël. Elle eut envie de sortir, de percer le brouillard et de trouver l'océan toute seule. Mais elle n'avait pas, en cet instant, assez de courage pour affronter le mauvais temps.

— Oh ! mon Dieu ! mon Dieu !

Elle se détourna de la vitre embrumée, traversa la maison en courant, sans rien voir, bondit dans la salle de bain, les mains en avant, puis s'effondra enfin devant les toilettes et se mit à vomir.

Son corps était agité de spasmes et la sueur de son front se mit à ruisseler dans ses yeux en minuscules filets, irritant ses paupières.

Au bout d'un instant qui n'en finissait pas, incapable de supporter la mauvaise odeur plus longtemps, elle tendit la main vers la chasse d'eau. Elle eut l'impression de faire appel à toute l'énergie en sa possession. Mais presque aussitôt, elle trouva pourtant la force de se relever et de se pencher au-dessus du lavabo. L'eau froide jaillit sur son visage comme une averse de petits plombs. Elle frissonna de plus belle et ouvrit la bouche pour chasser le goût aigre. Elle fut incapable d'avaler.

Assise sur le rebord de la baignoire, dont elle sentait la barre fraîche contre ses muscles, elle se pelotonna sur elle-même, la tête entre ses bras et les bras posés sur ses genoux.

Elle commença à se balancer d'avant en arrière. Elle songeait : *Je ne peux pas faire ça. Je ne peux pas.*

C'était son esprit, maintenant, qui vomissait à son tour. L'histoire des trahisons qu'elle avait subies se dévidait, comme un drapeau haïssable claquant au-dessus de sa tête, oblitérant tout autre signe de vie. Tous ses hommes... Timothy, le premier en date, l'entraîneur de basket-ball du lycée. *Je serai gentil, Justine*, et il l'avait sauvagement besognée, interminablement, ravi de voir la douleur se peindre sur son visage d'adolescente, tandis qu'elle hurlait dans la symétrie parfaitement stérile de la salle de gym livrée aux ombres ; oui, elle avait vu les yeux de Timothy s'enflammer à la frayeur instantanée qu'elle avait ressentie... Ensuite Jodie, le garçon de Harvard aux yeux rieurs et à l'âme cruelle. *Je veux être chirurgien, Justine* — il en était déjà un. Eddie, qui la voyait une nuit sur deux (l'autre nuit appartenait à sa femme), et qui ne désirait rien tant que de les avoir ensemble. Et ensuite, à San Francisco, il y avait eu Chris. Au premier contact, ils avaient flambé dans un feu de joie, insatiables, insensibles à toutes les choses et à tous les êtres qui les entouraient. A moins qu'elle n'eût été la seule à éprouver cette passion ? Aujourd'hui encore, elle ne pouvait pas supporter cette vérité. Exhumer tout cela au grand jour était un véritable acte de masochisme cruel, comme d'ouvrir les bords d'une plaie en train de se cicatriser lentement, pour y titiller lentement le nerf.

Elle se servait du nom de son père à l'époque — de son nom et de son argent. Dieu seul savait ce qu'elle dépensait ; elle n'en avait pas la moindre idée. N'était-ce pas l'argent qui l'avait rendue faible et paresseuse ? C'était si facile — net et sans bavures — de faire retomber le blâme ailleurs que sur elle-même ! Et à propos de son père... Comme elle le détestait de lui avoir donné... ces choses : son nom (elle effaçait tóujours le mot sur son écran intérieur, pour pouvoir écrire à la place : *gloire*, qui, en ce qui la concernait, signifiait la même chose) et son argent. Oh, il n'était pas comme elle. Il tenait ses comptes, indélébiles, quelque part ; non point d'ailleurs que le montant puisse jamais le tracasser : ces « frais » n'étaient-ils pas déductibles des impôts, après tout ?

Dieu, comme cela me rend méchante et amère, songea-t-elle. On dirait une maladie physique provoquant un afflux anormal de bile. De nouveau, elle eut un haut-le-cœur, mais elle serra ses bras contre son ventre et parvint à se retenir. Il n'y avait plus rien à venir ; elle était vidée, mais l'angoisse lui donnait l'impression d'avoir avalé une poutre.

Je ne peux pas faire ça, répéta-t-elle en elle-même. *Je ne peux pas.*

Elle avait pris *son* argent — tellement d'argent — non par désinvolture mais volontairement. Parce qu'elle le haïssait. Et puis elle s'était aperçue que c'était un verre de vin toujours plein, quelle que soit la quantité bue. Que ce qui comptait tellement pour elle n'avait absolument aucune importance pour lui.

Bien entendu, cela comptait beaucoup pour Chris, car c'était lui, après tout, qui utilisait la majeure partie de l'argent. En tout cas les choses en étaient arrivées là lorsque son père avait atterri brusquement devant sa porte, escorté par l'armada de détectives locaux qu'il avait engagée. Et elle avait dû tout lire dans leur rapport. Cela l'avait tellement bouleversée qu'elle avait été à peine capable de balbutier un mot, et encore moins de protester, lorsque son père avait ordonné à ses sbires de réunir les vêtements et toutes les affaires personnelles de sa fille. Il les avait laissés s'occuper de tout et il l'avait entraînée dehors, vers la limousine qui attendait. Elle n'avait pas dit un mot durant tout le vol du retour vers l'Est. Son père, de l'autre côté de l'allée centrale du jet privé, était trop absorbé par ses papiers pour le remarquer. Elle s'était rendu compte qu'elle n'avait pas faim, qu'elle n'était pas fatiguée : elle n'était rien.

Et maintenant tout cela semblait appartenir à un passé lointain. Les années pouvaient être comme des vies, jamais comme des journées. C'était ce qu'elle avait découvert dans l'avion, pendant son retour à New York : elle avait revu leur ancienne maison de campagne, celle du Connecticut qu'elle avait tant aimée, avec ses murs de pierre recouverts de lierre trop vert, ses hautes fenêtres à vitraux, le patio dallé et, à l'arrière, au-delà de la pelouse émeraude, au bout du chemin de terre, la tache rouge brique des écuries, aux senteurs de foin coupé, de fumier et de cheval en sueur. Comme elle aimait ces lieux ! Ils lui rappelaient en un sens l'Angleterre. Le contraire de leur nouvelle maison de Gin Lane, à Long Island. Son père avait vendu la vieille demeure peu après le décès de la mère de Justine, et il avait payé deux millions et demi de dollars leur nouvelle propriété, sur une des avenues les plus glorieuses de toute l'Amérique.

Pâques dans le Connecticut. Elle avait huit ans. Gelda avait invité des amies, qu'elle n'aimait pas ou qu'elle n'avait pas envie de voir. Sa mère était partie en voiture faire des courses en ville ; et elle, elle errait dans l'énorme maison ancienne, dont les vastes pièces claires et amicales retentissaient çà et là des rires des servantes affairées qui préparaient déjà la grande réception du soir. En jetant un coup d'œil par la fenêtre, elle s'aperçut qu'il y avait plusieurs voitures sur l'allée en demi-lune, et lorsqu'elle descendit la longue courbe de l'escalier d'honneur, elle distingua des voix venant de derrière les portes de bois fermées de la bibliothèque. Elle posa la main sur le bouton de cuivre, tourna, puis poussa.

— Papa ?

Son père était bien dans la pièce. Avec un groupe d'hommes en train de discuter de choses n'ayant aucun sens pour elle.

— Justine, dit-il en fronçant les sourcils. Vous devez bien voir que je suis occupé pour l'instant.

Il ne fit aucun geste vers elle.

— Je voulais vous parler.

Elle se sentit complètement écrasée par ce cercle d'adultes. L'un d'eux s'agita sur son fauteuil, mal à l'aise, et le cuir craqua sous son poids.

— Ce n'est pas le moment. Dois-je appeler Clifford...

Sa dernière phrase avait bien la forme d'une question, mais non l'intonation. Elle regarda autour d'elle, incapable de parler.

Son père tendit la main et tira sur un cordon. L'instant suivant, le maître d'hôtel apparut.

— Clifford, dit son père, veillez à ce que mademoiselle s'occupe jusqu'au retour de Mme Tomkin, voulez-vous ? Plus d'interruptions. Gelda n'a-t-elle pas invité des amies ?

— Si, monsieur.

— Eh bien, voilà une occupation toute trouvée.

— Bien monsieur. Venez, mademoiselle Justine, dit-il en se tournant vers elle.

117

Mais elle avait déjà fait demi-tour. Elle s'élança en courant dans le long couloir et claqua la porte d'entrée derrière elle. Elle entendit les pas de Clifford au loin. Elle aimait bien Clifford. Elle passait beaucoup de temps avec lui, à bavarder. Mais en cet instant, elle n'avait envie de voir personne.

Elle contourna la maison au pas de course, vers les écuries. Elle était à bout de souffle lorsqu'elle y parvint.

Il y avait six chevaux. Des arabes. Son préféré était King Saïd. C'était son cheval, son cheval à elle. Mais évidemment, bien que déjà bonnes cavalières, les deux fillettes n'avaient pas le droit de monter, ni même d'entrer dans les écuries sans un adulte pour les surveiller.

Justine ne s'en souciait guère, en ce moment. Elle descendit l'allée centrale jonchée de paille jusqu'au box de King Saïd. Elle l'appela et, apparemment, il la comprit, car il lui répondit en reniflant doucement et en piaffant. Il avait envie d'un petit galop. Il sortit la tête et il se mit à encenser. Son encolure puissante se dressait très haut au-dessus d'elle. Il avait le poil brillant. Elle aurait aimé tendre la main pour le caresser, mais elle était beaucoup trop petite.

C'est à ce ce moment-là qu'elle eut l'idée d'ouvrir la porte du box. Elle soulevait le verrou de fer lorsque Clifford la rattrapa enfin.

— Oh, mademoiselle Justine, il ne faut jamais, jamais faire ça...

Mais elle s'était déjà précipitée dans les bras du maître d'hôtel, et pelotonnée contre lui, elle pleurait, inconsolable...

Le retour à New York avait été le premier signe d'un point mort dans sa vie. Dévorée par une angoisse qu'elle ne parvenait pas à maîtriser, elle s'était confiée, en désespoir de cause, aux soins d'un psychiatre. Au début, cela ne lui avait paru d'aucun secours. Affirmation peu équitable, parce que subjective ; et elle était peut-être tombée trop bas pour pouvoir percevoir un changement, même ténu. Elle avait eu l'impression de vivre une longue nuit sans sommeil, allongée sur son lit, les yeux fixés sur la fenêtre est ; mais les ténèbres s'accrochaient encore, tenaces : elle regardait sa montre, sachant bien que l'aurore ne tarderait pas, et pourtant elle n'apercevait aucune bande de lumière. Pas encore...

Elle avait vécu, elle s'en rendait compte avec le recul du temps, une véritable période de retraite. Elle n'avait pas pris de travail, elle n'aurait pas pu l'affronter, mais elle s'était mise à dessiner, revenant à l'art qu'elle avait le plus aimé dans son enfance. Lentement, elle s'était constitué un carton d'esquisses, et enfin, elle fut prête à sortir.

Cela n'avait pas été aussi terrible qu'elle l'avait imaginé — elle avait passé deux nuits blanches avant ses rendez-vous, terrifiée — car elle trouva du travail à la deuxième agence où elle se présenta. Mais faire ce qu'elle aimait, elle s'en aperçut vite, était loin de lui suffire. (S'était-elle déjà rendu compte qu'elle était guérie ?) Bien entendu, elle savait pourquoi. Mais l'idée de nouer de nouveau des relations avec un homme lui était intolérable.

C'est ainsi qu'elle découvrit la danse. Elle alla assister à une leçon, un soir, avec une amie du bureau, et elle se passionna sur-le-champ. Elle apprit à canaliser cet excès d'énergie dans son corps, fascinée par la notion de rythme maîtrisé que lui offrait la danse, équilibre perpétuel entre tension et détente.

Et elle n'adorait pas seulement la danse, mais son prélude. Sa maîtresse de ballet croyait, comme exercice d'échauffement, en la discipline chinoise du *t'aï-tchi*. Une fois les bases acquises, Justine s'aperçut, à sa plus grande joie, qu'elle excellait à son gré dans à peu près tous les domaines de la danse, du moderne au classique.

Au bout d'une année, sa maîtresse de ballet lui dit : « Vous savez, Justine, si vous aviez commencé étant enfant, vous seriez aujourd'hui une grande danseuse. Je vous dis ceci uniquement pour vous donner une idée précise du stade où vous êtes parvenue. Vous êtes l'une de mes meilleures élèves parce que vous ne vous bornez pas à engager votre corps dans la danse, mais aussi votre âme. C'est cela la grandeur, Justine, mais malheureusement, personne ne peut rien contre le passage du temps. »

Cela l'emplit de fierté et de joie. Mais, fait tout aussi important, elle savait pourquoi : pour la première fois de sa vie elle se sentait pleinement maîtresse d'elle-même en tant que personne ; elle n'était plus ballottée en tous sens par les caprices du monde. Elle avait enfin trouvé une autonomie qu'elle pouvait éprouver directement, et qui avait vraiment un sens pour elle.

Un mois plus tard, elle avait quitté son premier emploi à plein temps à l'agence et elle menait sa barque toute seule. L'agence avait toujours besoin d'elle, et continuait à l'employer. Mais Justine était libre à présent de choisir les projets qu'elle préférait. Et trois mois après s'être mise à son compte, elle triplait son ancien salaire en commandes indépendantes.

Elle avait alors choisi cette maison de West Bay Bridge. Elle avait rencontré Nicholas.

Je ne peux pas le faire. Je ne peux pas.

Elle se releva, sortit de la salle de bain en titubant comme si elle était ivre et longea le couloir, les mains en avant comme une aveugle, pour s'orienter dans la maison. Dans le salon, elle trébucha contre l'aquarium. Tous les habitants des profondeurs, aux couleurs chatoyantes, nageaient au ralenti, comme anesthésiés — aveugles, sourds et muets — aussi beaux et dénués de toute pensée que la végétation montant à l'assaut de la surface ridée. Une autre vague de nausée la saisit et elle se détourna, en direction de la porte d'entrée.

Je ne peux pas m'engager. Je ne peux pas lui faire confiance. Oh, mon Dieu ! Oh, mon Dieu !

Elle sortit sous la pluie en chancelant, glissa sur l'escalier de bois et tomba à genoux dans le sable trempé. On eût dit une pâte molle, qui collait jalousement à sa peau. Elle rampa sur quelques mètres puis, retrouvant son équilibre, se mit à courir vers sa maison.

Peu de temps après, Nicholas rentra de la plage où l'on avait découvert le deuxième cadavre. Cette fois, ils l'avaient attendu.

Une seule entaille. Est-ce que tu comprends ? lui avait dit Vincent au téléphone. Oh oui, il avait compris ce que cela signifiait ! La blessure d'un *katana*.

Le cadavre, à la peau blanche, était découpé en oblique, de l'épaule droite jusqu'au-dessus de l'os de la hanche gauche. Un seul coup, une seule entaille de la plus fine lame connue de l'homme. Elle pouvait facilement briser une armure ; la chair et les os étaient comme du papier pour un *katana* manié par un maître de l'épée. Des lames anciennes avaient été conservées pendant mille ans par des générations successives de guerriers, sans perdre une parcelle de leur tranchant et de leur efficacité d'origine ; et même de nos jours, aucun arsenal au monde ne peut se flatter de posséder une arme aussi magnifique que le *katana* japonais.

Le deuxième homme était donc mort ainsi. Il gisait comme on l'avait trouvé, bercé par le ressac doux sur le sable. Il n'avait pas séjourné dans l'eau très longtemps. Il n'était absolument pas question qu'il se fût noyé.

Mais il fallait à présent que tous, ils révisent leurs conclusions de façon radicale. De toute évidence, Barry Braughm n'était pas l'unique objectif du ninja. Or il semblait n'y avoir, à première vue, aucun lien entre les deux victimes. Cet homme était un ouvrier de la Lilco — la compagnie d'électricité de Long Island — un travailleur manuel d'un milieu assez modeste. Rien en commun, rien du tout.

Et pourtant le ninja avait frappé.

En entrant, Nicholas ôta son léger imperméable kaki. Ses chaussures étaient trempées, ainsi que son blue-jean, jusqu'aux genoux. Mais cela ne l'intéressait guère. Il songeait à Justine et à la chose qui avait brisé la fenêtre de la cuisine de la jeune femme au milieu de la nuit. Il n'osait pas s'avouer ce que ce devait être.

Et d'ailleurs cela n'avait aucun sens.., Mais il lui avait tout de même demandé de rester près de lui, de ne pas retourner chez elle.

Or elle n'était pas là.

Il jura à mi-voix, revint dans le séjour, ramassa son imperméable et se dirigea vers la porte,

★

Il frappa. Personne ne répondit. Mais il était venu par la plage et il avait vu des lumières allumées à l'arrière de la maison — les fenêtres de la chambre.

Il frappa de nouveau, inquiet soudain, puis il essaya le loquet. Il n'était pas bloqué. Il le tourna et pénétra dans le vestibule.

Il se figea, comme une statue, juste après avoir passé le seuil, à l'affût du moindre bruit, essayant de percer les ombres du regard. Il y avait quelqu'un et ce n'était pas un intrus. Il parvint à ces deux certitudes tout de suite et simultanément : son entraînement lui permettait de se passer d'indices objectifs. Il l'appela :

— Justine !

Ce n'était pas seulement cette entaille unique qui l'inquiétait. Doc Deerforth et Vincent n'avaient pas vu l'autre chose. En tout cas ils ne l'avaient pas reconnue pour ce qu'elle était. En se penchant par-dessus le corps, Nicholas avait pu examiner le haut de l'épaule gauche. Sous les chairs tuméfiées, la clavicule était fracturée. Aussitôt, il avait été sur ses gardes. Il n'avait pas voulu alarmer les autres, même Vincent. Mais si ce qu'il croyait à présent était la réalité..,

Il était une fois un homme. Miyamoto Musashi. Peut-être le plus grand guerrier du Japon. Entre autres choses, il avait fondé une école — un *ryu* — de kenjutsu, le *ryu* Niten, ou des Deux Ciels. Il y enseignait l'art de manier deux épées en même temps. Autre caractéristique de Musashi, surnommé Kenseï — le Saint de l'Épée — il utilisait des *bokkens* — des épées de bois — dans le combat réel, et il prétendait le faire parce qu'elles étaient invincibles.

La conclusion de tout ceci était la suivante : contrairement à ce que croyait Vincent, l'homme n'avait pas été touché une seule fois, mais *deux*. L'entaille du *katana* d'acier qui l'avait éventré, et en même temps le coup qui avait brisé sa clavicule — un coup porté avec un *bokken*.

— Justine ? C'est Nick !

Il perçut un mouvement, vers l'arrière de la maison. Il ressentit une impression étrange : comme si après avoir été entouré par une nuée de confettis flottant dans l'air, il se retrouvait en face d'un dessin précis en train de se constituer lentement, à mesure que les minuscules ronds de papier tombaient sur le sol.

Et ce qu'il vit le secoua au plus profond de lui-même.

Justine apparut, auréolée par la lumière venue de la porte entrouverte de la chambre, derrière elle.

— Que fais-tu ici ?

— Justine ?

Il savait bien que c'était elle, mais il ne parvenait pas à croire en sa voix.

— Pourquoi es-tu venu ?

— Je t'ai dit de rester chez moi, loin de cette maison.

Il tenta de ne pas songer à la chose de fourrure noire, pleine de sang, sur le sol de la cuisine de Justine. Il tenta de se calmer, de prendre pour une coïncidence le fait que les ninjas utilisent un animal comme avertissement rituel, et de passer outre. Il n'y parvint pas.

— Je suis devenue claustrophobe, d'accord ? dit-elle. Je t'ai dit que cela me prenait de temps en temps.

— Cet endroit n'est pas sûr.

— Qu'est-ce que tu racontes ? Je me sens bien ici. C'est ma maison. *Ma* maison, Nick.

Avec le halo que faisait la lumière autour de sa silhouette, il ne pouvait voir ses gestes. Mais qu'importait ?

— Je crois que tu ne comprends pas.

— Non, répondit-elle d'une voix lasse. J'ai bien peur que ce soit toi, qui ne comprennes pas. Pourquoi ne pars-tu pas ? Allons, je t'en prie...

Elle avança d'un pas.

— Que s'est-il passé ? lui demanda-t-il.

— Il ne s'est... Rien. Rien à raconter.

— Il le faut.

— Je ne veux pas en parler, voilà tout.

— Tu n'es plus toute seule, à présent, dans cette histoire.

— Nick... Il n'y a pas d'histoire.

— Tu sais très bien ce que je veux dire.

— Oui, je le sais. Et c'est pour ça que je t'ai répondu comme je l'ai fait. Je... Je ne suis pas prête pour ce genre de choses.

— Quel genre de choses ?

— Ne me force pas à tout dire.

— Je veux savoir ce qui t'a pris, bon Dieu !

— C'est... C'est que tu ne me connais pas du tout. Je suis ainsi. Changeante. Imprévisible. (Elle poussa un soupir.) Va-t'en, Nick, je t'en prie, ajouta-t-elle. Ne me fais pas de scène.

122

Il leva les mains, paumes en avant.

— Pas de scène, dit-il en faisant un pas vers elle. Je voudrais seulement deux ou trois réponses.

— Tu ne les trouveras pas ici. Pas aujourd'hui, en tout cas.

Elle se détourna de lui et repartit vers la lumière.

— Justine, attends !

Il tendit la main, lui toucha le bras.

— Laisse-moi tranquille ! cria-t-elle en le repoussant des deux mains. (Puis, plus calme, dans un murmure :) Va-t'en. Je veux que tu partes, Nick.

Il se détourna et l'abandonna, ombre chinoise au bout du couloir.

★

Clic. Clic-clic. Silence. Clic-clac-clic. *Haï* !

Tandis qu'ils avançaient et reculaient selon une ligne mince, diamètre d'un cercle déterminé, Terry, pour la première fois de sa vie, ressentit de la peur en face d'un adversaire.

Il était un *senseï*, un maître, et il ne connaissait donc pas la peur, au kenjutsu.

Ce n'était pas tant la peur de la défaite — même lui, une ou deux fois, il avait été vaincu — bien qu'il eût compris, dès les premiers instants du combat, que cet homme pourrait très probablement l'emporter. Non, c'était quelque chose de plus subtil. C'était la manière dont cet homme — cet Hideyoshi — combattait. Au kenjutsu, le style est essentiel. On peut beaucoup en apprendre sur un adversaire d'après sa façon de combattre : non seulement où il a étudié et avec qui, mais au sens le plus large, quel genre d'homme il est. Car le style est philosophie, et aussi, oui, religion. Il exprime ce que l'on respecte et ce que l'on méprise.

Ce qui préoccupait Terry, justement, c'était qu'il constatait dans la philosophie martiale de son adversaire un manque d'égards pour la vie humaine. Ei était tombée juste lorsqu'elle avait avancé que l'homme avait les yeux de la mort. Ils étaient sans éclat et sans profondeur, comme du verre. Rien, semblait-il, ne semblait les habiter. Sûrement pas des sentiments. Et Terry s'en inquiéta. Il avait appris, par ouï-dire et par ses lectures, que certains samouraïs du Japon féodal — au cours du XVIIe siècle, peu après qu'Ieyasu Tokugawa eut unifié les *daïmyos* de la guerre en fondant le shōgunat Tokugawa, qui devait durer deux cents ans — accordaient peu ou pas du tout de prix à la vie humaine. C'étaient des machines à tuer, réglées pour exécuter les ordres de leurs suzerains, et ils n'étaient loyaux qu'à l'égard de leur maître et du *bushido*. Pourtant, le code du *bushido* incluait l'essence même de la compassion — si rigide et si intangible qu'il fût. Une essence que ces hommes choisissaient d'ignorer. Il s'était souvent demandé ce qui avait pu les corrompre ainsi.

Et il lui parut étrangement naturel, soudain, d'être opposé à l'un de ces hommes, surgi d'un autre âge... Mon karma, se dit Terry.

Il se déplaça vers la gauche, et attaqua — pour être aussitôt repoussé. Leurs *bokkens* sifflaient dans l'air, maniés à une telle vitesse qu'un œil non exercé eût pu croire que les deux combattants agitaient d'énormes éventails, tant le mouvement des armes était brouillé.

Terry mit un genou au sol et décrivit un large arc horizontal avec son *bokken*, mais l'autre répliqua par une parade verticale. Un combattant moins expérimenté aurait alors tenté un coup mortel, lançant à deux mains une botte verticale, du ciel au sol. Cela eût provoqué une défaite immédiate, car il aurait suffi à Terry d'avancer de quelques centimètres pour que la pointe de son arme s'enfonçât dans le ventre de l'attaquant, inversant le coup mortel.

Au lieu de cela, l'autre recula, forçant Terry à avancer pour continuer la lutte. Il y avait déjà eu deux manches, et comme l'heure s'achevait, celle-ci serait la dernière. Mais tandis qu'il parait plusieurs assauts éclairs, Terry eut l'impression désagréable qu'il n'avait pas encore fait le tour de la tactique de cet homme. Pour tout dire, il avait le sentiment que l'autre s'était joué de lui dès la toute première des quarante minutes de leur combat.

Agacé, il se mit à attaquer sans relâche. Mais au lieu de contrer, le *bokken* de l'autre collait au sien comme une ombre, se déplaçait en cadence et touchait toujours. Puis ils furent très près l'un de l'autre et Terry, pour la première fois, scruta intensément le visage de l'homme. Cela ne dura que l'éclair d'un instant, un dixième de seconde peut-être, mais sa concentration, son *zanshin* — la forme physique combinée avec la concentration et la vigilance de l'esprit — vacilla. Presque avec mépris, l'autre, d'une passe de sa propre arme, fit sauter le *bokken* de Terry. Le temps manquait pour une réaction efficace : le *bokken* de l'autre contre la gorge, Terry était vaincu.

★

Quand Justine sortit de la chambre pour se servir un verre, le soleil se couchait. Mais par les fenêtres de la façade de la maison, elle ne vit que d'épaisses masses de nuages gris, traînant comme les vapeurs d'une folle soirée, déchiquetées, effilochées par les vents d'altitude. La lumière blafarde délavait toutes les couleurs de la terre. Le sable avait l'air compact et grumeleux, comme du plomb en train de se solidifier.

Elle s'arrêta, la main sur le goulot de la bouteille de rhum. N'était-ce pas une ombre, sous la véranda ? Elle lâcha la bouteille et se déplaça doucement sur sa gauche pour mieux voir. Elle dépassa le montant séparant les deux vastes baies. Les rideaux s'agitèrent, limitant davantage sa vue. Elle avança encore un peu puis se figea, totalement immobile. L'ombre était devenue une silhouette. Il y avait quelqu'un dehors.

Une peur sans nom envahit tout son corps, et, inconsciemment, elle porta une main à sa gorge. Son cœur battait à tout rompre, et les paroles de Nicholas lui revinrent brusquement en mémoire. *Cet endroit n'est pas sûr.* Était-ce à cela qu'il faisait allusion ? Elle regrettait, à présent, de ne pas avoir prêté plus d'attention à ce qu'il avait dit, mais elle ne songeait alors qu'à une seule chose : le chasser, et elle avait été uniquement préoccupée des paroles qu'elle prononcerait.

Elle se demanda soudain si elle avait bien refermé la porte à clé, après son départ. Elle était persuadée que non, mais sans en être certaine. Et elle n'osait pas attirer l'attention en se dirigeant vers l'entrée. Il faudrait qu'elle passe directement devant les fenêtres. Elle songea à se mettre à quatre pattes mais elle avait trop peur de faire du bruit.

Puis elle pensa au téléphone. Sans quitter la silhouette des yeux elle recula lentement dans le vestibule. Elle abaissa la main d'un geste convulsif et faillit renverser l'appareil par terre. Elle tomba à genoux pour le rattraper au vol. Elle composa le numéro de Nicholas, ferma les yeux, et pria pour qu'il soit chez lui. Chaque sonnerie lui poignait le cœur comme une aiguille de glace. Elle claquait des dents. Lorsqu'elle raccrocha enfin, elle avait la chair de poule.

Elle passa sans bruit, sur la pointe des pieds, dans la salle de séjour, s'assit sur un accoudoir du sofa et surveilla intensément la silhouette. Elle songea à se glisser dehors par la porte de derrière. Mais ensuite ? Frapper à la porte d'un voisin ? Pour lui dire quoi ? Qu'elle avait peur d'une ombre ?

Brusquement elle se sentit stupide, comme une folle prise au piège des cauchemars de son propre esprit. Voyons, la silhouette n'avait pas bougé depuis qu'elle l'avait entrevue. C'était peut-être le dossier d'une chaise, ou...

Elle se leva et s'élança sans prendre le temps de réfléchir — pour faire face. Elle ouvrit la porte à toute volée et sortit sous la véranda. L'air était lourd du sel de la mer, mais il faisait pourtant un peu moins humide. Il y avait une brise assez vive, venant de l'est.

Comme si elle eût été une poupée mécanique, elle força ses yeux à se tourner vers la silhouette.

— Nicholas ! balbutia-t-elle, le souffle coupé.

Il était assis dans la position du lotus, les avant-bras reposant librement sur la pointe de ses genoux, et il regardait vers la mer.

— Qu'est-ce que tu fais ?... Nick !

Elle s'avança jusqu'à lui, puis se pencha.

— Mais que fais-tu, bon Dieu ? dit-elle.

— Je réfléchis.

— A quoi ?

C'était une question toute simple, mais peut-être assez peu logique étant donné son humeur du moment. Elle aurait très bien pu lui lancer : « Ne peux-tu pas réfléchir ailleurs que sur le seuil de ma porte ? » Mais, à sa grande surprise, elle n'en avait rien fait. Elle s'étonna de voir qu'en le trouvant là, gardien de sa maison — gardien d'elle-même, à vrai dire — et non envahisseur, toute son angoisse avait disparu aussi spontanément qu'un mauvais rêve. Et à la place de l'angoisse, elle ressentait... quoi ? Tandis qu'elle hésitait encore, elle l'entendit qui disait :

— Il faut que je t'en parle tout de suite.

★

Elle réagit mieux qu'il ne s'y était attendu... Pourtant c'était à peu près comme s'il lui avait appris qu'elle avait un cancer.

— En es-tu sûr ? demanda-t-elle.

— Je ne t'aurais rien dit si je n'étais pas certain. Je ne peux affirmer que je comprends tout pour l'instant, mais cet animal n'a pas traversé la fenêtre par hasard. C'était l'avertissement d'un ninja.

— Je suis peut-être complètement à côté de la question, dit-elle d'une voix égale, mais ne m'as-tu pas dit que l'une des caractéristiques des ninjas était de frapper sans prévenir ?

— Oui, acquiesça-t-il. C'est exact, la plupart du temps. Mais dans certaines circonstances, ils lancent des avertissements rituels — pour les querelles de clans par exemple, ou par ordre spécial, ou bien si le ninja désire faire étalage de son invincibilité.

— Mais c'est dément ! protesta-t-elle. Que peut donc me vouloir un ninja ? Je n'ai aucun lien...

Elle s'interrompit, mais il ne dit rien, attendant de voir si elle devinerait toute seule. Il était persuadé qu'il n'aurait pas besoin de l'aider.

Elle quitta le canapé et arpenta nerveusement le salon en claquant des doigts. Elle s'arrêta devant le bar, se servit un grand rhum blanc *on the rocks* sans lui en offrir — elle était trop absorbée — puis elle revint vers le divan en buvant.

— Je ne vois qu'une possibilité, dit-elle d'un ton qui trahissait son manque d'assurance.

— Voyons si nous avons abouti à la même conclusion.

— Mon père.

— Ton père, répéta Nicholas. Raphael Tomkin.

Il se leva et se servit une eau minérale au citron.

— Dis-moi, Justine, que sais-tu de ses affaires ?

— Pas beaucoup plus que le premier venu. (Elle haussa les épaules.) Je ne m'y suis jamais intéressée vraiment, alors en dehors des grandes lignes... A la base, le pétrole. Une de ces grandes multinationales. Et c'est à peu près tout.

— En d'autres termes, pas grand-chose.

— Je t'avais prévenu, dit-elle avec une grimace.

— Parfait. Laissons cela de côté pour l'instant. Voyons maintenant...

Mais elle avait déjà posé l'index sur les lèvres de Nicholas.

— Non, Nick. Pas de questions. Pas tout de suite. Pas encore. Laissons courir les choses comme elles sont. Je t'en prie. Je t'en prie !

Il regarda les yeux de la jeune femme et se demanda ce qui lui échappait. Peut-être rien, ou peut-être tout — de nouveau. Et cela il ne le voulait pas..., Mais à présent, il désirait encore plus fort la présence de Justine et cela exigeait un compromis. Un compromis difficile, il le savait. Parler vaut toujours mieux que se taire : c'est un principe fondamental applicable à toutes les relations humaines. Mais peut-être avait-elle raison après tout, et le moment était-il mal choisi. Il avala la moitié de sa boisson.

— Qu'allons-nous faire ? dit-elle.

Bonne question, songea Nicholas en levant les yeux vers elle. Le ninja avait l'intention de la tuer, cela ne semblait faire aucun doute. Il tenait donc la chose pour acquise, sans négliger pour autant l'importance des motifs. Mais sur ce dernier point, il n'existait pas de réponse immédiate ; il l'écarta donc pour l'instant de ses pensées. Ce qui l'inquiétait vraiment, c'était la nature même du ninja. Il était assez rare de rencontrer un de ces démons à l'époque moderne, bien qu'un certain nombre d'entre eux (comme il l'avait appris à Vincent et au docteur Deerforth) aient continué d'opérer clandestinement, au plus haut niveau, comme agents indépendants. Mais tomber sur un adepte de l'école Niten était tout à fait troublant. C'est l'un des styles de kenjutsu

127

les plus difficiles à maîtriser, et cela trahissait d'autres éléments. Il y avait, Nicholas le savait fort bien, plus d'une espèce de ninja. Était-ce une coïncidence ?

— La seule chose à faire pour l'heure est de rester ensemble, dit-il.

Justine acquiesça. Étrangement, cela ne l'emplit pas de crainte. Tout le contraire, en fait. Elle commença à se sentir vraiment détendue. Dieu seul savait à quel point elle désirait la présence de Nicholas. Oui, se dit-elle, j'ai absolument besoin de lui.

Et soudain elle alla beaucoup mieux.

★

Doc Deerforth rêvait. Le hamac, fixé aux poutres de sa véranda, se balançait doucement. Le murmure délicat, insistant, continu, de la pluie, l'avait endormi peu à peu.

Et il rêvait. D'une forêt brillante comme une immense émeraude, suintante d'humidité. Mais ce n'était pas un lieu de plaisir ou de beauté. Pas pour lui. Il courait à travers le sous-bois touffu et, de temps en temps, en lançant par-dessus son épaule un regard craintif, il entrevoyait la bête hideuse qui le poursuivait sans relâche. C'était un tigre. De plus de trois mètres de long. Il semblait se déplacer sans effort à travers le feuillage épais que lui-même avait tant de mal à percer. Les muscles ramassés de la bête travaillaient avec une souplesse stupéfiante sous le lustre de sa robe à rayures. Et de temps à autre, les yeux de Doc Deerforth croisaient ceux de son ennemi : verts et brillants dans la nuit comme des fanaux chatoyants, éclairant la piste. Et ils n'avaient pas la forme d'yeux de félin, mais l'ovale impossible à confondre — avec son pli épicanthique et le reste — d'un être humain : d'un Japonais, pour être plus précis.

C'étaient les yeux du ninja que Doc Deerforth avait rencontré, juste avant la fin de la guerre, dans la jungle des Philippines.

Et maintenant, son chemin était barré par un vaste bosquet de bambous. De quelque côté qu'il regarde, aucun passage vers l'avant. Il se retourna : la bête humaine ouvrait la bouche. Une flamme ardente jaillit comme un torrent, qui l'inonda d'une substance gélatineuse qui s'accrocha à sa peau, collante comme une limace. Il se tordit sur lui-même, griffant ses membres pour se débarrasser du fluide brûlant. Mais cela s'agrippait à lui, tenace, comme si c'eût été doué de conscience. Il avait acquis une seconde peau : une virulence qui se mettait aussitôt à ronger ses chairs. Sa peau se souleva, se consuma, s'épluch a jusqu'aux tendons et aux nerfs. Et la substance imprégna ce qui restait de lui, transperçant

128

ses os... Ils se réduisaient lentement en poudre et pendant tout ce temps, le tigre au visage de ninja lui souriait... Puis, il sentit toute sa force s'écouler hors de lui, comme s'il urinait sa vie en une flaque, là, par terre. Et la bête leva la patte de devant, sa patte droite. C'était un bras humain, amputé au coude. Au-dessus, la peau était noire, les muscles disparus, le bras — ou ce qu'il en restait — à peu près sans chair, comme racorni par quelque horrible brasier. Le tigre au visage de ninja tendit ce membre vers lui, comme pour dire : « Regarde et souviens-toi ». Sur l'intérieur du bras était tatoué un numéro à sept chiffres. Le camp, songea-t-il, comme une litanie ! Le camp, le camp, le camp. Il s'était mué en méduse à présent, privé de toute humanité, et même de son héritage de primate. Il nageait à travers la jungle, très loin dans le temps, quand l'homme participait encore des eaux matricielles ; avant l'étincelle ; avant que le premier poisson se mît à ramper à la lisière de ce monde et devînt amphibie ; avant que la terre fût prête à recevoir la vie. Et dans cette jungle marine, il dérivait avec son implacable ennemi. « Vois, vois, vois », disait la bête en s'avançant vers la méduse impuissante, ballottée au gré des marées, avatar de l'évolution. « Non ! cria-t-elle. Es-tu conscient ? Tu détruirais tout ce qui vit ! » Mais, indifférent, le tigre-homme était déjà sur lui. « Je fais cela pour ma... »

Doc Deerforth s'éveilla en sursaut. Il était trempé de sueur et son tricot de coton, tortillé d'un côté, le serrait comme une camisole de force. Il respira profondément à plusieurs reprises. La pluie avait cessé pendant son sommeil, mais l'eau continuait de goutter du toit, et il songea à la mer, à la méduse, au ninja, et au néant.

★

Terry faillit être tué en allant à son rendez-vous avec Vincent. Cela n'eut aucune portée, quant à lui : il était bien trop préoccupé par ses pensées.

Lorsqu'il descendit du trottoir de la Sixième Avenue pour tourner vers l'est dans la quarante-sixième rue, il songeait à cet Hideyoshi. Il avait rendez-vous avec Vincent au Michita, petit restaurant japonais entre la Sixième et la Cinquième Avenue. L'endroit, tenu dans le style traditionnel — un bar à *shushis* et des salles pourvues de tatamis — était ouvert pratiquement vingt-quatre heures sur vingt-quatre, car il accueillait, pour l'essentiel, les nombreux hommes d'affaires japonais de passage dans le pays et qui vivaient encore à l'heure de Tokyo. C'était un des repaires préférés de Nicholas, de Vincent et de Terry, parce qu'ils s'y sentaient tout à fait chez eux.

Le feu était au rouge et à peine Terry avait-il posé le pied dans le caniveau qu'un vieux taxi Checker, remontant l'avenue dans un bruit de casserole, faillit le renverser. Le coup de klaxon le tira de sa rêverie au milieu du hurlement des freins et des insultes bien senties du chauffeur, un gros bonhomme aux cheveux hirsutes.

— Trou du cul endimanché, va ! Et métèque, en plus ! entendit-il tandis que le taxi dérapait.

Il sentit contre sa joue le souffle de la voiture qui, déjà, accélérait vers le haut de la ville.

L'incident ne parvint pas à lui faire oublier longtemps ses réflexions précédentes. Là-haut, dans la salle du *dōjō*, tout en préparant son *bokken* pour les assauts, il avait observé l'homme travailler l'aïkido et, un peu plus tard, le karaté. La force et l'agilité de l'homme l'avaient stupéfié. Et au bout de quelques instants il s'était aperçu que, de toute évidence, l'inconnu en savait beaucoup plus sur la stratégie que les instructeurs employés par Terry. Dès son ouverture, le *dōjō* avait rapidement acquis la réputation d'être l'un des meilleurs établissements de ce genre, non seulement en Amérique mais dans le monde entier. Cela tenait, bien sûr, à la sélection astucieuse que Terry avait faite de ses *senseïs*. Jusqu'aux derniers, ses instructeurs étaient, dans leur spécialité, des maîtres de premier plan. Voir le nouveau venu les dominer ainsi était vraiment troublant. Et tout en franchissant la porte épaisse, de fer et de bois blond, du restaurant Michita, Terry se demanda s'il ne devait pas parler à Vincent de la visite d'Hideyoshi.

★

En quittant le *dōjō*, Eileen alla faire des courses. Elle traversa la ville jusqu'aux grands magasins Bloomingdale et acheta plusieurs articles de lingerie. Sur un coup de tête, elle prit une bouteille d'eau de toilette qu'elle avait depuis longtemps envie d'essayer. Sur le chemin du retour vers l'appartement de Terry, elle s'arrêta chez un marchand de vins fins et acheta une bouteille de Dom Pérignon 1970.

Il faisait encore jour lorsqu'elle arriva devant l'immeuble désuet où habitait Terry. Elle mit le champagne dans le réfrigérateur et lança ses paquets sur le grand lit. Elle retourna dans la cuisine, mit quatre œufs à bouillir pour accompagner le caviar, et vérifia qu'il y avait assez d'oignons, et du pain pour les toasts.

Puis elle passa dans la chambre, la traversa dans toute sa largeur, entra dans la salle de bain et fit couler la douche. Elle se déshabilla. Elle était sur le point d'entrer dans la cabine de douche lorsque quelque chose lui revint à l'esprit. Sans prendre la peine de jeter une serviette autour de son corps, elle retourna dans le séjour et plaça un disque sur la stéréo. Elle remonta le niveau d'écoute pour pouvoir entendre la musique depuis la salle de bain.

Elle chantait, l'eau jaillissait sur elle, et elle entendait les échos lointains de la musique comme à travers le tumulte d'une cascade. Elle s'imagina sur une île des Tropiques, en train de nager dans les eaux turquoise d'un lagon désert. Elle se lava la tête et savonna son corps. Elle adorait sentir sa peau toute glissante...

Elle coupa l'eau et sortit. Elle sécha d'abord ses cheveux. Dans le grand miroir de Terry, elle examina sa nudité d'un œil critique. Elle était fière de son corps. Peau lisse, sans défaut. Chairs fermes malgré son âge. Cou long et mince. Épaules délicates comme celles d'une poupée de porcelaine. Ses seins, légèrement affaissés, étaient encore mûrs et fermes, les mamelons sombres et longs. Taille fine, hanches saillant doucement. Mais c'était de ses jambes qu'elle était le plus satisfaite. Longues et robustes, les muscles tendus et souples, les chevilles minces, le pied petit. Elle regarda ses muscles vibrer sous la peau tandis qu'elle frottait l'épaisse serviette bleu-vert contre sa chair mouillée. Ses mamelons se dressèrent à ce contact rugueux, et elle sentit une première onde de chaleur dès qu'elle passa lentement la serviette contre son ventre, de plus en plus bas, en songeant à la venue de Terry. Elle adorait les mains de Terry sur sa peau ; elles étaient si lisses, si douces, si habiles ; elle détestait tout ce qui était brutal ; il savait qu'elle aimait ces préliminaires autant que lorsqu'il était en elle... Elle adorait faire l'amour avec de la musique ; les mélodies changeantes, les harmonies, les différences de tempo donnaient plus de relief à ces moments. Et, bien entendu, il leur était plus facile de crier. Elle regarda dans le miroir le sang affluer soudain à la surface de sa peau tandis que ses pensées allaient plus avant, plus profond. Elle imagina que Terry était déjà rentré, qu'il allait et venait dans le salon, préparant le caviar et le champagne. Elle laissa tomber la serviette. Une de ses mains se mit à caresser ses seins tandis que l'autre descendait doucement vers ses cuisses.

Un profond soupir, puis elle passa dans la chambre. Elle s'approcha du lit, se pencha et déchira le sac de papier. Elle en sortit la bouteille d'eau de toilette, Chanel n° 19, l'ouvrit, puis l'appliqua sur sa peau radieuse. Ensuite elle se glissa dans la combinaison de soie crème qu'elle avait achetée, pleinement heureuse au contact sensuel du tissu. C'était ainsi que Terry la verrait à son retour.

Elle se tourna vers la porte ouverte et fronça les sourcils. Les ténèbres régnaient dans l'autre pièce : il faisait nuit, le crépuscule s'était éclipsé pendant qu'elle était sous la douche. Et pourtant, elle était certaine d'avoir allumé les lumières en entrant. L'avait-elle fait ? Elle haussa les épaules et franchit le seuil.

A mi-chemin de la petite lampe de porcelaine, sur la table près du sofa, elle s'arrêta et tourna la tête. Quelque chose avait bougé au fond de la pièce, sur sa gauche. Oui ? Non ? Elle ne voyait que des masses d'ombre dense. Au-dehors, un chat hurla deux fois comme si on l'écorchait vif, puis il y eut un bref tintement métallique de couvercles de poubelles sur le ciment de la cour, à l'arrière de l'immeuble — nettement audible à travers le mur. La musique jouait toujours. Henry Mancini. Une rengaine douce-amère qui, elle le savait, était la dernière sur cette face du disque. Mancini était tellement romantique...

Elle s'avança vers la table et appuya sur l'interrupteur ; les lumières de la chambre à coucher s'éteignirent. Elle se retourna, oubliant pendant un instant que la lampe de la salle de séjour ne s'était pas allumée. La musique se termina et elle perçut le bruit léger du bras de l'électrophone qui se relevait et qui retombait sur son support, tandis que la platine cessait de tourner. Il n'y avait plus qu'un seul son, à présent, tout proche d'elle — et elle se rendit compte que c'était sa propre respiration haletante.

— Il y a quelqu'un ?

Elle se sentit ridicule. Pourtant, l'absence de bruit était infiniment plus terrifiante que si une voix lui avait répondu. Elle baissa les yeux vers le cadran lumineux de sa montre et la seule chose à laquelle elle put songer fut : Terry rentrera bientôt.

Comme happée par l'inconnu, elle traversa lentement la salle de séjour, jusqu'au seuil de la chambre. Elle jeta un coup d'œil, tentant de percer les ténèbres ; les rideaux étaient clos et, ici, à l'arrière de l'immeuble, les arbres de la cour s'interposaient entre les fenêtres fermées (elle avait branché le climatiseur) et filtraient les lumières allumées des maisons voisines.

Elle entra dans la chambre, en tâtant la cloison à la recherche de l'interrupteur. Mais avant même de le trouver, elle entendit le déclic de la stéréo dans l'autre pièce ; puis, après un instant de retard, le piano de Mancini et la contrebasse se lancèrent dans un duo de jazz. Bientôt la batterie vint se joindre à eux, puis les cordes, et le saxophone enfin, comme une plainte, une voix presque humaine au milieu des instruments. Une musique intense.

Elle pivota vers la porte. Elle ne vit rien. Quelque chose ou quelqu'un bloquait sa vue. Elle fit un pas en avant. Le souffle lui manqua soudain : quelque chose avait jailli comme dans un brouillard et s'était enroulé autour de son poignet droit.

Elle poussa un cri inarticulé et chancela à reculons. Elle lança

132

son bras en l'air pour tenter de se libérer, mais la chose — quelle qu'elle fût — la suivit sans un bruit, impitoyable. La pression sur son poignet se resserra et elle crut que ses os allaient éclater.

— Que voulez-vous ? dit-elle, ineptement. Que voulez-vous donc ?

Son esprit, paralysé par la peur, ne trouva rien d'autre à dire. C'était comme si la nuit, par quelque incantation magique, était devenue un être doté de sens.

Elle sentit le rebord du lit contre l'arrière de ses genoux et, comme si cette barrière solide la ramenait au réel, elle se jeta en avant. Elle ne croyait pas que les fantômes, ni même les *kamis* de ses ancêtres, eussent une réalité tangible. Et elle retroussa ses lèvres, prête à mordre ce qui l'avait assaillie.

Elle sentit un obstacle solide devant elle et y mordit. Mais au même instant sa tête fut projetée en arrière, vers le haut, et ses dents claquèrent douloureusement dans le vide.

— Oh, mon Dieu ! s'entendit-elle murmurer.

Ses paroles semblaient parvenir d'un autre univers. Elle entrevit un visage. La tête, comme tout le corps (à ce qu'elle supposa) était enveloppée dans un tissu noir mat ; un capuchon serré et un masque qui ne laissaient paraître que les yeux. Les yeux... A moins de quinze centimètres des siens à présent. Des yeux aussi morts que des pierres au fond d'un étang.

— Oh, mon Dieu !

Elle était si vulnérable, cambrée par une prise qu'elle n'avait aucun espoir de rompre — ce qui, plus que toute autre chose, la terrifiait.

Il fut sur elle avant même qu'elle puisse crier. Elle sentit que la prise se modifiait et elle eut l'impression d'être saisie par une force élémentaire, une force de la nature, une trombe de vent. Car aucun homme — rien qui soit humain — ne pouvait posséder une telle puissance.

Quand les doigts gantés s'enfoncèrent en elle, ils parurent dissoudre sa chair et pulvériser les os en dessous. Ses poumons se vidèrent brusquement de tout air ; elle eut l'impression d'être projetée au fond de l'océan. Au-dedans d'elle-même, tout se changea en eau. La mort se dressa de tous côtés comme un spectre sur une affiche géante. Sa gorge se souleva et elle essaya de vomir. La nausée chercha désespérément à forcer la barrière de sa bouche. Elle essaya d'avaler. Impossible. Ses yeux étaient aveuglés de larmes. Ses paupières battaient follement. Ses propres vomissures commencèrent à l'étouffer.

Il avait le visage très près de celui d'Eileen, mais elle avait l'impression d'avoir été assaillie par un objet inanimé, doté soudain de vie. Elle ne sentait aucune odeur, ne voyait rien. La prise qu'il exerçait sur elle était si intense qu'elle ne pouvait même pas tourner la tête de côté. Elle luttait toujours pour avaler, et elle parvint enfin — et la vie revint en elle... Mais elle avait maintenant sous les yeux les montagnes douces du Sud du Japon, où elle avait passé, encore enfant, les dernières journées de la guerre. Elle voyait, aussi nettement que si elle était de nouveau là-bas, les grands pins majestueux qui se balançaient sous les vents du couchant, l'avancée hésitante du *sokaïjin* remontant péniblement la longue pente — mince ligne érodée, serpent fatigué qui semblait n'avoir ni fin, ni commencement. Elle songea au *zôsui*, la soupe de légumes qui était devenue leur menu quotidien ; elle sentit son goût très fort dans sa bouche, et l'odeur des navets de montagne emplit ses narines. Jamais elle ne se serait crue capable de s'en souvenir avec une telle acuité, pour ainsi dire vivante ; on se rappelle le plaisir avec plus de précision que la souffrance : c'est dans la nature humaine.

Il y eut un mouvement rapide au-dessus d'elle, sa combinaison se déchira et quitta son corps. Elle était nue. Son esprit s'emplit de Terry, parce qu'elle était absolument sûre, à présent, que cet être terrifiant allait la violer. Cette certitude secrète du motif réel de sa présence la mit en fureur et la rassura en même temps. La mort semblait s'écarter — un simple spectateur de la fête au lieu d'être l'invité d'honneur.

Elle sentit le corps masculin au-dessus du sien, ni brûlant, ni frais, entre les deux. Ni de chair, ni de marbre. Elle eut l'impression d'être soulevée, pelotonnée sur elle-même — position familière. Elle referma les jambes, et noua ses chevilles, essayant encore de résister.

Et ce fut pour elle un immense choc lorsqu'elle le sentit saisir le flot épais de sa chevelure, la relever, et la tordre d'une seule main en une longue corde. Elle leva les yeux, regardant en l'air, au-dessus de sa propre tête. Il y avait assez de lumière pour qu'elle distingue cette torsade, raide comme une épée, plus noire que la nuit.

Puis, guidée par la main, la corde s'enroula autour de son cou et commença à se resserrer comme un nœud coulant autour de sa gorge. Pourtant, elle ne comprenait pas encore ce qui allait se passer... Puis, tandis qu'elle luttait pour chaque gorgée d'air, narines frémissantes car l'autre main de son agresseur lui écrasait toujours la bouche, elle comprit qu'il ne songeait guère à son corps. Était-il seulement excité ? Était-il capable de plaisir ? Comme un étang plein d'anguilles grouillantes, l'esprit torturé d'Eileen connut cette sorte d'angoisse trouble, tandis que ses poumons se vidaient peu à peu.

Non ! Je vous en supplie ! Prenez-moi, ne me tuez pas ! Non ! Je vous en conjure ! Elle essaya de hurler ce que son esprit articulait, mais les mots ne sortirent de ses lèvres que comme des grogne- ments de bête, et sa terreur redoubla. C'était comme si l'inhuma- nité de l'autre était parvenue, en quelque manière, à la dépouiller de sa propre humanité.

La corde de sa chevelure se resserra encore lorsqu'il tira vers le haut, tandis qu'il lui cambrait les reins exactement comme s'il lui faisait l'amour avec une violence extrême. Elle sentit les muscles de sa gorge se contracter involontairement. Elle avait les poumons en feu, comme attaqués par un acide corrosif. *Ce n'est pas possi- ble*, se dit-elle. *Je ne peux pas mourir. Je ne veux pas. Non, non, non, non !...*

Puis elle se débattit, luttant pour accomplir la fonction la plus fondamentale de son être, devenue aussi pénible que d'escalader une montagne. Chaque inspiration était le plus désespéré des combats.

Elle contre-attaqua soudain comme une tigresse, le griffant de ses ongles, le frappant de ses poings, le giflant, jouant des genoux et des cuisses pour lui faire lâcher prise, pour lui faire renoncer à son dessein de maniaque. Mais cela était aussi vain que de s'atta- quer à un mur de briques. Elle était sans défense contre lui. Il était au-delà des vivants. Il était la mort.

Et tandis que ses propres vomissures l'étouffaient, montant de nouveau comme un *tsunami* inexorable, la tempête de feu, l'orage final, s'épanouit devant ses yeux. Ses poumons s'emplirent de pâte liquide ; Eileen luttait encore pour sa vie, mais déjà entendait ce sifflement, soudain et diabolique, juste au-dessus de sa tête... Elle leva les yeux vers le ciel et elle vit l'ombre d'un bombardier soli- taire passer comme une éclipse inattendue devant le halo du soleil, elle vit une parcelle se détacher et tomber vers la terre comme si l'avion méprisant, fleur noire sur le ciel limpide, bleu et blanc, lâchait sa crotte sur le royaume des Iles.

Fracas. Fournaise. Chaleur d'enfer. Et puis la lumière, comme le cœur de dix mille soleils explosant. Oh, mon pauvre pays !

Des cendres, flottant dans le vent chaud.

★

Terry dit *sayonara* à Vincent par la glace baissée du taxi. La pluie de la journée n'avait apporté aucun soulagement à la grande ville saisie par la chaleur torride, moite, du milieu de l'été : il se souvint de Tokyo.

— Je te rappelle bientôt, dit-il à Vincent.

— D'accord. Fais-moi savoir s'il te vient une idée.

Vincent s'accouda à la portière.

— Je crois que vous faites tout un drame pour pas grand-chose, répondit Terry en riant.

— Nous n'avons pas inventé ce poison, Terry, lui dit son ami d'un ton grave. Ni la blessure du *katana*.

— Je ne sais pas, vieux. Il y a toute une armada de cinglés dans cette ville. Et de toute façon que viendrait faire un ninja par ici, hein ?

Vincent haussa les épaules : il n'avait pas de réponse.

— Tu vois bien… insista Terry.

— Écoute, Mac, grommela le chauffeur de taxi en se retournant. Le temps, c'est de l'argent, et je n'ai pas toute la nuit. Si vous avez envie de bavasser, vous pouvez aussi bien le faire dans la rue.

— D'accord, dit Terry, on file.

Tandis que le taxi s'éloignait du trottoir, il se détourna et, le sourire aux lèvres, fit un dernier signe de la main à l'adresse de Vincent.

Il donna son adresse au chauffeur et s'enfonça dans la banquette. Sans raison réelle, il regrettait à présent de ne pas avoir donné plus de détails à son ami sur le visiteur du *dōjō*. Il l'aurait sûrement fait s'ils ne s'étaient pas laissé absorber par l'affaire sur laquelle travaillait Vincent. Libre à lui d'imaginer des choses pareilles. C'était bien le genre de mystère dans lequel il se complaisait. De l'avis de Terry, Vincent s'ennuyait ferme. Pas tellement à cause de son travail — il y avait Dieu sait combien de mystères pour retenir son intérêt. Non, cela était plus grave : Vincent était las de l'Amérique. Peut-être avait-il envie de rentrer au pays…

Aussitôt, ses pensées se tournèrent vers Eileen qui l'attendait chez lui. Enfin, tous les obstacles étaient surmontés. « La patience, disait souvent mon *senseï*, est souvent la plus efficace des armes. Tu es trop impétueux, mon garçon. Ralentis et profite pleinement de la cadence que tu as toi-même établie. » Brusquement, il se souvint du caviar.

Il se pencha en avant, la bouche contre l'audiophone de la paroi de plastique qui le séparait du chauffeur.

— Eh ! lui dit-il. J'ai oublié. Il faut que je passe au Salon de Thé Russe avant d'aller à l'adresse que je vous ai indiquée.

Le chauffeur jura et secoua la tête.

— Ah, c'est pas ma soirée ! T'aurais pas pu le dire plus tôt, espèce de rigolo ? Maintenant il va falloir que je redescende la Neuvième et que je coupe toute la file des voitures au ras des pare-chocs.

Il donna un grand coup de volant, et la voiture, dans un crissement de pneus, tourna à angle droit. Tonnerre de klaxons, cris de fureur, coups de frein en panique. Le chauffeur de Terry se pencha par la fenêtre et fit un bras d'honneur.

Terry prit un crayon et un morceau de papier, et machinalement, il écrivit le nom : *Hideyoshi*. Puis, à la suite : *Yodogimi*, et enfin : *Mitsunari*. Quand il eut terminé, il contempla ce qu'il venait d'écrire comme s'il se fût agi de graffiti d'un autre monde, découverts sur un rocher lointain.

Le taxi freina brusquement devant le Salon de Thé Russe, et le chauffeur se tourna vers lui :

— Fais-moi une fleur, papa. Ne me laisse pas faire le poireau la queue dans l'eau pendant deux heures, tu vois ce que je veux dire ?

Terry fourra papier et crayon dans sa poche et sortit du taxi au pas de course.

Il ne lui fallut pas plus de trois minutes pour donner sa commande au maître d'hôtel et payer ses cent grammes de bélouga. Quand il remonta dans le taxi, le chauffeur décolla comme s'ils avaient les Cubains aux trousses :

— On ne peut plus savoir quand un type est régulier, dit-il en fixant Terry dans le rétroviseur. Tu vois ce que je veux dire ? Un mec se pointe dans le taxi, l'allure comme il faut et tout. Il te demande de t'arrêter trois secondes et il joue la fille de l'air. Il faudrait tout un bataillon pour remettre la main dessus. Il y a quelques années, on pouvait encore dire. Plus maintenant. Vous voulez que je passe par Central Park ?

— Oui, répondit Terry. Oui. Ce sera parfait.

Le trajet fut rapide. Central Park était silencieux comme une tombe, semblant à l'écart des scintillements lumineux des gratte-ciel alentour, maintenu dans sa simplicité primitive par les ténèbres.

Il monta l'escalier de pierre du vieil immeuble en sifflant doucement. A mi-chemin du palier du troisième, il commença à percevoir la musique de Mancini venant de la porte de son appartement. Il sourit, plein de chaleur et de confiance. Ei adorait Mancini.

Il fit tourner la clé dans la serrure et entra. Aussitôt, il sut qu'il devait se rendre dans la chambre. Il claqua la porte et tout devint parfaitement obscur. Il s'accroupit, puis, mi-rampant, mi-roulant sur lui-même, il traversa le salon.

Il avait senti, deviné, goûté, touché les différences dans l'appartement, et il avait agi en conséquence. Il n'avait rien entendu en dehors de la musique. Camouflage, songea-t-il. Sinon je me serais peut-être arrêté avant même d'ouvrir la porte. Oui, sûrement. Saloperie de musique !

Eileen ! hurla son esprit à l'instant où il reçut le coup.

Il avait franchi les trois quarts de la distance qui le séparait de la porte entrouverte de la chambre. Quatre coups vicieux lui furent portés pendant la première seconde de l'attaque... Il en para trois avec succès, mais cela permit au quatrième d'arriver au but. Le coup s'écrasa juste au-dessus de son rein droit. Tout l'air de ses poumons fusa et il bascula : sa jambe était paralysée. Il roula maladroitement sur le sol, tout en prenant conscience de la lumière faible qui filtrait de la chambre, et puis d'une odeur lourde, douceâtre.

Un coup siffla dans l'air près de son oreille gauche, mais il s'était déjà écarté en roulant sur lui-même. Le rebord d'une table explosa contre le côté de son visage, et des éclats de bois jaillirent comme des insectes en colère. Il lança ses jambes vers le haut, frappant avec les semelles des deux pieds à la fois. L'effort lui arracha un grognement, il entendit comme un écho, puis il fut debout et il courut de toutes ses forces, en traînant un peu la jambe droite.

Il franchit le seuil en pleine vitesse, accrocha la porte au passage et la claqua sur ce qui venait derrière lui. Il se retourna en songeant : Du temps. Il faut que j'aie du temps.

La forme brisée — une jambe encore sur le dessus-de-lit — chassa toute pensée rationnelle de son esprit. Il eut l'impression que le sol lui manquait, comme si le tranchant d'un couteau chauffé à blanc fouillait dans ses entrailles.

Elle avait le visage dans l'ombre, presque noir, enseveli dans les vrilles rebelles de ses cheveux couleur de nuit qui s'enroulaient autour de son cou. Elle avait les bras tendus vers le haut, par-dessus sa tête ; ses seins étaient couverts de vomissures. Les yeux de Terry glissèrent jusqu'à la tache sombre entre ses cuisses. Il n'y avait aucune marque sur son corps.

Il n'avait pas besoin de la toucher pour savoir qu'elle était morte, mais il s'avança néanmoins, car quelque chose dans son esprit lui dit qu'il lui fallait absolument s'en assurer. Il prit la tête d'Eileen sur ses genoux et se mit à la bercer... Jusqu'à ce qu'il entende le bruit, de l'autre côté de la porte.

Presque sans voir, il se releva et se dirigea vers le mur d'en face. Ses doigts glacés se refermèrent sur le cuir laqué du fourreau légèrement recourbé qui pendait au mur. Il le décrocha d'un geste résolu. Le murmure de la lame dénudée, à l'instant où il la dégaina, était le son le plus violent qu'il eût jamais entendu. Plus fort que l'explosion de la porte de bois, réduite en miettes par la puissance énorme du coup de pied de karaté.

La silhouette d'ébène était debout dans l'embrasure, le *bokken* dans la main gauche ; la main droite était vide. Ce ne fut qu'en cet instant décisif de leur confrontation que Terry permit à sa pensée d'effleurer la réalité. Il trembla involontairement.

— Ninja, murmura-t-il. En venant ici, tu as choisi la mort.

Il reconnut à peine sa propre voix, tant elle était étranglée.

Il bondit sur le lit qui le séparait de son adversaire, frappant puissamment avec son *katana*. C'était, il s'en rendit compte aussitôt, une décision stupide car le lit ne lui offrait pas d'assise stable son coup manquerait d'élan et de puissance.

Adroitement, presque sans effort, le ninja évita le *katana*. Sans même lever son *bokken*. Inutile de croiser l'épée, semblait-il dire tu n'es même pas assez fort pour cela.

Le ninja s'enfonça dans les ténèbres du salon. Terry n'avait pas le choix : il le suivit. Obscurément, il savait qu'il faisait le jeu de son adversaire ; et que le terrain d'un combat est aussi important que le combat lui-même. Il enjamba le cadavre d'Eileen, le cœur serré, le sang glacé. Finissons-en ! se dit-il sans réfléchir. Je peux le vaincre sur n'importe quel terrain... Sa douleur et la rage le détournaient de tout ce qu'on lui avait si soigneusement enseigné.

Dans le salon, où Mancini continuait de jouer comme si de rien n'était, il vit se dessiner le contour du *bokken* et aussitôt il fonça.

Mais le ninja était déjà en mouvement, à l'attaque, et Terry souleva son *katana* dans les ténèbres, arc-bouté pour résister à la force du coup prévu et le bloquer avec sa lame. Le choc brutal contre sa poitrine découverte le prit donc entièrement au dépourvu. Il fut projeté de près de deux mètres en arrière, comme par une explosion. Il chancela, les côtes et le sternum en feu. La douleur remontait jusque dans ses mâchoires.

— Quoi ?... toussa-t-il, perdu.

Le ninja, comme un tourbillon, s'avançait de nouveau. Instinctivement, Terry leva son *katana*, sans savoir très bien d'où surgirait l'attaque. Tout lui paraissait flou.

Un second coup percuta sa poitrine et il bascula en arrière, un genou à terre. Dans sa main droite, le *katana* lui parut aussi lourd que le corps d'un homme. Ses poumons peinaient et il était désorienté.

Le troisième coup le frappa à l'instant où il se relevait en chancelant. Cette fois, il perçut ce qui passait au moment même où il était projeté contre le mur. Il entendit, plus qu'il ne sentit, un craquement ; puis il y eut une étrange humidité sur son flanc gauche. Les côtes, songea-t-il vaguement. Son esprit avait du mal à enregistrer ce qui lui arrivait. C'était comme un songe. Aucune réalité ne pouvait être **aussi** fantastique.

Un autre coup le fit rebondir sur le mur et le *katana* lui échappa des mains, étoile morte tournoyant dans l'espace. Il baissa les yeux vers son torse et vit les côtes fracturées qui saillaient à travers les chairs déchiquetées. Le sang était noir comme de l'encre, et il coulait hors de lui comme de l'eau sale à la sortie d'un égout.

Tout cela était issu tout droit du *Go rin no sho*. C'était le « coup du corps » classique décrit par Musashi. « Frappe avec l'épaule gauche, a-t-il écrit, l'esprit résolu, et jusqu'à ce que l'ennemi soit mort. Apprends bien ceci... » Le ninja avait bien appris, songea Terry, presque détaché. Il se souciait peu de sa vie, à présent — avec Eileen morte dans la pièce voisine. Mais tuer ce monstre, oui, cela avait encore un sens pour lui.

Il décida d'avancer. Il se redressa contre le mur puis s'en éloigna. Mais son corps refusait de réagir vite. Il tituba, les yeux sur le ninja toujours en mouvement, et il lança les bras devant lui pour écarter le coup.

Sans effet. Il s'écroula en arrière, avec un gémissement douloureux, le sternum pulvérisé par la puissance énorme des coups répétés. L'os traversa son corps comme de la mitraille. Il regarda, depuis l'endroit où il gisait, contre la plinthe, les yeux de son adversaire, semblables à des pierres, et il songea : Musashi avait raison après tout. Le balancement un peu douceâtre de la musique de Mancini parvint à ses oreilles, évoquant Eileen. La chaleur d'Eileen se répandit en lui comme une coulée de lave, brûlant tout sur son passage, avant d'atteindre enfin son cerveau.

Du sang coula de sa bouche lorsqu'il l'appela, d'une voix aussi fragile que du papier de riz.

— Eileen... Je t'aime.

Sa tête roula et ses paupières se fermèrent.

Le ninja se dressa, triomphant, dans ce vide noir. Il semblait à peine respirer. Il contempla le corps devant lui sans la moindre émotion. Pendant de longues secondes, ses sens épièrent tout bruit anormal. Enfin, satisfait, il se détourna et traversa la pièce sans bruit. Il tira son sac de toile de sous le divan, ouvrit la fermeture à glissière et rangea soigneusement son *bokken* à côté d'un second *bokken* identique, au-dessus du reste. D'un seul geste, il referma le sac et le lança sur son épaule. Il quitta l'appartement sans un regard derrière lui.

Mancini continua de jouer. La mélodie lente, douce-amère, coulait à flots dans la pièce, et parlait d'amour perdu. Un gémissement sourd s'échappa des lèvres fendues de Terry lorsqu'il toussa un peu plus de sang. Il leva la tête et, sans rien voir, se mit à ramper vers la chambre, sans même comprendre pourquoi, sachant seulement qu'il le fallait.

Centimètre par centimètre, au supplice, il franchit le seuil enfin, mais il ne s'arrêta qu'auprès du cadavre d'Eileen. Il haletait, perdant son sang.

Devant son visage se trouvait un cordon. Il tendit la main et il s'accrocha de tout son poids. Le téléphone s'écrasa sur son épaule gauche, mais comment aurait-il senti cette goutte minuscule s'ajoutant à la mer de douleur qui le submergeait. Le doigt tremblant, il composa lentement sept chiffres. La sonnerie, à l'autre bout, était comme le tintement lointain de la cloche d'un temple.

Mais Eileen semblait si loin de lui soudain, et elle avait tellement besoin de lui. L'appareil glissa entre ses doigts moites. Il se mit à nager les derniers mètres.

— Allô ?

La voix de Vincent vibrait, très faible, dans l'appareil abandonné.

— Allô ? Allô !

Mais il n'y avait plus personne pour l'entendre. Terry gisait, le visage enfoncé dans l'éventail noir de la chevelure d'Eileen. Il avait les yeux ouverts, mais aveugles et déjà vitreux. Un filet de sang, comme une deuxième langue, glissait de ses lèvres à celles de la jeune femme.

Dans le salon, la musique venait de se taire.

2. Environs de Tokyo,
printemps 1959 - printemps 1960

— Regarde, Nicholas ! dit le colonel par un après-midi sombre et triste.

Des nuages d'orage dissimulaient la couronne du mont Fuji et, de temps à autre, la fourche d'un éclair sillonnait le ciel, suivie du grondement lointain du tonnerre.

Le colonel, dans son bureau, avait les mains posées sur un coffret de laque. Sur le couvercle, un dragon et un tigre entrelacés. Nicholas reconnut le cadeau d'adieu de So-Peng à sa mère et à son père.

— Il faut que tu voies ceci, dit le colonel. Je crois qu'il est temps.

Il prit sa pipe, ouvrit sa blague de tabac humide, et enfonça dans ses replis à la fois les doigts et la pipe, puis il la bourra. Il craqua une allumette de ménage sur le rebord de son bureau, et il tira longuement sur la pipe, attendant avant de poursuivre qu'elle soit allumée à son goût. De son long index, il caressa le couvercle du coffret, dessinant les contours des deux animaux qui y étaient blasonnés.

— Nicholas, connais-tu les significations symboliques du dragon et du tigre dans la mythologie japonaise ?

Nicholas secoua la tête.

Le colonel chassa un nuage parfumé de fumée bleue, et coinça le tuyau de la pipe entre ses dents, au coin de sa bouche.

— Le tigre est le seigneur de toute la terre, et le dragon... Le dragon est l'empereur de l'air. C'est curieux, oui, je l'ai toujours pensé : le serpent volant, Kukulkãn, de la mythologie maya, bien

142

que toujours décrit comme un animal à plumes, était lui aussi le seigneur de l'air. Intéressant que deux cultures aussi éloignées l'une de l'autre partagent une même part essentielle de leur mythologie, non ?

— Mais pourquoi So-Peng vous a-t-il donné un coffret japonais ? demanda Nicholas. Il était chinois, n'est-ce pas ?

— Hmm... C'est une bonne question, dit le colonel en tirant sur sa pipe. Seulement voilà, je n'ai pas de réponse satisfaisante. So-Peng était mandarin, c'est exact, mais seulement à moitié. Il m'a clairement laissé entendre que sa mère était japonaise.

— Mais cela n'explique pas le coffret, remarqua Nicholas. C'est vrai que vous partiez au Japon, mais c'est un objet ancien, difficile à trouver, surtout à l'époque.

— Oui, répliqua le colonel en caressant le couvercle. Ce coffret était sans doute dans sa famille depuis longtemps — très probablement apporté en Chine par sa mère. Mais pourquoi So-Peng devait-il nous le donner ? Je veux dire cet objet en particulier. Ce n'était sûrement pas une fantaisie de sa part. Il n'était pas homme à cela. Et je ne crois pas non plus qu'il s'agissait d'une simple coïncidence.

Le colonel se leva et s'avança vers la fenêtre battue par la pluie. La condensation avait dessiné sur les vitres des décors givrés ; le froid de l'hiver n'avait pas encore totalement disparu.

— J'y ai longtemps réfléchi, dit le colonel en regardant par la fenêtre.

Du doigt, il frotta un petit ovale pour dégager une ligne de visée, comme s'il eût guetté à travers la meurtrière d'une forteresse assiégée.

— Pendant tout le trajet de Singapour à Tokyo, en fait. So-Peng nous avait demandé de ne pas ouvrir son cadeau avant notre arrivée au Japon et nous avons respecté sa requête.

« A l'aéroport d'Haneda, nous avons été accueillis par un détachement du personnel du SCAP — nous étions évidemment dans un avion de l'armée. Mais une autre personne nous attendait à l'atterrissage. Ta mère l'a reconnue aussitôt, et moi aussi, simplement à la description que Cheong m'avait faite de son rêve. C'était Itami, et elle ressemblait exactement à la poupée du songe. (Il haussa les épaules.) Je ne saurais te dire pourquoi, mais cela ne m'a pas étonné. On s'habitue à ce genre de... phénomènes ici ; cela fait partie de la vie en Extrême-Orient, comme tu ne tarderas sûrement pas à t'en rendre compte.

« J'étais curieux des rapports qui s'établiraient entre ta mère et Itami. Or ce fut comme si elles s'étaient connues, toute leur vie ; comme si elles étaient sœurs, et non belles-sœurs. Il n'y a eu absolument aucun choc culturel, comme on aurait pu s'y attendre : après tout, c'était la rencontre d'une jeune fille élevée dans un minuscule village chinois et d'une grande dame de la société urbaine du Japon. Oui, les choses se sont passées ainsi, bien que ta mère et Itami fussent des personnes appartenant à des mondes totalement différents.

Il se tourna vers son fils.

— Toutes les différences que tu vois entre elles — la chaleur de ta mère et le côté distant d'Itami, la joie de vivre de Cheong et la tristesse de ta tante —, aucune de ces différences ne compte pour elles.

« Cela aussi m'a fait beaucoup réfléchir et je suis parvenu à la conclusion suivante : bien que So-Peng m'ait assuré formellement qu'il ne connaissait absolument rien des origines réelles de Cheong, son présent était une manière détournée de m'avouer le contraire.

— Vous voulez dire que mère est japonaise ?

— Peut-être en partie japonaise.

Il vint s'asseoir près de son fils et, tendrement, lui posa une main sur l'épaule.

— Mais, Nicholas, tu dois me promettre de ne jamais en discuter avec qui que ce soit, pas même avec ta mère. Je te l'apprends aujourd'hui parce que... eh bien, parce que c'est une information qui m'a été transmise. So-Peng croyait que c'était important, donc ce doit l'être, bien que j'accorde moi-même peu d'intérêt à ce genre de choses. Je suis anglais et juif, mais mon cœur est avec ces peuples asiatiques. Mon sang vibre à leur histoire, mon âme chante avec la leur. A quoi peut me servir mon lignage ? Je veux que ce soit très clair pour toi, Nicholas : je n'ai pas répudié mon nom juif, je l'ai simplement laissé tomber. Oh ! On peut prétendre que c'est la même chose, je suppose. Mais non ! Je ne l'ai pas fait par désir mais par nécessité. L'Angleterre, par principe, n'aime pas les juifs ; elle ne les a jamais aimés. Quand j'ai changé mon nom, je me suis aperçu que des portes fermées jusque-là s'ouvraient soudain à moi. Cela pose une question morale, je le sais. Devais-je essayer de franchir ces portes ? J'ai dit oui, et au diable tout le reste. Mais ce n'est que mon opinion personnelle. Et, bien que mon âme soit avec les Japonais, je ne suis devenu ni bouddhiste, ni shinto. Ces religions ne recèlent aucun sens particulier pour moi, sauf en tant que disciplines à étudier du dehors. Dans mon cœur, je n'ai jamais répudié Israël. On ne peut pas se débarrasser aisément de six millénaires de lutte. Le sang de Salomon, de David, de Moïse, coule également dans tes veines. Ne l'oublie jamais. La voie que tu choisiras ne regarde que toi ; je ne me mêlerai pas d'une affaire aussi personnelle. Mais mon devoir m'oblige à te dire les choses comme elles sont, à te donner les faits. J'espère que tu le comprends.

Il fixa longuement son fils d'un regard solennel, puis il ouvrit le coffret du tigre et du dragon, dernier cadeau de l'énigmatique So-Peng.

Nicholas baissa les yeux et vit le feu étincelant de seize émeraudes taillées, de plus d'un centimètre.

★

Nicholas étudiait le bujutsu depuis près de sept ans, et il avait encore l'impression de ne presque rien savoir. Il était fort et il possédait des réflexes magnifiques ; il accomplissait tous ses exercices avec beaucoup de concentration et d'assiduité, mais sans amour ni sentiment particulier. Cela l'étonnait et l'inquiétait. Il s'était préparé pour un dur travail, car c'était justement un effort de ce genre qui l'intéresserait et l'absorberait le plus. Si cela ne s'était pas produit, ce n'était sûrement pas indifférence de sa part. Non, songea-t-il un jour au *dōjō*, pendant ses exercices au sol, ses intentions étaient toujours les mêmes : il voulait apprendre le bujutsu. En fait, son désir s'était même accentué. Il avait du mal à l'exprimer, mais ce qui lui manquait, c'était peut-être l'étincelle.

Ou bien cela tenait à son instructeur. Tanka était un homme flegmatique, solidement charpenté, qui croyait beaucoup en la répétition des mouvements et, semblait-il, en rien d'autre. Sans cesse, Nicholas était obligé d'accomplir le même exercice. Oui, sans fin, jusqu'à ce qu'il sente la séquence de mouvements gravée dans son cerveau, ses nerfs et ses muscles. C'était un travail ennuyeux et il le détestait. Il haïssait aussi le fait que Tanka traitât ses élèves comme des enfants pas encore prêts pour le monde adulte.

A tout instant, il se surprenait, les yeux fixés sur le coin du *dōjō* où Kansatsu, le maître du *ryu*, donnait des leçons particulières à quelques étudiants choisis, plus âgés. Comme il aurait voulu se trouver là-bas au lieu d'*ici*, dans la médiocrité des exercices non spécialisés !

Il était entré dans le même *ryu* que Saïgō — grâce, bien entendu, à l'intervention d'Itami — et il était d'autant plus amer que son cousin, plus âgé et élève du *ryu* depuis plus longtemps que lui, avait pris beaucoup d'avance. Et Saïgō ne manquait aucune occasion de le lui faire sentir. Au *dōjō*, il se montrait ouvertement méprisant à l'égard de Nicholas — comme la plupart des étudiants — à cause de son physique occidental : ils estimaient que le bujutsu, l'une des institutions traditionnelles les plus sacrées du Japon, n'aurait pas dû être ouvert à un *gaïjin*, un étranger — et il ne faisait jamais allusion au fait qu'ils étaient cousins. Mais à la maison, c'était une tout autre histoire. Saïgō veillait scrupuleusement à traiter Nicholas avec politesse. Pour sa part, après trois tentatives infructueuses, Nicholas avait renoncé à régler le problème avec son cousin.

Pour tout dire, au *dōjō*, Saïgō était comme une épine dans le pied de Nicholas. Alors qu'il aurait pu l'aider beaucoup, il s'attachait systématiquement à lui rendre les choses plus difficiles, au point même de devenir le meneur occulte de l'« opposition ».

Un soir, après la fin du travail, une fois les douches prises, cinq ou six garçons entrèrent dans le vestiaire, isolément ou par deux, et entourèrent Nicholas qui se rhabillait.

— Qu'est-ce que tu fais là ? demanda l'un des plus grands. C'est notre coin.

Nicholas continua de se préparer en silence. Extérieurement, il semblait n'avoir rien remarqué ; mais au fond de lui, son cœur battait à tout rompre.

— Tu n'as rien à répondre ? dit un autre garçon.

Il était petit, plus jeune que les autres, mais leur présence autour de lui semblait l'enhardir. Il éclata de rire avec mépris.

— Peut-être ne comprend-il pas le japonais. Tu crois qu'il faudrait lui parler en anglais, comme aux singes du zoo ?

Tout le monde s'esclaffa.

— C'est ça, dit le grand, saisissant la balle au bond. Répondsmoi, singe ! Dis-nous pourquoi tu es là, à empester notre coin comme un chancre mou.

Nicholas se redressa.

— Pourquoi n'allez-vous pas vous amuser ailleurs ? Là où vos plaisanteries seront appréciées, par exemple.

— Regardez, regardez ! cria le petit. Le singe parle !

— Ta gueule ! lui dit le grand, puis, à Nicholas : Je n'aime pas ta chanson, singe. Je crois que tu as dit une chose que tu vas regretter.

Sans avertissement, sa main droite fondit sur le cou sans protection de Nicholas. Nicholas la bloqua, et aussitôt, ils furent tous sur lui.

A travers la mêlée, il entrevit Saïgō qui se dirigeait vers la sortie, sans se préoccuper du tumulte. Il l'appela par son nom.

Saïgō se retourna et s'avança.

— Arrêtez ! cria-t-il en se frayant un chemin au milieu du groupe.

Il repoussa les autres dos au mur, ce qui donna à Nicholas un peu d'espace pour respirer.

— Que se passe-t-il donc ? demanda Saïgō.

— C'est le *gaïjin*, dit le plus grand, les poings toujours serrés. Il cherche encore des histoires.

— Oh, vraiment ? dit Saïgō. Un contre six ? Difficile à croire.

Il haussa les épaules et lança le tranchant de sa main dans le ventre de Nicholas.

Nicholas bascula en avant et tomba à genoux, le front touchant le sol, comme en prière. Pris de nausées, il tenta d'emplir d'air ses poumons suffoqués. Il haletait comme un poisson sorti de l'eau.

— N'embête plus ces garçons, Nicholas, lui dit Saïgō, debout au-dessus de lui. Qu'est-ce que c'est que ces manières !... Mais que peut-on attendre de lui, mes amis, hein ? Son père est un Barbare, et sa mère, une Chinoise. Allez...

Il les entraîna, laissant Nicholas à terre, seul avec sa douleur.

★

Elle était arrivée avec une procession de servantes, tout à fait à l'improviste, au milieu de la semaine, jetant toute la maisonnée dans un état de panique absolue — déclenchée, bien sûr, par Cheong elle-même qui ne trouvait jamais sa maison assez propre, ses repas assez bons et sa famille assez bien vêtue pour plaire à Itami.

Elle avait l'air d'une poupée minuscule, songeait Nicholas, un objet de porcelaine parfait, que l'on place sur un socle à l'intérieur d'une vitrine pour le protéger des éléments. En fait, Itami n'avait nul besoin de cette protection extérieure. Elle avait une volonté de fer et la force nécessaire pour la mettre en œuvre, même à l'égard de son mari, Satsugaï.

Nicholas observait en cachette, depuis une autre pièce, sa mère accomplir elle-même la cérémonie du thé pour Itami, rite complexe qu'elle célébrait agenouillée sur les tatamis, devant une table de laque verte. Cheong portait une robe japonaise traditionnelle et ses longs cheveux brillants étaient relevés en un chignon maintenu par des baguettes d'ivoire. Il se dit que jamais elle n'avait paru aussi belle, aussi royale. Elle n'avait rien de commun avec l'aristocratie glacée d'Itami mais, peut-être pour cette raison justement, il n'en avait que plus d'admiration pour sa mère. Les femmes du genre d'Itami n'étaient pas rares dans les livres de photographies qu'il avait pu voir sur l'ancien Japon d'avant la guerre. Mais Cheong... Rien ne pouvait lui être comparé. Elle portait en elle une noblesse de l'âme à laquelle jamais Itami ne pourrait espérer parvenir — dans cette vie en tout cas. Itami ne manquait pas de force, mais son magnétisme n'était rien à côté du pouvoir de Cheong, car la Chinoise détenait une paix intérieure aussi profonde que l'immobilité d'un jour d'été brûlant. C'était un joyau vivant, unique. Elle était, comme Nicholas le disait volontiers, « tout d'une pièce » — et c'était ce qu'il respectait et admirait par-dessus tout.

Il n'avait guère envie de parler à Itami, mais quitter la maison sans tenir compte de sa présence aurait été très mal élevé de sa part ; sa mère aurait été furieuse et, naturellement, se serait fait des reproches à ce sujet. Or cela, il ne le voulait pas. Donc, un peu plus tard dans l'après-midi, il ouvrit le *shōji* et entra. Itami leva les yeux.

— Ah, Nicholas, je ne savais pas que tu étais à la maison.

— Bonjour, tante.

— Excusez-moi un instant, dit Cheong en se relevant sans effort. Le thé est froid.

Pour une raison bien à elle, elle ne voulait pas faire ouvertement appel aux servantes en présence d'Itami. Elle les laissa seuls. Nicholas se sentit aussitôt mal à l'aise, sous le regard scrutateur de la Japonaise qui ne disait mot.

Il se dirigea vers la fenêtre et contempla la forêt de cèdres et de pins.

— Sais-tu, dit Itami, qu'il y a, caché dans cette forêt, un ancien sanctuaire shintō ?

— Oui, répondit Nicholas en se retournant. Mon père me l'a dit.

— Est-ce que tu l'as vu ?

— Pas encore.

— Et sais-tu, Nicholas, qu'à l'intérieur de ce sanctuaire, se trouve un jardin de mousses ?

— Quarante espèces différentes, je crois. Oui. J'en ai entendu parler, mais on m'a dit que seuls les prêtres y avaient accès.

— Peut-être n'est-ce pas si difficile que cela, Nicholas. Je ne parviens pas à imaginer que tu veuilles devenir prêtre. Cela ne te conviendrait pas.

Elle se leva et lui dit tout à trac :

— Voudrais-tu m'emmener là-bas ? Dans le sanctuaire et dans le jardin ?

— Quand ? Maintenant ?

— Bien entendu.

— Mais je croyais...

— Tout peut devenir possible, d'une manière ou d'une autre, Nicholas.

Elle sourit, puis, élevant la voix :

— Cheong, nous allons faire une promenade, Nicholas et moi.

Nous n'en avons pas pour longtemps. Viens, ajouta-t-elle doucement en se tournant vers le jeune homme, la main tendue.

Ils marchèrent en silence jusqu'à l'orée du bois. Puis ils tournèrent à droite le long de la prairie pendant deux cents mètres environ. Là, elle l'entraîna brusquement entre les arbres. Il s'aperçut qu'ils se trouvaient sur un sentier de terre, étroit mais bien tassé, qui se faufilait entre les troncs et la végétation du sous-bois.

— Voyons, Nicholas, dis-moi à présent comment tu trouves tes leçons, au *dōjō*, lui demanda Itami.

Elle marchait avec précaution, sur ses *getas* de bois, et se servait de la pointe de son ombrelle de papier laqué comme d'une canne, pour maintenir son équilibre sur le sol inégal.

— C'est un très dur travail, tante.

Elle écarta sa réponse d'un geste de la main.

— Oui, mais tu devais bien t'y attendre.

— Certes.

— Tu prends plaisir à toutes ces peines ?

Il leva les yeux vers elle, se demandant où elle voulait en venir. Il n'avait nullement l'intention de lui rapporter l'animosité croissante entre Saïgō et lui. C'était hors de question. Il n'en avait même pas parlé à ses parents.

— Parfois, dit-il, j'ai envie d'aller de l'avant. (Il haussa les épaules.) Je suis impatient, je suppose.

— Il y a des moments où seuls les impatients sont récompensés, Nicholas, dit-elle en passant par-dessus un fouillis de racines. Oh ! aide-moi pour les derniers mètres, veux-tu ? ajouta-t-elle en lui donnant son bras. Ah !... nous y voici.

Ils se trouvaient dans une clairière, et dès qu'ils eurent quitté l'ombre des pins, Itami leva son ombrelle au-dessus de sa tête et l'ouvrit. Sa peau était d'une blancheur de neige, ses lèvres d'un rouge profond, ses yeux aussi sombres que des parcelles de charbon.

Le mur laqué du temple était inondé d'une lumière scintillante, et Nicholas fut obligé de plisser les yeux pour qu'ils s'habituent à un tel éclat. Il avait l'impression de contempler une mer d'or.

Ils se mirent à marcher sur le gravier de grès concassé — sentier granuleux, d'un blanc bleuté, qui entourait complètement le temple : on aurait pu le suivre jusqu'à la fin des temps sans jamais se rapprocher ou s'éloigner du but.

— Mais tu as survécu, dit-elle doucement. C'est encourageant.

Ils avaient atteint les longues marches de bois qui donnaient accès aux portes de bronze et de bois laqué — grandes ouvertes, dans l'ombre, silencieuses, solidement plantées là comme si elles attendaient la venue de quelque chose ou de quelqu'un. Ils s'arrêtèrent. Elle posa la main sur l'épaule de Nicholas, une main si légère que s'il ne l'avait pas vue, il n'aurait peut-être pas senti son poids.

— J'avais beaucoup de doutes, quand ton père est venu me voir pour que je t'aide à entrer dans un *ryu* convenable.

Elle secoua la tête.

— Je n'avais pas le choix. Il fallait que j'accepte, et l'honneur me dictait de ne murmurer aucun commentaire personnel. Mais j'étais inquiète. (Elle poussa un soupir.) En un sens, tu me fais pitié. Comme ta vie sera étrange ! Les Occidentaux ne t'accepteront jamais tout à fait à cause de ton sang oriental, et les Japonais te mépriseront à cause de tes traits occidentaux.

Sa main s'éleva dans l'air comme un papillon et son index effleura d'une touche fragile et éphémère la pommette de Nicholas. Elle le scruta du regard :

— Même tes yeux sont ceux de ton père.

Sa main retomba le long de son corps ; c'était comme si elle n'avait jamais fait ce geste.

— Mais on ne me trompe pas si facilement... Entrons et prions ensemble, ajouta-t-elle en détournant de lui ses yeux sévères.

★

— C'est beau, n'est-ce pas ? dit Itami.

Il dut en convenir. Ils étaient debout près d'un ruisseau serpentant lentement avant de se précipiter d'une hauteur de deux mètres environ, pas davantage, entre des rochers recouverts de mousse. Tout était vert, même les galets. Nicholas eut l'impression qu'il y avait non pas quarante espèces de mousses mais quatre mille.

— Et paisible, poursuivit-elle. Tellement paisible. Le monde extérieur n'existe pas. Disparu.

Elle referma son ombrelle, car ils étaient dans l'ombre d'un cèdre aux larges branches, et elle respira profondément, sa petite tête rejetée en arrière.

— C'est comme si le temps lui-même s'était dissous, Nicholas. Comme s'il n'y avait eu ni xx⁰ siècle, ni expansion, ni impérialisme, ni guerre.

Elle ferma les yeux et répéta :

— Ni guerre.

Il la regarda, scrutant son visage, jusqu'à ce que ses yeux s'ouvrent de nouveau et le fixent.

— Mais il y a eu une guerre, dit-elle en se détournant. Nous assiérons-nous sur ce banc de pierre ? Bien... Peut-être le shōgun

— et même un des Tokugawa — s'est-il assis juste à l'endroit où nous sommes. Ici. Cela vous donne un certain sens de l'histoire, non ? Une continuité ? Un sentiment d'appartenance. (Elle se tourna vers lui.) Mais pas pour toi, n'est-ce pas ? Pas encore, en tout cas. Nous sommes semblables, à cet égard. Oh, oui ! semblables. (Elle rit.) Je vois à ton expression que tu es surpris. Tu ne devrais pas l'être. Nous sommes tous les deux des marginaux, tu sais, coupés à jamais de ce que nous désirons le plus.

— Mais comment est-ce possible ? protesta Nicholas. Vous êtes une Nobunaga, membre d'une des plus anciennes et des plus nobles maisons du Japon.

Itami lui sourit — un sourire de prédateur — et il vit ses dents blanches, toutes égales, luisantes de salive.

— Oh, oui ! soupira-t-elle. Une Nobunaga, c'est un fait. Mais comme beaucoup d'autres choses au Japon, ce n'est que l'extérieur : la couche de laque flamboyante qui dissimule le monstre pourri en dessous.

Son visage, tordu par l'angoisse qu'elle ressentait, avait perdu sa beauté.

— Écoute-moi bien, Nicholas. L'honneur nous a fuis ; nous nous sommes laissé corrompre par les Barbares de l'Occident. Nous sommes devenus une race méprisable. Nous avons fait tant de choses hideuses ! Ah, nos ancêtres doivent frémir dans leurs tombes et leurs *kamis* doivent aspirer au dernier repos plutôt que de retourner dans ce... dans cette société moderne.

Elle avait élevé la voix, et Nicholas garda le silence, pour permettre à la tension de se dissiper. Mais Itami ne voulait pas, ou peut-être ne pouvait pas s'apaiser pour l'instant. Elle devait avoir eu beaucoup de mal à entamer ce sujet, songea-t-il. Mais, une fois dominée l'inertie initiale, rien n'aurait pu l'arrêter.

— Sais-tu ce que sont les *zaïbatsus*, Nicholas ?

— Seulement de nom.

De nouveau, il se demanda sur quel terrain elle allait l'entraîner.

— Tu demanderas à ton père de t'expliquer les *zaïbatsus*, un jour. Le colonel connaît beaucoup de choses sur eux, et il faut que tu saches, toi aussi.

Puis, comme si cela expliquait tout, elle ajouta :

— Satsugaï travaille pour un des *zaïbatsus*.

— Lequel ?

— Je déteste mon mari, Nicholas. Et, vois-tu... (elle ne put réprimer un rire bref) seul ton père sait pourquoi. Quelle ironie ! Mais la vie est ironie ! C'est un diable qui te prive de ce que tu désires le plus.

Ses mains s'étaient crispées sur ses genoux comme des poings de bébés.

— A quoi sert d'être une noble Nobunaga, quand il me faut porter à jamais la honte de mon arrière-grand-père ? Ma honte est aussi inéluctable pour moi que ton métissage l'est pour toi.

« Mon arrière-grand-père a quitté le service du shōgun à l'âge de vingt-huit ans pour devenir un *ronin* ; tu sais ce que c'est ?

— Un samouraï sans maître.

— Un guerrier sans honneur, oui. Un brigand, un voleur. Il est devenu mercenaire, et il a vendu au plus offrant son bras, sa force et sa compétence. Furieux devant un comportement aussi contraire aux convenances et à l'honneur, le shōgun envoya des hommes à sa recherche dans les provinces, et lorsqu'ils le trouvèrent enfin, ils suivirent les ordres donnés par leur maître. Pas de *seppuku* pour mon arrière-grand-père : le shōgun se refusait à lui accorder une mort honorable. Il n'était plus que charogne ; il n'était plus *bushi*. Ils l'ont mis en croix, comme la racaille du pays.

« Dans la plupart des cas de ce genre, toute la famille du coupable est détruite, les femmes et tous les enfants, afin qu'il soit dépouillé de son bien le plus cher : sa propre lignée. Mais pas cette fois-là.

— Pourquoi ? demanda Nicholas. Que s'est-il passé ?

Itami haussa les épaules et esquissa un sourire triste.

— Karma. Mon karma qui forme l'ossature de ma vie. Je me rebelle contre lui ; il me fait souffrir, et la nuit je pleure. J'ai honte de le dire ; je suis une *bushi*, une femme samouraï, même en cette époque. Il existe des choses que le temps ne peut pas modifier. Mon sang bouillonne de dix mille batailles ; mon âme vibre à l'éclair du *katana*, à la vue de sa lame et des ombres redoutables de l'acier.

Elle se leva, l'ombrelle s'épanouit comme une fleur géante.

— Un jour, tu comprendras tout ceci. Et tu te souviendras. Tu as du mal en ce moment, au *ryu*. Ne m'interromps pas, je le sais... Mais tu ne dois jamais renoncer. Tu m'entends ? Jamais.

Elle se détourna de lui, et les couleurs pastel de l'ombrelle dissimulèrent la passion ardente qui couvait dans ses yeux noirs.

— Viens, l'entendit-il dire. Il est temps de retourner dans le monde.

★

— Voici *Aï Uchi*, dit Muromachi.

Il tenait un *bokken* à deux mains. Sept étudiants — le groupe de Nicholas — formaient un demi-cercle autour de lui.

— Ici, au *ryu* Itto, *Aï Uchi* est la première leçon. La première de plusieurs centaines. *Aï Uchi* signifie : taille l'adversaire exactement au moment où il te taille. Ainsi vous apprendrez l'importance du facteur temps. C'est un élément fondamental du kenjutsu. Un élément que vous n'oublierez jamais. *Aï Uchi*, c'est l'absence de colère. C'est-à-dire : traiter l'ennemi comme un invité d'honneur. Cela signifie : renoncer à votre vie, ou bien rejeter toute crainte. *Aï Uchi*, c'est la première technique et c'est la dernière. Souvenez-vous-en. C'est le cercle zen.

Telle était la première leçon que Nicholas avait reçue à son arrivée au *ryu*, sept ans plus tôt. Il ne la comprenait pas encore pleinement, mais jamais il ne l'oublierait. Et dans la période qui suivit, il s'exerça, avec une fureur froide et sous la tutelle de Muromachi, aux mille bottes du *katana*, tout en apprenant les enseignements moraux du kenjutsu. Mais tandis que le savoir pleuvait sur lui avec une rapidité étourdissante, il ne cessait de songer à cette première leçon et, en la méditant, il ressentait un calme profond. Il pénétrait dans l'œil immobile du typhon chaque fois que ce typhon menaçait de l'engloutir.

Et il répétait sans fin les mille bottes, avec l'impression que ses bras et ses jambes creusaient peu à peu des sillons dans l'air jusqu'au bout où la récompense se manifesta enfin : son épée devint absence d'épée ; son intention, absence d'intention ; et il sut que cette première leçon que lui avait donnée Muromachi, des années plus tôt, était en fait le sommet de la connaissance.

★

Cependant, il n'était pas satisfait. Il songeait à tout cela, tard dans l'après-midi, après ses exercices, lorsqu'il sentit une présence dans la salle. Il leva les yeux mais ne vit personne... La salle était déserte, et pourtant il ne parvint pas à chasser de son esprit l'idée que quelqu'un était là. Il se leva. Il faillit appeler à voix haute, mais il songea qu'il s'agissait peut-être d'autres élèves à l'affût de ses réactions, et il garda le silence, pour ne pas leur offrir la moindre satisfaction.

Il se mit à faire le tour de la pièce, déjà dans la pénombre. Le côté opposé du *dōjō* baignait dans une lumière poudreuse, rouge comme du sang, filtrée par les vapeurs industrielles qui planaient très bas sur la ville et lançaient leurs tentacules à l'assaut des pentes majestueuses du Fuji. Bientôt son impression changea : il était tout à fait sûr à présent que quelqu'un se trouvait là, avec lui ; mais il savait aussi que cette personne ne lui voulait aucun mal. Comment était-il parvenu à cette conclusion ? Il n'aurait su le dire. C'était, en fait, une réaction purement automatique.

La lumière se déversa dans l'angle du *dōjō* et atteignit le rebord de la barre de bois laqué de couleur claire, ainsi qu'une bonne partie de l'estrade surélevée derrière celle-ci. L'angle proprement dit demeurait dans une ombre dense. Il regardait cette disposition de la lumière et des ombres lorsqu'une voix dit :

— Bonsoir, Nicholas.

Les ombres de l'angle venaient de prendre vie. Une silhouette se détacha de cette poche dissimulatrice et passa dans la lumière. C'était Kansatsu.

Mince et frêle. Cheveux raides, hérissés, déjà blancs. Ses yeux ne semblaient jamais bouger mais ils saisissaient tout dans l'instant. Il ne fit absolument aucun bruit lorsqu'il descendit de l'estrade pour se camper devant Nicholas. L'homme, nu jusqu'à la taille, était du genre silencieux. Kansatsu lui avait à peine dit trois mots depuis qu'il était arrivé au *ryu*. Et maintenant ils étaient là, ensemble, et Nicholas en savait assez pour comprendre que cette rencontre n'était pas due au hasard.

Il vit Kansatsu le scruter des yeux, puis faire un pas en avant. Son index tendu toucha l'ecchymose d'un bleu violacé, juste au-dessous du sternum de Nicholas, du côté gauche.

— C'est une bien triste époque pour le Japon, dit Kansatsu. De bien tristes temps.

Il leva les yeux.

— Nous nous sommes joints à la guerre parce que l'économie et notre impérialisme nous dictaient une expansion au-delà de nos îles. (Il poussa un soupir.) Mais la guerre était désastreuse à tous égards, car elle reposait sur la rapacité, non sur l'honneur. Le nouveau Japonais, je le crains, ajoute le lustre du *bushido* à ses actes, au lieu de laisser ses actes découler du *bushido*.

Ses yeux n'étaient que tristesse.

— Et maintenant nous payons la rançon. Nous sommes envahis par des Américains, notre nouvelle Constitution est américaine et tout l'élan du nouveau Japon est mis au service des intérêts américains. Tellement étrange, tellement étrange pour le Japon, de servir un tel maître.

Il haussa les épaules.

— Mais, vois-tu, peu importe ce qui arrive au Japon, le *bushido* ne périra jamais tout à fait. Nous commençons à porter le complet-veston de l'homme d'affaires occidental, et nos femmes se coiffent à la mode américaine ; nous adoptons les manières de l'Occident. Ces choses-là ne comptent pas. Le Japonais est comme le roseau qui ploie sous le vent pour ne pas se rompre. Ce sont de simples extériorisations de notre désir actuel de marcher de pair avec le reste du monde. En ce sens donc, les Américains servent notre propos à leur insu : avec leur argent nous deviendrons plus puissants que jamais. Mais nous devons toujours veiller sur notre tradition, car seul le *bushido* fait notre force.

« Tu désires devenir l'un de nous, dit-il brusquement. Mais ceci (il montra le bleu que lui avait infligé Saïgō) me dit que tu n'as pas entièrement réussi.

— La réussite viendra avec le temps, dit Nicholas. J'apprends à ne pas être impatient.

Kansatsu hocha la tête.

— Bien. Très bien. Mais il faut prendre les mesures nécessaires.

Il joignit le bout de ses doigts devant lui et traversa lentement le *dōjō*, Nicholas à ses côtés.

— Je crois qu'il est temps que tu commences à travailler avec un autre *senseï*. Je ne veux pas que tu renonces à tes efforts très précieux avec Muromachi ; je désire au contraire ajouter quelque chose à ton emploi du temps actuel.

« Demain, tu commenceras à travailler avec moi, dit-il en entraînant Nicholas dans la pièce sombre. Je t'enseignerai l'*hara-geï*.

★

Nicholas devait toujours distinguer deux périodes séparées dans ses relations avec son « oncle » Satsugaï, avec pour ligne de démarcation, une soirée du *zaïbatsu*, à laquelle il assista avec ses parents. Bien sûr, c'était peut-être son âge plus avancé qui expliquait ce changement d'opinion, mais il avait tout de même tendance à croire que les événements de cette soirée-là avaient joué un rôle décisif.

Satsugaï n'était ni très grand, ni très corpulent. Mais il avait, malgré tout, un physique étonnant. Une poitrine et un abdomen massifs, avec des jambes et des bras trapus, qui semblaient beaucoup trop courts pour son corps. Sa tête paraissait cimentée à ses épaules sans l'intermédiaire d'un cou. Elle était d'un ovale parfait, dominé par des cheveux d'un noir de jais, taillés en brosse, qui, en tout cas aux yeux de Nicholas, complétaient bien son allure militaire. Il avait le visage plat, mais pas à la manière caractéristique des Japonais. Ses yeux, par exemple, étaient très nettement en amande et d'un noir aussi brillant que des éclats d'obsidienne, mais le coin extérieur obliquait vers les tempes, et ce trait anormal, ajouté à ses pommettes hautes, très plates, et à la nuance jaune foncé de sa peau, trahissait des origines mongoles. Nicholas, qui n'avait pas oublié son histoire, songea aux invasions mongoles du Japon, en 1274 et en 1281. Le principal objectif des Mongols était Fukuoka, dans le Sud, le point le plus proche de la côte asiatique. Satsugaï, Nicholas le savait, était né dans le district de Fukuoka, et bien qu'il fût à tous égards un Japonais parfait — orienté vers la tradition et complètement réactionnaire — qui pouvait dire si ses ancêtres n'avaient pas appartenu à ces redoutables hordes de cavaliers nomades ?

On aurait pu croire que toutes ces particularités de son apparence physique permettaient de définir l'homme. Il n'en était rien. Satsugaï, de toute évidence, était un individu né pour commander. Fils d'un pays consacré à l'idéal du devoir envers le groupe — les anciens de la famille, les daïmyos et, au-dessus, les *shōguns* qui pendant deux siècles et demi avaient représenté le concept du Japon avec plus de vigueur et d'authenticité que l'empereur même —, Satsugaï n'en était pas moins, à tout jamais, un être à part. Extérieurement, bien entendu, rien ne transparaissait, car il se consacrait totalement au Japon, à *son* Japon — et pour cela il appartenait non seulement à l'un des grands complexes industriels — les *zaïbatsus* —, mais à de nombreux groupes. Néanmoins, au cours de la soirée, Nicholas eut l'occasion de s'apercevoir qu'au fond de lui, Satsugaï se croyait supérieur aux autres. C'était, du moins en partie, le fondement de ses talents de chef. Les Japonais étaient dociles de naissance, et leur éducation leur apprenait à suivre avec une obéissance aveugle les décrets du shōgun, jusqu'à la mort. Fallait-il donc s'étonner que Satsugaï ait trouvé une vaste cohorte de partisans fanatiques ? C'était le mol oreiller sur lequel il dormait — mais César en avait-il agi autrement ? — et cela n'en était pas moins l'une des principales motivations de sa vie.

Itami était toujours à ses côtés. Près de lui, aussi, gravitait Saïgō, comme s'il eût voulu s'imprégner de l'énergie d'un soleil jumeau. Mais ce soir-là, il y avait une quatrième personne avec eux, et du premier instant où il l'aperçut, Nicholas fut séduit. Il se pencha pour demander à sa mère qui pouvait bien être cette jeune fille.

— La nièce de Satsugaï. Venue du Sud, répondit Cheong. Pour une courte visite.

Au ton de sa voix, Nicholas devina que, pour Cheong, cette visite serait de toute façon trop longue. Il songea à lui demander pourquoi elle détestait la jeune fille, mais déjà Satsugaï l'avait prise par le bras et la présentait à Cheong et au colonel.

Elle était grande et mince — un Occidental l'aurait comparée à un saule. Sa chevelure sombre était très longue, ses yeux semblaient immenses, limpides et farouches. Sa peau de porcelaine possédait un éclat intérieur qu'aucun fard n'aurait pu reproduire.

Nicholas la trouva fascinante. Satsugaï lui apprit en la lui présentant séparément qu'elle s'appelait Yukio Jokoïn.

Elle était venue avec Saïgō — qui le démontra sans ambiguïté en la suivant comme son ombre pendant la plus grande partie de la soirée. Nicholas ne parvint pas à déterminer, malgré tous ses efforts, si la jeune fille appréciait ou non cette attention.

Très longtemps il hésita à l'inviter à danser. Il savait qu'il en avait envie, mais il ignorait quels remous son geste risquait de provoquer. La protection princière dont Saïgō entourait la jeune fille ne l'intimidait guère, mais il s'inquiétait du côté mystérieux de Satsugaï, dont les relations avec le colonel étaient, à tout le moins, orageuses.

Il ne pouvait compter sur le conseil de personne, et finalement, il décida qu'il se tourmentait pour une chose n'ayant sûrement d'importance que pour lui.

Et il s'avança vers elle. Ce fut Yukio elle-même qui amorça la conversation en lui posant sur-le-champ des questions sur Tokyo, où elle ne séjournait que depuis peu de temps. Il eut l'impression qu'elle n'avait guère quitté Kyoto et ses environs.

Saïgō, comme il fallait s'y attendre, prit ombrage de l'intervention de Nicholas, et il était sur le point d'exprimer son déplaisir lorsque son père l'appela. A regret, il présenta ses excuses et s'éloigna.

En l'entraînant vers la piste de danse, Nicholas eut tout le temps d'admirer le kimono de la jeune fille. Il était gris tourterelle, avec des fils couleur platine. La broderie représentait un motif de roue à rayons, bleu nuit, caractéristique d'une bannière de *daïmyo* à l'époque féodale.

Yukio lui parut dénuée de toute pesanteur, tandis qu'ils dansaient au rythme lent de la musique, et lorsqu'il la serra contre lui, il sentit la chaleur de son corps et le frémissement subtil de sa chair sous le mince kimono.

— Nous sommes trop jeunes tous les deux pour nous souvenir de la guerre, dit-elle d'une voix légèrement émue. Et pourtant, elle exerce une telle influence sur nous ! Cela ne vous paraît pas bizarre ?

— En fait, non.

Il respirait le musc de sa peau et il lui sembla que sa transpiration même était parfumée.

— L'histoire n'est-elle pas continue ? poursuivit-il. Les événements ne se produisent pas dans le vide. Ils provoquent des ondes qui s'élargissent et interfèrent avec d'autres ondes, dont elles modifient le cours, et qui agissent à leur tour sur elles.

— Eh bien, quelle philosophie !

Il crut qu'elle se moquait de lui, mais elle s'écria en riant :

— Cette théorie me plaît ! Vous savez pourquoi ? Non ? Parce qu'elle signifie que ce que nous faisons ici, en ce moment, exercera une influence sur nos histoires.

— Comment ? Vous voulez dire l'histoire de nos deux vies ?

— Oui. Vous et moi. Un duo. Blanc et noir. Yin et yang.

Tout en parlant, sans que Nicholas en prît conscience le moins du monde, elle s'était serrée de plus en plus près de lui. Soudain, tandis qu'ils se balançaient au rythme de la musique, il s'aperçut qu'elle avait glissé sa jambe gauche entre les siennes. Elle s'avança discrètement et il sentit le contact brûlant de sa cuisse, puis — c'était à n'y pas croire — le mont de Vénus. Elle continuait de parler en le regardant dans les yeux, tout en se frottant légèrement d'avant en arrière contre lui. C'était comme si un axe de plus en plus matériel les unissait. Nicholas osait à peine respirer, craignant qu'un mouvement brusque de sa part ne les dérange de cette position. Oui, c'était un geste d'une intimité stupéfiante, surtout ainsi, au milieu de six cents et quelques personnes en costume de cérémonie et pleines de mépris pour les nouvelles manières et les conceptions libérales. Le caractère hautement clandestin de cet acte le fit tressaillir, surtout lorsque son regard tomba sur Saïgō qui les regardait fixement depuis le bord de la piste, toujours engagé dans une conversation dont son père ne voulait pas le libérer. Ce fut la seule fois où Nicholas voulut un peu de bien à Satsugaï.

Ils dansèrent pendant ce qui lui parut des instants sans fin. Lorsqu'ils se séparèrent — sans échanger un mot sur leur intimité fugitive — Nicholas ne se doutait pas qu'il reverrait Yukio seulement quatre années plus tard.

★

Le dimanche, le colonel dormait tard. Il se permettait peut-être ce luxe parce que, le jour où il ne travaillait pas, il était ravi de jeter la routine aux orties. Il s'éveillait à six heures précises, six matins par semaine, mais le septième, il ne tombait du lit qu'à l'heure où il en avait envie.

Personne ne le dérangeait pendant sa grasse matinée, sauf Cheong, qui semblait invulnérable aux rares colères du colonel. Parfois elle restait sur le *futon* avec lui jusqu'à ce qu'il se réveille, mais parfois aussi elle se levait tôt et s'affairait dans la cuisine, après en avoir chassé les servantes.

Pendant le week-end, c'était Cheong qui préparait les repas. Elle aurait fait la cuisine tous les jours, Nicholas en était certain, parce qu'elle aimait cuisiner, mais le colonel le lui avait interdit.

158

— Laisse Taï travailler, lui avait-il dit un jour d'un ton assez sec. Elle est payée pour cela, après tout. Tu dois garder ton temps pour toi, faire ce que tu veux.

— Faire quoi ? avait-elle répondu.

— Tu sais très bien ce que je veux dire.

Elle pointa l'index vers elle-même.

— Qui, moi ? *Moi seulement ignorante Chinoise, colonel-san*, s'était-elle écriée en *pidgin english*, bien qu'elle maîtrisât parfaitement la langue anglaise.

Elle s'était inclinée devant lui, faisant courbette sur courbette. Ses parodies exaspéraient toujours le colonel — elle avait un don de mime étonnant et elle prenait les accents et les tics de chacun avec une rapidité surprenante — mais c'était justement parce qu'elles collaient toujours à la réalité. Il n'aimait pas qu'on lui rappelle ces aspects de la côte asiatique, si proche d'eux à travers la brume, de l'autre côté du Genkaïnada : les Anglais et les Américains traitaient les Chinois et les Malais avec un dédain extrême, comme s'ils constituaient une espèce sous-humaine, tout juste digne des travaux serviles et des œuvres du sexe. Le colonel avait pris Cheong dans ses bras puissants, dorés par le soleil, et il l'avait embrassée violemment sur les lèvres, en la serrant très fort, sachant par expérience que c'était le seul moyen de la faire taire, et que toute colère de sa part l'exciterait davantage.

Ce dimanche-là, quand Nicholas entra dans la cuisine, Cheong était déjà debout et coupait en tranches des légumes frais. Des rayons de soleil obliques faisaient luire les vitres des fenêtres de couleurs moirées. Au loin, le ronronnement d'un avion qui se préparait à atterrir à Haneda... Très bas à l'horizon, Nicholas aperçut le V d'un vol d'oies sauvages qui s'éloignaient de l'ellipse du soleil levant. Il donna un baiser à sa mère et elle le prit dans ses bras.

— Iras-tu au *dōjō*, aujourd'hui ? demanda-t-elle à mi-voix.

— Pas si papa reste à la maison.

Elle coupait les haricots verts...

— Je crois qu'il a une surprise pour toi. J'espérais que tu déciderais de rester.

— Je sentais que je devais être ici, dit-il, qu'il le fallait.

— Le moment viendra peut-être où ce ne sera pas possible, dit Cheong sans lever les yeux de sa cuisine.

— Tu veux dire avec père ?

— Non, je parle pour toi.

— Je crois que je ne comprends pas.

— Quand nous avons quitté Singapour, ton père et moi, So-Peng était déjà mourant. Ce devait être une mort relativement

159

lente, et il avait beaucoup à faire avant la fin. Mais ainsi qu'il me l'avait dit, ce serait notre dernière rencontre ; et il ne se trompait pas.

Ses mains hachaient très vite les légumes sur la planche de bois, pleines d'entrain, complètement dissociées de ses paroles.

— Je savais qu'il fallait que j'emmène ton père et que j'abandonne Singapour pour toujours ; notre vie se trouvait ailleurs. Ici. Mais mon cœur s'est brisé quand j'ai quitté So-Peng. C'était mon père ; tellement plus qu'un père. Et moi, tellement plus qu'une fille. Peut-être cela tenait-il au fait que nous nous étions choisis mutuellement. Nous avions en commun l'esprit, et non le sang.

« Ce jour-là, quand nous sommes partis, je me suis arrêtée sur le perron de sa maison, comme je l'avais fait si souvent au cours de mon enfance. J'allais m'éloigner, mais So-Peng a posé la main sur mon bras. C'était la première et la dernière fois qu'il me touchait depuis que j'étais adulte. Ton père avait déjà pris un peu d'avance dans la rue. « A présent, *tu es moi*, Cheong », m'a-t-il dit dans le dialecte mandarin particulier dont nous ne nous servions qu'entre nous, dans la maison.

— Que voulait-il dire ? demanda Nicholas.

— Je ne sais pas... Je ne peux que faire des conjectures.

Elle s'essuya les mains, les trempa dans un bol d'eau fraîche parfumée au citron, et se remit à hacher, très vite, avec une grande habileté. Cette fois, c'étaient des concombres.

— J'ai pleuré pendant toute la traversée de la forêt, dit-elle, jusqu'à la clairière où la jeep nous attendait. Ton père, bien entendu, n'a pas parlé. Ah, ce ne devait pas être l'envie qui lui en manquait, mais il ne m'aurait pas fait honte à ce point.

— Fallait-il vraiment que tu partes ?

— Oh, oui, répondit-elle en levant les yeux de son travail pour la première fois. C'était mon devoir à l'égard de ton père. C'est ma vie. Je l'ai compris ce jour-là, tout comme So-Peng. So-Peng n'aurait jamais pu concevoir que je reste avec lui en abandonnant mon devoir. C'était impossible. Abandonner son devoir, c'est détruire ce qui fait de tout individu un être unique, capable de prouesses et de prodiges.

« Le devoir est l'essence de la vie, Nicholas, ajouta-t-elle. C'est la seule chose sur laquelle la mort n'exerce aucune emprise. C'est la véritable immortalité.

★

En fait, le colonel avait toute sa journée libre, et comme c'était le printemps, il emmena Nicholas en ville, au jardin botanique

Jindaïji, pour admirer le spectacle traditionnel des cerisiers en fleur.

En chemin, ils déposèrent Cheong chez Itami ; elle lui avait promis d'aller voir en sa compagnie son oncle malade.

La brume matinale s'était levée et un fort vent d'est avait déjà chassé tous les nuages bas ; des cirrus s'effilochaient dans le ciel, comme autant de toiles impressionnistes accrochées depuis peu dans une vaste galerie de musée.

Le parc, lui aussi, semblait tombé du ciel — tel quel. Les arbres lourds de fleurs, aux longues branches ployant sous le poids des pétales du rose le plus pâle, semblaient appartenir à un autre monde, plus éthéré. En d'autres époques de l'année, le jardin exprimait peut-être une beauté presque austère. Mais on était en avril et la splendeur offerte vous coupait le souffle.

Les kimonos et les couleurs vives des ombrelles de papier huilé sautaient aux yeux de toutes parts tandis que le père et le fils poursuivaient leur promenade paresseuse le long des sentiers serpentant sous les deux ciels, l'un bas et parfumé, le second hors d'atteinte. Ils s'arrêtèrent devant un marchand de *tofu* sucré. Le colonel en acheta une part pour chacun et ils dégustèrent lentement la confiserie en poursuivant leur chemin. Des enfants, surveillés d'un œil indulgent par leurs parents, les dépassèrent en riant aux éclats, ainsi que de jeunes couples bras dessus, bras dessous. Il y avait beaucoup d'Américains.

— Père, voudriez-vous me parler des *zaïbatsus* ? demanda Nicholas.

Le colonel prit un morceau de *tofu* dans sa bouche et le mâcha, l'air songeur.

— Oh, je suis sûr que tu sais déjà des tas de choses.

— Je sais ce que sont les *zaïbatsus*. Les quatre complexes industriels les plus importants du Japon. Et je sais que pendant une brève période, au lendemain de l'armistice, de nombreux hauts responsables des *zaïbatsus* ont été jugés pour crimes de guerre. Je ne comprends vraiment pas pourquoi.

Le colonel dut s'incliner légèrement pour passer sous les branches basses. Ils auraient pu se croire en train de voler au milieu de nuages roses. Le Tokyo moderne semblait n'avoir jamais existé, n'être que le décor de quelque conte de science-fiction. Un Oriental marchant en ces lieux et en ce même instant n'aurait eu aucun mal à le comprendre. Les symboles sont nombreux au Japon, et ils renferment en eux-mêmes leur propre puissance. Pour les Japonais, il n'existe peut-être aucun symbole plus évocateur que le cerisier en fleur. Il représente indifféremment le renouveau, la purification, l'amour et la beauté ineffable, hors du temps : concepts fondamentaux de la spiritualité japonaise... Tout cela traversa l'esprit du colonel tandis qu'il cherchait par où commencer.

— Comme pour tout au Japon, dit-il, la réponse n'est pas simple. En fait, l'origine des *zaïbatsus* se trouve en dehors des *zaïbatsus* : dans la longue histoire du militarisme japonais. Au début de la restauration Meiji, en·1868, le Japon a accompli un gigantesque effort concerté pour rompre d'un coup avec l'isolement et le féodalisme qui avaient marqué les deux cents et quelques années du puissant shōgunat Tokugawa. Cela signifiait aussi rompre avec le traditionalisme qui constituait, de l'avis de beaucoup, l'ossature même de la puissance japonaise.

Ils tournèrent à droite sur une pente douce descendant vers un petit lac. Des cris d'enfants dérivaient jusqu'à eux à travers le feuillage.

— Mais cette nouvelle politique, poursuivit le colonel, cette « occidentalisation », si tu veux, provoqua le plus naturellement du monde l'érosion des pouvoirs importants détenus par les samouraïs. Après tout, ils avaient toujours été les traditionalistes les plus acharnés du Japon. On les qualifia dès lors de réactionnaires, car ils s'opposaient avec la dernière vigueur à tout ce que la restauration Meiji cherchait à créer. Tu n'ignores pas que, depuis 1582, date à laquelle Toyotomi Hideyoshi devint shōgun, seuls les samouraïs avaient le droit de porter deux épées — le *katana* était réservé uniquement aux samouraïs. Or tout cela était en train de changer. La loi sur la conscription militaire interdisait le port du *katana* et, en créant une armée nationale composée de roturiers, elle se débarrassait efficacement de la barrière des castes élevée par les samouraïs dès les origines, en 792 avant l'ère chrétienne.

Pendant un moment ils longèrent la rive du lac dont le bleu glacé, très pur, contrastait avec le blanc-rose des fleurs. Des voiliers d'enfants dérivaient à la surface, toutes voiles gonflées, et leurs minuscules capitaines gambadaient joyeusement sur la langue de terre pour rester à la hauteur de leurs navires.

— Mais les samouraïs ne se laissèrent pas battre aussi facilement, dit le colonel. (Les voiles blanches miniatures, voguant obstinément sur les eaux, lui rappelèrent les estampes parfaites du passé meurtrier du Japon.) Une grande majorité d'entre eux riposta ouvertement, et lorsqu'ils furent battus, ils constituèrent des sociétés secrètes. La principale portait le nom de Genyōsha — la Société de l'Océan sombre — mais il y en avait d'autres, comme la Kokuryūkaï — la Société du Dragon noir. Ces sociétés, encore en activité de nos jours, sont des organisations réactionnaires qui croient fortement en l'impérialisme. Pour eux, le destin du Japon est de régner sur les côtes de l'Asie.

« La Genyōsha est née à Fukuoka, dans le Sud, et sa base se trouve toujours là-bas. Cette partie de l'île de Kyūshū est le point de ce pays le plus proche du continent ; il n'est donc pas surprenant que la Genyosha ait été plus virulente là-bas.

Nicholas songea aux invasions mongoles, aux sentiments violemment nationalistes que ces incursions dramatiques avaient dû alimenter. Et cela ramena ses pensées à Satsugaï.

Ils trouvèrent un banc libre près de l'eau et s'assirent. A l'autre bout du lac, un enfant tenait une poignée de ballons de toutes les couleurs, et plus loin, au-delà des cimes massives des arbres, Nicholas aperçut, plaquée contre le ciel, la présence fragile, frémissante, d'un cerf-volant. Il était décoré d'un dragon crachant le feu.

— Ayant échoué dans leur tentative de renverser ouvertement le régime Meiji, les membres de la Genyōsha s'attachèrent ensuite à combattre la Restauration par des voies détournées, de l'intérieur. C'étaient des hommes intelligents. Ils savaient que l'oligarchie Meiji, qui se proposait d'industrialiser le pays, aurait besoin d'une expansion économique pour alimenter le système. Pour les samouraïs, cela devait impliquer l'exploitation et la domination éventuelle de la Chine.

« Agissant dans le cadre politique le plus strict de la nouvelle société japonaise, les hommes de la Genyōsha cherchèrent à se faire des alliés aux plus hauts niveaux du gouvernement. Ils se donnèrent comme objectif principal l'État-Major général, où une philosophie réactionnaire était plutôt la règle que l'exception.

« Les élections générales de 1882 et leur préparation devaient les aider à cet égard. La Genyōsha conclut des accords avec les représentants sortants. En échange de son appui pour que ces hommes politiques conservent leurs sièges, la Genyōsha obtint que le régime applique une politique étrangère impérialiste très énergique. Et la Genyōsha engagea des truands qu'elle envoya dans tous les districts du pays. Les passages à tabac se succédèrent. Ce furent les élections de la peur...

Deux officiers américains passèrent, suivis de leurs enfants. Ils portaient leurs uniformes comme on arbore une décoration, et ils arpentaient les lieux comme les héros conquérants qu'ils étaient. Peut-être voyaient-ils le décor où ils se trouvaient et ce qui se passait autour d'eux, mais ils n'y comprenaient certainement rien.

— Avec la mise en œuvre de cette politique et le succès de l'expansion japonaise en Mandchourie, Chang-haï devint la chasse gardée des affairistes japonais à l'étranger. La croissance économique était devenue cruciale pour le Japon, et elle atteignit des taux prodigieux. Ce fut de ce chaudron que naquirent les quatre énormes complexes industriels qui caractérisent les *zaïbatsus*.

— Kansatsu avait donc raison de dire que l'économie était aussi responsable que le militarisme de l'acheminement du Japon vers la guerre, fit observer Nicholas d'un ton songeur.

Le colonel acquiesça.

— A plus d'un égard, le Japon demeurait un pays primitif par rapport aux normes du reste du monde. Les Tokugawa y avaient veillé. En revanche, ils comprenaient peut-être mieux que tous les autres peuples la pureté de leur pays. Mais j'ai très peur que ce soit là une des choses que MacArthur n'ait pas senties. Oh, il connaissait suffisamment la culture de ce pays pour laisser l'empereur où il avait toujours été, malgré les clameurs exigeant son jugement et son exécution comme criminel de guerre. Vois-tu, outre que, dès le début, l'empereur avait fait tout ce qui était en son pouvoir pour aider les Américains après la guerre, MacArthur avait pleinement conscience que toute tentative de le détrôner plongerait le Japon dans un chaos extrême. C'était une tradition à laquelle même les plus puissants des shōguns n'avaient pas osé toucher.

« Mais dès le début aussi, les Américains répandirent le mythe que l'élan directeur de l'effort de guerre japonais provenait uniquement des militaires. (Il lécha ses doigts collants et sortit sa pipe.) Rien n'était plus éloigné de la vérité. C'étaient les membres des *zaïbatsus* qui avaient acculé le pays à une situation où la guerre devenait la seule solution économique viable.

— Mais... Et le peuple japonais dans son ensemble ? demanda Nicholas. Il ne désirait certainement pas la guerre.

Le colonel glissa sa pipe éteinte entre ses dents. Il leva les yeux pour contempler le frémissement doux des rameaux surchargés dans le vent.

— Le malheur... c'est la longue histoire d'un peuple habitué à suivre ses meneurs : tout vient de ce que la société a trop longtemps été soumise aux règles d'allégeance féodale, et obéissait aveuglément à l'empereur, au shōgun, aux *daïmyos*. C'était devenu inné.

Il se redressa sur le banc, à demi tourné vers son fils, une main étreignant le culot de sa pipe.

— Rien d'étonnant, donc, au fait que les sentiments pacifistes déclarés soient demeurés sporadiques à la veille de la guerre. En fait, le Parti social-démocrate, qui avait pris des positions ouvertement antimilitaristes quand le Japon avait envahi la Mandchourie, devait perdre une bonne partie de ses suffrages lors des élections générales de 1932. Et le minuscule mais indéracinable Parti communiste resta à l'époque l'unique voix japonaise s'élevant contre l'impérialisme. Un brin d'herbe dans un ouragan. Les *zaïbatsus* et le Genyōsha avaient manipulé efficacement les individus clés du gouvernement et des médias : la guerre devenait inévitable.

Le bruit d'une course leur fit lever les yeux. Sur leur gauche, deux agents en uniforme descendaient quatre à quatre un escalier de pierre, bras étendus pour conserver l'équilibre. Des gens s'arrêtèrent. Il y eut un cri strident. Des enfants se retournèrent — et les petits voiliers se balancèrent sans surveillance. Plusieurs officiers américains hésitèrent un instant avant de s'élancer à la suite de la police. Nicholas et le colonel se levèrent et se laissèrent porter par la foule vers le côté gauche du lac.

Une rangée de cerisiers leur bouchait le passage et les inflorescences étaient si luxuriantes qu'ils ne pouvaient pas distinguer ce qui se passait au-delà.

Quand ils arrivèrent, un attroupement s'était déjà formé. Les gens avaient coupé à travers les pelouses pour éviter les escaliers pleins de monde. Saisissant le bras de Nicholas, le colonel se fraya un chemin à travers la cohue. Déjà, de toutes parts, les gens se poussaient et se bousculaient. Mais le remous fut bref, car d'autres agents arrivaient sur les lieux.

Le premier rang de badauds s'entrouvrit : le colonel et Nicholas virent une étendue d'herbe, comme une clairière dans un bois. Des pétales de cerisier jonchaient le gazon de toutes parts : on eût dit une maison décorée pour le retour d'un héros. Nicholas entrevit un kimono classique. Au début, il lui parut gris, mais lorsqu'il fut projeté en avant par un mouvement de la foule agitée, il se rendit compte qu'il était composé de fines lignes tissées, noires et blanches qui, vues de loin, se mêlaient. Les bordures étaient blanches.

D'autres agents s'avancèrent au milieu des curieux, et ceux qui se trouvaient déjà dans la clairière se déplacèrent. Nicholas vit alors un homme, à genoux dans l'herbe. Son front touchait le sol jonché de fleurs. Son bras droit était près de son corps, et l'on ne voyait pas sa main, prise dans les plis du kimono, contre son ventre. Devant lui se trouvait un coffret laqué, en bois de rose et en laiton, ainsi qu'une longue bande de soie, en partie dans l'ombre.

Le colonel, derrière Nicholas, lui saisit l'épaule et s'écria :

— C'est Hanshichiro !

Le plus grand poète japonais.

Nicholas se mit sur la pointe des pieds pour mieux voir. Il aperçut le visage de l'homme à genoux, à travers la forêt mouvante des jambes. Cheveux gris acier, visage large et plat, traits épais. Des lignes sombres tombaient des coins de sa bouche. Ses yeux étaient clos. Puis Nicholas vit que la bande de soie devant lui n'était pas dans l'ombre en réalité : il y avait une tache. Le tissu perméable laissait passer tout le sang, qui imprégnait déjà la terre aux pieds d'Hanshichiro.

★

— *Seppuku*, dit le colonel. La fin de l'homme d'honneur.

Nicholas songeait encore à quel point tout était incroyablement ordonné. Il était habitué aux histoires de guerre, où la mort n'est que chaos. Mais là, comme elle était sereine ! Comme elle était précise, à l'image même du flux du temps, alors que, tout autour de ce calme, bouillonnaient des eaux agitées...

— Tout va bien, Nicholas ?

Le colonel posa la main sur son épaule et baissa vers lui un regard soucieux. Nicholas hocha la tête.

— Je crois. Oui, ajouta-t-il en levant les yeux. Je pense que tout va bien. Je me sens... un peu drôle, comme si c'était trop à recevoir d'un seul coup. Je... Pourquoi l'a-t-il fait dans ce parc ? Il voulait que tout le monde le voie ?

— Le voie et s'en souvienne, répondit le colonel.

Ils avaient quitté les rives du lac et ils remontaient vers le haut du parc, où les arbres dissimulaient même les allées.

— C'était un homme amer, fermement enraciné dans le passé. Il n'avait jamais pu se résigner à la nouvelle voie prise par le Japon.

Ils croisèrent un landau bleu foncé avec deux jumeaux tout roses, poussé par une Japonaise à l'air de matrone.

— Hanshichiro était un artiste brillant, possédé. Un homme de grand honneur. Son geste d'aujourd'hui est sa manière de protester contre la marche du Japon vers l'avenir — un avenir qui, à ses yeux, finirait par le détruire.

Un jeune marin américain et sa petite amie japonaise descendaient vers eux en riant, main dans la main. Le marin prit la fille par la taille et l'embrassa sur la joue. Elle détourna la tête en gloussant. Ses cheveux volèrent dans le vent, serpentant comme le corps du dragon volant.

— Il y a beaucoup d'hommes comme Hanshichiro, remarqua Nicholas. Satsugaï n'est-il pas né à Fukuoka ?

Le colonel regarda son fils d'un air pensif. Il s'arrêta pour fouiller dans la poche de sa veste. Il en retira sa blague à tabac et se mit à bourrer sa pipe, enfonçant son pouce dans le fourneau.

— J'ai lu la Constitution, Père, dit Nicholas sans quitter des yeux le dragon planant très haut au-dessus de lui, par-delà la cime des arbres. Je sais que vous y avez participé. Elle n'est pas japonaise, mais elle est très démocratique. Beaucoup plus que la politique du gouvernement à l'heure actuelle. Politiquement, le Japon a viré très à droite, les *zaïbatsus* n'ont jamais été démantelés. La plupart des cadres d'avant la guerre sont encore en place. Je ne comprends pas.

Le colonel prit un briquet Ronson en acier, tourna le dos au vent et fit jaillir la longue flamme. Il aspira trois ou quatre fois, profondément, presque avec un soupir de plaisir, avant de refermer le couvercle du briquet d'un coup sec.

— Avant de te répondre, dit-il enfin, je veux connaître tes sentiments. Es-tu touché par la mort d'Hanshichiro ? Ou bien pour avoir vu un homme... prendre lui-même sa vie ?

— Je ne sais pas. Vraiment pas.

Il fit glisser sa main sur la barre de fer longeant l'allée, pour sentir le contact frais du métal sur sa peau.

— Je ne sais pas si ce que j'ai vu a déjà fait son effet sur moi, reprit-il. C'est comme un film, pas comme la vie réelle. Je ne le connaissais pas. Ni lui, ni ses œuvres. Je me sens triste, bien sûr, mais sans savoir pourquoi. Il a fait ce qu'il voulait faire.

Le colonel tira sur sa pipe, songeant à ce que son fils venait de dire. Et que pouvait-il donc espérer d'autre ? Des larmes ? Une crise de nerfs ? Il redoutait le moment où, de retour à la maison, il devrait en parler à Cheong. Elle adorait les poèmes d'Hanshichiro. Comme il était injuste de sa part de penser que la mort du poète pourrait toucher Nicholas d'une manière aussi profonde qu'elle l'affectait lui-même. Ils n'avaient pas partagé les mêmes expériences, ils n'appartenaient pas à la même génération ; de toute façon, Nicholas ne possédait pas encore le même sens de l'histoire que le colonel ni que Cheong. Et bien entendu, il avait une perspective différente. Pour l'instant, il songeait à Satsugaï. Nicholas ne laissait pas passer beaucoup de choses. Il faudrait qu'il surveille tout cela désormais...

— Les Américains ont pris le parti de rendre les militaires entièrement coupables de la guerre, dit le colonel, mais il y a eu tout de même une purge des *zaïbatsus*, juste après l'armistice. En fait, trop de documents originaux avaient été brûlés, et il existait tellement de falsifications délibérées qu'un grand nombre de responsables de haut niveau sont passés par les mailles du filet. Certains ont cependant été jugés et condamnés pour crimes de guerre.

Ils se dirigèrent vers la porte de l'Est, où leur voiture les attendait.

— Les Américains sont intervenus ici avec les meilleures intentions du monde, reprit le colonel en tirant sur sa pipe. Je me souviens du jour où nous avons terminé de rédiger le projet de la nouvelle constitution, et où nous l'avons lâché sur le premier ministre et le ministre des Affaires étrangères comme une nouvelle bombe A. Ils en avaient le souffle coupé : ce n'était pas une constitution japonaise, l'esprit en était entièrement occidental. C'est absolument vrai. Mais MacArthur avait la ferme intention de tenir le pays à l'écart de son passé féodal, qu'il considérait comme extrêmement dangereux. Le principe était de dépouiller l'empereur de tous les pouvoirs et de les remettre entre les mains du peuple japonais, tout en maintenant la personne impériale comme symbole de l'État.

— Et que s'est-il passé ? demanda Nicholas.

— En 1947, Washington, par l'intermédiaire de MacArthur, a fait une volte-face complète. On a retiré certains droits, on a annulé certaines condamnations pour crimes de guerre, et les responsables des *zaïbatsus* ont retrouvé leur prééminence d'avant-guerre.

— Cela semble tellement contradictoire.

— Uniquement si l'on regarde la chose d'un point de vue purement japonais, répondit le colonel. Vois-tu, l'Amérique a une peur mortelle du communisme mondial. Les Américains sont prêts à tout pour empêcher l'expansion communiste. Regarde : ils ont aidé Franco en Espagne et Tchiang Kaï-chek ici, dans le Pacifique. Les Américains estiment que le fascisme est leur meilleure arme contre le communisme.

— Donc, les Américains ont délibérément bafoué la constitution qu'ils avaient conçue pour le Japon, et remis en place les *zaïbatsus* réactionnaires qui nous orientent vers la droite ?

Le colonel hocha la tête sans commentaire. Il eut soudain l'impression qu'il ne parviendrait jamais à la porte du parc, comme s'il se trouvait au terme d'une dangereuse traversée qu'il n'avait plus assez de forces pour achever.

— Asseyons-nous une minute, dit-il doucement.

Ils passèrent par-dessus la clôture basse et s'assirent sur l'herbe, dans une tache de soleil. Le colonel trouvait encore le temps très frais, et il se tourna, dos au vent, la tête rentrée dans les épaules. De minces couches de nuages passaient sans cesse devant le soleil, comme des draperies, et provoquaient des ombres brèves, fantômes dansant sur la vaste pelouse. Les cerisiers en fleur bruissaient ; deux chiens aboyaient avec un bruit de cuivre qu'on martèle ; un papillon marron et blanc filait au gré du hasard, d'herbe en herbe, danseur folâtre sans partenaire. La journée, aux yeux du colonel, évoquait un haïku, parfait et triste, qui vous fait monter les larmes aux yeux. Pourquoi tant de haïkus sont-ils douloureux ? songea-t-il.

Le colonel avait été, en son temps, le témoin de nombreuses morts : des morts d'hommes qu'il connaissait, et celles d'hommes qu'il ne connaissait pas. Avec l'âge, on acquiert une sorte de carapace contre laquelle ces catastrophes personnelles doivent rebondir. Sinon, on deviendrait fou. Jusqu'à ce que la mort prenne le caractère irréel d'un spectacle de mime, et que l'on cesse une fois pour toutes de la contempler.

Cette mort dans le parc, par cette journée ensoleillée de printemps, au milieu des enfants — les héritiers du Japon — était différente. Le colonel se sentit abattu, comme César retournant à Rome après avoir quitté les bras de Cléopâtre, passant de l'éternel été au givre des ides de Mars. Il songea à l'aigle volant en cercle au-dessus de la statue de César sur la place : le présage. Et il lui sembla que cette mort importante dont il avait été le témoin était, elle aussi, en quelque sorte, un présage. Mais qu'annonçait-elle ? Il n'aurait su le dire.

— Vous vous sentez bien ? demanda Nicholas en posant la main sur le bras de son père.

— Pardon ?

Pendant un instant les yeux du colonel parurent très lointains.

— Oh oui, tout à fait bien, Nicholas. Ne t'inquiète pas. Je songeais simplement à la façon dont j'allais apprendre la mort d'Hanshichiro à ta mère. Elle va être bouleversée.

Il garda un long silence, les yeux fixés sur les fleurs rose pâle tout autour de lui. Au bout d'un moment il se sentit plus calme.

— Père, je voudrais vous demander quelque chose.

Le colonel s'y attendait et le redoutait, mais au ton de son fils il comprit que Nicholas avait passé beaucoup de temps à réfléchir à sa question.

— De quoi s'agit-il ?

— Est-ce que Satsugaï est membre de la Genyōsha ?

— Pourquoi me le demandes-tu ?

— Cela me semble une question logique. Satsugaï est à la tête de l'un des *zaïbatsus*, ses principes sont ceux d'un réactionnaire virulent, et il est né à Fukuoka. (Nicholas se tourna vers son père.) Franchement, ajouta-t-il, je serais surpris qu'il n'en soit pas membre. N'est-ce pas ce qui lui a permis d'être rétabli dans ses pouvoirs après la purge de 1947 ?

— Ah, dit le colonel en souriant. Supposition très logique, Nicholas. Tu es très observateur.

Le colonel réfléchit un instant. Sur leur gauche, plusieurs vanneaux s'élevèrent de la cime des arbres, tout en émoi, tracèrent un cercle dans le ciel puis s'éloignèrent vers l'ouest, face au soleil. Beaucoup plus loin, des mains invisibles ramenaient lentement à terre le « dragon-volant ». La journée s'achevait.

— La Genyōsha, dit le colonel en pesant ses mots, a été fondée par Hiraoka Kotarō. Son lieutenant de confiance était Munisaï Shokan. Satsugaï est son fils.

Nicholas attendit un instant avant de demander :

— Cela veut-il dire « oui » ?

Le colonel acquiesça, songeant à autre chose.

— Sais-tu pourquoi Satsugaï a appelé son fils unique Saïgō ?

— Non.

— Tu te souviens qu'au début, la Genyōsha a décidé d'agir dans le cadre politique du pays ?

— Oui.

— Eh bien, ils étaient arrivés à cette conclusion contraints et forcés. La loi sur la conscription militaire avait divisé l'oligarchie Meiji en trois factions. L'une d'elles avait à sa tête un homme du nom de Saïgō. C'était le leader des samouraïs ultra-conservateurs. En 1877, Saïgō conduisit trente mille de ses samouraïs à la bataille contre une armée moderne de conscrits, levée par le gouvernement Meiji. Avec leurs fusils et leurs canons, les hommes du gouvernement n'eurent aucun mal à écraser les samouraïs.

— Mais bien sûr ! s'écria Nicholas. C'est la rébellion Satsuma. Je n'avais jamais fait le rapprochement des noms.

Il arracha un brin d'herbe.

— Ce fut le dernier soulèvement samouraï, n'est-ce pas ? demanda-t-il.

— Le dernier, oui.

Le colonel se leva, se sentant enfin prêt à affronter le monde extérieur, et le visage attristé de Cheong. Il ne pouvait pas supporter de la voir triste.

Ils traversèrent le parc jusqu'à la haute porte. Derrière eux, le ciel était débarrassé de ses dragons, le soleil se perdait au sein de la brume de plus en plus épaisse, l'horizon se tachait de rouge comme un buvard imbibé de sang.

Cette nuit-là, ils rêvèrent tous les deux de la mort d'Hanshichiro, chacun à sa manière.

LE LIVRE DE L'EAU

1. New York et West Bay Bridge, l'été dernier

Les blocs de béton gris de Manhattan semblaient vibrer sous le soleil des derniers jours de juillet. L'air collait à la peau. Nicholas sentait la chaleur traverser les semelles fines de ses sandales d'été. Même marcher était désagréable.

Il attendait sur le trottoir de la Septième Avenue, tout près de la marquise moderne du nouvel ensemble de Madison Square Garden et de la gare de Pennsylvanie. Il leva les yeux vers l'énorme bâtisse et songea à quel point elle s'était démodée rapidement. En face de lui se dressait le Statler Hilton Hotel et, une rue plus au nord, la vitrine hideuse de plastique et de verre d'un restaurant McDonald.

D'un œil distrait, il regarda les voitures se croiser aux feux, tissant sur la ville leur toile d'acier, agitée de vagues. Il songea à l'appel reçu au milieu de la nuit. La voix de Vincent lui avait porté un coup terrible. Terry et Eileen assassinés. Cela semblait incroyable. Aucun rôdeur n'aurait pu pénétrer dans l'appartement de Terry à son insu ; personne n'aurait pu le prendre au dépourvu ainsi. Alors comment ? Vincent s'était montré particulièrement laconique. Sa voix était sans vie, et quand Nicholas s'était mis à le presser de questions, il s'était borné à répéter ses instructions : attendre à la sortie de la gare de Pennsylvanie sur la Septième Avenue, après avoir pris le premier train du matin pour New York.

Le soleil tombait d'un ciel sans nuages et grillait les rues. Nicholas sentit que sa chemise collait à sa peau. Il fit courir ses doigts dans ses cheveux, regrettant de ne pas les avoir fait couper plus court par cette chaleur. Les feux étaient au rouge sur toute l'avenue, et l'air lourd pendait comme des rideaux de brocart, immobile, comme solidifié.

Ce n'était pas Vincent qui viendrait au rendez-vous, mais un certain inspecteur Croaker. Le lieutenant Lew Croaker. Nicholas crut se rappeler ce nom. Depuis qu'il était libre de son temps, le *New York Times* avait pris de l'importance. Une affaire à sensation, et même le *Times,* pourtant très modéré d'habitude, l'avait montée en épingle, peut-être parce que le meurtre avait été commis à la résidence Actium — le nouvel immeuble de grand luxe de la Cinquième Avenue. Croaker avait mené l'enquête — il était sûrement le petit chouchou de quelqu'un. La presse l'avait porté au pinacle, et on ne voyait que lui au journal télévisé de dix-huit heures.

Les feux passèrent au vert sur la Septième Avenue et les voitures reprirent leur déferlement chaotique — des taxis jaunes pour la plupart. De cette masse confuse et mouvante émergea soudain une limousine noire toute scintillante. Ses glaces teintées ne permettaient pas de distinguer l'intérieur. Elle s'arrêta sans bruit à sa hauteur. La portière arrière du côté du trottoir s'ouvrit, et Nicholas perçut un mouvement sur la banquette, du côté opposé. Une forme vague se pencha et lui fit signe.

— Montez, je vous prie, M. Linnear, dit une voix vibrante, issue des profondeurs.

Comme il hésitait, la portière de devant s'ouvrit à son tour, et un homme de forte carrure — complet veston bleu nuit et cheveux bruns coupés en brosse — s'avança vers Nicholas et lui prit le bras pour le guider vers le siège arrière. Les deux portières se refermèrent avec un murmure de confort assourdi qui trahissait une mécanique coûteuse. La limousine se lança dans le flot de la circulation.

L'espace intérieur n'avait rien de commun avec l'idée que l'on se fait en général d'une automobile, et le silence était étonnant. On voyait la ville défiler au-dehors comme si elle eût glissé sur des tapis de velours. Hormis les sursauts amortis d'accélération et de décélération, ils avaient l'impression d'être immobiles pendant qu'une toile de fond défilait sous leurs yeux.

L'intérieur était tendu de velours gris tourterelle (sur commande spéciale, bien entendu ; rien de commun avec ce que l'on pouvait voir dans les vitrines et les salons d'exposition). Il faisait frais et sombre comme dans un bar de luxe. Même les vibrations de l'énorme moteur de huit cylindres en V demeuraient insensibles.

Il y avait trois hommes dans la voiture : un chauffeur, l'homme au complet veston bleu nuit assis à l'avant sur le siège du passager, et le personnage à l'arrière, de l'autre côté de la banquette de velours. Il était grand et assez fort, vêtu d'un complet de toile léger, classique mais impeccable. Pas la moindre graisse superflue, remarqua Nicholas. Tout en os et en muscles. Il avait la tête assez allongée et un menton en galoche qui lui donnait un côté agressif, souligné par son front oblique et ses cheveux courts gris acier. Ses joues creuses étaient tavelées. Ses yeux bleus, enfoncés dans les orbites, semblables à des jetons de marbre, s'abritaient derrière des sourcils bruns en broussaille. Tout bien considéré, décida Nicholas, ce visage-là avait soutenu le choc de plus d'une décision difficile et avait toujours gagné. Nicholas l'aurait volontiers choisi pour un rôle de général (et pas moins de cinq étoiles).

— Prendrez-vous quelque chose ?

L'homme près de lui avait parlé de sa voix impérieuse, mais ce fut l'homme au complet bleu nuit qui bougea. Il pivota légèrement sur son siège et son bras gauche, allongé sur le dossier de velours, sembla soudain une menace en suspens. Nicholas se demanda ce qui avait bien pu retarder le lieutenant Croaker.

— Bacardi et *bitter lemon*, si vous avez.

Instantanément, le complet bleu nuit ouvrit une petite trappe au centre du siège de devant. Nicholas entendit le bruit clair d'un glaçon tombant dans un verre. Il était très calme, bien que n'ayant pas la moindre idée de l'identité de ces gens. Il fallait que l'homme continue de parler : plus il parlerait, plus tôt Nicholas pourrait deviner qui il était.

— Vous ne ressemblez pas beaucoup à vos photos, dit l'homme avec un regard presque dégoûté.

Tandis que le complet bleu nuit tendait le bras pour verser le rhum blanc, Nicholas entrevit la crosse d'un revolver dans un étui de daim sous l'aisselle droite de l'homme. Il détourna les yeux et regarda la ville de l'autre côté des verres teintés. Elle semblait à des kilomètres.

— Ça ne m'étonne pas, dit-il. Je n'ai jamais été photogénique, autant que je sache.

— Votre verre, dit l'homme au complet bleu nuit.

Nicholas tendit la main par la séparation de plexiglas entrouverte et au même instant il vit, à d'infimes changements dans l'attitude de l'autre, exactement ce qui allait se produire. Dès que sa main dépassa la vitre, l'homme écarta le verre de Bacardi et saisit le poignet de Nicholas avec son autre main. Le mouvement fut très rapide, mais Nicholas le jugea pourtant lent et maladroit. Il aurait pu s'y opposer de cent manières différentes. Au lieu de cela, il regarda sans réagir l'homme saisir son poignet, exercer une pression pour lui faire tourner le bras, puis examiner avec soin le tranchant de la main de Nicholas, dur et calleux comme de la corne. L'homme releva les yeux, fit un geste affirmatif à son patron, puis tendit le verre à Nicholas :

Nicholas goûta le Bacardi-bitter et le trouva excellent.

— Vous êtes satisfait ? dit-il.

— Quant à votre identité ? demanda l'homme près de lui. Oui.

— Vous en savez plus sur moi que moi sur vous, fit observer Nicholas.

L'homme haussa les épaules.

— C'est bien naturel.

— Peut-être selon vos normes...

Personne n'avait de lunettes de soleil — ni autres lunettes d'ailleurs. Personne ne fumait.

— Ce sont les seules normes qui comptent, M. Linnear.

— Cela vous gêne-t-il que je fume ?

Il glissa sa main droite vers sa poche de pantalon, et aussitôt le bras gauche de l'homme au complet bleu nuit se raidit et se mit à bouger. Il secoua la tête de gauche à droite.

— Ne faites pas cela, M. Linnear, dit l'homme de l'arrière. Vous avez cessé de fumer il y a six mois. C'est tout aussi bien, ajouta-t-il dans un grognement. Ces cigarettes brunes sont meurtrières.

L'étendue de leurs renseignements sur lui fit un certain effet sur Nicholas. Qui que soit cet homme, ce n'était pas un amateur.

— Savez-vous, M. Linnear, que l'accumulation de fumée à haute teneur de nicotine peut détruire les papilles gustatives ?

Il hocha la tête comme si sa déclaration avait besoin d'une confirmation physique.

— C'est tout à fait vrai, reprit-il. Un groupe de travail de l'université de Caroline du Nord vient de terminer les recherches. Comble de l'ironie, reprit-il avec un sourire, le campus est presque entièrement entouré de champs de tabac !

— Je n'ai jamais entendu parler de ces recherches, répondit Nicholas.

— Il ne manquerait plus que ça ! Les résultats sont encore secrets. Ils seront publiés au cours du Congrès annuel des planteurs de tabac, à Dallas, en octobre prochain.

— Vous avez l'air d'en savoir long sur ces travaux.

— Mais c'est bien normal, répondit l'homme en riant, c'est mon argent qui les a financés.

Il se détourna comme pour laisser à ses paroles le temps de faire leur chemin.

— Que savez-vous sur moi au juste ? demanda Nicholas.

Il était presque sûr à présent : le visage de l'homme lui était vaguement familier — au moins certains de ses traits.

— Assez pour vouloir vous parler seul à seul, lui répondit-il en le transperçant d'un regard glacé.

Nicholas n'eut plus de doutes :

— Je ne vous ai pas reconnu tout de suite, dit-il. Je ne vous avais jamais vu sans la barbe.

L'homme sourit et frotta son menton rasé de près.

— Cela fait une grande différence, je le reconnais.

Puis son visage perdit toute chaleur, comme si ses chairs avaient été taillées dans du granit ; le changement était stupéfiant.

— Qu'attendez-vous de ma fille, M. Linnear ?

Sa voix était comme un claquement de fouet. Nicholas essaya d'imaginer ce qu'avait dû être l'enfance de Justine sous une domination aussi farouche. Il n'envia pas la jeune femme.

— Qu'est-ce qu'un homme attend d'une femme ? dit-il. Uniquement cela, M. Tomkin. Rien d'autre.

Du coin de l'œil, il sentit le geste de l'homme au complet bleu nuit avant même qu'il parvienne dans son champ de vision. Il se détendit ; ce n'était pas encore le moment. Les grosses mains bovines s'agrippèrent au devant de sa chemise. Un peu de Bacardi jaillit du verre et glissa le long de la jambe de son pantalon. Nicholas pensa que l'homme n'aurait eu aucun mal à soulever l'extrémité d'un piano à queue de concert. Il se laissa immobiliser contre le siège avant. Tomkin se pencha vers lui.

— Ce n'est pas très malin, M. Linnear. Et, de toute façon, Justine n'est pas une femme comme les autres. C'est ma fille.

Son ton avait de nouveau changé, aussi rapidement et totalement qu'un caméléon passe d'une couleur à l'autre. C'était à présent de l'acier recouvert d'une mince pellicule de velours.

— Est-ce de cette façon que vous avez traité Chris à San Francisco ? demanda Nicholas.

Tomkin se figea pendant un instant, le souffle coupé. Puis, sans détourner les yeux du visage de Nicholas, il fit un petit geste et le complet bleu nuit lâcha sa prise. Sans un regard vers l'arrière, il reprit sa place à l'avant et fit remonter la vitre de séparation. Il se mit à regarder les autres voitures à travers le pare-brise.

— Alors c'est comme ça, dit Tomkin quand ils furent seuls. Intéressant.

Il toisa Nicholas.

— Vous devez lui plaire... Ça, ou bien vous êtes un sacré étalon, dit-il d'un ton aigre. Elle n'a jamais passé plus de deux heures avec un homme depuis que je l'ai ramenée. C'est un long moment pour une fille de son âge.

Puis, comme à regret, il ajouta :

— Elle a des problèmes.

— Tout le monde a des problèmes, M. Tomkin, répondit Nicholas sèchement. Même vous.

A peine eut-il terminé sa phrase qu'il regretta d'avoir ouvert la bouche. Il avait réagi sous l'empire de la colère : ce n'était pas bon signe.

Tomkin se recula sur la banquette et s'enfonça dans les coussins. Il lança à Nicholas un regard en biais.

— Vous êtes étrange. Je traite beaucoup d'affaires avec les Japs ; je vais même là-bas trois à quatre fois par an. Je n'en ai jamais rencontré un seul comme vous.

— J'imagine qu'il s'agit d'un compliment.

— Prenez-le comme vous voulez, répliqua Tomkin en haussant les épaules.

Il se pencha en avant, appuya sur un bouton caché et un petit bureau apparut près de lui, complet, avec une lampe à col de cygne miniature. Derrière le bureau se trouvait un classeur accordéon encastré dans le siège. Tomkin plongea la main et en sortit un feuillet. Il était plié une fois dans le sens de la largeur. Il le tendit à Nicholas.

— Tenez, dit-il. Que pensez-vous de ceci ?

C'était une feuille de papier de riz japonais très fin. Nicholas la déplia avec précaution. Il y avait, au milieu, un dessin symbolique, tracé au pinceau, avec de l'encre noire. Neuf petits losanges entourant un grand cercle, comme des satellites autour d'un soleil. A l'intérieur du cercle central se trouvait l'idéogramme japonais représentant *komuso*, « le mendiant ascétique ».

— Eh bien ? demanda Tomkin. Vous savez ce que c'est ?

— Dites-moi comment vous l'avez reçu.

Nicholas leva les yeux de la feuille et s'aperçut que le regard bleu glacé de Tomkin était voilé par une sorte d'angoisse contenue.

— C'est arrivé par le sac.

Et quand il vit Nicholas le regarder sans comprendre, il ajouta, non sans agacement :

— Le sac du Japon. Chacun de nos bureaux à l'étranger expédie et reçoit un sac quotidien pour les messages importants, tous les éléments que l'on ne peut pas communiquer par téléphone pour une raison ou une autre. Au début, j'ai cru qu'il s'agissait d'une plaisanterie, mais maintenant... (Il haussa les épaules.) Dites-moi ce que c'est.

— C'est un écusson, dit Nicholas simplement.

Il tendit la feuille à Tomkin mais celui-ci ne voulut pas la prendre, et Nicholas la glissa sur le bureau.

— Le signe héraldique d'une école, un *ryu* ninja.

Il respira profondément, soupesant avec soin tous les mots qu'il allait dire, mais avant qu'il ouvre la bouche, Tomkin frappait déjà contre la séparation de verre teinté. L'homme au complet bleu tourna la tête et la vitre se baissa un peu.

— Frank, je veux aller à la tour.

— Mais, M. Tomkin...

— Tout de suite, Frank.

Frank hocha la tête et referma la séparation. Nicholas le vit parler au chauffeur. La limousine tourna au coin de la rue suivante, en direction de l'est. Dans Park Avenue, ils prirent à gauche et remontèrent vers le nord.

Près de Nicholas, Tomkin contemplait la feuille de papier de riz repliée comme si, à l'intérieur, quelque chose eût été en train de prendre vie.

★

Le lieutenant de police Lew Croaker n'était pas heureux ce matin-là lorsqu'il quitta le bureau du capitaine Finnigan. A vrai dire il était sur le point d'exploser. Il traversa à longues foulées athlétiques le hall plein d'officiers et de secrétaires.

— Eh ! Lew, attendez que...

Mais Croaker avait déjà dépassé le sergent sans le voir. Celui-ci haussa les épaules et se détourna. Croaker était comme ça, parfois, et mieux valait ne pas se trouver sur son chemin.

Le lieutenant arriva devant son bureau à la cloison de verre dépoli, bondit à l'intérieur et abattit ses deux poings sur le formica de la table. Il avait essayé plus d'une fois de brûler des trous dans cette horreur avec le bout de sa cigarette. Rien à faire. La science moderne sur votre bureau...

Il s'effondra sur son fauteuil pivotant vert bouteille et posa les yeux sur la cloison de verre dépoli. Mais ce qu'il voyait en réalité, c'était le gros visage irlandais de Finnigan, ses yeux bleu pâle toujours pleurnichards qui le regardaient sans la moindre expression.

— Je veux que ceci soit bien clair dans votre tête, Croaker, lui avait dit le capitaine. L'affaire Didion est classée.

Il leva ses mains boudinées pour couper court à toute tentative de protestation de la part de son subordonné.

— Je sais, je sais, c'est moi qui vous ai mis là-dessus. Mais c'était à une époque où j'étais persuadé que nous pourrions obtenir des résultats rapides. Tout le monde, depuis le maire jusqu'au bas de l'échelle voulait une arrestation éclair. Et puis les médias ont fichu les pieds dans le plat. Vous savez de quoi ils sont capables.

Ses mains s'abattirent à plat sur le dessus de son bureau. Croaker songea à des jambonneaux prêts pour la broche.

— Vous connaissez aussi bien que moi le genre de particuliers qui vivent à la résidence Actium. Les gens comme Cardin et Calvin Klein n'aiment pas que ce genre de chose se produise à l'endroit où ils vivent. Il y a eu des pressions énormes.

Croaker ferma les yeux pendant un instant et se mit à compter lentement — une, deux —, exactement comme lorsqu'il jouait au football dans les rues des bas quartiers de Manhattan quand il avait dix ans. C'était ça, ou bien taper dans le gros nez rouge de Finnigan. Ses yeux s'ouvrirent brusquement et il vit le capitaine enfoncé en arrière dans son fauteuil à grand dossier, les mains échouées sur sa grosse panse, doigts entrelacés. Croaker se demanda combien de whiskys le vieux avait déjà bien pu engloutir. Machinalement son regard glissa vers le tiroir du bas, à droite, où la bouteille se trouvait, toujours à portée de la main. Puis ses yeux remontèrent vers le visage veiné de rouge de Finnigan. Ses yeux semblaient encore plus pâles dans la lumière douce du matin, qui filtrait à travers les stores clos. Dehors, les tours du sud de Manhattan se dressaient comme des géants monolithiques.

— Je suis au courant de ces pressions, capitaine, dit Croaker d'un ton qui ne révélait rien de son émotion cachée. J'ai eu le temps de m'habituer à ce genre de choses depuis mon entrée dans la police, il y a dix ans. Ce que je ne comprends pas, c'est ce changement soudain, cette volte-face.

— Vous n'aboutissiez à rien, dit Finnigan d'une voix égale. J'ai débranché, c'est tout.

— Des blagues ! Vous me racontez un tas de...

— Ne commencez pas sur ce ton avec moi, lieutenant !

Les yeux de Finnigan lancèrent des flammes et une mince ligne de salive parut sur sa lèvre inférieure, toujours en avant.

— Je ne suis pas d'humeur à supporter vos grands airs, ajouta-t-il en se levant.

Ses yeux semblaient méchants, soudain, amers et impitoyables.

— Vous avez peut-être une grande réputation parmi ces messieurs de la presse. J'ai laissé faire, parce que c'est bon pour l'ensemble du service, et parce que le public réagit mieux à un nom et à un visage particuliers. Mais ne croyez pas que cela vous confère des privilèges spéciaux, ici ou hors d'ici. (Son pouce énorme montra, par-dessus son épaule, les rues de la ville.) Je suis très bien votre petit jeu, et ça ne marche pas avec moi. Vous aimez toutes ces lècheries, et les médias boivent du petit lait. Vous avalez tout ça, comme un glouton. C'est parfait, c'est parfait. Ça fait bien mon affaire. Mais ce que je ne tolérerai pas, c'est que

180

vous me traitiez comme une espèce d'idiot, comme une sorte de retardé mental.

Il avait deviné l'ironie sur le visage de Croaker et il ne la laissa pas passer.

— Oui, exactement ça : comme un débile mental. Vous êtes dans la police depuis assez longtemps et vous connaissez la raison pour laquelle on étouffe telle ou telle enquête. Quelqu'un de haut placé l'a « demandé ». D'accord. Soyez content : voilà, c'est dit.

Il avait le visage tout rouge à présent et ses doubles mentons frémissaient.

— Croyez-moi, j'ai très souvent songé à me débarrasser de vous, à vous muter dans un autre district. Mais vous êtes trop précieux pour moi. Vous me valez au moins deux félicitations officielles du maire chaque année. Inutile de vous dire que ça me plaît ; c'est bon pour mon dossier.

Il se leva, ses gros bras pendaient raides comme des colonnes couronnées de poings fermés, crispés si fort sur le bureau qu'ils en devenaient blancs.

— Mais que le diable m'emporte si je vous laisse faire un numéro d'acrobate comme pour l'affaire Lyman. Un dossier officiellement étouffé... et vous avez continué ! Vous m'avez fait passer pour un imbécile auprès de tout le monde, ici, et c'est encore une chance que le délégué général n'en ait rien appris.

Il leva un index de la taille d'une saucisse et se mit à le secouer sous le nez de Croaker.

— Vous vous occuperez du double meurtre Tanaka-Okura et ne vous avisez pas de casser du sucre sur les gars du district comme vous l'avez fait la nuit dernière.

Il toussa et s'essuya les lèvres avec un grand mouchoir gris.

— Qu'est-ce qui se passe ? Vous avez une dent contre les Jaunes ? Non ? Alors prenez ça et souriez. Et estimez-vous heureux d'avoir une enquête à vous tout seul.

Croaker se détourna pour partir, mais au moment où ses doigts se posaient sur la poignée de la porte, Finnigan reprit :

— Et puis, lieutenant, vous savez comment les choses fonctionnent ici. Alors la prochaine fois, ne m'obligez pas à vous mettre les points sur les i comme si vous étiez un bleu mal dégrossi, d'accord ?

Ce fut à cet instant-là que Croaker décida de continuer l'enquête Didion de son propre chef. Il savait que, désormais, il serait entièrement livré à lui-même. Il ne pourrait se fier à personne dans le service, et s'il utilisait les ressources maison — et il ne s'en priverait pas —, ce serait en camouflant ses intentions. Il regarda sa montre, puis un vieux fond de café dans la tasse de plastique sale qui se trouvait sur son bureau. Il était en retard pour aller prendre Linnear devant la gare, mais en cet instant, c'était bien le cadet de ses soucis. Son esprit était encore sur l'affaire Didion. Finnigan avait raison, en un sens : il n'avait abouti à rien de concret. Mais seulement jusqu'à un certain point. La fille avait forcément des amis quelque part. Le problème avait été de les déterrer. Plutôt coton, mais il était à deux doigts de rencontrer enfin l'un d'eux. Matty la Parlotte lui avait trouvé une piste. Mais il lui fallait un nom, une adresse, sinon il était bloqué. Et c'était ce nom, cette adresse qu'il attendait à présent. Voilà pourquoi le fait qu'on lui enlève l'enquête lui faisait si mal. Raconter à Finnigan ce qu'il avait entre les mains ne servirait à rien. Absolument. Ce serait parler à un mur. Raison suffisante pour que Croaker garde systématiquement ses renseignements pour lui-même. C'était d'ailleurs ce qui lui permettait de décrocher chaque année pour Finnigan les félicitations du maire — et c'était donc la seule chose que Finnigan ne remettait jamais en question. De toute façon, Finnigan se fichait bien des méthodes ; seuls les résultats le faisaient saliver. Et il le traitait de glouton ! Croaker grogna en faisant pivoter son fauteuil. Les résultats, voilà la seule chose qui entrait en compétition avec le whisky pour accaparer l'attention sans mélange du capitaine.

Croaker lâcha un juron et se leva. Il était grand temps d'aller prendre Linnear à son train.

★

A peu près à la même heure, Vincent était au travail dans la salle d'autopsie. Il n'était pas de service, bien entendu, quand on avait amené les cadavres de Terry et d'Eileen, tard dans la nuit, mais on l'avait appelé aussitôt ; Tallas avait estimé qu'il fallait le mettre au courant. Aucune des assistantes n'avait un aussi bon jugement qu'elle, songea Vincent. Il était donc arrivé à temps pour entendre l'épilogue de la querelle entre l'inspecteur et les deux agents du district qui avaient répondu à l'appel lancé aux voitures de patrouille. L'inspecteur était un gros salopard aux larges épaules et il leur passait un savon. Vincent ne prêta garde ni au tapage, ni à la colère qui montait. Il voulait être certain. Après tout, peut-être était-ce une erreur abominable — un des instructeurs du *dōjō* venu voir Terry chez lui —, ou alors... Mais non c'était bien Terry, et c'était bien Eileen. Morts. Et soudain il se souvint de l'appel téléphonique et de la ligne muette. Était-ce Terry qui lui téléphonait ? Il se détourna, immensément triste. Peu importait, à présent.

182

Il les mit tous deux de côté pour le lendemain matin et s'assura que tous leurs vêtements et effets personnels étaient bien étiquetés et rangés dans des sacs de plastique pour les inspecteurs que l'on chargerait de l'enquête. Puis il rentra chez lui terminer une nuit peu agréable.

Il en était arrivé au point où il ne se sentait bien qu'en bas, dans la morgue. Là, il pouvait travailler, résoudre des problèmes par la logique, flairer des pistes à travers ce que lui disaient, sans paroles, les cadavres. Parfois cela marchait et son rapport provoquait directement l'arrestation de l'assassin ; d'autres fois, il était l'unique consolateur des familles de décédés qui défilaient devant lui chaque jour.

Les corps étaient comme des hiéroglyphes massifs, des monolithes muets, attendant que l'on dévoile leurs messages secrets. Et il se sentait l'archéologue de leur passé.

Travailler là, dans la maison des morts, comme l'appelaient de nombreux médecins, était pour lui une source de joies immenses. La maison des morts : c'était un nom trompeur, car chaque jour ses collègues et lui s'efforçaient d'arracher justement des secrets à l'emprise glaciale de la mort. Ils attaquaient la mort, ils la ramenaient à sa taille réelle, ils la démystifiaient, lambeau de vérité par lambeau de vérité, jusqu'à ce qu'une bonne partie de la peur qu'elle provoque toujours se dissipe. Quel travail avait davantage d'importance que le sien pour les vivants ?

Et ce matin-là, Vincent se trouvait dans la salle centrale, le dos à la rangée de portes d'acier inoxydable. Un Noir, nu et frais, la tête bizarrement inclinée sur le cou, gisait sur un brancard. Vincent regarda fixement les portes battantes donnant dans la salle d'autopsie. Derrière cette barrière, il le savait, son ami Terry Tanaka l'attendait. Le cadavre suivant serait Eileen. Pour la première fois depuis son entrée dans le service, il se demanda s'il avait vraiment envie de pousser ces portes. Il lui sembla tout à coup que c'était une mort de trop, et qu'il ne serait plus jamais tout à fait le même au fond de lui. Il savait qu'il avait envie de rentrer au Japon. Mais il sentait que ce serait impossible dorénavant, comme s'il avait contracté quelque maladie terrible en Occident, dans la ville, à New York, et que maintenant qu'il était transformé intérieurement aussi bien qu'extérieurement, le choc culturel du retour lui serait mortel.

Mais il comprenait peut-être aussi, en son for intérieur, que sa seule voie de salut était de continuer. La mort était revenue vers lui, comme au temps de son enfance — un mur massif, trop haut pour être gravi. Il savait qu'il lui fallait abattre ce mur ou devenir fou, et que sa seule issue était la pièce propre et claire, de l'autre côté de ces portes battantes. Oui, il pourrait calmement disséquer la mort, abattre le mur brique par brique jusqu'à ce que, enfin, il comprît qui avait fait *cela* à ses amis. Oui, il avait une envie désespérée de savoir.

Vincent frissonna, poussa les portes et se mit au travail sur les cadavres. Le Japon, rêve de naguère, s'en était allé.

★

La limousine quitta le flot des voitures vers la cinquantième rue, et glissa sans bruit le long du trottoir. Frank descendit le premier et leur ouvrit les portières.

Ils étaient devant le squelette d'acier d'un immeuble qui semblait aux trois quarts terminé. Il se dressait assez loin de la chaussée et le trottoir avait été arraché pour poser un dallage de briques rouges. On avait installé des palissades et des garde-fous pour que les piétons ne soient pas incommodés par les travaux. Dans un coin du terrain, vers le sud, se trouvait une énorme bétonnière, dont la vasque tournante était décorée de pois multicolores. Non loin, une grue de chantier soulevait des poutrelles.

Une partie de la façade de l'immeuble, en pierre noire cossue, était déjà en place. On voyait encore des inscriptions à la craie sur certains éléments, glyphes blancs et jaunes du monde moderne. Mais tout un côté n'était encore qu'un squelette, un sorte de cocon transparent à travers lequel on apercevait la chrysalide en train de se former.

Ils marchèrent sur un plancher provisoire tandis que dans le terrassement, au-dessous d'eux, des hommes aux muscles gonflés et aux visages maculés creusaient avec leurs marteaux-piqueurs comme des dentistes forcenés.

Ils parvinrent dans l'ombre d'un corridor couvert. L'air était envahi de poussière en suspension qui vous étouffait, pénétrait vos cheveux et se déposait sur vos épaules comme des pellicules.

Un homme au visage mince et anguleux s'avança vers eux. Il portait un casque jaune clair avec sur le devant, en lettres bleues : « Lubin Bros. » Il arbora un large sourire dès qu'il reconnut Tomkin, et il tendit la main. Il les conduisit vers la droite jusqu'à une caravane qui servait de quartier général pour la construction. Tomkin le présenta de façon laconique : Abe Russo, le chef de chantier. Russo serra la main de Nicholas, d'une poigne solide. Il leur tendit des casques et ils sortirent.

Frank les précéda dans les entrailles de la structure, à travers l'immense hall, puis le long d'un corridor où des ampoules nues pendaient à des fils souples. L'odeur moite du ciment frais emplit leurs narines.

Des feuilles de protection vert olive pendaient encore aux parois de l'ascenseur. Ils montèrent jusqu'au dernier étage. Dans le hall, un homme aussi large que Frank mais légèrement plus petit vint à leur rencontre. Ils suivirent le couloir en silence.

Le plafond était terminé, ainsi que la décoration du mur intérieur — un tissu d'un bleu profond avec de légères irrégularités, qui donnaient une impression de soie sauvage. Sur leur droite, le mur extérieur était de verre à partir d'une trentaine de centimètres au-dessus du sol, ou en tout cas il le deviendrait lorsque toutes les plaques seraient en place. On voyait pour l'instant un cloisonnement de métal mince, avec une couche orangée d'antirouille. Et, au-delà, le panorama stupéfiant de Manhattan, vers l'ouest et le nord. Tout d'abord les immeubles massifs de l'autre côté de l'avenue, puis les autres, en rangées bien carrées, jusqu'à l'Hudson. Vers le nord, Nicholas distingua la dépression au milieu des gratte-ciel de Manhattan, qui marque l'extrémité sud de Central Park.

Le couloir s'arrêta en face de doubles portes bardées de métal, portant chacune, au centre, une poignée de cuivre d'une richesse ostentatoire. Sur la gauche, des portes de bois nu donnaient sur de petits bureaux, dont le sol n'était, à ce stade, que du béton brut. Nicholas aperçut dans plusieurs pièces les énormes rouleaux de moquette prête à être posée.

Un vent chaud venait de temps à autre les fouetter. Il faisait encore brûlant ici, en haut ; on n'échappe pas aussi aisément à la chaleur d'un jour d'été à Manhattan. De la poussière, soulevée par la brise, montait des sols nus comme des feux follets. Le couloir semblait très peu protégé en cet endroit.

Tomkin s'arrêta devant les portes de métal et regarda vers l'extérieur. Son bras se leva comme s'il s'apprêtait à chanter un aria.

— Voyez-vous ce que je vois, Nicholas ? (Il se retourna un bref instant.) Je peux vous appeler Nicholas, n'est-ce pas ?

Mais c'était une question de pure rhétorique et il poursuivit sans attendre :

— C'était un monde formidable, ici. Il y avait une place pour tous, en tout cas pour tous ceux qui avaient assez de tripes pour sortir dans la rue et saisir leur chance à la force des poignets.

Son bras se baissa et les doigts se replièrent, le long de sa cuisse.

— Maintenant, ce n'est qu'une putain de basse-cour industrielle. Il n'y a plus d'espace et il n'y a plus de temps. Vous comprenez ce que ça signifie, hein ? Je vais vous le dire. Il n'y a plus assez de rien là dehors. Nous nous étranglons les uns les autres dans notre effort pour survivre. Eh oui, vous m'avez bien entendu.

Il s'agit seulement de survie, à présent, plus de bénéfices. Et le monde entier est devenu homogénéisé.

Il lança à Nicholas un regard en biais.

— Vous comprenez ce que je veux dire ? Non ? Vous n'auriez pas aimé être Marco Polo ? Allons donc ! Voyager pendant deux ans et demi à travers les étendues redoutables et sans limites de l'Asie ? Tomber enfin sur Cathay, un pays dont aucun homme en Occident n'avait jamais rêvé et, encore moins, foulé le sol ? Existe-t-il, dans ce monde-ci, une seule chose comparable à une expérience aussi extraordinaire ? Non, je vous le dis, mille fois non.

Il s'avança comme s'il était en transe et posa les mains sur la toile d'araignée du cloisonnement d'acier.

— Savez-vous, murmura-t-il, que je n'ai aucune idée de l'argent que je possède ? Oh, je pourrais payer une équipe de comptables pour le calculer, sauf qu'au terme de leurs calculs, leurs résultats seraient déjà dépassés. Quoi qu'il en soit, la somme est beaucoup trop énorme pour qu'on puisse y penser sans quelque gêne.

Un mince film de sueur faisait briller son visage.

— Il n'y a à peu près rien au monde que je ne puisse obtenir si je le désire. Est-ce croyable ?

Il se tourna vers Nicholas ; le ton de sa voix était devenu farouche et sur ses tempes, les veines gonflées battaient.

— Je pourrais vous faire balancer en bas de cet immeuble. Tout de suite. Comme ça. Et dans une immunité complète. Oh, je serais peut-être soumis à une enquête pour la forme, mais c'est tout. (Il agita la main.) Je n'en ai pas l'intention.

— Vous m'en voyez soulagé, dit Nicholas, mais Tomkin continua comme s'il ne l'avait pas entendu.

— Ce serait une façon d'agir plutôt despotique. L'étalage gratuit de ma puissance. Cela ne m'intéresse pas.

— Vous avez l'air déçu.

— Quoi ? (Tomkin mit du temps à s'extraire de sa rêverie.) Oh, non ! bien sûr, non... Mais laissez-moi vous dire : comme tous les grands hommes avant moi, je me soucie de la mortalité... de *ma* mortalité. (Il hésita.) Je veux le meilleur pour Justine... pour mes deux filles.

Sans savoir pourquoi, Nicholas eut l'impression très nette que Tomkin avait été sur le point de dire une chose tout à fait différente.

— Alors je suis certain qu'elles l'auront, répondit-il.

— Pas de sermons ! s'écria Tomkin avec rage. Je reconnais très bien mon échec en tant que père. Justine a des problèmes avec les hommes. Gelda vient de divorcer de son quatrième mari et je ne peux pas engager assez de monde pour l'empêcher de boire. Oui, je ne cesse de sauter à pieds joints dans leur vie. Et hors de leur vie. C'est comme ça. Si elles ont du mal à le supporter ma foi, tant pis.

— En tout cas, Justine ne semble pas avoir envie de vous voir sauter du tout, dit Nicholas.

— Elle n'a pas le choix, tonna Tomkin. Je suis toujours son père, quoi qu'elle raconte à droite et à gauche. Je l'aime toujours. Je les aime toutes les deux. Nous avons tous des difficultés, d'un ordre ou d'un autre. Leurs problèmes sont simplement un peu plus visibles que ceux de la plupart des gens. Voilà tout.

— Écoutez, M. Tomkin...

— Ne gâchez pas tout maintenant, Nicholas. Alors que nous nous entendons si bien, tous les deux.

Il crachait maintenant ses mots comme s'ils lui brûlaient les lèvres.

— Bien sûr, elle n'a pas apprécié que je sois intervenu, il y a deux ans. Mais qu'est-ce qu'elle savait en fait ? Bon Dieu, elle était dans la merde jusqu'au cou. (Il tourna la tête d'un geste violent.) Elle suivait ce salopard partout, comme s'il était Dieu le Père.

— Elle m'a dit..., commença Nicholas.

— Elle vous a dit qu'il appartenait à une centrale de gigolos ? Qu'il était camé jusqu'aux yeux ? Qu'il aimait les hommes davantages que les femmes ? Elle vous a dit qu'il l'attachait et qu'il la battait avant de la prendre ? Elle vous a dit tout ça ?

Son visage était marbré de colère et de honte. De la salive coulait de ses lèvres sans qu'il puisse la retenir.

— Non, répondit Nicholas à mi-voix. Elle ne me l'a pas dit.

Le rire de Tomkin était âpre, sans humour — le cri d'un animal.

— Je l'aurais parié !

Il lança la tête en avant. Dans cette position, il évoquait tout à fait un chien de chasse en arrêt. Nicholas se demanda qui était la proie. Lui-même ? Si c'était le cas, Tomkin s'attaquait cette fois à un adversaire qui lui réservait des surprises.

— Vous n'aviez pas le droit de me raconter ça, dit-il.

Sa voix avait monté dangereusement.

— Que se passe-t-il ? Votre estomac se révulse à cette pensée ? ricana Tomkin. Elle vous répugne, maintenant que vous savez quel genre de femme elle est vraiment ? Est-ce que vous vous en voulez de vous être plus ou moins lié avec elle ?

— Peu m'importe ce qu'elle a fait dans le passé, répondit

Nicholas lentement. A moins qu'elle ne vive dans le passé, cela n'a sur nous aucune conséquence.

Il regarda Tomkin : un visage en sueur qui semblait planer devant lui d'un air menaçant.

— Je sais quel genre de personne est Justine, Tomkin ! reprit-il. Mais je me demande si *vous*, vous le savez.

Pendant un instant les yeux de Tomkin parurent jaillir de leurs orbites. Puis, soudain, il sembla de nouveau parfaitement maître de lui, et tous les signes de colère disparurent de son visage. Il sourit et lança une claque dans le dos de Nicholas.

— Peut-on me condamner parce que je veux mieux la connaître ? dit-il.

Nicholas comprit aussitôt à quel point Tomkin était faible. Il faisait étalage ainsi des turpitudes de ses filles, uniquement parce qu'elles étaient extrêmement importantes pour lui-même — pour son immortalité. Nicholas se demanda s'il s'était enfin résigné à ne pas avoir de fils pour continuer la lignée.

Chose étrange, ce fut cette faiblesse qui empêcha Nicholas de détester cet homme. On lui avait enseigné, au *ryu* Ito, à profiter des erreurs de l'adversaire pour l'amener à la défaite. Mais hors du *dōjō*, Nicholas avait appris que les gens vivaient souvent leurs vies, ou du moins une bonne partie, en se basant sur la faiblesse même. C'était ce qui les rendait humains, vulnérables — ce qui les rendait intéressants. Prenez Musashi, par exemple. Si l'on croyait le *Go rin no sho* à la lettre, on n'avait pas un homme devant soi, mais un monument d'acier, invincible et sans émotion. Or il existait de nombreuses anecdotes sur Musashi. Et notamment une que Nicholas n'oublierait jamais : celle du Maître vaincu par un ninja armé d'un simple éventail de papier. Les ninjas étaient réputés pour la façon dont ils faisaient appel aux forces magnétiques et hypnotiques ; et l'on croyait en général que Musashi avait été battu sans effort pour cette raison. Mais Nicholas savait que l'anecdote dissimulait autre chose. Et il était toujours réconfortant de penser que le grand Musashi lui-même, le Saint de l'Épée, avait, après tout, goûté la défaite.

Il aurait été trop facile, se dit Nicholas, d'écarter Tomkin de son chemin à cause de ses défauts et de ne plus avoir affaire à lui. Mais, trop souvent, ce que l'on voit des gens n'est justement qu'une façade. Il venait de toucher Tomkin à un de ses points sensibles et il avait entrevu aussitôt quelque chose de différent dans cet homme, une étincelle qui faisait de lui un être humble, humain. Et surtout, Tomkin était assez intelligent pour se rendre compte qu'il avait renoncé à un de ses avantages au profit de Nicholas, et Nicholas était suffisamment intrigué pour avoir envie de découvrir pourquoi. Il n'eut pas à attendre longtemps.

— Je veux que vous travailliez pour moi, dit Tomkin d'une voix égale. Je veux que vous trouviez ce qui se passe. Je sais tout sur le Yakuza ! J'ai même eu une algarade avec Shōtō. Vous avez entendu parler de lui, sans doute ?

Nicholas hocha la tête et Tomkin poursuivit.

— Un drôle de paroissien, celui-là ! Mais je me suis débrouillé. Je me suis débrouillé...

Il leva son index et son pouce, et se pinça la lèvre inférieure d'un air songeur.

— Seulement je ne connais rien sur les ninjas, et ce que je ne connais pas par moi-même, je le laisse aux experts. (Il lança l'index vers Nicholas.) Vous êtes un expert sur ces salopards, n'est-ce pas ?

— C'est une façon de voir les choses.

— Parfait. Donc je veux vous engager. Pour découvrir tout ce qui se cache là-dessous.

Il sortit la feuille de papier de riz repliée qui portait l'écusson ninja, et il l'agita sous le nez de Nicholas.

— Et prenez cette fichue saloperie. Je n'en veux pas.

Nicholas ne bougea pas.

— Quand l'avez-vous reçue ? dit-il.

— Mais je vous l'ai dit. C'est arrivé avec le sac du Japon, voyons... Oh ! il y a à peu près une semaine.

Une semaine, songea Nicholas. Impossible que ce soit une coïncidence. Le corps de Barry Braughm avait été découvert à ce moment-là. En ce cas, il ne s'était pas trompé. Tomkin était bien la « cible ».

— Je crois que vous avez été désigné à un assassin, dit-il.

Tomkin ne cilla pas.

— D'accord. Ce n'est pas la première fois.

— Avec un ninja ?

— Non, avoua Tomkin. Mais je vous ai dit que j'avais goûté aux ennuis Yakuza. Rien que je n'aie pu résoudre.

— Ceci est différent.

— En quoi ? Jamais il ne pourra m'avoir.

— Il pourra vous avoir de mille façons, mais ne perdez pas votre temps à essayer de les imaginer. Vous n'y parviendriez jamais.

— Alors c'est ça votre baratin pour vous vendre ? s'écria Tomkin, les yeux soudain très durs. Un truc que vous avez imaginé pour obtenir une augmentation avant même de vous mettre au travail ?

— Je n'ai jamais dit que j'acceptais votre offre.

Tomkin haussa les épaules.

— À votre guise. J'ai Frank et Whistle avec moi. Je ne suis pas inquiet.

Nicholas ne se tourna même pas vers eux.

— Tomkin, si vraiment un ninja a été engagé pour vous assassiner, il passera par-dessus ces deux-là comme s'ils étaient des fétus de paille.

— C'est bien ce que je dis, vous voulez faire monter les enchères.

— Il n'y a pas d'enchères. Vous m'avez mis en retard à un rendez-vous important. Je ne suis pas inter...

Il n'avait pas aperçu le signal, mais ils étaient sur lui, chacun d'un côté. Frank avait les bras ballants, les doigts légèrement recourbés. Le revolver de Whistle était déjà sorti. C'était un 38 à canon court, peu précis à distance, mais meurtrier à moins de quinze mètres. Et il était beaucoup plus près.

Nicholas se trouvait dans la première position classique du *yoroï kumi-uchi*, le corps à corps en armure à l'origine, mais que l'on utilisait avec beaucoup d'efficacité quand on était habillé en costume de ville occidental.

Le revolver de Whistle était à l'horizontale et son index commençait à ramener la détente. Nicholas bondit, passa le pied droit derrière la cheville gauche de l'homme tout en écartant le canon de l'arme avec le tranchant de sa main gauche. Il y eut une explosion, une balle se perdit dans le mur intérieur en miaulant et laissa une cicatrice grise dans le bleu.

L'arme tomba. Whistle lança sa main droite vers l'abdomen de Nicholas. Il la regarda, les yeux exorbités : elle venait d'être arrêtée en plein élan comme par un mur de béton. Le temps de plisser les yeux sous la douleur, son bras se tordait. Il y eut une déchirure brûlante, puis un bruit sec comme un coup de fouet. Au même instant, la main gauche de Nicholas s'abattit sur sa nuque et il s'écroula, inconscient.

Frank s'avança. Il ne fit pas un geste vers l'arme sous son aisselle. Ses doigts étaient raides comme des planches quand il bondit.

Nicholas, immobile, observa le déroulement de l'assaut. Il avait tout son temps. Frank est gaucher, songea-t-il, et il s'attend à du karaté.

Au point culminant de l'attaque de Frank, Nicholas s'avança presque nonchalamment et écarta les mains redoutables. Tomkin, qui suivait le combat avec intérêt, comme aux premières loges, eut l'impression que Nicholas n'avait absolument pas bougé, qu'il avait simplement poussé ses coudes en douceur dans la cage thoracique de Frank. Mais Frank s'écroula sur le sol de béton.

— Je savais que vous étiez excellent, s'écria Tomkin tout excité. J'en étais sûr. Les rapports le disaient, mais on ne peut pas toujours leur faire confiance. Tenez le travail des autres pour acquis, et vous vous retrouverez dans le trou. C'est toujours comme ça que ça arrive.

Il regarda ses deux gardes du corps réduits à l'impuissance.

— Sensationnel, foutre !... Ravi de vous avoir à bord, Nick, dit-il en tendant la main.

Nicholas fixa Tomkin un instant avant de se retourner vers l'ascenseur.

— Je vous l'ai dit : travailler pour vous ne m'intéresse pas. Vous n'avez aucun respect pour les gens.

Il appuya sur le bouton, qui se mit à clignoter. L'ascenseur commença sa montée. Tomkin enjamba les deux corps à terre et s'avança vers Nicholas.

— Ce n'est pas sérieux, dit-il.

— Oh, mais si. Je n'aime pas être manipulé. Pas plus que Justine, je pense. Je ne vous dois rien, Tomkin. Vous n'avez aucun droit sur moi.

Derrière lui les portes de l'ascenseur s'ouvrirent. Il fit un pas en arrière.

— Attendez une minute, Nick... dit Tomkin en levant la main.

— Inutile de m'appeler. Je vous appellerai.

Les portes commencèrent à se refermer dès que Nicholas appuya sur le bouton du rez-de-chaussée. Mais Tomkin jeta le bras en avant et les retint avec les mains. Son visage était de granit et il y avait dans ses yeux un étrange reflet fauve.

— Vous n'oubliez rien ? lança-t-il. Ce n'est pas seulement ma vie qui est en jeu, mais celle de mes filles. Vous ne laisserez pas ce fumier mettre la main sur Justine, hein... Vous y avez songé ? ajouta-t-il d'une voix sauvage.

Il laissa les portes se refermer.

Pendant la descente, Nicholas se souvint de la nuit, avec Justine, où cette chose avait fracassé la fenêtre de la cuisine. Sang rouge et fourrure noire. La carte de visite du ninja *Kuji-kiri*, destinée à faire naître la terreur — l'une des armes les plus efficaces du ninja. L'école *Kuji-kiri*, le plus redouté de tous les *ryus* ninja. L'école dont l'emblème était l'idéogramme *komuso*, encerclé et entouré de neuf diamants.

Justine ! cria une voix au fond de lui. Il leva les yeux, impatient de voir s'égrener les numéros des étages. Il avait envie de téléphoner sans perdre une seconde.

★

Dans la rue, il aperçut un homme aux cheveux sombres, avec de larges épaules et un visage ravagé — du caractère, songea-t-il, une gueule de cow-boy. Il était debout près d'une Ford blanche ordinaire. Même sans la lumière rouge amovible sur le toit, Nicholas aurait reconnu une voiture de police. Mais il avait également reconnu le visage de l'homme. Le lieutenant de police Lew Croaker. Il sortit de l'ombre que projetait l'entrée provisoire de l'immeuble en construction, remit son casque de chantier à l'un des terrassiers et suivit les planches jusqu'au bord du trottoir.

Il avait téléphoné depuis la caravane d'Abe Russo. Il avait songé tout d'abord à appeler Ray Florum, aux bureaux de police de West Bay Bridge, mais il était sûr que Justine n'aurait pas apprécié. Il avait donc demandé aux renseignements le numéro de Doc Deerforth et, pendant plusieurs minutes, il lui avait parlé. Le médecin avait accepté de passer voir Justine le plus souvent possible.

— Linnear, dit Croaker dès que Nicholas s'avança vers lui dans le soleil, que faisiez-vous donc avec Raphael Tomkin ?

De ses longs doigts fins il fit glisser entre ses lèvres un cure-dents de bois.

— Bonjour, lieutenant.

— Laissez tomber les politesses et venez. Nous avons du travail.

Il baissa la tête et s'installa derrière le volant. Nicholas ouvrit la portière du côté du passager et monta dans la Ford. A peine son pied avait-il quitté l'asphalte que la voiture bondit. Il s'accrocha à la portière et la claqua.

— Votre copain Ito ne vous avait pas donné d'instructions précises ? demanda Croaker.

Il se mit à zigzaguer entre les voitures remontant vers le nord de Manhattan, puis il se glissa peu à peu vers le côté gauche de Park Avenue et le terre-plein divisant la chaussée en deux parties.

— Tomkin m'a ramassé pendant que je vous attendais.

Croaker ricana.

— Votre maman ne vous a jamais dit de refuser de monter dans une voiture avec des gens que vous ne connaissez pas ? Bon Dieu ! Qu'est-ce qu'il vous veut, cet enfoiré ?

— Je n'ai pas à répondre à cette question.

Croaker tourna la tête, sans se soucier le moins du monde de la circulation dense. Ses yeux lançaient des éclairs :

— Écoute, mon pote, ne me complique pas la vie. Tout ce qui se rapporte à Raphael Tomkin me regarde, vu ? Alors accouche !

Il braqua sauvagement pour se mettre dans la file de gauche et tourner sur la moitié de l'avenue en sens unique vers le sud de la ville.

— Pourquoi vous intéressez-vous tellement à Tomkin, lieutenant ?

Nicholas en avait assez d'être interrogé sans avoir jamais la réponse.

— Écoutez-moi bien, Linnear, commença Croaker en détachant chaque mot, comme s'il faisait un effort surhumain pour garder son calme. Je fais de mon mieux pour être courtois et vous traiter avec respect. Je n'ai pas de dent contre vous. Pas encore. Mais ce n'est pas mon jour. Je suis en pelote. Et comme vous êtes à côté de moi, ça veut dire que ce n'est pas votre jour à vous non plus. Alors soyez gentil et racontez-moi ce que je veux savoir. Je vous le promets, ce sera sans douleur.

Il coinça le klaxon et tourna vers le bas de Park Avenue.

— Je fréquente sa fille, dit Nicholas. Il voulait me faire passer un petit examen.

Croaker frappa le volant du plat de la main et se mit à gigoter.

— Merde ! s'écria-t-il. Oh, merde !... Vous m'en direz tant !

Il secoua la tête. Un taxi en maraude l'obligea à changer de file, et il lâcha un chapelet de jurons. Il lança la Ford à pleine vitesse sur la bretelle du passage supérieur de la quarante-sixième rue. Quand ils en sortirent, au sud de la quarante-deuxième, il dit :

— Bon Dieu, j'aurais cru pouvoir éviter ces putains d'embouteillages de la Deuxième Avenue en descendant Park, mais regardez-moi ça !

Il montra la marée de voitures qui scintillaient devant eux dans le soleil. Ils étaient comme dans un four et l'air puait les gaz d'échappement et l'huile surchauffée.

— Et qu'ils aillent se faire foutre ! s'écria-t-il.

Il tendit la main gauche et lança la sirène. Sur le toit, la lumière rouge se mit à tourner. A regret, les voitures commencèrent à s'écarter.

— Ah ! L'été à New York ! s'écria-t-il.

Ils tournèrent vers l'est dans la trentième rue et Croaker coupa la sirène.

— C'est laquelle ?

— Quelle quoi ?

— Quelle fille, Linnear ! Alors, laquelle ? Gelda, celle qui tète le Chivas, ou bien la petite siphonnée... comment s'appelle-t-elle, déjà ?

— Justine.

— Ouais. Je ne m'en souviens jamais. (Il haussa les épaules.) Trop jolie pour une Tomkin. (Il tourna la tête pour cracher le cure-dents par la glace baissée.) Je lui ai parlé une fois, il y a un mois ou deux. On a du mal à l'oublier.

— Oui, répondit Nicholas. Elle est très belle.

Comme il aurait aimé se trouver près d'elle en cet instant, au lieu d'être en train de fondre dans cette voiture, sur le chemin de la morgue. Maudit Tomkin ! songea-t-il furieux. Puis il sourit intérieurement. En tout cas, se dit-il, ce salopard connaît bien son monde... Ce qui l'amena à un autre point :

— Vous avez l'air de bien connaître la famille.

Ils étaient entre la Troisième et la Deuxième Avenue. Les voitures s'entassaient au feu rouge. Un camion frigorifique transportant de la viande, pour s'engager dans le flot de la circulation, enfonçait peu à peu son nez en biais dans la rue.

Croaker se retourna pour regarder Nicholas. Il avait un coude posé sur le rebord de la portière, glace baissée. Il semblait surgir d'une guerre — un personnage de *Tant qu'il y aura des hommes* :

— Vous avez du flair pour un pékin.

La file des voitures s'ébranla, le camion se faufila à petits coups de nez. Tout le monde roulait maintenant, à l'allure d'un cortège funèbre. La voix du lieutenant changea de vitesse — très douce soudain :

— J'imagine que le vieux salopard l'a trouvée mauvaise... Je veux dire que vous sortiez avec sa petite dernière.

— C'est à peu près ça. Mais comment m'avez-vous déniché ?

Croaker haussa les épaules. Ils étaient de nouveau à l'arrêt, la chaleur était oppressante.

— Je suis arrivé devant la gare juste à temps pour vous voir monter dans la limousine. Frank roule des mécaniques, mais c'est un miteux.

— Oui. Je sais, sourit Nicholas. Il a essayé, avec Whistle, de me faire quitter les lieux.

Croaker lui lança un coup d'œil.

— Ça n'a pas l'air de vous tracasser.

— De toute façon, j'avais hâte de partir.

Croaker rejeta la tête en arrière et éclata de rire.

— Linnear, vous venez d'embellir ma journée.

Ils parvinrent bientôt à l'origine du ralentissement. Le caniveau dégorgeait des flots d'eau courante qui se répandaient dans la rue. Un peu plus loin, quatre ou cinq gamins sans chemise, les pantalons roulés jusqu'aux genoux, dansaient autour d'une bouche d'incendie ouverte. Croaker remonta sa glace et ils foncèrent au milieu de la flaque, entourés d'eau comme dans un poste de lavage.

— Ça vous manque beaucoup ? demanda Nicholas.

— Quoi ? Qu'est-ce qui me manque ?

Croaker tourna sur les chapeaux de roue et accéléra.

194

— Le tabac.

Il avait remarqué que le lieutenant avait le bout des doigts de la main droite jaunis.

— ·Et comment ! grogna Croaker. Et pourquoi croyez-vous donc que je chique ces putains de pastilles à la menthe ? Vous croyez que j'ai le temps de bouffer avec toute la merde qui pleut sur cette ville ? Ça fait trois jours que je n'ai pas dormi dans un vrai lit.

Il vira à gauche dans la Première Avenue et, dans un grincement de frein qui laissait sûrement trois millimètres de caoutchouc sur l'asphalte de la ville, il s'arrêta devant la façade de briques vernissées bleu turquoise des services de médecine légale de la municipalité de New York. Il resta en double file et ils montèrent l'escalier.

Croaker s'arrêta devant un bureau et ouvrit un porte-cartes de plastique marron pour montrer au réceptionniste son insigne et son identité.

— Dr Ito, dit-il.

L'homme hocha la tête et composa un numéro à trois chiffres sur le téléphone de son petit bureau.

— Le Dr Ito monte tout de suite, lieutenant, dit-il en raccrochant presque aussitôt. Il est dans la morgue.

Croaker tourna la tête et pendant plusieurs minutes observa l'agent de faction. Un homme qu'il ne connaissait pas.

Vincent parut. Il portait une blouse verte de laboratoire, attachée dans le dos.

— Salut, Nick ! dit-il d'une voix sourde.

Il serra la main de Croaker, puis précéda les deux hommes jusqu'à la porte par où il était arrivé. Ils dépassèrent la salle d'identification, avec son ascenseur hydraulique aboutissant directement dans la morgue, et ils descendirent l'escalier du sous-sol.

Il n'y avait absolument aucune odeur. Nicholas avait toujours imaginé ce décor puant le désinfectant et le formol — mais non. Et un silence absolu, hormis un murmure monotone provenant de derrière deux portes battantes : une autopsie était en cours. Vincent se dirigea vers le mur de portes d'acier inoxydable et en tira deux. Puis il se mit à expliquer ce qu'il avait découvert.

— Ils n'ont pas été tués par un agresseur ordinaire, conclut-il. Vous voyez comme le sternum et la cage thoracique de Terry sont fracturés ?

— Nom de Dieu, dit Croaker. Jamais ne n'ai rien vu de pareil. On dirait qu'il a été massacré à coups de batte de base-ball.

Vincent secoua la tête.

— Rien d'aussi vulgaire, lieutenant. C'était un corps humain.

195

— Idiot ! ricana Croaker. Jamais rien d'humain ne pourrait faire en si peu de temps des ravages de cet ordre. Il aurait fallu que l'homme ait des poings comme des marteaux.

— Ce n'étaient pas ses poings, dit Vincent.

Croaker le fixa.

— Lieutenant, dit Nicholas, Terry était un *senseï*, un maître du kenjutsu, du karaté et de l'aïkido. Aucun homme au monde n'aurait pu s'approcher assez près de lui pour le tuer, sauf...

— Sauf, quoi ? J'aimerais bien le savoir.

Croaker se pencha nonchalamment contre les portes et croisa les jambes.

— C'est une technique kenjutsu, mise au point et décrite par Miyamoto Musashi, le plus grand spécialiste de l'épée du Japon. On l'appelle le « coup du corps », pour des raisons évidentes. On se sert de son épaule...

— Ce type devait être bâti comme un tank ! s'écria Croaker.

— Au contraire, répondit Nicholas. Il pouvait être bien plus petit que Vincent. Il ne s'agit pas tant de puissance physique pure, lieutenant, que de force intérieure.

— Écoutez, Linnear, la seule « force intérieure » que j'aie jamais vue est celle de David Carradine dans *Kung Fu* à la télévision. Et je n'en crois pas une miette.

Nicholas sourit.

— Alors, lieutenant, nous allons être obligés de commencer votre éducation.

Croaker se redressa.

— Vous êtes donc d'accord avec Ito, hein ? Vous pensez que ces deux-là ont été tués par un Japonais.

— Oh, je connais tout de même un petit nombre d'Occidentaux qui sont des maîtres de kenjutsu. Mais aucun d'eux n'aurait pu tuer de cette manière. C'est un meurtre spirituel qui dépasse de beaucoup leurs compétences.

Croaker baissa les yeux vers la poitrine écrasée de Terry.

— Je ne vois rien de spirituel dans tout ça, parole ! C'est un boulot de rouleau compresseur.

— Y avait-il une arme dans l'appartement de Terry ? demanda Nicholas.

— Une épée, c'est tout...

— Le *katana* de Terry, coupa Vincent, par terre à côté de lui. Son regard contenait un message.

— Ouais, dit Croaker. Mais pas de sang dessus ; rien du tout. Et pas d'autre arme capable de faire *ça*. Mais qu'est-ce que ça veut dire, hein ? Le type a très bien pu l'emmener avec lui.

— Non, dit Nicholas. Lieutenant, tuer a été un art très élaboré au Japon pendant près de deux siècles. En d'autres temps, c'était pour les Japonais un style de vie. Et aujourd'hui, même si le Japon moderne a changé bien des choses, les attitudes d'autrefois demeurent. Le *bushido*, la « voie du guerrier », est toujours vivant.

— Ouais ! Et qu'est-ce que c'est, alors ?

Nicholas sourit.

— Je ne crois pas pouvoir vous l'expliquer en trois minutes.

— Parfait. J'ai tout mon temps.

Il sortit une pastille à la menthe de la poche de sa chemise, et la glissa entre ses dents.

— Ça fait beaucoup trop longtemps que je n'ai pas bouffé, ajouta-t-il. Si nous parlions de tout ça, vous et moi, devant une table bien garnie, d'accord ?

Nicholas acquiesça et Croaker se tourna vers Vincent.

— Écoutez, toubib, tant que je suis ici, si je signais, pour les sacs ?

— D'accord.

Vincent se dirigea vers le coin de la pièce où un certain nombre de paquets de plastique attendaient que la police vienne les chercher : les vêtements et les objets personnels des victimes d'homicides. Vincent apporta deux paquets à Croaker et lui tendit des formulaires à signer.

Croaker releva la tête et rendit son stylo à Vincent.

— Je garderai le contact, dit-il.

★

Le coup de fil de Nicholas avait mis Doc Deerforth mal à l'aise. Nicholas avait été bref, mais il avait donné au docteur bien assez de raisons de s'inquiéter.

Il avait des rendez-vous jusqu'à midi et demi, mais dès que son dernier malade l'eut quitté, il sortit de son cabinet et partit vers Dune Road. Il était resté en rapport avec Ray Florum, bien entendu, mais l'enquête n'avait fait aucun progrès et, à son corps défendant, Florum avait dû laisser intervenir la police du comté. Sans plus de résultats d'ailleurs, songea amèrement Doc Deerforth en franchissant le pont à bascule conduisant à Dune Road. Les hommes du comté étaient comme les flics des vieux burlesques du muet : ils cavalaient en tous sens mais n'aboutissaient à rien.

Il tourna vers la droite et s'enfonça dans le siège de sa voiture. Les goélands tournoyaient très haut au-dessus de l'eau sur sa gauche, puis revenaient vers les deux étages de l'*Etambot*, le nouvel immeuble d'appartements de Dune Road. Il était brun et marron foncé, avec tout un dédale d'escaliers extérieurs du côté de la terre. Les immeubles en copropriété rongeaient peu à peu les résidences privées.

La pensée du ninja le hanta jusqu'à la maison de Justine. Depuis qu'il avait dû se résoudre à l'évidence, il n'avait pas dormi tranquille une seule nuit. Ses rêves le ramenaient toujours dans les jungles aux vapeurs étouffantes — les obus des mortiers le jour, les tireurs embusqués la·nuit. Mais c'était une nuit bien précise qu'il redoutait le plus, et même dans ses rêves, il luttait contre son souvenir. Bientôt, il le savait, il lui faudrait recourir au chloral pour se plonger enfin dans un abîme sans cauchemars.

Il rangea la voiture sur le côté de la maison et prit le chemin de planches surélevé qui franchissait les dunes et les oyats jusqu'à la plage. Il monta l'escalier et frappa contre l'écran anti-moustiques. Derrière lui, la marée montait, et il pouvait entendre, un peu plus bas sur la plage, les cris d'enfants qui se jetaient dans le ressac. Un chien tout en poils aboya, sauta en tous sens et s'élança à la poursuite d'une balle lancée par une main maladroite. Le sable était un damier de corps huilés, de serviettes aux couleurs vives et de parasols à rayures. Une brise fraîche remontait de l'eau et, pendant un instant, il perçut le ronronnement doux d'un avion.

Justine vint à la porte, l'ouvrit et sourit.

— Bonjour. Qu'est-ce qui me vaut le plaisir ?

— Rien de particulier, mentit Doc Deerforth. J'étais dans le quartier et j'ai eu envie de vous saluer en passant. Je ne vous ai pas vue depuis le début de l'été.

Justine éclata de rire et recula pour le faire entrer.

— Dieu merci, cette allergie n'a pas duré longtemps. Je n'aurais pas pu la supporter. Voulez-vous prendre quelque chose ? dit-elle en se dirigeant vers la cuisine. Gin-tonic ?

— Parfait.

Elle alla le préparer.

— C'est très calme ici, dit-il. Des visites ?

— Pardon ? cria-t-elle pour dominer le tintement des glaçons. Je ne vous ai pas entendu.

Il alla la rejoindre dans la cuisine.

— Des visites récemment ?

Elle lui tendit le verre et se mit à préparer le sien.

— Seulement Nicholas.

Elle goûta.

— Hmm ! Mais c'est ce qui me plaît. Je ne me suis jamais sentie à l'aise avec des tas de gens autour de moi. En tout cas, sûrement pas chez moi.

Ils passèrent dans le salon et s'installèrent sur le canapé.

— Dans le travail, ce n'est pas la même chose. Mais je n'aime pas mélanger les deux.

Doc Deerforth acquiesça.

— Je vois ce que vous voulez dire. Je n'aime pas ça non plus.

Elle le regarda par-dessus le bord de son grand verre, et frôla la buée avec ses lèvres, en faisant tourner le verre dans sa main.

— Dites-moi, Doc, commença-t-elle. Vous n'avez pas fait tout ce chemin pour échanger des banalités, n'est-ce pas ?

— Je suis venu voir comment vous alliez.

— Je ne suis pas malade, dit-elle d'un ton définitif.

Doc Deerforth sourit.

— Je n'ai rien dit de ce genre. Ce n'est pas une visite professionnelle.

— Je vois...

Le regard de Justine l'empêcha de détourner les yeux.

— Est-ce que Nicholas vous a téléphoné ? demanda-t-elle.

Il rit, soulagé.

— Vous savez, vous me rappelez Kathy, ma plus jeune fille. Rien ne lui échappe, à elle non plus... Nicholas m'a appelé ce matin, avoua-t-il en hochant la tête.

— J'aurais préféré qu'il m'appelle, dit Justine. Et qu'il n'aille pas en ville.

— Il y était forcé, à ce que j'ai compris... De toute façon, vous auriez pu l'accompagner, ajouta-t-il en posant son verre.

Elle secoua la tête.

— Trop de travail. Et d'un autre côté, c'étaient ses amis. Je ne me serais pas sentie à ma place. Et je n'ai aucun désir de traîner à ses basques. (Elle avala une gorgée.) Nous avons chacun notre vie. Quand elles se croisent, très bien, c'est l'instant de l'amour. Mais d'ici à... Nous sommes comme deux roues tournant sur elles-mêmes, chacune sur sa propre orbite. Nous penchons l'un vers l'autre, nous nous rapprochons, mais non sans hésitation, comme si nous calculions jusqu'où chacun de nous peut avancer sans perturber l'orbite de l'autre.

— Qu'arrivera-t-il si vous avancez trop près ? demanda Doc Deerforth. Et si vos... orbites, comme vous dites, sont... perturbées ?

Justine se leva et traversa la pièce, les yeux sur la plage brûlante et le ressac frais qui roulait doucement ses rouleaux.

— Dans ce cas, j'ai bien peur d'une catastrophe.

Sa voix était aussi ténue que celle d'un fantôme.

★

— Ces demoiselles vont s'occuper de vous, messieurs.

Le maître d'hôtel français glissa sur sa droite en levant le bras vers la cage sombre de l'escalier. Du bout de l'index, il caressa sa fine moustache.

— Je croyais que vous m'auriez emmené sur Park Avenue, dit Nicholas. Dans ce restaurant, vous savez...

Ils étaient presque à la hauteur de la soixantième rue sur l'East Side.

— Vous voulez dire la Cafeteria Belmore ? demanda Croaker. Grands dieux ! Je laisse ça aux salopards de la Secrète. Ce n'est sûrement pas là-bas qu'on peut faire un repas convenable.

La salle de l'étage était silencieuse : une seule table occupée, près de la porte. Le fond de la pièce était surélevé, près d'une rangée de fenêtres.

Les deux serveuses étaient jolies. Elles portaient des gilets de suédine sombre sur des jupes courtes. Elles parlaient avec un accent.

Croaker demanda une table près de la fenêtre et une des serveuses les précéda vers l'estrade. Elle leur laissa la carte et prit la commande de leurs apéritifs.

— Vous connaissiez Tanaka depuis combien de temps ? demanda Croaker sans lever les yeux du menu.

— Environ six ans. Nous nous sommes rencontrés dans la classe de kenjutsu.

— Ici ?

— Oui. J'y vais toujours. Je vous y emmènerai, après le déjeuner.

— Dans le cadre de mon éducation, hein ? Hm... Je crois que je vais prendre les œufs au bacon.

La fille revint et posa leurs verres sur la table : un Kir pour Nicholas, et pour Croaker un rhum brun avec de la glace. Croaker passa sa commande et Nicholas demanda la même chose. Après le départ de la serveuse, la conversation reprit.

— Ce *dōjō*. Où Tanaka avait-il déniché le fric pour le monter ?

— Grâce à son travail, surtout, je pense. (Nicholas avala une gorgée.) Et je crois qu'il avait un peu d'argent avant de venir ici, ajouta-t-il. Sa mère lui avait laissé quelque chose à sa mort.

— Combien ?

Nicholas haussa les épaules.

— Je n'en ai aucune idée. Sa famille était riche, mais il y avait neuf enfants.

— Où sont-ils ?

— Autant que je sache, tous au Japon. Terry était le seul qui ait émigré.

— Et le père ?

— Mort à la guerre.

— Hm, hm. (Il secoua la tête.) Il faut tout de même un sacré paquet de liquide pour monter une affaire à New York, dit-il. Ou bien du répondant.

— Où voulez-vous en venir ? demanda Nicholas.

Croaker haussa les épaules et but une gorgée.

— Vous savez, l'argent, quand on en a besoin, on en trouve. Mais des fois, c'est pas si facile que ça à rembourser. Les créanciers deviennent chatouilleux, ils n'ont pas envie d'attendre...

Nicholas secoua la tête.

— Le seul associé que Terry ait eu, pour le *dōjō*, était la Chase Manhattan Bank, et il s'était complètement libéré il y a neuf mois. Le *dōjō* marchait très fort.

— Quelqu'un qui voulait une part du fromage ?

— Voyons, lieutenant !...

Croaker leva la main, paume grande ouverte.

— Je fais simplement le tour de toutes les possibilités. Vous pourriez jurer qu'il était régulier ? Je veux dire : vous n'étiez pas avec lui vingt-quatre heures sur vingt-quatre...

— C'était inutile. Je le connaissais. Croyez-moi, il n'était mêlé à rien d'illégal. En tout cas, pas de la manière que vous pensez.

— Ce qui nous ramène au *bushido*, c'est ça ?

L'arrivée de la commande l'interrompit. Il ne reprit la parole qu'après le départ de la serveuse :

— Vous savez, Linnear, ces deux macchabées étaient vos amis, mais ça n'a pas du tout l'air de vous toucher.

Nicholas demeura parfaitement immobile. Le sang battait très fort le long de son cou ; un vent frais semblait souffler dans son cerveau. Il entendait des échos, obsédants comme les paroles de ses ancêtres transportées jusqu'à lui le long des corridors du temps. Sous la table, ses doigts étaient raides comme des lames de couteau, et les muscles de ses cuisses tendus comme des câbles d'acier. Il n'avait besoin ni d'épée ni d'arme secrète. Il lui suffisait de son corps — de lui-même —, machine à tuer aussi redoutable que tout ce que l'homme avait pu inventer dans tous les pays et à toutes les époques.

Croaker le regardait dans les yeux.

— D'accord, d'accord, dit-il doucement.

Il agita sa fourchette aux dents tachées de jaune d'œuf liquide vers l'assiette de Nicholas :

— Votre bouffe refroidit !

Puis il se pencha sur son assiette et travailla des mandibules pour son propre compte. Jamais il ne saurait à quel point il avait frôlé la mort.

Il y a colère et colère. De même qu'il y a insulte et insulte. Lew

Croaker n'était qu'un Occidental stupide parmi tant d'autres, se dit Nicholas tout en mangeant. Un homme qui ne savait pas ce qu'il faisait, qui ignorait les conséquences que ses paroles pouvaient avoir. Il avait prononcé cette phrase pour découvrir sur le visage de Nicholas, comme dans un livre ouvert, l'effet de son impact. Nicholas aurait dû ne manifester aucune réaction. C'était ce que lui avait enseigné le bujutsu. Mais cela faisait longtemps, et comme il se trouvait avec un Occidental, il s'était laissé prendre à l'improviste.

C'est une leçon, se dit Nicholas. Le danger se présente sous mille défroques. Non point que Lew Croaker fût un danger. Loin de là. Mais l'ignorance n'est-elle pas périlleuse en soi ? Et sans le savoir, Croaker avait posé sa tête sur le billot. *Pourquoi* ? Cela n'aurait eu aucun sens si Nicholas l'avait tué sur place, ou l'avait simplement rendu infirme à vie.

Ils mangèrent. Croaker levait les yeux de temps en temps vers Nicholas, qui essayait de définir pour lui la notion complexe de *bushido*. La soumission en était peut-être la base mais — en tout cas pour un esprit occidental — ce mot avait un caractère tellement péjoratif que l'on ne pouvait valablement partir de là. Parce que le *bushido* ne se définissait pas seulement par la sociologie et la religion, mais aussi par l'histoire. Pour les Américains, qui pensaient en termes de deux cents petites années quand il s'agissait de leur propre pays, le concept de millénaires semblait vraiment être une mer insondable.

Mais Croaker avait l'air d'absorber tout cela avec le plus grand sérieux, et son intérêt croissait à mesure que Nicholas avançait. A la fin, devant les cafés, le lieutenant se pencha en arrière et sortit une pastille à la menthe. Ses yeux errèrent au hasard pendant quelques secondes, puis il dit, tout à trac :

— J'ai une bonne femme qui me rend chèvre. Elle n'est jamais là quand je rentre.

— A vous entendre, vous rentrez rarement, dit Nicholas.

Croaker trempa ses lèvres dans le café, fit la grimace et se versa de la crème. Il déchira une pochette de sucre en poudre et remua lentement.

— Je ne sais pas pourquoi, mais je ne peux pas m'habituer à le boire pur.

Il avala une gorgée, hocha la tête d'un air approbateur et leva les yeux.

— D'accord, je vous ai raconté ça, oui. Mais ce que je veux dire, c'est que les rares fois où je rentre, ça ne fait qu'aggraver les choses, vous voyez ?

— Il vous faut changer de travail, dit Nicholas d'un ton ironique.

— Non. Je crois qu'il me faut changer de bonne femme, c'est tout. Écoutez, Alison est endocrinologue. Elle travaille depuis trois ans et demi sur le même projet. Ce doit être coton, parce que je ne crois pas qu'ils soient plus avancés aujourd'hui qu'au départ.

Il fit passer sa pastille d'une joue dans l'autre.

— Ils recombinent l'ADN.

— Des clones, hein ?

Croaker apprécia, son visage s'illumina.

— Ouais ! (Il rit.) Elle est en train de fabriquer une armée de surhommes, bordel ! dit-il. Les types comme vous et moi ? Complètement démodés, mon vieux ! (De nouveau, il éclata de rire.) Non, non. Rien d'aussi spectaculaire. Ils essaient de modifier l'ADN dans le ventre de la mère pour que des gens ayant des maladies héréditaires puissent avoir des enfants sains. Tu parles !

Il rumina sombrement, les yeux sur son café, pendant un certain temps.

— Voilà un moment que les choses se dégradent, dit-il enfin. Il est temps de dégager.

— Alors dégagez, dit Nicholas.

Croaker leva les yeux, surpris.

— Ouais ! dit-il. (Il y eut un silence gêné.) Écoutez, pour ce que j'ai dit tout à l'heure...

— Partons, répondit Nicholas en se levant. Nous avons un rendez-vous, inutile d'arriver en retard.

★

Il faisait frais et sec à l'intérieur — sans climatisation artificielle —, comme s'ils se trouvaient loin sous la surface de la terre, à l'endroit où la température reste naturellement fraîche. Le soleil d'été ne pouvait pas pénétrer jusque-là.

Les murs étaient d'énormes blocs de pierre, très épais, pour pouvoir garder la fraîcheur, même par la plus torride des journées ; et il y avait tout un étage au-dessus pour amortir le premier choc du soleil.

Par-dessus les bruits de leurs mouvements, Croaker pouvait entendre de faibles échos, comme des voix paisibles parvenues du fond d'un étang à travers l'obstacle de l'eau. Il ne comprenait pas les paroles, mais il savait qu'elles étaient là. Quand ils se rapprochèrent, il distingua également d'autres sons ; des bruits sans paroles, aussi précis que les ordres lancés à une compagnie à l'exercice en ordre serré — ce qui lui rappela son service militaire dans une lointaine ville poussiéreuse de Georgie.

— Le cinéma et la télévision ont découvert les arts martiaux il y a quelques années, lui dit Nicholas sans ralentir le pas, et ils en ont fait un spectacle de cirque. En conséquence, on ne les prend pas plus au sérieux que le catch. En Occident, bien sûr. Et, au mieux, les Américains se méprennent entièrement sur ce qu'ils représentent.

Nicholas s'arrêta et se tourna vers Croaker.

— La Voie n'est pas simplement de tuer. Tuer est une notion purement occidentale. Vous dégainez un revolver et pan ! vous détruisez la vie. La Voie n'est pas cela. Le fondement de tout bujutsu est intérieur.

Ils reprirent leur marche et les sons se rapprochèrent. Croaker crut entendre des pieds nus claquer en cadence contre du bois, puis le choc clair du bois contre le bois, comme si un géant jouait d'un instrument de percussion démesuré.

— Le bujutsu ne doit pas être pris à la légère, lieutenant, je vous l'affirme, reprit Nicholas. Ce n'est ni un truc de sorcier, ni un jeu de salon. C'est une chose grave et redoutable. (Il tourna la tête.) J'espère que je ne me répète pas trop. Mais je prends mes précautions. Voyez-vous, l'Occidental moyen ne voit jamais de véritables adeptes du bujutsu, et n'entend même pas parler de leur existence. Et c'est bien normal. L'adepte ne désire ni ne tolère aucune forme de publicité.

« Malgré sa nature violente, le bujutsu est encore plus... en osmose avec la religion — le zen et le shintō, essentiellement — qu'avec, disons : le sport. C'est un style de vie, réglé par le *bushido*. Un adepte préférerait se livrer au *seppuku* — au suicide rituel — plutôt que transgresser le code. Tout dans la vie, lieutenant — *absolument tout* — relève du *bushido*. J'espère que vous pouvez comprendre cela.

— Je n'en suis pas certain, répondit Croaker, sincère.

Mais quelque chose flottait à l'orée de sa conscience et l'attirait. Il se demanda ce que c'était, puis il se refusa à y songer : il savait que faire effort pour y atteindre ne ferait que repousser la pensée plus loin.

— Cela ne m'étonne pas.

Nicholas lui adressa un sourire morne, qui ne contenait aucune chaleur.

— Certains Occidentaux mettent des années à comprendre. Pour d'autres, cela ne vient jamais.

Il haussa les épaules. Il avait pris un peu d'avance sur Croaker.

★

Rien au monde ne pouvait faire pleurer Gelda Tomkin, mais

elle se sentait pourtant au bord des larmes. Elle était debout, dans la fraîcheur de son appartement de Sutton Place, et elle regardait au-dehors les reflets du soleil changer l'East River en une plaque solide, aussi irréelle à ses yeux qu'un fleuve de sel. La vue, si familière, lui semblait aussi plate qu'un fond de décor peint, aussi dénuée d'attrait. Peut-être était-ce une toile de fond après tout, se dit-elle, mais elle savait que ses pensées n'étaient plus très nettes. C'était la seule chose qui lui plaisait, d'ailleurs, et qu'elle avait recherchée. Le Chivas ne lui suffisait plus. Et, songea-t-elle amèrement, c'était très mauvais signe. L'herbe ne lui faisait aucun bien. Elle l'avait découvert depuis longtemps. Parce qu'elle pouvait dominer l'herbe ; or ce qu'elle voulait, c'était au contraire une chose qui la domine. Les hallucinogènes s'étaient avérés inefficaces, et l'opium ne faisait que l'assommer. Et elle s'était aperçue que les pilules de codéine associées au whisky étaient exactement ce qu'exigeait son équilibre. Elle ne put retenir un sourire amer.

Le téléphone sonna dans la pièce, derrière elle — un bourdonnement doux en harmonie avec l'atmosphère des lieux, assorti au long canapé de cuir dont la surface ne pouvait être attiédie que par le contact de la chair nue.

Gelda regarda par la fenêtre. Elle n'avait aucune hâte de répondre. La sonnerie continuerait jusqu'à ce qu'elle décroche : si elle n'était pas à la maison ou si elle ne voulait pas être dérangée, le répondeur aurait intercepté l'appel après la première sonnerie. C'était Pear qui avait besoin d'elle. Elle pouvait attendre.

Comme elle aurait aimé pouvoir pleurer ! Mais même dans les brumes de l'alcool et de la drogue, elle se sentait sèche, aussi vide et stérile en dedans qu'un désert écrasé de soleil.

Elle se détourna et traversa sans bruit le bleu profond de la moquette de la chambre. Par la porte ouverte, elle vit la vaste étendue du divan de cuir feuille morte et du tapis bordeaux qui meublaient sa salle de séjour — sa salle de travail comme elle préférait l'appeler : elle avait rarement envie d'utiliser le lit...

Ses cheveux épais étaient de miel et lorsqu'elle passa dans un rayon de soleil, ils prirent des reflets de soie somptueux. Elle portait une robe de chambre en satin naturel vert forêt, qui collait à elle comme une seconde peau et mettait en valeur ses longues jambes, mais dissimulait les parties de son corps que, dans ses pensées les plus intimes, elle méprisait. Il n'y avait pas un seul miroir au mur dans tout l'appartement, même pas au-dessus du lavabo dans la salle de bain — pourtant, elle en avait rempli tout un placard. (C'était un article très demandé.)

Elle décrocha.

— Oui.

— Chérie, qu'est-ce qui vous a retenue si longtemps ? demanda Pear dans son oreille. Quelque chose d'horriblement polisson ?

— Pas assez polisson.

Gelda ferma les yeux. Pear gloussa de rire.

— Ah ! Je reconnais bien ma poupée !

Sa voix changea soudain de tonalité :

— Vous allez bien, G., n'est-ce pas ?

— Mais oui, pourquoi ?

— Vous n'êtes pas beaucoup sortie, ces temps-ci. Certaines filles se posaient des questions, c'est tout. Vous leur manquez.

— Elles me manquent aussi, répondit Gelda sans trop savoir si elle le pensait ou non. J'ai beaucoup réfléchi, Pear.

— Ma pauvre chérie, dit Pear d'une voix patiente, vous savez que réfléchir ne fait aucun bien à l'âme. Il faut que vous sortiez davantage ; que vous alliez à deux ou trois parties...

— Vous savez que je n'aime pas ce genre de choses, dit Gelda d'un ton sec.

— Je vous en prie. Personnellement, je ne vous demande rien... (Elle semblait avoir de la peine à présent.) Ma chérie, c'est de vous que je me soucie. Sincèrement.

— Je représente beaucoup d'argent, pour vous.

— Vous ne pensez tout de même pas une chose pareille, G. ! (C'était au tour de Pear de parler d'un ton sec.) Vous prenez plaisir à me contrarier, c'est tout. Je le sais et je vous pardonne. Il y a beaucoup de personnes auxquelles je tiens dans ce monde — pas les filles, Dieu m'en est témoin — et vous êtes l'un des êtres qui comptent pour moi.

— Je suis l'une de vos filles, s'obstina Gelda.

Elle entendit le soupir exaspéré de Pear à l'autre bout du fil.

— Ma chérie, faut-il donc vous rappeler une fois de plus que c'est *vous* qui êtes venue me chercher ? Oui, je fournis votre clientèle, mais elle est d'un niveau très spécial, ce n'est pas moi qui vais vous l'apprendre. Mille dollars la nuit ! Ça ne se trouve pas sous le pas d'un cheval. Vous pourriez peut-être faire davantage en travaillant à l'heure, d'accord, mais est-ce bien l'objectif, ma chérie ? Cela ne vous rendrait pas heureuse, alors qu'en ce moment vous l'êtes. Mais comment pourrais-je dire que vous êtes l'une de « mes filles » Mon Dieu, quelle sottise ! Les gens *vous demandent*, ma chérie. Voilà la différence...

— Vous avez quelque chose pour moi ? demanda Gelda d'un ton neutre.

Pear soupira de nouveau et renonça à discuter pour l'instant.

— Oui : Dare. L'actrice. Vous vous souvenez...

— Je me souviens.

— Elle n'a voulu que vous.

— Très bien.

— Vous avez tout ce qu'il vous faut ? demanda Pear.

Gelda réfléchit pendant quelques secondes.

— Le pantalon de cuir vient juste d'être nettoyé, mais la soie...

— Philip passera vous déposer le nécessaire cet après-midi. Rien d'autre ?

Gelda songea à l'énorme six-coups Remington de marine au long canon octogonal et à la crosse de bois dur poli. On ne l'appelait pas six-coups pour rien.

— Oui, dit-elle dans un rêve, une demi-livre de saumon fumé et quatre aspics. (Elle se tut un instant.) Pear, dites-lui bien : pas d'oignon. Pas quand je travaille.

Pear éclata de rire dans son oreille.

— Voilà qui est mieux ! Vous savez, ce soir, ce sera davantage du plaisir que du travail...

Au moins, elle avait à présent quelque chose à attendre. Elle se retourna vers la fenêtre baignée de soleil. Le téléphone lui glissa des mains. Le fleuve de sel scintillant sembla lui faire un clin d'œil.

★

La salle elle-même était construite entièrement en bois. Les planches brillantes de laque claire étaient fixées uniquement par des chevilles de bois et de la colle.

C'était un rectangle, beaucoup plus large que long, avec un plafond haut. La lumière était douce et bien répartie, jusque dans tous les angles de la pièce.

Elle ressemblait à un gymnase, sauf qu'une estrade se dressait au fond, derrière une balustrade de bois qui traversait la salle dans toute sa largeur. Aucun meuble, aucun appareil.

Il y avait une douzaine d'hommes en pantalons et en vestes amples de coton blanc, alignés six contre six, face à face. Chacun d'eux tenait un bâton de bois ciré, rond, avec une petite garde. Croaker les aurait pris pour des épées, mais il n'y avait ni tranchant coupant, ni pointe acérée. Les hommes étaient sans masque. Tous japonais. La plupart entre vingt et vingt-cinq ans, bien qu'il y eût un adolescent et deux hommes approchant manifestement de la quarantaine.

Un homme vêtu de gris se tenait entre les deux groupes, près de l'escalier montant à l'estrade. Il était de petite taille, et chauve, ce qui rendait encore un peu plus difficile le fait d'évaluer son âge. Croaker estima : entre quarante et cinquante ans. L'homme poussa un cri perçant et les deux lignes, faisant deux pas rapides en avant, s'engagèrent dans ce que le lieutenant prit pour un combat rituel au bâton.

— C'est une classe de kenjutsu, lieutenant, dit Nicholas. La meilleure de l'hémisphère occidental, et bien supérieure à beaucoup en Orient.

Croaker regarda, fasciné, les hommes s'avancer et reculer, attaquer et parer, en criant à l'unisson. Mais tout semblait tellement lent et méthodique qu'il ne voyait pas de quelle utilité ce pourrait être dans un combat.

On entendit bientôt le son doux d'une cloche, et sur un ordre vif du *senseï*, les hommes reculèrent, levèrent leurs épées de bois tous ensemble et s'inclinèrent profondément l'un en face de l'autre. Puis ils se détournèrent et s'éloignèrent par petits groupes silencieux. Certains se dirigèrent vers les côtés du *dōjō* et s'accroupirent sur leurs talons, d'autres s'étendirent au sol à l'endroit où ils se trouvaient. Tous semblaient totalement absorbés par ces petits actes banals.

Nicholas entraîna Croaker sur le plancher ciré, vers l'endroit où se tenait le maître de kenjutsu. Il s'inclina et dit quelques paroles en japonais au petit homme, qui s'inclina à son tour et tendit la main vers Croaker.

Dans le doute, Croaker la serra. Elle était dure comme un bloc de béton. L'homme sourit.

— Je vous présente Fukashigi, dit Nicholas à Croaker. Considérez-vous comme présenté.

Croaker lâcha la main de l'homme.

— Qu'est-ce qui se passe à présent ?

— Regardez, dit Nicholas.

Fukashigi se tourna vers sa droite et dit quelques mots en japonais, très vite. Un étudiant se releva, s'arrêta pour prendre une deuxième épée de bois, puis s'avança d'un pas calme. Il s'inclina devant Nicholas et lui tendit l'une des armes. Fukashigi lui parla pendant un instant et à la fin de son discours, sa tête s'inclina une fois.

— *Haï !* dit Nicholas pour marquer son accord.

L'étudiant était de grande taille et assez maigre, avec un visage dur et des yeux vifs, intelligents. Nicholas et lui adoptèrent une attitude ouverte, pieds écartés à l'aplomb de leurs épaules, genoux légèrement fléchis, les deux mains sur la garde de leur épée de bois.

— Il y a cinq attitudes dans le kendo, dit Nicholas à Croaker sans quitter l'étudiant des yeux. Cinq et pas davantage : supérieure, médiane, inférieure, côté droit, côté gauche. Les trois premières sont décisives ; les deux dernières, fluides, servent lorsqu'on rencontre une obstruction en haut ou sur un côté. Mais ce n'est pas la Voie. Pour maîtriser la technique, il faut avoir ce que l'on appelle communément l'« attitude pas d'attitude ». C'est-à-dire passer de l'une à l'autre spontanément, à mesure que la situation s'impose, *sans réfléchir*, de sorte que votre mouvement, du début à la fin de l'assaut, soit un déplacement fluide ininterrompu : comme celui de la mer. Les cinq éléments, lieutenant, sont essentiels pour le kenjutsu.

Et il attaqua l'étudiant à une vitesse aveuglante, avec une telle férocité que Croaker bondit en arrière.

— Avancée en attitude médiane, dit Nicholas.

Il refit l'attaque au ralenti, et les mouvements semblèrent amplifiés comme par une loupe. Il leva son épée de sorte que sa pointe avance vers le visage de l'étudiant. Aussitôt, celui-ci attaqua et Nicholas, d'un geste infime, frappa l'épée de l'autre vers la droite, la détournant de lui.

Nicholas dressa son épée très haut au-dessus de sa tête : l'attitude supérieure. L'étudiant fonça en avant et, au même instant, Nicholas trancha vers le bas.

Puis Nicholas, l'épée basse, laissa l'étudiant attaquer de nouveau, et releva son *bokken*. Cette fois, l'étudiant bloqua, mais l'épée de Nicholas se libéra aussitôt de la parade et toucha le haut des bras de l'autre, d'un coup léger.

L'étudiant relança l'attaqua sur la droite. Nicholas fit pivoter son épée jusqu'à son côté gauche, au-dessous de sa taille. Quand l'étudiant s'avança, l'épée bondit vers le haut, balaya l'espace vide puis toucha de gauche à droite les épaules de l'adversaire.

Enfin l'étudiant attaqua dans l'attitude inférieure, vers le haut. Nicholas le bloqua et glissa avec grâce jusqu'à l'attitude supérieure, pour administrer ce qui, dans un combat réel, aurait été un coup mortel sur le haut du crâne de l'étudiant.

Les deux combattants firent un pas en arrière et se saluèrent.

— Vous avez vu les bases du kenjutsu, dit Nicholas en se tournant vers Croaker.

— Mais ce sont seulement des épées d'entraînement en bois. On ne peut faire de mal à personne avec ce genre de...

— Au contraire, ces *bokkens* sont tout aussi mortels que les *katanas*. Ils...

Mais à cet instant il pivota, sentant instinctivement la double attaque de l'étudiant, sur le côté, et du *senseï*, directement derrière lui. L'étudiant était déjà désarmé et Nicholas profondément engagé dans le combat avec Fukashigi, quand Croaker sursauta. Un dixième de seconde, calcula-t-il stupéfait... Bon Dieu ! Et j'avais vu venir l'attaque avant lui.

Le bruit clair des *bokkens* entrechoqués emplissait la pièce, mais les mouvements des deux hommes étaient si rapides qu'on ne distinguait qu'une sorte d'agitation brouillée. Croaker regarda attentivement, fit tout son possible, mais la lutte était si fluide qu'il ne pouvait dissocier aucun des gestes. Il se souvint de la comparaison de Nicholas avec la mer, et il comprit.

Un claquement plus sec : Fukashigi venait d'assener un coup vertical féroce, bloqué par l'épée levée de Nicholas. Mais celui-ci n'avait pas reculé, et le *senseï* bondit en arrière, léger comme le vent, pour préparer une nouvelle attaque. Et au moment où l'épée partit en arrière pour prendre de l'élan en vue du coup droit, Nicholas se détendit, allongé comme une rivière : son épée suivit exactement la trace de celle de son adversaire, puis la « pointe » s'abaissa comme pour se planter dans la tête du *senseï*. Elle effleura le bout du nez, mais, au même instant, le poing gauche de Fukashigi plongeait sur le visage de Nicholas — et le coup aurait pu lui casser le nez et l'assommer.

Les deux hommes reculèrent et se saluèrent. Ni l'un ni l'autre ne semblaient avoir le souffle court.

★

Doc Deerforth était reparti. Justine s'installa devant sa planche à dessin et se mit à travailler sur une étude qu'elle avait laissée de côté depuis quatre jours. Une ou deux fois, elle avait eu l'impression d'en être venue à bout, mais plus elle avançait dans ses esquisses et plus elle avait le sentiment que l'impression d'ensemble lui échappait. C'était comme essayer d'attraper un vairon entre les doigts, se dit-elle. Bientôt, dégoûtée, elle jeta sa plume, arracha la feuille de calque sans prendre la peine d'ôter les punaises, et la froissa sans un regard.

Elle alla dans la cuisine se préparer un sandwich au thon. Elle le mâchonna sans même le goûter, en cherchant dans sa tête où elle avait bien pu dérailler. L'idée de base était pourtant excellente : elle fit passer la fin du sandwich avec un demi-verre de jus d'orange.

Elle était en maillot de bain. Pendant un instant elle toisa la planche à dessin comme s'il se fût agi d'un ennemi. Danger ! se dit-elle. Elle connaissait les signes prémonitoires.

Elle prit une serviette et sortit sur la plage. Elle se mit à courir, laissa tomber la serviette sur le sable, et se lança, genoux hauts, dans le ressac. Elle s'avança dans l'eau froide qui reculait, happée semblait-il par la vague qui se dressait maintenant, gigantesque, au-dessus d'elle. Elle plongea dans le flanc vert de l'océan,

Dans les profondeurs, ce fut à peine si elle entendit le tonnerre de la vague au-dessus d'elle, mais elle sentit le léger tremblement de son passage violent. Puis elle remonta derrière le rouleau. Elle lança ses mains jointes vers le haut, ses pieds se mirent à battre et elle nagea de toute sa puissance, consciente du jeu de ses muscles, au creux de ses reins, sur ses épaules, ses cuisses. Des bulles glissaient du coin de ses lèvres comme des gouttes de métal fondu. Elle fila sans effort vers le haut, perça la surface frémissante, puis avala une gorgée d'air en battant des paupières, avant de redescendre sous la mer.

Nicholas emplissait toutes ses pensées, et malgré ce qu'elle avait raconté au docteur Deerforth, elle songeait à aller à New York. Elle n'avait eu aucune nouvelle de lui. C'était à coup sûr parce qu'il était occupé. Dieu, comme elle refusait ce genre de servitude ! Mais elle avait besoin de lui, elle n'y pouvait rien. Elle continua de nager vers le large, ne remontant à la surface que pour prendre une goulée d'air frais. Une fois assez loin, elle obliqua sur sa droite pour longer la côte.

Elle se prit à songer au long fourreau laqué, noir et or, accroché au mur du salon, chez Nicholas. En pensée, elle traversa la pièce et, sur la pointe des pieds, leva lentement les bras et le libéra de son support. Il était lourd, satiné, parfaitement équilibré. Elle referma le poing gauche sur le haut du fourreau, et le poing droit sur la longue garde du *katana*. Le *katana* de Nicholas. Centimètre par centimètre, elle exerça une traction lente, et elle vit l'acier brillant apparaître sous ses yeux grands ouverts, légèrement courbe, à l'image de l'horizon... Un scintillement d'argent qui l'aveuglait, une érection gigantesque qui continuerait de grandir par ses soins. Son souffle s'épuisait dans sa gorge. Son cœur battit. Le sang se mit à chanter dans ses oreilles. Le glissement frais de la mer semblait une caresse sur son corps immergé. Ses seins se dressèrent et elle sentit un feu soudain entre ses jambes. Sans cesser de battre des pieds, elle baissa sa main en coupe pour l'étouffer et gémit. Les bulles s'envolaient comme des oiseaux vers le ciel.

Elle sentit un courant d'eau froide glisser en spirale autour de ses cuisses. Cela ressemblait tellement à la tendre caresse d'une main aimante que, surprise, elle ouvrit les yeux. Le courant enveloppait maintenant ses reins douloureux, serpentait autour de son buste. Elle tourna sur elle-même. Ce fut alors qu'elle sentit la traction. Au début, ce ne fut que le plus délicat des appels, mais brusquement, tandis que la marée et sa nage l'entraînaient, l'eau s'accrocha à elle.

Elle eut la tentation instinctive d'ouvrir la bouche, mais elle serra les dents à temps. Le courant sous-marin l'emportait inexorablement vers le large. Elle bascula sous l'étreinte. Elle ne roulait pas sur elle-même, elle tournoyait comme un cylindre. Étourdie, elle se mit à nager en aveugle vers la côte. Elle nageait très bien et sa capacité thoracique était excellente. Mais le plus urgent était de regagner la surface.

Toujours tournoyant, elle nagea vers le haut, mais sans effet ou presque. L'eau la maintenait avec autant de violence qu'un serpent surgi d'un abysse inconnu, enroulant ses écailles visqueuses autour d'elle.

Elle perça enfin la surface, à bout de souffle. Elle toussa, et cela lui fit perdre son point d'appui sur la mer. Elle tenta de lever la tête, de libérer ses yeux de l'eau salée qui les brûlait pour pouvoir s'orienter avec précision vers la côte. L'eau la happa de nouveau.

Elle prit peur. Son estomac se souleva et elle frissonna. Elle ne nageait même plus — elle se débattait de façon futile. Pourquoi n'avait-elle pas crié pendant qu'elle était à l'air libre ? Elle essaya de remonter de nouveau, mais l'étreinte sauvage ne voulut pas la lâcher. Elle coula. Et en coulant, elle se sentit de nouveau en possession d'elle-même... Près du fond ténébreux, tout était immobile. Elle s'en étonna un instant, l'esprit toujours tremblant de panique, puis elle se rendit compte que le courant ne l'entraînait plus. Elle tendit la main sans rien voir, rencontra un rocher. Elle tira, sur ses bras, puis sans quitter ce niveau, se dirigea vers la plage.

Elle avait les poumons en feu, et sa cuisse gauche semblait saisie par une crampe. Elle la laissa pendre un instant, détendant ses muscles, et la crispation disparut. Elle continua à ramper sur le fond comme un crabe géant. Elle avait une envie folle de bondir vers la surface, mais sa terreur du courant sous-marin était trop forte. Elle poursuivit sa progression. Elle sentait ses yeux prêts à jaillir de leurs orbites, et un vent d'orage lui soufflait dans les oreilles, de plus en plus puissant.

Enfin, elle sentit la tiédeur des eaux peu profondes et, en même temps, la poussée douce de la marée sur le sable en pente.

Elle bondit vers le haut, dépliant son corps de tout son long, et elle fendit la surface, soufflant comme une baleine. Elle ouvrit la bouche, étouffant et hoquetant, cependant que tout en elle semblait se transformer en une masse gélatineuse. Elle sentit de nouveau le sable sous ses pieds. Quand elle sortit de l'eau, ses jambes ne la soutenaient plus. Elle tomba à genoux et une vague la submergea. Elle bascula.

Elle entendit le bruit de voix qui criaient. Elle vomit de l'eau de mer dans le ressac. Puis des mains puissantes la prirent sous les aisselles. Sa tête retomba sur sa poitrine et elle toussa.

— Ça va ?

Elle essaya de hocher la tête, mais elle ne put que vomir, secouée de spasmes. Elle sentit le sable sec contre son dos. Elle se rendait compte que tout son corps haletait. Jamais elle ne pourrait absorber assez d'air ! Ses poumons travaillaient comme des soufflets de forge, avec un bruit si âpre, râpeux, dans ses oreilles qu'elle avait l'impression de subir une crise d'asthme. Il y avait une serviette repliée sous sa nuque, pour remonter sa tête. Le picotement de mille épingles glissa sur ses joues et ses lèvres. Elle essaya de lever les bras, mais c'était comme s'ils appartenaient à quelqu'un d'autre. Il ne lui restait plus la moindre force.

— Du calme, dit une voix au-dessus d'elle. Du calme.

Elle ferma les yeux et elle ressentit un vertige soudain, comme lorsqu'on descend des montagnes russes dans une fête foraine ; comme si, dans sa tête, elle tournoyait encore sous les griffes du courant sous-marin. Peu à peu tout s'atténua, et sa respiration commença à reprendre un rythme normal.

— Ça va mieux, à présent ?

Elle hocha la tête, sans oser encore parler.

— Vous habitez par ici ?

C'était une voix de femme. Elle acquiesça.

— Nous avons appelé un médecin.

— Je vais très bien, dit-elle.

Sa voix lui parut étrange.

— Il arrive dans une minute.

Elle hocha de nouveau la tête et ferma les yeux. Elle songea à Gelda. L'année où elles étaient allées à la mer ensemble. Elles jouaient dans l'eau. Gelda devait avoir neuf ans ; elle, six. Juste pour rire, elle avait frappé Gelda dans les côtes. Sa sœur s'était retournée, le visage en fureur. Elle avait tendu les bras et posé les mains sur le haut de la tête de Justine. Et Justine s'était enfoncée sous l'eau. Au début tout allait bien. Puis elle avait voulu émerger pour respirer. Gelda l'avait maintenue en bas. Elle avait lutté mais Gelda n'avait pas lâché. Elle avait supplié mentalement Gelda, puis elle l'avait insultée. Quand, enfin, Gelda l'avait laissée se redresser, elle était affolée. Elle avait couru hors de l'eau en pleurant, tout droit dans les bras de sa mère. Elle n'avait jamais dit à personne ce que Gelda avait fait, mais pendant une semaine elle n'avait pas parlé à sa sœur. Elle ne l'avait même pas regardée. L'unique réaction de Gelda avait été une joie mauvaise.

Justine ouvrit les yeux. Le docteur Deerforth, penché au-dessus d'elle, lui parlait. Elle leva les bras et se blottit contre sa poitrine, secouée de sanglots.

★

Quand le lieutenant Croaker quitta Nicholas à la porte du *dōjō*
de Fukashigi, il demanda, par la radio de sa voiture, s'il y avait
des messages. Le procureur McCabe voulait que le lieutenant le
rappelle : c'était sans doute pour l'affaire Tanaka-Okura ; Vegas
était passé pour lui dire un mot ; et Finnigan exigeait un rapport
sur les progrès de l'enquête.

Il roulait est-ouest et la circulation était intense.

— Si vous pouvez encore joindre Vegas, dites-lui que je serai là
vers quatre heures et demie, d'accord ?

Il n'avait pas envie de parler au procureur McCabe. Quant à
Finnigan — qu'il aille se faire foutre.

Pas d'autres appels. Croaker essaya d'oublier son impatience,
mais... comme il avait envie que ce coup de fil lui parvienne !

— Parfait, ajouta-t-il. Passez-moi Vincent Ito à la morgue,
d'accord ?

La chaleur soulevait au-dessus de la rue des traînées d'air
vibrant. Croaker essuya son front en sueur. Quand Vincent vint
en ligne, Croaker l'invita à dîner. Vincent proposa le Michita et
lui donna l'adresse.

Croaker traversa Central Park à la hauteur de la soixante-
douzième rue et s'arrêta devant l'immeuble désuet de trois étages
qui abritait le *dōjō* de Terry Tanaka. Il interrogea tous les instructeurs. Il appela un dessinateur de la police pour faire le portrait-
robot du Japonais inconnu qui s'était rendu au *dōjō* dans l'après-
midi du double meurtre. Aucune des personnes interrogées n'avait
vu l'homme avant ou après cette visite. Nul ne savait d'où il
venait. Le *senseï* d'aïkido se rappelait son nom : Hideyoshi. Cela
ne signifiait rien pour Croaker, mais il était concevable que cet
homme fût le meurtrier, ou ait au moins un lien quelconque avec
lui.

Il ne termina pas avant quatre heures passées. On n'avait trouvé
chez Terry aucune empreinte digitale en dehors de celles des deux
victimes, mais il demanda à une équipe de spécialistes de recueillir
toutes les empreintes du *dōjō*. Ne jamais négliger la moindre possibilité, si improbable soit-elle. Qui sait ? songea-t-il. Avec un peu
de chance... Puis il demanda à un sergent de passer les immeubles
voisins au peigne fin, pour voir si quelqu'un avait aperçu
l'homme.

De retour au bureau, il signala son arrivée à Irène et posa dans
un coin les deux sacs de plastique contenant les vêtements et les
objets personnels de Terry et d'Eileen.

Il vérifia de nouveau les appels téléphoniques. Rien.

214

Il allait ouvrir les paquets pour faire la liste du contenu quand Vegas parut dans l'embrasure de sa porte. C'était un homme énorme, portant toute la barbe, avec des yeux semblables à des pointes de feu et une peau si noire que dans la lumière des néons du poste de police, elle prenait des reflets bleutés.

— Salut ! dit Croaker en tournant la tête.

— De même.

La voix de Vegas était comme le grondement du tonnerre dans le lointain.

— Il paraît que tu veux me voir.

— Tu l'as dit.

Vegas s'assit en grognant. Il portait un blue-jean délavé, des bottes de cow-boy texanes et une chemise du même style, grise et noire, avec des boutons-pression nacrés.

— Il faut que je déménage de là, dit-il en faisant allusion à la brigade des stups. Ils me rendent chèvre.

— Sallyson ?

C'était le capitaine.

— Le capitaine Achab, tu veux dire, ricana Vegas. Ce salopard est mûr pour l'asile ! (Il se pencha en avant et posa les coudes sur ses cuisses.) Écoute Lew, dit-il. Il faut que j'entre ici. Aux homicides.

Croaker regarda son ami. Il connaissait Vegas depuis longtemps. Ils avaient traversé ensemble des moments terribles. Ils se faisaient tout le temps des fleurs, et jamais sans raison.

— Tu sais, vieux, répondit Croaker gravement. Finnigan n'a rien d'un cadeau. C'est un vrai fumier.

— Ne me bourre pas le mou, papa, répondit Vegas. Du moment que je quitte les stups... Ces gars-là ont fini de me faire rigoler.

Croaker plissa les yeux.

— Voyons un peu. Les homicides ne sont pas le seul endroit. Écoute, tu pourrais passer aux mœurs, ils se la coulent douce.

Le visage de Vegas exprima l'écœurement.

— De la merde ! Ouais, je pourrais me faire de la galette, ramasser ma part de graisse-patte tous les mois. Le seul problème, petit malin, c'est que ces enfoirés n'ont jamais accepté un seul nègre sous la gouttière à pépites, tu piges ? On ne veut pas de moi là-bas.

— Écoute, Vegas. Je ne sais absolument pas si Finnigan voudra de toi, lui aussi.

— Tu sais bien que c'est un salopard, mais réglo sur le chapitre de la peau, papa. Qu'est-ce que t'as, hein ? Tu ne veux pas bosser avec moi ?

Croaker éclata de rire.

— Ça me plairait assez oui ! Mais en ce moment, le vieux est en pétard contre moi.

— Merde ! Tu parles d'une histoire. Tu sais comment il est. La prochaine fois que tu réussiras un gros coup et que le maire lui épinglera une autre rondelle de bronze, il se remettra à lécher ton cul blanc.

— Possible, possible, dit Croaker en souriant.

— Comme deux et deux font quatre, papa.

Croaker eut envie de parler à Vegas de l'affaire Didion : de ses soupçons et de ce sur quoi il travaillait. C'était naturel après tout — on a besoin d'un soutien dans toute opération —, mais il savait qu'il ne le fallait pas. Non qu'il ne puisse pas faire confiance à cet homme. Ils s'étaient sauvé trop souvent la vie mutuellement pour que surgisse entre eux un problème de confiance. Mais ce serait trop injuste pour le Noir. Que Croaker décide de poursuivre l'enquête contre les ordres du service, d'accord. Mais de là à entraîner quelqu'un d'autre à son insu...

Croaker tendit le bras et donna une claque sur la cuisse de son ami.

— D'accord. Tu as gagné. Je poserai la question à Finnigan dès que je jugerai le moment propice, sans risquer qu'il m'arrache la tête à coups de dents.

Vegas lui adressa un large sourire.

— O.K., vu.

Il se redressa, dominant Croaker de toute sa taille.

— Tu lui tartines le truc, et on voit ce qui en sort. En attendant, tu as devant toi un Nègre forcé à battre la semelle. Sallyson nous a donné des quotas à remplir, tu te rends compte ? Merde !

Il se retourna et lui fit au revoir de la main.

— Mets-en une de côté pour moi, dit Croaker.

Vegas sourit. C'était une vieille plaisanterie entre eux.

— Seulement la plus jolie, papa.

★

Je ne sais pas, Nick, j'ai l'impression d'être ici depuis cent ans. Vincent baissa les yeux vers la cacahuète qu'il épluchait.

— C'est drôle, reprit-il, mais Tokyo me semble comme un rêve, rien de plus.

— Tu devrais rentrer. Ne serait-ce que pour des vacances.

— Oui... certainement, je devrais...

Il fit sauter la cacahuète dans sa bouche. Ils montaient les marches de pierre fatiguées conduisant au zoo de Central Park. Ils passèrent ensuite sur des tommettes hexagonales, l'odorat saisi par les senteurs musquées des animaux dans la chaleur. Ils se dirigèrent vers le nord, vers le pavillon des singes.

— Mais je ne rentrerai pas. J'en suis sûr à présent.

— Rien ne t'en empêche, dit Nicholas. Rien du tout.

Vincent secoua la tête. Ils descendirent les marches jusqu'au rond-point. Sur leur gauche, derrière les grandes cages vides des oiseaux, ils pouvaient voir le bassin des phoques où plusieurs jeunes otaries plongeaient et virevoltaient autour d'une femelle âgée, unique survivante d'années plus heureuses.

— Le problème, c'est ma famille, Nick. Mes sœurs. Si je rentrais, il faudrait que je les voie. Le devoir. Je ne pourrais pas les regarder dans les yeux. Plus maintenant. Pas étant donné ce que je suis devenu.

Près du pavillon des singes, un homme au teint basané, portant une moustache épaisse et un bonnet de marin, se tenait près de deux cylindres de métal vert. Il gonflait des ballons à l'hélium sous les yeux émerveillés d'une vingtaine d'enfants.

— Et qu'es-tu devenu ? demanda Nicholas.

Vincent tourna la tête.

— C'est cela, justement. Je ne le sais plus. Mais je ne suis plus le même. J'ai été assimilé. J'ai l'impression que cette ville m'a corrompu. Mes valeurs ont changé. Les traditions s'écroulent autour de moi.

Il y avait foule devant la cage des gorilles, badauds ravis de voir, à l'intérieur, la famille singe arrosée au jet par une employée du zoo. La mère tendit le bras et, plaçant sa paume ouverte contre l'eau, aspergea les spectateurs. Au milieu des cris et des rires, la foule s'écarta un instant, puis se précipita de nouveau vers la cage. Un peu plus loin, l'orang-outang étudiait d'un œil hautain les étranges créatures de l'autre côté des barreaux, aussi détaché que s'il préparait sur eux une thèse de doctorat.

— Allons, allons, dit Nicholas d'un ton léger. Je me souviens de notre première rencontre. Toi, Terry et moi. C'était au Michita. Nous étions tous un peu perdus, hein ? Et de la même manière. C'était sûrement pour ça que nous nous accrochions à cet endroit-là. (Il sourit ou, du moins, essaya.) Un petit bout de Japon, un petit bout de chez soi. (Il hocha la tête.) Mais qu'est-ce qui nous a rapprochés, *nous trois* ? Simplement un coup de cafard ? Le mal du pays ? Je ne le crois pas.

— Eileen disait toujours que ce qui nous liait, c'était l'esprit des arts martiaux, répondit Vincent. Comme un cordon ombilical magique. Elle devait nous trouver très enfants à cet égard...

Nicholas secoua la tête.

— Non, tu te trompes. Elle respectait cela en nous. Elle ne le comprenait pas — je crois qu'elle *ne pouvait pas* — mais elle reconnaissait la puissance de cet esprit, et elle ne s'interposait pas. Ainsi, tiens... Elle refusait toujours de venir quand nous étions tous les trois ensemble. Elle savait qu'elle serait hors de son élément, malgré tous les efforts que nous aurions tentés pour la mettre à son aise. Elle nous aurait gênés. C'était ce qu'elle croyait, Terry me l'a dit. Oui, et elle ne se trompait pas.

— Je ne sais pas, répondit Vincent. Tout me semble si lointain à présent. Comme si nous parlions des us et coutumes de Finlande. Je ne sais même plus si je comprends moi-même.

— Des mots, des paroles vides. Ce que pourrait dire un Occidental... Non, ouvre ton esprit et tu ressentiras tout comme auparavant. Le fait d'être ici ne peut rien effacer.

Il semblait s'adresser à lui-même autant qu'à son ami.

— Nous sommes nés, reprit-il, au pays des arts martiaux. Et cela nous lie de façon plus puissante, plus intemporelle, qu'aucun lien du sang. Ce que l'on nous a enseigné ne nous quittera jamais, tu le sais. Tu es toujours la même personne, au tréfonds de toi-même, que lorsque tu es descendu, il y a douze ans, de l'avion des Japan Airlines.

— Oh non. Sûrement pas. Il s'en faut de beaucoup. Je ne parle pas de la même façon, je pense différemment. L'Amérique m'a changé et le processus semble irréversible. Je ne pourrai jamais revenir. Je n'appartiens plus au Japon et je n'ai pas le sentiment d'appartenir non plus à ce pays-ci. L'Occident m'a pris quelque chose de très précieux pour moi, me l'a arraché pendant que je tournais la tête.

— Tu peux le reprendre. Il n'est pas trop tard.

Vincent le regarda, enfonça ses mains dans ses poches et s'éloigna. Ils étaient près de la poterne sur laquelle se trouve la célèbre horloge qui carillonne toutes les heures tandis que défilent des animaux dansant en rond. Au-delà se trouvait le zoo des enfants ; on entendait des rires clairs et le tapotement de petits pas pressés.

— Je ne l'ai dit à personne, même pas à la police. J'ai reçu un appel, le soir où Terry et Ei ont été assassinés. Avec personne au bout du fil.

Il leva les yeux avant de poursuivre :

— Mais plus j'y pense, plus je suis certain d'avoir entendu quelque chose, tout compte fait. Un filet de musique.

— Tu te souviens de ce que c'était ?

— Oui. Je pourrais jurer que c'était Mancini.

Il n'avait pas besoin d'ajouter que Mancini était le compositeur préféré d'Eileen. Il frissonna.

— C'était comme si Terry m'appelait d'outre-tombe, dit-il, levant aussitôt la main, comme pour se justifier. Je sais, je sais, je ne crois pas à ce genre de choses. Mais bon sang ! c'était comme s'il essayait de me dire qui l'avait tué.

— Tu veux dire qu'il *connaissait* le meurtrier ?

Vincent haussa les épaules.

— J'accorde peut-être trop d'importance à une chose qui ne le mérite pas. Je ne sais plus. Je regrette seulement... je regrette que tu n'aies pas été en ville ce soir-là, c'est tout. Bon Dieu ! ils étaient tes amis, à toi aussi !

Nicholas ne répondit pas. Il regarda les enfants sourire en léchant leurs glaces et tirer leurs langues colorées de crème aux grands singes très dignes. Il aurait voulu ressentir quelque chose. La colère est une émotion utile : mieux vaut être enragé que transporter sa douleur partout comme une bosse dans le dos. Il eut l'impression soudaine d'une immobilité absolue, comme s'il se trouvait dans l'axe d'un cyclone. En sécurité, protégé, mais cependant témoin de la dévastation qui faisait rage autour de lui. Existait-il un moyen d'y mettre fin ? Il en connaissait un, sans conteste, mais il hésitait à le mettre en œuvre. Vincent ne l'avait pas quitté des yeux. Comme s'il voulait, par son seul regard, arracher un aveu aux tripes de Nicholas. Il fallait donc agir. Comme il le savait depuis l'instant où l'affaire lui avait été proposée. C'était une obligation, un devoir. Vincent avait raison. Terry et Eileen étaient ses amis.

— Désolé, vieux, dit Vincent en lui touchant le bras. C'est de ma faute. Je suis à cran, tu le vois bien. Bon Dieu, ce n'est pas juste de me décharger sur toi. (Il esquissa un sourire.) Tu vois à quel point je me suis occidentalisé, ajouta-t-il.

Nicholas lui rendit son sourire avec plus de chaleur qu'il n'en ressentait.

— Non. Tu avais raison. Aucun de nous n'a oublié l'importance de l'obligation et du devoir.

— Écoute, Croaker m'a invité à dîner. Pourquoi ne viendrais-tu pas ? Où tu sais...

— D'accord, acquiesça Nicholas. Ça me va.

Vincent regarda sa montre.

— L'heure de redescendre aux mines de sel... A ce soir.

★

Nicholas chercha une cabine téléphonique dans Central Park, puis sortit finalement sur la Cinquième Avenue. Il appela Justine, ce fut Doc Deerforth qui répondit.

— Qu'est-ce qui se passe ? demanda Nicholas, le cœur battant.

— Un accident sans gravité. Rien d'inquiétant. Mais je crois que vous devriez venir, si votre travail le permet.

— Qu'est-il arrivé ?

— Justine a été entraînée par le courant de marée. Elle va très bien.

— Vous êtes sûr que c'était le courant ?

— A peu près. Vous songez à quoi ?

— Y avait-il d'autres gens autour ? A-t-on vu quelque chose d'anormal ?

— Il y avait des tas de gens. Un voisin l'a aidée à sortir du ressac. Personne n'a mentionné quoi que ce soit d'étrange.

— Pouvez-vous rester près d'elle jusqu'à mon retour ? Je prends le premier train.

Il regarda sa montre.

— D'accord, répondit le médecin. Rien ne me presse. Ma secrétaire sait où je suis. Mais s'il y a une urgence...

— Je comprends, Doc... Dites-lui que j'arrive.

— A son réveil. Ne vous inquiétez pas.

Il raccrocha, arrêta un taxi et se fit conduire à la gare de Pennsylvanie. Au sous-sol, après avoir pris son billet au comptoir des Chemins de fer de Long Island, il s'aperçut qu'il avait vingt minutes devant lui. Il appela Tomkin. On le fit attendre très longtemps. Il regarda les gens défiler machinalement près de lui. Deux adolescents accablés sous d'énormes sacs à dos, et juste derrière eux une jeune femme debout devant un pilier, attendant impatiemment quelqu'un.

— Nicholas ? clama la voix dans son oreille.

— Tomkin ?

— Ravi que vous appeliez. Vous avez réfléchi à ma proposition ?

Le salopard, songea-t-il. Quel salopard, d'avoir mis Justine dans le coup ! Mais il savait bien que Justine *était impliquée*... Comme il détestait se trouver dans une situation pareille ! Méthodiquement, il se calma.

— J'ai réfléchi. Je commence à travailler pour vous aujourd'hui même.

— Bon. Pourquoi ne feriez-vous pas un saut à la tour, et...

— Non. Je suis à la gare. Je prends le premier train pour Long Island.

— Je ne comprends pas.

— Il y a du travail là-bas. Justine...

— Je vois...

— Je n'en doute pas, répliqua Nicholas avec rage. Je vous rappelle demain.

— Nick...

Il coupa la communication.

★

L'homme était sur le chantier. Il était venu s'engager pour travailler pour Lubin Bros une dizaine de jours plus tôt. On l'avait mis sur un immeuble en construction de Ralph Avenue, à Brooklyn, jusqu'à ce qu'Edwards tombe malade : on l'avait aussitôt fait passer au chantier de Park Avenue. Tomkin payait une prime pour s'assurer que la construction serait prête dans les délais, et la direction de Lubin Bros faisait l'impossible pour que tout se passe bien. Notamment en veillant à ce qu'il y ait toujours le nombre prévu d'ouvriers.

L'homme travaillait de façon infatigable à toutes les tâches qu'on lui confiait. C'était un bon ouvrier et il parlait très peu ; personne ne le remarquait. Quand il se présenta, ce jour-là, son esprit était plein de son travail de la nuit précédente — comme chaque matin d'ailleurs. C'était une manière comme une autre de se préparer à sa mission de la journée. Il avait besoin d'autres renseignements, et tandis que ses lobes frontaux revoyaient ce qu'il avait fait dans la nuit, son subconscient disséquait les problèmes du présent.

Il n'avait eu absolument aucun mal à accéder au garage du sous-sol de la résidence Actium. Il était entré sur le siège arrière vide d'une Lincoln Continental qui venait de dégorger ses passagers devant l'entrée principale au niveau de la rue. Le reste avait été une simple question de patience.

La limousine de Tomkin avait descendu la rampe à trois heures moins dix du matin. Tout le monde savait qu'il était insomniaque, et qu'en semaine il passait les trois quarts de ses nuits dans son bureau du nouvel immeuble.

Les phares luisants avaient balayé le plafond du parking puis avaient plongé à l'instant où la limousine avait glissé sur la dernière partie de la rampe. Le moteur ronronnait doucement dans le noir... Le chauffeur engagea la voiture à sa place. Le moteur se tut.

L'homme connaissait par cœur tout ce que le chauffeur ferait ensuite, mais il attendit cependant une heure entière après son départ. Le temps était un facteur dont il avait à revendre. Pour l'instant. Ce pouvait être le meilleur des amis ou le plus implacable des ennemis, il le traitait donc avec respect. La précipitation ne paie jamais.

Enfin, il se releva et s'avança vers la limousine. Comme une

221

ombre qui se met en chasse. En quelques secondes, la portière arrière était ouverte et refermée. A l'intérieur, il se servit d'une lampe-crayon et d'un scalpel de chirurgien. A l'endroit où la moquette de laine rejoint le socle du siège arrière, il traça un trait avec le scalpel. Puis il fit une seconde incision perpendiculaire à la première, pour former un T. Il releva les deux petits coins et glissa par-dessous un objet rond d'à peine plus d'un centimètre de diamètre. Avec une colle à la résine sans odeur, il referma soigneusement les deux petits rabats. Il s'occupa aussitôt du téléphone. Il ouvrit le couvercle sans se soucier de l'appareil, plaça un deuxième disque sur la paroi intérieure du logement. Il s'assit sur le siège arrière, exactement à l'endroit où il savait que Tomkin prendrait place, ouvrit de nouveau le couvercle et regarda l'appareil. Le disque demeurait invisible. Satisfait, il referma le couvercle. Il éteignit sa lampe et se glissa hors de la limousine. Vingt secondes plus tard, il descendait la cinquante et unième rue, les épaules voûtées dans son imperméable léger de nylon noir. En tout, il était resté dans la limousine exactement neuf minutes.

Et maintenant, dans le hall d'entrée de Tomkin Industries, l'homme étudiait le problème de l'accès aux étages supérieurs.

A l'heure du déjeuner il prit l'ascenseur extérieur jusqu'à la hauteur maximum — un étage au-dessous du bureau de Tomkin. A ce niveau, les couloirs étaient encore de plâtre nu. On voyait des inscriptions au crayon un peu partout, comme des graffiti d'ingénieur. Tout semblait désert mais il demeurait sur ses gardes, et il y avait de nombreuses embrasures de portes où se jeter. De temps à autre, il s'arrêtait et, parfaitement immobile, il écoutait les bruits de l'immeuble. Il saurait instantanément s'il y avait le moindre changement.

Il ne s'inquiétait pas de son visage. Il avait un fond de teint couleur chair sur la peau ; une prothèse plastique modifiait l'arête de son nez ; il gardait toujours des cylindres de coton stérile dans la bouche, entre les gencives et la peau des joues ; sa silhouette n'était plus celle de l'homme qui s'était rendu au *dōjō* de Terry Tanaka. Il s'était légèrement voûté et il marchait en traînant un peu la jambe, comme s'il avait un membre plus court que l'autre. En fait, il avait glissé une contre-semelle de deux centimètres et demi dans son soulier droit. Modifier la physionomie était bel et bon, mais un expert peut identifier un homme de mille façons. Il fallait être aussi strict pour toutes les parties du corps que pour le visage, penser à l'impression d'ensemble. Un déguisement doit être total. Mais il suffisait de quelques modifications très légères, car il s'agissait en fait de camouflage, et accuser des traits particuliers n'aurait servi à rien.

Il trouva l'escalier d'incendie et monta avec précaution à l'étage supérieur. L'activité était intense. Il y avait à la fois les ouvriers du chantier et les employés de Tomkin. Ce n'en était que mieux, songea-t-il.

Le bureau de Tomkin, tout un angle de l'étage, était aux neuf dixièmes terminé et constituait la priorité numéro un, car Tomkin s'y était déjà installé. On n'observait donc pas les arrêts repas : quand l'équipe du matin descendait déjeuner, une autre équipe montait pour continuer de travailler. L'homme arriva juste à temps pour se joindre à eux. Il passa devant le regard fixe de Frank, debout juste de l'autre côté des lourdes portes de métal du bureau. Ce ne fut pas le plus difficile : il fit ce qu'il avait à faire sous les yeux de tout le monde.

Il lui suffisait d'avoir l'air de savoir où il allait et quelle était sa tâche pour que personne ne s'intéresse à lui. S'il s'était accordé le luxe d'un sentiment, il aurait trouvé très amusant d'accomplir à visage découvert l'acte le plus clandestin qui soit — parfaite illustration de *La lettre volée* d'Edgar Poe. Mais tout sentiment lui était impossible dans ce contexte. Les choses ne pouvaient susciter en lui qu'une curiosité intellectuelle — comme un caillou aux dessins particuliers que l'on ramène chez soi après une promenade à la campagne, en été.

Il fallait, bien sûr, qu'il avance par à-coups : il ne pouvait travailler pour lui que dans le cadre de ce qu'on lui donnait à faire. Cela ne présentait aucun problème, il lui suffisait de rester dans le bureau plus longtemps.

Mais comme à l'accoutumée, il tourna la chose à son avantage : il utilisa ce temps supplémentaire à mémoriser les contours, les renfoncements et les niches, les espaces ouverts et les espaces clos. Il découvrit les endroits où le mur était doublé et ceux où il était nu sous le plâtre et la peinture, les cavités où passaient les câblages et la disposition de tout le circuit électrique ; les emplacements des disjoncteurs et de l'éclairage de secours. Pour l'instant, rien de tout cela n'entrait dans ses plans. Mais on ne sait jamais quand telle ou telle connaissance acquise peut se révéler cruciale. Une précaution méticuleuse est essentielle, mais il faut toujours laisser à ses projets un peu de souplesse : les événements ont une façon bien à eux de se déterminer, et souvent, *trop souvent*, il se glisse un élément de hasard : un garde supplémentaire, un orage, un bruit inattendu, un fait infime et imprévisible. On ne sait jamais...

A une heure et demie, il avait terminé. Il passa sous le regard nerveux de Frank et descendit avec le reste de l'équipe intermédiaire. Passé les portes de métal, ils tournèrent sur la droite, vers la cage de l'ascenseur extérieur, conduisant à l'étage au-dessous. Au moment où il arrivait à l'angle de l'escalier, l'ascenseur du bout du couloir s'ouvrit dans un soupir et Tomkin parut, accompagné par Whistle.

L'homme s'arrêta un instant, et ses yeux morts scintillèrent. Comme il serait facile, songea-t-il avec regret, de tout régler là, maintenant. Whistle s'écroulerait, mort, et le gros homme basculerait par la bouche d'air chaud sur le trottoir inachevé, trente étages plus bas. Cela lui aurait plu ; la chose n'aurait pas manqué d'ironie. Mais il n'en aurait éprouvé aucune fierté. Or c'était cela qui faisait toute la différence du monde. Cela aurait manqué d'élégance, d'abord ; et, ensuite, Tomkin n'aurait éprouvé que très peu de terreur : le bref instant de sa chute, rien d'autre, et le vent chaud sur son visage tandis que les décombres du trottoir en travaux monteraient vers lui. A quoi aurait pensé Tomkin, pendant ces instants ? se demanda l'homme. A Dieu ? A l'oubli ? A l'enfer ? Il chassa aussitôt ces idées. Cela faisait si peu de différence ! Il ne comprenait rien à aucun de ces concepts occidentaux. Pour lui, seul existait le karma. Le karma et le *kami* dans lequel il habiterait après sa mort, en attendant le temps prescrit de son retour dans un autre corps, dans une autre vie, toujours chargé de son karma.

Cette conception de la vie, si fondamentale pour lui, échappait complètement, il le savait, à des hommes comme Tomkin. Il n'était pas plus facile de les tuer pour autant. Mais c'était moins absorbant. Ce qui occupait l'esprit de l'homme, en fait, c'était le mécanisme de l'infiltration, l'ensemencement de la terreur ; en lui-même, l'acte de tuer ne compterait pas davantage que le fait d'écraser une punaise. Et après tout, qu'était-ce donc que ce Tomkin ? On ne pouvait sûrement pas le qualifier d'homme civilisé.

Quant à sa fuite éventuelle, l'homme savait que, sur cette mission, elle n'était pas garantie. Cela ne le troublait nullement, car c'était une chose à laquelle il s'était préparé toute sa vie. Mourir en guerrier était l'aspiration la plus haute d'une existence humaine, après tout : l'histoire enregistre la façon dont on meurt ; c'est cela qui marque la mémoire des hommes et non la vie que l'on a vécue.

Non qu'il puisse être arrêté en éliminant Tomkin. Il songeait plutôt à l'autre moitié de son plan : la partie qui lui donnait tout son prix. Il avait reçu une petite fortune pour éliminer Tomkin, mais l'argent ne comptait guère pour lui. En fait, quand il était arrivé pour jeter un coup d'œil — comme il l'avait dit alors à ses employeurs en puissance — il n'avait guère été tenté d'accepter la mission. Mais il était tombé sur quelque chose de si surprenant, de si irrésistible, qu'il n'avait pas pu refuser. Il avait appris très tôt à prendre ce que la vie proposait, et elle lui offrait à présent quelque chose de tellement fantastique qu'il en avait eu l'eau à la bouche aussitôt. Laisser passer une occasion pareille eût été un crime. Ce hasard ne se reproduirait pas. Jamais le décor ne serait mieux planté.

Et c'était la deuxième raison pour laquelle il n'était pas question qu'il exécute Tomkin en cet instant. En outre, ce serait forcément du travail peu soigné, et ce genre d'improvisation totale lui répugnait. Il aurait pu le faire, et le faire bien, mais il s'y refusa. Il détestait laisser les choses en désordre derrière lui. Il aimait les situations propres et nettes ; dans une autre vie il avait peut-être été un maître tailleur de diamants.

Il se borna donc à lancer un long regard appuyé à Tomkin — qui descendait le couloir à grands pas sans prendre conscience de la mort, debout sur sa gauche.

Puis l'homme repartit le long du couloir inachevé, baissant la tête sous une boucle de fil électrique souple tombant d'un panneau ouvert dans le plafond. L'instant suivant il avait quitté l'étage.

De retour dans le hall d'entrée, en passant dans une zone d'ombre, il enfonça un doigt dans son oreille comme si elle le démangeait. Il venait de mettre en place une sphère de matière plastique couleur chair, aplatie vers l'extérieur. Elle était complètement invisible. Il en effleura le haut du bout de l'index et commença à écouter.

★

Nicholas sentit la présence dès qu'il se détourna de la file des téléphones chromés contre le mur de la gare — un picotement prémonitoire au bas de sa nuque. Il se mit à marcher lentement vers la librairie, sans avoir l'intention d'entrer. C'était simplement la direction vers laquelle il allait, et il ne voulait pas modifier brusquement son allure. Mais au lieu de franchir la porte ouverte, il s'arrêta devant la vitrine. Des gens le dépassèrent et entrèrent. Il y avait une petite queue devant la caisse enregistreuse. C'était un jour de solde : 20 % de remise sur les dix livres de poche les plus vendus.

Il se tourna légèrement, cessa de regarder vers l'intérieur et se servit de la grande vitrine comme d'un miroir. Il pouvait étudier discrètement une grande partie de la gare derrière lui. L'observation s'avéra malaisée : le reflet était imparfait, les lumières formaient des halos, et le verre lui-même provoquait des distorsions de l'image. C'était normal, il fallait l'accepter.

S'attarder là ne valait rien. Il regarda sa montre. Il lui restait quinze minutes et il n'avait aucune raison de s'installer en avance dans le train, déjà en gare. Surtout à présent.

Il s'éloigna de la vitrine des livres et traversa le hall en diagonale. Une vieille dame, avec une valise à roulettes, le croisa. Deux marins tout de blanc vêtus le dépassèrent ; l'un d'eux finissait de raconter une blague graveleuse. La jeune femme du pilier n'était plus là : ou bien elle avait retrouvé son ami, ou bien elle avait renoncé. Trois enfants aux cheveux bruns, surveillés par une femme à l'allure austère, se taquinaient en riant. Un homme avec un imperméable léger de couleur sombre se trouvait près de la consigne automatique, une cigarette allumée inclinée au coin de ses lèvres. Plus loin un autre homme en costume beige clair feuilletait rapidement les pages du *Hustler* du jour — il le laissa tomber quand un troisième homme, avec un attaché-case marron, s'avança vers lui. Ils se serrèrent la main et s'éloignèrent.

Nicholas entra dans une pâtisserie et se glissa près d'un gros type qui dévorait une tranche de gâteau à la noix de coco ; sur le comptoir, devant lui, un dollar et de la petite monnaie ; ses lèvres étaient émaillées de croûtes de gâteau et de flocons de fausse crème. Il ne regarda pas Nicholas s'installer sur le tabouret voisin et commander un flan et un soda à l'orange. Les colonnes de la salle étaient revêtues de miroirs et Nicholas en profita pour continuer sa surveillance discrète pendant qu'il mangeait. Il paya dès qu'on lui apporta son verre.

L'impression était toujours là — impossible de s'y méprendre. Il n'existait qu'une seule explication : un adepte de l'*harageï* était en train de l'observer. Le récepteur était en même temps émetteur. Il n'existait aucun moyen d'atténuer ce double effet. L'homme s'était avancé trop près, c'est tout. Manque de précaution. Vraiment stupide.

Nicholas s'essuya les lèvres à la serviette de papier rêche, lança un dernier coup d'œil dans le miroir et sortit. Il avait encore un peu plus de cinq minutes avant le départ du train et il fallait absolument qu'il repère l'ombre. Il était hors de question qu'il manque son train, car son principal souci demeurait Justine. Elle était très certainement en danger et, loin d'elle, il se sentait totalement impuissant. Il pouvait demander à Doc Deerforth de passer la voir une fois par jour, mais sûrement pas de rester près d'elle si une urgence se présentait. Dans une situation comme celle-là, Nicholas ne pouvait se fier qu'à lui-même, il le savait.

Il lui restait une chose à faire. Il se dirigea de nouveau vers le téléphone et appela le lieutenant Croaker.

— Ouais...

La voix était dure, pressée.

— Nicholas Linnear, lieutenant.

— Qu'est-ce qu'il y a ?

— Je rentre à Long Island. Justine a eu une espèce d'accident.

Un bref silence. Nicholas continuait d'étudier les environs.

— Croaker, dit-il. Quelqu'un me suit.

— Vous voyez des ombres, ou vous avez avalé trop de feuilletons à la télé ?

— Je n'ai vu personne... Pas encore.

Le grésillement de la ligne semblait doué de vie, la seule chose qui fît un bruit.

— Comment savez-vous qu'il y a quelqu'un ? demanda enfin Croaker.

— Vous ne me croiriez pas si je vous le disais.

— Essayez toujours.

— C'est l'*haragei*. Ma formation bujutsu. Une sorte de perception extrasensorielle. Une façon de voir le monde, de ressentir la réalité — pour ainsi dire un sixième sens élargi.

Nicholas s'attendait à une plaisanterie, mais à l'autre bout du fil rien ne semblait vouloir venir.

— Qui croyez-vous que ce soit ?

— Le ninja.

Une profonde aspiration.

— Ne bougez pas, Linnear. J'arrive tout de suite.

— Inutile. Il ne restera pas aussi longtemps. Et de toute façon, il vous flairerait à cent mètres.

— On ne peut pas rester les bras croisés.

— Croyez-moi, c'est la seule manière. Laissez-le-moi.

— Vous ? Qu'est-ce que vous venez faire dans tout ça ?

— Je crois qu'il est à l'affût de Tomkin. De Justine aussi. C'est pour cela que je rentre.

— Depuis quand vous intéressez-vous à la vie de Tomkin ?

La voix était devenue tranchante, soudain.

— Depuis que je travaille pour lui. C'est-à-dire aujourd'hui.

Il entendit très nettement Croaker hoqueter contre son oreille.

— Merde ! Écoutez, espèce d'enfoiré...

— Non, c'est vous qui allez écouter, Croaker. Vous n'avez aucune idée de ce contre quoi vous luttez. Pas la moindre. J'ai essayé de vous en donner un avant-goût cet après-midi au *dōjō*, mais je crois que ce qu'on dit des Occidentaux est vrai : ils ont la tête trop dure pour apprendre.

Il raccrocha d'un coup sec et se mêla à la foule qui descendait l'escalier vers la voie 17. Le picotement sur son crâne ne cessa pas.

Juste en bas du dernier palier, il crut entrevoir un visage. En un bref éclair. Une lueur fantomatique, le croissant pâle d'une tête en profil perdu. Quelque chose le frappa. Il songea un instant à revenir sur ses pas, mais la cohue était énorme.

Puis il se trouva dans le train à une place près de la vitre. L'impression s'en était allée. Avait-elle même existé ? La question ne se posait même pas. Mais pourquoi le ninja le filait-il ? Il y avait forcément une réponse, mais il était incapable d'en trouver une satisfaisante.

Il y eut un peu de bousculade dans l'allée centrale quand les voyageurs de la dernière seconde se pressèrent dans le wagon. La climatisation s'arrêta et quelqu'un se plaignit. Les lumières clignotèrent puis s'allumèrent au maximum. Tout semblait normal.

La sonnerie retentit et les portes se refermèrent avec un soupir. Ils étaient bloqués. Un instant plus tard, le train démarrait et le quai se mit à défiler. Il regarda par la vitre. Un Noir, tout au bout du quai, un balai à la main ; puis plus rien, hormis les taches d'ombre et de lumière tressautant au rythme du train... Enfin la ville fut loin derrière lui et il songea à Justine. Il se mit à somnoler, la tête contre le panneau de verre.

— Billet, s'il vous plaît.

Il s'éveilla, l'esprit hanté par le croissant pâle de ce visage entrevu — traits anormalement imprécis, comme la lune à travers la brume d'une nuit d'été.

★

Gelda riait. Quand elle riait, ses seins tremblaient, et quand ses seins tremblaient — disait Dare — elle était encore plus sensuelle.

Dare savait toujours faire rire Gelda, et c'était une des raisons pour lesquelles Gelda l'appréciait. L'autre raison était son corps.

La peau de Dare était partout d'un brun doré, un hâle profond sans traces de bikini. Peut-être était-ce sa couleur naturelle ; Gelda ne posait jamais de questions. Dare était grande, plus grande en tout cas que Gelda, elle-même de belle taille pour une femme. Élancée et mince sans être maigre ni exagérément musclée, elle avait des cheveux blonds frisés qu'elle gardait longs. Rien d'artificiel.

Les jambes de Dare étaient plus fuselées que celles de Gelda. Plus fines aussi, mais non moins adorables. Elle avait de petits seins haut placés, parfaitement ronds, une taille étroite, des hanches sveltes. Elle était garçonne et féminine à la fois. Mais il n'y avait en elle — comme dans sa façon de s'habiller — absolument rien de masculin. Elle adorait le Far West : la virilité des visages hâlés, la musculature fluide d'un cheval au galop, mais par-dessus tout elle aimait le côté hors-la-loi.

Comme l'avait dit Pear, c'était davantage du plaisir que du travail.

— J'en ai presque trouvé un, cette fois, G., disait-elle justement.

Elle était allongée langoureusement dans la baignoire. Une senteur prenante de violette envahissait l'air. Gelda s'agenouilla près d'elle et manœuvra les robinets de cristal. Le jet s'écrasa sur la porcelaine blanche entre les jambes écartées de Dare, contre le buisson frisé très épais auquel l'eau prêtait maintenant des teintes caramel. Derrière elles, sur le mur, un pantalon de cuir taché pendait comme une effigie attendant que le feu la consume.

— Mais vous savez, poursuivit-elle, même au dernier moment, quand cela a failli se passer, je n'y croyais pas vraiment.

— Et qu'est-il arrivé ?

Gelda augmenta un peu l'eau chaude.

— Ce qui est arrivé ? gémit Dare. Mon merveilleux Texan, mon grand Taureau aux Longues Cornes, ma chevauchée fantastique sur les monts et par les plaines, s'est avéré être une folle perdue.

Elle leva les coudes hors de la baignoire et tortilla des fesses tandis que l'eau clapotait autour de son corps.

— Quand je suis entrée dans le lit près de lui, il s'est mis à pleurer. Il m'a dit que les femmes l'intimidaient.

Elle jeta sa tête en arrière et ferma les yeux, toute au plaisir de la chaleur humide.

— Oh, jamais je n'en trouverai un !

Elle ouvrit brusquement les yeux — aussi gris que ceux de Gelda étaient topaze.

— Mais, voyez-vous, je crois que ça m'est égal, à présent. (Sa voix n'était plus qu'un murmure âpre.) Je vous ai, et rien au monde ne saurait être plus réel. (Elle leva les bras et les tendit vers Gelda.) Venez, ma chérie. Il fait froid, hors de l'eau.

Gelda se releva et fit glisser la robe de chambre de satin couleur pêche qu'elle avait jetée sur ses épaules. Le vêtement tomba sur le carrelage avec un frisson sensuel. Dare frémit au spectacle de la jeune femme nue devant elle. Leurs mains se touchèrent quand Gelda entra dans le bain fumant, et Dare s'écarta pour lui laisser de la place.

— Il n'y a personne comme vous, murmura Dare. Nulle part. Le prix que vous prenez n'y change rien.

Elle caressa l'épaule de Gelda et la courbe douce à la naissance de ses seins. Les doigts de Gelda cherchèrent la cuisse de l'autre femme sous l'eau, juste du bout des ongles.

— Et si je ne me faisais pas payer du tout ? dit-elle doucement.

Le front de Dare se plissa, et l'index de Gelda en chassa les rides.

— Ne faites pas ça, dit Dare. Les premières fois, cela aurait pu avoir une certaine importance. Maintenant, je ne crois pas. (Elle haussa les épaules.) De toute façon, c'est la production qui règle la note. Mais même si elle ne le faisait pas... (ses lèvres larges s'ourlèrent en un sourire) je viendrais vous voir, ma chérie. Il se trouve que vous coûtez cher, c'est tout. Qui s'en soucie ? L'argent rentre, l'argent sort. Vous valez plus, à mes yeux, qu'un gramme de cocaïne ou un manteau de zibeline — et de loin.

Gelda sourit.

— Je suppose que c'est un compliment.

Dare éclata de rire.

— Vous le savez bien. (Elle regarda autour d'elle.) Où est-il ?

Les doigts de Gelda continuèrent leur caresse, douce mais insistante. Plus haut sur la cuisse de Dare, un muscle frissonna, et elle retint sa respiration. Gelda savait que son pouls battait plus fort.

— Il y a tout le temps, ma chérie, dit-elle. Détendez-vous. Vous êtes en sécurité, ici. (Ses doigts glissèrent sur la chair souple.) *Il* sera là quand vous serez prête.

Dare tourna la tête. Ses mains entourèrent les seins généreux de Gelda et ses pouces se mirent à glisser contre les larges mamelons qu'elle sentit se dresser.

— Ah... murmura-t-elle. C'est ce que j'aime en vous : la dualité. Le feu et la glace, le doux et le fort, la garce et l'ingénue.

— Je ne suis qu'un miroir, répondit Gelda à mi-voix.

— Non, c'est faux. Pas avec moi, non. Je sais que vous aimez cela autant que moi. Vous pouvez mentir à tous les hommes, mais avec les femmes, c'est différent. Je sais... Vous me désirez autant que je vous désire.

Les ongles de Gelda jouèrent doucement dans les algues avant de glisser plus avant, lentement, en évitant soigneusement le nœud du plaisir.

— Vous êtes la seule femme que j'aie désirée ainsi, dit-elle.

Les hanches de Dare s'agitèrent et des vagues remontèrent le long des parois de la baignoire. Elles étaient leur propre univers, le passage de la lune soulevant toutes les houles des marées.

Dare releva son buste et prit les seins de Gelda dans sa bouche. « Ahhh !... » Les mamelons jaillirent, luisants de salive.

— Quand je tourne un film, murmura Dare, le soir dans mon lit, je pense à vous. Je me caresse en pensant à vos beaux seins, à vos jambes, à votre large vallée. Oh, mon Dieu !

Elle s'agrippa à l'épaule de Gelda lorsqu'elle sentit la première friction sur la boule de feu.

— Maintenant, maintenant, maintenant !

Gelda passa le bras par-dessus le rebord de la baignoire et le Remington parut. Les yeux de Dare étaient ronds, lumineux, embrumés de plaisir.

« Laisse-le-moi », murmura-t-elle d'une voix de gorge ; et Gelda lui laissa prendre entre ses lèvres la bouche du canon. « Encore... Oh ! encore ! »

Mais Gelda avait retiré l'arme ; elle maintint Dare allongée et lentement, lentement...

— Ahhh !...

Les reins de Dare se cambrèrent et le canon la pénétra. Au second mouvement, Gelda sentit monter en Dare des spasmes de délices. Elle attendait, aux aguets, puis elle prit dans sa bouche les mamelons sombres, quand elle devina la courbe ascendante de l'orgasme. Le corps de Dare répondait merveilleusement, et Gelda pourrait juger exactement quand elle serait au paroxysme.

Dare se convulsa, échappant enfin à l'étreinte de Gelda, et aussitôt Gelda appuya sur la détente. Une fois, deux fois... Six fois. A chaque coup, à l'instant où les jets d'eau chaude propulsés par l'air comprimé l'inondaient, Dare cria.

La salle de bain était inondée d'eau. Dare frissonna comme si elle avait la fièvre. Elle enveloppa Gelda dans ses bras et, les lèvres contre les seins gonflés, murmura :

— Reste, reste ! Ne l'enlève pas.

Ses paupières battaient. Ses reins se soulevaient comme si elle venait de courir un marathon.

— Encore, dit-elle. Encore.

★

Vincent rencontra le lieutenant Croaker à six heures et quart sous la marquise de bois du Michita. Étant donné sa situation, le restaurant était déjà plein de personnes en train de dîner à la hâte avant le spectacle.

La salle était en forme de L, plongée dans une douce obscurité, avec des cloisons de bois séparant les tables. Le bar à shushis, sur la gauche en entrant, contournait la petite barre du L. Il était à peu près aux trois quarts plein. Vincent aperçut un seul Américain.

On les conduisit au fond du restaurant. Là, plus de tables à l'occidentale : une série de cabinets privés, pourvus de tatamis. Ces petites pièces traditionnelles étaient tapissées de matelas de roseaux, mais ne contenaient pas de chaises — uniquement une table basse autour de laquelle les dîneurs s'asseyaient en tailleur. Les pièces étaient cloisonnées par des *shōjis*.

Vincent commanda du saké pour deux, tandis qu ils ôtaient leurs chaussures pour monter sur les tatamis. Le garçon laissa des menus couleur de bure sur la table de bois brillante et alla chercher leurs boissons.

Croaker ouvrit un classeur de toile et en sortit des feuillets 18 × 24, qu'il posa côte à côte devant Vincent.

— Déjà vu cet homme ?

C'étaient les esquisses, faites par le dessinateur de la police, d'un homme d'une trentaine d'années, un Oriental. Nez large, joues plates, yeux anonymes. Il avait les cheveux longs. Vincent étudia les dessins avec soin avant de secouer la tête.

— Non, mais pour tout vous dire, le contraire m'aurait étonné.

— Pourquoi ?

— C'est l'homme qui est allé au *dōjō* de Terry le jour où Eileen et lui ont été assassinés, n'est-ce pas ?

— Comment savez-vous ça ?

Le saké arriva et ils gardèrent le silence pendant que le garçon remplissait les petites tasses. Après son départ, Croaker leva vers Vincent un regard interrogateur.

— J'avais dîné avec Terry ce soir-là, répondit le Japonais lentement. C'est moi qui ai parlé la plupart du temps. (Sa voix devint amère.) Maintenant, je le regrette, parce que, de toute évidence, Terry avait quelque chose qui le tracassait. Il m'a dit deux mots à propos d'un Japonais venu s'entraîner ce jour-là. Karaté, aïkido et... kendo. (Il prit une gorgée de saké et leva une main.) C'est maintenant, en vous parlant, que je fais le rapprochement. Vous comprenez, le *senseï* habituel du kenjutsu au *dōjō*, Bennoki, était en vacances pour une dizaine de jours. Si l'homme est venu chez Terry pour du kenjutsu, il ne pouvait s'entraîner que d'une seule manière. Avec Terry lui-même.

Croaker haussa les épaules.

— Qu'y a-t-il d'étrange ? Linnear m'a dit que Tanaka était un expert de kenjutsu, un... *senseï*, comme vous dites.

— Oui, acquiesça Vincent, mais ce que Nick ne vous a manifestement pas dit, c'est que Terry avait rangé son *katana*. Il était passé par... une mutation spirituelle, il n'y a pas d'autre mot. Il ne trouvait plus aucun attrait au kenjutsu, et il avait cessé de le pratiquer.

— Depuis quand ?

— Je n'en suis pas sûr. Peut-être bien six mois.

— Pourquoi Linnear ne m'en a-t-il rien dit ?

Vincent se versa, ainsi qu'à Croaker, un peu plus de saké.

— A vrai dire, je ne suis pas certain que Nick soit au courant. Il... il a traversé une mutation spirituelle, lui aussi, seulement il n'en est pas encore sorti, et il ne comprend pas tout ce que cela implique. Nous sommes toujours très proches, lui et moi, et il était également très proche de Terry ; mais il a pris du recul, d'une certaine manière. Je crois savoir que Terry a eu l'occasion de le lui dire, mais qu'il a décidé de n'en rien faire. (Il haussa les épaules.) De toute façon, reprit-il en donnant une chiquenaude aux feuilles, si c'est cet homme, il devait être déguisé. Il se peut que Nicholas ou moi le connaissions, mais nous ne pourrons jamais l'identifier à partir de ces dessins.

— D'accord, répondit Croaker en les saisissant pour les ranger. Vincent arrêta son bras :

— Pourquoi n'attendez-vous pas la venue de Nick ? Autant qu'il les voie, non ?

— Linnear m'a appelé en fin d'après-midi. Il est rentré à West Bay Bridge. Son amie a eu un accident. (Il fit disparaître les dessins.) Personne n'a vu ce salopard entrer ou sortir, reprit-il. Ni au *dōjō* ni à l'appartement de Terry.

— Cela ne m'étonne pas. Cet homme est un professionnel. Un professionnel extrêmement dangereux. J'ai bien peur que vous ne sachiez pas à quoi vous vous attaquez.

— C'est exactement ce que m'a dit Linnear, grommela Croaker. Et ce n'est pas le genre de choses que j'aime entendre.

— C'est la vérité, lieutenant. Mieux vaut regarder les faits en face. Ce type peut éliminer exactement qui il veut.

— Même Raphael Tomkin ?

Vincent inclina la tête.

— Même lui.

— On a déjà essayé une bonne dizaine de fois, fit observer Croaker... Et des professionnels.

— Celui-ci est différent, soupira Vincent. Nous ne parlons pas d'un tueur de Detroit ou de je ne sais quelle ville où on les fabrique en série. C'est un ninja. Outre qu'il est un tueur professionnel, c'est Houdini, Superman et l'Araignée en une seule personne.

Croaker regarda le Japonais dans les yeux, en quête d'une lueur d'ironie. Il n'en trouva pas.

— Vous êtes sérieux, hein ?

— Au risque de paraître mélodramatique : oui, mortellement sérieux.

Le garçon revint et ils commandèrent à dîner, et encore du saké.

— Prenez votre temps, souffla Vincent au garçon, qui inclina la tête et sortit.

— Linnear m'a emmené dans un *dōjō* de kenjutsu, cet après-midi, dit Croaker.

— Lequel ?

— Je ne sais pas son nom. J'ai rencontré le *senseï*. Un homme du nom de Fukashigi.

Il aperçut dans les yeux de Vincent un regard très étrange.

— Vous êtes une personne très privilégiée. Rares sont les Occidentaux admis à en franchir le seuil. Et que Nicholas vous y ait conduit..., ajouta-t-il en sifflant doucement.

— Ouais ! plaisanta Croaker. Et après que je l'ai insulté. Il n'est sûrement pas rancunier.

Les yeux de Vincent devinrent très tristes et il dit :

— Ce n'est pas à lui d'être furieux, mais à vous de comprendre que vous avez perdu la face.

— Perdu la face ? Qu'est-ce que vous racontez ?

— C'est tout simple. Les relations se fondent sur le respect — le respect mutuel. Dont découle la confiance. Et l'obligation. Je ne vous demanderai pas comment cela s'est passé — non, ne me le dites surtout pas, je ne veux pas le savoir — mais je peux vous affirmer que si vous l'avez offensé, son respect pour vous a diminué.

— Et que m'importe ce qu'il pense de moi ?

— Ah, bien sûr... vous vous en moquez probablement, répondit Vincent avec un sourire. Si c'est le cas, inutile de parler davantage de tout ça.

D'un geste définitif, il prit une gorgée de son saké et remplit de nouveau la tasse. Croaker se racla la gorge.

— Allez jusqu'au bout de votre dernière pensée, dit-il au bout d'un instant.

— Je voulais simplement vous faire comprendre que ce n'était pas à Nick de vous pardonner. Cela, il l'a déjà fait, sinon il ne vous aurait pas conduit auprès de Fukashigi. C'est à vous de chercher à rétablir l'équilibre antérieur.

— Comment y parviendrai-je ? demanda Croaker d'un ton soupçonneux.

— Ah, si je le savais ! Je serais le sage parmi les sages, répondit Vincent en secouant la tête. Et ce soir, lieutenant, je ne me sens pas sage du tout.

★

Il y avait, au bar à shushis du restaurant, un homme ayant sur son visage un masque invisible qui remontait ses pommettes plates, aplatissait son nez large et creusait les orbites de ses yeux. Sa mère elle-même ne l'aurait pas reconnu.

Il finissait un plat de sashimi quand Vincent et le lieutenant

Croaker étaient entrés dans le restaurant et s'étaient installés sur les tatamis. Il ne tourna pas la tête mais il enregistra leur passage à la périphérie de son champ de vision.

Quelques instants plus tard, il repoussa délicatement son assiette et traversa la salle vers les toilettes. Le restaurant était sombre et plein de monde, bourdonnant de conversations. Les toilettes se trouvaient au-delà des salles à tatamis. Elles étaient vides. Il se lava les mains, les yeux fixés sur son image dans le miroir. La porte s'ouvrit et deux hommes entrèrent. Il ressortit, dépassa les cloisons minces des *shōjis*, paya son repas et s'en fut.

Dehors, dans la moiteur de la nuit d'été, il fit signe à un taxi en maraude. Il lui fallut changer quatre fois de voiture avant d'en trouver une qui convenait à ses desseins.

★

A 20 h 18 exactement, l'officier de police Pete Travine arrêta brusquement la voiture de patrouille dont les roues de droite vinrent crisser le long du trottoir. C'était son deuxième tour de ronde dans la vingt-huitième rue et ce qu'il voyait maintenant, dans la cour séparant un vieil immeuble et une échoppe de tailleur, ne s'y trouvait pas lors de son premier passage, vingt minutes plus tôt. Il en était certain. Il rêvait au bon vieux temps, à l'époque où tous les flics patrouillaient en tandem. Maintenant, avec la crise fiscale que traversait la ville, on continuait à expérimenter les rondes en solo, malgré l'opposition résolue du syndicat de la police.

La radio crachotait de temps en temps, mais il ne se passait rien dans son secteur. Il gara la voiture bleu et blanc, sortit une lampe-torche et balaya la cour sombre. Le faisceau de lumière plana au-dessus d'une rangée de poubelles peintes à l'aluminium ; tout était calme : pas de piétons, seul le murmure léger de la circulation sur Lexington Avenue.

Il ouvrit la portière du côté du trottoir et sortit de la voiture. D'une main, il déboucla le rabat de son étui à revolver et avança avec précaution, la torche perçant les ténèbres. Il y avait une grille ouverte qui donnait sur quatre ou cinq marches de béton très raides, descendant dans la cour proprement dite. Le mur de droite, celui du vieil immeuble, était aveugle sur ses trois étages. Sur le côté gauche les fenêtres commençaient à la hauteur du deuxième étage : il y avait des appartements au-dessus de la boutique du tailleur. Les rideaux laissaient filtrer une lumière étrange, kaléidoscopique : les téléviseurs marchaient.

Travine descendit les marches. Il songea un instant à appeler par la radio, mais il renonça. Il voulait avoir quelque chose de concret à leur dire.

Les ténèbres étaient plus profondes au-delà de la rangée de poubelles, mais quelque chose dépassait dans la zone la plus claire, et une ombre anormale se découpait sur le mur de brique. C'était cela que Travine avait aperçu et qui l'avait intrigué.

Il était au-dessus de la forme. Il ôta la main de la crosse de son revolver, s'accroupit et tendit le bras. Un vieux sac de jute recouvrait en partie le corps mais Travine pouvait voir le visage, une joue appuyée au mur. Il posa deux doigts sur le côté du cou : l'homme était bien mort.

Travine se releva et, sans rien toucher, remonta les marches jusqu'à la rue. Il regarda à gauche et à droite. Un couple passa, enlacé, sur Lexington Avenue, descendant vers le sud. Aucun autre mouvement. Il appela le central puis téléphona à la morgue.

— Je ne veux pas attendre à demain, dit-il à l'assistant de service. Il me faut des résultats ce soir.

Ensuite il revint vers le cadavre pour prendre sa carte d'identité, mais il n'y avait rien. Ni portefeuille, ni argent, ni papiers — rien. Or l'homme n'était visiblement pas là depuis longtemps. Il toucha de nouveau le corps. Pas encore froid. Il se leva. Au loin, le cri des sirènes, de plus en plus proches, déchira la nuit.

Les empreintes digitales leur permirent d'établir l'identité de l'homme. Cela prit un peu plus de trois heures et ce fut seulement à ce moment-là qu'ils commencèrent à se demander ce qu'était devenu son taxi.

★

Vincent sortit du Michita et se mit en quête d'un taxi.

Il était plus que légèrement ivre et il n'en avait nullement honte. Il se sentait léger comme un ballon rouge malgré la chaleur étouffante de la nuit. Toutes les inquiétudes, toutes les responsabilités qui collaient à lui et l'accablaient de tout leur poids étaient tombées comme une peau morte.

Il ne marchait plus d'un pas très ferme et il s'en rendait compte. Cela l'intriguait et l'amusait à la fois. Il était content. Il avait bien besoin d'un peu de laisser-aller.

Il respira l'air lourd de la nuit, chargé de gaz d'échappement et d'odeurs de friture venues du bistrot du coin. Il eut l'impression d'être dans le quartier Ginza de Tokyo, avec l'animation, la foule, la jungle d'enseignes au néon vantant les night-clubs et les produits occidentaux.

Il regarda les gens le dépasser, glisser autour de lui. Il était vraiment un peu parti ! Il lutta contre une envie de rire, puis il se dit : pourquoi pas ? Et il se mit à ricaner tout fort. Personne ne parut le remarquer.

Il partit en direction de l'ouest. La circulation, sur la Sixième Avenue, grondait comme le ressac se brisant sur une grève lointaine. Il songea à Uraga, où avaient accosté les bateaux de l'amiral Perry, en 1853, mettant fin à deux cent cinquante ans d'isolationnisme japonais. Le ressac mystérieux déferlant vers le royaume des Iles. Mieux aurait valu ne pas céder à l'attrait de cette ouverture du Pacifique. Beaucoup mieux. La barrière intemporelle qui retenait le Japon sous son emprise magique avait été battue en brèche. Un conte mythique, comme avait tendance à l'être toute l'histoire japonaise — et qui projetait sur l'écran de la mémoire des ombres plus grandes que la vie.

Un peu plus bas, presque au coin de la Sixième Avenue, un taxi démarra, quitta lentement le trottoir et vint vers lui. Juste avant d'arriver à sa hauteur, la lumière du toit s'alluma. Elle lui éclaboussa les yeux, comme un joyau dans la nuit : il était encore au Japon...

Il fit un signe, d'une main ivre, et la voiture s'arrêta le long du trottoir. C'était un taxi Checker, massif et vaste. Climatisé.

La voiture appartenait à son chauffeur, non à une compagnie : il n'y avait pas de cloisonnement intérieur en plexiglas et les sièges avant étaient du type baquet, revêtus de cuir beige.

Vincent donna son adresse et s'enfonça dans la banquette. Le taxi démarra.

Même dans les rues modernes de Tokyo, toujours envahies par la foule, songeait Vincent, au milieu des encombrements urbains et des complets-veston européens, on tombait brusquement sur un ancien sanctuaire shinto coincé quelque part entre deux gratte-ciel. On pouvait encore entendre le tintement fantomatique des cloches de bronze ; on pouvait sentir l'encens s'effilochant lentement dans l'air. A ces instants-là, les gaz d'échappement, la pollution, étaient éliminés soudain et l'âme du Japon intemporel régnait sans partage, immaculée, délivrée de l'empreinte occidentale, évoquant avec force les dieux d'autrefois.

Il faisait sombre dans le taxi. Il regarda les lumières scintillantes de la ville, et s'aperçut qu'ils avançaient très lentement. Il se pencha en avant.

— Eh ! J'aimerais arriver chez moi en moins d'une heure !

Il vit la nuque du chauffeur bouger et, levant son regard, il aperçut les yeux de l'homme dans le rectangle du rétroviseur. C'était un Japonais. Il chercha son nom sur la carte d'identité fixée au tableau de bord, à l'extrême-droite, mais la lumière était éteinte et il ne distingua rien. Il présenta ses excuses au chauffeur pour sa grossièreté — en japonais.

— Ce n'est rien, répondit l'homme. La nuit a été dure pour tout le monde.

Ils avaient tourné dans la quarante-cinquième rue et ils se dirigeaient vers l'ouest. Le taxi tourna à droite dans la Huitième Avenue. Elle était bordée des deux côtés par tout un mélange de restaurants de troisième ordre et de cinémas pornographiques miteux. Les trottoirs étaient bondés d'intoxiqués de tous ordres cherchant à satisfaire leurs perversions, de petits escrocs noirs, de marlous de bas étage, de casseurs portoricains : l'énorme cloaque de la ville, dans toute sa splendeur graveleuse et misérable.

Le chauffeur passa un croisement à l'orange et s'arrêta au feu rouge suivant.

— C'est une nuit comme chez nous, dit Vincent en japonais.

Le chauffeur s'était retourné. Son visage était bleu et vert dans les lumières dansantes, criardes, d'un cinéma. Sa bouche s'épanouit en un sourire — un rectangle allongé qui aurait pu appartenir à un masque de nō. Les yeux étaient comme des pierres. Il n'en émanait aucun espoir de chaleur ou d'amitié. Ce contraste entre sourire et animosité donnait l'impression d'un regard narquois et méchant — effrayant. Vincent se souvint de la première pièce de nō qu'il avait vue, avec le masque terrifiant du démon ; en tout cas c'était l'impression qu'il avait ressentie, à l'âge de six ans.

Oui, ce visage avait quelque chose de bizarre, mais dans la faible lumière, il n'aurait su dire quoi. Il se pencha en avant. Il avait le sentiment que la peau de l'homme était marbrée, comme si...

Il se recula, stupéfait par ce qu'il venait d'entrevoir. Mais l'alcool avait ralenti ses réflexes et il eut le temps de voir le visage de l'homme se gonfler vers lui comme une tête de vipère. Les joues soufflèrent et les lèvres s'arrondirent. Un brouillard fin jaillit de la bouche et saisit Vincent à l'instant où il reprenait son souffle. Il s'arrêta de respirer, mais il avait déjà absorbé un peu de cette vapeur.

★

Après le départ de Vincent, Croaker demeura sur le tatami, jambes croisées, le tête sur son poing. Il commanda de nouveau du saké et songea à rentrer. Il trempa ses lèvres dans la tasse : l'alcool était froid ; il préféra attendre la nouvelle bouteille. Il aimait bien ce truc. Presque pas de goût ; mais ça vous relevait drôlement le moral.

Il n'avait pas envie de retourner à la maison. Non et non, se dit-il. Erreur : je n'ai pas envie de retrouver Alison. Cela le surprit et l'agaça. Cela le surprit parce que même s'il voyait venir les choses depuis un certain temps, c'était la première fois qu'elles faisaient surface de façon aussi nette, aussi criante. Et cela l'agaça parce que jamais il n'aurait dû laisser la situation se dégrader à ce point. Oh, il n'avait absolument rien contre Alison. Non, songea-t-il, tout simplement, je ne veux plus avoir affaire à elle. Il se demanda un instant comment deux êtres pouvaient se sentir si bien ensemble pendant un certain temps puis ne plus rien éprouver du tout. Telle est la condition humaine, conclut-il, philosophe. Mais quel enfer !

Le saké arriva et il laissa le garçon verser la première tasse. Il la vida et s'en versa aussitôt une autre. Il avait une envie folle d'appeler Matty la Parlote, mais il avait trop peur de faire tomber toute l'enquête Didion en morceaux. Il avait l'impression à présent que toute l'affaire tenait en équilibre sur un seul point : le nom et l'adresse de cette pute...

Il n'avait même pas besoin de fermer les yeux pour revoir l'appartement d'Angela Didion, mais il le fit. Une fois de plus, tous les souvenirs défilèrent...

La première chose qu'il avait remarquée, en entrant, c'était l'odeur. Douceâtre, écœurante. De l'éther, mélangé à quoi ? La salle de séjour sombre n'avait rien révélé, mais il avait trouvé, dans la chambre, la pipe indienne en os. Il l'avait reniflée : de l'opium. Une parcelle sur le bout de la langue. Sûrement très concentré. Pas de la came bon marché. Après tout, n'était-ce pas la chambre à coucher d'Angela Didion ? Une femme qui passait pour le modèle le mieux payé du monde ne pouvait avoir que ce qui se fait de mieux — en tout. Il ne toucha pas à la pipe. Il ne toucha à rien.

Il enfila ses gants de chirurgien et se dirigea vers les penderies, face à l'immense lit. La chambre était bleu nuit — depuis les papiers de soie des murs jusqu'aux abat-jour de satin. Il n'y avait qu'une lampe allumée à son entrée dans la pièce, près du lit. Il laissa les choses en l'état.

Il ouvrit les portes coulissantes avec précaution. A l'intérieur, des robes de soie de Calvin Klein et de Ferragamo. Six manteaux de fourrure — depuis une zibeline teinte, très longue, jusqu'à un étonnant trois-quarts de lynx argenté. Au-dessous, des chaussures de Botticelli et de Charles Jourdan.

Sur le tapis de haute laine, entre le lit et les penderies, se trouvait une combinaison de soie noire. Il la contourna pour se diriger vers le lit. Fabriqué sur mesure, en forme de lune. Draps de percale bleu nuit, mais le couvre-pieds fripé était recouvert de soie. Elle s'enroulait autour des chevilles d'Angela Didion, telle une vague sombre, prête à l'emporter.

Elle gisait à moitié sur le lit, à moitié en dehors. Sa tête dépassait, en porte à faux. Ses cheveux d'un blond de miel ruisselaient sur son visage et formaient comme une flaque sur le sol. Elle était maquillée. Du rimmel sur les yeux, une ombre de rouge sur les joues, les lèvres faites. Elle était nue, hormis une fine chaîne d'or qu'elle portait autour de la taille. Aucun autre bijou. Elle était couchée sur le côté gauche du lit. Le côté droit était vide, mais l'oreiller se creusait comme si une autre personne avait occupé la place. Il y avait des taches sur les draps, encore humides. Pas de sang. Il y avait aussi un oreiller coincé au creux des reins d'Angela Didion.

Quelqu'un s'était livré sur elle à un travail étonnant. Les ecchymoses — qui commençaient tout juste à foncer — formaient comme des rosaces sur son cou, sa poitrine, son ventre. Son dos était cambré, comme en extase, mais il n'y avait sur son visage aucune expression. Aucun signe de douleur ou de frayeur... ou de passion.

Cela aurait dû être grotesque. Avec toute autre victime qu'elle, c'est sûrement ce que Croaker aurait ressenti. Il en avait vu tellement ! Mais ce n'était pas n'importe qui, c'était Angela Didion... Quelle femme extraordinaire elle avait dû être ! se dit Croaker en regardant son cadavre. Parce que sa beauté transcendait même cette déchéance, même la mort. Croaker savait qu'il était en train de contempler un magnifique spécimen d'humanité — détruit maintenant sans pitié — et cela lui fit de la peine. Il éprouvait un sentiment semblable devant presque tous les cadavres qu'il découvrait, sauf ceux des truands victimes de leur propre cupidité : la ville respirait mieux sans eux.

Il détourna les yeux du lit, le contourna et s'agenouilla près de la lingerie de soie noire, sur le tapis. Dans la pénombre de la pièce, elle était presque invisible : du noir sur du bleu profond, presque aussi sombre et plus mat.

Il glissa un doigt, souleva légèrement le tissu, se pencha, posa son nez tout contre, huma, et enregistra la nuance indécise d'un parfum. Il se releva et se dirigea vers la coiffeuse d'Angela Didion. Peigne et brosse assortis en ivoire, miroir à main ovale en écaille de tortue, rimmel, crayons à yeux, rouge, poudre, crèmes. Il y avait deux flacons de parfum sur un plateau d'argent, contre le mur. *Joy* et *Bal à Versailles*. Il les huma lentement, l'un après l'autre. Puis, pour ne garder aucun doute, il revint vers la combinaison de soie et se confirma que le parfum émanant du tissu était différent. L'objet portait l'empreinte d'une autre femme.

Cela avait coûté beaucoup de temps et de peine, mais finalement, Matty la Parlote avait fait surface. Et maintenant c'était le nom et l'adresse de cette femme que Croaker attendait avec tant d'impatience. L'amante d'Angela Didion. A en juger par la taille de la combinaison, elle était beaucoup trop menue pour avoir infligé d'aussi terribles blessures à une femme adulte. D'après le rapport du médecin-légiste, aucun instrument n'avait été utilisé : uniquement les poings. Cela impliquait quelqu'un de fort, une carrure puissante. Certaines ecchymoses paraissaient de belle taille.

Non, cette femme n'était pas coupable mais, Croaker l'aurait juré, elle avait été témoin du meurtre. Elle sait, se dit-il. Personne n'était parvenu jusqu'à elle. Personne n'y parviendrait — sauf Croaker. Il y tenait.

Allons, Matty, envoie ta salade... Il s'aperçut que sa main tremblait sur la table, et il la regarda comme si elle eût appartenu à quelqu'un d'autre. Il avait envie de coincer le coupable, une sale envie. Plus que pour n'importe quel autre crime de sa carrière. Et le pire de tout, c'est qu'il savait qui avait tué Angela Didion. Aussi sûr qu'il connaissait son propre nom. Mais sans ce témoin, il ne tenait rien : rien qu'hypothèse, théorie, preuves circonstancielles que le procureur McCabe n'accepterait jamais d'entendre, et sur lesquelles jamais il n'ordonnerait d'arrestation. Bon Dieu, comme il détestait dépendre à ce point de quelqu'un d'autre ! Mais, ayant passé sept ans à « chauffer » Matty la Parlote, il semblait bien que cela allait enfin payer. Si Matty appelait... *Quand* il appellera, corrigea Croaker. Pensons positif !

Ce qui le ramena à ce ninja. L'enquête n'avançait nulle part, elle se mordait la queue. Et cela, Croaker le savait de longue expérience, c'était extrêmement dangereux. Cela signifiait qu'il n'avait aucun point de départ ; autant dire qu'il ne contrôlait rien. Chaque fois que cela se produisait, des gens passaient de mauvais quarts d'heure.

Et puis, il y avait le problème de Nicholas Linnear. Vincent avait raison, son instinct le lui disait. Or, ses paroles avaient profondément blessé Linnear. Quelle stupidité de sa part ! Il s'en était aperçu dès qu'il avait ouvert la bouche. Il se rendait compte à présent que Linnear serait peut-être la clé de l'enquête. *Il en sait davantage sur les ninjas que quiconque au Japon ou en dehors du Japon*, lui avait dit Vincent vers la fin de la soirée. *Faites-lui confiance. Il sait de quoi il parle.* Et maintenant il travaille pour ce salopard de Tomkin, se dit Croaker. Il éprouva soudain une envie pressante de prendre du recul, de laisser les choses se passer sans lui. Peut-être Tomkin allait-il y rester. Mais cela ne faisait pas son affaire, à lui, Croaker. Il ne voulait pas que cela se produise ainsi. Et il fallait tenir compte des quatre autres morts. Si le ninja était à l'affût de Tomkin, pourquoi avait-il tué quatre personnes qui ne connaissaient pas le milliardaire, et qui n'avaient absolument aucune relation avec lui ? Personne ne semblait connaître la réponse, et il n'y avait sûrement, dans la police, aucun inspecteur avec qui il puisse en discuter. On en revenait toujours à Linnear. Si quelqu'un pouvait avoir un indice, ce serait lui.

Croaker regarda sa montre et songea à appeler Linnear, puis il se ravisa. Le téléphone n'était pas le moyen qui convenait et, de toute façon, il était trop survolté par l'alcool pour réfléchir avec suffisamment de clarté. Il poussa un soupir et finit la bouteille de saké. Il avait assez bu.

Il ne parvenait pas encore à affronter la perspective de rentrer chez lui. Mais il avait envie d'une femme. Une image se mit à planer dans sa tête et, aussitôt, il se sentit dur comme une barre de fer. C'était un visage familier, mais où donc l'avait-il déjà vu ? Peut-être nulle part. Ou sur une affiche. L'image était remontée du tréfonds de sa mémoire. Peut-être était-elle morte depuis longtemps. Ou peut-être n'avait-elle jamais existé.

★

Vincent rejeta aussitôt tout l'air de ses poumons, essayant de les libérer du brouillard. C'était là une réaction futile, son esprit le savait — mais son corps ne voulait se priver d'aucune chance.

Ses yeux se mirent à brûler et il pleura. Il chercha à tâtons la poignée de la portière. Le feu passa au vert et la voiture démarra. Il s'appuya de tout son poids sur la poignée, et la portière s'ouvrit à la deuxième tentative. La ville se jeta sur lui et il bascula dehors. Son pied s'accrocha un instant puis se libéra. Il roula dans la rue plusieurs fois. Des klaxons hurlèrent. Il entendit de violents crissements de freins et des cris assourdis. Puis il fut debout, courant maladroitement... Il glissa sur une crotte de chien comme sur une peau de banane. Il écarta les bras pour rétablir son équilibre, heurta le bord du caniveau et partit en flèche sur le trottoir.

Il sentit derrière lui la présence menaçante du taxi Checker. Le chauffeur s'arrêta brutalement et bondit dans la rue.

— Eh ! cria-t-il. Revenez ! Vous n'avez pas payé !

Vincent trébucha, heurta des gens dans la foule. Des visages noirs se retournèrent, les yeux agrandis, pour regarder la scène.

Il ne manque pas d'estomac, le salaud ! songea-t-il. Un énorme Noir le ceintura. Il portait un pantalon marron très étroit et une chemise à col ouvert.

— Eh, mec ! Du calme. Regarde où tu fous les pieds.

Il zigzagua dans la foule, se demandant combien de temps il lui restait. Il ne se faisait aucune illusion sur ce qu'il avait inhalé.

Même sans l'odeur caractéristique, il aurait juré que c'était une toxine agissant sur le système nerveux.

Il tourna la tête — sans voir son chasseur. Il prit un risque ; gagnant le bord du trottoir, il héla un taxi : dans ce quartier, inutile d'espérer qu'un flic jaillirait du bitume. Mais il aperçut aussitôt l'homme qui le traquait, à la périphérie de la foule ; l'autre l'avait repéré et bondissait vers lui.

Vincent pivota et s'enfonça de nouveau au milieu des passants. Il se remit à courir, mais il savait que cela ne ferait que répandre la toxine plus vite dans son corps. Déjà son cœur battait à tout rompre, et le bout de ses doigts devenait insensible : mauvais signe. Mais l'homme continuait de le poursuivre ; aussi y avait-il une chance qu'il n'ait pas inhalé une quantité suffisante de poison.

La mort était très proche à présent. Vincent le savait. Elle planait au-dessus de ses épaules comme un oiseau de proie aux aguets. Il se rendit compte soudain qu'il avait envie de vivre — oh, tellement ! Ah, l'énergie était encore puissante en lui !... Ce fut comme une révélation et cela le soutint pendant un certain temps. Il fallait qu'il conserve tous ses esprits pour abattre ce démon. Il n'était pas le plus fort, il s'en fallait ; mais il s'accrocha à cette idée et courut de plus belle dans la nuit pailletée de néons.

Il obliqua sur sa droite, trébucha dans le caniveau, mais de nouveau l'homme le repéra. Mauvais. Il était définitivement exclu de prendre un taxi.

Il toussait à présent, sans cesser de courir. Il essaya de vomir. Il avait l'impression de ne plus pouvoir assez s'oxygéner. Ses bras devenaient faibles et il lui fallait obliger ses jambes à fonctionner. Derrière lui, il entendit un cri rauque et un bruit de course. Il se fraya un chemin à travers la foule, éperdu, et son esprit tournoyait à la recherche de... Le brouillard ! Quel idiot il avait été ! C'étaient les pores de sa peau qui l'avaient absorbé : la brûlure aurait dû le lui dire. L'inhalation n'était que secondaire.

Il fallait qu'il trouve... Il savait à quel point il était vulnérable dans ces rues misérables où personne ne lui offrirait de l'aide. Un restaurant ? Mauvais. Trop de lumière. Il lui fallait un endroit sombre.

Là ! Droit devant lui ! Il poussa une dernière pointe de vitesse. Son cœur battait aussi douloureusement que s'il eût été à bout de forces. Il s'arrêta sur son élan devant un cinéma. Sur la façade, une affiche dominée par le buste d'une blonde pourvue de gros seins. Au-dessous, un agrandissement photographique d'une critique du film. « Une érection ! » proclamait une banderole, et: « Classé super-X ». Vincent bouscula un homme devant le guichet et lança un billet au caissier. Il franchit le tourniquet sans prêter garde aux cris :

— Eh, monsieur, attendez ! Votre monnaie !

Les ténèbres. Une odeur de moisi, de sueur refroidie et de sperme séché. Des images imprécises qui bougeaient sur l'écran et le bruit d'une respiration haletante, amplifiée par les haut-parleurs, résonnant dans toute la salle. Puis un bruit liquide et un gémissement.

Vincent cligna des yeux plusieurs fois pour s'adapter à la pénombre. Il chercha des yeux les toilettes pour hommes. Elles étaient au fond du balcon : deux volées de marches. Plus qu'il n'en pourrait monter.

Il se glissa avec précaution dans l'allée transversale, à l'arrière. Il dépassa deux personnes debout, qui regardaient l'écran. Il parvint devant une rangée de machines à sous. Du maïs grillé. Des bonbons. Des sodas.

Il fouilla dans sa poche de pantalon et sortit trois pièces de vingt-cinq cents. Il les fit glisser dans la fente et appuya sur un bouton au hasard. Il attendit impatiemment que le gobelet de carton tombe avec un bruit creux, suivi par le jet de soda. Il passa la main et attrapa la glace pilée au moment où elle glissait du conduit vertical. Il frotta la glace partout sur son visage. Il battit des paupières jusqu'à ce qu'il sente bien l'eau froide couler dans ses yeux et sur ses joues. Peut-être était-il encore temps. La glace était comme un baume adoucissant qui atténuait la douleur. Il y avait encore, oui, il y avait *encore* une chance. C'était un taxi climatisé, toutes glaces remontées, mais il en était sorti très vite. Il essaya de calculer pendant combien de temps il avait été exposé, mais il renonça. A quoi bon ?

Il tourna la tête vers la porte. Quelqu'un entra. Quelqu'un sortit. Pour lui ce n'étaient que des ombres. Son chasseur était-il déjà là ? Aucun moyen de le savoir. Là où il se trouvait, il constituait une cible parfaite.

Il passa dans la salle proprement dite et descendit rapidement l'allée centrale. Il avait l'impression de voir mieux ; il distinguait des hommes assis, rigides comme des statues, fixant l'écran garni de corps entrelacés.

Il se glissa dans une rangée de fauteuils du milieu de la salle et continua jusqu'à ce qu'il touche le mur. C'était la partie la plus sombre du cinéma. Il s'assit. Le sol était gluant. Il régnait une odeur de vieillissement prématuré. Il pivota. Des gens entraient et sortaient. La lumière tressautante de l'écran jouait sur leurs visages. Il se retourna.

Ses mains s'étaient mises à trembler, mais c'était peut-être à causé de l'afflux soudain d'adrénaline. Il avait la bouche sèche et le souffle râpeux. Sinon, il se sentait beaucoup mieux. Manifestement, la dose n'était pas mortelle. Il essaya de se détendre et respira à fond, mais il sentait un point douloureux sur le côté, peut-être à cause de sa course folle. Le ninja était sûrement là, lui aussi. S'il faisait mine de sortir, il serait mort avant d'être parvenu à mi-chemin de la porte.

Il allait être obligé de combattre. Il n'y avait pas d'autre option. Il n'était pas un *senseï* ou un adepte de l'*harageï*, comme Nicholas — ou Terry. Il chassa Terry de ses pensées : cela ne pouvait que le réduire au désespoir. Car si Terry avait été vaincu...

Mais Terry avait été attaqué par surprise. Et il avait dû songer avant tout à Eileen. Vincent, lui, était sur ses gardes. Il me faut du temps, se dit-il, et je suis en train d'en gagner. Il se sentait de mieux en mieux. Réfléchis ! s'adjurait-il. Il faut que tu te sortes de là, d'une façon ou d'une autre.

Il y avait des gens derrière lui, sur sa gauche. Des ombres glissaient dans l'allée centrale, remontaient, descendaient, se baissaient, avec des bruits de tissu chaque fois que quelqu'un s'asseyait ou se relevait. Quelqu'un se faufila dans sa rangée, à un siège de lui. Il se raidit, mais regarda en coin : un homme assez jeune, cheveux en brosse, costume de confection mais de qualité, petit attaché-case de cuir sur les genoux. Le cadre supérieur modèle.

Vincent détourna son attention et se remit à réfléchir. Quelque chose toucha son bras. Il sursauta et courba la tête. C'était le cadre supérieur bien rasé, aux joues roses. Il vivait peut-être juste de l'autre côté de l'Hudson, sur les Jersey Palisades, avec sa femme, ses deux gosses, son chien et ses deux voitures. L'homme lui tapait doucement sur le bras. Il se pencha en avant et son regard chercha celui de Vincent. Il murmura quelque chose, mais Vincent ne put rien distinguer au milieu des râles amplifiés. L'homme se pencha par-dessus le siège vide qui les séparait et répéta, d'un ton plein d'espoir :

— Vous voulez venir vous asseoir près de moi ?

Vincent le regarda, bouche bée, pendant une minute entière, puis secoua violemment la tête et se recula.

Il s'essuya le front. Ses doigts étaient trempés. Mais il savait maintenant comment il allait procéder. Tout d'abord attendre.

Il y eut un mouvement dans l'allée. Une ombre s'était arrêtée au bout de sa rangée. Vincent tourna lentement la tête. Il ne distingua qu'une tache noire. Le cadre supérieur qui lui avait fait des avances s'agitait légèrement sur son siège. Ses mains étaient invisibles sous le bouclier de son attaché-case. Il faisait trop chaud pour porter un imperméable.

Quelqu'un se glissait maintenant dans la rangée de Vincent. Il retint son souffle. Son cœur battit plus vite. Le ninja ? La silhouette s'avançait lentement. Vincent leva les yeux. L'homme était juste de l'autre côté du jeune cadre passionné par le film. Vincent entrevit un reflet des lumières de l'écran danser dans les yeux de l'homme. Oui, le ninja... Il se penchait, disait quelque chose au jeune cadre qui rentrait ses jambes sans détacher les yeux de l'écran.

Il arrivait. Vincent se prépara pour ce qu'il avait décidé. Il lui faudrait de la vitesse, de la force et... L'homme était déjà debout devant le fauteuil vide, tout près de lui. Il ne s'assit pas.

C'était le moment. Maintenant !

Vincent bougea. Rien ne se produisit. Ses yeux s'agrandirent. C'était à ne pas croire. Il était paralysé !

Il appliqua toutes ses forces à lever les bras, mais ils demeurèrent immobiles, comme si on les avait enchâssés dans du plomb pendant que son attention était ailleurs. Il tenta de se lever, mais il ne sentait plus ses jambes. Plus de pieds, plus de chevilles, rien. Alors il sut avec une certitude absolue que le brouillard n'avait jamais eu pour but de le tuer mais simplement de l'immobiliser.

L'ombre le surplomba, effaçant toute lumière. Il entendit des cris bestiaux, des sanglots lubriques. Il perçut le mouvement au-dessus de lui, comme au ralenti : il regarda, calme et détaché, le ninja se pencher sur lui et poser doucement un avant-bras contre sa clavicule gauche. Il sentit la pression, et ses yeux clignèrent. Peut-être le bout de l'un de ses doigts se contracta-t-il soudain, là-bas, sur l'accoudoir de bois du fauteuil. Il n'y avait plus en lui aucune crainte, aucun regret — uniquement une image du Japon, une côte rocheuse non loin d'Uraga, avec ses chaumières délabrées, les voiles blanches immaculées des bateaux de pêche prenant le large dans la lumière rouge et jaune du levant. Il vit le pin solitaire, debout sur la falaise, nimbé de lumière, sentinelle noire veillant sur son sol natal.

L'autre avant-bras se posa sur le côté gauche de son visage et appuya contre l'oreille. Avec une force colossale... tandis que le premier bras maintenait son corps immobile. Et puis le sol tourna, tourna et... *clac !*

2. Environs de Tokyo, automne 1963

— C'est l'endroit idéal pour regarder le coucher du soleil, dit Cheong.

Elle se tourna vers Taï et lui tendit le plateau de laque. Taï s'inclina, le prit et quitta la cuisine sans bruit. Ils étaient seuls.

— Vois-tu, j'ai demandé à ton père d'enlever les *shōjis* et de mettre des vitres. (Elle eut un petit rire.) Itami en a été scandalisée, bien sûr. Jamais elle n'aurait fait une chose pareille dans *sa* maison.

Elle poussa un soupir. Elle était maintenant parfaitement sérieuse.

— Parfois, reprit-elle, ta tante peut se montrer extrêmement fatigante, j'ai très honte de l'avouer.

— Itami n'est pas de notre sang, mère.

Elle posa une main fine sur le poignet de Nicholas et sourit.

— Souvent, Nicholas, l'esprit est un lien plus fort que le sang. Tu t'en apercevras sûrement par toi-même, quand tu seras plus grand... Tu as faim ? ajouta-t-elle en ôtant sa main.

— Oui.

— Bien. Taï a préparé ton plat préféré.

Elle le lui montra.

— Mon plat préféré, ce sont les *dim sum*, dit-il. Taï ne les fait pas aussi bien que vous, même si vous lui indiquez comment faire.

Cheong éclata de rire et se pencha pour embrasser son fils.

— D'accord, dit-elle d'un ton léger. Ce week-end, je te ferai des *dim-sum*.

— Combien d'espèces ?

— Suffisamment, dit-elle. Suffisamment.

Elle regarda par la fenêtre. Près de l'horizon, le ciel était jaune vif, comme une crème à la vanille, mais très haut au-dessus de leurs têtes, le bleu restait aussi profond qu'à minuit.

— Tu n'assistes pas à ce spectacle assez souvent...

— Le bujutsu prend beaucoup de temps, mère.

— Je sais... Ton travail scolaire n'en souffre pas, ajouta-t-elle après une seconde d'hésitation.

Cela ne ressemblait pas tout à fait à une question.

— Pas de problème, répondit Nicholas.

— Tu sais, mon père... (elle appelait toujours So-Peng son père, exactement comme s'il l'avait engendrée) mon père disait toujours que l'endroit d'où l'on vient fait une grande différence. Tes ancêtres vivent dans ton sang.

— Je ne sais pas, dit Nicholas. J'ai beaucoup d'amis américains qui font tout ce qu'ils peuvent pour rompre avec tout ça. Vous savez, leurs parents et...

— Eh bien, dis-moi dans ce cas, mon petit, si leurs ancêtres n'ont pas réglé le cours de leurs vies ?

Il la regarda. Après tout elle devait avoir entièrement raison...

— Tout ce que ton grand-père était, je le suis, dit Cheong. Il m'a fait ce legs longtemps avant que je quitte Singapour avec ton père. En Asie, c'est tout à fait spécial, tout à fait... (elle chercha le mot juste) unique. Et maintenant je suis capable de faire la même chose pour toi.

— Mais je connais si peu de chose sur lui.

— Tu apprendras avec le temps. Tu es encore jeune.

— Mais vous étiez beaucoup plus jeune que moi quand vous avez commencé à...

— L'époque était différente. Le danger était partout. Je suis très heureuse que tu aies pu éviter ces malheurs. Personne ne devrait être condamné à souffrir ainsi... Mais parlons de choses plus agréables, ajouta-t-elle avec un sourire sur son beau visage.

Je veux savoir, lui dit-il dans sa tête. Je veux absolument savoir ce qui s'est passé... Mais bien entendu, ce n'était pas une question qu'il pouvait lui poser à voix haute. Jamais. Si elle décidait de lui dire un jour... Mais elle ne le ferait pas. Il se demandait même si son père savait. Seuls Cheong et So-Peng. Et So-Peng était mort depuis longtemps.

— Ta tante a demandé de tes nouvelles, aujourd'hui, dit-elle, brisant le cours des pensées du jeune homme. Elle en demande toujours quand tu n'es pas là.

— C'est aimable à elle de s'intéresser à moi.

— Oui... (Cheong sourit et lui toucha la main.) Tu devrais le lui dire, elle en sera très heureuse.

— Je ne parviens pas à la considérer comme... C'est-à-dire...

— Nicholas, Itami nous considère tous — nous tous — comme faisant partie de sa famille. Elle t'aime beaucoup.

— Mais parfois... On a du mal à savoir, avec elle.

— Oui, oui... Les gens sont complexes. Il faut faire l'effort de les connaître. Avec la lenteur de l'eau qui s'infiltre. Avec patience. Ceci est, peut-être, difficile pour toi. Ton père prend les choses ainsi. Il est à la fois patient et impatient.

Elle secoua la tête, comme si cela la surprenait.

— Très changeant, oui, dit-elle. C'est toujours étrange pour moi. (Elle lui caressa la nuque.) Tu lui ressembles tellement, à cet égard, reprit-elle. Il ne se lie pas facilement d'amitié, comme la plupart des étrangers semblent le faire. Mais c'est vrai qu'il n'est plus un étranger. Il est chez lui en Asie. Autant que moi. Nous sommes tous deux des enfants de l'Orient, en train de forger nos propres passés.

— Tout cela m'a l'air si difficile, si complexe.

— Nous ne pourrions pas vivre autrement, dit-elle, avec un sourire.

★

Satsugaï et Itami venaient dîner de plus en plus souvent. La tante de Nicholas avait toujours fréquenté régulièrement la maison. Cheong y veillait. Mais, maintenant, son mari s'était mis à l'accompagner régulièrement.

En écoutant Satsugaï parler, Nicholas commença à comprendre comment le Japon avait pu être entraîné aussi aveuglément dans une guerre désastreuse, par cet homme et par d'autres membres des puissants *zaïbatsus*. Non point que Satsugaï évoquât jamais les événements d'avant la guerre ou la guerre elle-même. En ce qui le concernait, la guerre semblait ne jamais avoir eu lieu. Comme l'autruche, il avait l'air parfaitement aveugle aux séquelles de la guerre, pourtant encore bien visibles dans les villes et les campagnes.

— Les communistes ont toujours été un problème au Japon, colonel.

Nicholas se souvenait de cette phrase prononcée par une soirée d'automne glacée. Le ciel s'assombrissait — couleurs rousses, couleur prune — et le vent mordant, qui gémissait à travers les pins et les cèdres voisins, signe avant-coureur de l'hiver tout proche, était soudain devenu aigre. Une pluie fine tombait en oblique, les vastes baies du bureau se nimbaient de vapeur, qui coula comme des larmes muettes. Un malheureux roitelet tournait nerveusement, en cercles de plus en plus serrés, sous l'abri imparfait d'une haie soigneusement taillée, juste sous la fenêtre, là où la pluie se condensait en perles sur les étagements de feuilles ovales, toile d'araignée liquide, tissée avec une précision scintillante d'un bout à l'autre du feuillage. L'oiseau minuscule gardait la tête penchée, un œil sur le ciel, impatient de s'envoler à nouveau.

— Le Parti ne réunit pas tellement de gens, même en ce moment, avait répliqué le colonel.

Il tassa le tabac de sa pipe et l'alluma avec sa minutie coutumière. La pièce s'emplit de douce fumée bleue.

— Mon cher colonel, dit Satsugaï, le danger ne se définit pas simplement par des *chiffres*, surtout ici, au Japon. (Il parlait comme si le père de Nicholas eût été un touriste de passage dans le pays.) Il faut tenir compte de la *virulence* de l'ennemi. Les gens dont nous parlons sont actifs et passionnés. Ce sont des fanatiques de leur cause : le communisme mondial. Il ne faut pas faire l'erreur de les sous-estimer. Car c'est ainsi qu'ils réussissent à prendre pied.

Le colonel ne répondit pas, trop occupé à allumer minutieusement sa bouffarde. C'était une pipe de bruyère sombre, de facture assez brute, avec un tuyau recourbé et un fourneau assez haut. Elle ne l'avait pas quitté de toute la guerre, et elle lui était donc devenue très chère. Pour lui c'était un symbole, et bien qu'il eût plus de vingt-cinq pipes dans sa collection, c'était invariablement celle-ci qu'il choisissait.

La guerre vous donne des idées spéciales, songeait le colonel. Et c'est parfaitement compréhensible parce que, finalement, quand les jours sont assombris par la mort et les nuits interminables, pleines des terreurs de la jungle, quand les officiers sont fauchés par le feu des mitrailleuses et que les hommes sautent sur des mines, à deux pas de vous, ou bien sont tranchés soudain, de la gorge au nombril, par un envahisseur silencieux, ces idées spéciales bien personnelles sont tout ce qui subsiste encore entre vous et la folie intégrale.

Le colonel s'était mis dans la tête que tant qu'il posséderait cette pipe, tant qu'il pourrait lâcher pendant un instant la crosse chaude de son pistolet mitrailleur Sten fumant et plonger la main dans la poche de son uniforme pour tâter la forme irrégulière de son fourreau, tout irait pour le mieux.

Il se souvenait avec une netteté absolue de ce matin du début de l'été 1945, où son unité avait lancé l'assaut aux environs de Singapour. Ils venaient de lever le camp et ils avançaient lentement vers le sud, chaque unité maintenant le contact constant par talkie-walkie.

Dans la jungle, le colonel avait cherché du bout des doigts le rassurant toucher de sa pipe. Elle n'y était plus... Il s'arrêta pour inspecter le sol derrière lui, mais dans l'entrelacs des racines noueuses noyées de boue, il ne vit que des millepattes et des sangsues. Saisi par une panique confuse et sans penser plus loin, il ordonna à ses hommes de reculer avec lui jusqu'à l'emplacement du camp. Il retrouva la pipe, à moitié enterrée dans le sol mou. Il la nettoya, et il était sur le point d'ordonner à ses hommes de repartir lorsqu'il entendit la première explosion. Le sol vibra comme lors d'un tremblement de terre. Vers le sud, ils virent un geyser immense de boue et de feuilles — taché de rouge.

Sans un mot, le colonel leur donna le signal de départ et ils s'élancèrent en zigzaguant à travers la jungle dense. Toute la compagnie avait été détruite ; ceux qui n'avaient pas été pris dans les mines, ingénieusement disposées, étaient tombés sous le feu des tireurs embusqués. Le colonel posa la main sur sa pipe, dans sa poche. La bruyère était tiède sous ses doigts calleux. Il reprit son Sten et entraîna ses hommes vers l'ouest, à travers les marais à palétuviers puants, contournant le secteur de mort et de sang, avant de continuer vers le sud. Au plus noir de la nuit, ils tombèrent sur le camp des Japonais. Ils le prirent à revers et se saisirent des sentinelles du périmètre, sans un bruit. Ils les ligotèrent à des arbres tels des témoins muets. Puis le colonel envoya la moitié de ses hommes vers le sud-est. A quatre heures précises du matin, le colonel et son groupe ouvrirent le feu depuis leur position, juste au sud du campement. Le plomb sifflait dans l'air et les pistolets mitrailleurs fumaient gaiement. Une bonne moitié du camp tomba sous ce feu implacable. L'autre moitié n'eut pas plus de chance : ils battirent en retraite directement dans la ligne de tir du second groupe du colonel. Pris entre deux feux, ils se mirent à danser comme des pantins fous, jusqu'à ce que leurs corps se désintègrent.

En d'autres circonstances, le colonel aurait jugé que c'était là un horrible gaspillage de munitions précieuses, mais pas en une nuit de fournaise comme celle-ci, qui vous marque à vie, une nuit de Walpurgis...

— Satsugaï... commença le colonel d'une voix calme.

La guerre vibrait encore derrière ses yeux tandis qu'il lançait paresseusement un nuage de fumée odorante.

— Satsugaï, vous connaissez l'histoire de votre pays aussi bien que quiconque, j'en suis sûr. Le communisme n'est pas une réalité au Japon, et vous le savez. Il y a beaucoup trop de traditions s'opposant directement à une forme d'égalitarisme idéalisé de cette espèce. L'idée de « communiser » le Japon est ridicule ; jamais le peuple ne le supporterait.

Le visage de Satsugaï esquissa un sourire d'acier.

— Ce que je crois, moi, a peu d'importance, *haï* ? Ce qui compte c'est ce que croient les Américains. Ils comprennent la menace communiste ; ils savent que nous sommes — nous, les hommes des *zaïbatsus* — le rempart le plus puissant de ce pays contre le communisme. On ne peut combattre le communisme avec des réformes libérales. Votre MacArthur l'a découvert dès 1947.

Les yeux du colonel lancèrent des flammes.

— Nous fondions tous de grands espoirs dans l'avenir du Japon, à l'époque...

— Les espoirs, colonel, sont pour les naïfs, lui répondit Satsugaï d'une voix douce. Il faut affronter les réalités. Le continent est juste en face de Fukuoka, de l'autre côté de la *genkaïnada*. La menace est tout à fait réelle, je vous assure. Ils ne cesseront jamais de s'infiltrer et de tenter de renverser le gouvernement du Japon. C'est la raison pour laquelle nous demandons des mesures fermes, et l'application la plus stricte des décrets. Le libéralisme ne peut pas être toléré ici. Vous le reconnaîtrez sûrement.

— Je ne vois qu'un pays perverti pour servir les intérêts de certains groupes, exactement comme pendant la guerre.

Un instant, les yeux des deux hommes s'affrontèrent, et ce fut comme si des étincelles jaillissaient à ce contact.

— Si, en 1873, les choses avaient été ce qu'elles sont à présent, dit Satsugaï doucement, jamais le *seïkanron* n'aurait subi la défaite.

Il parlait du plaidoyer auquel s'était livrée la Genyōsha cette année-là, en faveur d'une campagne militaire contre la Corée. Son rejet avait provoqué les premiers actes de violence à visage découvert de la Genyōsha contre le gouvernement Meiji : la tentative d'assassinat de Tomoni Iwakura.

— N'oubliez pas, colonel, que si le *seïkanron* avait été couronné de succès, il n'y aurait pas eu de guerre de Corée. Les communistes, quand ils seraient arrivés, auraient été contenus en Mandchourie. Mais les choses étant ce qu'elles sont, ajouta-t-il en haussant les épaules, les Américains se précipitent de guerre en guerre, même si le cœur n'y est pas.

— Que voulez-vous dire ?

— C'est évident, non ? Vous avez combattu vous-même dans les jungles du continent asiatique. Les tanks américains, l'artillerie et même les bombardements sur une vaste échelle ne sont pas efficaces. Les communistes sont beaucoup trop bien organisés et, de toute façon, ils ont une réserve d'hommes à peu près inépuisable.

252

— Le Vietnam ne nous concerne pas.

La pipe du colonel s'était éteinte, mais il ne semblait pas s'en être aperçu. Satsugaï croisa les jambes et lissa le pli de son pantalon de laine peignée.

— Je vous demande pardon, cher ami, mais, en l'occurrence, je dois dire que vous avez certainement tort. Si le Vietnam tombe, le Cambodge viendra ensuite, et qu'adviendra-t-il de la Thaïlande ? Oui, l'« effet domino » est une possibilité réelle, trop réelle. Et effrayante.

Le colonel semblait à moitié endormi. Ses yeux d'un bleu glacé se voilaient et les iris semblaient plus sombres. Sa pipe froide restait fermement plantée au coin de sa bouche. Il écoutait le crépitement hypnotique de la pluie contre les vitres et sur les gouttières. Ses pensées étaient pleines d'Histoire.

Tant d'idéalisme. Les choses avaient de toute façon débuté ainsi. Mais MacArthur était un tel salopard, un tel paranoïaque ! En 1947, au moment de la « volte-face » américaine au Japon, les États-Unis n'étaient plus tellement désireux d'obtenir des dommages de guerre, au sens strict. Après tout, le Japon était démilitarisé. Ce qui commençait à les intéresser de plus en plus, c'était de faire du Japon leur chien de garde contre le communisme en Extrême-Orient, et à cette fin, ils entreprirent deux ordres d'action, distincts mais parallèles. Tout d'abord, ils rétablirent au pouvoir de nombreux hommes politiques et hommes d'affaires puissants de droite, considérés jusque-là comme suspects. En second lieu, ils déversèrent des millions de dollars dans l'économie japonaise, jusqu'à ce que plus de 80 % des anciennes structures industrielles d'avant-guerre fussent de nouveau en état. Ce faisant, ils permirent à une campagne entièrement inspirée *par les Japonais* d'éliminer les communistes et les radicaux de gauche suspects — exactement comme en Espagne, en Iran et en Amérique du Sud. La même politique. Seulement cette fois, le coup avait réussi.

Dehors, le vent montait, lançant la pluie en rafales cristallines sur les vitres. Il ne restait plus de couleurs sur le ciel bas.

Le groupe d'hommes de 1945, limité en nombre mais intrépide et plein d'enthousiasme, était le choix le plus juste pour le pays. Ils étaient certains de faire triompher leur vision à long terme d'un Japon réellement démocratisé, libéré de tous les obstacles féodaux. Quelle naïveté ! songea amèrement le colonel, faisant écho aux paroles de Satsugaï. Tous étaient partis, à présent — tous ses amis. Il regarda la pluie frapper le verre : des larmes, froides et désespérées. Une rafale plus violente souleva les feuilles mouillées, tombées depuis le dernier passage d'Ataki ; elle les souleva, les fit tournoyer et pirouetter comme de minuscules vaisseaux de l'espace venus d'un autre monde. En vingt-trois ans d'Extrême-Orient, jamais le colonel ne s'était senti plus étranger qu'en cet instant. Son isolement lui sembla à la fois total et irréversible. L'un après l'autre, les membres de ce cercle privilégié d'esprits liés par l'amitié s'étaient séparés. Le cœur même des conseillers politiques de MacArthur s'était désintégré par suite de mutations ou de démissions. A dire vrai, ils n'avaient pas pris conscience des machinations politiques ourdies autour d'eux, ni de l'instabilité croissante de MacArthur lui-même. Ils s'étaient encore accrochés, tenaces, même après la volte-face de 1947, espérant contre tout espoir que leur influence combinée pourrait contribuer à contenir la marée et à remettre le Japon sur les rails de la démocratisation.

Aujourd'hui, avec le recul du temps, c'était tellement évident ! Oui, ils avaient été impuissants sur toute la ligne, cela crevait les yeux. Une politique avait été déterminée de l'autre côté du monde et l'on attendait d'eux qu'ils l'appliquent, non qu'ils la commentent. Personne ne leur avait expliqué cela, au départ. Terlaine avait dit tout haut ce qu'il pensait, et on l'avait aussitôt démis de ses fonctions ; McKensee avait été broyé, puis muté aux États-Unis ; Robinson était parti, deux ans plus tôt, à la retraite, après avoir été enfoncé dans la boue jusqu'à plus soif. Seul le colonel restait, l'homme de fer, extérieurement inchangé. Mais au fond de lui.., Quel crève-cœur ! Quelle terrible désillusion ! Il ne pouvait pas supporter la pensée que l'œuvre de sa vie fût absolument dénuée de toute signification, que ce pourquoi il avait si longtemps lutté avec une énergie inébranlable ne deviendrait jamais une réalité.

Non, le colonel ne pouvait pas renoncer, même à présent ; envisager une chose pareille n'était pas dans sa nature. Il s'était cru plus malin que les autres : après tout il avait dans la manche un atout dont les autres ne savaient rien. Pourtant, se dit-il, on dirait bien que la partie est jouée et que j'ai perdu. Le renard, à sa manière, s'est montré plus rusé que moi. Mais ce n'est pas encore terminé, non. Ce n'est pas possible. Je ne le permettrai pas.

Le germe de l'idée lui était venu le lendemain de l'arrestation de Satsugaï par la police militaire du SCAP, à la fin de l'année 1946. Au grand jour, le colonel ne pouvait absolument rien faire. Satsugaï était bien connu au Japon comme réactionnaire puissant, à la tête d'un des monstrueux *zaïbatsus*. Il était inévitable qu'il soit soupçonné, donc arrêté comme criminel de guerre.

Itami supporta la honte avec stoïcisme, comme elle supportait tout dans la vie. Mais Cheong était aux cent coups. Cette nuit-là, sur l'oreiller, elle supplia le colonel d'intervenir. Il avait un poste très élevé dans la hiérarchie du SCAP, il était conseiller du général MacArthur lui-même. Ne pourrait-il donc pas aider Satsugaï de quelque manière ?

— Ma chérie, avait-il répondu, les choses ne sont pas aussi simples. Nous traversons une période très difficile... D'un autre côté, ajouta-t-il pour l'apaiser, Satsugaï est peut-être coupable de tout ce dont on l'accuse.

Cela n'eut pour effet que de multiplier la fureur de Cheong.

— Peu importe, dit-elle simplement. Il est de la famille.

— Donc, il ne peut pas être criminel ? C'est ce que vous voulez dire ?

— Oui.

— Chérie, c'est une sottise.

— Peut-être.

Sa voix était grave, avec, en filigrane, une violence que le colonel connaissait bien.

— Mais je vous dis, moi, reprit-elle, que vous avez des devoirs à l'égard de votre famille, et que s'il existe un moyen d'aider Satsugaï, vous devez l'employer. *Kakujin wa hombun wo tsukusa neba narimasen.* Chacun doit faire son devoir.

Cheong est une femme très intelligente, se dit le colonel, mais elle peut parfois se montrer d'un entêtement excessif. Il savait qu'il ne pourrait jamais la détourner de son but ; il savait aussi que la paix ne régnerait pas au logis tant qu'il ne lui aurait pas démontré qu'il avait fait l'impossible pour mettre en œuvre son influence.

Il s'était endormi avec ces certitudes dans la tête et à son réveil, peu avant l'aurore, l'idée s'était déjà épanouie.

Il *existait un moyen* de libérer Satsugaï, il en était tout à fait sûr maintenant, mais l'exécution du projet comporterait des risques énormes. Il pouvait à coup sûr convaincre le tribunal du SCAP d'adopter son idée. Le seul problème était de savoir si lui-même avait vraiment le désir d'aller de l'avant.

Finalement, il comprit qu'il n'avait guère le choix. Il avait déjà senti à quel point le groupe de conseillers dont il faisait partie jouissait d'un pouvoir précaire, et son projet devenait une sorte de police d'assurance pour le jour où les choses se gâteraient.

Il en savait long sur les origines de Satsugaï, davantage en fait que Satsugaï lui-même ne le soupçonnait. Ses liens avec Fukuoka étaient trop manifestes pour être ignorés. La Genyōsha n'avait jamais été hors la loi, au Japon ; il n'avait pas eu trop de mal à déterrer des dossiers. Au cours d'un voyage incognito à Kyūshū, dans le sud, le colonel avait découvert la vérité. Satsugaï était l'un des chefs de la Genyōsha.

A ce moment-là, ce genre d'information était incendiaire. Si elle parvenait à la connaissance du tribunal du SCAP, peu importait la quantité de documents accablants que Satsugaï aurait réussi à détruire à temps : il serait exécuté.

Cependant, le colonel n'avait aucune intention de divulguer ce renseignement à qui que ce fût. De toute manière, la mort de Satsugaï ne servirait à rien. La Société élirait tout simplement un nouveau membre, et la Genyōsha poursuivrait son œuvre. Or cette œuvre était totalement contraire à ce que le colonel percevait comme le juste cours du Japon vers son avenir. Il voulait que la Genyōsha fût détruite. Si Satsugaï était blanchi, il deviendrait un chien en laisse, dont le colonel tiendrait fermement la poignée. Et tôt ou tard, Satsugaï le conduirait tout droit au cœur de la Genyōsha.

Le colonel détourna son regard de la vitre inondée de pluie et sentit la tiédeur de son bureau autour de lui. Il scruta les yeux bridés, mongols, de son adversaire, trop maître de lui pour laisser transparaître quoi que ce fût — rien, en tout cas, qu'il ne désirât révéler au colonel.

Cela fait bien longtemps que je l'ai fait libérer, se dit le colonel, et jusqu'ici cela ne m'a mené à rien. Il a toujours tout su, dès le départ. Oui, il a toujours su ce que je voulais. Je suis parvenu à neutraliser son pouvoir, mais en dehors de cela, il m'a barré la route... Une tristesse profonde l'envahit. Satsugaï était parti vainqueur, songea-t-il. Quelle stupidité d'avoir cru le contraire.

La haine que lui portait Satsugaï ne surprenait guère le colonel. Après tout, ils se situaient aux deux extrêmes de l'éventail politique. Et tout en comprenant mieux qu'aucun Occidental au Japon l'importance du maintien des traditions et du passé, tout en étant pleinement conscient que sans ces forces, le pays se désagrégerait, le colonel savait aussi que la forme de traditionalisme représentée par Satsugaï était mauvaise et intéressée — une plaie. Le Japon était un pays de héros positifs et non de traîtres. Ces derniers étaient peu nombreux, peu fréquents. Et en regardant les yeux maléfiques de cet homme, dans la chaleur rassurante de son bureau, le colonel comprit qu'il lui avait manqué un élément fondamental du puzzle. Or cette pièce absente, il en était convaincu, constituait la clé de l'ensemble. Il croyait avoir percé le secret de Satsugaï, depuis de nombreuses années, et tous ses actes s'étaient fondés sur cette hypothèse. Or aujourd'hui, c'était cette hypothèse même qu'il remettait en question et il était furieux contre lui-même de s'être laissé duper aussi aisément.

Le fait que son intervention ait placé Satsugaï dans une position douloureuse ne suffisait guère à le consoler. Oui, Satsugaï avait une dette à l'égard du colonel, un homme qu'il méprisait. Pour un Japonais, c'était une situation intolérable, mais Satsugaï la supportait très bien. Le colonel était obligé de l'admettre.

Mon Dieu, songea le colonel, mais que m'a-t-il donc caché, pendant toutes ces années ? Le vieux lutteur était pourtant perspicace. Puis il comprit ce qu'il devait faire. Il avait déjà perdu beaucoup trop de temps dans une intrigue manifestement stérile. Il fallait, comme justement Satsugaï venait de le dire, qu'il affronte la réalité. Et la réalité de cette situation, c'était qu'il devait rompre le statu quo de toutes les façons possibles. Il ne restait plus qu'un moyen...

Le colonel savait que, pour Satsugaï en tout cas, il était invulnérable. Il pouvait par exemple insulter Satsugaï et l'autre ne prendrait — ne pourrait prendre — aucune mesure contre lui, puisqu'il avait une obligation à son égard. Satsugaï continuerait de sourire et supporterait l'affront. Mais la réciproque n'était pas vraie.

Pendant un bref instant, le colonel éprouva un profond regret. Nicholas était encore si jeune... Il avait si peu de temps ! Et il avait fait des promesses qu'il ne pourrait plus tenir, désormais.

Le colonel regarda la vaste étendue de son domaine, les arbres baignés de pluie, courbés sous le vent. Il chercha le roitelet des yeux, mais il avait disparu depuis longtemps, préférant peut-être la tempête à l'inaction. Tout était si beau dehors, mais, ce jour-là, il fut incapable d'éprouver la moindre joie.

★

— Qu'as-tu appris, dans le *Go rin no sho* ? dit Kansatsu un jour, au *dōjō*.

— Certains éléments sont manifestement très utiles, répondit Nicholas, bien que ce soit surtout l'expression du bon sens.

— De nombreuses personnes le considèrent comme une œuvre révélatrice.

Le ton de Kansatsu était parfaitement neutre. Pensait-il, *lui*, que ce soit un texte important ? Sa voix en tout cas n'indiquait rien à Nicholas. Ses yeux luisaient comme du verre presque opaque. Derrière lui, le long après-midi sombrait dans les mauves assourdis du crépuscule. Le soleil se perdait dans une masse épaisse de brume. Sa lumière indirecte et diffuse lavait le ciel et laminait les arbres. Le monde semblait monochrome. Un camaïeu.

— J'ai presque regretté que vous me l'ayez donné à lire.

— Pourrais-tu être plus précis ?

— Eh bien, il y a quelque chose de... je ne sais pas... de troublant.

Kansatsu ne dit rien. Il attendait. Derrière lui le claquement atténué des *bokkens*, ponctué de souffles fortement exhalés qui emplissaient la salle.

— Certains pourraient dire que la pureté est sa vertu ultime, reprit Nicholas avec précaution. Mais pour moi, il s'agit davantage d'une monomanie. Il y a là quelque chose de dangereux en soi.

— Peux-tu me dire quoi, au juste ?

— Le refus.

— Connais-tu un peu la vie de Musashi ? lui demanda Kansatsu comme s'il ne songeait qu'à cela depuis le début.

— Non. En réalité, rien.

— Miyamoto Musashi est né en 1584, commença Kansatsu d'un ton grave. Tu le sais sans doute, le Japon ne traversait pas l'une de ses meilleures périodes. Il y avait de terribles dissensions internes provoquées par les guerres intestines constantes des nombreux *daïmyos*.

« Musashi était un *ronin*, en fait guère mieux qu'un brigand. Sa famille venait du Sud, de Kyūshū, mais à l'âge de vingt et un ans, il était monté dans le Nord, à Kyoto. C'est là qu'il a livré sa première bataille : il a décimé une famille qui avait été responsable de la mort de son père plusieurs années auparavant.

« Il existe de nombreuses anecdotes sur Musashi, et il faut faire très attention en lisant ces textes. Comme c'est souvent le cas pour les personnages historiques du passé féodal de ce pays, l'histoire de Musashi baigne dans le mythe. Cette zone floue entre les faits et la fiction convient parfaitement au lecteur en quête de simple distraction. Mais pour qui étudie sérieusement l'histoire — ce qui devrait concerner toute personne se consacrant au bujutsu — cela peut devenir un piège dangereux.

— Mais le mythe soutient parfois le samouraï, dit Nicholas.

— Non, non. C'est l'histoire qui doit soutenir le guerrier, répliqua Kansatsu en détachant ses mots. L'histoire et le devoir, Nicholas. Rien d'autre. Le mythe n'y a aucune place, car il fausse le jugement. Et même les sens en sont contaminés.

« Dans le bujutsu, nous nous occupons de choses très graves. La défense de la vie, certes, mais ce n'est pas tout. Les méthodes pour donner la mort sont notre sujet quotidien, et la liste est trop longue pour qu'on en connaisse le nombre. On n'a pas le droit d'enseigner ces choses sans enseigner parallèlement le sens de la responsabilité. Et le mythe est ce qui érode le plus cette responsabilité. Sans le *bushido*, vois-tu, nous ne serions que des ninjas, des criminels vulgaires à l'affût dans les rues. Et il est si facile de glisser dans le mythe. Si extrêmement facile...

Il tendit la main, invitant Nicholas à s'asseoir.

— Tu as parcouru un long chemin, poursuivit-il. Ta technique est sans défaut et ta capacité d'apprendre semble inépuisable. Mais je crois que tu es allé aussi loin que tu puisses aller ici. Il ne te reste qu'un dernier obstacle à franchir, et c'est le plus difficile. En fait, je dois te dire que la plupart des étudiants parvenus au même point que toi ne sont jamais allés plus loin.

« Nicholas, tu dois à présent découvrir cet obstacle au sein de toi-même et faire le saut. Je ne peux plus t'aider ou même te guider. Ou bien l'obstacle est en toi, ou bien il n'y est pas.

— Cela signifie-t-il que vous désirez me voir quitter le *ryu* ?

Nicholas s'aperçut qu'il avait du mal à déglutir. Kansatsu secoua la tête.

— Rien de ce genre. Tu es parfaitement libre de rester ici aussi longtemps que tu le désires.

Nicholas savait que quelque chose lui échappait et, avec rage, il repassa toute la conversation dans sa tête pour tenter de retrouver le chaînon manquant. Kansatsu ne semblait pas déçu. Au contraire, on sentait en filigrane une sorte d'excitation enthousiaste. Pense, bon Dieu ! Qu'as-tu laissé passer ?

Kansatsu se leva.

— Au lieu d'une leçon, aujourd'hui, j'aimerais que tu donnes une démonstration à la classe. (Il baissa les yeux vers Nicholas.) Viens.

Il se mit au centre du parquet et frappa dans ses mains une fois. Tout bruit et tout mouvement cessèrent aussitôt. Toutes les têtes se tournèrent vers lui, en attente — celles des *senseï* comme celles des étudiants.

Kansatsu choisit quatre étudiants — au hasard, semblait-il. C'étaient tous les quatre des étudiants de dernière année, et parmi les plus forts du *ryu* sur le plan physique. Ils étaient tous plus âgés que Nicholas.

Kansatsu se retourna et fit signe à Nicholas, qui s'avança près de lui. Il tenait un *bokken* à la main droite.

— En formation autour de Nicholas, dit Kansatsu aux étudiants.

Ils se mirent à tourner. Kansatsu fit signe à un *senseï*, qui remit son *bokken* au maître. Kansatsu le donna à Nicholas.

— Maintenant, murmura-t-il pour que seul Nicholas puisse l'entendre, nous allons voir si tu as bien digéré les préceptes du *ryu* Niten, l'école de Musashi.

Il recula, laissant Nicholas, un *bokken* dans chaque main,

cerné par les quatre étudiants. Ils étaient tous armés d'un *bokken*.
Ils fréquentaient tous le *ryu* depuis plus longtemps que lui.

Les ténèbres tombaient comme un dernier rideau. Nicholas
était encerclé. Il y eut le glissement furtif de pieds nus sur le bois
ciré. Il devint un soleil avec quatre lunes brillantes en orbite.

★

La libellule.

Ce n'était qu'un des *taï-sabakis*, mouvements circulaires consti-
tués de glissements et de tourbillons, mis au point par le *ryu* des
Deux Ciels de Musashi.

Il avait vu la libellule et bien d'autres figures exécutées à la perfection par Kansatsu. Il avait lu sur le sujet les nombreux textes
que le *senseï* lui avait donnés. Il en avait même exécuté plusieurs.
Mais jamais en combat.

Il fallait qu'il laisse la stratégie des autres lui dicter ses premiers
mouvements, car ce n'était que par la convergence de leurs attaques qu'il pourrait utiliser avec succès le seul *taï-sabaki* qui lui
vaudrait la victoire contre ses quatre adversaires.

Deux d'entre eux s'approchèrent, un de chaque côté, tous deux
levant leur *bokken* à deux mains, comme il est de tradition dans le
kenjutsu. Avec un cri violent ils s'abattirent sur lui en même
temps.

C'était le papillon inverse. Il tourbillonna en arc de cercle, et
l'arme de sa main droite partit latéralement vers le bas, frappant
les cuisses de l'un des étudiants. Au même instant sa seconde arme
se levait. Il continua de faire pivoter son buste et le *bokken* frappa
la trachée artère du deuxième étudiant. Les deux adversaires
s'écroulèrent aussitôt, remplacés par les deux autres. Il songea un
instant à employer la roue à eau, mais l'assaut changea d'axe et il
changea également d'idée, se bornant à une feinte.

Il les sépara, toujours pivotant sur lui-même, puis, les reins
cambrés, il lança la pointe de son *bokken* de droite vers l'abdomen
de l'étudiant sur sa gauche, tandis que l'arme de sa main gauche
s'élançait de bas en haut pour frapper le *bokken* du dernier étudiant. L'arme tomba sur le sol, désormais inutile. C'était la croix
entrelacée, l'un des *taï-sabakis* les plus difficiles.

Il reprit son immobilité, ses *bokkens* en équilibre faisaient frémir l'air comme s'ils avaient une vie propre et désiraient davantage d'action.

— Saïgō !

C'était la voix de Kansatsu. Les quatre étudiants abandonnè-
rent le terrain. Saïgō s'avança. Il venait au *ryu* de moins en moins

souvent, à présent. Nicholas ne savait pas à quel autre *ryu* il appartenait ; personne ne semblait en être informé. Mais il était sûr que ce n'était pas une des écoles de la région de Tokyo.

Sans avertissement, Saïgō se précipita sur Nicholas. Son *katana* était encore au fourreau mais l'instant suivant il était dehors, droit sur Nicholas, vers le bas. Saïgō était devenu adepte — entre autres choses — de l'iaïjutsu, l'art de dégainer rapidement. Le but était d'incorporer la sortie du *katana* de son fourreau à la botte portée à l'adversaire. Le *iaï senseï* pouvait tuer son ennemi avant même que celui-ci se rende compte qu'il avait dégainé.

Saïgō était sans arme, et l'instant suivant — un dixième de seconde plus tard, peut-être — il frappait avec une violence mortelle. Mais en même temps qu'il exécutait son *iaï*, Nicholas pivotait en arrière sur son pied droit : seul son flanc gauche se présentait à Saïgō. Le coup, qui visait le cœur de Nicholas, gifla le vide et Nicholas assura le contact avec le *bokken* de sa main gauche, qui balaya le *katana* vers le haut, en l'écartant de lui. Il pivota de nouveau, tournant le dos à son adversaire pendant un instant, pour continuer d'éloigner la lame en utilisant l'élan de Saïgō. Quand il eut terminé son tour sur lui-même, le *bokken* de sa main droite s'écrasa sur le flanc gauche exposé de Saïgō : la roue à eau.

Il demeura immobile, pieds écartés, un *bokken* de chaque côté de lui, sous les regards de toute la classe. Il fixa la silhouette écroulée de Saïgō. A l'endroit où il l'avait frappé, une ecchymose pourpre gonflerait les chairs endolories pendant plus d'une semaine, il en était certain.

Un silence absolu régnait dans la pièce. Le genre de silence qui pèse dans les oreilles au point de devenir douloureux par lui-même.

Nicholas ne vit qu'une chose : le visage de son cousin, les yeux levés vers lui. Jamais dans sa vie il n'avait reçu un regard contenant autant de haine. Nicholas lui avait fait perdre la face devant le *ryu*. Il se considérait comme un maître, et l'un des élèves l'avait jeté à terre. L'intensité de leur guerre privée, silencieuse, devint telle que pendant un instant, ce fut comme si toute la pièce était illuminée par un éclair.

Puis Kansatsu avait tapé deux fois dans ses mains et les spectateurs s'étaient retirés. La classe était terminée pour la journée.

Nicholas s'aperçut qu'il tremblait. Ses muscles frémissaient, comme s'ils échappaient à son contrôle sous l'écran de sa peau. L'adrénaline continuait d'affluer en lui, libérée en quantités énormes par la situation de tension. Son esprit savait que tout était terminé, mais son corps avait besoin d'un peu plus de temps pour s'habituer au retour à la normale.

Il respira profondément. Deux fois. C'était comme un frisson.

★

Quand il rentra chez lui, ce soir-là, ce ne fut pas une des servantes qui ouvrit la porte à son approche. Ni Cheong. Mais Yukio.

Il ne l'avait pas revue depuis trois ans — et uniquement pendant un bref après-midi, à l'occasion d'obsèques dans la famille. Trois années et demie s'étaient écoulées depuis leur rencontre incendiaire, et il ne l'avait jamais oubliée.

— Bonsoir, Nicholas, dit-elle en s'inclinant.

Elle portait un kimono gris tourterelle avec des fils de platine tissés verticalement. Il s'ornait d'un motif bleu nuit : une roue et ses rayons, qui rappelait l'emblème d'un *daïmyo* féodal.

— Bonsoir, Yukio, rétorqua-t-il, s'inclinant à son tour.

Elle s'effaça pour le laisser entrer — les yeux baissés sur le parquet à ses pieds.

— Ma présence vous surprend ?

Il posa son sac par terre, sans cesser de fixer le visage de la jeune fille.

— Je ne vous ai pas vue depuis des années.

— Tante Itami m'a amenée ici, cet après-midi, pendant que vous étiez au *dōjō*. Je devais loger chez elle, mais la maison est en travaux, et la chambre à donner n'est pas utilisable.

Il l'entraîna à travers la maison, puis dehors, par le *shōji* de derrière. Ils descendirent dans la nuit vers le jardin zen.

Le ciel était clair, quelques nuages égarés s'effilochaient comme des volutes de fumée au ras de l'horizon. La pleine lune était énorme et la lumière réfléchie qu'elle répandait donnait à l'atmosphère un aspect aquatique : tout baignait dans des ombres bleutées. Il regarda la lumière douce nimber le profil de la jeune fille — condamnant ses yeux à de profondes ténèbres. Elle aurait pu être une statue du sanctuaire shintō caché au milieu des cèdres du Japon... Peut-être étaient-ils tous les deux sous les eaux...

Un rossignol lança un appel doux, de la cime des arbres, très haut au-dessus de leurs têtes. Et plus loin résonna le long appel esseulé de l'harfang des neiges.

— Je ne suis jamais allé à Kyoto, dit-il.

C'était là-bas qu'elle habitait.

— Il vous faudra venir.

Elle tourna légèrement la tête. Elle regardait les montagnes-rochers qui se dressaient comme des entités vivantes au-dessus des galets ronds. Sa voix était comme du velours dans la nuit. Ils demeurèrent parfaitement immobiles sans se toucher.

— C'est très beau, dit-elle.

Nicholas songea : tu es plus belle encore. Il sentit son cœur battre fort.

— Je me rappelle encore ce qui s'est passé, murmura-t-il.

Elle se tourna vers lui et la lune scintilla dans ses pupilles.

— Que voulez-vous dire ?

Et voilà ! Il avait l'air malin, à présent.

— Lors de la soirée... (Un temps.) Quand nous dansions...

Elle rit. Non sans quelque vanité.

— Oh, ça. J'avais oublié.

Il tomba de haut. Il avait cru qu'elle était venue au moins en partie à cause de lui. Il se rendait compte maintenant de l'étendue de sa sottise. Cet incident sans lendemain s'était produit trois ans et demi plus tôt. Pourquoi s'en serait-elle souvenue ?

— Saïgō était au *dōjō* aujourd'hui ?

— Oui. Je ne l'avais pas vu depuis quelque temps. Il fréquente un autre *ryu*, je crois.

— Peut-être est-ce pour cela qu'il va beaucoup à Kyūshū.

Il leva les yeux vers elle.

— Kyūshū ?

— C'est une idée de mon oncle Satsugaï, j'en suis sûre, poursuivit-elle en hochant la tête. Ils sont toujours en train de comploter ensemble. Je ne vois pas comment Saïgō aurait pu avoir tout seul l'idée d'aller aussi loin. De toute façon, c'est un secret, je le sais.

— Comment pouvez-vous en être aussi certaine ?

— J'ai posé la question à tante Itami, un jour, et elle a fait comme si elle n'avait pas entendu.

— Dans ce cas, je suis sûr qu'il n'y a rien de grave.

Yukio se borna à hausser les épaules et croisa les bras sur sa poitrine.

— Pouvons-nous rentrer ? J'ai faim.

Ils revinrent dans la maison et Nicholas s'excusa. Il passa dans sa chambre, ôta sa robe sale et se faufila dans la salle de bains. Il ouvrit la douche et se glissa dessous. Une personne aussi traditionaliste qu'Itami préférerait sans doute le bain, mais Nicholas n'avait pas les mêmes goûts.

Il aimait sentir l'eau brûlante sur son corps. Il commença à se savonner tout en songeant à sa journée au *dōjō*. Il avait voulu discuter avec Kansatsu après l'assaut avec Saïgō, mais cela s'était avéré impossible. Pourquoi n'avait-il pas parlé du combat à Yukio ? Il en avait eu l'occasion lorsqu'elle avait fait allusion à Saïgō. Il chassa cette pensée.

Il tourna la tête, curieux. Une ombre se projetait contre le verre dépoli de la douche. Elle diminua de taille. La personne entrait dans la salle de bains.

Il coupa l'eau et fit glisser la porte coulissante.

Il demeura parfaitement immobile ; son corps à lui, paré de perles d'eau, scintillait à la lumière fluorescente de la salle de bains. Sa peau à elle était devenue opalescente.

— Vous êtes très beau, dit Yukio.

Elle était nue. Elle tenait une serviette de bain épaisse sur un bras. Elle ne la lui offrit pas.

Il chercha à deviner sur son visage ce à quoi elle pouvait bien songer. Il se souvint de ce qu'elle lui avait dit avant d'entrer : il y avait de la faim dans ses yeux.

Il avait dix-sept ans et elle était son aînée de deux ans. Une petite différence sur le calendrier, mais en cet instant... Des années lumière ! Malgré tout son entraînement, ses études sérieuses, son intelligence froide, il se sentait perdu devant elle, comme si elle eût été la voie d'accès à un monde auquel rien ne l'avait préparé.

Elle fit un pas vers lui. Ses lèvres s'entrouvrirent et elle prononça quelques mots. Peut-être une question banale comme « Voulez-vous la serviette ? » Il n'aurait su le dire. Il regardait la jambe légèrement avancée — exactement comme la sienne un peu plus tôt au *dōjō*, au début de la croix entrelacée. La cheville minuscule, la chair du mollet, le genou tendu, la longue courbe de la cuisse.

Quelque chose en lui, tout en haut de son cerveau, parut se soulever et se mettre à flotter, comme si un inconnu avait tranché les dernières amarres le retenant à la terre. Cela s'éloigna en tournoyant — de plus en plus minuscule — à une telle vitesse... Il oublia même que la chose lui avait appartenu.

— Viens, dit-il d'une voix étrange, épaisse.

Sa main se tendit, effleurant la serviette — qui glissa par terre quand elle leva les bras vers lui.

— Yukio...

Un simple murmure. Elle avait les seins hauts et ronds. De longs mamelons sombres, déjà très durs. Une taille fine, un ventre crémeux. La cime noire de son mont de Vénus se cambrait. Les bras de la jeune fille se refermèrent autour de lui et il emprisonna dans ses lèvres la bouche entrouverte.

Elle fit glisser son corps contre celui du jeune homme. Mains immobiles. Seules les lèvres bougeaient : sur celles de Nicholas, sur son cou, vers le bas, vers le haut, avides, presque désespérées. Ses seins effleuraient à peine la chair humide de sa poitrine et absorbaient l'eau. Son mont de Vénus se pressait contre lui, doucement.

Les lèvres de Yukio étaient sur son oreille, et il l'entendit murmurer.

— Ouvre l'eau.

Il pivota à moitié, tendant le bras derrière eux pour régler les robinets. L'eau brûlante jaillit, les inonda, et quand il se retourna vers elle, il s'aperçut qu'il était déjà profondément enfoui en elle. Il ne respirait plus. Par quelle magie avait-elle accompli cela ? Les sensations remontèrent du fond de sa gorge comme un grondement de tonnerre liquide, puis l'engloutirent.

Dès qu'il commença à bouger contre elle, il la vit rejeter la tête en arrière. Ses cheveux mouillés tombèrent en cascade comme un torrent nocturne. Elle avait le visage au plus fort du jet, ses yeux se révulsaient, sa bouche était grande ouverte dans un hurlement de silence. Il pouvait l'entendre haleter. Ses bras se soulevèrent et se tendirent au-dessus de leurs têtes mouvantes pour s'accrocher à la pomme glissante de la douche. Ses phalanges devinrent blanches. Ses cuisses se soulevèrent pour lui emprisonner la taille. C'était le corps de Nicholas qui supportait maintenant tout son poids. Le ventre de Yukio... Il virait en cercles de plus en plus durs, comme si elle ne pouvait pas s'emplir suffisamment de lui. Et il fut obligé de poser les mains sur la taille de la jeune fille pour que sa violence ne l'arrache pas à leur étreinte moite. Les palpitations sauvages de son corps augmentèrent d'intensité. C'était comme essayer de contenir un cheval sauvage frissonnant dans les affres de la mort.

Elle se mit à crier, et il comprit soudain pourquoi elle avait voulu que l'eau coule. Le plaisir devint impossible à supporter et il sentit ses jambes commencer à trembler sous l'effort. C'est à peine s'il entendit qu'elle lui parlait.

— Bats-moi, gémissait-elle. Bats-moi.

Il crut avoir mal compris, mais elle le répétait sans fin, comme une litanie. Ses seins vibraient, des torrents d'eau glissaient sur sa chair souple. Son corps était cambré en arrière, ses mains agrippaient encore la pomme de la douche. Et toujours son ventre...

Elle haletait, râlait, gémissait, et il crut qu'il ne pourrait pas résister plus longtemps. Elle lui semblait lourde soudain, comme une masse.

— Je t'en prie ! lui cria-t-elle. Je t'en prie, t'en prie, t'en prie !

Mais il ne pouvait pas se résoudre à lever la main sur elle.

— Je sais..., murmura-t-elle, les lèvres contre son oreille.

L'eau brûlante jaillissait contre eux, il sentait ses seins durs griffer sa poitrine.

— Je sais ce qui s'est passé aujourd'hui, au dōjō.

Elle avait la voix hachée, effilochée, et des halètements incontrôlables coupaient ses mots. Mais il l'avait comprise.

265

— Je sais... Oh ! Frappe-moi, mon amour. Frappe-moi !

Et puis, avec une fureur sauvage :

— J'ai baisé Saïgō exactement comme je te baise à présent.

Il la frapppa, comme elle désirait qu'il le fasse — en fait, comme elle avait besoin qu'il le fasse.

— Ah ! cria-t-elle tandis que son corps se cambrait. Ah, ah, ah, chéri ! Maintenant...

Et il sentit un anneau de muscles le serrer au fond d'elle, écraser sa chair en un tourment exquis ; alors il cria à son tour, tandis que ses jambes cédaient enfin. Les poings de Yukio glissèrent de la pomme de la douche et ils s'écroulèrent sur la porcelaine, l'eau sur eux, autour d'eux dans un déferlement de vapeur. Elle glissa les bras autour de lui et l'attira très fort...

★

Les nuages étaient en feu.

Le soleil, presque au terme de sa course, se cachait déjà à moitié derrière les pentes rectilignes du Fuji, et tout le ciel était écarlate. Aussi vite qu'il était apparu, l'embrasement s'estompa, tandis que le soleil s'enfonçait derrière le volcan. Il ne resta plus que des traces de rose, blessures faciles à guérir, sur les ventres des nuages. Bientôt tout devint gris. Les lumières des hommes s'allumèrent.

Kansatsu était assis en tailleur au centre du *dōjō*. Nicholas lui faisait face. Rien n'avait été dit. Les étudiants et les autres *senseïs* étaient partis pour la nuit. Ils restaient seuls. Ils respiraient.

— Dis-moi ce que tu as appris du *Go rin no sho*, demanda Kansatsu enfin.

Ses yeux étaient restés clos.

— Il y a du bon, répondit Nicholas. Et du mauvais.

— C'est rare, Nicholas.

— Au contraire, *senseï*.

Le silence se prolongea. Nicholas entendit au-dehors la toux assourdie d'une voiture qui démarrait. Elle s'éloigna. Les faisceaux de ses phares s'agitèrent pendant un instant dans le champ de vision du jeune homme, puis les ténèbres revinrent. Un vanneau cria doucement puis battit des ailes et s'envola. Nicholas s'éclaircit la gorge.

— Je l'ai lu en entier.

— Et qu'en penses-tu ?

— Sincèrement, je ne sais que penser.

— Est-ce que le ninja t'intéresse, Nicholas ?

— Oui.

— Alors pourquoi hésites-tu ?

— Je ne savais pas que j'hésitais.

— Alors il vaut mieux regarder en toi.

Nicholas réfléchit un instant.

— Je crois que j'aurais préféré répondre non.

— Ah ?

— Le ninjutsu me semble être un domaine interdit.

— Occulte, oui. Interdit, non.

Kansatsu regarda fixement Nicholas. Ils étaient près l'un de l'autre.

— Même ici, au Japon, reprit-il, on sait étrangement peu de chose sur les ninjas. Ils sont issus d'un secteur de la société dont aucun Japonais ne saurait être fier. Mais le ninjutsu est un art ancien. Il est venu de Chine — en tout cas c'est en général ce qu'on dit. Je crois que personne ne saurait l'affirmer avec une certitude absolue.

« Les ninjas ne s'estimaient pas liés par la Voie du guerrier. Le *bushido* n'était pour eux qu'un vain mot. Leur ascension a été rapide. Et en raison même de leurs succès, les *bushis* les ont utilisés de plus en plus. Leur richesse s'est accrue et, du même coup, leurs techniques sont devenues plus diverses et plus élaborées. Ensuite... les samouraïs se sont mis à suivre les leçons des ninjas. Et c'est ainsi que la Voie s'est pervertie.

« Il y a beaucoup de *ryus* au Japon. Davantage que sur les registres officiels du gouvernement. Et entre toutes ces écoles, la diversité des disciplines enseignées est à peu près sans limites. Certaines proposent parfois le bien et le mal sans discrimination.

Il n'avait pas besoin de demander si Nicholas suivait le cours de sa pensée... Les ténèbres à présent ; les nuages dissimulaient la lune. Seules les lumières artificielles brûlaient.

— Pour être un véritable adepte, Nicholas, il faut aussi explorer les ténèbres.

★

Ce soir-là, Cheong prit Nicholas à part. Ils entrèrent dans le bureau du colonel. Senteurs de fumée de tabac et de cuir. Avec la cuisine, c'était l'unique pièce occidentale dans cette maison japonaise tout à fait traditionnelle.

Cheong s'assit en biais sur le fauteuil de bois à haut dossier, devant le bureau à cylindre du colonel. Nicholas s'installa sur la banquette de cuir, tout près.

— Tu es content que Yukio soit venue chez nous.

Ce n'était pas une question.

— Oui, dit-il sincèrement. Y a-t-il du mal à cela ?

— Tu as grandi, mais tu es toujours mon enfant, dit Cheong avec un sourire. Je crois avoir le droit de poser des questions. Tu n'es pas obligé de me répondre, tu le sais.

Il baissa les yeux vers ses mains.

— Je le sais, dit-il doucement.

Elle se pencha en avant et enveloppa les doigts de son fils dans les siens.

— Mon chéri, tu n'as rien à craindre de moi. Quoi que vous fassiez, Yukio et toi, c'est votre affaire à tous les deux. Ton père n'approuvera peut-être pas, mais il ne voit pas les choses comme nous. C'est toujours un soldat, et il n'a donc confiance en rien ni en personne.

Nicholas la regarda.

— Il n'a pas confiance en Yukio ? Mais qu'est-ce que...

— Peu importe, dit Cheong en secouant la tête. Ne comprends-tu pas ? C'est un point aveugle qu'il a. Ce n'est rien. Je suis tout à fait sûre qu'il s'est méfié de So-Peng, au début.

Elle se tourna et, prenant une clé, elle ouvrit un tiroir du bureau et en sortit le coffret orné du dragon et du tigre, cadeau d'adieu de So-Peng lorsqu'elle avait quitté Singapour avec le colonel. D'un geste preste, sans un mouvement de trop, ses doigts ouvrirent le coffret.

— Tu vois, dit-elle d'une voix assourdie, il y en a quinze. (Elle montrait les émeraudes.) A l'origine, il y en avait seize. C'est l'une d'elles qui a acheté cette maison.

Elle leva les yeux vers lui.

— Je suis sûre que ton père t'a raconté l'histoire de ce présent.

Nicholas acquiesça et elle poursuivit :

— Ce qu'il ne t'a pas dit, c'est sa signification. Je ne suis pas sûre qu'il la comprenne pleinement. (Elle haussa les épaules.) Et même s'il l'a comprise, il a dû très probablement écarter cette idée. Ton père est un homme très... pragmatique. (Elle sourit.) Un de ses rares défauts, je le crains.

Elle posa la boîte ouverte, avec ses joyaux scintillants, sur les genoux de Nicholas.

— Tu as la liberté d'en utiliser six. De les convertir en argent si tu es vraiment dans le besoin. Non, écoute-moi jusqu'au bout. Je veux que tu comprennes ceci pleinement. Je crois que tu peux recevoir ce que j'ai à te transmettre.

Elle prit une respiration profonde.

— Il ne doit jamais y avoir moins de neuf émeraudes dans ce coffret. Jamais. Peu importe la raison, tu ne dois pas en utiliser plus de six.

« C'est un coffret mystique, Nicholas. Il a certains pouvoirs...
(Elle s'arrêta, comme si elle attendait quelque chose.) Je vois que
tu ne souris pas. Bien. Je crois en ceci avec la même foi que mon
père, So-Peng. C'était un homme grand et sage en tout point,
Nicholas. Sûrement pas un imbécile. Il savait parfaitement qu'il
existe sur le continent asiatique bien des choses qui défient
l'analyse, et qui n'ont donc, peut-être, aucune place dans le
monde moderne. Elles relèvent d'une autre série de lois ; elles sont
intemporelles.

De nouveau, elle haussa les épaules.

— C'est ce que je crois.

Elle ôta les mains du coffret et regarda le visage de son fils.

— Tu es en âge, à présent, de te forger tes opinions personnelles sur le monde et ses mystères. Si tu *crois*, le pouvoir sera là,
pour toi, le jour où tu en auras besoin.

★

Nuit. Nicholas dans le salon. En tailleur devant la fenêtre.

Très haute dans le ciel sans le moindre nuage, la pleine lune
lance sa lumière sur la cime des arbres et, plus près de lui, le jardin classique. Des ombres d'un noir intense tombent sur la vitre
comme si le grand pin, près de la porte d'entrée, était éclairé par
un projecteur céleste. De temps en temps le vent trouble les branches et les ombres se soulèvent et s'abaissent, roulent et tanguent
du même mouvement que le bateau des contes de fées dont sa
mère lui contait l'histoire, bien des années plus tôt, avant le sommeil. Une époque depuis longtemps révolue, et Nicholas se
demanda si tout le monde éprouvait ce sentiment : l'enfance
appartenait à un autre temps, plus simple, où toutes les décisions
étaient mineures et semblaient de peu de conséquence.

En des temps disparus, ce pin solitaire avait été son protecteur,
les nuits où le sommeil lui était refusé. Il connaissait tous les dessins, tous les angles de ses branches, tous les nœuds le long de son
tronc massif. Soudain, il lui parut métamorphosé. Il vit en lui un
vieux soldat, une sentinelle dans la nuit, un ami, un allié. *Pour
être un véritable adepte...*

Son univers évoluait tellement vite à présent.

L'*harageï* lui permit de prendre conscience de sa présence dès
qu'elle pénétra dans la pièce. Il ne bougea pas. Il l'entendit venir
vers lui. Doucement. Très doucement. Non sans effroi, il sentit sa
propre chair se tendre. Il voulut chasser son désir, mais son corps
ne lui obéit pas.

Elle s'assit avec grâce, en face de lui, hors de la lumière lunaire.

Son visage demeurait sombre dans l'ombre dense, ses longs cheveux d'un noir presque bleu étaient auréolés d'un léger halo platine. Il crut voir tout son corps battre au rythme de son pouls.

Il avait d'elle une conscience si précise que cela lui fit presque mal. Le musc de sa peau, allié à un parfum qu'il ne reconnut pas. Une chaleur qui se transmettait physiquement et davantage encore : une violence presque tangible. Il se sentit enveloppé par l'aura de la jeune fille.

Le silence de la maison était si intense qu'il pouvait entendre la palpitation sourde au creux de son oreille, comme une tempête intérieure.

Il se leva si brusquement qu'il sentit plus qu'il ne le vit le frémissement de la jeune fille. Il chercha sa main et la souleva, puis, ouvrant un *shōji*, il l'entraîna dehors.

Sans se préoccuper du froid, il l'emmena à la limite de leur propriété, à l'orée du bois de cèdres et de pins, et il chercha le sentier à demi dissimulé qu'Itami lui avait montré, des années plus tôt.

Il le trouva enfin et s'enfonça avec elle, la tête la première, dans la forêt. Aucune lumière, de simples taches un peu plus claires, comme une flore étrange flottant dans l'air, à l'endroit où la lune perçait le dais vert au-dessus de leurs têtes. Des cigales lançaient leurs stridences. Sur un côté un froissement léger de feuilles, puis une paire d'yeux rouges brillants.

Ils volaient sur cette piste de la jungle, et Nicholas les guidait, sans erreur, comme s'il eût été une chauve-souris avec son sonar. Ils bondissaient par-dessus les racines, se courbaient sous les branches basses, noires... Ils débouchèrent enfin dans la clairière inondée de lune. Devant eux, le sentier circulaire et les doubles portes refermées sur le sanctuaire.

Elle l'entraîna vers l'herbe et l'attira près d'elle.

— Maintenant..., murmura-t-elle d'une voix rauque. Je ne peux plus attendre.

Sa robe s'écarta légèrement. Elle était irréelle. Sa chair luisait, comme sous l'effet d'une lumière intérieure. Il ne pouvait pas détacher ses mains de sa peau. Il se pencha en avant, écarta davantage la robe. Il lui caressa les cuisses jusqu'à ce qu'elle gémisse. Elle tendit les deux mains et l'attira sur elle. Il sentit le halètement chaud contre son oreille, sa bouche s'ouvrit, enveloppa un sein, le happa... Elle retenait son souffle. Ah, la brûlure de ses ongles sur ses côtes. Il sentit les cuisses l'envelopper et la chair le happer à son tour dans son tourbillon de moiteur. Il crut qu'elle allait étouffer. Son odeur était puissante dans l'air de la nuit. Il glissa comme un serpent sur son corps frémissant de spasmes. Lentement, lentement. Jusqu'à son puits offert. Il l'entendit crier de désir, puis il sentit ses mains se crisper dans ses cheveux et l'attirer vers le haut.

Ses mains devinrent des poings, et les tendons de son cou se bandèrent. Elle cria. Il crut que son corps nimbé de rosée ne cesserait jamais de se convulser.

★

— J'étais née pour être quelqu'un, lui dit-elle beaucoup plus tard. Un autre être, meilleur que ce que je suis en ce moment.

Les cèdres bruissaient de bonheur au-dessus de leurs têtes. La terre était douce sous leurs corps allongés.

— En ce moment, je ne suis rien. (Sa voix avait la douceur d'une brise nocturne.) Rien qu'un reflet.

Il ne comprit pas.

— De toute ma vie, personne ne m'a dit un mot ayant un sens réel. Seulement des mensonges, ajouta-t-elle en posant la tête au creux du bras de Nicholas.

— Même tes parents ?

— Je n'ai pas de parents.

Elle se retourna, appuyant ses hanches contre les cuisses du jeune homme.

— Ils sont morts, ou bien... ?

— M'ont-ils abandonnée, tu veux dire ? Mon père est mort à la guerre. C'était le frère de Satsugaï. Mon oncle n'avait jamais approuvé le mariage.

— Qu'est-il arrivé à ta mère ?

— Je ne sais pas. Personne ne le sait. Peut-être Satsugaï lui a-t-il donné de l'argent pour qu'elle s'en aille.

Un engoulevent siffla — au loin, semblait-il. L'air était dense, embrumé, bien qu'il n'y eût que peu de nuages dans le ciel. La lune était basse, boursouflée, tachée de feu.

— Je m'étonne que Satsugaï ne t'ait pas prise chez lui, dit Nicholas.

— Vraiment ? s'écria-t-elle avec un rire amer. Moi, non. Itami le voulait, je le sais. Mais Satsugaï a tout organisé pour qu'un couple s'occupe de moi, à Kyoto.

Elle garda le silence un instant, perdue dans ses pensées.

— J'ai posé la question à tante Itami un jour, et elle m'a dit que Satsugaï croyait qu'elle lui donnerait de nombreux enfants : il ne voulait aucune interférence avec sa famille. Ce n'est pas ce qui s'est produit, de toute évidence.

— Donc, tu n'as pas de parents.

— Il y a quelque chose d'étrange dans cette famille. (Elle parlait toujours de son oncle.) Je ne parviens pas à mettre le doigt dessus. Satsugaï et Saïgō... Itami n'y participe pas, mais je suis certaine qu'elle sait ce qui se passe.

Un frémissement sec au-dessus de leur tête : un vanneau s'envola vers le sud.

— Je crois que c'est lié à l'endroit où Saïgō se rend.

— A Kyūshū ?

— Oui.

— Il s'agit d'un *ryu*, je parie.

Elle se retourna. Dans le noir, ses yeux semblaient lumineux, énormes.

— Mais pourquoi aller si loin ? dit-elle. Il y a beaucoup de *ryus* à Tokyo et dans les environs.

Il y a beaucoup de ryus *au Japon...* Les paroles de Kansatsu lui revinrent en mémoire, aussi nettes qu'un carillon de cloches. Savait-il ? Le bien et le mal. Le blanc et le noir. Le yin et le yang. *Il faut aussi explorer les ténèbres.*

— Ce doit être un *ryu* très spécial, dit-il.

— Pardon ?

Il avait parlé si doucement, pensant à voix haute, que même d'aussi près, elle ne l'avait pas entendu. Il répéta ses paroles.

— Mais de quel genre ?

Elle voulait comprendre. Nicholas haussa les épaules.

— Il faudrait que je sache dans quelle ville il va.

— Mais je peux le découvrir, dit-elle en se relevant sur un coude, animée soudain. Il part bientôt à Kyūshū. Il suffira que je jette un coup d'œil sur son billet de train.

— Le feras-tu ?

Elle lui adressa un sourire de connivence. Des lumières dansaient dans ses yeux.

— Si tu me le demandes, dit-elle.

Il l'observa pendant un instant, puis se rallongea, doigts croisés sous sa nuque.

— Je veux savoir une chose... (Il sentit sa gorge se serrer, mais il poursuivit.) Je veux savoir si ce que tu m'as dit... l'autre fois... est vrai. Tu as couché avec Saïgō ?

— Est-ce que ça compte ?

— Oui.

— Oh, Nicholas, dit-elle en le prenant par le cou, ne sois pas toujours aussi sérieux.

— Tu l'as fait ?

— C'est peut-être arrivé... il y a si longtemps.

Il se redressa et la fixa.

— Peut-être ?

— D'accord. Oui. Mais... c'était seulement comme ça.

— Exactement comme nous deux, dit-il d'une voix méchante.

— Oh non, non ! répéta-t-elle, le regardant dans les yeux. Pas du tout comme nous. Il n'est pas du tout comme toi.

— Tu veux dire qu'avec moi tu avais tout calculé ?

La voix de Nicholas exigeait une réponse. Les yeux de Yukio brillèrent pendant une fraction de seconde.

— Je... je ne savais que penser, quand tante Itami m'a dit qu'elle me conduisait ici. Je me souvenais que j'avais eu envie de te faire l'amour, ce soir-là, sur le parquet de danse, mais c'était...

— Tu m'as dit que tu ne t'en souvenais pas !

Son indignation dissimulait sa joie profonde. Yukio sourit.

— Je t'ai menti.

Son sourire s'élargit et elle tira la langue — un geste très peu japonais.

— Je ne voulais pas te gâcher la surprise. A l'instant où je t'ai revu, j'ai su ce que j'avais envie de faire.

— Je n'ai rien soupçonné, quand nous sommes allés dans le jardin.

— Je suis deux êtres en même temps, dit-elle, haussant les épaules. Tu as vu les deux côtés.

— Comment s'est passée ton enfance ?

— Pourquoi me demandes-tu ça ?

Il éclata de rire.

— Parce que je m'intéresse à toi. Pourquoi ? Tu crois que j'ai une idée derrière la tête ?

— Tout le monde a toujours une idée derrière la tête.

— Non, pas tout le monde, dit-il doucement en l'attirant plus près. Pas moi. Tu comptes beaucoup pour moi, Yukio. Beaucoup.

Il l'embrassa sur ses lèvres closes. Elle rit.

— Au moins, tu ne m'as pas dit que tu m'aimais.

— Je t'aime peut-être, répondit-il d'un ton grave. Je ne sais pas encore.

— Oh, je t'en prie ! dit-elle, écartant son visage, laisse tomber. Tu sais que tu n'as pas besoin de tout ce baratin avec moi. Ça n'a pas de sens. Tu auras tout ce que tu veux, tu ne le sais pas ?

— Je ne te comprends pas.

— Je te l'ai déjà dit, répondit-elle d'une voix impatiente. Je n'ai pas besoin de ces enfantillages. Pas besoin d'illusion. Nous nous donnons du plaisir. Ça me suffit.

— Et c'était la même chose avec Saïgō, n'est-ce pas ? demanda-t-il d'un ton brusque. Ce que je t'ai dit, je le pense. Tu comptes beaucoup pour moi. Et ce qui t'arrive compte aussi. Ce que tu ressens. Si tu es heureuse ou si tu es triste.

Elle le regarda pendant un long moment, comme si elle ne trouvait rien à répondre ; l'examen était attentif. Puis elle se rallongea dans l'herbe.

— Quand j'étais fillette, dit-elle à mi-voix, nous allions passer l'été en montagne, dans une petite ville perchée très haut sur les pentes boisées. Les maisons, je m'en souviens, étaient toutes sur pilotis d'un côté. C'était la première fois que je voyais pareille chose. On aurait dit une ville de conte de fées.

« Mes parents nourriciers n'avaient jamais beaucoup de temps à me consacrer, bien que Satsugaï leur versât pas mal d'argent chaque mois. Ils n'avaient jamais désiré d'enfant. J'avais donc de longues heures de solitude. Je me souviens que, pendant la journée, je m'asseyais dans les hautes herbes pour écouter les cigales — et le crissement métallique des criquets à la fin de l'été...

Elle respira profondément et leva les yeux vers le feuillage des cèdres, qui se balançaient, comme pour dire « oui ».

— Les après-midi me paraissaient sans fin. Je m'installais sur la pente, en face de la vallée. Il y avait deux longs sillons creusés dans la verdure, deux sillons marron, stériles, mystérieusement nus, comme si un géant en colère avait griffé la terre. Je passais souvent des heures à me demander qui avait pu faire ces cicatrices cruelles.

— La guerre, peut-être, dit Nicholas.

— Oui. Je n'y avais jamais songé... (Elle détourna la tête avant de poursuivre.) Ensuite, ils me battaient pour m'être absentée si longtemps. Pourtant j'étais sûre qu'ils ne me voulaient pas dans leurs jambes... Jamais de pitié. Jamais de compréhension. J'étais un Martien pour eux, un monstre, un adulte miniature. Comme s'ils n'avaient jamais été enfants eux-mêmes. Comme s'ils n'avaient aucune idée de ce que représente l'enfance.

— Yukio, murmura Nicholas en se penchant pour l'embrasser tendrement.

Quand leurs lèvres se séparèrent, elle reprit :

— Et puis il y avait le bosquet de bambous. C'était un peu plus bas sur la pente. Je l'avais découvert tout à fait par hasard, quelques jours plus tôt, un après-midi où je m'étais perdue. La nuit, je me glissais souvent hors de la maison ; les ténèbres m'étouffaient, dans mon lit, quand je ne dormais pas. Elles devenaient compactes, un poids écrasant sur mes paupières. Il fallait que je sorte...

« Le bosquet se trouvait près d'un torrent qui bouillonnait constamment. Quand il y avait de la lune, on aurait dit un ruisseau d'argent. L'eau était si froide qu'elle paralysait la bouche.

« C'était comme un sanctuaire. Je restais là, debout. Les grands bambous tout droits se dressaient comme des colonnes au-dessus de ma tête. Parfois, leurs cimes crevaient l'énorme lune orangée de la fin des moissons — au temps où les criquets crissent plus fort.

Elle se rapprocha encore plus près de lui, comme pour se mettre plus à l'aise. Il sentit sa chair nue.

— C'était le seul endroit vraiment à moi. Mon palais secret. C'est là que j'ai fait l'amour pour la première fois.

Il sentit tout les muscles de Yukio se mettre à trembler comme si elle avait froid.

— J'ai emmené un garçon là-bas, dit-elle. Il habitait dans une ferme, tout près. Je crois que c'était la première fois pour lui aussi. Il avait vu des animaux, c'est tout, et il n'était pas très habile. Et puis tellement nerveux. Il voulait le faire comme les chevaux qu'il avait vus. Il était si excité qu'il « s'en est allé » sur mes cuisses.

— En anglais, répondit Nicholas, on dit « I am coming ». Le verbe *venir*. Ici, nous employons le verbe *aller*. Exactement le contraire.

— Pour la mort aussi, murmura-t-elle, c'est l'inverse. A ce que j'ai pu entendre dire. Les Occidentaux ne comprennent pas le *seppuku*, n'est-ce pas ? Quand ils veulent se suicider, au lieu de se tourner vers l'intérieur, ils se tournent vers l'extérieur : ils sautent d'un immeuble ou bien...

— Ils font sauter la cervelle d'un pauvre salopard avant de retourner l'arme sur eux-mêmes.

— Étrange, non ? dit-elle avec un petit rire aigu. Peut-être sont-ils des barbares, après tout.

Elle frissonna.

— Ne parlons pas de la mort, dit-il en la serrant dans ses bras.

— Non, murmura-t-elle. Non...

Elle tendit la main vers ses cuisses, le saisit doucement et le caressa.

— Tu ne peux penser à rien d'autre ? dit-il d'une voix trouble.

— C'est tout ce que j'ai, répondit-elle.

Comme une plainte.

LE LIVRE DU FEU

1. West Bay Bridge et New York, l'été dernier

— Non, non, non, non ! s'écria-t-elle en riant. Oublions tout !

Elle courut vers lui au lieu de le fuir, comme elle l'avait fait jusque-là. Elle plongea en avant, glissa sur le haut de la dune de sable et saisit ses chevilles. Il tomba.

Le rire de Justine redoubla. Elle était au-dessus de lui. Il cracha le sable qu'il avait dans la bouche et roula sur le dos.

— Très drôle !

Elle bondit sur lui, à quatre pattes, et ils se mirent à dévaler dans le sable sombre. Une brise fraîche, venue de la mer, ébouriffait leurs cheveux. Les lumières de la véranda, diffusées par la brume légère, dessinaient des halos rassurants.

Elle avait le visage très près de celui de Nicholas, les yeux grands ouverts. Il pouvait voir les taches rouges de ses iris dans la lumière. Sa longue chevelure formait comme un pont entre eux. Elle avait posé les doigts délicatement sur ses joues. La légèreté et la fermeté des mains d'un sculpteur.

— Je ne veux pas que tu sois triste, Nicholas, dit-elle à mi-voix.

Il l'embrassa du bout des lèvres.

— Je suis là ! dit-elle.

— Je le sais.

— C'est difficile à dire pour moi. Important. Et tout simple.

Elle était tout à fait sérieuse, à présent. Son humeur joueuse s'en était allée.

— J'ai eu beaucoup de temps pour réfléchir... A certaines choses, dit-elle.

— Tu veux dire, en restant couchée ?

— Non, dit-elle, secouant la tête, dans l'eau. Ce n'est pas mon passé qui a défilé sous mes yeux. (Elle rit, mais avec une tristesse infinie.) A un moment, j'ai cru que je ne m'en sortirais pas. J'étais en train de rêver de toi tout en nageant. Tu imagines... Des pensées intimes et toutes simples...

Ses yeux étaient presque flous. Elle était trop près de lui.

— Mais quand je me suis retrouvée au fond, c'est autre chose qui m'a traversé l'esprit : l'idée de ce que deviendrait ma vie si je ne devais jamais te revoir.

Sa voix était si sourde à présent, qu'il avait du mal à distinguer ses paroles. Elle avala sa salive, comme si les mots lui collaient à la gorge.

— J'ai peur. J'ai peur de ce que je suis en train de te dire. Admettre l'existence d'un sentiment est une chose. L'exprimer à haute voix en est une autre. Tu comprends ?

Elle le regarda longuement. Ses yeux étaient durs.

— Je t'aime, dit-elle. Je ne peux penser à rien d'autre quand je suis près de toi. D'habitude, j'ai envie d'aller ici ou là, de voir telle ou telle personne, mais tout cela ne compte plus quand je suis avec toi. Je sais que cela semble enfantin et romantique, mais...

Il éclata de rire :

— Romantique, oui. Enfantin, non. Et de toute façon, est-ce si terrible de se sentir romantique ? Je suis un romantique. Mais c'est vrai, il n'en reste peut-être plus beaucoup...

Le regard clair de la jeune femme se fit interrogateur :

— Est-ce que tu m'aimes, Nick ? Je veux que tu sois sincère. Si tu ne m'aimes pas, peu importe. J'ai simplement besoin de savoir la vérité.

Il ne sut que répondre. Son esprit était encore embrasé de souvenirs à la fois merveilleux et douleureux, et il sut que Yukio était toujours présente en lui. Il se sentait comme un saumon remontant un torrent, se battant contre le courant avec une sorte de rage. Mais il n'était pas poisson, et il se demanda pourquoi il s'agitait ainsi. Contre quoi luttait-il, en fait ? Et pourquoi était-ce si important ?

Il sentit qu'il connaissait les réponses à ces questions au fond de lui-même. A condition de pouvoir les saisir. Il était encore sous le coup du trait que Croaker lui avait décoché au restaurant, et il était furieux de constater à quel point cela l'avait affecté. Et si Croaker avait raison ? Dans quelle mesure les morts de Terry et d'Eileen l'avaient-elles touché ? Il avait à coup sûr ressenti *quelque chose*. C'était forcé. Il n'était pas une machine. Mais il ne pouvait verser aucune larme. Peut-être y avait-il d'autres manières de souffrir ? Il savait que, à cet égard, il ressemblait à sa mère.

Beaucoup trop maître de lui pour permettre à certaines émotions de faire surface. Mais en se retenant ainsi, il niait une partie de lui-même, et cela pouvait s'avérer catastrophique. S'il ne comprenait pas pleinement tout son être, il ne pourrait maîtriser aucune situation. Il ne pourrait être l'*adepte* de rien — ni de la lumière ni des ténèbres. Cette pensée le fit bondir comme si quelqu'un l'avait piqué. Une idée flottait comme un drapeau à l'orée de sa conscience...

— A quoi penses-tu ?

Son regard revint du vide et il la regarda. Il lut de l'inquiétude sur le visage de la jeune femme.

— Tu ne dois faire aucun sacrifice, dit-il. Ni pour moi, ni pour personne. Ce serait une erreur dangereuse.

— Bon Dieu ! Je ne fais pas de sacrifice. Plus maintenant. J'en ai fini de tout ça. Je ne renoncerai à rien pour toi. Pas avant d'être tout à fait sûre que c'est bien ce que *moi*, je veux.

Les yeux de Justine scintillaient, minuscules flammes d'énergie dans le noir.

— Tu me rends heureuse : est-ce donc si terrible ! Et si je m'en contente ? Est-ce qu'une partie de toi se révolte contre cette idée ?

Sans s'en rendre compte, elle retournait le fer dans la plaie.

— Seigneur ! Qu'est-ce qui t'a fait dire ça ? dit-il en se redressant soudain, le cœur battant.

— C'est donc vrai ? dit-elle, en cherchant son regard. Je ne sais pas. Mais je sais comment ton corps réagit au mien. C'est de la communication au niveau le plus fondamental, exactement comme il y a un million d'années, quand il n'y avait pas de livres, de films, de pièces de théâtre ni tous les autres loisirs. Au temps où les gens n'avaient qu'eux-mêmes. Je veux savoir pourquoi tu écartes cela par principe. Ne fais-tu pas confiance à ton corps pour t'indiquer la vérité ? Il sait mieux que ton esprit ce qui est bon pour toi. (Elle éclata de rire.) Je n'arrive pas à y croire. Surtout de ta part. Tu as travaillé toute ta vie avec ton corps, et tu ne lui fais pas encore confiance ?

— Tu ne connais rien sur ce sujet, dit-il sèchement.

— Ah, vraiment ? répliqua-t-elle en se redressant à son tour. Alors, explique-moi ! De façon simple, je te prie, pour que ma pauvre cervelle de femme puisse comprendre !

— Ne sois pas puérile.

— Ce n'est pas moi qui suis puérile, Nick. Écoute-toi donc parler ! Tu as peur de révéler à quiconque la moindre parcelle de toi-même.

— N'as-tu pas songé qu'il y avait peut-être une bonne raison à cela ?

— Oh si !... Justement : c'est une raison que je te demande.

— Peut-être cela ne te regarde-t-il en rien.

— Soit. Parfait ! s'écria-t-elle furieuse. Je vois très bien maintenant jusqu'où je peux aller avec toi.

— Nulle part, Justine. Tu ne me possèdes pas.

— Voilà ce que j'obtiens en essayant d'être sincère !

— Tu veux de la sincérité ? (Il savait qu'il n'aurait pas dû, mais peu lui importait.) J'ai vu ton père en ville, aujourd'hui, dit-il.

Le visage de Justine se releva. Elle avait l'air de ne pas le croire.

— Tu as rencontré mon père ? Comment ?

— Il est venu me chercher dans sa limousine, à la sortie de la gare. J'ai eu droit au traitement de première classe.

— Je ne veux rien entendre, dit-elle en se levant.

Sa voix était rauque. Elle se souvenait encore trop bien de San Francisco. Une rage froide montait en elle. Elle était impuissante contre lui. Elle l'avait toujours été. Toujours.

— Je crois que tu devrais écouter, dit-il cruellement.

Quelque chose en lui l'incitait à poursuivre, comme pour se délecter de l'expression douloureuse du visage de la jeune femme.

— Non ! cria-t-elle, se plaquant les paumes sur les oreilles.

Elle s'écarta de lui. Il se leva et la poursuivit sur le sable frais.

— Il voulait tout savoir sur nous. Il sait tout de toi. Ce que tu as fait. Ce que tu n'as pas fait.

— Qu'il aille au diable !

Elle dérapa en haut d'une dune, se releva, puis lui fit face. Ses yeux de fauve semblaient immenses et brillants comme des feux sur la mer. Elle était blême de rage.

— Vous êtes deux salauds ! cria-t-elle. Lui pour l'avoir fait, toi pour me l'avoir dit. Tu n'es qu'une ordure ! Une ordure.

Il n'avait plus qu'une idée en tête à présent : la rejeter de sa vie.

— Il a cru que j'étais peut-être un autre type comme Chris...

— Tais-toi ! La ferme ! Espèce de lopette !

Mais il poursuivit sans pitié :

— Il m'a offert du travail, et tu ne sais pas le plus beau : j'ai accepté. Je travaille pour lui, à présent.

— Comment peux-tu me faire une chose pareille ? cria-t-elle. Mon Dieu ! Mon Dieu !

Ce n'était pas au travail qu'elle pensait. Le visage en larmes, elle se détourna de lui. Elle trébucha sur les marches pleines de sable montant vers sa véranda, puis elle disparut.

Nicholas s'effondra en sanglots, à genoux dans le sable. Mais le sable est sans âme.

★

— Il va arriver, dit Ah Ma. Tout est-il prêt ?

— Oui, mère, répondit Penny de sa place aux pieds d'Ah Ma.
Fleurette vient juste de rentrer avec le dernier des... euh, « éléments » demandés.

Penny pencha la pâleur de son visage parfait sur un grand registre de cuir où elle traçait, en lignes verticales, des caractères chinois. Elle se servait d'un pinceau effilé qu'elle trempait de temps
en temps dans une petite bouteille d'encre Higgins. Tous ses gestes
étaient prestes et sûrs... Elle regarda sa maîtresse en silence, puis
prit une décision.

— Croyez-vous que nous ayons raison de laisser entrer cet
homme ici ?

Elle ne leva pas les yeux de sa page et, pendant un instant, son
cœur se contracta dans sa poitrine à la pensée de la colère, toujours possible, d'Ah Ma.

Mais Ah Ma se borna à pousser un soupir. Penny avait raison,
bien sûr. Autrefois, jamais elle n'aurait permis une chose pareille.
Elle chassa ces pensées. Eh oui, les temps avaient changé. Tout le
monde doit s'adapter de son mieux. Quand elle parla, sa voix ne
trahit pourtant rien de son dialogue intérieur.

— Penny, ma toute précieuse, il y a, tu le sais, beaucoup
d'argent en jeu. Je n'ai pas de préjugés. Tu ne devrais pas en
avoir, toi non plus.

Mais elle savait que ses paroles étaient mensongères, même si
Penny ne devait jamais s'en apercevoir.

Ah Ma, presque septuagénaire, était une Chinoise de Fukien,
région côtière à mi-chemin entre Hong Kong et Chang-hai. Elle
avait eu quinze frères et sœurs, mais elle s'était toujours sentie très
à part. Peut-être son nom était-il à l'origine de ce sentiment. Une
légende disait qu'une pauvre fille du Fukien nommée Ah Ma voulut un jour prendre passage sur une jonque. Dans tout le port, une
seule avait accédé à sa requête. A la sortie du port, ils avaient été
assaillis par un typhon d'une violence extrême, et c'était Ah Ma
qui avait sauvé la jonque... Un temple lui était dédié, Ah Ma le
savait, au pied du mont Barra, sur l'île de Macao.

Elle se tourna dans son fauteuil. Le bois craqua. Elle sentit la
caresse de la soie sur son bras. Par la fenêtre ouverte, elle entendait nettement les rumeurs de Doyers Street. Il y avait au coin de
la rue un poissonnier qui restait ouvert très tard. A cette période
de l'année, on y trouvait des calmars magnifiques. Elle entendit
des éclats de voix : une dispute — en cantonais. Elle fronça les
sourcils : dans le très vaste appartement qui occupait tout le troi-

sième étage de l'immeuble, on ne parlait que le mandarin. Il en était ainsi dans la maison d'Ah Ma au temps de son enfance. Et il n'en allait pas autrement aujourd'hui.

Ah Ma se leva, trottina sans bruit jusqu'à la fenêtre et baissa les yeux vers l'étroite rue bondée de monde. Elle aurait pu, bien entendu, choisir n'importe quel autre endroit de Manhattan, ou presque. Au fil des années, elle avait eu plus d'une occasion alléchante de s'installer ailleurs. Elle s'y était toujours refusée. Il lui semblait normal que son affaire demeure en plein cœur de la Ville chinoise. Le quartier était sombre et vaguement sordide, mais il y avait de l'atmosphère. A bien des égards, il lui rappelait son lointain pays. Et c'était cela qu'elle recherchait. Malgré son million de dollars, elle ne se sentait pas plus à l'aise aujourd'hui dans les tours d'acier et de verre du centre de Manhattan que le jour de son arrivée à New York dans des gratte-ciel comme le Chrysler Building.

Oui, songeait Ah Ma, les yeux baissés vers la rue plongée dans la nuit — bourdonnement clair de la foule animée, odeurs intermittentes de poisson frais, au petit matin, à l'heure des arrivages, délicatesse des *dim sum* cuits à la vapeur chez le marchand de pâtes de la maison voisine — oui, je suis très bien ici. Parfaitement bien.

De nouveau, elle soupira. Bien sûr, le Conseil d'aménagement de Chinatown n'aurait pas été enchanté de sa présence s'il avait appris à quel commerce elle se livrait en réalité. Mais la police était absolument ravie des mille dollars qu'Ah Ma lui distribuait chaque mois. Elle accomplissait toujours ce devoir elle-même, et elle offrait le thé à chacun de ses passages : cela augmentait sa « face ».

Elle n'avait jamais oublié sa maison de Fuzhou, mais curieusement, elle y songeait de plus en plus souvent avec l'âge. Non qu'elle ait jamais envisagé d'y revenir, à présent. Elle n'aimait guère les Chinois communistes. Elle aurait pu y faire un petit séjour en touriste, à présent, mais elle ne pouvait se résoudre à voir de ses yeux ce que son pays était devenu.

Non, elle avait tout ce qu'elle pouvait désirer de Fuzhou ici, à sa porte.

La lumière tombant des néons rouges et bleus — enseignes de restaurants invisibles dans la rue transversale — donnait aux ténèbres des reflets d'eau glauque. C'étaient les Japonais, bien sûr. Elle avait appris à les haïr longtemps avant les communistes. Ils étaient descendus le long de la côte, hommes d'affaires que leurs opérations à Chang-hai avaient rendus riches et arrogants. Ils étaient déjà blasés de la vie nocturne de cette ville, ou peut-être voulaient-ils découvrir un autre petit morceau — plus secret — de la Chine. Tellement différents des Chinois, songea Ah Ma, perplexe. Mais bien sûr, ils n'ont pas eu tous nos siècles d'histoire pour apprendre. C'est un peuple relativement jeune. Leurs îles n'étaient habitées que par les Aïnos barbares — des sauvages sans intelligence — alors que nous avions déjà forgé des dynasties et mis au point la poudre à canon. Si les Japonais modernes descendent tout droit de ces gens, rien d'étonnant à ce qu'ils soient si guerriers.

Elle se détourna de sa fenêtre de Doyers Street.

— Je veux le voir tout de suite, Penny. Il ne faut faire aucune erreur.

Penny acquiesça, posa son registre et son pinceau, se leva et traversa la pièce.

— Penny...

La jeune fille se figea, la main sur la poignée de la porte.

— Oui, mère ?

— Il n'est pas d'ici ?

— Non, mère. Du nord de la ville.

Ah Ma hocha la tête.

— Bien. Je ne veux pas de voisins... impliqués.

Au cours de l'absence brève de Penny, Ah Ma songea à elle. Elle avait pris une bonne décision en choisissant cette fille. Elle était aussi habile avec sa tête qu'avec ses mains. Ah Ma ne le reconnaîtrait jamais ouvertement, mais de plus en plus souvent, elle se fiait au jugement de Penny. La jeune fille semblait montée contre le Japonais, et cela la troublait.

C'était Ah Ma qui lui avait donné le nom de Penny quand elle s'était présentée pour lui demander du travail. Ah Ma donnait des noms à toutes ses filles et, par la suite, jamais on ne les appelait autrement que par ce nom-là. C'était net et propre, et aussi anonyme que les affaires d'Ah Ma se devaient de l'être. De plus, elle éprouvait beaucoup de plaisir à donner des noms à ses « enfants ». Et elle aimait aussi qu'elles s'adressent à elle avec le terme honorifique de « mère » — un mot qu'on n'utilise jamais à la légère, dans son pays.

Le moment viendrait où elle devrait abandonner son empire, ici. Et lorsque cela se produirait, elle voulait être sûre qu'il tombe entre de bonnes mains.

Penny revint, conduisant un garçon d'environ onze ans. Elle s'arrêta juste devant le seuil, les deux mains sur les épaules de l'enfant. Il demeura parfaitement immobile. Ses yeux n'exprimaient pas la moindre curiosité. Par la porte entrebâillée, Ah Ma entendit l'affairement discret des préparatifs. Comme prévu, on n'attendait qu'un ou deux hôtes cette nuit. Cela était également inclus dans la somme énorme que lui verserait le Japonais. Peu lui importait.

Elle examina le garçon. Il avait la peau claire et douce, un reflet mongol discret dans les pommettes et les yeux. Ses iris étaient comme des éclats de charbon. La bouche large, les lèvres légèrement sensuelles. Penny le présenta :

— Philip Chen.

— Ferme la porte, ma toute précieuse, dit Ah Ma à mi-voix.

Elle avait les mains croisées devant elle, doigts entrelacés. Elle regarda l'enfant.

— Tant que tu seras ici, tu auras un autre nom, lui dit-elle : Moineau. C'est sous ce sobriquet qu'on t'appellera, et que tu répondras. C'est bien compris ?

L'enfant sourit, puis son sourire s'élargit lentement.

— Appelle-moi : mère.

— Oui, mère.

— Tu es bien au courant ? Je ne veux pas de surprises.

— Oui, répondit-il, joyeux. Penny m'a tout expliqué. Pas de problème.

— Vraiment ? insista Ah Ma en fronçant les sourcils. Ceci reste à voir. Très bien. Laisse-nous à présent, Moineau. Va trouver Églantine. Elle t'emmènera dans la chambre qu'il faut. Tu sais ce que tu as à faire.

— Oui, mère.

Il se retourna et sortit. Dès que Penny eut refermé la porte derrière l'enfant, Ah Ma lui demanda :

— Des parents ?

Penny secoua la tête.

— Il vit avec un oncle. Qui est perpétuellement ivre et ne s'apercevra même pas que le gamin a passé la nuit dehors.

— C'est absolument sûr ?

Penny acquiesça. Ses cheveux noirs frémirent comme la crinière d'un animal.

— Églantine y a veillé personnellement.

Ah Ma se permit un mince sourire.

— Tu as très bien fait, mon enfant.

Penny inclina la tête pour dissimuler le rouge qui lui montait aux joues. Il était vraiment très rare qu'Ah Ma s'adresse à quelqu'un avec une telle marque d'affection.

— Merci, mère, murmura-t-elle.

Ah Ma s'avança vers Penny sans bruit. Elle leva la main et lui effleura la joue.

— Maintenant, raconte-moi ce qui te tracasse, dit-elle à mi-voix.

286

Il était difficile de trouver ses mots quand Ah Ma vous fixait de ses yeux qui savaient tout. Penny sentit sa gorge se nouer, à tel point que l'air n'y passait plus.

— Allons, allons, mon enfant. C'est le Japonais ? Qu'y a-t-il en lui qui te gêne à ce point ?

— J'ai honte que mes sentiments soient aussi transparents, répondit Penny d'une voix navrée.

Elle baissa les yeux. Elle était au bord des larmes et elle le savait.

— Allons donc ! s'écria Ah Ma agacée. Ce qui est visible pour moi ne l'est pas pour les autres. Tu n'as pas perdu la face devant moi. Dis-moi, je te prie, ce que je veux savoir.

— C'est la drogue qui m'inquiète, murmura Penny. Je ne crois pas que nous devrions nous laisser entraîner à...

Pendant un instant, Ah Ma ne dit rien. Elle se rappelait son voyage à Changhaï quand elle était enfant. Elle sentait encore l'odeur écœurante, suffocante, de l'opium en train de brûler. Ses narines frémirent à ce souvenir. Jamais elle n'avait fumé, mais l'odeur restait en elle, comme imprimée au fer rouge.

Elle était dans l'air, la nuit où les communistes avaient surgi pour prendre son mari. Sans bruit, sans avertissement. Ils se cachaient, mais les communistes savaient exactement où chercher. Quelqu'un les avait trahis.

Le mari d'Ah Ma était un militant politique. Ses intuitions étaient visionnaires. Il avait deviné l'orage imminent de la révolution communiste. Peut-être avait-il même compris qu'elle était inévitable. Mais il l'avait combattue avec une véhémence sans pareille.

« Pour une fois, disait-il dans ses discours, écrivait-il dans ses pamphlets, nous sommes en situation d'apprendre quelque chose des Japonais. Quel bien le régime isolationniste des shōguns leur a-t-il fait ? Tout le monde a pu voir que le pays était condamné à la stagnation, qu'il étouffait dans le corselet d'airain de la tradition. Le capitalisme à l'occidentale a représenté à ce moment-là, pour le Japon, la voie de l'avenir. Regardez où ils en sont aujourd'hui. Pouvons-nous, en Chine, fermer les yeux devant un exemple historique aussi saisissant ? Une prise du pouvoir par les communistes nous interdirait l'accès à l'Occident, à ce capitalisme même qui a rendu des villes comme Hong Kong et Chang-hai aussi florissantes. La Chine demeurera à la traîne du monde, et l'image du géant qui sommeille deviendra une réalité. »

Ils entrèrent en coup de vent et projetèrent Ah Ma contre un mur. Sa tête heurta le rebord d'un meuble. Ils traînèrent son mari hors du lit, le mirent tout nu, et le battirent avec de gros gourdins et les crosses de leurs fusils. Ils avaient une étoile rouge brodée sur leur casquette à visière et sur les épaulettes de leur uniforme puant. Puis ils avaient traîné hors de la maison le mari d'Ah Ma, sans conscience, perdant son sang... Était-il mort ou vivant ? Aujourd'hui encore, elle ne pouvait pas en être certaine. Mais elle espérait, pour lui, qu'il était mort très vite. Peut-être avait-il pu trouver un morceau de fil de fer ou un drap de lit... Elle se refusait à songer à ce qu'ils avaient pu faire à son esprit.

C'était il y a bien longtemps, mais parfois, par des journées tristes et grises, quand la pluie giflait les fenêtres et que même la rue au-dessous était enténébrée, Ah Ma se disait que la blessure n'avait jamais guéri tout à fait.

Elle ramena ses pensées au présent et sourit à Penny. Elle était si belle... D'une beauté parfaite.

— Il est bon que tu penses cela, ma toute précieuse, dit-elle. En règle générale, tu le sais, je ne laisse pénétrer ici aucune espèce de drogue. Cet homme est une exception.

Il combat les communistes à sa manière, songea Ah Ma. Il croit que je ne l'ai pas percé à jour, mais je sais. Je sais tout de chaque personne qui entre ici. Sans exception. Celui-là a exigé davantage de temps, davantage de *baht*. Mais il y a toujours des pattes ne demandant qu'à être graissées ; en ce domaine, chaque chose a son prix.

— Puis-je en connaître la raison ? demanda Penny doucement.

Ah Ma lui posa la main sur l'épaule.

— Cela ne te regarde pas... Allons ! Va aider Églantine. Il est grand temps.

Penny hocha la tête, les yeux toujours fixés sur le sol devant elle.

— Oui, mère. Tout de suite.

Ah Ma la regarda quitter la pièce en trottinant sans bruit et elle se demanda : « Où va le monde ? »

★

Quant au Japonais, à cet instant-là, il sortait par l'issue latérale d'un cinéma. Il traversa aussitôt la quarante-neuvième rue et courut sur quelques mètres pour prendre un autobus descendant vers le Sud de la ville. Le véhicule était bondé, mais il se vida peu à peu, après la trente-quatrième rue.

Il descendit à l'arrêt précédant le terminus et continua vers Greenwich Village, à pied. A la huitième rue, il tourna vers l'est jusqu'à Cooper Square, son cube de métal noir en équilibre sur une pointe. Sur une des faces, quelqu'un avait écrit avec un atomiseur de peinture blanche : « Zombi aime Karen R. » Cela cadrait bien avec le décor.

Il prit le bus de l'Hôtel de Ville, à l'angle de la huitième rue et de la Troisième Avenue, puis il suivit le Bowery jusqu'à Canal Street. C'est là qu'il trouva la première cabine téléphonique. Il leva les yeux vers la grosse pendule démodée installée au-dessus d'une vitrine de bijoutier, non loin. D'immenses semi-remorques, crachant des vapeurs de gasoil, descendaient vers l'ouest avec un bruit de tonnerre ; de l'autre côté de l'avenue se dressaient les colonnes « romaines » du pont de Manhattan.

Il appela l'horloge parlante pour avoir l'heure exacte. Il raccrocha et attendit exactement une minute et cinquante secondes. Puis il composa un numéro à New York. Il détestait cette procédure, mais elle faisait partie du « marché » et elle était d'ailleurs logique. Il n'était pas contre la logique

A l'autre bout du fil, quelqu'un décrocha. Le Japonais énonça les sept chiffres du numéro de la cabine depuis laquelle il appelait, puis raccrocha aussitôt. Il maintint le support en bas tout en reprenant le combiné et en le collant à son oreille. Une femme qui le regardait se détourna, écœurée, et partit à la recherche d'une autre cabine.

Quatre minutes et demie plus tard, le téléphone sonna. Le Japonais lâcha le crochet... La conversation se déroula en japonais.

— Oui, dit-il.

Il reconnut le son creux d'une liaison outre-mer.

— Situation ?

— Nous avançons.

— Soyez plus clair. Quels résultats avez-vous ?

— Des résultats ? (Il parut surpris.) Je suis en place, dit-il. Le marché avance.

Marché était le mot qu'il employait à la place de mission.

— Je vois.

Il y eut un silence au cours duquel il entendit le grésillement d'une autre communication, en arrière-plan, très loin.

— La ligne est sûre ? demanda la voix.

— De ce côté-ci, absolument.

A l'autre bout du fil la voix sembla ne tenir aucun compte de ce manque de courtoisie, et ajouta :

— Nous désirons un dénouement rapide.

— C'était très clair dès le début.

Toutes les quinze secondes, il vérifiait les abords immédiats de la cabine. Non qu'il s'attendît à quoi que ce fût, mais on ne devait jamais négliger la sécurité. Réflexe essentiel.

— Exactement, dit la voix.

— Les choses ne sauraient être précipitées. Vous le savez. Je travaille à ma manière. C'était convenu, sinon je n'aurais jamais accepté le marché.

— Certes. Nous en sommes très conscients. Mais la vie est infiniment changeante et des événements récents — des événements qui ont eu lieu depuis votre départ du pays — exigent une conclusion plus rapide.

— Je ne fais jamais les choses ainsi. Je...

— Vous les ferez, cette fois-ci.

La voix était douce comme la soie, le ton égal. Aucune hâte dans les paroles, aucune menace en filigrane.

— Il est impératif que le marché soit conclu dans les soixante-douze heures qui viennent, ajouta la voix.

— Je ne crois pas que...

— Vos honoraires sont doublés.

Dans sa main, le téléphone était muet.

★

— Bonsoir, lui dit Ah Ma, le bras tendu, un sourire plaqué sur le visage. Vous honorez cette maison où...

— Tout est prêt ?

Ah Ma garda pour elle son agacement devant une telle infraction à la courtoisie rituelle. C'était une femme extrêmement pointilleuse : elle n'aimait pas qu'on lui coupe la parole et elle avait horreur de la grossièreté. Elle songea un instant à jeter le Japonais à la porte. Elle n'avait certainement pas besoin de son argent. Mais il avait tué des communistes en Chine. Trois hauts responsables, à sa connaissance, ce qui signifiait sûrement un chiffre beaucoup plus élevé. Elle détestait les communistes beaucoup plus que les Japonais. Par ailleurs, tous les arrangements avaient été pris. Si elle l'avait renvoyé à présent, quelle perte de temps pour son personnel !

Ah Ma adressa donc au Japonais le plus chaleureux de ses sourires.

— Tout vous attend comme nous en avions discuté.

A la dérobée, elle l'étudia de ses yeux noirs très écartés, vifs comme ceux d'un oiseau. Il était d'humeur différente. Elle le trouvait moins détendu, presque sur les nerfs. Peut-être, en sortant de chez elle, allait-il tuer un autre communiste... Peu importait. Ce n'était pas son affaire.

— Aimeriez-vous d'abord un peu de thé ?

— Non.

— Les petits pâtés sont tout frais.

Il secoua la tête. Ah Ma haussa les épaules.

— A votre guise.

Le Barbare ! se dit-elle. Les civilités n'ont aucun sens pour lui. Le temps le presse comme un Occidental. Eh oui ! Les Japonais ressemblent beaucoup aux Occidentaux, à présent. Ce sont de grands mimes...

— Églantine, appela-t-elle à mi-voix.

Une femme glissa vers elle. Elle était grande et mince, avec un visage osseux, des yeux très allongés et de grosses lèvres charnues. Une allure étonnante. Mais elle possédait un détachement glacé qui sautait aux yeux. Personne n'aurait pu la prendre pour une des filles d'Ah Ma. On savait immédiatement, presque instinctivement, qu'elle était beaucoup plus — sans avoir la moindre idée de son rôle exact.

Églantine regarda Ah Ma et personne d'autre.

— Conduisez ce monsieur à la Suite d'Or, lui dit Ah Ma doucement.

Toutes les pièces utilisées à des fins professionnelles étaient désignées par des couleurs.

Églantine s'inclina et précéda l'homme le long d'un corridor faiblement éclairé. Les murs, en dehors des moulures décoratives du plafond et des stylobates, étaient tapissés de chantoung bleu-vert. La moquette était d'un beige profond, comme les boiseries et les portes fermées devant lesquelles ils passèrent.

Ils arrivèrent devant la dernière porte sur la gauche et Églantine s'arrêta. Elle tendit la main vers le loquet.

— Une minute !

Les doigts de l'homme encerclèrent son poignet fin. Il la fit pivoter vers lui...

— Est-ce vous qui allez...

Il avait parlé en cantonais. Ne voyant aucune réaction sur son visage, il passa au mandarin. C'était vraiment trop demander que ces gens comprennent le japonais.

— Est-ce que la vieille vous a réservée pour moi ? Je lui avais dit que je ne voulais pas quelqu'un de grand.

Églantine le contempla sans répondre.

— Écoutez, je ne veux pas de vous. Compris ? C'est une erreur.

Églantine baissa les yeux sur les doigts qui la tenaient.

— Allez dire à la vieille qu'il y a erreur. Pour l'argent que je...

Il s'interrompit, intrigué. Elle n'avait fait aucun mouvement pour se libérer de lui. Elle aurait dû lutter, ou même pleurnicher. Il accrut la pression de ses doigts, mais elle ne réagit pas davantage. Il lui lâcha le poignet.

Églantine se retourna et ouvrit la porte sans bruit. Elle ne franchit pas le seuil.

Le Japonais entra et tourna aussitôt la tête pour voir si elle le suivait, mais la porte se refermait déjà sur lui.

La pièce était vaste. Moquette verte sur le sol. Murs de couleur or. Plafond blanc coquille d'œuf. La chambre contenait un grand lit, et un vaste sofa avec trois fauteuils assortis — le tout recouvert de coton broché d'or. Dans le mur de droite une porte s'ouvrait sur une salle de bain, assez grande et, après inspection, fort bien décorée. Sur le mur de gauche, près de la baie, une armoire de chêne ciré.

Il traversa la pièce. La fenêtre donnait sur Pell Street. Une échelle d'incendie de métal noir, tout à fait classique, courait sur tout le côté de l'immeuble. Pas de fenêtre dans la salle de bain. Les précautions normales de sécurité. Il se retourna.

Il vit un jeune garçon et derrière lui une jeune femme.

— Comment t'appelles-tu ? demanda-t-il à l'enfant.

Il ne chercha pas à savoir le nom de la femme.

— Moineau.

— Est-ce que tu l'as ?

L'enfant acquiesça et fit un pas vers le Japonais.

— Arrête-toi, ordonna ce dernier. Donne-le à la fille.

L'enfant se retourna et fit ce qu'on lui disait.

— Apporte-le-moi !

La fille s'inclina. En s'avançant vers le Japonais, elle s'arrêta pour verser une tasse de saké chaud, qu'elle lui tendit.

Il la regarda, comme s'il voulait la transpercer des yeux. D'un revers de main rapide comme l'éclair, il fit sauter la tasse de la main tendue. La fille étouffa un cri. Ses doigts brûlaient.

— Ne fais rien sans en avoir reçu l'ordre, dit-il d'un ton froid. Et à ce moment-là, veille à faire exactement ce que l'on te dit. Est-ce clair ?

La fille hocha la tête sans un mot. Ces remarques semblaient ne s'adresser qu'à elle.

— Fais-moi voir ce que tu as.

Elle ouvrit la main. Il vit dans sa paume deux pastilles marron et, à côté d'elles, un morceau de substance noire. Il prit celle-ci en premier et la huma. Il hocha la tête. Il la reposa dans la main de la fille et saisit les pastilles. Il les goûta du bout de la langue. Satisfait, il lui ordonna de les écraser.

Cette combinaison d'opium et de diméthyltriptamine n'était pas nouvelle pour lui. C'était un de ses amis étudiants qui lui en avait donné le goût, bien des années plus tôt. Au *ryu*, la tension était énorme. On utilisait souvent le saké, bien sûr, comme moyen de détente. Mais ce n'était pas pour lui : l'alcool ne suffisait pas.

Il observa de ses yeux vitreux la fille à genoux qui écrasait le mélange dans un mortier de pierre qu'elle avait sorti de l'armoire.

Quand elle eut fini, une fois sa pipe remplie, il lui dit de faire couler l'eau de son bain.

— Je peux le faire, dit Moineau.

— Reste où tu es ! cria le Japonais.

Son regard retourna à la fille et il lui dit :

— Obéis.

Elle inclina la tête et traversa la pièce d'un pas précipité. Dès qu'il eut allumé sa pipe, il entendit le son assourdi de l'eau qui coulait.

Le Japonais tira trois fois sur la pipe, longuement, avant de l'ôter de sa bouche.

— Viens ici, Moineau. Aspire... Non, à fond. Comme ça, oui...

Il porta de nouveau la pipe à ses lèvres et finit de fumer. Il n'entendait plus rien hormis l'eau dans le lointain ; grondant comme une cascade.

A chaque inspiration à présent, l'air semblait glacé. Et quand il expirait, le souffle brûlait le pourtour de ses narines. Son cœur battait plus vite. Le sang bondissait dans ses veines et ses artères. Il se sentait ardent. Pourtant, la pesanteur l'écrasait comme s'il avait été sous l'eau. Il devinait sa pression sur ses bras, ses jambes, sa tête, son membre. Ses testicules semblaient avoir gonflé.

— Viens, ordonna-t-il au garçon.

Ils entrèrent ensemble dans la salle de bain. La baignoire était remplie aux trois quarts. La fille, à genoux, vérifiait la température.

— Déshabille l'enfant, lui dit-il.

Chaque fois qu'il parlait, il sentait gronder les vibrations dans sa poitrine. Les mots, prenant du corps, semblaient rouler sur eux-mêmes dans la cavité, comme des ondes en mouvement, s'écartant sans cesse du centre. Certains mots étaient aussi petits que des insectes, lumineux et scintillants. D'autres, immenses et disgracieux comme des girafes.

Le Japonais suivit d'un œil avide la fille qui se dirigeait vers le seuil de la porte, où Moineau se tenait.

— Fais-le à genoux, lui dit-il.

Il se complut à voir comme elle suivait ses instructions. Il faudrait qu'il pense à féliciter la vieille.

L'enfant nu... Son corps fluet où commençaient à naître les muscles de l'adolescence. Le Japonais regarda, pupilles dilatées. Inspiration, expiration. Haleine comme le soufflet d'une forge animée ; la fille s'assit, jambes repliées sous le corps. Sa tête était penchée. Ses longs cheveux noirs, brillants, tombaient au creux de ses reins.

Ensuite, il se fit déshabiller à son tour. D'abord la chemise, pour qu'elle puisse faire le reste à genoux devant lui. Il ne la regarda pas. Il contemplait le garçon.

Il était dur avant qu'elle eût terminé. L'enfant aussi s'abandonnait au tourbillon. Sans regarder la fille, l'homme la saisit par la nuque et lui enfonça le visage contre ses bourses. Il sentit la bouche s'ouvrir. L'enfant, tout raide, frissonna.

L'homme repoussa la fille et entra dans le bain chaud.

— Lave-moi, maintenant, lui dit-il.

Quand ce fut terminé, il sortit et lui demanda de nettoyer la baignoire. Il ne se remit dedans que lorsqu'elle fut savonnée et rincée. Elle refit couler de l'eau pour lui.

Allongé sur le dos, trempant dans le bonheur, il regarda le blanc étincelant du plafond, exactement comme s'il avait été seul. Il songea à son appel téléphonique et à ce qu'il signifiait. Il sourit. Il avait de toute façon l'intention de tuer Tomkin dans les trois jours. Mais pourquoi l'aurait-il révélé à ses employeurs ? Moins ils en savaient, mieux c'était. En offrant à quelqu'un un renseignement de ce genre, on risque qu'il en tire parti. Jamais le Japonais n'avait fait une chose pareille. S'il réussissait, c'était parce qu'il conservait toujours l'initiative. Oui, c'était bien ce qu'on lui avait enseigné.

Il eut envie de rire. Son corps remua, des petites vagues se brisèrent contre les parois de porcelaine. Et parce qu'il n'avait pas révélé ses plans, ses honoraires venaient d'être doublés ! Pourtant, ils étaient déjà très élevés. Et non sans raison : d'autres avaient essayé de tuer Tomkin, mais toujours sans succès. Le Japonais ne doutait pas de sa réussite ; pas le moins du monde. Ce qui occupait pleinement son esprit, c'était plutôt la méthode. Oui, sa première approximation s'était avérée juste. Tomkin était plus vulnérable dans son nouveau bureau que partout ailleurs. C'était très haut, très isolé, entouré par un dédale de tunnels et de couloirs inachevés dans lesquels il pourrait disparaître à la seconde.

Il y avait, bien entendu, les méthodes à distance : le fusil, la bombe, etc. Elles ne faisaient pas partie du répertoire japonais du meurtre. C'était la manière lâche : une forme d'assassinat entièrement occidentale. Quant à lui, il faisait tout son travail de main de maître, avec ses propres armes. Il n'y avait aucun honneur à tuer autrement. C'était ce qu'on lui avait enseigné. Les ninjas eux aussi ont leur code d'honneur. Ses lois n'ont rien de commun avec les lois pusillanimes du *bushido*, songea-t-il avec mépris, mais elles n'en gouvernaient pas moins tous ses actes. Un « marché » ne valait pas la peine d'être traité si l'on ne pouvait pas parvenir à longueur de bras de l'adversaire. Et il n'avait besoin d'aucun artifice.

Donc, cela se passerait à l'étage supérieur de l'immeuble de Tomkin, dans le bureau de luxe : un décor qui lui convenait à merveille. Pas ce soir, peut-être pas demain soir. Il restait trop d'éléments à réunir, trop de détails à régler. Après-demain soir, sans doute. Inutile de précipiter les choses. Il repassa dans sa tête toutes les phases du « marché », tout en commençant à ressentir des picotements dans le bas-ventre. Une seule chose l'inquiétait encore, parce qu'elle échappait pour l'instant à son contrôle : ne s'était-il pas trop dévoilé ? Peut-être avait-il fait une erreur de calcul en tuant Vincent Ito. Puis il songea : non, c'est ce que j'avais prévu dès le début. Il a besoin de ça.

Le bout de son membre dressé creva la surface de l'eau. Il le regarda, fasciné.

— Il est temps, dit-il.

Et la fille ouvrit la vidange. Il se leva. L'eau chaude ruissela sur sa peau. Son torse et ses membres n'avaient pas un poil. Il sortit de la baignoire et écarta la serviette épaisse que la fille avait dépliée pour lui.

— Non. Lèche l'eau.

Il regarda l'enfant qui n'avait pas bougé pendant tout ce temps. La fille se pencha pour lui obéir.

Oui, songea-t-il. Il y a tout le temps. Assez en tout cas pour que je revienne ici demain soir. La détente était indispensable à son bon fonctionnement. Il écarta les jambes, la fille continua de le lécher.

Dans la chambre, il fuma une autre pipe et renouvela son offre à Moineau. La fille était la seule à être encore habillée. Elle s'approcha de lui sur son ordre, les yeux toujours baissés. D'un geste brusque, il lui arracha sa robe de soie. Elle avait de petits seins fermes, des mamelons longs et durs. Une taille fine et des hanches étroites, un épais triangle pubien. Sa peau était hérissée de chair de poule. Elle n'osait pas lever les yeux sur lui — et cela lui plut.

Il leva la main gauche. Elle était si énorme qu'il pouvait, avec ses doigts, faire le tour complet du cou svelte de la fille. Elle avait la peau très douce à cet endroit-là. De l'autre main il effleura la chair hérissée, amusé par cette curiosité.

Sans lâcher son cou, il écarta sa main droite et gifla ses seins, qui tressautèrent. Elle fit la grimace mais aucun son ne sortit de ses lèvres. Le Japonais tourna légèrement la tête pour voir la réaction de l'enfant. Il n'avait pas bougé. Le Japonais frappa de nouveau les seins de la fille, du côté opposé. Le souffle lui manqua et elle se mordit aussitôt la lèvre inférieure. De la sueur perla à la limite de ses cheveux ; il sentit la peau moite sous ses doigts.

Quand il la frappa pour la troisième fois, ce fut avec beaucoup plus de violence. Elle poussa un petit cri, et ses jambes se dérobèrent sous elle.

Le Japonais la prit sous les bras et la jeta sur le lit. Il y avait un foulard de soie à chaque colonne d'angle. Il lia les poignets et les chevilles de la fille jusqu'à ce qu'elle soit écartelée, incapable de bouger. Sa poitrine se soulevait, luisante de sueur. Elle gémissait, à demi consciente.

Le Japonais traversa la pièce pour prendre la bouteille de céramique contenant le saké, revint vers le lit et lui versa le liquide tiède dans la bouche. Elle toussa deux fois. Ses paupières s'ouvrirent soudain et elle déglutit convulsivement. Il maintint le col de la bouteille contre les lèvres de la fille, jusqu'à ce que tout l'alcool ait coulé. Puis il monta sur le lit et se mit à califourchon sur sa poitrine, le visage tourné vers les cuisses écartées.

— Viens ici, dit-il à Moineau.

L'enfant s'approcha du lit et s'installa dans la position que le Japonais lui indiquait : accroupi entre les jambes de la fille. Ses yeux remontèrent le long des cuisses. La gifle le surprit. Il tomba à la renverse, hébété. Le côté droit de son visage était engourdi. L'instant suivant, les picotements commencèrent. C'était très rouge.

— Ne fais pas ça ! lui dit le Japonais. Regarde seulement *là* !

Il montrait son membre triomphant.

Il s'assit sur le visage de la fille. Il sentit la tiédeur de son haleine, le frisson doux de ses lèvres qui s'entrouvraient, sa langue enfin.

— Maintenant ! ordonna-t-il à l'enfant.

Moineau se pencha en avant et ouvrit la bouche.

Presque aussitôt, le Japonais ferma les yeux. Il se mit à cracher des insultes. Ni Moineau ni la fille ne comprenaient ses paroles : c'était du japonais. Mais ils ne pouvaient se méprendre sur le ton de sa voix.

A mesure que son excitation montait, il en alla de même des obscénités proférées. Sans s'en rendre compte, il tendit les bras vers le bas et saisit à pleines mains l'intérieur des cuisses de la fille, laissant des sillons rouges et douloureux. Et lorsqu'il explosa dans la bouche de Moineau, il la frappa si fort sur l'entrejambe qu'elle s'évanouit.

En voyant le regard du Japonais, Moineau quitta le lit. C'était son tour, à présent.

★

Doc Deerforth songeait à la guerre. Il s'assit dans son vieux fauteuil de bois derrière le bureau de son cabinet. Devant lui, sur le buvard bleu clair, une tasse de café fumant. Sa tête se pencha légèrement pour regarder, à travers les stores de la fenêtre, le chêne centenaire et, plus loin, la Grand-Rue. A cette heure matinale, aucune trace d'activité ou presque. Il n'était même pas sept heures.

Sans détourner les yeux, Doc Deerforth saisit sa tasse de café et but une longue gorgée. Il se brûla la langue sans s'en rendre compte.

C'est comme le paludisme, se dit-il. Une fois qu'on l'a attrapé, on ne peut jamais le guérir entièrement : il revient sans fin, en attaques atténuées, comme pour vous rappeler — sans plaisir — le passé. C'était peut-être même saisonnier, songea-t-il. Cela venait beaucoup plus fort dans les journées brûlantes de juillet et d'août — cette chiennerie de canicule pendant laquelle le soleil est si torride à West Bridge, l'atmosphère si lourde, que les feuilles semblent se flétrir sur les arbres.

Il ne pensait jamais à la guerre en hiver.

Il prit le téléphone et composa le numéro de Ray Florum au bureau de police. Il laissa sonner six fois avant de raccrocher. Il avait appelé sur la ligne privée de Florum. Personne d'autre que Ray ne décrocherait... Où était-il donc passé, bon Dieu ? songea Doc Deerforth avec agacement. Il regarda sa montre. Trop tôt. Ray n'arriverait pas avant huit heures. Mais il fallait qu'il sache si l'enquête sur le ninja avançait. Il le fallait. Il ressentait une colère irrationnelle, manifestement née de la peur.

La sonnerie de la porte d'entrée retentit et il sursauta. Pendant un instant, il envisagea de ne pas répondre, mais quand on sonna de nouveau, il se leva et traversa la maison.

— Nicholas ! s'écria-t-il en plissant les yeux sous le soleil. Entrez. Qu'est-ce qui vous amène si tôt ? Vous êtes malade ? s'enquit-il en refermant la porte.

— Je ne vous ai pas réveillé, n'est-ce pas ?

Doc Deerforth se mit à rire.

— Bon Dieu, non ! J'étais assis, là, en train de rêver... Vous n'avez pas l'air bien, ajouta-t-il en regardant Nicholas. Venez donc par ici.

— Je n'ai pas dormi, c'est tout, répondit Nicholas en se laissant entraîner dans la maison.

Mais au lieu de le conduire dans son bureau, Doc Deerforth le fit passer dans la cuisine.

— Un bon petit déjeuner ne vous fera pas de mal.

Il ouvrit le réfrigérateur, sortit une bouteille de jus d'orange et la lui tendit.

— Allez, servez-vous... Œufs au bacon, ça va ?

— Écoutez, vous n'êtes pas obligé de...

Doc Deerforth l'arrêta d'un geste.

— Bien sûr, je ne suis pas obligé. Mais j'en ai envie. (Il sourit, prit les œufs et les posa sur la plaque.) Et puis cela fait un bout de temps que je n'ai pas eu d'invité au petit déjeuner. Ça va me faire du bien. Depuis quelques jours, je passe trop de temps assis dans mon coin.

Il entreprit de préparer le repas. Il mit un peu plus de café à passer, puis posa le bacon dans la poêle. Le grésillement de la viande lui communiqua une sorte de chaleur particulière. Il se demanda pourquoi, puis il se souvint qu'il préparait toujours le petit déjeuner de ses filles. C'était il y a si longtemps...

— Je suppose que vous avez envie de savoir ce que Florum a trouvé ? dit-il.

Nicholas s'assit à table et se versa un peu de jus d'orange, puis leva vers le médecin un regard interrogateur.

— Rien, poursuivit Doc Deerforth. Il n'a pas le moindre indice sur lequel se lancer.

— Ça ne m'étonne pas, dit Nicholas.

Il raconta ce qui s'était produit en ville.

— Des amis à vous, hein ? dit Doc Deerforth quand il eut terminé. Quelle malchance... Je suis désolé, dit-il en retournant le bacon. Vous croyez qu'il veut vraiment s'attaquer à Raphael Tomkin ?

Nicholas acquiesça.

— Dans ce cas, pourquoi ces autres meurtres ? Aucune des victimes ne semble avoir un lien avec Tomkin.

— Elles n'en ont pas. En tout cas à ma connaissance.

— Alors, où veut-il en venir ? Il aurait eu le temps de tuer Tomkin et de partir cinq ou six fois...

— J'y ai réfléchi... commença Nicholas en examinant son jus d'orange comme s'il allait y puiser des réponses. Tout d'abord, Tomkin n'est pas facilement accessible. Une infiltration de ce genre prend du temps.

— Raison de plus pour se faire tout petit en attendant. *Ils* n'aiment pas les feux de la rampe.

Deerforth égoutta le bacon et s'occupa des œufs.

— Normalement, c'est exact, convint Nicholas. Mais celui-ci est différent. Il est plus intelligent que la plupart. Tenez, il s'est lancé contre un homme que l'on a déjà essayé d'abattre trois ou quatre fois. Si Tomkin est encore en vie, il y a des raisons. De bonnes raisons. Le ninja se dit donc qu'une simple infiltration ne suffira pas. Cela exige quelque chose d'un peu plus complexe. Vous savez comment ils sont. Il doit payer de sa personne. Pas de trucs qui explosent à distance, pas de carabine à viseur.

— Je sais.

La cuisine était pleine de bonnes odeurs. Doc Deerforth sortit le pain et le donna à Nicholas qui le mit à griller.

— Bon. L'idée est de semer la confusion dans le camp de l'ennemi. C'est une forme de stratégie très ancienne — en kendo et sur le champ de bataille. Utiliser différents types d'attaques ; attaquer de plusieurs côtés à la fois. Et tandis que votre adversaire se demande où vous voulez en venir, vous lancez votre attaque décisive et il est battu.

Doc Deerforth posa les assiettes sur la table et jeta un coup d'œil à Nicholas.

— Et c'est ce que fait le ninja, vous croyez ?

— Cela me paraît logique, oui.

Doc Deerforth se mit à manger, les sourcils froncés de concentration.

— Vous avez évidemment songé à d'autres possibilités, dit-il au bout d'un instant.

— Quelles autres possibilités ? demanda Nicholas en relevant la tête.

— Je ne sais pas. Il y a des salauds vraiment tordus. On ne peut jamais savoir ce qu'ils ont derrière la tête. (Nicholas détourna le regard.) J'en ai connu plusieurs au Japon.

Les yeux de Doc Deerforth s'enflammèrent pendant une fraction de seconde.

— Vraiment ?

— C'était il y a des années.

— Le temps ne signifie rien pour eux.

Nicholas sentit que le médecin parlait par expérience personnelle. Il posa sa fourchette et ne dit rien.

— Ils ne sont pas humains, reprit Doc Deerforth après un silence.

Le silence était tel que, entre les mots, Nicholas pouvait entendre le tic-tac de la pendule murale.

— En tout cas, il y a quelque chose de vraiment inhumain en eux — on croirait des vampires ou des... oui, quelque chose de surnaturel.

Ses yeux semblaient tournés vers l'intérieur, comme s'il déroulait le ruban de sa mémoire.

— Notre guerre, reprit-il, était très différente de toutes les autres : il n'était jamais question de compagnies attaquant un saillant, ou le défendant devant une contre-offensive ennemie. Il n'y avait ni ligne de front, ni territoires séparés, ni retraite, ni offensive. Il s'agissait seulement de durer. Un entêtement désespéré en face de cette fluidité redoutable : vous étiez face à l'ennemi au matin, et derrière lui le soir, sans avoir bougé de toute la journée. Les ordres précis demeuraient rares et quand ils nous arrivaient, il était manifeste que les généraux n'avaient aucune idée de la situation réelle. Nous vivions dans une sorte d'anarchie vaguement contrôlée. C'était notre seule protection contre la panique qui ne cessait jamais de nous assiéger.

« Je vous parle d'une époque assez proche de la fin de la guerre. Nous nous trouvions presque tous sur le front du Pacifique depuis le début. Un grand nombre d'entre nous n'était plus en condition de combattre. Le paludisme, la dysenterie amibienne, et cent maladies dont je n'avais jamais entendu parler. Et il fallait vivre avec elles. Mais au bout d'un certain temps, nous avons commencé à redouter la nuit beaucoup plus que le choléra.

« La nuit, c'était l'infiltration — silencieuse et mortelle. Nous semblions incapables d'y mettre un terme. Nous doublions les sentinelles du périmètre, nous organisions des patrouilles à l'intérieur même du campement. Rien n'y faisait. Le commandant, aux abois, lança une série de sorties nocturnes. Les hommes tiraient sur des ombres ou vers des cris d'oiseaux de nuit. Ils ne touchaient personne, et ils étaient tués sans bruit.

« Ces incidents prirent bientôt des proportions irréelles. Puis un idiot parla de *Dracula*. Il possédait un exemplaire tout écorné du roman de Bram Stoker, et le livre passa aussitôt de main en main. La peur s'amplifia. Que pouvait-on espérer d'autre dans ces circonstances ? Nous étions habitués à combattre des soldats de chair et de sang, non des ombres qui se dissolvaient à la lumière.

« La peur se répandit d'une manière très insolite. Nous n'étions pas des lâches. Nous avions tous pris part à la tuerie. Même moi... Oui, j'avais pris plusieurs fois les armes. Mais maintenant, nous avions affaire à autre chose : un ennemi différent de tout ce que nous avions connu. Cela semble idiot, je le sais, mais croyez-moi, Nicholas, quand je vous aurai dit ce qui s'est passé...

« Nous nous battions en face de Leyte vers le centre de l'archipel. L'énorme bataille navale du golfe de Leyte venait de s'achever. Sur mer, les Japonais étaient détruits, mais sur terre c'était une tout autre histoire. Nous ne tenions pas encore cette petite île et, au nord, Luçon, l'île principale, était toujours aux mains de l'ennemi. Ils étaient en nombre insuffisant et effroyablement mal approvisionnés. Nous pensions les avoir battus dans le golfe de Leyte. Et que c'était la fin. Mais non.

« Un nouveau commandant en chef japonais était arrivé de Tokyo à la veille de la bataille : le vice-amiral Onishi, de la Iᵉ flotte aéro-navale stationnée à Manille. Deux jours après son arrivée, il se rendit à Mabalacat, une petite ville à quatre-vingts kilomètres au nord-ouest. C'était la base de la 201ᵉ escadrille. Il y présida une réunion qui fut — bien qu'aucun de nous ne l'ait su à l'époque — une des conférences les plus décisives de toute la guerre du Pacifique.

« Nous n'avons pas tardé à en avoir des échos. Un grand nombre d'entre nous, sachant à quel point les bruits qui couraient étaient souvent exagérés, n'en crurent pas un mot. Puis, à peine une semaine plus tard, nous avons vu de nos propres yeux. Au début, nous avons pensé que les Zéros étaient venus pour nous, mais ils sont passés avec un bruit d'enfer au-dessus de nos têtes, comme si nous n'existions pas. Ensuite nous avons vu nos bateaux jaillir de l'eau, un porte-avions et deux torpilleurs. Les Zéros ne les avaient pas mitraillés. Ils ne les avaient pas bombardés en piqué. Ils avaient simplement foncé sur eux. Pour le premier, nous étions sûrs qu'il avait été touché et qu'il s'était écrasé. Mais quand nous les avons vus, l'un après l'autre, suivre la même trajectoire suicidaire, nous avons commencé à comprendre — mais sans comprendre du tout : comment des hommes doués de raison pouvaient-ils faire une chose pareille ? Cela nous paraissait inconcevable. Peut-être avaient-ils subi un lavage de cerveau : nous connaissions bien les méthodes japonaises. En tout cas, c'était l'opinion qui prévalait.

« Mais quelque chose m'avait semblé aberrant dans cette théorie — et je ne parvenais pas à l'accepter. Une réorientation psychologique de ce genre aurait exigé du temps, c'était évident. Impossible en tout cas de réussir une mutation aussi radicale d'un jour à l'autre. Non, j'étais convaincu qu'il s'agissait d'autre chose. Mais quoi ?

« C'était la saison des pluies. Il semblait n'y avoir pas un centimètre carré de terrain sec sur Leyte. Nous avancions, mais non sans de lourdes pertes, bien entendu. Une nuit, l'unité fut obligée de quitter son campement. Il y avait de nombreux blessés nécessitant des soins, et je me portai volontaire pour rester en arrière quelques heures, le temps de leur faire des pansements convenables. Une colonne de relève devait arriver au matin. Mais la situation était beaucoup trop instable, et mon commandant insista pour que j'accompagne l'unité.

« Nous avons établi notre campement juste avant l'aube. Nous étions presque tous trop fatigués pour nous endormir. Nous nous sommes assis, et nous avons parlé de Dracula. Trois hommes avaient été tués la nuit précédente. Les théories vampiriques allaient bon train.

« J'abandonnai le groupe, je plantai ma tente et je me glissai à l'intérieur. Pendant un moment, j'entendis leurs voix continuer de parler, puis le murmure s'arrêta. M'étais-je endormi, ou bien s'étaient-ils séparés pour le reste de la nuit ?

« Je demeurai dans un état étrange entre le sommeil et la pleine conscience. Je crus soudain rêver que quelqu'un était là en train de me regarder. Je tentai de m'éveiller, mais en vain. Ma tête retomba, comme trop lourde pour se relever. Je bandai tous mes muscles, mais sans effet. C'était comme si mon esprit avait été coupé en quelque manière des influx nerveux mettant les muscles en mouvement. Je voulus regarder derrière moi... vous savez : en basculant la tête. Car j'étais sûr que le danger venait de là. Je ne pus faire un seul mouvement.

« Au-dessus de moi, un visage planait... Un visage sans corps. Je ne sais pas à quel moment mes yeux s'étaient ouverts — à moins que je ne les aie jamais fermés. Ma poitrine semblait très lourde, et j'avais du mal à respirer. Et je sentis le froid... Non pas comme si la nuit était fraîche, mais un froid intérieur. Je frissonnai.

« C'était un visage japonais, noir comme de la suie, probablement enduit avec du charbon de bois ou du noir de fumée. Il était mat et ne reflétait aucune lumière. Ses yeux semblaient immenses. Il y avait en eux une lueur étrange, comme si, tout en me fixant, ils accommodaient sur un autre univers. C'était irréel. J'avais vu quelque chose du même genre, une fois, dans un hôpital, pendant ma dernière année de médecine. Nous étions entrés dans l'aile des psychotiques et j'avais remarqué plusieurs malades. L'un d'eux était un jeune homme d'une vingtaine d'années. Ses cheveux étaient tondus. Il avait des pommettes hautes et un long nez mince. On aurait pu le prendre pour un universitaire. Il portait une camisole de force. J'observai ses yeux pendant un long moment, tandis que, près de moi, le spécialiste du service ânonnait son boniment comme un bateleur de kermesse. Je sentis un frisson. Cet homme, cette... créature était bien au-delà de tous les traitements prétendus modernes et humains que le spécialiste décrivait avec tant de détails anodins. Cet homme avait régressé. Il n'était plus humain, il était retourné à l'état animal de ses lointains ancêtres. Il n'y avait, dans ses yeux, pas la moindre lueur de ce qu'on peut appeler « intelligence ». En tout cas, au sens que l'homme moderne donne à ce mot. Mais je vis de la ruse, oui, une forme de malignité — et d'une intensité qui me terrifia. Pendant un instant, je tentai d'imaginer ce que deviendrait cet homme en liberté dans le monde. Landru ? Petiot ? Jack l'Éventreur ? Cela dépassait l'entendement. Car c'était un homme manifestement au-delà de toute moralité.

« Vous savez maintenant ce que j'ai vu dans les yeux qui planaient au-dessus de moi, cette nuit-là, dans l'île de Leyte. Mais ce n'est pas tout. Donner à cela le nom de « folie » serait en sous-estimer gravement le danger. Cela dépasse la folie. Notre monde est un système ordonné, régi par des lois. Depuis la science jusqu'à la morale, il y a des coordonnées au sein desquelles nous vivons. Mais pas cet homme-là. Il existait hors du temps, comme si, au fond de lui et lui prêtant toute son énergie féroce, résidait l'essence du chaos. Je ne saurais mieux le décrire, mais le fait de le voir ainsi, en chair et en os, ne fit que donner plus de corps à la fiction de ses origines surnaturelles. Peut-être qu'après tout nos histoires de vampires n'étaient pas tombées si loin de la vérité. Je sais, je sais... Je sais que cela paraît plutôt fantastique — comme si je voulais injecter à mon récit une bonne dose d'épouvante romantique. Je vous assure qu'il n'en est rien.

« Voilà donc ce à quoi je songeais quand je l'ai senti bouger. J'ai vu avancer un morceau de tissu noir mat. Il l'a replié, puis l'a attaché très serré sur ma bouche. J'avais très mal. Il était tout près de moi à présent, et j'ai vu qu'il était habillé tout en noir.

« Il m'a porté hors de la tente, puis il s'est accroupi et il m'a chargé sur son épaule. Puis il est parti en courant. Au petit trot, sans un bruit. Aucune ombre ne traînait derrière nous ; nous ne passions jamais dans la lumière. Hors du campement, il a pris un itinéraire qui n'était ni droit ni sinueux. Il semblait indiscernable, comme s'il suivait un sentier dont personne d'autre n'aurait soupçonné l'existence, un sentier uniquement fait pour lui.

« Je ne me suis pas débattu. Je me demandais pourquoi je n'avais pas été tué comme les autres victimes de ces infiltrations muettes. J'étais émerveillé. Même la tête en bas je pouvais très bien me rendre compte que c'était un magicien. Aucun homme de ma connaissance n'aurait pu entrer et sortir de notre campement sans qu'on le repère, or celui-ci l'avait fait. Il se déplaçait sans avoir l'air de bouger. Cela semble peut-être une contradiction, mais non. Il courait avec une telle fluidité que je ne sentais aucun cahot, aucun mouvement vertical, une simple sensation de glissement vers l'avant.

« Nous étions dans la jungle à présent, et nous avancions très rapidement. Bien que notre chemin fût encore plus envahi de feuilles et de buissons, notre vitesse augmenta. L'homme avait une puissance et une endurance exceptionnelles. Nous étions entièrement seuls au monde, ou du moins j'en eus l'impression. C'était le moment de la nuit où les animaux nocturnes se sont déjà réfugiés dans leurs trous pour dormir et où les animaux diurnes ne se sont pas encore éveillés. La jungle était complètement immobile, un oiseau somnolent poussait de temps en temps un cri, les sons semblaient isolés, comme s'ils appartenaient à un autre monde.

« Au bout d'une trentaine de minutes, l'homme s'arrêta soudain, me fit glisser de son épaule et élargit le tissu serré sur ma bouche pour me cacher également les yeux. Il m'entraîna dans la jungle. Je trébuchais, mais il tenait mon blouson à l'arrière, par le col, et à chacun de mes faux pas, il me soulevait, comme si j'étais suspendu à un portemanteau. C'est un traitement qui vous fait perdre votre humanité, et j'essayai de refermer mon esprit.

« Bientôt j'entendis des voix. Je ne parlais pas le japonais, mais j'en comprenais assez pour suivre. Je n'avais pas envie qu'ils le découvrent. Enfin, on m'ôta le bandeau. Nous étions au milieu d'un campement ennemi. Rien de commun avec ce que j'avais imaginé. En fait, je fus complètement déconcerté : je crus un instant que l'on m'avait conduit dans un hôpital. Cela n'avait absolument rien d'un camp militaire. Tout d'abord, la plupart des soldats étaient couchés ou assis. Je ne vis aucun combattant véritable. Et pas de sentinelles.

« Nous étions près de l'eau, mais je n'aurais su dire de quel côté de l'île. Je voyais très bien la mer par une brèche dans la végétation. Je regardai longuement, sans que personne n'intervienne ; l'homme qui m'avait amené discutait avec plusieurs de ses compagnons, vêtus comme lui. Ils semblaient être les seuls hommes opérationnels du camp. Au début, je tentai de surprendre ce qu'ils disaient, mais ou bien ils parlaient trop vite, ou bien ils utilisaient un dialecte que je n'avais jamais entendu, car je ne pouvais comprendre un seul mot.

« L'aurore commençait à poindre. Une ligne blanche juste au-dessus de l'horizon. J'étais donc face à l'est. Je vis apparaître une tache, puis une autre. J'entendis en même temps un grondement lourd venant du nord-ouest, du côté de Luçon. C'était la 201°. Je levai les yeux. Les Zéros étaient noirs sur le ciel pâle. Ils semblaient plus grands que nature. Les nuages de la nuit s'étaient dissipés.

« Les Zéros passèrent très bas au-dessus de nos têtes, en direction de la mer, vers les taches noires qui grossissaient sur l'horizon.

« — Vous savez, ils vont attaquer vos bateaux.

« Je sursautai. Un Japonais très mince se tenait près de moi. Il avait deux béquilles. La jambe gauche de son pantalon était épinglée en arrière, à la hauteur du genou, mais il mourrait sûrement de malnutrition avant que son moignon ne commence à le faire souffrir.

304

« — Vous parlez très bien anglais, lui répondis-je.

« — Oui.

« Il contemplait au loin les engins se rapprochant de leurs cibles.

« — Ils ne reviendront pas. Aucun. Onishi en a décidé ainsi.

« Je compris qu'il faisait allusion au nouveau vice-amiral. Il secoua tristement la tête.

« — Vous savez, on dit qu'il a aidé Yamamoto à préparer le plan d'attaque de Pearl Harbor. (Il claqua la langue contre son palais.) Difficile à croire. Cela semble si loin dans le temps. (Il changea ses mains de place sur les béquilles.) Vous parlez le japonais ? Non ? Dommage.

« Il me tourna le dos. Les Zéros s'approchaient de nos bateaux. On pouvait voir les batteries se mettre à tirer : des nuages noirs qui explosaient, avec une étincelle rouge au centre — dans un silence irréel, jusqu'à ce que, beaucoup plus tard, les ondes nous trouvent et ébranlent l'atmosphère.

« — Non, ces gars-là ne reviendront pas. Ils sont sur une mission "aller simple".

« Brusquement ses paroles pénétrèrent la brume qui entourait mon cerveau depuis mon arrivée dans ce camp.

« — Vous voulez dire qu'ils sont sur des missions suicide ? m'écriai-je. L'avion et le pilote ?...

« — Une énorme bombe dirigeable, oui.

« Il restait figé, dans une immobilité parfaite. J'aurais juré qu'il y avait des larmes aux coins de ses yeux, mais on ne décelait aucun changement dans sa voix.

« — Une idée du vice-amiral Onishi, dit-il. C'est une initiative désespérée. Il a eu du mal à convaincre les autres, mais il y est parvenu. (Il dit en japonais quelque chose que je pris pour un juron.) Le nombre de nos morts pour cette « noble cause » n'est pas encore assez élevé ! L'empereur jette encore ses fils dans une guerre que nous avons déjà perdue !

« Au loin, sur l'horizon blanc et noir, les Zéros quittaient le ciel. J'entendis derrière moi un ordre sec. Inutile de comprendre la langue pour deviner que · l'on m'appelait. Je m'éloignai du soldat infirme en disant :

« — Vous devriez vous trouver à manger.

« — Si je le pouvais, vous croyez que je serais ici ? dit-il en esquissant un sourire amer.

« — Et à l'hôpital ?

« — On ne vous prend que si vous apportez vos vivres.

« Il avait des yeux transparents. Je pouvais voir ses côtes saillir sous son blouson d'uniforme. Qu'est-ce que je suis en train de faire ? me dis-je. C'est un ennemi.

« — Nous sommes tous en train de crever par manque de nourriture. Nous ne pouvons pas entrer à l'hôpital et nos unités nous ont chassés parce que nous ne pouvions plus combattre. Ce n'est pas une fin de soldat. Il n'y a pas d'honneur dans tout ça.

« Il me regarda, et pendant un instant, il me sembla qu'il n'y avait plus aucune différence entre nous.

« Puis l'homme qui m'avait fait prisonnier me bouscula vers une autre partie du camp, en poussant des cris rauques. Là aussi, des soldats jonchaient le sol. C'était à pleurer.

« Il portait un petit sac noir que je n'avais pas remarqué auparavant. C'était à propos de cet objet qu'ils semblaient discuter. Ils étaient quatre. On les aurait pris pour des frères. Je regrettais déjà de ne pas avoir demandé à mon ami inattendu qui étaient ces hommes-là. De toute évidence, ils n'appartenaient pas à l'armée régulière. Non loin, j'aperçus ce qui était manifestement un feu de popote. Il y avait au-dessus un pot de fer tout noir. A côté, un petit tas de ce que les Japonais appelaient *kamote*, les petites pommes de terre des Philippines, qui ont plutôt le goût des patates douces classiques. Quelques racines desséchées. C'étaient apparemment leurs rations : toute la nourriture en leur possession.

« L'homme qui m'avait amené prit quelques boîtes de conserve qu'il avait apparemment volées dans notre camp. Comment avait-il mis la main sur cette nourriture, je ne parvenais pas à l'imaginer, mais c'était un fait.

« Ils se remirent à discuter — pour décider qui obtiendrait quoi, je pense. L'homme m'entraîna brutalement vers plusieurs soldats allongés sur le dos. Il était clair qu'il voulait que je les soigne. Voilà pourquoi j'avais été épargné. Il savait très bien qui j'étais. Je commençai à me demander ce qu'il connaissait d'autre sur moi.

« Je m'accroupis près des soldats. A vrai dire, je ne pouvais pas grand-chose pour eux. Je n'avais ni instruments, ni médicaments. Mais ils n'auraient guère été efficaces. Mon "ami" avait analysé la situation de façon tout à fait juste. Les Japonais mouraient de faim. Je me relevai et me tournai vers l'homme qui m'avait amené :

« — Désolé, lui dis-je, mais je ne peux rien faire.

« Il me frappa. A l'improviste. Je n'avais même pas vu le coup venir. J'étais debout en train de lui parler, et l'instant suivant je me retrouvai le cul dans la boue !

« — Ils ont besoin de manger, lui dis-je bêtement.

« Il baissa la main et me releva. Il semblait n'y avoir aucune expression dans ses yeux. De nouveau, il me frappa. Plus fort encore. Avec le tranchant de la paume. J'eus l'impression d'être pris de plein fouet par une bétonnière. Je m'écroulai et ne bougeai plus.

« A mon réveil, il faisait noir. La douleur me déchirait le crâne et mon épaule droite semblait ne plus fonctionner. C'était étrange. Je pouvais bouger les doigts et même serrer le poing, ou presque, mais je ne pouvais pas soulever mon bras, ne serait-ce qu'à un centimètre du sol.

« J'étais dans une tente, allongé sur quelque chose de dur. Et je m'aperçus que ce n'était pas le sol. J'avais mon blouson et ma chemise de treillis mais pas de pantalon. J'étais nu à partir de la taille. J'essayai de bouger, mais en vain. En y mettant toutes mes forces, je pouvais ébranler légèrement la table — ou ce sur quoi je me trouvais. Mais ma tête se mit à cogner si fort que je dus vite m'arrêter. Tout mon corps semblait battre au rythme de la douleur. Je sentais des éclairs derrière mes yeux et je me demandai ce qu'il avait fait à mes nerfs.

« Peu après, il entra. Je ne l'entendis pas, mais je sentis un léger remous dans l'air humide. Son visage se pencha sur moi. Il avait ôté le noir de fumée de ses joues, mais non ses vêtements noirs. C'était apparemment son uniforme.

« — Quel sont vos effectifs ? me demanda-t-il.

« Je compris. Comme mes compétences médicales s'avéraient inutiles, j'étais maintenant un véritable prisonnier de guerre. Je savais ce que cela signifiait. Je lui dis mon nom.

« — Quelle est votre puissance de feu ?

« Je lui dis mon nom.

« — A quelles unités vous joindrez-vous ?

« Je lui dis mon nom.

« — Quand les Américains comptent-ils faire leur jonction ?

« Cette fois, je variai. Je lui donnai mon grade et mon numéro matricule.

« — Quand les Américains prévoient-ils d'envahir Luçon ?

« — Luçon a déjà été envahie, lui dis-je. Par les Japonais.

« Alors il se mit au travail sur moi. Sans rien d'autre que le bout de quatre doigts : ses deux pouces et ses deux index. Ni couteau, ni feu, ni drogues, ni électricité, ni eau. Aucun des instruments de torture traditionnels. Il n'avait besoin de rien d'aussi vulgaire.

« Cela dura toute la nuit — plus de dix heures. Oh, pas constamment, bien entendu ; jamais je n'aurais pu le supporter. Et, au matin, il n'y avait pas une seule marque sur mon corps.

« C'était un magicien. Vraiment. Il travaillait sur les nerfs. Pas seulement sur les grands centres nerveux, comme on aurait pu s'y attendre, mais sur les chaînes de nerfs elles-mêmes. Simplement en pinçant les doigts.

« Tout cessait d'exister. Il s'y appliquait ! Au bout d'un moment je plongeai dans une sorte d'état d'anéantissement sensoriel : je ne percevais plus rien — hormis la douleur. Même les deux ou trois fois où j'urinai, je fus incapable de ressentir quoi que ce soit, en dehors de l'odeur. Puis l'odorat même me fut enlevé.

« Il donnait de la douleur exactement comme une femme experte peut donner du plaisir. Vous savez comment une femme vous fait gravir la pente de la jouissance, lentement, avec amour et douceur, jusqu'aux palpitations ultimes. Elle vous amène à l'extrême limite et vous retient là pendant des instants exquis, puis elle s'arrête jusqu'à ce que l'excitation régresse, pour pouvoir recommencer sans trêve. Et quand elle vous libère enfin, la sensation est meilleure qu'elle ne l'a jamais été. Cet homme appliquait le même principe. Vous savez, Nicholas, une douleur horrible peut devenir son propre anesthésique — exactement comme lorsqu'on fait trop l'amour : on reste hébété pendant un moment. Oui, il en est de même pour la douleur. Vos nerfs eux aussi ont une limite. Au bout d'un certain temps, ils bloquent le circuit et vous ne sentez plus rien. C'est votre seul avantage au cours d'un interrogatoire intensif.

« Par sa technique même, l'homme évitait cela. Sans cesse il me faisait remonter la pente de la douleur, puis il me maintenait en suspens, longuement, juste à la limite, mais sans jamais me faire basculer de l'autre côté, dans l'inconscience. Il savait exactement pendant combien de temps je pourrais le supporter, et il me ramenait à chaque fois au bas de la pente.

« Et tout le temps, les questions revenaient, sans répit. Il ne criait pas, il parlait d'un ton calme et même amical, d'une voix familière, oui, comme si nous étions deux copains bavardant du bon vieux temps, dans un bar.

« Quelle combinaison étrange ! Nous étions devenus, au bout d'un certain temps, aussi intimes que des amants. J'avais envie de me confier à lui, de lui dire tous mes secrets, d'abattre les dernières barrières entre nous... La douleur, elle aussi, changea avec les heures. Oui, c'est ça : moins précise. Je ne comprends toujours pas comment il faisait. Bien entendu, je savais déjà qu'il agissait sur mon esprit en même temps que sur mon corps. Mais de toute façon, cela ne m'était d'aucun secours. Je sentais les choses déraper hors de moi, comme si je perdais l'équilibre sur de la glace glissante. Puis la glace elle-même disparut et je me sentis couler dans une sorte de vase molle, de plus en plus avant. Comme s'il n'y avait pas de fond.

« Progressivement, la douleur refluait et, au fur et à mesure, j'avais envie de me confier à lui davantage. C'était mon copain et je me sentais coupable de garder mes secrets pour moi seul. Quel égoïste j'étais ! Tellement indigne de son amitié.

« Ce n'était pas vers un état d'insensibilité que je me dirigeais maintenant — je vous ai dit qu'il ne l'aurait pas permis. C'était une autre sensation qui rampait en moi tandis que je me concentrais pour ne pas répondre à ses questions répétées. Du plaisir. Il me fallut de plus en plus d'énergie pour résister, et une ou deux fois je dus me mordre la langue pour m'empêcher de dire tout ce qu'il voulait savoir.

« Je sentis en cet instant mon moi se glisser hors de mon corps et révéler, en dessous, une autre personne que j'ignorais totalement. J'eus soudain la certitude que cet homme me connaissait mieux que moi-même. Cela me terrifia.

« Et je voulais tout lui dire plus que jamais. J'étais sûr que si je parlais, il me prendrait dans ses bras et me consolerait. Le plaisir augmenta. Je commençai à me réjouir de ma douleur, à la désirer, car elle constituait mon lien avec lui et j'avais l'impression que je serais perdu sans ce lien : s'il cessait, je n'aurais plus rien, je serais donc réduit à rien. Le temps cessa d'avoir un sens. Ni passé, ni futur : un éternel présent avec ce lien de lumière. Ma bouche était tiède de mon propre sang tandis que je luttais pour m'empêcher de tout dire.

« Soudain, cela disparut. La douleur-plaisir. Tout. J'étais perdu. Seul dans la tente, je me mis à pleurer, de longs sanglots secs, atroces ; mon corps s'était tellement vidé de son eau pendant la nuit, que même les larmes ne venaient pas. J'avais peur d'être seul, comme un enfant abandonné cruellement par ses parents. J'avais été réduit à une sorte d'état d'enfance psychologique, et je dépendais de mon inquisiteur, exactement comme un bébé de sa mère. Il me laissait seul pour que cette idée fasse son chemin dans ma tête. Je savais qu'à l'instant où il reviendrait se remettre à l'œuvre, je parlerais, parlerais, parlerais. Rien ne pourrait m'arrêter.

« Je pris soudain conscience d'un bruit sous la tente. Il provenait de derrière ma tête. Je crus qu'il était revenu et je pleurai de joie. Puis j'entendis des grattements. J'essayai de tourner mon visage, mais je ne vis que la toile de la tente agitée par le vent.

« — Debout !

« C'était un murmure rauque dans mon oreille.

« — Quoi ?

« Une voix débile. Avec la déshydratation et ma langue gonflée, j'étais à mi-chemin entre une cuite carabinée et un cas de lobotomie.

« — Debout ! Debout ! Debout ! siffla la voix.

« Je sentis des mains dans mon dos. Elles me forçaient à m'asseoir. Cela me semblait tout nouveau. Pendant un instant, j'examinai stupidement mon corps, m'attendant peut-être à trouver mes muscles lacérés ou des pousses de bambou durcies au feu enfoncées sous mes ongles. Non, aucune trace. Je frémis en songeant à la douleur.

« — Par ici ! dit la voix, pressante. Allez ! Grouillez-vous ! Ce n'est pas le moment de traîner !

« Je descendis avec précaution de la table à tréteaux et me retournai. C'était mon "ami", le Japonais infirme. Son visage était dévoré par l'angoisse. Il maintenait à bout de bras un pan de la tente dans l'angle du fond. Par l'ouverture, je pouvais voir le vert dense de la jungle. La lumière du jour me fit mal aux yeux et, pendant un instant, je fus pris de vertiges.

« Je traversai la tente en chancelant. Il me saisit le bras pour m'empêcher de tomber.

« — Je n'y arriverai jamais, lui dis-je.

« — Si, murmura-t-il. Vous pouvez. Ils ne vous suivront pas dans la journée.

« Il me donna un peu d'eau, puis il tourna la tête pendant que je l'avalais avec avidité.

« — Nous en avons tous assez, dit-il doucement. C'est tellement inutile, tellement pitoyable. Venez. Il n'y a pas de temps à perdre. Nous ne pouvons pas les laisser vous torturer comme ceci, n'est-ce pas ?

« Il partit sur ses béquilles. Je sortis de la tente. Ma poitrine battait à tout rompre. Je crus que j'allais mourir d'une crise cardiaque avant d'avoir fait dix pas.

« — Je ne sais comment vous remercier, lui dis-je en passant devant lui.

« — Ne me remerciez pas. Nous appartenons à des mondes entièrement différents. Nous ne pourrons jamais nous comprendre.

« — Non ?

« Je lui tendis la main. Il la toucha pendant un instant, puis la lâcha vivement comme s'il était de nouveau gêné.

« — Une dernière chose, lui dis-je. Qui sont-ils ?

« Il savait de qui je parlais.

« — Vous n'avez pas envie de savoir.

« Il rentra dans la tente. Le pan soulevé retombait comme le rideau entre nos deux mondes.

« — Si, lui dis-je. Beaucoup.

« Il me tournait déjà le dos.

« — Des ninjas.

« J'entendis sa voix flotter jusqu'à moi, comme de très loin.

« Je lui souhaitai bonne chance, conclut Doc Deerforth, mais je ne crois pas qu'il m'ait entendu. Je me suis enfoncé dans la jungle, loin du camp, loin des ninjas.

Il demeurait les yeux fixés sur les restes de ses œufs comme s'il se fût agi d'une porte ouvrant sur le passé. La peau de son front très haut, où les cheveux blancs s'étaient éclaircis avec les années, était luisante de sueur. Pour la première fois depuis ce qui lui parut des heures, Nicholas entendit le tic-tac enroué de la pendule murale.

Enfin Doc Deerforth leva la tête. Ses yeux semblaient las.

— Je n'ai jamais raconté ce qui s'est passé. A personne, dit-il à mi-voix. Ni aux hommes de mon unité, ni au commandant, ni à ma femme. Je vous en ai parlé, Nicholas, parce que j'étais certain que vous comprendriez.

Son regard était fixe, à présent ; ses yeux semblaient creuser des trous à travers le crâne de Nicholas et radiographier son cerveau.

— Donc, vous savez, dit Nicholas.

Doc Deerforth n'eut pas besoin d'acquiescer ; ses yeux dirent à Nicholas ce qu'il voulait apprendre.

— Qu'allez-vous faire ?

— Faire ? demanda Doc Deerforth d'un ton de surprise sincère. Mais... rien. Que devrais-je faire ?

— Je sais ce que vous ressentez à leur sujet.

— Au sujet de celui-là ! corrigea Doc Deerforth.

— Ils sont comme ça. La plupart, en tout cas...

— Vraiment ?

— Cela tient à leur formation. Elle est encore plus rigoureuse que celle des samouraïs, parce que la tradition ninja s'enferme dans un secret absolu.

— La tradition. Étrange, non, de voir des traditionalistes aussi stricts s'engager dans l'anarchie avec tant de violence ?

— Je n'avais jamais vu la chose sous cet angle. Mais, oui, vous avez tout à fait raison.

— Je veux que vous écrasiez celui-ci, Nicholas, dit Doc Deerforth en repoussant son assiette. Je crois que vous êtes le seul en mesure de le faire. La police ne sait rien de tout ce genre de choses.

— Sans aucun doute.

— C'est une chance étonnante que vous ayez été impliqué. Y avez-vous songé ?

★

La journée était claire, pas un nuage dans le ciel. Le reflet des chromes de la voiture était si intense qu'il mit ses lunettes de soleil.

Nicholas quitta la ville en direction de Dune Road. Il tourna dans l'allée de sa maison et ramassa le *Times* devant la porte. Il jeta un coup d'œil distrait aux principaux titres et descendit l'escalier vers la plage.

Il s'approcha de la maison de Justine par la droite. Il ne pouvait donc pas voir si sa voiture était là. L'écran de toile métallique et la porte extérieure étaient fermés, mais l'on avait pris le *Times*. Il monta les marches pleines de sable.

— Elle n'est pas là.

Nicholas se retourna. Croaker venait de la gauche de la maison. Il portait un complet marron fripé, la cravate à moitié défaite. Il avait l'air de ne pas avoir dormi depuis deux ou trois nuits.

— La voiture est partie.

— Que faites-vous ici, Croaker ?

— Allons faire un petit tour.

Il entraîna Nicholas vers la plage.

— Vous n'êtes pas tout à fait en tenue pour ça, fit observer Nicholas.

— Peu importe. J'aime sentir le sable dans mes chaussures. Cela me rappelle quand j'étais gosse. Nous restions en ville pendant l'été. Jamais assez d'argent pour aller ailleurs. On se servait des bouches d'incendie. On ouvrait, et ça faisait frais.

L'eau s'écrasait, écumante, sur leur droite. Très loin sur la plage, des couvertures. Une radio portative crachait de la disco — contrebasse et percussions à tout va.

— Nous étions sept. Je ne sais pas comment mon vieux arrivait à joindre les deux bouts. Mais vous savez, une fois par mois, chaque été — c'était réglé comme du papier à musique —, il m'appelait avant de partir au travail. « Lewis, disait-il, approche. J'ai quelque chose pour toi. » Il me donnait juste assez d'argent pour l'autobus de Coney Island et une glace. Il savait que j'adorais la plage. « Promets-moi une chose, disait-il chaque fois. Prends une serviette. Et je ne veux pas que ta mère se fasse du souci. D'accord ? »

Quelqu'un sortit des vagues en courant. Éclats de rire. On pouvait voir des têtes s'agiter dans l'eau au-delà de la ligne du ressac. Une femme en maillot une pièce marchait vers eux, une serviette de plage de couleur vive jetée négligemment sur une épaule. Nicholas songea à Justine. Où était-elle allée ?

— Oui, nous sommes de vieux copains, le sable et moi.

La femme était assez près pour qu'ils prennent conscience de sa beauté. Ses cheveux longs avaient pâli au soleil. Elle les dépassa et courut vers l'homme qu'elle aimait.

Croaker plissa les yeux pour lutter contre le soleil.

— J'ai jeté Alison dehors la nuit dernière, dit-il.

Nicholas le regarda sans répondre.

Croaker lui adressa un sourire bref qui ne remonta même pas jusqu'à ses yeux.

— Enfin, ça ne s'est pas vraiment passé comme ça. Je crois qu'elle avait envie de partir. A bout de patience. Oui, l'un comme l'autre.

Il enfonça ses grosses mains dans les poches de son pantalon.

— Sans douleur, reprit-il. Enfin, relativement. Elle a tenu le coup. Ces choses-là... (il leva les épaules puis les rabaissa) vous savez, ça passe, et...

Ils s'arrêtèrent en même temps, comme sur un signal. La mer roulait tout près d'eux. Sur la petite levée de sable gisait une algue noire emmêlée.

Croaker baissa les yeux vers ses chaussures à demi enfouies dans le sable. Quand il les releva, il dit :

— Nick, Vincent est mort. On l'a trouvé la nuit dernière.

Il ne précisa pas l'endroit.

— Il avait le cou brisé.

Nicholas prit une respiration profonde et s'assit dans le sable. Il passa les bras autour de ses jambes et regarda la mer.

— Nick...

Il ne ressentait rien, comme si son cerveau avait été anesthésié. Il se souvint des paroles de Doc Deerforth sur la souffrance. La limite semblait dépassée. Les obsèques de Terry et d'Eileen devaient avoir lieu le jour même.

— Bon Dieu, dit-il, bon Dieu.

Croaker s'accroupit près de lui.

— Nick, dit-il doucement. Il n'y avait aucune autre façon de vous le dire. Le téléphone, bien sûr, mais je n'ai pas pu.

Nicholas hocha la tête. Du fond de son hébétude, il comprenait. Croaker s'était rendu compte qu'il lui devait quelque chose. Il appréciait le fait que le lieutenant ait parcouru tout ce chemin alors qu'il lui aurait suffi de décrocher le téléphone et de composer un numéro. Il se souvint que Vincent avait dîné avec lui la veille, et il se demanda si le geste du lieutenant n'était pas, au moins en partie, un dernier cadeau de Vincent. Si c'était le cas, il était bien choisi.

— Nick, dit Croaker. (Il hésita. Le regard de Nicholas pivota vers lui.) Que se passe-t-il ? Il faut me le dire.

— Je ne sais pas. A quoi songez-vous ? Je... Écoutez, Tomkin est impliqué. Jusqu'au cou. Il a reçu un avertissement ninja il y a à peu près une semaine. Tout concorde. Je l'ai vu. Il est authentique. Tomkin a traité beaucoup d'affaires avec plusieurs firmes japonaises très puissantes. Personne ne fait copain-copain en affaires, mais ces sociétés-là moins que quiconque. Il les a trahies d'une manière ou d'une autre. Oui, ce qu'il a fait est certainement passible de mort à leurs yeux. Et je suis sûr qu'ils ont envoyé quelqu'un ici pour le tuer.

— On a déjà essayé. Tomkin est un grand garçon. Il n'a pas besoin de votre aide, ce salaud.

— C'est là que vous vous trompez, repartit Nicholas en secouant la tête. Sans moi, c'est un homme mort.

— Mais cela n'a pas de sens, enfin ! Deux morts ici, trois en ville. Sans aucun lien avec Tomkin.

— Il doit y en avoir un, c'est forcé, s'entêta Nicholas. Écoutez, *il* a même essayé d'effrayer Justine.

Il raconta à Croaker la boule de poils et de sang jetée par la fenêtre de la cuisine.

Croaker le regarda fixement. Il entendait le ressac siffler en léchant le sable sec. Au loin, les rires tintaient, clairs et brillants, comme prêts à se briser.

— Et si ce message n'avait pas été destiné à Justine ? dit Croaker lentement.

— Que voulez-vous dire ? demanda Nicholas en se tournant vers lui.

— Je crois qu'il est temps de regarder les faits en face. C'est à vous que l'avertissement était destiné.

Nicholas ne put retenir un rire bref.

— A moi ? Oh ! ne soyez pas stupide. Il n'y a aucune raison...

— Il faut qu'il y en ait une, répliqua Croaker d'un ton grave. Regardez le déroulement des événements. Les deux morts ici ; Terry et Eileen, puis Vincent en ville. Vous êtes le point central de toutes ces morts.

— Je ne connaissais pas le deuxième homme mort ici.

— Non, mais le meurtre a eu lieu tout près de vous.

— Lew, ce meurtre s'est produit tout près de beaucoup de monde.

— Mais une seule personne a eu trois amis assassinés par la suite.

C'était logique, bien entendu, mais la logique ne donnait pas souvent la bonne réponse, Nicholas le savait. Il secoua la tête.

— Je n'arrive pas à l'admettre. Je vous l'ai dit, il n'y a pas de raison. C'est un écran de fumée.

— Un sacré écran de fumée ! ricana Croaker.

— Cela ne compte pas pour lui. Il doit savoir que je suis impliqué — à travers Justine. Pour lui, le danger, c'est *moi*, pas vous ou les « gros bras » de Tomkin. Il le sait. Non, il veut la peau de Tomkin, un point c'est tout. Il essaie simplement de troubler l'eau.

Croaker leva la main.

— D'accord, d'accord. C'était juste une théorie. Mais il faut que je vous dise une chose : j'espère que vous avez raison, parce que je tenais beaucoup plus à Vincent Ito qu'à Raphael Tomkin.

Nicholas le regarda. Jamais ils ne pourraient se rapprocher davantage d'un aveu d'amitié.

— Merci, dit Nicholas en souriant. Cela compte beaucoup... pour moi. Et je suis sûr que pour Vincent aussi.

Ils se levèrent. Croaker avait gardé sa veste malgré la chaleur. Il transpirait de tous ses pores. D'un coup d'épaule, il la quitta. Sa chemise blanche était tachée de sueur.

— Vous êtes prêt à rentrer ?

Nicholas acquiesça.

— Une seule chose, Lew, dit-il, hésitant.

— Envoyez ! dit Croaker.

— Peut-être n'aurez-vous pas envie de m'en parler.

— Dans ce cas je ne dirai rien. D'accord ?

— D'accord, répondit Nicholas en souriant.

Ils remontèrent la plage vers la voiture de Croaker.

— Qu'y a-t-il entre vous et Tomkin ? demanda enfin Nicholas.

Croaker ouvrit la portière et lança sa veste sur le siège arrière. Il se mit au volant. Il s'était garé à l'ombre, mais l'intérieur était tout de même brûlant. Nicholas s'assit à côté de lui et Croaker fit démarrer le moteur.

— Vous aviez raison, commença-t-il, je n'ai guère envie de vous le dire. Et il y a quelques jours, je n'aurais pas ouvert la bouche.

Il fit demi-tour et remonta Dune Road vers le pont du canal.

— Mais tout est différent, à présent ; je crois bien que si je ne peux pas vous faire confiance, c'est que je ne peux faire confiance à personne, et on ne peut pas vivre sa vie comme ça.

Le pont de bois gronda sous les roues ; ils dépassèrent les maisons et les petits bateaux qui dansaient dans le port de plaisance, leurs moteurs hors-bord relevés.

— Vous avez entendu parler de l'affaire Didion ?

— Vous voulez dire le meurtre du mannequin ? s'étonna Nicholas. Bien sûr. Je sais ce qu'en ont dit les journaux. On voyait sa photo dans tous les magazines...

— Ouais, répondit Croaker, songeur. Belle fille. Vraiment belle. Comme si on avait inventé le mot pour elle.

— On dirait que vous...

— Non. Pas ce que vous pensez.

Ils passèrent sur l'autoroute et Croaker accéléra. Le vent était trop chaud pour que le courant d'air les rafraîchisse.

— Mais ce qui m'a frappé, je vais vous le dire : c'est que cette fille était un être humain comme un autre. Les gens ne pensaient qu'à son image, vous comprenez ? Son image, son corps comme ci et comme ça : la façade. Personne ne prenait le temps de se dire qu'elle était *aussi*, peut-être, une femme comme les autres, avec tous les emmerdements que cela suppose. Qu'elle rotait après un bon repas, qu'elle pétait de temps en temps. Des choses humaines, quoi.

Il changea de voie pour éviter un autocar bleu et blanc dont le diesel mal réglé les asphyxiait. Il klaxonna à la hauteur de la cabine, puis ils foncèrent vers l'ouest.

— Puis elle est morte, et tout le monde en a fait une vérole. C'était une célébrité, elle était responsable d'un tas de fric, sans parler de l'emprise qu'elle exerçait sur plusieurs millions d'imaginations. Mais personne, je vous assure, personne n'a dit : « Voilà une vie de plus bêtement gaspillée. » Eh bien, vieux, c'est à ça que j'ai pensé, moi, debout au milieu de sa chambre, avec son corps froid sous les yeux. J'ai pensé : c'est un être humain et il faut que je sache qui lui a fait ça ! (Il haussa les épaules.) Mais merde, je ferais la même chose pour la première putain à deux ronds qui se ferait descendre. Ça m'est arrivé plus d'une fois. Je ne m'entends pas bien avec mon capitaine. C'est un enfoiré, mais je m'en tape. « C'est gaspiller l'argent du contribuable, Croaker », voilà ce qu'il m'a dit. « Trouvez-vous quelque chose de plus valable pour occuper vos heures de travail. » Bon Dieu !

De son poing fermé, il frappa sur le volant.

— Vous pouvez avaler ça, vous ? Bordel, ce salaud a toujours un index dans le nez et l'autre dans le cul !

« De toute façon, l'affaire est devenue le plus grand casse-couilles de tous les temps. Je veux dire, il n'y a pas une seule bon Dieu de piste. Je n'ai eu droit qu'à du mystère, et pour ça, je préfère aller au cinéma.

« D'après ce que j'ai trouvé dans la chambre, il y avait quelqu'un d'autre, cette nuit-là. Une femme. Une femme qui était, semble-t-il, très intime avec Angela Didion, et qui a peut-être vu le meurtre se commettre. Le seul problème, c'est qu'elle a disparu comme si elle n'avait jamais existé.

« Alors je suis resté avec "nada" dans les mains, et les journaux ont hurlé pour qu'on trouve une solution, d'où fureur de la municipalité, tempête sur le crâne du capitaine Finnigan qui, à son tour... Pourquoi insister, hein ? Vous voyez le topo...

Ils quittèrent l'autoroute avant les multiples sorties vers Manhattan et ils descendirent sur Queens Boulevard par une bretelle à la courbe large. La circulation vers l'ouest était modérée et ils ne perdirent pas de temps.

— Deux ou trois agents en uniforme ont fait les vérifications préliminaires dans l'immeuble — pour savoir qui avait vu quoi. Mais c'est la résidence Actium, n'est-ce pas ! On leur a dit d'y aller sur la pointe des pieds et de ne pas élever la voix. Résultat : personne n'avait rien vu.

« D'accord. Régulier. Mais une semaine plus tard, quand tout le monde exigeait du sang — mon sang ! — je suis allé jeter un coup d'œil moi-même. Pour vous donner la version du *Reader's Digest* avant que vous ne vous endormiez d'ennui, il s'avéra que le flic chargé de passer l'étage d'Angela Didion au peigne fin avait oublié une paroissienne. Il se trouve qu'elle n'était pas à New York ce jour-là et qu'elle venait tout juste de rentrer. Et en creusant un peu, il se révéla enfin qu'elle était partie le lendemain du meurtre — très tôt le matin — à Palm Springs, Floride... Intéressant, non ? Elle y était restée une semaine et elle était revenue. Une femme assez vieille. Pas plus de la soixantaine, mais paraissant bien dix ans de plus. Une alcoolique. Je l'ai interrogée à dix heures du matin et son haleine empestait le gin. Ses mains tremblaient, et pendant que j'étais là, elle n'a pas pu s'empêcher d'aller faire un tour du côté de sa bouteille.

Il quitta Queens Boulevard à la hauteur de Yellowstone Boulevard et prit la direction du sud. Ils étaient à Forest Hills.

— Mais, plus intéressant encore, elle jura avoir vu un homme — toujours le même — rendre visite à Angela Didion au cours des six mois précédents. Et cela durait peut-être depuis plus longtemps. Elle s'en était rendu compte six mois plus tôt, c'est tout. Apparemment, il y avait eu une dispute, un beau soir, et elle s'était mise à surveiller le couloir par le judas optique de sa porte. Elle n'avait rien de mieux pour passer le temps.

Il arrêta la voiture devant un immeuble bas, de taille moyenne. Façade de briques blanches et portes et fenêtres vert sombre, d'assez mauvais goût. Une enseigne double face, sur le gazon de devant, disait en noir sur fond blanc : PARKING DES POMPES FUNÈBRES. Au bout de la pelouse, un orme à larges feuilles. Les portes de bois étaient ouvertes. Plusieurs personnes entrèrent. Nicholas reconnut l'un des instructeurs du *dōjō*

— Elle m'a donné le signalement précis de l'homme, Nick. Il n'y a aucun doute possible. C'est Raphael Tomkin.

— Donc, Tomkin avait une aventure avec Angela Didion. Rien d'étonnant, après tout : deux puissants de ce monde habitant le même immeuble résidentiel. Est-ce que la femme l'a vu, le soir du meurtre ?

Croaker regarda l'orme. Il bruissait légèrement sous une brise tiède qui venait par bouffées.

— Elle a peur de l'avion, dit-il enfin. Elle a pris un somnifère avec une bonne dose de gin et elle s'est écroulée à six heures du soir. Elle n'a ouvert l'œil que le lendemain, vers cinq heures.

— Pour partir à Key West ?

— C'est ça, répondit Croaker en se retournant. Mais je sais ce que je sais. J'ai vérifié et revérifié les faits et gestes de tous les intimes connus d'Angela Didion. C'était bien Tomkin.

— Vous n'avez pas de preuves, Lew, dit Nicholas. Vous n'avez rien.

— Moins que rien, vieux, laissa tomber Croaker d'un ton morne.

Il descendit de voiture et Nicholas le suivit sur le sentier dallé conduisant à l'établissement funéraire. Un autre instructeur du *dōjō* arrêta Nicholas sur les marches et lui dit quelques mots. Nicholas hocha la tête.

— Écoutez, dit Croaker en attirant Nicholas près de lui et en baissant la voix. L'affaire Didion est officiellement classée. Terminée. Kaput. Cette espèce de méduse ventrue de Finnigan m'a passé le mot, l'autre jour. Et cela venait de très haut. Personne ne serait assez con pour graisser la sale patte de cet Irlandais.

— Vous voulez dire que la police a été achetée.

— Ce que je dis, c'est que si j'avais eu le moindre doute sur la complicité de Tomkin, il se serait envolé avec cet ordre de boucler l'enquête. Très peu de personnes peuvent imposer ce genre de silence absolu. Tomkin est l'une d'elles.

Sa voix devint soudain un murmure cassant, sifflant, mortel...

— Mais j'ai une piste, à présent. Un de mes contacts s'est pointé avec un tuyau sur l'autre femme qui était dans l'appartement d'Angela Didion la nuit du meurtre. J'attends son nom et son adresse. Quand je les aurai, je clouerai la peau de cet enfant de garce au mur du bureau.

★

Le service fut bref mais émouvant, moitié en anglais, moitié en japonais. C'était, comme ils en avaient tous les deux exprimé le désir, une cérémonie essentiellement américaine. On avait demandé à Nicholas de prononcer quelques mots pour Terry et pour Eileen, et il s'exécuta. Il parla en japonais. Il y eut de la musique, jouée par un couple. Des amis d'Eileen. Ils étaient professionnels et cela s'entendait. Ils exécutèrent de la musique japonaise traditionnelle, au *koto* et au *shakuhachi*. Il y avait les fleurs habituelles.

Croaker attendit qu'ils se soient éloignés des tombes. Derrière eux, les fossoyeurs commençaient à les combler. La terre brune ne semblait faire aucun son en tombant.

— Nick, dit-il. Que signifient pour vous les noms : Hideyoshi, Yodogimi et Mitsunari ?

Nicholas s'arrêta et se détourna du soleil. Il ne voulait pas remettre ses lunettes noires.

— Ce sont des noms bien connus de l'histoire du Japon. Pourquoi ?

Croaker fit comme s'il n'avait pas entendu la réponse.

— Est-il possible que ce soient des gens vivant actuellement ?

Nicholas haussa les épaules.

— Peut-être. Je crois. C'est même certain. Ce sont trois noms de famille. Mais ils sont liés l'un à l'autre dans l'histoire. La probabilité de les...

— Je vois ce que vous voulez dire.

Devant eux, sur le macadam noir, une portière de voiture claqua et un moteur toussa ; le son semblait flotter dans l'air brûlant. Le long de l'allée qu'ils suivaient, les platanes et les érables bruissaient de toutes leurs feuilles. La chaleur augmentait.

— Vous feriez mieux de m'expliquer de quoi il retourne.

Croaker mit la main dans la poche de sa veste. Il lui tendit un petit bout de papier plié, arraché à un carnet, semblait-il.

— J'ai trouvé ça dans les effets de Terry que m'a remis le médecin légiste, dit Croaker tandis que Nicholas dépliait la feuille. C'était dans sa poche. Il a pu l'écrire le soir où il a été tué.

— Et ?...

— Et un homme — un *Japonais* — est venu au *dōjō* dans l'après-midi avant le meurtre. Deux instructeurs, les *sanseïs*...

— *Senseïs*.

— D'accord, peu importe. Les maîtres de karaté et d'aïkido disent que cet homme était le plus fort qu'ils aient jamais vu. Ensuite, cet homme a fait un assaut de kendo avec Terry. Vincent m'a dit que Terry paraissait troublé par cette rencontre, quand ils ont dîné ensemble, le soir même du double meurtre.

Nicholas leva les yeux vers lui, oubliant le papier mince et déchiré, taché de sueur, qu'il tenait à la main.

— Quelle est la chute de votre histoire ?

— Le Japonais a donné comme nom : Hideyoshi.

Nicholas se détourna un instant et regarda le cimetière. Les dalles de marbre blanc brillaient sous le soleil brûlant ; même les pierres tombales gris sombre ou strié semblaient légères comme des plumes. On eût dit qu'elles allaient s'arracher à leurs ancrages et flotter dans le ciel, avec une sérénité de nuage. On était en milieu de semaine, il y avait peu d'animation sur les étroites allées impeccables et les pelouses tondues de près. Des taches claires, colorées — des fleurs placées exactement aux portes du ciel — donnaient au paysage un air de fausse fête, comme s'ils se fussent trouvés au milieu d'une kermesse abandonnée depuis peu.

— En 1598, dit Nicholas, est mort Hideyoshi le Kwambaku, l'homme qui contrôlait tous les *daïmyos* combattants du Japon. C'était un homme aux idées très larges et l'on croit communément qu'il légua son pouvoir à Ieyasu Tokugawa, le plus puissant des membres du Conseil de gouvernement. Ce n'est pas vrai. Hideyoshi avait une maîtresse, Yodogimi, et elle lui avait donné un fils. Il les aimait tous les deux, et il voulait par-dessus tout que son héritier gouverne un jour le Japon. Peu avant sa mort, il demanda à voir un de ses amis intimes, Mitsunari le policier. Il lui demanda dans le plus grand secret de veiller sur Yodogimi et sur son enfant. En fait, il monta Mitsunari contre Ieyasu Tokugawa. « Mitsunari, mon ami, lui dit-il, Ieyasu se réjouit de ma mort, même si vous le voyez exprimer le contraire. Ne vous laissez pas induire en erreur. Ieyasu est aussi dangereux qu'il est intelligent. Peu de temps après ma mort, il cherchera à devenir shōgun. Mitsunari, mon ami, vous devez vous opposer à cela de tout votre pouvoir car, pour y parvenir, Ieyasu devra détruire Yodogimi et l'héritier authentique. »

« Or, peu après, Hideyoshi reçut également Ieyasu. "Vous êtes le plus puissant du Conseil, lui dit-il. Vous devez donc prendre les rênes du pouvoir quand je serai parti. — Ne parlez pas de choses aussi tristes, Kwambaku", lui dit Ieyasu, mais Hideyoshi le fit taire d'un geste. "Écoutez ce que j'ai à dire. Il me reste peu de temps. Quand j'aurai disparu, l'anarchie régnera sûrement parmi les membres du Conseil. Ils se diviseront sans doute en factions, et le pays sera de nouveau plongé dans la guerre civile. Il faut éviter cela à tout prix. Vous devez vous emparer du pouvoir, Ieyasu. Les trois autres *daïmyos* ne sont rien pour vous. Balayez-les. Gouvernez. Prévenez une guerre civile qui mettrait le Japon à feu et à sang." Et Ieyasu Tokugawa inclina la tête.

« Ainsi donc, au moment même de sa mort Hideyoshi mit en branle un plan complexe pour que son héritier puisse accéder au pouvoir par la suite. Ainsi espérait-il manipuler le destin du Japon, même du fond de la tombe. Il savait que le moment de sa mort tombait très mal. Son fils était encore beaucoup trop jeune pour se défendre lui-même, et il ne pourrait guère compter que sur la loyauté d'un nombre infime des fidèles de son père. Oui, Hideyoshi savait que Ieyasu avait l'ambition de devenir shōgun et il voulait l'en empêcher : cet honneur devait échoir à son héritier.

Sur leur gauche, un petit cortège funèbre quittait la route noire où s'élevaient des vagues de chaleur, et s'avançait lentement vers une tombe ouverte le long d'un des sentiers étroits. Le cercueil était déjà en place, luisant au milieu des couronnes de fleurs. Les personnes en deuil se mirent en rang. Un membre de la famille s'évanouit et les autres se précipitèrent. La distance et la moiteur de l'air amortissaient les sons, et Nicholas avait l'impression d'assister à un spectacle de mime.

— Hideyoshi a réussi ? demanda Croaker après quelques instants de silence.

— Non.

Nicholas continuait de regarder les gens. La personne évanouie — une femme, semblait-il — s'était relevée. Le service put commencer.

— Tout d'abord, reprit Nicholas, Ieyasu Tokugawa était beaucoup trop intelligent et puissant. Ensuite, Mitsunari rassembla autour de lui une coalition de *daïmyos* qui n'étaient pas à la hauteur pour battre Ieyasu. En 1615, Ieyasu lança ses forces contre tous ceux qui cherchaient à protéger Yodogimi et l'héritier. Ils s'étaient retranchés dans le château presque invulnérable d'Osaka. Le 4 juin de la même année, les forces d'Ieyasu pénétrèrent dans le château. Mais, à ce moment-là, Yodogimi et le jeune héritier étaient déjà morts ; elle avait tué son fils et commis le *seppuku*.

— Et quel est le méchant de l'histoire ?

Il y eut un éclair scintillant dans le ciel, puis un bourdonnement, lourd de vibrations : un 747 descendait vers l'aéroport Kennedy.

— Je suppose que cela dépend du point de vue où l'on se place, répondit Nicholas. Mais je peux vous dire que Ieyasu a été l'un des plus grands hommes d'État de l'histoire du Japon. Hideyoshi comprenait-il les qualités d'Ieyasu ? On peut en discuter. C'étaient de toute façon deux hommes trop différents pour qu'on puisse accabler l'un au profit du second. Ils ont été aussi déterminants l'un que l'autre dans l'évolution de leur pays.

— Mais, en fin de compte, Hideyoshi a perdu, souligna Croaker. Sa lignée est morte avec lui.

Nicholas ne répondit pas. Le cimetière était plongé dans une sorte de quiétude. Les gens ressemblaient à des statues figées au milieu d'un geste — instantanés d'un autre temps. Les tours de Manhattan qui tranchaient sur l'horizon vers l'ouest, dans la brume de chaleur, paraissaient déplacées, posées là par erreur, œuvre d'un accessoiriste ivre. Quand il reprit la parole, Croaker baissa instinctivement le ton.

— Pourquoi cet homme a-t-il pris le nom d'Hideyoshi — nous

pouvons être sûrs que ce n'est pas le sien — alors qu'Hideyoshi a échoué ?

Nicholas esquissa un sourire puis se tourna vers Croaker. Étrange, se dit-il. Selon l'intensité de la lumière et l'angle sous lequel elle tombe, son visage paraît anguleux ou bien affaissé. Mais peut-être cela revient-il au même, après tout.

— C'est là une façon entièrement occidentale de considérer l'histoire, répondit-il à mi-voix. Au Japon, il y a ce que nous appelons la noblesse de l'échec. Beaucoup de nos plus grands héros ont échoué dans leurs objectifs ultimes. Mais leur *vision* était historique, ainsi que les actes consécutifs à cette vision. En Occident, vous ne révérez que les victorieux. C'est dommage, ne croyez-vous pas ?

Sous l'éclat du soleil, Croaker plissa les yeux.

— Vous voulez dire que cet Hideyoshi-là est un héros ?

— Oui, acquiesça Nicholas.

— Et les autres noms de la liste ? Comment entrent-ils dans le tableau ?

— Sincèrement, je l'ignore, mais Terry ne les a pas griffonnés au hasard.

Il rendit le bout de papier à Croaker, qui murmura :

— Je ne pige pas.

— Moi non plus, répondit Nicholas.

Il y avait dans l'air une sorte de pesanteur qui n'avait rien à voir avec la tristesse, la mort et la défaite. Nicholas se demanda si, depuis longtemps, il s'était senti aussi proche d'un autre homme qu'il l'était en ce moment de Lew Croaker.

— Vous savez, dit-il, quand je suis venu dans ce pays, il y a des années, j'ai délibérément mis au rancart une partie de ma vie. Ce n'est pas une chose facile — pour personne, mais en particulier pour un homme élevé au Japon. Je sentais que j'avais une dette à acquitter à l'égard de mon père — en fait à l'égard de l'Occident, et de ce qui subsistait de mon père en moi-même.

Sous la lumière, les yeux de Croaker semblaient d'argent. Il regarda Nicholas sans rien dire. Il commençait à comprendre l'importance de cette attitude.

— Et puis, brusquement, je me suis arrêté. Comme ça. C'était comme si je m'étais éveillé en sursaut d'un long sommeil chargé de rêves. Qu'avais-je fait, pendant toutes ces années ici ? Qu'avais-je réalisé ? Je ne voulais pas, moi aussi, comme mon père à sa mort, me dire que j'avais gaspillé le temps qui m'était imparti. J'avais été accablé par *son* chagrin, par *son* amertume. C'était assez. Je ne pouvais pas supporter que la même chose m'arrive.

Ils gardèrent le silence, écoutant peut-être les bouffées de vent qui caressaient les ormes. Le soleil était ardent.

— Et à présent ? demanda Croaker non sans quelque hésitation, comme s'il se sentait en territoire inconnu. Quelque chose a changé ?

Nicholas se mit à rire. D'un rire sans méchanceté, mais tranchant comme une épée.

— Tout mon univers a basculé la tête en bas. C'est comme si les années écoulées depuis mon arrivée ici ne s'étaient jamais déroulées.

— J'essaie d'imaginer ce que cela serait s'il m'arrivait un truc pareil.

Nicholas le regarda pendant un instant, satisfait. Puis, comme d'un commun accord, ils se mirent à descendre lentement l'allée vers la voiture de Croaker. Ils semblaient avancer à regret, comme s'ils redoutaient la frénésie de la ville.

— Que pensez-vous du paternel de Justine ? dit Croaker juste avant d'atteindre la voiture.

— Curieuse manière de poser la question, répondit Nicholas en lui jetant un coup d'œil.

— Figure de style, fit Croaker en haussant les épaules.

Mais Nicholas soupçonna son nouvel ami d'avoir introduit un avertissement subtil.

— J'ai commencé par le détester, dit-il lentement comme s'il formulait ses pensées au fur et à mesure. Oui, je ne pouvais pas le sentir, mais cela n'a rien d'étonnant, étant donné le point de vue de Justine et la façon dont je l'avais rencontré. Il est autoritaire, oppressif, et habitué à obtenir tout ce qu'il veut. Tout cela ne me plaît pas.

— J'entends un « mais » en train de planer quelque part.

— Écoutez, dit Nicholas en s'arrêtant et faisant face, ce serait très facile — et commode pour nous tous — de le rayer d'un trait, comme un riche salaud sorti d'un roman à quatre sous. Mais ce n'est pas si simple.

— C'est un assassin, Nick.

— Il est vulnérable...

— Oh, merde !

— Il aime ses filles, quoi qu'elles puissent penser de lui. Il ferait n'importe quoi pour les protéger. Et il n'est pas aussi sûr de lui qu'il devrait l'être. Il y a quelque chose...

— Il vous a joué le grand jeu. Il a besoin de votre aide et il sait que vous n'êtes pas un pantin.

— Je crois sincèrement que vous vous trompez. Il n'est pas aussi simple et sans nuances que vous voulez bien le dire.

— Ouais, répondit Croaker. Regardez donc votre ninja. Il va tuer des gens, mais il doit bien y avoir, quelque part, un être qu'il

adore et auprès de qui il aime à se réfugier, non ? Ça ne l'empêche pas de rester ce qu'il est.

— Vous refusez de voir les complexités...

— C'est un requin, vieux ! Une ordure ! Ouvrez-donc les yeux,
Nicholas.

— Vous ne le regardez que d'un seul point de vue.

— Non, Nick, dit Croaker en secouant la tête, je le connais
depuis plus longtemps que vous ; c'est tout.

★

En rentrant à Manhattan, Croaker confia à Nicholas tout ce
qu'il savait sur les circonstances de la mort de Vincent. C'était peu
de chose.

Il laissa Nicholas devant l'immeuble de Tomkin, Park Avenue,
et continua vers le sud de la ville. Le rapport du médecin légiste
sur Vincent l'attendait sur son bureau. Il lança sa veste trempée
de sueur sur le dossier de son fauteuil gris et vert, sortit une pastille à la menthe de la poche de sa chemise, la glissa dans sa bouche et ouvrit le dossier.

Ce qu'il lut sécha la transpiration sur son front et sur sa lèvre
supérieure. Il passa la main dans ses cheveux épais et jura entre
ses dents. Puis il saisit le téléphone. On décrocha presque aussitôt.

— Nate ? dit-il dès qu'il eut le médecin-chef de la morgue à
l'appareil. Croaker. Merci pour le rapport sur Vincent Ito.
Quelqu'un doit s'être décarcassé pour qu'il soit arrivé aussi vite.

— Je l'ai fait moi-même.

La voix de Graumann avait l'air fatiguée.

— Nous sommes tous consternés ici, reprit-il, et nous...

— Nate, je travaille sur l'affaire.

— Quoi de neuf ? Et pas de baratin avec moi.

— Pas grand-chose, reconnut Croaker. Sauf que cela semble lié
aux meurtres de Terry Tanaka et d'Eileen Okura. C'étaient des
amis de Vincent.

— Oui, je me souviens des dossiers. Vincent avait fait les
autopsies lui-même. Mais pourquoi ? Il n'y a absolument aucun
point commun, au niveau des autopsies.

— Pour l'instant, tout ce que je peux dire c'est que l'autopsie
ne semble pas nous mener bien loin, dit Croaker en se frottant les
yeux.

— Je sais. J'ai téléphoné à l'ami Deerforth, à Long Island. Je
voulais qu'il l'apprenne de ma bouche.

— Comment a-t-il réagi ?

— Mal. Écoutez... Nous... Je serai très sensible à ce que vous
pourrez faire... Vous savez que...

324

Il laissa sa phrase en suspens.

— Je sais que vous étiez très liés tous les deux. Croyez-moi, dès que j'ai quelque chose, je vous tiens au courant.

Il leva les yeux. Vegas était dans l'embrasure de la porte avec le sourire du chat de Cheshire d'*Alice au pays des Merveilles*. Il leva un doigt à son adresse, posa la main sur le combiné et dit :

— Ne bouge pas, je suis à toi dans une minute.

— ... pour les obsèques, disait Graumann.

— C'est cela, répondit Croaker. Je tiens à y assister. (Il baissa les yeux sur le rapport.) Pour cette substance chimique que vous avez trouvée, demanda-t-il, êtes-vous certain...

— Je vous l'ai dit, j'ai fait l'autopsie moi-même. Il n'y a aucun doute.

— Bien. Cela limite considérablement le champ d'investigation.

— Il est absolument impossible que la substance ait pénétré dans le corps par accident. Et c'est arrivé peu avant sa mort.

— C'est ce que je vois, répondit Croaker en lisant le texte dactylographié. Une toxine agissant sur le système nerveux, qui a ralenti suffisamment les réactions motrices pour qu'il...

— Je dirais qu'il était à peu près réduit à l'impuissance au moment... au moment où c'est arrivé.

— La substance n'a pas été injectée ?

— Non. Elle n'aurait eu aucun effet. Il s'agit d'un composé organique, non d'un produit synthétique de laboratoire. La toxine a dû être vaporisée — et de très près. Peut-être connaissait-il son meurtrier.

— Peut-être ne s'attendait-il pas à ça. N'importe qui — même quelqu'un au milieu de la foule — peut l'avoir vaporisée ainsi. Écoutez, je vous rappellerai.

— D'accord. J'espère seulement que ce ne sera pas dans un siècle.

Croaker raccrocha, songeur. Pas de nouvelles de son indicateur. Pourquoi mettait-il si longtemps, merde !

— Entre, dit-il à Vegas.

Il fit passer sa pastille à la menthe d'un côté de sa bouche à l'autre.

— Dis donc, tu es sapé comme un milord !

Vegas portait un complet prune à larges revers avec un pantalon à pattes d'éléphant. Sa chemise rose avait un col très haut.

— Je suis sorti ramasser de la came, répondit Vegas avec le même sourire coincé sur les lèvres. Oui, et de la sale merde, ce coup-ci, vieux. Il nous a fallu trois mois pour tendre le filet.

— Classique, grogna Croaker.

Il avait la tête ailleurs ; il songeait au rapport du médecin légiste.

— Pas du tout, vieux. Pas du tout... (Dédaignant le fauteuil devant le bureau, Vegas s'adossa au chambranle de la porte.) Parce que, cette fois, reprit-il, en relevant le filet avec toute la saloperie, j'ai ramené une morue.

— Ne me dis pas que tu as l'intention de mêler le travail et le plaisir ? dit Croaker avec un claquement de langue.

— Oh, oh... Pas avec cette morue-là. C'est une morue spéciale.

— Ah bon ? Les gonzesses sur lesquelles on tombe comme ça, vieux, toutes les mêmes...

C'était ce que Vegas attendait. Il était aux anges.

— Pas celle-là, dit-il en braquant l'index vers Croaker. Celle-là, c'est une morue *pour toi*, vieux. Moi, depuis que je l'ai piquée, je n'ai été que son ange gardien.

Croaker leva les yeux, abasourdi.

— Mais de quoi parles-tu, merde ?

— Ce que j'ai en bas, dans le car, est un morceau de premier choix. Viens, suis-moi, dit Vegas en éclatant de rire.

Croaker arracha sa veste du dossier de la chaise et rattrapa Vegas dans le couloir.

— Tu as intérêt à ce que ça vaille le coup, lui dit-il d'un ton sec. Je n'ai pas de temps à perdre avec tes balançoires.

— Oh, pas de balançoires, vieux. Pas de balançoires, répondit Vegas en appelant l'ascenseur. Ce que je t'ai mis au frais dans l'impasse va illuminer ta journée. Fais-moi confiance.

Nouvel éclat de rire. Il donna une grande claque sur l'épaule de Croaker. Les portes de l'ascenseur se refermèrent et ils se mirent à descendre. Ils partageaient la cabine avec un agent en uniforme qui escortait un Portoricain à la mine de carton-pâte jusqu'aux services des empreintes et de la photographie anthropométrique. Ils ne dirent rien avant d'avoir dépassé la sortie latérale.

Ils débouchèrent à la hauteur du car de police garé dans la pénombre fraîche de l'impasse. Le faible espace séparant les murs de béton semblait amplifier la taille de Vegas. On eût dit une statue démesurée.

Il posa une main énorme sur l'épaule de Croaker et celui-ci se souvint tout naturellement d'une des affaires sur lesquelles ils avaient fait équipe. L'histoire Atherton. Bon Dieu, songea-t-il, quelle saloperie. L'impression qu'on allait se noyer dans une mer de sang et ne jamais remonter dans ce putain de monde pourri. Ouais ! Il revoyait les choses aussi clairement que si elles dataient de la veille : il était au sol, l'épaule en miettes par un pruneau de 45, et Vegas surgissait des ombres de la voiture en feu comme un ange vengeur. Croaker avait tiré sur son assaillant, mais la balle de l'autre l'avait fait pivoter sur place. Son deuxième et son troisième coup n'avaient été que réflexes futiles, visant les étoiles. Et puis il y avait eu trois autres cadavres, cette nuit-là. Bon Dieu, quel bordel !... Croaker sentit la pression de la grosse main de son ami.

— Ne te fais pas de mouron, lui dit Vegas doucement. On veille l'un sur l'autre, non ? Je ne donnerais pas un fifrelin de tous les mecs d'ici, tu le sais. C'est une bande d'hypocrites merdeux. J'ai un boulot à faire, je le fais. Les autres, ouais, ils ont tous un filon, d'une manière ou d'une autre. Il y a toujours une combine qui paye ici, pas vrai ? La guerre est un endroit parfait pour les combines, tu le sais. Les malins font toujours leur beurre pendant les guerres. Ils n'ont pas de conscience, pas de tripes, rien. La seule chose qui compte pour eux, c'est de garder le cul au sec. Après, ils ont tout le temps du monde pour s'occuper du pognon qui bourgeonne sous la crasse, la merde et le...

Il s'aperçut soudain que sa main serrait de plus en plus douloureusement l'épaule de son ami, et il s'arrêta au milieu de sa phrase. Il secoua la tête comme un animal blessé.

— Désolé, soldat. J'ai eu une dure journée. Vraiment la corvée..., murmura-t-il avec un sourire lugubre.

— T'en fais pas, terreur, ça va.

Ils s'étaient donné ces surnoms, des années plus tôt, lors de leur première enquête ensemble. Cela leur apportait un sentiment réconfortant d'intimité dans la promiscuité des journées et des nuits passées au milieu des autres policiers. Parfois, Croaker se disait que c'était le sentiment le plus faux du monde — mais cela lui venait toujours à l'esprit quand il se sentait complètement écrasé par son travail.

— Nous sommes deux putains de héros qui se figurent que ramasser la merde à la pelle est sublime, dit-il en riant. Mais haut les cœurs, bordel ! Ce pourrait être pire. Nous pourrions être ceux qui *fabriquent* la merde.

Vegas lança la tête en arrière et un rire fusa, dont le son riche rebondit sur les murs de béton.

— Maintenant, écoute, dit-il, voilà la couleur. On a travaillé sur ce coup de Scarsdale pendant trois mois, pas un jour de moins. Et puis on a eu le feu vert et on a foncé. Des tas de came. Assez de pilules pour maintenir toute l'armée chinoise éveillée pendant un an, beaucoup de neige, un camion de cocaïne et presque une demi-tonne d'herbe. D'accord, c'est pas mal. C'est ce qui se trouvait à l'arrière de la baraque. A l'avant, il y avait une partouze et tout le monde s'est fait poisser, tu me suis ? C'est à ce moment-là que je l'ai vue. Alors je l'ai embarquée moi-même, juste en cas. Je crois qu'elle n'est pas dans le coup mais... (Il haussa les épaules.) Tu connais la musique. Enfin, elle est à toi si tu la veux. J'arrangerai les choses là-haut.

— Si je la veux ? Mais je ne sais même pas qui c'est.

Vegas fit passer sa main de l'épaule de Croaker à la poignée de la porte arrière du fourgon de police.

— Dans le noir sur la droite, dit-il. La fille aînée de Raphael Tomkin. Gelda.

Croaker sentit un frisson lui parcourir le corps comme si on l'avait inondé d'eau glacée.

Vegas appuya sur la poignée, toujours tout sourire ; la porte blindée s'ouvrit vers l'arrière et Croaker entra. La porte claqua derrière lui.

Il demeura immobile un instant dans la pénombre pour que ses yeux s'adaptent à la faible lumière venant du pare-brise, réduite à une grisaille pâle par le grillage à mailles fines séparant les élus des damnés.

Elle était assise sur l'un des deux bancs de métal nu, soudés de chaque côté du fourgon. Elle avait la tête penchée en arrière, appuyée à la paroi. Cela mettait son profil en valeur — la courbe de son front haut, son nez droit aristocratique, l'éclat de ses lèvres sensuelles, le col de cygne de sa gorge. Sans les voir, il devinait les étincelles sombres de ses yeux et son buste assez lourd — poitrine et hanches généreuses. Il devinait aussi ses longues jambes parfaites, de la cuisse au mollet, et il apercevait les fines chevilles adorables, dans une flaque de lumière pâle. C'étaient ces jambes magnifiques, allongées maintenant devant elle, qui transformaient inexplicablement la lourdeur de ses formes en splendeur.

— Eh bien...

Il se sentit comme accablé sous un poids énorme, il n'arrivait pas à articuler. Il dut s'éclaircir la gorge et recommencer.

— Eh bien, Gelda, dans quel pétrin vous êtes-vous fourrée ?

Le profil nettement dessiné s'estompa en une ombre mouvante. Elle tourna la tête vers lui.

— Qui diable êtes-vous donc ?

Même dans la colère, sa voix avait un lustre riche, un côté soyeux, et il eut l'impression de lui avoir parlé la veille et non plusieurs mois auparavant. L'inquiétude même ne semblait pas diminuer l'efficacité d'un timbre comme celui-là.

— Croaker, dit-il en s'avançant. Le lieutenant Croaker. Vous vous souvenez de moi ?

— Le devrais-je ?

La voix était devenue liquide, douce et langoureuse. L'air, entre eux, sembla se mettre à trembler.

— Peut-être. Nous nous sommes déjà rencontrés.

Il était debout devant elle, et il n'apercevait dans la pénombre que le reflet pâle du blanc de ses grands yeux. Mais il ressentait sa présence de façon très vive et la dominer ainsi de toute sa taille lui donnait du plaisir.

— Je vous ai interrogée, au début de l'été, à propos du meurtre d'Angela Didion ; nous avons parlé de votre père.

— Cette merde !

Même en crachant une grossièreté, elle ne perdait pas son élégance. Il l'entendit respirer à fond.

— Oui. Je me souviens de vous. Un grand péquenot avec la gueule de Robert Mitchum.

Il rit — comme une toux brève.

— C'est flatteur ! Merci.

— Ne montez pas sur vos ergots. Mitchum a l'air de revenir de la troisième guerre mondiale. Et vous aussi.

Il attendit un instant avant de lui demander :

— Puis-je m'asseoir ?

— Vous voulez dire que j'ai le choix ?

Il ne répondit pas. Il devina qu'elle haussait les épaules.

— Faites comme chez vous. Vous n'êtes pas chez moi.

— Chez vous, c'est à Sutton Place, n'est-ce pas ? dit-il en s'asseyant près d'elle.

La tête de la jeune femme s'éloigna brusquement de la paroi de métal.

— Qu'est-ce qui se passe, hein ? s'écria-t-elle. On va me mettre en cabane ?

— Ça dépend.

— De quoi ?

Croaker avait plongé la main droite dans la poche de sa veste. D'un geste éclair, il lança la main gauche vers les deux poignets de la jeune femme qu'il saisit ensemble et tira. D'un même mouvement, il alluma sa petite lampe-torche et vérifia la chair pâle à l'intérieur de ses coudes. Il essaya de ne pas penser à la douceur de la peau en cet endroit. Puis il la lâcha et s'appuya à la paroi.

— Je pourrais vérifier aussi l'intérieur de vos cuisses, dit-il doucement. Alors autant tout me dire.

Il avait serré ses poignets très fort et elle devait avoir mal, mais elle ne fit aucun geste pour les masser. Cela plut à Croaker : elle avait sa fierté.

— Je me pique à travers les pupilles, dit-elle d'un ton acerbe. Vous en avez entendu parler, non ? Ça ne laisse aucune trace.

Elle tourna la tête. Le grillage jeta sur son visage un réseau de losanges gris et noirs. Sa joue s'éclaira. On eût dit l'héroïne d'un

« film noir » des années cinquante. Elle sembla perdre soudain toute son arrogance.

— Je ne fais rien de plus que vous tous. Probablement beaucoup moins. Je ne prise pas de cocaïne, par exemple.

Il ne répondit pas. Il demeura immobile près d'elle, humant son parfum dans le silence. Elle détourna son visage dans le noir absolu.

— Vous me croyez ?

La voix de la jeune femme s'était faite très humble, et Croaker se demanda dans quelle mesure elle ne lui jouait pas la comédie. Il décida d'être sincère avec elle. Toute autre attitude serait inefficace — et même dangereuse, en puissance.

— Oui, dit-il lentement. Je vous crois.

— Alors, je suis libre de partir ?

— Dans une minute. Pourquoi vous êtes-vous laissée entraîner dans tout ça ?

Il ne se rendit pas compte à quel point sa voix était devenue douce.

— Comment ? Vous voulez dire : pourquoi je brise le cœur de mon pauvre papa ? s'écria-t-elle avec un rire amer. Allez, sortez ce que vous attendez de moi.

— Je vous parle, c'est tout, dit-il à mi-voix.

— Mais oui ! Bien sûr ! Dans un car de police au retour d'une rafle !

— C'est vous qui avez choisi cette situation, pas moi...

Elle garda le silence. Il ne pouvait pas la voir, il savait qu'elle l'étudiait. Tout pouvait voler en éclats, il le sentait. Et il retint son souffle.

Elle rit de nouveau — un rire cristallin comme un carillon, que les parois de métal du fourgon renvoyaient en écho léger.

— Très bien, murmura-t-elle. Je vais vous avouer pourquoi je fais ça. Parce que ça me plaît, c'est simple, non ? C'est très drôle de se faire payer pour baiser. Je suis une actrice, un mannequin. Je vends des choses, exactement comme Angela Didion. Tu paies, je donne : pas de complications sentimentales.

— Jamais ?

Elle lança la tête en arrière comme un cheval rétif, et il entrevit un éclair dans ses yeux.

— Parfois, avoua-t-elle. Avec une femme. (Elle songeait à Dare.) Je vous choque ?

— Pas vraiment, dit-il. Vous croyez que cela devrait me choquer ?

— Je ne sais pas quel genre d'homme vous êtes.

— Un simple New-Yorkais, très ordinaire et un peu gras.

— Ouais, je vois ça !

Elle l'avait blessé et elle le savait. Elle se dit qu'il l'avait bien cherché.

— Et la picole ? lui demanda Croaker.

— Pardon ?

Sa voix s'était durcie. Elle était de nouveau sur la défensive.

— Vous levez toujours le coude ?

Par pure perversité, elle eut envie de lui dire la vérité mais elle se retint à temps.

— Beaucoup moins, répondit-elle. J'ai mon travail qui me réchauffe.

— Pas d'hommes ?

— Toutes vos questions, c'est pour un jeu télévisé ?

— Si vous voulez appeler ça comme ça.

— Je ne veux rien du tout, répondit-elle d'un ton sec. Je veux sortir d'ici.

— Je ne vous retiens pas plus longtemps.

— Vous voulez dire que je suis libre de partir ?

— Pas d'inculpation.

— Et maintenant, je suis censée vous dire merci ?

Il savait que c'était fini ; et qu'il aurait aussi bien fait de ne pas se lancer dans tout ça. Il se sentait fatigué, déprimé.

— Vous n'êtes coupable de rien. Vous êtes libre de partir.

Il avait volontairement répété la phrase de Gelda. Mais elle ne bougea pas. Il demeura très raide contre le métal, les fesses coincées dans l'angle que faisait le banc avec la paroi. Il avait posé les poignets sur ses cuisses. Il regardait ses mains. Il avait du mal à distinguer le reflet pâle de ses ongles.

— Que voulez-vous de moi ?

Elle avait parlé d'une voix si douce que, pendant un instant, il crut entendre le murmure de ses propres pensées.

— Rien, dit-il d'un ton mort. Je ne veux rien de vous.

— A d'autres !

— D'accord...

Il tourna la tête, et s'aperçut qu'elle l'observait. Elle cligna les yeux. Il eut l'impression que tout se passait soudain au ralenti.

— Je peux vous aider, Gelda, dit-il.

— Qu'est-ce que ça veut dire, au juste ?

Il savait qu'il était sincère, qu'il n'agissait pas ainsi uniquement pour obtenir des renseignements sur Raphael Tomkin. Il savait qu'il avait rêvé d'elle pendant les deux semaines précédentes. Comme électrisé, il tourna son corps vers elle. Les yeux de Gelda semblaient chercher quelque chose sur son visage.

— Ça veut dire ce que j'ai dit.

— Je ne vous ferais même pas confiance si j'étais en train de me noyer et que vous soyez le seul à avoir une corde.

— Mais *vous êtes* en train de vous noyer, dit-il à mi-voix, ajoutant presque aussitôt : Et ce n'est pas inéluctable. La picole, les comprimés et le... « travail ». (Un temps.) Vous pourriez vous en évader.

— M'évader ! explosa-t-elle. Bon Dieu, il n'y a aucun endroit assez reculé pour que je puisse m'évader de moi-même.

Elle renversa de nouveau la tête contre la paroi de métal, et de nouveau il vit sa gorge douce.

— Vous voulez savoir pourquoi je m'appelle Gelda ? (Elle prononçait son nom comme s'il avait un goût amer.) Parce que ma mère était pleine de haine.

Elle rit sans joie — le premier son désagréable qu'il ait entendu sortir de ses lèvres.

— Oh, pas pour moi personnellement. Elle ne se serait jamais abaissée à une chose aussi mesquine. Elle était beaucoup trop occupée à détester la vie qui l'enchaînait comme un amant jaloux. Devenir immensément riche avait été l'unique rêve de son existence, son objectif passionné... Oui, je crois qu'on peut le dire : son objectif. En tout cas, elle l'avait atteint avec mon père. Et elle s'était aperçue du même coup que cela ne répondait pas du tout à ses espoirs — il s'en fallait de beaucoup. Oh, elle avait tout le pouvoir et tout l'argent dont elle avait rêvé, mais vivre avec mon père était l'enfer à l'état pur. A tous les instants de leur mariage, il la rabaissait. (Elle poussa un soupir.) Je crois que, à la fin, c'était devenu un jeu pour lui de voir ce qu'il pourrait bien lui prendre. Pas des choses matérielles, bien sûr. Mon Dieu, elle en avait plus qu'à satiété. Non, ce que mon père lui refusait, c'était le domaine qui comptait le plus à ses yeux : celui de l'esprit. Je crois bien que si elle avait riposté, elle en serait ressortie « sanglante mais victorieuse », comme on dit.

« Mais elle n'a pas lutté. Elle a voulu s'accrocher si farouchement à son rêve qu'elle a renoncé à toute forme de courage. Elle s'est faite l'esclave de mon père, ou plus exactement, l'esclave de la richesse. C'était une garce à la volonté chancelante qui a dû adorer la souffrance que mon père lui infligeait. Je veux dire : elle s'en est accommodée, n'est-ce pas ? Et même après...

Elle s'arrêta brusquement et posa la paume de sa main sur sa bouche.

— Bon Dieu, qu'est-ce que je raconte ? Et à un flic, en plus ! (Elle étouffa un rire nerveux.) Je dois avoir perdu la tête.

Croaker sentit son cœur battre plus vite.

— Cela n'a rien à voir avec votre prénom.

— Pardon ? dit-elle d'un ton absent.

— Vous alliez me parler de votre nom.

— Ah !... Ah oui.

Elle posa les mains l'une sur l'autre, puis elle se mit à les frotter contre ses longues cuisses, d'avant en arrière, sur un rythme lancinant.

— Je crois vraiment que la dernière chose au monde que désirait ma mère, c'était bien un enfant. Mais comme toujours, quand mon père voulait quelque chose, il insistait. Et mon père voulait des enfants. C'est étrange... ou ce n'est peut-être pas étrange, après tout... (elle eut un petit rire bizarre) mais, garçons ou filles, peu lui importait du moment qu'il accédait à la paternité. Il était vieux jeu à cet égard : il y voyait un signe de virilité.

« Mais ma mère s'était méprise à ce sujet. Elle croyait qu'il désirait des fils pour prolonger la lignée des Tomkin, et qu'il considérerait toute autre chose comme un échec. Imaginez comme elle devait être loin de lui pour se tromper à ce point sur ses désirs.

« Et, bien entendu, quand elle a donné naissance à une fille, elle était au septième ciel. C'était une façon de se venger de mon père sans qu'il le sache, vous comprenez. Et elle m'appela Gelda, parce qu'en bon anglais *gelding* signifie « eunuque ». Vous me suivez ? Mais bien sûr...

Elle se détourna comme pour ne plus voir ses souvenirs.

— Vous pouviez changer de prénom, lui dit-il.

Pour la première fois, elle rit de façon parfaitement naturelle. Un très beau rire, songea-t-il.

— Je crois que je suis perverse, dit-elle. Je le porte comme un pense-bête.

— Pour vous souvenir de quoi ?

— Ça vous regarde ? s'écria-t-elle.

Et toute la chaleur diffuse naguère dans sa voix avait brusquement disparu.

— Écoutez, commença-t-il, je vais vous dire la vérité...

C'était le coup de dés du désespoir, un risque qu'il avait escompté ne pas prendre. Mais avait-il le choix ?

— J'ai besoin de votre aide pour une enquête.

— Ah bon ?

Et voilà !

— Je crois que votre père a assassiné Angela Didion.

— Et après ?

Ce n'était pas ce à quoi il s'attendait, et il demeura momentanément sans voix. Gelda en parut ravie.

— Je vois que vous en restez bouche bée, dit-elle en riant. Un bon point pour vous. Vous vous figuriez que j'allais vous dire : « Je

333

ne peux pas l'encadrer, flicard, mais c'est tout de même mon vieux » ? Baratin !... Ça ne m'étonnerait pas, qu'il l'ait tuée.

— Vous voulez dire que, selon vous, il est capable d'accomplir un meurtre ?

Croaker sentit son cœur battre plus vite. Tout cela avait l'air de lui tomber dessus comme un don du ciel.

— Selon moi ? répéta-t-elle en riant. Oui, « selon moi », mon père est tout à fait capable d'assassiner quelqu'un. Si je me souviens bien, les lois ne sont pas des contingences qui le touchent.

Elle s'était déplacée légèrement. Elle était de trois quarts il pouvait voir ses yeux et la douleur qui y était profondément ensevelie.

— Vous étiez au courant, pour Angela Didion ? demanda-t-il doucement.

— Qu'il la sautait ? Bien sûr. J'étais là-bas, un jour, quand elle est rentrée. A son allure, on devinait aussitôt que tout lui appartenait. Vous voyez ce que je veux dire ?

— Vous lui avez parlé ?

— Nous ne nous sommes pas très bien entendues, répondit-elle en souriant. Il y a eu entre nous une sorte de répulsion instantanée, comme deux aimants de même polarité.

— Je croyais que vous ne fréquentiez pas beaucoup votre père.

— Non.

Elle semblait très proche de lui maintenant, bien qu'il n'ait eu conscience d'aucun mouvement.

— Mais de temps en temps, mon père sait rappeler son existence. Deux ou trois fois par an, à peu près. (Elle haussa les épaules.) Qui sait ? Il veut peut-être voir si je n'ai pas changé.

— Changé en quel sens ?

— Ça ne vous reg...

La flamme dans ses yeux s'éteignit presque aussitôt, et elle reprit, d'une voix très douce.

— Si j'ai laissé tomber les femmes ! Il ne peut pas supporter ça de ma part. Je pense que c'est une des raisons pour lesquelles je les préfère aux hommes. Un jour, un psychiatre m'a dit ça. J'ai pris la porte. Inutile de payer cinquante dollars de l'heure pour m'entendre raconter ce que je sais déjà.

— Comment Tomkin l'a-t-il appris ?

— A propos des femmes et moi ? Oh, il m'a prise en flagrant délit, un jour, dans notre résidence d'été de Gin Lane, près de South Hampton. C'était après la vente de notre propriété du Connecticut. Ensuite Maman... est morte.

— Qu'a-t-il fait ?

— Ma mère s'est suicidée. Il a...

— Non. Je voulais dire quand il vous a trouvée avec l'autre fille.

— Vous savez, même ma sœur Justine ne connaît pas cette partie de l'histoire. Je ne la lui ai jamais dite, et Dieu sait que mon père a bien dû s'en garder. Il la traite comme le faisait ma mère. Il la gâte comme si elle était infirme. Elle était la plus jeune, n'est-ce pas ? Le bébé. Elle était mince et musclée, tandis que j'étais grosse. Quel que soit le régime que l'on m'imposait — et croyez-moi, ils y sont tous passés — je ne parvenais jamais à perdre un kilo. Et ma mère ne me permettait jamais de l'oublier : elle me faisait honte de mes formes.

Elle s'interrompit un instant et reprit :

— Je ne sais plus comment j'en suis venue à vous parler de ça... (En fait, elle ne s'adressait plus à lui.) Bref, mon père m'a trouvée avec cette fille. C'était environ une semaine avant la mort de ma mère. Au cœur de l'été. J'avais rencontré Lisa sur la plage. Elle habitait une propriété à l'autre bout de Gin Lane, avec ses parents. Ou plutôt, avec son père et une belle-mère qu'elle détestait. Je suppose que c'est notre haine qui nous a rapprochées. Mais nous aimions aussi nos corps. Sincèrement, il y avait dans notre amour une pureté que je n'ai jamais été capable de retrouver.

« Il faisait tellement chaud ce jour-là, même tout près de l'eau... Tout semblait accablé, réduit à l'impuissance. Nous étions allongées à la limite de chez nous, dans l'ombre d'une rangée de hautes haies. Nous étions tout près de la clôture, vêtues seulement de nos maillots de bain. Comme si nous étions nues. En mieux. Nos mains ne se lassaient pas de nos caresses. Nous avons enlevé nos maillots et fait l'amour. C'était très beau.

« Nous étions encore enlacées quand j'ai vu mon père. Peut-être était-il là depuis un certain temps ; peut-être même depuis le début, je n'ai aucun moyen de le savoir.

« Il a vu que je le regardais. Son visage était écarlate et il avait du mal à respirer. Il s'élança vers nous en criant. Ses mains tournoyaient dans l'air comme des fléaux. Lisa était terrifiée. Elle a ramassé son maillot et elle s'est enfuie vers la plage. Mon père ne l'avait même pas regardée.

« Je suis restée par terre, paralysée. De frayeur, pensai-je sur le moment. Maintenant, je comprends mieux. Du premier instant où j'avais fixé son regard, je savais ce qu'il avait fait en nous regardant — c'était aussi évident que la marque de Caïn. En tout cas pour lui. J'aurais dû être horrifiée, mais non. L'idée me plaisait : il m'avait regardée faire l'amour et je l'avais émoustillé.

« Je le vis venir vers moi. Il y avait dans ses yeux un nuage que je ne pouvais situer. Je ne l'avais jamais vu ainsi auparavant. J'avais dix-sept ans. Il semblait un être entièrement différent du père que j'avais connu. Il était sorti de lui-même.

« Il m'a prise là, sur place. J'avais les yeux levés vers lui, et je me sentais impuissante sous lui. Il a plongé en moi avec une telle violence que j'ai crié. Aussitôt, j'ai senti son poignet sur mes lèvres. J'ai mordu à pleines dents. J'ai sucé le sang que j'avais fait couler de lui. J'avais l'impression d'être bourrée de lui jusqu'à la gorge.

« Cela s'est terminé si vite que, pendant un instant, j'ai cru que cela ne s'était pas produit. Mais il me restait un goût salé dans la bouche et la douleur moite entre les jambes. Les deux jours suivants, j'avais mal à chaque pas.

Elle s'arrêta et tourna la tête. Elle prit de nouveau conscience de Croaker.

— Voilà. Je vous l'ai dit. J'ai tout déballé et je suis censée m'en trouver mieux. Seulement, ça ne marche pas. Je ressens toujours le même vide et la même pourriture en moi. Je me méprise. Pas parce qu'il m'a fait ça. Mais parce que je n'ai pas lutté. Parce qu'au fond de moi, je n'avais pas envie de l'arrêter. Quel délice de le sentir exploser tout au fond de moi. Oh, mon Dieu ! Mon Dieu !

Elle pleurait maintenant, et sa silhouette tremblait comme si elle allait voler en éclats. Elle tomba en avant et il la retint. Il glissa les mains sous ses aisselles et la releva. Elle n'avait plus de force dans les jambes et il dut l'attirer contre lui pour la soutenir. Ses tremblements se transmirent à lui comme des secousses telluriques. Les vibrations le pénétraient. Il sentit les longs cheveux soyeux de Gelda effleurer doucement le côté de son visage. Et puis la violence de son parfum ; la chaleur de sa chair sous sa robe élégante.

Elle pleura longtemps, et quand ses sanglots s'apaisèrent, elle continua de s'accrocher à lui, mains croisées derrière son cou. Il l'entendit murmurer :

— Je dois être folle. Je dois être folle !

— Allons ! dit-il à mi-voix mais avec beaucoup de force. Sortons d'ici !

★

Dans l'ascenseur qui montait vers le dernier étage de la tour et le bureau luxueux de Raphael Tomkin, Nicholas songeait aux trois noms. Hideyoshi, Yodogimi, Mitsunari. Qu'avait donc voulu dire Terry ? Nicholas le connaissait presque aussi bien qu'Eileen pouvait le connaître, mais il ne parvenait pas à déchiffrer ce cryptogramme. D'accord, commençons par le commencement. Hideyoshi est le ninja. Hypothèse ? Non, une donnée de base. Qui sont donc Yodogimi et Mitsunari ? En quoi ces trois personnes sont-elles liées ? Cela semblait aller contre toutes les lois du ninjutsu mais, bien entendu, on ne pouvait l'écarter. La déduction est si facile en littérature ! Élémentaire, mon cher Watson... Comme il aurait aimé avoir Sherlock Holmes à ses côtés !

Pourtant ces noms lui semblaient familiers. Bien sûr, il savait tout sur les personnages historiques et leur destin individuel : la marée du passé semblait revivre. Mais non, il fallait s'en tenir au présent — un présent divorcé de l'histoire.

Il leva les yeux vers l'indicateur des étages qui sautillait sans répit de gauche à droite, comme pour compter les secondes, les minutes, les années. Le temps, songea-t-il...

Mon Dieu ! A quoi pensais-je ! Je suis resté en Occident trop longtemps. J'ai fini par lui appartenir. Il en ressentit une honte secrète, un sentiment difficile à admettre, même au fond de soi.

Ne m'a-t-on pas enseigné que le présent n'est jamais divorcé du passé ? Pourquoi ai-je sans cesse rejeté ce principe ? Pourquoi me suis-je soudain, à l'âge de trente-trois ans, retiré de la vie ? J'ai abandonné mon emploi, quitté la ville, commencé à hiberner — oui, c'est le mot juste — sur une plage, comme si j'étais à Malibu — ou dans un lointain pays du lotus où tout souci et toute responsabilité sont abolis ?

Il sentit quelque chose monter soudain en lui ; quelque chose de sombre, de laid, d'impossible à arrêter. Un *tsunami* — un raz de marée. Et cela grondait dans son dos. Et cela se jetait implacablement sur lui. N'avait-il reçu aucun avertissement ?

Il n'y avait eu que trop d'avertissements ! Mais il était trop préoccupé, ou simplement trop obtus pour les voir. Ou beaucoup trop proche des faits.

Il eut l'impression de suffoquer. Il tendit le bras et posa sa paume contre la paroi revêtue de tissu. Sa main glissa, moite de sueur. Il imagina qu'il était Saint-Exupéry s'envolant allégrement à travers des ciels de barbe à papa vers... Oui, vers où ? Il ne s'en souvenait plus. Peu importait. Il filait. Il manœuvrait les commandes. Et puis soudain...

Rien.

Absolument rien. Ni ciel, ni nuages, ni terre au-dessous, ni étoiles au-dessus.

Le passé avait-il englouti également la planète ?

Les portes de l'ascenseur s'ouvrirent avec un soupir et il sortit dans le corridor, les jambes raides. Il s'approcha du côté extérieur et regarda la ville grouillante, à travers un panneau de verre installé depuis peu et qui comportait encore en son centre un grand X blanc.

Mais c'était évident ! Yukio aurait dû lui servir d'indice. Le souvenir de Yukio se dressait entre Justine et lui, comme un génie tutélaire montrant les dents. Ce qui avait blessé Justine si fort, c'était ce spectre au fond de lui. Ses poings se serrèrent à son insu. Yukio faisait encore partie de lui, après toutes ces années ! Mais il savait à quel point cette phrase était creuse. La psyché n'a aucune notion du temps — voilà la réponse rationnelle à une question fondamentalement irrationnelle.

Brusquement, la violence de ses sentiments pour Justine creva la surface comme un geyser jaillissant d'un étang de verre figé. Comme il avait été stupide !

Sa décision prise, se sentant plus calme qu'il ne l'avait été depuis quelque temps, il descendit le corridor d'un pas vif et ouvrit les portes de métal du bureau de Raphael Tomkin.

Frank se tenait juste à l'intérieur. Ses yeux lancèrent des flammes dès qu'il vit Nicholas, et sa main droite se crispa. Nicholas passa devant lui sans même lui accorder un second regard.

— Eh, vous n'avez pas le droit de...

Tomkin avait déjà levé les yeux de son bureau et le fit taire d'un geste :

— C'est parfait, Frank, dit-il d'un ton aimable. Nicholas est sur la liste de nos employés à présent, n'est-ce pas ? ajouta-t-il en se tournant vers Nicholas.

Le bureau était immense, à peine plus petit qu'une salle de bal. Cela semblait excessif à première vue, mais on s'apercevait vite que l'espace était divisé, non par des cloisons mais par des regroupements de meubles, pour constituer une espèce de mini-appartement.

Sur la gauche, une sorte de living-room avec un parquet en contrebas d'une marche, encadré par un canapé en forme de C, en velours écrasé de chez Roche et Bobois. Au centre, une table basse : chromes et verre fumé, que dominait la courbe d'un lampadaire à col en forme de croissant.

Sur la droite, près de la longue rangée de fenêtres, se trouvait ce que l'on pouvait considérer comme l'atelier d'un ingénieur, complet, avec table à dessin, lampe flexible et tabouret de molesquine noire. Non loin, une armoire de classement vertical pour ranger des plans, avec, au-dessus, une maquette de la tour lorsqu'elle serait achevée : jardin-atrium dans son centre, esplanade et arbres à l'est et à l'ouest.

Plus loin sur la gauche, dans la pénombre de l'intérieur du bureau, Nicholas aperçut une minuscule cuisine, avec un petit réfrigérateur, un évier en inox et, par-dessus, un four électrique. Non loin, une porte ouverte révélait une salle de bain complète. Le coin du fond, sur la gauche, avait été transformé en bibliothèque. Des étagères de livres grimpaient sur deux murs. Deux lampes de lecture planaient près d'une paire de fauteuils club en cuir, à haut dossier qui, loin de paraître neufs, semblaient avoir fait un long usage. Il ne manquait qu'un immense cendrier de verre avec une pipe en écume de mer.

Enfin, il y avait le bureau proprement dit, juste en face de Nicholas, où Tomkin trônait. La magnifique table-bureau de bois dur avait manifestement été fabriquée sur commande. De l'avant, c'était une très belle plaque de bois nu, mais si l'on en faisait le tour, on découvrait qu'elle dissimulait une véritable console électronique. Nicholas songea qu'elle ressemblait davantage au poste de pilotage d'un 747 qu'à autre chose. Il y avait une rangée de quatre téléphones, chacun d'une couleur différente ; un télex ; un terminal d'ordinateur ; le groupe d'écrans de téléviseurs du système de surveillance intérieure, désormais de rigueur, ainsi que divers autres appareils dont les fonctions lui échappaient complètement.

Tomkin était en communication. D'un geste, il montra à Nicholas le fauteuil de velours en face du bureau. Nicholas baissa les yeux, l'accoudoir gauche contenait un téléphone. Il décrocha, pressa un bouton éteint pour obtenir une ligne libre et composa le numéro de Justine à West Bay Bridge. Il laissa sonner six fois avant de raccrocher. Elle était peut-être à la plage. Sur une impulsion, il essaya son numéro en ville. Pas de réponse non plus.

Il prit une ligne intérieure, demanda à Frank le numéro du poste d'Abe Russo et le composa. Quand il eut le chef des travaux au bout du fil, il lui demanda d'établir la liste de tous les Orientaux travaillant sur le chantier de la tour.

— Cela va me prendre du temps, répondit Russo d'un ton sec. J'ai du travail par-dessus la tête. Je ne sais pas si...

— Écoutez, lui dit Nicholas lentement; mettons les choses bien au point. Si nous n'obtenons pas ces noms, le chantier risque d'être arrêté... de façon permanente.

— D'accord. Je vous les fais monter tout de suite.

— Je suis sensible à votre concours, répondit Nicholas. Et surtout, Abe, je veux que vous le fassiez vous-même. Ne mettez personne au courant, c'est bien clair ? Autre chose, quand vous aurez cette liste, je veux voir tous les hommes qu'elle comporte. Veillez à ce qu'ils ne soient pas informés à l'avance. Pas de fuites, d'accord ? Parfait.

Il raccrocha et réprima son désir de rappeler Justine à nouveau.

Tomkin resta au téléphone pendant dix minutes de plus. Il n'y eut aucun mouvement dans le bureau. Pendant les brefs silences, Nicholas pouvait entendre le murmure très doux de la climatisation générale. Frank était immobile près des portes fermées.

Nicholas se leva, contourna le salon en contrebas et passa dans la bibliothèque. Il y avait, d'un côté, un bureau à cylindre démodé, qu'il n'avait pas remarqué au premier regard. Sur le dessus, plusieurs photos dans des cadres d'argent qui faisaient mexicains. Divers instantanés des mêmes femmes, à des âges variant entre seize et trente ans. L'une d'elles était Justine ; l'autre, probablement Gelda. Toutes deux très belles, mais dans un style différent. Pourtant elles semblaient unies par un lien secret qui les définissait l'une comme l'autre. Il ne vit qu'une photo où les deux sœurs étaient ensemble. Un cliché noir et blanc tout corné. Les deux filles étaient debout sur une pelouse. A l'arrière-plan, il devina l'angle d'un immeuble, une façade de brique couverte de lierre. Comme une maison de campagne. Elles devaient avoir sept et dix ans. Justine tenait un œuf peint. A ses pieds un petit panier d'osier. Elle souriait à l'appareil. Gelda, un pas derrière elle, plus grande et beaucoup plus grosse, regardait sur sa gauche au moment où la photo avait été prise. Il semblait y avoir, même à un aussi jeune âge, tout un monde entre les deux fillettes — comme si chacune d'elles ignorait totalement la présence de l'autre. A voir l'absence de relation entre elles, on aurait pu croire à un montage à partir de deux clichés différents.

— Nicholas ?

Nicholas se retourna et revint près du bureau de Tomkin. Celui-ci se leva et s'approcha de lui. Il portait un complet de soie couleur fauve, une chemise à rayures jaunes et blanches avec un col et des manchettes d'un jaune uniforme. Sa cravate de soie était feuille morte. Il tendit la main, elle était épaisse, le dos noirci par des poils frisés. Il portait un anneau d'or blanc ou de platine à l'annulaire droit. Sa main gauche était totalement dépourvue de bijoux. Ses yeux lançaient à cet instant des reflets gris.

— Ravi de vous voir. Je me demandais quand vous feriez surface. Qu'avez-vous trouvé ?

— Je vous demande pardon ?

— Quels renseignements, Nicholas ? dit-il lentement comme s'il tentait d'attirer l'attention d'un enfant retardé. Vous êtes allé à West Bay Bridge parce que vous pensiez que le ninja risquait d'être là-bas. En tout cas, c'est ce que vous m'avez dit au téléphone.

— Il n'était pas là-bas.

— Justine va bien ?

— A merveille.

— Je n'aime pas votre ton de voix.

— Vous ne me payez pas pour aimer mon ton de voix. Uniquement pour vous protéger.

— Je me suis demandé comment vous pouviez vous en acquitter depuis Long Island. Contrôle à distance, je pense ?

Nicholas eut un petit rire. Ses yeux restèrent d'acier.

— Laissons tomber les imbécillités, Tomkin. Vous n'êtes pas obligé de m'aimer, simplement de coopérer un peu. Sinon je ne peux pas faire mon travail.

— Mais je vous aime beaucoup, Nicholas. Qu'est-ce qui a pu vous faire supposer le contraire ?

Affable soudain, il entraîna Nicholas vers le coin salon. Ils s'assirent sur la banquette. Elle était couleur chocolat, luxueuse et confortable.

— Vous ne vous étonnerez sûrement pas que je sois... disons : curieux... de vos méthodes. Après tout, Frank ne me quitte jamais. Cela me donne une grande impression de sécurité.

— Frank est inutile, répondit Nicholas, en ce qui concerne le ninja. Il passera par-dessus Frank comme s'il n'existait pas.

Tomkin esquissa un sourire.

— Peut-être passera-t-il par-dessus Frank, mais il aura déjà deux ou trois balles de 45 dans le ventre.

— Si vous préférez prendre cette affaire à la légère..., dit Nicholas en haussant les épaules.

— Je vous assure que je ne prends rien à la légère. Au contraire. Sinon, je ne vous aurais pas engagé, vous vous en doutez. Et maintenant, ajouta-t-il en se donnant une claque sur la cuisse, dites-moi où vous en êtes.

— J'attends Abe Russo d'une minute à l'autre.

— Et pourquoi avez-vous besoin de lui ici ? Il a bien assez d'ennuis à respecter nos délais.

— La caractéristique propre du ninja, c'est l'infiltration, répondit Nicholas doucement. Il n'essaiera pas de vous tuer par « contrôle à distance », comme vous dites. Il le fera lui-même, à longueur de bras. Quand Abe arrivera, nous découvrirons s'il est dans la tour.

— Ici ? Mais comment ?

— Très probablement comme ouvrier, situation anonyme qui lui permet de parcourir les lieux en tous sens. C'est le plus logique.

On frappa à la porte et Frank fit entrer Abe Russo. Il avait à la main une feuille accordéon imprimée par un ordinateur. Ses vêtements étaient froissés. Il releva une mèche rebelle de cheveux filasse qui tombait sur son front.

— Voilà, dit-il en posant la feuille devant eux sur la table. J'ai encerclé les noms de tous les Orientaux de sexe masculin. Il y en a trente et un.

Nicholas et Tomkin se penchèrent sur la liste.

— Que cherchez-vous ? dit Tomkin. Vous connaissez son nom ?

— Même si je le connaissais, dit Nicholas en secouant la tête, il ne l'aurait jamais utilisé ici.

Il était vraiment improbable qu'il trouve le nom Hideyoshi sur cette liste, mais écarter d'office cette possibilité aurait été stupide.

— C'est tout ? demanda-t-il à Russo.

— Oui. Ils y sont tous. Vingt-cinq sur l'équipe de jour, les autres sur celle de nuit.

— Et tous les vingt-cinq sont là aujourd'hui ? demanda Nicholas ? Pas un seul malade ?

— Non. Pour autant que je sache, ils sont tous là.

— Et pas un seul d'entre eux n'est au courant ?

— Pas un seul, dit Russo. J'ai tout fait moi-même.

— D'accord, répondit Nicholas en se levant. Allons-y.

— Que se passe-t-il ? demanda Tomkin.

Nicholas roula la feuille en cylindre.

— Je veux voir tous ces hommes de mes yeux. Chacun d'eux est un candidat...

Russo le pilota à travers le labyrinthe de l'immeuble. Il interrogea les hommes séparément, avant de les rayer de la liste.

Le treizième nom était Richard Yao. Russo ignorait l'endroit exact où il travaillait à cette heure de la journée, aussi cherchèrent-ils son chef d'équipe. Ils le trouvèrent en train de surveiller les soudures que l'on effectuait dans une des sections du grand hall. C'était un homme lourdement charpenté, presque sans cheveux, avec des yeux très rapprochés.

— Vous venez de le manquer, Abe.

Il ôta un mégot de cigare du coin de ses lèvres et s'en servit pour indiquer la sortie, dans son dos.

— Il a fichu le camp, dit-il.

— Pourquoi ? demanda Russo.

— Il paraît qu'il était malade, répondit-il en replaçant le mégot dans sa bouche. Et vraiment il n'avait pas l'air dans son assiette.

— Il y a combien de temps ?

— Oh ! mettons quinze à vingt minutes. Je vous l'ai dit, vous l'avez manqué. (Il regarda Russo.) Quelque chose qui cloche ? C'est un bon ouvrier.

Les yeux de Russo se tournèrent un instant vers Nicholas, qui secoua négativement la tête.

— Merci, Mike, dit-il. Vous avez besoin d'un autre homme, ici ?

— Il ne serait pas de trop.

— D'accord. Je m'en occupe.

Et en remontant vers le dernier étage de la tour, il demanda :

— Qu'en pensez-vous, M. Linnear ?

— Je pense que c'est notre homme, dit Nicholas.

— Eh bien... Oh ! Faites voir..

Il prit la feuille de papier des mains de Nicholas et déplia les accordéons.

— Voilà, s'écria-t-il en braquant son index vers la feuille. C'est son adresse. 547... Une seconde ! Mais c'est beaucoup trop à l'ouest. C'est une adresse bidon !

— Ça ne m'étonne pas.

Les portes s'ouvrirent et Nicholas fonça dans le couloir, laissant l'autre sur place, les yeux ronds. Il bouscula Frank. Tomkin était au téléphone derrière son bureau. Il posa la main sur le combiné.

— Eh bien ? Qu'est-ce que ça donne ? Avez-vous trouvé...

Nicholas était déjà près de lui et le bout de ses doigts glissait, rapidement mais sans rien laisser passer, sous le rebord du bureau.

— Mais, bon Dieu...

— Raccrochez, dit Nicholas.

Il fit le tour du bureau sans que le bout de ses doigts quitte la surface du bois ciré.

Tomkin baissa les yeux sur les mains de Nicholas comme s'il se fût agi d'entités séparées de son corps. Il releva l'appareil contre son oreille, murmura quelques mots et raccrocha.

— Bien, dit Nicholas sans s'interrompre. J'aimerais vous parler...

— Sur ce qui s'est passé en bas ? Oui, oui.

Ses yeux bleus écarquillés ne laissaient passer aucun des gestes de Nicholas. Au bout de la pièce, Russo venait d'entrer. Il s'arrêta près de Frank pour regarder lui aussi.

— C'est ça. Sur ce qui s'est passé en bas.

Nicholas s'agenouilla et poursuivit sa recherche sous le bureau.

— Je crois que nous avons trouvé notre homme... (Le câblage et les modules de l'ordinateur.) Le treizième de la liste. Un nommé Richard Yao. Il venait d'un autre chantier : Rubin Bros, à Brooklyn. (Une boîte cerclée : la grille de l'ordinateur. D'autres câblages.) Il n'y a pas longtemps. (Aussi embrouillés qu'un nid de rat. Couleurs codées pour les réparations.) Son chef d'équipe dit que c'est un bon ouvrier.

— Oui, et alors ? Quel rapport avec moi ?

Les yeux enfoncés de Tomkin ne quittaient pas les mains de Nicholas.

— C'est notre homme. Il a filé juste après mon coup de fil à Russo pour réclamer la liste des ouvriers orientaux du chantier. (Une saillie plus haute que les autres : le bout de ses doigts revint en arrière pour vérifier. Il tira légèrement.) Russo n'a parlé de ce petit travail à personne, et personne n'a eu le temps de se rendre compte de notre manœuvre. (Les doigts toujours **dans** le noir, avec leur prise minuscule.) Uniquement Russo et moi... Et bien entendu... (Il l'arracha enfin, et le déposa sur le bureau brillant, devant Tomkin : un petit bout de plastique et de métal de couleur claire, mince comme une hostie, moins de trois centimètres de diamètre.) Bien entendu, le téléphone.

Le visage de Tomkin devint écarlate et sa tête sembla trembler. D'un index hésitant, comme s'il avait peur de se faire mordre, il repoussa la chose.

— Nom de Dieu ! cria-t-il. Nom de Dieu ! Juste sous mon nez ! (Il frappa du poing sur la table et leva les yeux.) Frank ! Salopard ! Tu as laissé entrer ce fumier ici ! Je te tuerai.

Frank demeura vissé sur place, consterné.

— Ce n'est pas de sa faute, dit Nicholas à mi-voix. Il ne pouvait pas savoir ce qu'il fallait surveiller.

Mais Tomkin avait dépassé le stade des mots apaisants. Il contourna son bureau et braqua vers son garde du corps l'index qui avait touché le micro espion.

— C'est pour ça que je te paye, espèce de connard ? Ce... Ce fumier est entré ici, a fichu son nez partout ! Où étais-tu, hein ? Réponds ! Où étais-tu, *bordel* ?

— J'étais là tout le temps, M. Tomkin, se hâta de répondre Frank. Même quand vous allez déjeuner je reste toujours là. Je ne suis jamais parti, vous pouvez me croire. Ce type doit s'être glissé ici la nuit, après votre départ et le mien. Je ne...

Tomkin bondit et gifla Frank d'un revers de la main.

— Personne ne peut entrer ici, espèce d'andouille, sans que je le sache le lendemain matin.

Il regarda la tache rouge sur la joue de Frank ; il pouvait presque sentir à quel point la peau était brûlante.

— Non, poursuivit-il. Il est venu là, sous ton nez. Et tu es tellement con que tu ne l'as pas vu.

— Mais je ne savais même pas qui surveiller, dit Frank.

— Ferme-la ! Ferme-la, nom de Dieu ! On dirait un moutard en train de pleurnicher..., hurla-t-il en lui tournant le dos.

Nicholas, à moitié accroupi, se déplaçait en spirale serrée à partir du bureau. Il lui fallut dix minutes de recherches intensives pour localiser un second micro-émetteur sous l'un des fauteuils du salon chocolat. Personne ne dit un mot avant qu'il ait terminé.

— Dans ces circonstances, dit Nicholas en s'essuyant les mains, je crois que nous ferions mieux de descendre.

— Pourquoi ? demanda Tomkin. La pièce est sûre à présent, non ?

Nicholas hocha la tête. Il se dirigeait déjà vers la porte du couloir.

— Je vous répondrai dans l'ascenseur, d'accord ?

La voix grave de Tomkin rompit le ronronnement doux de la descente.

— Je tiens à vous dire que vous avez fait du bon travail là-haut, Nick. Excellent. Merci. (Il poussa un soupir.) Vous savez, reprit-il, je fais vérifier mon bureau et mes résidences, sur le plan électronique, en principe tous les six mois pour décourager les tentatives d'espionnage, mais bon Dieu, je n'ai même pas emménagé ici officiellement !

Il fit glisser ses doigts dans ses cheveux en brosse gris acier.

— Quand je pense à tout ce qu'il aurait pu écouter sur ces lignes ! J'aurais plaisir à lui trancher la gorge.

Les portes s'ouvrirent et ils sortirent dans le grand atrium inachevé.

— Vous croyez que ce salopard est par ici ? demanda-t-il en tournant la tête en tous sens.

— Aucune chance, répondit Nicholas en l'entraînant vers la rue. Il a su qu'il n'était plus en sécurité sur le chantier dès l'instant où il a surpris ma conversation avec Russo. Il a filé. Pour l'instant.

Ils sortirent dans le soleil brûlant de Park Avenue. C'était comme mettre le pied sur la surface d'une planète desséchée tournant lentement sur elle-même. L'atmosphère ardente était si épaisse qu'elle donnait une impression de gravité — l'intérieur d'une cabine de surpression.

Quand il les vit s'avancer, le chauffeur quitta son siège et attendit sur le trottoir défoncé, une main sur la poignée de la portière.

Nicholas arrêta Tomkin au milieu de l'allée de planches provisoire. Le bruit assourdissant des marteaux-piqueurs emplissait l'air comme une batterie de roulettes de dentiste. Tomkin dut se pencher très près de Nicholas pour entendre ce que celui-ci lui disait. Il hocha la tête, puis ils montèrent dans l'intérieur sombre et climatisé de la limousine.

Ils démarrèrent aussitôt et tandis qu'ils se glissaient dans le flot des voitures, Nicholas se mit au travail. D'abord le téléphone. Il dévissa les deux côtés du combiné : rien. La chose devait être à un endroit d'accès facile, se dit-il. Le ninja avait pu prendre son temps dans le bureau de Tomkin, mais certainement pas dans la voiture. Il regarda dans le logement où se trouvait l'appareil. Très peu de place. Avec un doigt il en tâta tous les côtés. Et ramena l'objet. Il appuya sur un bouton et la glace se baissa en silence, sur trois centimètres. Il lança le « mouchard » dehors. La glace remonta avec un soupir.

— On peut ? demanda Tomkin.

Nicholas leva une main et inspecta tous les autres endroits logiques. Rien.

— Parfait, dit-il en s'enfonçant dans la banquette. Nous sommes en sécurité.

Le visage de Tomkin se détendit.

— Bien. Tout cela m'a porté sur les nerfs, parce que cela se produit au plus mauvais moment qu'on puisse imaginer.

Il se pencha en avant et appuya sur un bouton dissimulé. Un panneau de plexiglas fumé remonta du dossier de la banquette et isola Tomkin et Nicholas de l'avant de la voiture. Nicholas remarqua le réseau de fils métalliques noyés dans la masse pour renforcer la séparation transparente.

— Je suis juste au milieu d'une des plus énormes affaires que j'aie jamais traitées. Des sociétés de trois continents entrent en jeu. Les sommes d'argent impliquées sont... oui, incalculables. Bon Dieu, j'ai vraiment besoin d'avoir la paix, et voilà que cette espèce de... trou du cul... arrive dans les parages.

Il se mit à rire, changeant d'humeur soudain.

— Je dois dire que j'ai tort de me plaindre, vraiment. Au départ c'était une idée des Japonais. Seulement, ils étaient beaucoup trop timorés. Ils ont refusé d'aller jusqu'au bout, même après que je leur ai exposé la méthode parfaite. Ils ont eu peur, voilà tout. Alors nous nous sommes brouillés, en quelque sorte. (Il rit.) Je leur ai volé l'idée. Merde, ils allaient se contenter de « réfléchir » pendant quelque temps, « d'étudier » des projets qu'ils avaient déjà mis au point eux-mêmes !

Il ne put s'empêcher de ricaner.

— Personne ne devient riche de cette façon-là ! Ensuite, quand j'ai eu tout mis sur rails, ils ont voulu entrer de nouveau dans l'affaire. Vous vous rendez compte, un peu ? Je les ai envoyés se faire foutre. Ils ont perdu la face. Beaucoup trop, j'imagine. Alors ils ont lancé le ninja.

Tomkin s'installa plus confortablement contre le dossier de velours.

— Puisqu'on est dehors, autant aller quelque part.

Il appuya sur un bouton et donna au chauffeur une adresse du West Side.

— J'ai faim. Pas vous ?

— Je prendrais bien quelque chose, répondit Nicholas.

— Parfait. Très bien. (Il ferma les yeux pendant un instant, avant d'ajouter :) Je ne veux pas qu'il arrive quoi que ce soit à mes filles, compris ?

Nicholas ne répondit pas. Il songeait à ce que Croaker lui avait dit de cet homme. Où se trouvait la vérité ?

Tomkin tourna brusquement la tête, comme un chien à l'arrêt.

— Je suis tout à fait certain de ce que vous pensez : que je me soucie d'elles comme de ma première culotte ! J'imagine très bien toutes les salades que Justine a pu vous raconter sur moi.

— En fait, elle ne parle pas beaucoup de vous. Ça vous étonne ?

— Ne soyez pas impertinent avec moi, je vous prie, répondit Tomkin froidement. Cela ne vous mènerait pas très loin. (Sa voix s'adoucit aussitôt.) Mais pour être vraiment sincère, je m'étonne, oui, qu'elle ne vous ait pas tout raconté sur moi. (Il agita la main comme pour chasser cette pensée.) Peu importe, en fait, reprit-il. Je persiste à les aimer toutes les deux. Je sais que je ne suis pas le meilleur père du monde, mais dans leur rôle de filles, elles laissent beaucoup à désirer, elles aussi. Disons que nous sommes fautifs tous les trois.

— Si vous n'aviez pas utilisé votre puissance de cette manière...

— Ah, elle vous a donc bel et bien parlé de moi.

— Un peu, oui. Une fois.

— Mon cher garçon, dit Tomkin, je ne voudrais pas avoir l'air pompeux, mais l'argent *est* puissance. La formule inverse est d'ailleurs plus juste, mais cela revient au même. Or c'est le don que j'ai, Nick. Ce en quoi j'excelle. Prendre des décisions, bâtir de la puissance, surveiller l'argent qui rentre à flots.

Il leva un doigt sentencieux et le posa sur le côté de son nez. C'était absurde, mais il avait l'air soudain d'un oncle gâteau sorti tout droit d'un roman de Dickens.

— C'est aussi ce qui me maintient en vie. Sans toute cette excitation, je serais mort demain. Je ne peux y renoncer pour personne au monde, pas même pour mes filles.

— Mais en auriez-vous le désir ?

— Franchement, je ne sais pas. (Il haussa les épaules.) Mais quelle différence cela pourrait-il faire ? C'est un argument spécieux. Je ne les aime pas moins pour autant. Simplement, certaines choses me sont interdites, voilà tout.

— A elles aussi.

— La vie est dure, hein ? Je suis heureux que vous ayez découvert ça. (Il tourna la tête vers Nicholas.) Je crois que j'avais raison à votre sujet, dit-il. J'aime la façon dont vous travaillez.

Ils traversèrent la Cinquième Avenue et prirent la cinquante-septième rue en direction de l'ouest. Un embouteillage les immobilisa soudain. Derrière eux se dressait la masse blanche d'un immeuble futuriste. Les gaz d'échappement et la chaleur faisaient vibrer l'air qui montait par vagues du goudron de la rue.

— Vous savez, dit Tomkin pendant qu'ils étaient à l'arrêt, l'argent est une chose très drôle. La plupart des gens qui n'en ont pas désirent follement en avoir. Mais ceux qui en ont, s'ils ont un grain de bon sens, savent que c'est une charge colossale. Certains jours, je n'ai pas envie de me lever et d'aller au bureau, malgré ma passion des affaires. J'ai l'impression que mon corps pèse des tonnes, comme si la tension rendait chaque respiration plus pénible.

Au coin de la Sixième Avenue, le feu passa au vert. Rien ne bougea. Au bout d'un instant, les klaxons se mirent à hurler.

— Mais il y a des décisions à prendre, poursuivit Tomkin. Des décisions impliquant des millions de dollars et les vies de milliers de mes employés, partout dans le monde. Et il n'y a personne pour les prendre, en dehors de moi. (Son ton devint songeur.) C'est un mobile suffisant, non ? Savoir que vous accomplissez une chose comme personne d'autre ne pourrait l'accomplir... Mais vous connaissez cela aussi bien que moi, hein ? Ce que vous faites, vous le faites mieux que quiconque.

— Et je fais *quoi* ?

Tomkin plissa les yeux comme s'il regardait à travers de la fumée de cigarette.

— Vous êtes un homme très redoutable, Nick. Ne croyez pas que je sois incapable de le sentir. Même avant d'avoir vu ce que vous pouviez faire à Frank et à Whistle, je le savais. Oh, bien sûr, c'était très agréable de voir traduit dans les faits ce que j'avais dans l'esprit. Mais j'étais aussi sûr de vous que je l'ai jamais été de quoi que ce soit. Pour ne rien vous cacher, je suis enchanté que vous plaisiez à Justine — je crois que vous lui ferez du bien. Il est temps qu'elle sache à quoi ressemble un homme, un vrai.

Le feu était de nouveau passé au rouge, mais les klaxons n'avaient pas faibli.

— Quel est le problème, Tom ? demanda Tomkin dans la grille.

— Un autobus en panne, M. Tomkin. Ce ne sera pas long.

Réponse électroniquement filtrée.

— Ah, les autobus ! s'écria Tomkin en reprenant sa position. Bon Dieu, cela fait plus de trente ans que je n'ai pas mis les pieds dans un bus.

— C'est un des effets de l'argent... dit Nicholas d'un ton narquois.

— Le seul effet de l'argent, répondit Tomkin sèchement, c'est de corrompre.

Nicholas tourna la tête :

— Est-ce également valable pour vous ?

— Nous sommes tous faillibles, nous succombons tous. Il n'y a pas d'exceptions, aucune. A cet égard, l'argent est le grand niveleur. Il fait de nous tous des idiots. (Il rit d'une manière étrange.) Tous les trous du cul qui vous racontent que l'argent ne les a pas changés du tout sont pleins de merde. Bien sûr que si. Seulement ils se complaisent dans les illusions qu'ils se fabriquent sur mesure. Moi, je suis réaliste. Je subis les retours de bâton et je les accepte. Tout a son prix marqué... Il faut seulement s'assurer qu'on a la possibilité de payer.

« Tenez, ma défunte femme, par exemple. Bon Dieu, en voilà une qui savait dur comme fer ce qu'elle voulait ! Seulement, elle n'avait pas les tripes pour affronter ce qui allait avec. Les gens comme elle me sortent par les trous de nez. Parce que tout ce qu'ils désirent, c'est pisser dans la soupe du matin au soir et que quelqu'un vienne leur essuyer le derrière trois fois par jour. Vous croyez qu'ils ont déjà entendu le mot *responsabilité* ? Pas question !

Ils se mirent en marche et la limousine s'arrêta de l'autre côté de l'avenue, devant *Wolf's Delicatessen*.

— Venez, dit Tomkin. Je ne sais pas ce qu'il en est de vous, mais la spécialité numéro un me met déjà l'eau à la bouche.

Derrière eux, dans la limousine, parfaitement dissimulé sous la moquette, le second micro-émetteur était demeuré bien en place...

★

— Ça ne vous fait aucun effet ?
— Beaucoup d'espace pour une seule personne.
— Je suis claustrophobe.
Croaker éclata de rire.
— Ah bon ! Dans un endroit pareil, je n'aurais jamais cru.
Il revint des fenêtres dominant l'East River et le quartier de Queens. Ses doigts caressèrent le cuir doux comme du beurre du divan marron.
— Très beau, murmura-t-il.
— On s'en occupe beaucoup...
Les yeux topaze de la jeune femme avaient un reflet folâtre.
— Eh bien, lieutenant ! dit-elle. Je crois que vous rougissez. Ne me dites pas que vous n'êtes jamais *monté* chez une personne de ma profession, ce serait trop difficile à avaler.
Le double sens de la phrase le hérissa.
— Vous parlez toujours comme ça ?
— Seulement quand je suis... Seulement de temps en temps.
Il se demanda ce qu'elle avait failli dire.
— Eh mais, j'ai faim ! s'écria-t-elle. Son visage se referma aussi-tôt. Il n'y a rien ici, zut !

— C'est parfait. Il faut que je...

— Oh, ne partez pas, je vous en prie. Pas tout de suite, en tout cas, dit-elle en se dirigeant vers le téléphone. Vous méritez bien un peu de repos — au moins le temps de manger. Et on sait où vous joindre si quelque chose de vraiment urgent se présente.

Ouais, songea-t-il. Par exemple si on me téléphone l'adresse de la bonne femme qui clouera la peau de ton paternel sur le mur de la salle de bain... Il se sentit gêné aussitôt et se demanda pourquoi. C'était la première fois qu'il éprouvait pareil embarras.

— Je nous commande à manger, disait Gelda en portant l'appareil à son oreille. Italien ? Vous aimez la cuisine italienne ? Moi, je l'adore.

— D'accord. Parfait.

Elle hocha la tête, composa un numéro et attendit un instant.

— Philip ? dit-elle. C'est G... Oui... Très bien. Et toi ?... Tu en es bien sûr ? Tu as l'air tout drôle... Non ? Tu ne voudrais pas me monter un repas ?... Chez Mario, oui. Pour deux. Tu sais quoi... D'accord... Salut.

— Qui est Philip ? demanda-t-il. Pas un garçon de courses ou quelque chose d'aussi bête, hein ? Vous ne me feriez pas une chose pareille ?

— Ne craignez rien. Non. C'est juste un gosse qui traîne. Il fait des trucs... pour nous... Oh, je vous en prie, s'écria-t-elle en voyant son regard. Qu'est-ce que vous croyez ! Il n'a pas d'autre famille que nous. Nous l'aimons, et il le sait. Est-ce monstrueux ?

— Cela me paraît très louable..., dit-il avec un sourire. (Il fit le tour de la banquette et s'assit.) Agréable, apprécia-t-il.

Elle le suivit et quand elle fut très près, au-dessus de lui, elle murmura :

— Il faut l'essayer sans vêtements.

Il rit, non sans quelque gêne.

Gelda se dirigea vers la porte de la chambre. Elle ôta d'abord son corsage de soie. Au moment où elle disparaissait dans l'embrasure de la porte, il avait aperçu son dos entièrement nu. Malgré la richesse de ses seins, elle ne portait pas de soutien-gorge.

— Que faites-vous ?

Il se leva de la banquette et demeura immobile, mal à l'aise, les deux mains enfoncées dans ses poches.

— Je me change, c'est tout. Ne vous inquiétez pas. Je ne vais pas vous agresser.

— Je ne pensais pas à ça, répondit-il, fort peu sincère.

— Bien.

Il entendit le crissement sensuel de la soie contre la peau.

— Venez donc, dit-elle, pour que je puisse vous voir pendant que nous bavardons.

— Je suis très bien où je suis.

Il se faisait l'effet d'un collégien à son premier rendez-vous « sérieux ».

— Écoutez, dit-elle. Vous avez vu mon âme. Je ne vois pas en quoi voir mon corps pourrait vous embarrasser.

— En rien, dit-il machinalement.

— Eh bien, parfait, alors.

Il demeura sur place un instant, comme un intrus dans ce décor luxueux, immense et pourtant intime. Il essaya d'évoquer dans son esprit des images précises de ce qu'elle faisait dans cette pièce, sur ce divan, mais il ne put rien trouver. Il avait une imagination active, mais pour l'instant, elle était complètement éteinte.

Il se dirigea vers la porte et s'arrêta sur le seuil, comme un voyeur devant son premier trou de serrure.

La jambe relevée sur le dessus-de-lit, elle mettait un bas. Un bas, songea-t-il, et non un collant. Son pied parfait était sombre, la peau paraissait à travers les fines mailles de la soie, dont le noir devenait plus pâle et prenait une couleur nouvelle. Les orteils s'enfonçaient dans le dessus-de-lit comme si elle avait marché au sommet d'une dune de sable. Ses jambes semblaient sans fin.

Elle portait une culotte bikini et un porte-jarretelles, tous deux couleur chair, doux et garnis de dentelle. Pour le reste, elle était nue. L'effet était éblouissant.

Elle jeta un coup d'œil par-dessus son épaule pour le regarder. Ses yeux topaze étaient très clairs. Ils souriaient d'un air ingénu.

— Eh bien, dit-elle dans un murmure. Ce n'était pas si terrible, hein ?

— Je préférerais que vous mettiez des vêtements.

Elle traversa la pièce. Il essaya de ne pas béer devant le mouvement de ses seins à chaque pas, mais c'était se fixer un objectif impossible à atteindre. En arrivant devant la penderie, elle leva les bras et la température de Croaker remonta en même temps. Elle prit une robe de chambre de soie vert forêt, et se dirigea vers lui.

— Est-ce mieux, Lew ? Je peux vous appeler Lew ? Après tout, je vous ai tout déballé dans le car de police. J'ai bien le droit de vous appeler par votre prénom. C'est la moindre des choses.

Elle passa devant lui et s'éloigna dans la salle de séjour avec, sur les lèvres, le fantôme d'un sourire.

Il se détacha du chambranle de la porte en se demandant pourquoi il était encore là. Toujours sur la brèche, c'est bien moi, se dit-il. Mais ce qu'il avait en fait dans la tête, c'était son appartement sombre, aussi désert que Wall Street un dimanche, et qui attendait son retour. Rentrer maintenant à la maison semblait aussi exclu qu'au temps où l'odeur d'Alison régnait encore partout.

— Nous mettons-nous au lit maintenant ou après qu'on nous aura apporté le repas ? dit-il sans pouvoir éliminer complètement la colère de sa voix.

Sa maîtrise de soi l'avait en partie déserté tandis que son attention était attirée ailleurs.

Gelda se retourna au milieu de la pièce. Sa robe de chambre serrée à la taille s'entrouvrit comme sur un ordre et il aperçut toute la longueur d'une jambe éclatante.

— C'est cela que vous croyez ?

Elle souriait doucement, comme la lueur douce d'une lampe sous un abat-jour épais.

— C'est évident non ?

— Vraiment ? demanda-t-elle en haussant les sourcils. Vous connaissez pourtant mes préférences sexuelles.

Bien entendu. Il avait oublié. Volontairement ? Il se sentit idiot. Il remit les mains dans ses poches et se détourna, trop gêné pour présenter des excuses. Des réflexes de l'esprit, songea-t-il avec rage. N'est-il pas étrange que les yeux voient une chose et que l'esprit — cet immense monstre de complexité — saute sans la moindre logique à des conclusions erronées ? Il eut soudain la même impression que ce jour d'été étouffant, dans les bas quartiers de son enfance, où les bouches d'incendie ouvertes n'étaient d'aucun soulagement, où l'air brûlant vous pesait comme les couches de couvertures dont votre mère, bien intentionnée mais mal avisée, vous enveloppait quand vous étiez fiévreux. Impossible de bouger. Partout, humeur et colère, comme si tout le monde était atteint de démangeaisons sans pouvoir les gratter...

Le cri était monté par la fenêtre grande ouverte. Il courait, il courait dans l'escalier étroit et sombre, puis sous le soleil cuisant. A deux portes de là, dans l'impasse, l'uniforme noir de sueur et de sang, il gisait. Des poubelles, renversées tout autour de lui, révélaient leurs secrets visqueux comme en un dernier spasme. Les yeux gris, ouverts et déjà vitreux, des yeux qui lui avaient toujours rappelé un ciel d'orage vide. Des yeux bons...

Telle avait été la fin de Martin Croaker. Après vingt-neuf ans dans les forces de police de la municipalité de New York : étalé de tout son long dans une impasse où s'entassaient les ordures, entouré par la puanteur de l'été, par des rats craintifs et des cafards dénués de toute curiosité, avec, en fond de décor, la plainte des sirènes... Abattu par quatre balles, à quarante pas de sa propre maison.

Il avait baissé les yeux sur le cadavre de son père et le monde avait basculé, en porte à faux soudain sur son axe. Il avait eu l'impression que, l'instant suivant, la force centrifuge et cette inclinaison démente allaient le projeter au-dehors.

Et c'était ce qu'il désirait le plus : courir, s'enfuir très loin de ce trou puant, et ne jamais revenir. Jamais.

Mais c'était la voie facile, la voie des lâches. Pas la voie de Lew Croaker. Son père l'avait trop bien éduqué.

Il était resté. Pour s'engager dans la police. Toute vieille et grise, sa mère était venue assister à sa prestation de serment, à la fin de ses études. Quand il avait levé la main droite, elle avait versé des larmes.

Jamais il n'avait retrouvé l'homme responsable de la mort de son père, mais au bout d'un certain temps, cette douleur aussi s'était endormie.

Il sentit que Gelda lui touchait le bras. Il ne s'était jamais douté que la blessure fût aussi sensible. Après tout ce temps...

— Je suis désolée, dit-elle. Je n'aurais pas dû vous taquiner. J'étais seulement...

— Quoi ? Vous étiez seulement quoi ?

— Heureuse d'être avec vous, dit-elle, en baissant les yeux. Vous me faites sentir...

Elle aurait voulu tourner la chose à la blague mais elle n'y parvint pas.

— Sentir quoi ?

— Sentir, c'est tout, dit-elle, le regardant à nouveau.

— Je parie que vous pouvez faire ça et ne rien sentir, dit-il, torturé.

— Je pourrais. Je suis bonne actrice, bien sûr. Vous n'avez pas confiance en moi ? C'est impossible, pas après ce que vous m'avez dit dans le fourgon ? Vous avez pris un risque énorme en me racontant vos soupçons sur mon père. C'était idiot de votre part.

— C'est bien mon genre. L'idiot intégral.

— Oui...

Sa voix était douce comme de la soie.

— Vous savez, vous pouvez me faire avaler n'importe quoi.

Il avait dit ces mots sur la défensive, parce qu'elle était toute proche. Il voulait qu'elle sache qu'il savait. Il sentait qu'il avait besoin de cette précaution, juste en cet instant.

— Non, répondit-elle. Je ne pourrais pas. Plus maintenant, en tout cas.

Elle posa la main sur le bras de Croaker. Ses doigts semblaient très chauds.

— Mon objectif est justement d'être sincère avec vous, ajouta-t-elle. C'est ce qui me rendra heureuse.

Ils entendirent un carillon assourdi.

Elle se sépara de lui et disparut dans le vestibule à l'ancienne mode. Il eut l'impression que sa voix flottait.

— Merci, mon chou... Entre donc.

Elle revint, le bras posé autour des épaules d'un garçon d'assez grande taille pour son âge. Cheveux noirs, très raides et yeux bridés. Philip. Croaker tourna le dos et regarda le ruban scintillant de l'East River. Un long chaland chargé d'ordures remontait lentement vers le nord, poussé par un remorqueur. Un homme en survêtement rouge et blanc faisait son jogging sur la promenade. Il croisa le chaland et disparut... Lui et Gelda au lit — instantané de chair à chair.

— Qu'est-ce qui t'es arrivé, mon chou ? Tu as une tête terrible.

La voix de Gelda lui parvenait comme les parlotes d'un téléviseur abandonné à lui-même. Il avait tellement envie de recevoir ce coup de fil qu'il en avait l'eau à la bouche : la satisfaction de mettre un salopard comme Tomkin à l'ombre pour vingt ans.

— Mais qu'est-ce qui t'est arrivé, mon Dieu ! On dirait que tu t'es battu.

— Je ne me suis pas battu, G.

— Mais alors quoi ?

— Rien. Je suis tombé...

Il y avait un bateau à voile, sur l'East River ! A ne pas croire. En plein foutu milieu de semaine. Voile blanche se détachant sur le damier coloré des bâtiments de l'autre rive, glissant sans effort comme un nuage. Nulle hâte, là-bas sur ce fleuve : le vent, les embruns salés et un long périple avant de toucher le port. On est son propre maître... Les seins de Gelda, lourds dans ses mains, ses lèvres entrouvertes...

— ... Dans une impasse. Les poubelles...

— Ne fais pas l'idiot, Philip. Et ne me mens pas. Tu dois me dire ce qui s'est passé. Allons, laisse-moi mettre un peu de glace... Allez, obéis. (Un petit bruit sec.) Là, voilà.

Quand Tomkin serait balayé, il aurait bien le temps de prendre un peu de repos. D'aller vers la mer, comme Melville quand le cœur lui faisait mal, et qu'il avait envie de crier contre tous ceux qui l'approchaient de trop près. Oui, la mer. Pas pour pêcher. Il détestait la pêche. Mais peut-être pour naviguer à la voile. Il ne l'avait jamais fait ; il était temps qu'il essaie ça. Qu'il l'essaie, elle.

— Chez Ah Ma... J'ai travaillé là-bas, hier soir.

— Oh, elle ne t'aurait jamais fait une chose pareille.

— Non. Un homme...

— Un salaud, voilà ce que c'est. Garde la glace un peu plus longtemps. Je t'interdis d'y retourner.

— Mais le type revient ce soir. Elle veut que je sois là...

— Je me fiche de ce que veut Ah Ma. Tu n'iras pas. Il faudra qu'elle apprenne à se passer de toi.

— Ça ne marchera pas sans moi.

— Que veux-tu dire ?

— Le type a envie de moi. C'est comme ça qu'il... éjacule. Je l'ai dit comme il faut, hein ?

— Mon Dieu ! Mais qui est cet homme ?

— Je ne sais pas. Un Japonais. Un homme très étrange. Des yeux comme des pierres mortes... vous savez, comme s'il venait d'un autre monde.

Mais Croaker se retournait déjà, les joues empourprées, l'adrénaline affluant soudain dans tout son corps.

— Parle-moi, Philip, dit-il lentement, en ayant soin de dissimuler son excitation. Parle-moi de ce Japonais avec des yeux comme des pierres mortes...

★

Croaker les attendait à la tour, du côté de Park Avenue. Il était appuyé nonchalamment à sa conduite intérieure. Le feu tournant rouge amovible du toit perçait la brume couleur saphir du crépuscule, comme le signal infaillible d'un phare.

Nicholas sortit de la limousine dès qu'elle s'arrêta près du trottoir, à la hauteur de Croaker. Tout en s'avançant rapidement vers le lieutenant, il sentait la présence de Tomkin derrière lui, tandis que Tom, le chauffeur maigre, tenait la portière ouverte.

Il était également conscient de la ville autour d'eux, dans son linceul bleuté. Le soleil n'était qu'un souvenir, mais son ardeur refusait d'abandonner l'asphalte, sous les semelles des chaussures. L'atmosphère était épaissie par les gaz d'échappement. Les files de taxis jaunes, des deux côtés de l'avenue, avaient l'air d'un flot de caravanes ininterrompu, entrant et sortant des entrailles de l'immeuble Helmsley, auréolé d'or.

— Comment va votre patron ?

La voix de Croaker était basse, dure, inflexible ; il regardait par-dessus l'épaule droite de Nicholas.

— Laissez tomber, Lew, dit Nicholas, sentant la tension monter. Oubliez tout...

— Trop tard, vieux.

Nicholas sentit la présence de Tomkin immédiatement derrière lui, avant même d'entendre sa voix.

— Toujours en patrouille dans les rues, je vois, lieutenant ? On assure la sécurité des bons citoyens de New York, comme nous ?

L'ironie était agressive.

— La ville est encore dangereuse pour certains, dit Croaker d'un ton plein de sous-entendus.

— Qu'est-ce que cette phrase est censée signifier ?

— Devinez vous-même, Tomkin.

— Je n'aime pas les menaces voilées, lieutenant. De la part de personne. Peut-être devrais-je avoir un nouvel entretien avec le directeur général de la Police et...

— Je savais que c'était vous, espèce de sale...

— ... Nous verrons combien de temps vous pourrez rester au grade de lieutenant...

— On m'a mis sur l'affaire pour laquelle vous avez engagé Nicholas, poursuivit Croaker. Alors, je crois que nous allons nous voir assez souvent, vous et moi.

— Comment ?

Il y avait un sourire malicieux sur le visage de Croaker à présent. Sa peau, baignée de jaune, devenait plus claire et plus sombre à chaque passage des phares des voitures.

Les feux arrière des freins inondèrent de rouge le visage de Tomkin.

— Seigneur ! Je refuse de vous avoir sur le dos !

— Vous n'y pouvez plus grand-chose maintenant, j'en ai bien peur, lui répondit Croaker. L'ordre de me faire passer d'une affaire sur l'autre émane directement du directeur général. Vous ne pourrez pas le faire annuler. Même vous. Il passerait pour un imbécile. S'abaisser à revenir sur un changement d'affectation !

— Je vous ai assez vu. Vous m'avez traqué comme...

— Je ne suis ici que pour vous protéger, fit observer Croaker. Et pour épingler le ninja avant qu'il ne vous descende.

Tomkin plissa les yeux. La lumière monochrome avait lavé toute couleur de son regard. Ses iris semblaient anormalement pâles.

— Vous adoreriez vous asseoir dans un coin pour lui abandonner votre sale boulot ? Mais oui, mais oui. Vous pourriez dire : « Désolé, capitaine, mais j'ai fait de mon mieux. J'ai été battu, voilà tout. On ne peut pas m'en faire le reproche, hein ? »

— Écoutez, espèce de salaud... (Croaker se pencha en avant et tenta de contourner le corps de Nicholas.) Je fais mon travail mieux que personne dans cette putain de ville, et si cela suppose que vous ne marchiez pas, je le ferai tout de même. Et quand je vous épinglerai, vieux, ce sera pour de bonnes raisons...

— Quelles raisons ? ricana Tomkin. Vous n'avez rien...

— Mais je trouverai, cria Croaker. Et à ce moment-là, je viendrai vous voir avec un mandat qui mettra au garde-à-vous tous vos avocats de luxe.

— Vous n'avez rien, répéta Tomkin. Et vous ne trouverez jamais rien. Je n'étais pas auprès d'Angela Didion la nuit où elle a été assassinée. Il n'y a aucun lien entre...

Ils commençaient à en venir aux mains. Nicholas entendit des pas rapides sur l'asphalte, aussi secs que des coups de fusil. Tom, le chauffeur, arrivait. Nicholas sépara les deux hommes d'un coup d'épaule et dit :

— Suffit, tous les deux.

Puis Tom prit son patron par le bras et le tira en arrière. Tomkin se laissa entraîner, mais se mit à agiter l'index en direction de Croaker.

— Je vous préviens, cria-t-il. C'est du harcèlement. Je ne veux plus vous voir près de moi !

Il baissa la voix pour dire à Nicholas :

— Il veut ma peau. Je ne sais pas pourquoi. C'est de la vendetta. Je n'ai rien fait, Nick. Pourquoi s'attaque-t-il à moi ?

Il se retourna brusquement et repartit vers la limousine. Tom, à ses côtés, lança un ou deux regards inquiets par-dessus son épaule. La lumière rouge intermittente jouait sur leurs dos.

— C'était plutôt stupide, dit Nicholas en se retournant vers Croaker.

— Oh, et après ? Tout le monde s'en fout. Vous vous prenez pour quoi ? Pour ma grand-mère ? Bon Dieu !

Le lieutenant disparut dans la voiture. Sans se presser, Nicholas fit le tour vers le siège du passager. Il monta en prenant tout son temps. Croaker regardait fixement à travers le pare-brise.

— Désolé, dit-il au bout d'un moment. Ce salaud me fait bouillir le sang.

— Cet antagonisme ne va pas faciliter les choses.

Croaker tourna la tête et regarda Nicholas pour la première fois depuis son entrée dans la voiture.

— Vous savez, je suis inquiet à votre sujet, Nick. Vraiment.

Dans le pare-brise, il y avait leurs reflets, comme une affiche au néon, s'allumant et s'éteignant au passage de chaque paire de phares, pour vanter un produit.

— Vous ne perdez jamais votre calme, reprit Croaker. Ne vous mettez-vous jamais en colère ? N'êtes-vous jamais triste ?

Nicholas songea à Justine. Plus que tout autre chose il avait envie de la voir, de lui parler.

— Parce que je suis vraiment navré pour vous si c'est le cas, dit Croaker enfin.

— Ne vous en faites pas, répondit Nicholas. Je suis aussi humain que n'importe qui. Trop humain.

— Hé ! je jurerais que vous dites ça comme s'il s'agissait d'un engagement que vous avez contracté ! Mais on est tous taillés dans le même bois, mon vieux.

— Mais moi, répondit Nicholas, j'ai été élevé dans la pensée qu'il n'y a pas de place pour l'erreur. Que toute erreur de ma part serait une forme d'échec.

— Ça ne vous a pas empêché d'en commettre...

— Eh non, dit-il en riant doucement, sans humour. J'en ai fait beaucoup. Surtout en ce qui concernait les femmes. Je leur ai accordé ma confiance quand je n'aurais pas dû ; et maintenant, j'ai peur de me lancer de nouveau.

— Justine ?

— Oui. Nous nous sommes disputés très fort. Surtout par ma faute, je m'en rends compte à présent.

— Vous savez ce que je pense, vieux ? dit Croaker en faisant démarrer le moteur.

— Quoi ?

— Je crois que le problème n'est pas entre Justine et vous, mais dans le passé. Quel mal y a-t-il à faire confiance à quelqu'un ? C'est comme je vous le dis : on est tous logés à la même enseigne. Parfois on en est récompensé et parfois... (Il haussa les épaules). Mais qu'est-ce que ça peut foutre, hein ? Ne jamais faire confiance est bien pire.

Il passa sa vitesse, contourna la limousine de Tomkin et obliqua à gauche pour faire demi-tour sur l'avenue et descendre vers le sud de la ville.

La marée montait, Nicholas la sentait en lui. Son visage était baigné de jaune et de rouge, et redevenait bleu dans les zones d'ombre entre les éclats de phares. Le *tsunami*, son raz de marée personnel, grondait juste derrière ses épaules, immense, dominant le monde. Le passé ne mourra jamais, se dit-il. La douleur jaillissait en lui, menaçant de l'engloutir. Tous les jours amers, suspendus comme du givre dans son âme, revenaient, plus présents que jamais, malgré le soigneux compartimentage auquel il s'était livré. Les affres refluaient comme une morne rivière de plomb dont les flots eussent à nouveau monté en lui. Il n'avait plus la force de repousser les souvenirs.

Eh bien, venez donc ! se dit-il avec rage. Me voici ! Que ce qui doit se passer se passe...

Mais avant que le *tsunami* ne le frappe, il entendit Croaker lui dire d'un ton triomphant :

— Haut les cœurs ! Nous tenons un tuyau. Nous ne savons peut-être pas *qui* est ce ninja, mais nous savons *où* il se trouvera, à onze heures tapantes ce soir. Et nous y serons nous aussi, vieux. Vous, moi et deux patrouilles en uniforme pour assurer nos arrières. On va épingler ce salopard avant qu'il ait la moindre chance de coincer Raphael Tomkin.

2. Osaka, Shimonoseki, Kumamoto, environs de Tokyo ; hiver 1963

A cette époque de l'année, la campagne était morne et pâle. Les rouges et les orangés profonds des feuillages d'automne, dramatiques annonciateurs de la mort, étaient déjà passés, réduits en litière brune sous les sabots des animaux, et la première neige attendait encore de tomber, pour ensevelir la terre stérile sous sa blancheur crissante.

Le voyage en chemin de fer sous un ciel bas, envahi de pluie imminente, lui rappela le visage d'un enfant sous le coup d'une émotion incompréhensible. Quelle tristesse de voir les rangées d'arbres nus, premières esquisses filiformes du modèle de l'année suivante, au milieu du vert sombre éternel des pins en sentinelle. Tout semblait oublié, comme si Dieu, après bien des efforts, eût abandonné cette partie du monde.

Nicholas concentra son regard sur l'horizon lointain. La vitesse brouillait le paysage qui défilait au premier plan. C'était étourdissant, une sensation de bruns et de noirs, comme un manège magique. Yukio, penchée sur lui pour mieux voir, appuyait contre lui la courbe ferme d'un sein. Elle allongea les doigts sur la cuisse de Nicholas pour mieux résister au roulis. Ses ongles s'enfonçaient pour s'assurer une meilleure prise. Il sentit une chaleur nouvelle monter jusqu'à son visage. A mi-chemin entre la peur et l'espoir, il se demanda si la main de la jeune fille remonterait pour s'emparer de lui.

En face d'eux, sur la banquette, un homme d'affaires japonais : complet sombre à rayures et visage rasé ; attaché-case en box-calf, posé avec amour à côté de lui sur le siège, comme une compagne muette ; par-dessus, un manteau de cachemire gris anthracite méticuleusement plié avec, pour couronner le tout, un chapeau melon noir pareil à celui d'un marié en miniature sur un gâteau de noces blanc — pyramide archéologique pleine de mystère, mais n'offrant aucun indice sur le passé. L'homme leva le regard par-dessus son journal. Ses verres tout ronds, épais, donnaient à ses yeux une taille et un aspect sphérique contre nature. Il clignait exactement comme un poisson devant un objet étranger, inattendu, surgissant au ras de la paroi de son bocal. Regarda-t-il les ongles de Yukio ou l'aine de Nicholas avant de se remettre à sa lecture ? Le papier bruissait légèrement. Aussi opaque qu'un mur de briques.

Nicholas aperçut le reflet d'une lampe sur le bord arrondi du gros anneau d'or que portait son voisin. Il imagina que l'homme était un membre important d'un *zaïbatsu*. Mais lequel ? se demanda-t-il. Mitsubishi, peut-être ? Ou Sumitomo, ou encore Mitsui ? Non, il n'appartenait sûrement pas à un groupe, comme Fuyo, Sanwa, Daï-Ichi, Kangyō. Parmi les sept combinats de moindre importance, il n'appartenait manifestement pas non plus à Nippon Steel, Toyota ou Nissan. Non, il y avait en lui un côté firme électronique en expansion comme Tōshiba-IHI, Matsushita, Hitachi — réflexion faite, rayer Hitachi — ou même Tōkyū. Est-ce que Tōkyū fabriquait de l'électronique, à propos ? Nicholas n'en était pas du tout sûr.

Peut-être la famille de cet homme avait-elle lancé Mitsubishi ? Il le savait : les mêmes familles qu'au début continuaient à régner sur les *zaïbatsus*. Les lois d'inspiration américaine qui avaient provoqué une interruption forcée avaient été abolies au bout d'un temps très bref.

Nicholas regarda la barrière de papier comme si ses yeux possédaient une vision radioscopique. Il pouvait voir en esprit le visage rond, jaune, qu'une mince pellicule de sueur faisait luire légèrement. Et, au-dessous, le col impeccable, blanc comme neige, dur, amidonné, la mince cravate de soie sombre, couleur ciel de minuit. C'était un symbole du nouveau Japon : la pénible ascension laissant derrière elle l'âge de pierre de l'isolationnisme — bizarrement plus oppressant que la guerre beaucoup plus récente. Mais la mémoire est si délibérément, si tristement sélective. L'adoption du costume européen n'était qu'une des manifestations de la tension culturelle destinée à rattraper l'Occident. Aussi monomaniaque que Tojo. Ou MacArthur. Notre sauveur.

La parité avec l'Occident était déjà un fait au Japon et le pays était en train de monter à la vitesse supérieure — surmultipliée — dans son grand élan pour dépasser les pays qui lui avaient servi de modèle. Le jour viendrait bientôt — Nicholas en était convaincu — où les Japonais, après avoir démontré leur puissance économique, mettraient au rancart leurs défroques occidentales et reviendraient, avec une sécurité reconquise, au kimono et à la robe d'apparat traditionnels.

Ils étaient dans le train rapide entre Tokyo et Osaka. De l'autre côté de la vitre, sur leur droite, l'île principale, Honshu, sur toute sa largeur. Sur la gauche, ils apercevaient de temps à autre le scintillement de la mer, dont les reflets traçaient des dessins abstraits sur le plafond du wagon. Les vibrations des rails étaient infimes, ainsi que le bruit de ce convoi luisant bleu et argent — silencieux, spacieux, serein.

Yukio se renversa sur le siège et glissa son bras sous celui du jeune homme.

— Pourquoi ne pas passer la nuit à Osaka ? proposa-t-elle ; puis, comme si cela expliquait tout : Je déteste les trains.

Nicholas réfléchit. Peut-être n'était-ce pas une mauvaise idée. La vie nocturne y était intense et brillante, et il avait justement besoin de se changer un peu les idées.

Le petit scénario de cape et d'épée que Yukio et lui avaient mis au point en secret à l'intention de Saïgō — il avait oublié, parce que cela l'arrangeait, si c'était Yukio ou lui-même qui en avait eu l'initiative — s'était révélé inutile. Coïncidence étrange, avant que la jeune fille ait eu l'occasion d'aller dîner dans la maison de Satsugaï et de jeter un coup d'œil sur le billet de train de Saïgō, Nicholas avait reçu un petit mot de la main de son cousin : Saïgō l'invitait à lui rendre visite dans une ville du Kyūshū appelée Kumamoto, au cours des semaines suivantes. Il ne donnait aucune raison pour justifier l'invitation. Comme tout dans la vie de Saïgō, ce message était délibérément enveloppé de mystère.

Cela suscita en Nicholas un sentiment de frustration croissant. C'était irrationnel, mais il avait l'impression que, en quelque manière, Saïgō avait lu dans son esprit ; pourtant il ne parvenait pas à chasser la petite vibration prémonitoire que cette invitation déclenchait en lui.

« Tout sera pour toi un territoire entièrement inexploré, lui avait dit Kansatsu ; c'est ton choix qui déterminera tout. La décision t'appartient entièrement, Nicholas. Je ne peux pas te guider. Mais je puis uniquement te dire qu'ici, tu ne peux pas aller plus loin. Pour avancer, il te faudra regarder vers les ténèbres — et la lumière... »

Réduit à néant, son plan lui apparaissait maintenant comme un mensonge enfantin, et cela lui était cruel. Au lieu de se demander pourquoi on l'invitait à se rendre dans le Sud, il passa son temps à se sentir malheureux, vaincu. Et pour aggraver les choses, Yukio alla de toute façon dîner chez Satsugaï.

Les montagnes s'éloignaient sans bruit de l'autre côté de la vitre — bleues et grises, déchirées par des traînées de neige qui tombaient de leurs sommets comme de la crème liquide. Une de ces trois chaînes des Alpes japonaises — la plus méridionale, dominée par le mont Shirane — formait comme une ceinture autour de l'île Honshu.

Vers où se dirigeait-il ? Vers la lumière ou les ténèbres ? Mais était-ce important ?

— Surtout ce train-ci, dit Yukio, comme s'il n'y avait eu aucun temps de silence depuis ses dernières paroles. Je le déteste. Tous ces sièges larges, ces chromes, ces grandes vitres n'ont aucun sens pour moi. Ce train est bien le pire de tous. A cause du silence. Le silence me rend nerveuse. (Elle fit la grimace.) J'ai des fourmis dans les pieds.

Elle changea de position et allongea ses jambes, jusque-là repliées sous elle.

— D'accord, dit Nicholas. Oui.

Il n'y avait aucune raison, semblait-il, de se précipiter la tête la première vers Kumamoto. D'ailleurs, il n'était allé à Osaka qu'une fois, quand il était beaucoup plus jeune, et il était curieux de voir dans quelle mesure la ville avait évolué.

Il sentait la présence de Yukio, proche et tiède près de lui, et il se demanda s'il avait eu raison de l'emmener. En fait, ce n'était pas son idée à lui. Dès qu'elle avait appris sa décision d'accepter l'invitation de Saïgō, il avait été impossible de l'évincer. « Après tout, lui avait-elle dit sur le ton d'accusation le plus persuasif, c'est toi qui m'as impliquée dans tout ça au départ. (Il ne se souvenait plus si c'était bien le cas.) Maintenant tu dois m'emmener, ce n'est que justice. (Elle avait rejeté la tête en arrière d'un air de défi, doublement sensuel.) Et d'ailleurs, si tu ne m'emmènes pas, je viendrai avec toi de mon propre chef. Tu crois que tu pourras te cacher de moi ? » Tout cela est décidément bien peu japonais, s'était-il dit en acquiesçant. Est-ce que le colonel cédait à Cheong de cette manière ?

Quand Yukio était si près de lui, il lui arrivait souvent de trembler : ses muscles frémissaient et se contractaient sans qu'il puisse les maîtriser. Il observait parfois ce phénomène en secret, comme s'il en eût été le spectateur. Cela l'aidait à combattre les sentiments de terreur qui remontaient, en crissant comme des élytres d'insecte, depuis le creux de son ventre jusqu'au sommet de son crâne. Il savait qu'il ne devait pas permettre à une chose pareille de se produire — sinon il deviendrait fou, c'était certain. Elle fit glisser une main sur sa peau, ce qui éveilla la tempête enfouie au cœur de son être — qu'il avait longtemps cru fermé, même à lui-même. Et il n'y avait pas encore accès.

M. Mitsubishi, le visage brillant comme la robe d'un cheval après un galop, avait baissé son journal et le pliait dans le sens de la longueur. Il entreprit de détruire la pyramide près de lui : il ouvrit son attaché-case, puis le referma. Sur son couvercle impeccable, il déplia un morceau de papier sulfurisé dans lequel se trouvait un sandwich au poulet. La lumière miroitait sur ses lunettes rondes tandis qu'il mangeait, et pendant de longs moments, on eût dit un aveugle. Peut-être avait-il quelque part, songea Nicholas, un petit sachet de pommes chips et une tablette de chocolat.

Derrière lui, un groupe d'hommes d'affaires japonais, identiques à tous les égards à M. Mitsubishi, bruissaient à l'intérieur de leurs complets trois-pièces sombres, comme des chrysalides en métamorphose : melons noirs sur les genoux, ils discutaient avec animation des deux Jack — Ruby et Kennedy.

★

On ne va pas à Osaka pour la culture (dans cette perspective, mieux vaut aller à Kyoto, l'ancienne capitale du pays). On dit communément — surtout les habitants de Tokyo, d'ailleurs — que les gens d'Osaka sont des hommes d'affaires fous d'argent, et qu'ils se saluent au coin des rues animées avec cette formule trop célèbre : *Mō kari makka* ? « On gagne de l'argent ? »

Nicholas n'avait aucune opinion personnelle sur cette réputation, mais une chose était certaine : cachés tout le long des rues populeuses de la ville, comme de minuscules poches du passé enkystées dans l'âge du néon, se trouvaient de nombreux sanctuaires dédiés à Fudō-miyō-ō, divinité qui préside à tout ce qui concerne les hommes d'affaires. Et ces temples n'avaient pas du tout l'air négligés.

Il choisit un hôtel moderne de petite taille, non loin de l'avenue Dōtombori ; ils prirent deux chambres séparées mais contiguës. Il était encore trop tôt pour dîner. Ils sortirent aussitôt pour visiter la ville.

Yukio insista pour voir le château d'Osaka, dernier bastion où s'était réfugiée la famille Toyotomi, assiégée par Ieyasu Tokugawa, quand celui-ci eut pris le manteau de shōgun en 1603. Le château avait été édifié par Hideyoshi Toyotomi — comme bien des choses à Osaka — et avait été terminé en 1586, après seulement trois ans de travaux.

— A une certaine époque, dit Yukio tandis qu'ils se promenaient dans le parc, le dos tourné aux gratte-ciel modernes d'Osaka, mon idéal était la noble Yodogimi.

Le château semblait les écraser dans l'après-midi finissant, plus grand que nature, pagode trapue, lourde, carrée. Ce n'était pas, songea Nicholas, le genre d'édifice qu'Ieyasu aurait construit.

La foule se fit plus dense lorsqu'ils s'avancèrent vers les fortifications extérieures du château.

— Je me disais toujours... C'est tellement spécial... la façon dont elle a continué d'accomplir la volonté d'Hideyoshi même après sa mort, exactement comme si elle était samouraï elle-même. Elle s'était consacrée entièrement à la sécurité de l'héritier.

— Oh oui, répondit Nicholas. Oui.

Ils avaient atteint le premier rempart de pierre massif, menaçant, tandis que les ombres s'allongeaient.

— Au détriment du reste du pays, ajouta-t-il. Elle a comploté avec Mitsunari...

— Ils ont *comploté* — comme tu le dis — pour protéger le fils du shōgun. Ils ont fait ce que dictait l'honneur. Tu parles comme si Yodogimi était la fée Carabosse de je ne sais quel conte pour enfants.

— Voyons, Yukio, elle n'avait sûrement pas en vue l'intérêt supérieur du Japon, tu es bien obligée de l'admettre.

— Mais l'enfant serait peut-être devenu, avec l'âge, le plus grand chef du pays.

Nicholas se détourna. Il y avait sur leur gauche un petit bâtiment surajouté. La salle des armes. C'était là que Yodogimi s'était rendue avec son fils et leurs serviteurs quand la fin était devenue inéluctable ; c'était là qu'elle avait arraché la vie de son fils avant d'accomplir le *seppuku*.

— C'est un argument plutôt spécieux, non ? lui dit Nicholas. Pendant les années qu'il lui aurait fallu pour devenir adulte, sans un *daïmyo* assez puissant pour devenir shōgun et gouverner le Japon, le pays aurait plongé de nouveau dans la guerre civile dont Hideyoshi, justement, l'avait sauvé. Sans la puissance d'Ieyasu, le Japon était condamné.

— Mais une femme si brave ! Loyale et brave...

La voix de Yukio semblait n'être que le murmure du vent. Elle regardait le défilé des touristes devant la salle des armes.

— Tellement désintéressée, dit-elle. Je l'admire beaucoup.

Le soleil caché glissa sous terre comme s'il eût été trop lourd pour supporter son propre poids. Le ciel n'était que rubans gris frémissant sur la poitrine d'une fille émue, avant de s'écarter à l'approche tendre de son amant. Il y eut un bref éclat d'or, la

pierre scintilla comme à la lueur d'une torche, puis tout s'évanouit.

— Viens, dit-il en la prenant par la main. Montons.

Bien entendu, le château original d'Osaka avait été rasé en
1615, quand les forces des Tokugawa s'étaient emparées de cette
forteresse jugée jusque-là imprenable. (Le château dans lequel ils
montaient avait été reconstruit en béton armé, en 1931.)

★

Quartier de nuit. Le long de la Dōtombori, où se bousculent les
restaurants, les boutiques, les marchands de journaux, les cinémas, les boîtes de nuit, les foules toujours mouvantes — et par-
dessus tout ça, le scintillement des immenses enseignes lumineuses
repoussant les ténèbres comme si celles-ci n'avaient, là, aucune
emprise. Les couleurs tournoient, les néons clignent au rythme
même des battements de cœur de la foule changeante.

Le temps semblait en suspens ; on eût dit que ces lumières colorées, éblouissantes, prêtresses de la puissance, réunies ici en un
apogée, ne toléraient aucune intervention extérieure — même pas
celle d'une notion aussi fondamentale que la durée.

Un crabe énorme, ou plutôt une araignée de mer à la carapace
épineuse, écarlate, luisante, était plaquée sur la façade d'un restaurant dont il recouvrait deux étages. Ses longues pattes fines,
articulées, étaient toujours en mouvement, et il y avait tellement
de projecteurs centrés sur elle que la lumière semblait couler
comme du miel au-dessus des têtes — tentation d'entrer pour finir
la nuit en mangeant.

Ils dînèrent dans un endroit tout en bois laqué brillant, vert
émeraude, avec de gros piliers de chrome miroitants, aussi incan-
descents que des tubes au néon. A leur passage, les facettes réflé-
chirent leurs visages par fragments désincarnés. Dans une salle à
tatamis privée, sans chaussures, ils se gavèrent de sashimi et de
saké — ne semblaient-ils pas beaucoup plus âgés, soudain ? — et
Yukio ne le laissa pas oublier l'histoire étonnante du Château et de
ses redoutables habitants.

— Je crois que j'adore Yodogimi parce que je ne suis pas du
tout comme elle.

D'une main ferme, elle versa encore de l'alcool de riz.

— Ce qui signifie ?

Elle croisa son regard un instant, puis ses yeux se détournèrent.

— Je ne suis pas loyale, et je ne suis pas du tout brave. Je suis
seulement japonaise. (Elle haussa légèrement les épaules, avec
mépris.) Je suis une Japonaise lâche. Et cela n'intéresse personne.
Une Japonaise sans famille : donc sans loyauté.

— Tu oublies ton oncle.

— Non. (Elle secoua la tête. Ses cheveux noirs luisaient dans la lumière faible.) Je ne l'oublie pas, reprit-elle. Jamais.

— C'est ta famille.

Les yeux de la jeune fille lancèrent des éclairs.

— Il faut te mâcher les mots, hein ? Je hais Satsugaï. Que ressentirais-tu pour un oncle qui ne t'aurait pas gardé près de lui ? Qui t'aurait mis entre les mains de...

Elle avala du saké d'un geste nerveux.

— Un jour, lui dit-il sans lever les yeux de son assiette, tu trouveras quelqu'un. Tu tomberas amoureuse.

— Pas de loyauté, souviens-toi ! répondit-elle avec un relent d'amertume. Je suis née sans loyauté, tout comme je suis née sans la capacité d'aimer. Ces notions me sont étrangères.

— Parce que tu crois que le sexe est la seule chose que tu possèdes...

— La seule chose qui me rende heureuse, corrigea-t-elle.

— Ne comprends-tu pas que c'est justement parce que tu te crois sans valeur ? dit-il, levant les yeux et tendant la main pour recouvrir celle de la jeune fille. Tu ne parviens pas à concevoir que quelqu'un tienne à toi — je veux dire, à toi en tant que personne. Quelqu'un qui n'ait pas envie d'être près de toi seulement pour ce que tu peux lui faire avec ton corps.

— Tu es un idiot.

Mais elle ne retira pas sa main, et pour une fois elle ne détourna pas son regard.

— C'est toi qui le dis, Yukio.

— Oui ! Je ne mérite aucune confiance. Sincèrement. Ne peux-tu m'accepter simplement pour ce que je suis ? Tu ne peux pas me refaire.

— Il n'est pas question de ça. J'ai seulement envie que tout ce que je devine au fond de toi ait l'occasion d'éclater au grand jour...

— Oh, Nicholas... dit-elle en effleurant la joue du jeune homme. Pourquoi te torturer en songeant à un avenir qui ne se produira jamais ? Qui sait ? Je serai peut-être morte dans un an.

— Tais-toi, s'écria-t-il vivement. Je ne veux pas t'entendre parler comme cela, compris ?

— Oui, répondit-elle avec une soumission surprenante.

Elle baissa la tête, comme en pénitence, et ses cheveux épais glissèrent sur un côté de son visage, comme une cascade nocturne — l'image même de l'épouse japonaise modèle s'inclinant devant l'autorité inéluctable des paroles de son mari.

— Et de toute façon, qui dit que tu n'es pas brave ?

Il n'était pas habitué à ceci. Il avait une envie folle de se pencher par-dessus la table et d'embrasser dans l'ombre ses lèvres mi-closes, mais il n'en eut pas le courage.

— Pense seulement à ce que tu as traversé, à ton adolescence avec ce couple. Cela exigeait beaucoup de force.

— Tu crois ?

Petite fille, à présent...

La serveuse entra dans un murmure de soie froissée, et s'agenouilla près de la table basse, où elle posa d'autres mets et d'autres boissons. Nicholas la regarda s'éloigner et enfiler ses *getas* au seuil de la pièce.

— Je viens de te le dire, murmura-t-il avec passion. Qu'est-ce que tu as, dis-moi...

Les yeux noirs de Yukio ne quittèrent pas le dessus de la table.

— Je ne sais pas. Je ne sais pas...

Il remplit de saké sa minuscule tasse de porcelaine blanche.

★

Ils sortirent se promener dans les rues. Elle bavarda avec animation comme si rien ne s'était passé, suspendue à son bras, glissant de sujet en sujet sans aucun but précis. Ils volaient les ombres comme pour les cacher dans leurs poches.

L'air sentait l'encens et les vapeurs d'essence, les murs de la nuit s'ornaient de marquises accueillantes dans cette ville de marchands construite presque du jour au lendemain, symbole de cette nouvelle classe également méprisée par le noble samouraï et par l'humble paysan.

Ils passèrent devant un hall immense, garni sur deux étages d'interminables rangées de flippers, et ils s'arrêtèrent longtemps pour les regarder, comme deux péquenots sortant de leur brousse. Plus loin, la fureur électrique d'un rock'n'roll américain les assaillit, pulsation de vif-argent projetée depuis le haut-parleur d'un magasin de musique. Ils dansèrent devant la vitrine éclairée où était collée une affiche de publicité en noir et blanc, rayée par des reflets de lumière : John, Paul, George, Ringo. *Close your eyes and I'll kiss you, Tomorrow I'll miss you, Remember I'll always be true...* Encore, encore. *And then while I'm away, I'll write home every day...* Rouge, vert, jaune — les tubes au néon — et Yukio qui passe d'une couleur à l'autre, passionnée de rock'n'roll soudain. *And I'll send all my loving to you.*

— Qui est-ce ? dit Yukio hors d'haleine.

— Les Beatles, répondit le marchand. Un nouvel orchestre d'Angleterre.

Nicholas lui acheta le disque importé, à un prix exorbitant.

Mais quelques maisons plus loin, ils entendirent les tonalités aigres et la musique intermittente du *samisen*. Choc culturel. Ils s'avancèrent.

C'était le bunraku, le théâtre de marionnettes traditionnel, né à Osaka tout comme le kabuki était l'apanage de l'ancienne Edo. Yukio était ravie. Battant des mains comme une enfant, elle le supplia de l'emmener à l'intérieur. Il plongea la main dans sa poche et prit deux billets.

La salle était presque pleine et ils eurent du mal à trouver des places. La pièce venait de commencer, mais les affiches de la façade lui avaient appris que c'était *Chūshingura*, « Les quarante-sept *ronins* loyaux », une des pièces les plus célèbres du répertoire.

Les poupées étaient magnifiques, les rôles principaux vêtus de costumes éblouissants. Très grandes, à peu près le tiers de la taille d'un homme, elles étaient manipulées par trois hommes : le maître animateur s'occupait de la tête, du corps et du bras droit, un assistant manipulait le bras gauche et un second assistant, les jambes ou, dans le cas des femmes, le bas du kimono. Les trois manipulateurs restaient visibles dans le décor, tout de noir vêtus, certains portant cagoule, énormes à côté des poupées et pourtant étrangement absents.

Ils étaient assis dans le fond, et peu après leur arrivée, deux fusiliers marins américains entrèrent. Pourquoi passaient-ils leur permission au bunraku ? Nicholas n'arrivait pas à y croire. L'un d'eux était un Blanc, l'autre, un Noir. Peut-être attendaient-ils des filles, ou bien un troisième copain. Le Blanc se glissa dans une rangée, mais le Noir resta debout dans l'allée.

Nicholas sentit les yeux de Yukio quitter le décor coloré de la scène. Il devina ce qu'elle regardait. Comme un chien à l'arrêt, elle avait le regard fixé sur lui — sur la grosseur entre ses jambes. Les couleurs semblaient nager dans la lumière réfléchie, rappelant à Nicholas un aquarium où ses parents l'avaient emmené, à Tokyo. Tout semblait tellement irréel. Elle avait les lèvres légèrement entrouvertes, il vit ses reins se soulever et s'abaisser à chaque respiration, tandis qu'elle regardait.

Dans le noir, il sentit les doigts de Yukio entre ses cuisses : ils caressaient ; la fermeture à glissière fut ouverte. La chaleur enveloppa Nicholas. Et toujours elle regardait, sans tourner la tête, les yeux agrandis et brillants. Il sentit ses reins se changer en eau. Il eut envie de lui crier : *Arrête !* Mais il ne pouvait pas. Avait-elle cillé pendant tout ce temps ? Il voulut arracher ses doigts, mais non. Immobile, les yeux fixés sur le bunraku, avec l'entrejambe du marine noir à la périphérie de sa vision — ballonnement menaçant. De quelle taille était-il ? Quelle taille un homme pouvait-il atteindre ? Était-ce un critère de sex-appeal, comme les gros seins pour les Américains ? Est-ce que cela affolait les femmes ?

Le *samisen* continua de jouer, les récitants de déclamer, et le *ronin* de combattre avec le courage qui convient. Oui, oui. *Oui !*

★

— Sais-tu ce que je déteste dans le fait d'être japonaise ? dit-elle.

L'éclairage de la rue, d'une blancheur bleutée à travers les persiennes, projetait un réseau rectiligne d'ombres et de lumières sur le haut du mur du fond et une partie du plafond. Nicholas se retourna dans le lit.

— Quoi ?

— Ne pas avoir des yeux clairs.

Elle poussa un soupir et il devina que ses lèvres charnues, sensuelles, faisaient une moue.

— Ah, les Françaises que j'ai vues à Kyoto, reprit-elle, et les Américaines aussi, avec leurs cheveux courts et leurs yeux bleus. C'est drôle, j'ai toujours rêvé d'avoir les yeux verts comme des émeraudes.

— Pourquoi y penser ?

— Je crois que cela me permet de comprendre à quel point je me déplais.

Elle lui prit la main et la dirigea vers la chaleur entre ses jambes.

— Là, dit-elle. C'est la seule chose qui compte. Ça...

— Non, répondit-il en retirant sa main. Ce n'est pas important du tout.

Elle se tourna sur le côté. Sa voix était devenue mutine.

— Pas même un petit peu ?

— D'accord, oui, dit-il en riant. Mais juste un petit peu.

Il se souleva sur le coude et se pencha au-dessus d'elle. Elle avait la peau très pâle dans la pénombre, et ses cheveux formaient une forêt opaque.

— Écoute, Yukio, dit-il. Je m'intéressais à toi avant que nous dansions ensemble, le soir du bal.

— Avant que je...

— Avant que tu te frottes contre moi, oui.

Elle sortit une main du lit et caressa légèrement la poitrine du jeune homme. Un muscle frémit et il sentit au creux de l'estomac le pincement familier. Comme si une poigne appuyait sur ses poumons et pressait très fort pour l'empêcher de respirer. Un asthmatique dans le brouillard.

— Qu'y a-t-il ? lui demanda-t-elle juste avant qu'il ne pivote sur lui-même pour s'asseoir au bord du lit. De quoi as-tu peur ?

Elle s'assit à son tour. Il sentit qu'elle le regardait. C'était si étrange...

— Est-ce de moi, Nicholas ? As-tu peur de moi ?

— Je ne sais pas, répondit-il, malheureux.

Il ne savait pas, et c'était justement l'angoissant.

★

Ils quittèrent Osaka dans un vieux train d'avant-guerre qui, malgré sa propreté parfaite, formait un contraste saisissant avec le luxueux rapide qui les avait conduits dans cette ville.

Roulement bruyant, grincements et cahots incessants. Le tangage était plus prononcé mais, bizarrement, le surcroît de vibrations avait sur Nicholas un effet apaisant. Son esprit ne cessait de retourner à la représentation du bunraku ; ou plus exactement à la représentation de Yukio. Était-elle nymphomane ? Comment savoir ? Il ne connaissait même pas la définition clinique. Était-ce une personne sexuellement insatiable ? Pouvait-on définir la nymphomanie de manière aussi simple ? Et il ne pouvait même pas dire que Yukio était insatiable. Sa soif sexuelle *pouvait* être rassasiée. Cela exigeait simplement une énorme quantité d'énergie. Et même si elle était nymphomane ? Quelle différence pour lui ?

Il se détourna de sa présence et regarda par la vitre. Raclement des roues. Les collines disparurent très vite, cédant la place à des champs plats et à des rizières. Il crut voir du bétail immobile dans le lointain. Dans moins d'une heure, la voie obliquerait vers le sud-est, vers la mer.

Une belle journée. La matinée était déjà avancée et le soleil brûlait la brume blanche née de la terre.

Kobé, le port le plus actif du Japon avec Yokohama, était déjà loin derrière eux avec ses hordes de cargos et sa colonie internationale qui représentait presque un quart de la population de la ville.

Nicholas se félicita d'être loin de tout cela. Les lieux aussi strictement orientés vers les affaires — certains quartiers du centre de Tokyo, par exemple — le rendaient toujours nerveux. Comme les aéroports, ils avaient tous un air de famille effrayant, qui semblait transcender les langues et même les races. Dans un aéroport, il ne savait jamais où il était : oui, on pouvait se trouver n'importe où dans le monde et ne pas le savoir. Les gares en revanche sont toutes différentes. Chose étrange, il n'en avait pas vu deux semblables, et cette espèce d'individualisme d'un monde ancien était réconfortant à ses yeux. De toute façon, pourquoi songer à tout ça ?

Il détourna les yeux du paysage qui défilait et regarda à l'intérieur du wagon. Les passagers étaient différents, eux aussi. Le dernier *businessman* avait débarqué à Kobé, et il n'y avait plus, autour de Nicholas, que des gens de la terre. Un homme en bleu de travail avec des chaussures montantes à semelle épaisse, les mains calleuses croisées sur son ventre creux, le menton appuyé sur sa poitrine, les jambes allongées, chevilles croisées... Des cheveux courts, très blancs, et une moustache raide toute noire. Un ouvrier agricole, peut-être, qui rentrait chez lui. De l'autre côté de l'allée, une grosse femme en kimono rouge écarlate et blanc dormait paisiblement ; l'air sifflait en entrant et en sortant de sa bouche ouverte. Près d'elle, un tas de paquets enveloppés de papier marron. Deux gosses en costumes occidentaux s'étaient agenouillés sur leur siège, les coudes sur le dossier, et faisaient la grimace aux gens qui passaient.

— ... à l'arrière,

— Pardon ?

— Nicholas, est-ce que tu m'écoutais ?

— Non. Je te demande pardon. Je pensais au bunraku.

— Tu veux dire à la façon dont je t'ai astiqué ? dit-elle, riant.

— Je ne comprends pas, répondit-il, pourquoi tu te crois obligée de parler comme un marin en bordée. Pourquoi dis-tu « baiser », par exemple, au lieu de « faire l'amour » ?

— Parce que « baiser » exprime bien ce que je pense, répondit-elle sur un ton sérieux. Tu as déjà « fait l'amour », Nicholas ? Raconte-moi à quoi ça ressemble.

— J'ai fait l'amour avec toi.

— De quoi parles-tu ? Nous avons *baisé* comme des lapins.

— Je ne crois pas. Même pas pour toi.

— Ah non ? (Elle éleva légèrement le ton.) Écoute, Nicholas, je te baise comme je baise n'importe qui. Ce que je fais avec toi, tu sais, je l'ai fait avec d'autres hommes. Avec Saïgō par exemple. (Mais pourquoi parlait-elle de lui ?) J'ai joui sur le bord de sa main, contre la plante de son pied, sur sa langue et sur son nez, sur son...

— Très bien ! cria-t-il. Assez ! Où veux-tu en venir, hein ?

Elle se frotta contre lui et se mit à ronronner comme un gros chat.

— Moi ? J'essaie de t'exciter, c'est tout. Tu ne faisais pas attention à moi et j'ai...

— Bon Dieu ! s'écria-t-il en se levant. Tu crois que c'est une méthode ?

Il passa devant elle sans un regard et descendit l'allée centrale jusqu'au bout. A travers les deux vitres, il regarda cahoter le wagon derrière le sien... Croit-elle vraiment qu'elle va m'enflammer en me racontant ses conquêtes passées ? se dit-il. Quelle idée tordue. Il avait froid soudain, et une vague nausée montait en lui. Il s'arc-bouta contre le roulis en tendant le bras vers le cadre de la porte.

Une ville passa en un éclair sur la droite, puis se mit à rapetisser à chaque tour de roue vers le sud-est. Ce devait être Kurashiki. Bien. Dans quelques instants, ils apercevraient le point le plus septentrional de Seto Naïkaï, la mer Intérieure, que Nicholas avait toujours trouvée si paisible et calme au cours des étés qu'il avait passés sur ses plages avec ses parents, pendant son enfance.

Ils s'enfoncèrent au milieu des troncs épais de pins géants, le wagon s'assombrit brusquement, et tout devint irréel, comme au milieu d'une éclipse. Puis, aussi soudainement, le soleil parut de nouveau et la forêt s'enfuit sur la droite, dégageant la haute falaise qu'ils longeaient. Au-delà, Seto Naïkaï, scintillante de soleil, dansait comme dix mille cimeterres d'or — un champ de joyaux.

Il regarda, transporté par ce spectacle. Mais calme. Une partie de son esprit assistait à une sorte de film intérieur : c'était l'instant où Yukio aurait dû venir sans bruit derrière lui, passer le bras autour de sa taille, et lui demander pardon. Mais ce n'était pas un film, et jamais les choses ne se passeraient ainsi pour lui. Pourquoi l'aurait-il espéré ? Il l'espéra néanmoins... L'éternel romantique...

★

Iles — si loin du cœur — bossues ou toutes plates, étirées en longues files sur les eaux de la mer Intérieure, jusqu'au rebord de l'horizon. Y avait-il vraiment — on le lui avait raconté quand il était enfant — davantage de terre que d'eau au Japon ? Il n'aurait su le dire, mais peu importait. Iles, tapisseries aux dessins complexes, terrasses qui les rendaient fertiles : la terre arable est si précieuse au Japon...

Un jour, se dit-il, comme j'aimerais passer mon temps d'île en île, parler aux gens, m'asseoir à leur table après les avoir aidés dans leurs champs en terrasses, dormir la nuit ici ou là. Je crois que je pourrais sûrement vivre toute ma vie ainsi, et mourir avant d'atteindre la dernière île. Quelle idée prodigieuse ! Ne jamais revenir sur ses pas. Uniquement aller de l'avant. Chaque jour différent du précédent et du suivant. Jamais de lassitude ; jamais d'ennui. Comme en ce moment ? Je suis terriblement jeune pour ce genre de réflexion, se dit-il. Mais il savait qu'au fond de lui, ce qu'il devinait n'était ni lassitude ni ennui, mais des illusions dissimulant ce qu'il ressentait en réalité :

De la peur.

★

A Hiroshima, ce fut une tout autre histoire. Dans la baie, sur laquelle ils passèrent comme une traînée de fumée, ils virent Miyajima, marquée par le grand *torii* orangé et noir, porte du sanctuaire Itsukushima. Un des décors les plus spectaculaires de toutes les îles, qu'il avait vu maintes fois en photo, mais qu'il découvrait pour la première fois dans sa réalité.

Le portique demeurait comme suspendu dans les airs, né des vagues, pareil à un immense caractère cunéiforme en trois dimensions tracé sur l'univers, le sceau du Japon ancien — avertissement de ne jamais oublier le passé.

Le train s'arrêta longtemps, comme pour souffler, dans la gare d'Hiroshima. Autour d'eux, partout, la masse trapue d'affreux bâtiments industriels dominés par une sorte de silence incandescent en suspens dans l'atmosphère, ténu et fragile comme un œuf de roitelet.

Le siège en face d'eux, vide tout au long de l'après-midi, fut occupé par un homme seul, très maigre, qui portait un kimono marron et gris. Il était chauve, avec quelques mèches de barbe blanche tombant de la pointe de son petit menton. Sa peau, transparente comme du parchemin, était tendue sur ses pommettes hautes, mais sous ses yeux et aux coins de sa bouche, on pouvait voir des masses de rides, nées de l'accumulation des années : un arbre vieilli dont on pouvait compter l'âge aux replis de la chair.

Il inclina la tête vers eux. Ses yeux étaient comme des perles de verre luisantes. Ses mains se perdaient dans les pans de sa robe traditionnelle.

Bientôt, après une petite embardée, le train sortit lentement de la gare. Le sentiment d'oppression s'amplifia, comme si tout l'air eût été aspiré, comme s'il ne restait plus pour leurs poumons, même en baissant les glaces et en penchant la tête à l'extérieur, que le vide glacé de l'espace. Ils auraient pu se trouver sur une autre planète.

Nicholas sentit sa peau se contracter. Il regarda par la fenêtre, vers le ciel de porcelaine brillante, certain d'avoir entendu le ronronnement d'un avion.

Le train traversa la ville avec une lenteur implacable. Pendant un long moment, ils virent en silhouette, sur l'horizon tout proche, le squelette de l'ancien observatoire, dans l'état où il se trouvait en 1945. La coupole qui le surmontait, tel un nid d'oiseau renversé, formait une aire solitaire, interdite aux mouettes qui l'effleuraient parfois à tire-d'aile sans jamais toucher sa surface hostile. Peut-être sentaient-elles, même après tout le temps, la chaleur incendiaire et le sifflement des radiations cinglantes, qu'elles portaient dans leurs os comme une trace ineffaçable, un instinct de survie.

— Veux-tu savoir ce que je suis en réalité ? lui dit Yukio à l'oreille (tandis qu'ils regardaient ensemble l'unique monument commémorant ce qui s'était passé ici, si loin, si près dans le passé...). Là. Tu le vois. C'est comme ça que je suis en dedans. L'extérieur, que tu as sous les yeux, est tout ce qui reste.

Elle était devenue d'une sensiblerie exagérée, diamétralement opposée à son attitude habituelle, ironique, toutes griffes dehors. Mais c'était justement cette dichotomie qui l'avait intrigué le plus en elle. Et pendant un instant, il la jugea beaucoup moins compliquée qu'elle ne voulait le paraître. Il savait que c'était une réaction de défense — peut-être son dernier rempart. Mais il ne pouvait s'empêcher de se demander quelle espèce de territoire inconnu gisait par-delà le mur de pierre qu'elle avait aussi efficacement bâti.

Des rubans de nuages s'étiraient en oblique à travers le ciel. On avait l'impression qu'ils naissaient de la terre et remontaient au cœur même du firmament.

— Je vous demande pardon, dit le vieil homme en face d'eux. Excusez mon indiscrétion, je vous prie, mais je me posais une question.

Il s'arrêta et Nicholas fut obligé de lui demander :

— Quelle question ?

— Si vous étiez déjà allés à Hiroshima.

— Non, répondit Nicholas, et Yukio secoua la tête.

— C'est ce que je me disais, répliqua le vieil homme. De toute façon, vous êtes trop jeunes pour vous souvenir de l'ancienne ville, pour l'avoir vue avant la destruction.

— Vous la connaissiez ? demanda Yukio.

— Oh, oui !

Il sourit et ses yeux s'emplirent d'envie et de regret. Les rides semblèrent s'effacer sur sa peau.

— Oui, reprit-il. Hiroshima était ma ville. Jadis. Cela semble si loin, à présent ! Comme un élément d'une autre existence, ou presque. (Nouveau sourire.) Oui, c'est cela ; d'une autre existence, pour tout ce qui compte vraiment.

— Où étiez-vous quand c'est arrivé ? demanda Nicholas.

— Loin, dans les collines. Oui, très loin de la pluie de feu. Les arbres ont tremblé à des dizaines de kilomètres, et la terre était agitée de spasmes comme si elle souffrait. Jamais il ne s'était produit une chose pareille. Une blessure dans le flanc de l'univers. Cela dépassait la mort d'un homme, d'un animal ou même d'une civilisation.

Nicholas eut envie de demander au vieil homme ce qui dépassait toutes ces choses, mais il ne put s'y résoudre. Il le fixa, la bouche sèche.

— Une chance que vous n'ayez pas été en ville quand la bombe est tombée.

Le vieil homme regarda Yukio.

— Une chance ? dit-il comme s'il goûtait la chair d'un oiseau inconnu. Je ne sais pas. Peut-être le mot *chance* est-il un équivalent moderne, mais il ne convient pas bien. C'est le karma. Vous comprenez, j'étais hors du pays juste avant la guerre. Je faisais des affaires, à l'époque, et je me rendais souvent sur le continent. Surtout à Changhaï où se passaient la majorité de mes ventes.

Pour la première fois, ses mains furent visibles et Nicholas remarqua la longueur anormale de ses ongles. Ils étaient manucurés à la perfection, polis et enduits d'un vernis transparent. Le vieil homme devina l'étonnement de Nicholas, et dit :

— Une coquetterie que j'ai empruntée, là-bas, aux mandarins chinois avec qui je faisais commerce et qui m'honoraient de leur amitié. Je ne les remarque plus à présent, j'y suis tellement habitué. Mais bien sûr, je les garde d'une longueur assez modérée.

Il s'installa plus confortablement dans le siège et se mit à parler comme s'il racontait une histoire à ses petits-enfants avant l'heure du sommeil. Il avait une voix remarquable, autoritaire mais douce, aussi bien modulée que celle d'un conférencier chevronné.

— Nous sommes partis un jour pour un long week-end, après avoir terminé nos affaires. Dans la campagne, pour un peu de détente. Je n'avais pas la moindre idée de ce qui m'attendait, vraiment. Après tout, c'étaient des Chinois. Les mandarins ont... euh, des goûts particuliers sur bien des choses. Mais en affaires, il faut apprendre à avoir des idées cosmopolites, surtout en ce qui concerne les goûts personnels de ses clients. Je ne crois pas que, dans ce domaine, se montrer étriqué ou... euh, traditionnel, soit de bonne politique. Le monde abrite une myriade de cultures, n'est-ce pas ? Qui peut dire laquelle est la plus valable ? Sûrement pas moi, conclut-il en haussant ses minces épaules osseuses.

Au-dehors, l'après-midi s'enfuyait, les traînées de nuages obliques se marbraient d'or et de rose sous le ventre, tandis que leurs dos demeuraient gris sombre. Le soleil avait déjà disparu au-dessous de l'horizon et, à l'est, le ciel était clair, immense bol de porcelaine cobalt, opalescent. Plus haut, on apercevait déjà quelques étoiles de première grandeur, semées à la volée par une main géante. Le monde semblait imprégné d'un calme absolu, comme au point culminant d'un long après-midi d'été, quand le temps lui-même cesse d'avoir un sens. C'était un instant magique, constitué par des éléments fantastiques survenant par miracle au même endroit et en un même instant, le soupir inaudible que l'oreille intérieure entend dans un théâtre, à la dernière seconde avant que le rideau se lève.

— Ils m'ont donc emmené en voyage, mes amis mandarins. Dans une ville au sein d'une ville, non loin de Changhaï, comme je vous l'ai dit. C'était — excusez-moi, ma jeune amie — un bordel. Pas seulement le bâtiment où nous sommes allés, oh ! non. La ville entière. Oui, c'est vrai, une ville de plaisir. Vous me pardonnerez, jeune dame, cette partie de mon histoire. Un homme d'affaires est souvent seul pendant des semaines d'affilée — on peut difficilement se permettre d'emmener son épouse dans ce genre de voyage, pour plus d'une raison. Et ces choses font partie des..., euh, à-côtés inattendus de la vie.

« Les mandarins ont énormément de respect pour le sexe, mon Dieu, oui ! Absolument. Et je ne peux pas leur en faire le reproche.

Il eut un petit rire, pas du tout graveleux, presque paternel.

— Après tout, c'est une partie nécessaire et importante de l'existence, alors pourquoi ne pas l'honorer ?... Bref, en tout cas c'était l'endroit de ce genre le plus somptueux, et le plus vaste dans lequel je me sois jamais rendu. La clientèle se composait uniquement de mandarins et même, à ce que l'on m'a dit, il fallait appartenir à certaines familles déterminées. Très exclusif, oui.

Ses yeux agrandis étaient pleins de rêve.

— On pouvait très facilement avoir envie de vivre là-bas le restant de ses jours, je dois dire. Mais bien entendu, ce n'était pas possible. Les endroits de ce genre sont seulement faits pour de brefs séjours. Une atmosphère aussi raréfiée deviendrait insipide au bout d'un certain temps, j'imagine. De toute façon, je n'avais nulle envie d'en prendre le risque. La vie ne vaudrait sûrement pas la peine d'être vécue si tous les rêves mirifiques devaient tomber en miettes. Tout le monde a besoin, dans son existence, d'un moment où la réalité peut être mise de côté, n'est-ce pas ?

Le train traversa un pont à architecture métallique, dans un tintamarre assourdissant, puis il plongea au sein d'une forêt triste et décharnée, aussi pitoyable que les restes en haillons d'une armée vaincue. La lumière mourait, les nuages s'épaississaient dans leur noirceur, ne perdant leurs contours qu'au ras de l'horizon, où la brume empêchait de distinguer les couleurs. La nuit les giflait aussi brusquement qu'une mère en colère.

— Bref, nous étions donc en cet endroit, et je n'ai pas l'intention de vous raconter tout ce qui s'y est passé. (Son sourire était nostalgique.) Vous êtes assez jeunes pour ne pas avoir besoin de mon aide, en ce domaine. Non. Je veux vous parler plutôt d'un homme que j'ai rencontré là-bas.

Il tendit un long doigt osseux, parfaitement droit. L'ongle long brillait à la lumière artificielle du wagon, on aurait dit une main dessinée sur un mur pour indiquer la direction à prendre.

— Curieux. Cet homme, je veux dire. Ce n'était pas un client, j'en suis certain. Mais il n'avait pas non plus l'air d'un employé de l'établissement. Je ne l'ai pas vu travailler, en tout cas.

« Tard dans la nuit, ou tôt le matin pour être plus exact, on pouvait le trouver dans le vaste foyer du premier étage. Le bâtiment avait deux étages ; il avait dû être construit par les Anglais, mais sûrement pour une utilisation différente au départ. L'homme était toujours assis dans l'un des fauteuils à appui-tête, excessivement rembourrés, et il jouait, avec des pions rouges et noirs portant des signes, à un jeu que je n'avais jamais vu auparavant.

— Au mah-jong ? demanda Nicholas.

— Non, pas au mah-jong. Un jeu entièrement différent que je n'ai pas pu percer à jour. Il restait silencieux et immobile pendant que les filles faisaient le ménage, et quand elles avaient terminé et qu'elles s'éloignaient, il se mettait à jouer. *Clic-clac... Clic-clac...*

Le vieil homme prit une cigarette et, non sans difficulté étant donné la longueur de ses ongles, l'alluma avec un mince briquet Ronson en cuivre. Il sourit. La fumée faisait plisser l'un de ses yeux. Il avait peut-être été autrefois une sorte d'Humphrey Bogart oriental : l'expression était venue si naturellement sur son visage... Le briquet tourna entre ses doigts et lança des reflets de lumière.

— Un souvenir de cette époque, si lointaine, dit-il. Il appartenait à un diplomate anglais que j'ai sorti d'un mauvais pas, là-bas. Il a insisté pour que je le prenne. J'aurais perdu la face si je l'avais refusé.

Il mit le Ronson dans sa poche, tira sur sa cigarette, puis exhala la fumée, et son visage devint aussi embrumé que la campagne au loin, de l'autre côté de la vitre.

— J'avais du mal à m'endormir dans cet endroit-là, même après avoir été rassasié. J'espère que je n'outrepasse pas les bornes de la délicatesse, jeune dame ?

— Non, non, répondit Yukio, et Nicholas se demanda ce que penserait le vieil homme s'il entendait le vocabulaire de la jeune fille.

— J'avais l'habitude de lire tard le soir. Je suis un lecteur insatiable ; je l'ai été toute ma vie. Mais une nuit, je me sentis trop énervé pour continuer ma lecture ; j'étais en train de lire *Moby Dick*. En anglais. Vous savez, je n'ai pas confiance dans les traductions ; on perd trop de choses. Je suis donc allé faire un tour au premier étage.

« *Clic-clac. Clic-clac.* Je l'entendais déplacer les pions. Je m'assis près de lui et je l'observai. A l'époque, j'étais un jeune homme assez intrépide. Nullement grossier, remarquez. J'avais été trop bien élevé par mes parents. Mais j'avais une sorte de... comment dirais-je ? l'impétuosité de la jeunesse, n'est-ce pas...

« Cet homme était plus âgé que je ne le suis aujourd'hui, beaucoup plus âgé, oui. Toute personne le voyant l'aurait certainement qualifié de vieux, c'est sûr.

« Le plus étrange, c'étaient ses ongles. Si longs qu'il devait porter des étuis pour les protéger et éviter qu'ils ne se cassent. J'avais déjà lu quelque chose sur ces étuis. Les mandarins se plaisaient à en porter, au début du siècle. Une coquetterie, avais-je toujours supposé. Mais nous étions à la fin des années trente. Qui, en Chine, portait encore des ongles comme cela ? Personne, me disais-je. Mais je découvrais le contraire.

« En général, ces étuis étaient en laque, mais ceux de l'homme, si mes yeux ne me trompaient pas, devaient être en or. En or massif. Mais était-ce possible ? me demandai-je. Comment les ongles pouvaient-ils soutenir un poids pareil ? Mais je sais reconnaître l'or, et il n'y avait pas de doute.

« — Pourquoi êtes-vous venu ici ? demanda l'homme sans lever les yeux.

« *Clic-clac*, poursuivaient les pièces du jeu. *Clic-clac*. Pendant un instant, je fus si étonné que je ne pus trouver ma voix. Il dut me presser.

« — Allez, allez ! dit-il.

« Exactement comme le *clic-clac* de ses jetons. A la même cadence.

« — Je ne peux pas dormir, répondis-je, la langue encore nouée.

« — Moi, je ne dors jamais. Mais c'est à cause de mon âge avancé. Quand j'avais votre âge, ajouta-t-il en levant les yeux vers moi, je ne ratais jamais une nuit. C'est peut-être pour cela que le sommeil ne me manque pas, à présent.

« Il parlait un dialecte assez particulier. C'était du mandarin, bien entendu, mais les inflexions me parurent étranges : il avalait la fin de certains mots, par exemple. Je ne pouvais pas situer son origine.

« — Cela ne m'arrive pas souvent, lui dis-je ; et toujours courtois, j'ajoutai : Mais vous n'êtes pas si vieux...

« — Assez pour savoir que je ne tarderai pas à mourir.

« — Oh ! cela m'étonnerait.

« Il me lança un regard critique.

« — Les étonnements ne sont jamais très exacts, dit-il en commençant à ranger ses pions en piles de neuf. Mais inutile de se tourmenter. Je n'ai aucune crainte de la mort. En fait, je serais heureux de partir, ici et maintenant. Je n'ai pas envie de voir ce qui va se passer.

« — Ce qui va se... ? dis-je comme un simple d'esprit. Qu'est-ce qui va se passer ?

« — Une chose terrible.

« Sur la petite table pliante de laque, ses mains avaient l'air d'objets d'une autre époque, déterrés depuis peu, scintillants.

« — Une bombe d'un nouveau type, me dit-il alors, et d'une puissance dépassant l'imagination. Assez de force pour détruire une ville entière.

« Jamais je n'oublierai cet instant. Je demeurai comme une statue, respirant à peine. Je me souviens d'avoir entendu le chant d'une cigale, si proche et si net que je crus qu'elle s'était laissée enfermer dans la maison. Curieusement, j'eus envie de me lever et de la chercher, pour la libérer dans les ténèbres immenses qui nous entouraient.

« — Je ne comprends pas, lui dis-je avec une sorte d'étonnement obtus.

« — C'est tout à fait probable, me répondit-il en achevant d'empiler ses jetons.

« Il les rangea dans une poche intérieure de sa robe puis il se leva, et pendant un instant, je crus que je le connaissais ou que je l'avais déjà vu au moins une fois auparavant. Mais je pense à présent que c'était seulement l'éclairage qui me donnait cette impression.

— Que s'est-il passé ensuite ? demanda Yukio.

Pendant un instant, le vieil homme parut décontenancé.

— Que s'est-il passé ? répéta-t-il. Mais... rien. Rien du tout. Il m'a dit : « Bonsoir monsieur » d'un ton assez cérémonieux. « Faites de beaux rêves. » Mais je ne vois pas comment il pouvait le penser sincèrement après ce qu'il venait de m'apprendre.

« L'endroit fut très calme après son départ. Pelotonné dans mon fauteuil, je croyais entendre l'herbe pousser au-dehors. Les rainettes dormaient. Un nuage d'insectes bourdonnait contre la moustiquaire. Ses paroles couraient dans ma tête comme si on les avaient gravées au scalpel sur les circonvolutions de mon cerveau.

— Mais comment pouvait-il le savoir ? demanda Nicholas. A l'époque, même les Américains qui mettraient au point, par la suite, le projet Manhattan, n'en avaient aucune idée.

— Oui, dit lentement le vieil homme. C'est ce que je me demande souvent. Depuis ce jour du mois d'août où j'ai senti, sur ma colline lointaine, la terre trembler et le ciel s'enflammer de mille couleurs tandis que le vent de chaleur s'avançait en grondant ; oui, je me suis posé cette même question. Comment pouvait-il le savoir ?

— Et quelle est la réponse ?

Le vieil homme les regarda avec un sourire falot.

— Il n'y en a pas, mon ami.

Le train ralentissait comme s'il s'essoufflait sur une pente. Des escarbilles volaient, tourbillonnaient, emportées par les remous d'air du convoi. Le vieil homme se leva et s'inclina vers eux — longues mains jointes devant son ventre plat, ongles comme des baguettes transparentes.

— Voici ma gare, murmura-t-il. Le moment de descendre.

— Eh ! s'écria Nicholas. Attendez une minute.

Son désir d'en savoir davantage lui faisait oublier toutes ses bonnes manières. Il tombait dans la vulgarité et négligeait le respect obligatoire que tout jeune homme doit témoigner à une personne plus âgée. Mais peu importait toutefois, car le vieillard avait disparu ; il était descendu du wagon, d'un bond plein de souplesse, avant même que le train se fût arrêté en soufflant. Des nuages de vapeur brouillaient les fenêtres.

Nicholas remonta le couloir et se laissa tomber dans le siège à côté de Yukio.

— Trop tard, dit-il. Trop tard.

Le train prit de la vitesse, pour franchir le dernier tronçon de leur voyage, jusqu'à Shimonoseki. Tout était silencieux dans le wagon. Même Yukio se taisait. Elle regardait ses mains. Nicholas avait les yeux perdus au-delà de la vitre.

La nuit était embrasée. Ils passaient tout près d'une de ces villes du Sud — il ne savait plus laquelle — transformée en satellite d'une vaste raffinerie de pétrole. Des flammes géantes bondissaient dans le noir, crachées par les tubes de métal comme des protubérances solaires vues en gros plan — une sorte de ballet infernal. Quel endroit inhumain, semblait-il, pour travailler et pour vivre : un paysage de cauchemar, désespéré et sans issue.

— Que penses-tu de l'histoire du vieux ? dit Yukio.

Il tourna la tête.

— Pardon ?

— Le vieux ? Tu l'as cru ?

— Oui, je l'ai cru, dit-il. Et sans savoir pourquoi, il songea à So-Peng.

— Pas moi.

Elle croisa les jambes à la hauteur des genoux, en un geste très américain.

— Ce genre de choses n'arrive pas. Simplement parce que la vie n'est pas comme ça.

★

Ils passèrent la nuit à Shimonoseki, si près de l'eau qu'ils pouvaient l'entendre, sans toutefois la voir à cause du brouillard très dense. La plainte endeuillée des cornes de brume, qui vibraient dans l'air de la nuit, ajoutait au mystère.

Elle était allongée, la tête posée sur la poitrine nue du jeune homme, sa chevelure nocturne en éventail sur sa peau pâle. Il mit longtemps à s'endormir. Il devinait sa respiration douce, égale, au bout de ses doigts. Il sentait le poids de la jeune fille sur son sternum et sa cage thoracique. Il se demanda ce qui l'attirait si intensément en elle. Et il ne parvint même pas à décider pourquoi il lui semblait si important de le savoir.

Yukio remua et il eut l'impression que c'était une partie de lui-même.

★

Ils prirent le petit déjeuner à l'hôtel, puis ils sortirent. Il faisait un froid humide, le brouillard tourbillonnait encore, en volutes craintives. Le train dans lequel ils étaient arrivés était toujours en gare — si l'on pouvait parler de gare : un simple quai central entre deux séries de voies, avec d'énormes piliers de bois mal équarris supportant un toit en pagode, laqué au-dessus pour le protéger des effets destructeurs du mauvais temps et de l'air salé, mais complètement brut en dessous. L'odeur de cèdre était encore puissante.

Sous leurs yeux, une équipe de cheminots monta dans le train, et quelques instants plus tard tout le convoi se glissa sur un tronçon de voie placé sur un immense disque de métal. Le train s'arrêta, le disque pivota de cent quatre-vingts degrés, puis la locomotive repartit lentement en sens inverse, de l'autre côté du quai, prête pour le voyage de retour vers le Nord et Osaka.

Le spectacle terminé, ils s'éloignèrent lentement. Le ciel était parfaitement blanc. Le soleil, diffus, se parait de haillons de nuages.

Ils étaient très près du port, et Nicholas apercevait déjà deux ou trois grandes voiles blanches appartenant à des bateaux de pêche qui manœuvraient avec précaution pour quitter les quais. Au-delà, encore invisibles, gisaient les basses terres de la côte asiatique.

En arrivant sur le promontoire, il crut distinguer, franc sud, les collines sombres de la province de Bunzen, sur l'île de Kyūshū, de l'autre côté des Détroits.

— Quelle paix ! dit Yukio en s'étirant comme un chat. Quelle différence avec Tokyo, Osaka ou même Kyoto. C'est comme si la guerre n'avait pas touché ces lieux, ni l'industrialisation. Nous pourrions être au XVIIᵉ siècle.

— Au milieu des samouraïs et des dames de samouraïs, hein ?

Elle prit une respiration profonde.

— C'est comme se trouver à la fin du monde — ou au commencement.

Elle se tourna vers lui et glissa ses doigts fins autour de son poignet. L'intimité non sexuelle de ce geste le surprit. L'odeur âcre de poisson en train de sécher, en suspens dans l'air, collait à leurs narines comme de la peinture. De grosses mouettes, grises et pourpres, dessinaient des arabesques à peine visibles dans le ciel bas — et criaient.

— Pourquoi ne pas rester ici, Nicholas ?

— Ici ?

Elle hocha vivement la tête plusieurs fois de suite, comme une enfant.

— Oui. Ici même. Pourquoi pas ? C'est idyllique. Ici, le reste du monde n'existe pas. On peut oublier. Être libre. Recommencer tout à zéro. C'est comme renaître sans blessure ou sans péché.

Il leva les yeux vers elle. Elle se serra convulsivement contre lui.

— Oh, je t'en supplie ! dit-elle.

Sa voix était assourdie et se prolongeait en écho comme si elle parlait dans une cathédrale.

— N'allons pas plus loin. Pourquoi aller plus loin ? Que peut-il y avoir, à Kumamoto, de comparable à cela ? Tu m'as et nous avons la mer. Nous pouvons faire de la voile. Sortir sur l'océan. Même jusqu'au continent. Ce n'est pas très loin. Combien de temps faudrait-il ? Et ensuite. Et ensuite...

— Tu ne le penses pas vraiment, répondit Nicholas. Sois réaliste, voyons !

— Réaliste ! s'écria-t-elle. Et que crois-tu donc que je sois en ce moment ? Il n'y a rien pour moi, par là-bas. (Elle lança le bras vers le nord, d'où ils venaient.) Il n'y a ni amour, ni vie. Et vers le sud, à Kumamoto ? Qu'y a-t-il donc ? Saïgō. Saïgō et ses secrets honteux. Je ne veux pas être mêlée à tout ça. Cela me fait peur.

Ils avaient dépassé un marchand ambulant enseveli dans le brouillard. Nicholas se décrocha de Yukio un instant, revint sur ses pas et acheta deux petites coupes de carton pleines de *tofu*, qui semblait douceâtre et collant. Il lui en tendit une. Il y avait une cuillère en bois plantée dans la pâte molle.

Elle regarda le *tofu*, puis Nicholas.

— Qu'est-ce qui te prend ? dit-elle.

Une bouffée de vent violent, mouillé de la fécondité de la mer, vint les fouetter soudain et elle dut repousser ses cheveux de son visage. Quelques fils noirs restèrent collés aux coins de ses lèvres humides. Le reste de sa chevelure dénouée semblait une écharpe d'hiver, volant derrière elle.

— Tu me traites comme une gamine, reprit-elle. Tu m'achètes un bonbon comme si je venais d'avoir un cauchemar.

Elle gifla la coupe de carton sur la main tendue du jeune homme. Le *tofu* s'écrasa par terre avec un bruit mou et ne bougea plus, petit tas contrefait de blanc et de brun.

— Ce que je ressens, ce n'est pas l'envie de fuir, quoi que tu puisses en penser. Je m'endors le soir et je m'éveille le lendemain matin en espérant qu'il s'agit simplement d'un rêve. Mais non. Tu ne comprends pas ?

Il se mit à marcher et elle le suivit.

— Nicholas, je t'en prie.

Elle avait le corps légèrement penché en avant. Pour résister au vent ? aux émotions ? Peut-être aux deux.

— Je t'en supplie. Restons ici. Je ne veux pas aller à Kyūshū.

— Mais pourquoi ? Tu savais où nous allions quand tu as insisté pour que je t'emmène. Que croyais-tu donc qu'il allait se passer ?

— Je ne sais pas, dit-elle d'une voix plaintive. Je n'ai pas pensé aussi loin. Je ne suis pas comme toi, à cet égard. Je ne peux pas prévoir et organiser l'avenir. Je n'ai jamais su à l'avance ce que j'allais faire ou ce que j'allais ressentir. Je ne me rends compte de rien en chemin, avant la fin. Je voulais... Je voulais simplement être près de toi...

Elle porta la main à sa bouche et ses yeux s'agrandirent. Elle lui tourna brusquement le dos et se pencha en avant.

— Yukio...

— Laisse-moi tranquille. Je ne sais plus ce que je dis.

Il jeta son *tofu* et la prit par les épaules.

— Je ne comprends pas, dit-il. Parle-moi, je t'en prie.

— Tu sais que c'est impossible. Tu le sais très bien, dit-elle, toujours de dos.

— Yukio, s'écria-t-il en la serrant plus fort contre lui. Il faut que tu me dises...

— Je ne peux pas. Je ne peux pas.

— Si, tu peux. Je sais que tu peux, dit-il en la faisant pivoter. Il scruta ses yeux effrayés, agrandis par des larmes naissantes.

— Est-ce que ça t'aidera, si je te parle, moi ? lui demanda-t-il.

— Oui. Non. Je ne sais pas.

Mais, en tout cas, elle avait compris le sens de ses paroles.

— Je t'aime, dit-il. J'ignore depuis combien de temps je le sais sans te le dire. Je...

Était-ce pour cela qu'il avait eu peur ?

— Non, non, s'écria-t-elle. Ne le dis pas. Je t'en prie. Je ne peux pas le supporter. Je ne peux pas.

— Mais pourquoi ?

— Parce que, dit-elle d'une voix sauvage, le visage tordu par une grimace hargneuse. Parce que je te crois.

Il faillit éclater de rire. De soulagement.

— Et c'est si terrible ?

— Tu ne comprends donc pas ? (Elle avait le visage tout contre celui du jeune homme et ses yeux semblaient loucher.) J'ai l'impression que je vais mourir, dit-elle. Je ne suis pas armée pour...

— Si, tu l'es !

Elle secoua la tête. Ses cheveux tombèrent sur son visage, et sa lèvre inférieure trembla.

— Tout le monde l'est, insista-t-il. Tu ne le sais pas. C'est tout.

— Je ne peux pas le supporter.

Sa voix était presque un sanglot. Une sirène de bateau gémit dans leur dos, et le battement rythmique de son diesel leur parvint comme une vibration remontant le long de leurs jambes. Il passa, masse vert et or qui se perdit aussitôt dans la brume. Nicholas ne pouvait même plus distinguer la plage où devait encore se trouver le camelot avec ses *tofus*.

— Je me suis engagé, dit-il en changeant délibérément de sujet. J'ai dit que j'irais.

— Tu peux toujours te raviser. Personne ne t'oblige à t'enfermer dans ta décision.

Sa voix avait pris des accents suppliants. Mais Yukio s'adressait-elle à lui ou bien à elle-même ?

— Je me suis engagé vis-à-vis de moi-même, dit-il doucement. Il faut que je découvre ce que fait Saïgō à Kumamoto.

384

— Pourquoi ? Pourquoi est-ce si important ? Tout le monde se fiche de ce qu'il fait ! Et ça touche qui ? Ni toi, ni moi. Pourquoi ne peux-tu pas oublier ? C'est une si petite chose.

— Non, répondit-il au désespoir. Ce n'est pas du tout une petite chose.

Il se demanda s'il existait un moyen de le lui faire comprendre. Comment le pourrait-il ? Il n'arrivait même pas à se l'expliquer.

— Cela remonte au combat que vous vous êtes livré au *dōjō*, dit-elle d'une voix hésitante. C'est comme si vous vous teniez à la gorge, sans vouloir ni l'un ni l'autre être le premier à lâcher. Vous vous détruisez mutuellement, ne le comprends-tu pas ? Il faut que l'un de vous cède, sinon... Et pourquoi ne serait-ce pas toi ?

— C'est une question d'honneur.

Il venait tout juste de le découvrir : une révélation, comme le soleil à ses premiers instants au bord de l'horizon fait battre en retraite le long frisson de la nuit.

— Oh, je t'en prie, pas de boniments, dit-elle sèchement. Il y a belle lurette que ce genre d'honneur est passé de mode.

Comme elle comprenait peu de chose de la vie, songea-t-il.

— Pour certains d'entre nous, il n'est jamais passé de mode.

— Les samouraïs ! s'écria-t-elle d'un ton acerbe. L'élite du Japon. Les guerriers qui se précipitent sans la moindre hésitation au cœur de la bataille ! Qui vivent pour mourir l'arme à la main ! (Elle éclata de rire : un rire mordant, inquiétant.) Mais qui de nous deux a besoin d'une bonne injection de réalité ? reprit-elle. Vous êtes pareils, Saïgō et toi : deux chiens enragés qui s'arrachent les pattes plutôt que de renoncer et de se tourner le dos.

— Non, nous ne sommes pas pareils, répondit-il. Pas du tout ; Saïgō déteste tout ce que je représente, tout ce que je défends. Mon sang mêlé. Mon amour du Japon associé à mes *abominables* traits caucasiens. Cela le hérisse de voir un homme de mon apparence meilleur que lui en tout, et surtout dans un domaine aussi important que le bujutsu.

— Important ? Et qu'y a-t-il de si important dans le bujutsu, hein ? Qu'est-ce que cela a à voir avec la vie, avec les sentiments...

— Tu peux parler de sentiments, oui !

A peine les mots étaient-ils sur ses lèvres qu'il savait qu'il avait eu tort de les dire. Il vit l'expression du visage de Yukio et il tendit les bras vers elle.

— Je te demande pardon. Tu sais bien que je ne le pensais pas...

— Oh, tu le pensais. Tu le pensais, Nicholas. J'en suis tout à fait certaine. Et tu avais le droit de le dire, j'imagine. J'ai eu peur, ces derniers jours. Et tu sais à présent comment je deviens quand j'ai peur. Tu m'as fait ressentir... quelque chose... que je croyais interdit pour moi. Je n'en suis pas encore très... Enfin, parfois j'ai envie de fuir, de me cacher et de ne jamais revoir un autre être humain de toute ma vie. Est-ce bien de te faire confiance ? Voilà ce que je me dis sans cesse. Qu'est-ce qu'il veut, à part mon cul et mes lèvres ? Et puis je me dis : il les a déjà eus ; alors pourquoi continue-t-il, hein ? Ce doit être vrai, même si chacun des instincts qui parlent encore en moi me disent le contraire. Le passé meurt très lentement. Je continue d'en entendre les échos tout autour de moi. Quand tu me parles, quand tu me dis des choses, j'entends ce que tu me racontes, mais d'autres idées tournent dans ma tête, cachées et secrètes comme des hiéroglyphes invisibles, et s'enflamment dans mon cerveau : j'entends deux choses différentes et je commence à me demander lequel de ces deux signaux est le vrai, lequel tu me destinais.

Elle leva les yeux vers lui.

— Est-ce que tout ceci a le moindre sens pour toi ? demanda-t-elle.

— Je crois.

— Je vois bien que non.

Ses yeux étaient si brillants qu'ils semblaient scintiller malgré l'absence de lumière directe.

— Je suppose que je suis en train d'essayer de te dire que je t'aime, murmura-t-elle.

Elle avait passé les bras autour du cou de Nicholas, mais il ne savait pas comment ils étaient venus là. N'étaient-ils pas le long de son corps un instant plus tôt ? Et avaient-ils bougé entre-temps ? Que se passait-il donc ?

Ils s'embrassèrent. Instant hors du temps où même leurs haleines demeurèrent en suspens, nuages condensés par un matin glacé de l'hiver.

Ils emmenèrent leurs bagages jusqu'au guichet des billets du ferry-boat, une cabane de bois pas plus grande qu'un mouchoir de poche, avec une fenêtre arrondie à l'avant, sans vitre, mal protégée contre le mauvais temps. On pouvait facilement geler dans un endroit pareil.

Un gamin d'une quinzaine d'années prit les deux billets de train que Nicholas lui tendit, les oblitéra et les perfora à plusieurs endroits, puis les leur rendit.

— Prochain ferry dans sept minutes, dit-il.

Même là, dans cette ville si loin de tout, l'obsession de la ponctualité si caractéristique des Japonais...

Yukio demeura anormalement silencieuse jusqu'au départ. Mais dès qu'ils furent en mer, sa mélancolie disparut soudain.

— Peut-être y aura-t-il un spectacle en ville, dit-elle gaiement. Ou un centre d'équitation. Nous pourrons prendre un pique-nique et monter à cheval tout l'après-midi.

Comme si l'épisode près de la plage n'avait pas eu lieu... Alors que Nicholas était encore troublé par ses séquelles.

Derrière eux, Shimonoseki s'éloignait comme un rêve, par-delà les remous du sillage blanc du ferry. Les mouettes glissaient, gracieuses, devant l'étrave, et pivotaient en oblique comme une escadrille de chasse, en se lançant des appels plaintifs.

Ils passèrent tout près (semblait-il, dans le brouillard) de deux bateaux de pêche très bas sur les lames. Leurs filets noirs étaient hissés sur les mâts comme des caricatures de voiles. Sur l'un des bateaux, un jeune garçon salua d'un geste enthousiaste le ferry qui glissait, mais personne à bord ne parut avoir envie de lui rendre son salut.

Lentement le regard de Nicholas se tourna vers Yukio, près de lui. Elle avait la tête rejetée en arrière comme pour retenir la lumière indécise du soleil sur les plans larges de ses pommettes. Ses cheveux volaient d'un côté, aile de corbeau déployée. La longue ligne de son cou était nue, légèrement ombrée car dans cette position, son menton saillait. La courbe ferme de ses seins... Était-ce imagination de sa part ou bien voyait-il vraiment la bosse légère de ses mamelons qui se dressaient, érigés, à travers la dentelle de son soutien-gorge ?

— Pour quelle raison, à ton avis, Satsugaï a-t-il peur du colonel ?

Le vent déchira les paroles de Yukio et les entraîna par-dessus le bastingage du ferry vers les bateaux de pêche qui sautillaient — minuscules taches noires déjà perdues dans la grisaille morne de la brume. Pendant une seconde, Nicholas crut avoir mal compris.

— Je ne m'en suis pas rendu compte.

— Oh si, dit-elle, se retournant vers lui et scrutant son visage. Mais c'est évident. Vraiment, tu ne t'en es pas aperçu ? Oui... Peut-être ne devrais-je pas m'en étonner, en fait. J'ai passé avec Satsugaï beaucoup plus de temps que toi.

— Ils discutent beaucoup.

Il posa les coudes sur le bastingage et se pencha en dehors du bateau. Il sentit la main de Yukio sur son bras.

— Ne fais pas ça, je t'en prie, dit-elle en riant. Si tu tombes, il faudra que je saute à ton secours et je déteste l'eau.

— L'eau et les trains...

— L'eau plus que tout. Ça m'est égal d'en être très près. En fait, j'aime bien. Mais j'ai peur des marées, des courants, de tout ça...

— A propos de Satsugaï..., dit-il. Mon père et lui se situent aux deux extrêmes de l'échiquier politique. Mais ce ne sont que des mots, n'est-ce pas ?

— Tu te figures qu'ils se fréquenteraient, s'il n'y avait pas Itami et ta mère ?

Il baissa les yeux vers l'eau — ombre et lumière.

— Non. Je crois que non.

— Tu vois bien... Écoute, je connais Satsugaï. Une haine de cet ordre ne peut naître que de la peur, et permets-moi de te dire que ce n'est pas un homme facile à effrayer. Je ne sais ce que possède le colonel contre lui, mais ce doit être vraiment très puissant.

— Je crois que Satsugaï, en tant que membre d'un *zaïbatsu*, a été soupçonné de crimes de guerre pendant un certain temps. Tu sais, au cours des purges, quand les Américains ont voulu rompre la structure familiale traditionnelle des *zaïbatsus*, mon père est intervenu en faveur de Satsugaï. Je ne connais pas les détails, mais Satsugaï doit trouver ce genre de dette très lourde à supporter.

— Oui. Il se flatte de ne devoir rien à personne. Et il est encore plus puissant aujourd'hui que pendant la guerre. (Elle secoua la tête.) Et s'il doit une partie de sa puissance au colonel..., murmura-t-elle.

— C'est la famille. Ma mère est intraitable sur ce point. A côté de la famille, la politique est relativement sans importance. En dehors de mon père et de moi, Itami est sa seule famille. Il n'y a rien qu'elles ne feraient l'une pour l'autre.

Le brouillard se referma sur eux et la température se rafraîchit. La corne de brume du ferry gémissait à intervalles réguliers, enrouée, endeuillée. Les mouettes avaient disparu et l'on ne pouvait même plus voir l'eau. Ils avaient l'impression de glisser dans l'air. La blancheur semblait étouffante. Pour ainsi dire, aucun souffle de vent. Ils entendaient des voix, assourdies et étrangement sonores à la fois ; elles venaient de l'autre bord, comme à travers un vaste golfe insondable.

Tout à coup, la terre se dressa devant eux, surgie de la brume dense, puis, avec un unique rebond, le ferry accosta contre la glissière recouverte de jute. Nicholas se demanda comment le capitaine avait pu se diriger. Ils entendirent le ponton craquer. Puis un chien se mit à aboyer comme un fou.

★

Le trajet en train jusqu'à Kumamoto parut interminable à Nicholas bien qu'il représentât une fraction insignifiante de l'ensemble du voyage. Peut-être était-ce dû au brouillard, mais il ressentait à présent un désir aigu de savoir enfin ce qui avait attiré Saïgō jusque-là... Kansatsu s'était montré inquiet, Nicholas en prenait conscience soudain — tellement tard ! Jamais le *senseï* n'aurait exprimé un sentiment pareil, il l'avait donc donné à entendre. Mais que pouvait-il donc y avoir de si troublant dans les séjours de Saïgō ici ? Et en quoi cela concernait-il Kansatsu ? Ces questions taraudaient Nicholas tandis qu'ils traversaient Kyūshū. De toutes ses forces il voulait en connaître la réponse, mais c'était, bien sûr, un désir vain. En réalité tous les désirs sont vains, Cheong le lui avait répété bien des fois : « Si tu veux quelque chose avec suffisamment de force, fais-le, lui avait-elle dit. Celui qui perd son temps à désirer des choses n'accomplit jamais rien. »

Brusquement il sentit sourdre en lui de la haine pour cette partie de lui-même qui demeurait de nature occidentale. Mais, malgré tout, il savait que c'était son côté insoumis, plein d'énergie et de convoitise, d'impatience et d'inconstance. C'était, en bref, ce qui faisait de lui un être différent.

Yukio, comme de coutume, était avide de plaisir. Dans le wagon cahotant, complètement désert, elle s'assit sur les genoux de Nicholas, releva sa jupe et se joignit à lui. Ils n'eurent ni l'un ni l'autre besoin de bouger.

★

A l'époque féodale, le château de pierre et de mortier de Kumamoto devait sûrement dominer la ville, depuis sa haute colline brun sombre qui deviendrait verdoyante et luxuriante aux premiers jours du printemps. Mais en ces temps modernes, si imposant qu'il demeurât, il semblait écrasé par l'énorme établissement industriel qui s'étendait en travers de la vallée, du côté du nord-ouest. Une bonne quinzaine de cheminées d'usine se dressaient irrévérencieusement vers le ciel comme des doigts difformes que le brouillard semblait avoir gantés, cet après-midi-là, lorsque Nicholas et Yukio descendirent du train.

Curieusement, Kumamoto en elle-même n'était pas aussi moderne que son nouvel appendice industriel aurait pu le faire croire. Les témoignages de l'érosion occidentale étaient peu apparents, et les deux jeunes gens virent davantage de costumes japonais traditionnels que partout ailleurs au cours de leur voyage. Même à travers le brouillard, qui semblait maintenant vouloir se lever enfin, ils pouvaient constater à quel point l'île était montagneuse. Des masses sombres se dressaient de toutes parts, emplissant l'espace d'une sorte de réseau ondulant d'ombre et de lumière, comme on peut en voir depuis un avion volant très haut au-dessus de nuages épars.

Ils prirent des chambres dans un hôtel de la rue des Lutteurs.

— D'ici, leur dit le propriétaire empressé en ouvrant tout grand les portes de leurs chambres, vous aurez une vue parfaite sur le mont Aso. C'est très volcanique, vous savez. Toujours de la fumée. (Il tendit un doigt replet vers le brouillard, au-dehors.) Nous avons ce genre de temps quand le vent souffle dans le mauvais sens.

Il alla jusqu'à la porte et posa la main sur la poignée avant d'ajouter :

— Nous avons même eu des cendres et des chutes de scories. Le ciel est si sombre pendant les éruptions qu'on se croirait en pleine nuit. Nicholas lui donna un pourboire et le salua d'une inclinaison de tête assez raide.

Nicholas téléphona aussitôt à Saïgō mais celui-ci n'était pas là. Il laissa un message et le numéro de son hôtel.

Ils passèrent une partie de l'après-midi à chercher des écuries mais il n'y avait, semblait-il, aucun centre d'équitation, en tout cas dans les limites de la ville. Yukio ne dissimula pas sa déception.

Ils prirent un repas léger dans un minuscule salon de thé, sur une place entourée d'arbres. Les oiseaux s'appelaient en voletant de branche en branche. La cuisine était impeccable mais Nicholas ne put presque rien manger. Son estomac était noué et il éprouvait le besoin de bouger.

Ils allèrent se promener sans but dans les larges avenues principales et le long de ruelles bordées de boutiques toujours pleines de senteurs mêlées et de clients bruyants.

Ils revinrent à l'hôtel tard dans l'après-midi, au moment où la lumière s'effaçait progressivement. Le brouillard avait disparu et la coquille dure du ciel de cobalt semblait à une distance infinie.

Un message de Saïgō l'attendait. Ils dîneraient ensemble, Saïgō passerait à l'hôtel.

— Combien de temps allons-nous rester ici ? demanda Yukio tandis qu'ils s'habillaient, la porte de communication ouverte.

— Je ne sais pas. Je n'y ai pas songé. Pourquoi ?

— J'ai envie de partir. C'est tout.

— Nous venons juste d'arriver.

— Je sais. Mais j'ai déjà l'impression d'être ici depuis un an. Cette ville est bizarre.

Il rit, tout en tirant sur son pantalon.

— Tu n'as pas envie d'être ici, c'est tout. Écoute, nous ne sommes pas près de l'eau. Aucun risque que je tombe par-dessus bord.

Le sourire de Yukio était vaguement plus tendu que le sien.

— Oui. Oui, dit-elle. Je sais. Mais n'as-tu pas remarqué ? L'air a une odeur différente, ici. Presque comme s'il brûlait.

— Ce n'est que la raffinerie, répondit-il. Ou peut-être le mont Aso. C'est la première fois que je suis aussi près d'un volcan en activité. N'y en a-t-il pas un sur Hokkaïdo ?

Saïgō arriva peu après six heures. Nicholas ouvrit la porte de sa chambre.

— Ah, Nicholas, je ne savais pas...

Son regard glissa sur le visage de Nicholas et se fixa par-dessus son épaule. Il devint blême aussitôt.

— Que fait-elle ici ?

Ces mots passèrent comme un sifflement entre les dents de Saïgō, et, fait non moins important, sur un tout autre mode d'expression : tout vernis de politesse avait disparu d'un coup.

— Yukio ? rétorqua Nicholas en tournant la tête, elle a décidé de m'accompagner. Tu ne savais pas qu'elle était ici ? C'est vrai, comment l'aurais-tu appris...

Les yeux rageurs de Saïgō se tournèrent brusquement vers Nicholas. Son regard était dur et froid.

— Tu as monté ce coup-là exprès, hein ?

— De quoi parles-tu ?

— Tu le sais, hein ? Ne mens pas, Nicholas. Elle t'a tout dit.

Nicholas sentit la présence de la jeune fille, proche et tiède derrière lui.

— Je ne lui ai rien dit. (La voix de Yukio était glaciale.) Mais maintenant que tu as mis ça sur le tapis comme un gamin hystérique, peut-être ferais-tu mieux de tout lui raconter toi-même.

— Me raconter quoi ? Eh, une minute...

Saïgō le contournait pour s'avancer vers Yukio. Nicholas fit un pas de côté et appuya son épaule et son bras gauche contre le chambranle pour lui faire obstacle. Yukio recula vivement.

— Je crois que tu ferais mieux de me dire tout.

Saïgō perçut la note de menace dans la voix de Nicholas. Son sang se mit à bouillir. Il pencha en avant le côté droit de son corps, dissimulant à demi le mouvement horizontal de sa main et de son poignet droits.

Nicholas abattit aussitôt son avant-bras, frappant l'os exposé du poignet de Saïgō. La douleur physique était infime, mais l'ébranlement nerveux considérable. La main devint molle.

Ils étaient très près l'un de l'autre et Saïgō lança son pied vers le côté du genou de Nicholas. Le chambranle de la porte était son allié : pris entre la violence du coup et le bois, le genou éclaterait comme du verre. Mais Nicholas recula et le pied de Saïgō s'écrasa contre le bois avec un craquement aussi sec et brutal que si la maison s'écroulait.

Avant que Nicholas ne réagisse, Saïgō pivota brusquement sur lui-même et s'éloigna dans le couloir. Nicholas partit à sa suite sans un mot. Yukio courut jusqu'à la porte. « Nicholas ! » cria-t-elle. Puis elle s'élança elle aussi dans le sillage de Saïgō.

★

L'ange de mer, dentelle grise, demeurait immobile près du fond. Sa bouche minuscule s'ouvrait et se refermait. Peut-être essayait-il de manger les algues collées aux parois de l'aquarium.

Deux gouramis qui passèrent près de lui le dérangèrent dans sa concentration et il fila comme une flèche derrière un groupe de trois ou quatre plantes aquatiques qui se tordaient doucement dans les nuages des bulles ascendantes de l'aérateur.

Ils étaient de l'autre côté de la rue, dans l'ombre profonde d'un porche. Tout était silencieux, on distinguait les pas de chacun des rares passants.

— Qu'est-ce que tu attends ?

— Chut ! répondit Nicholas — qui pensait : douze, treize, quatorze...

Un jeune couple parut à l'angle et descendit vers eux. Nicholas lança à l'homme un regard rapide, puis reprit son observation de la porte du marchand de poissons où Saïgō avait disparu quelques instants plus tôt... Vingt et un, vingt-deux, vingt-trois... A trente, n'ayant rien vu de particulier, il prit Yukio par la main et traversa la rue.

Une petite clochette tinta au fond de la boutique, comme pour appeler des pénitents. C'était une pièce étroite au sol de planches nues, aux murs garnis d'aquariums de toutes tailles. Seuls un ou deux bacs étaient vides, le verre terni de poussière.

Un homme mince, usé par le passage du temps, la peau aussi grise que le brouillard de la veille, se tenait sur une chaise de bois très haute, devant un mur garni de filtres, de rouleaux de tubes en plastique transparent, et de boîtes de granulés pour poissons. Personne d'autre dans le magasin.

— Il y a une sortie vers l'arrière ? lui demanda Nicholas.

L'homme leva les yeux avec un temps de retard.

— Hein ? Oh ! oui, mais...

Nicholas, avec Yukio sur les talons, se précipitait déjà dans le couloir obscur de l'arrière-boutique et sortait par la porte de derrière ouverte.

Ils débouchèrent dans une sorte de ruelle sombre, pavée de briques — en fait, un cul-de-sac. Saïgō n'avait pu se diriger que dans un sens. Ils le suivirent.

Ils l'aperçurent, à une rue de là, qui marchait vers l'ouest. Par deux fois il changea brusquement de direction. Nicholas le perdit de vue et il commença à craindre de ne pas avoir une deuxième chance. N'était-ce pas la faute de Yukio ? Mais tout se passa bien. Saïgō était resté caché au milieu d'un groupe joyeux près d'un kiosque à journaux, juste sous le nez de Nicholas, en fait. Était-ce un hasard ou une manœuvre extrêmement subtile ? Impossible de le savoir. Mais la question demeurait. Pourquoi Saïgō prenait-il des précautions ? Pourquoi se souciait-il d'être ou de ne pas être suivi ?

Au-dessus de leur tête, la pleine lune, d'un blanc bleuté, était aussi immense qu'une lanterne de papier, signe avant-coureur des premières neiges de l'hiver. Les nuages, en apparence aussi plats et opaques que des rideaux, donnaient à la lumière un caractère capricieux, et la perspective changeait constamment. Nicholas était obligé de s'arrêter de temps à autre pour vérifier la distance qui les séparait de la silhouette sombre devant eux.

Saïgō se retourna et le clair de lune auréola son visage. Nicholas bouscula Yukio dans un porche. Il n'entendit plus que le sifflement doux de la respiration haletante de la jeune fille, et le martèlement de son propre cœur.

La silhouette de Saïgō rapetissait très vite dans la rue sombre... Nicholas prit la main de Yukio et l'entraîna. Il vit bientôt son gibier s'arrêter un instant devant le porche étroit d'un bâtiment de bois en assez mauvais état, grosse masse sans fenêtre. Puis il s'y engouffra comme un animal nocturne.

Nicholas demeura parfaitement immobile dans l'ombre profonde, Yukio à ses côtés.

— Maintenant..., dit-il à voix basse, après quelques instants.

Ils traversèrent la rue en courant.

Aucune inscription sur la façade de l'édifice n'indiquait ce qu'il pouvait contenir. Aucune sonnette à tirer. Rien. La porte était de métal, peinte en rouge foncé. Il saisit la poignée de cuivre, s'attendant un peu à une résistance. La porte s'ouvrit.

A l'intérieur, ils se trouvèrent dans un couloir nu sans vrai plafond. Un large escalier comme on en voit dans les usines — en métal lui aussi — conduisait à l'étage. Il n'y avait pas de portes au rez-de-chaussée. Ni au premier étage, ils s'en aperçurent vite. Il semblait y avoir beaucoup d'espace vide.

Le bâtiment était silencieux, hormis une espèce de vibration intermittente qui se communiquait aux planchers de bois grossier des vastes paliers.

Ils trouvèrent enfin une unique porte — fermée et cadenassée — au troisième étage. Yukio toussa deux fois avant de mettre sa paume devant sa bouche ; il semblait y avoir beaucoup de poussière en suspension dans l'air agité.

L'endroit provoquait un sentiment étrange. Outre le picotement que donne l'intrusion en un lieu inconnu, il faisait naître une sensation désagréable au creux de l'estomac, comme dans le vestibule d'une maison hantée, à minuit.

— Je veux sortir d'ici, chuchota Yukio à l'oreille de Nicholas en lui tirant le bras.

— Chut !

Il traversa lentement le palier et s'avança avec précaution vers la porte fermée. Il avait cru... Oui, la lumière était si faible qu'il ne pouvait pas en être certain. Mais en s'approchant, il vit nettement le dessin peint à la main, à l'encre noire, juste au milieu de la porte. Un cercle avec neuf losanges noirs, autour de l'idéogramme *komuso*.

Nicholas regarda. Où avait-il déjà vu cela ? Car il l'avait vu, il en était sûr... Un *ryu*. C'était un *ryu*. Mais lequel ? Il avait vu ce dessin peu de temps auparavant. Oui, juste avant de quitter Tokyo, en fait. Une branche régionale peut-être. Ou bien...

Il saisit brusquement la main de Yukio et l'entraîna en arrière.

— Qu'est-ce que c'est ? murmura-t-elle. Où sommes-nous ?

— Viens ! dit-il en tirant sur son bras d'un coup sec. Mais viens donc !

De retour dans la rue, il s'aperçut qu'il avait encore du mal à respirer. Il se mit à courir, traînant toujours la jeune fille en remorque. La nuit semblait effroyablement silencieuse. Kumamoto était déserte et Nicholas eut l'impression qu'ils étaient les deux seuls êtres vivants dans la nuit et qu'ils fuyaient à travers un décor de cauchemar dont ils n'émergeraient jamais.

Sa tête cognait comme si elle était sur le point d'éclater, une sorte de fièvre couvait en lui. Son esprit tourbillonnait, échappant à tout contrôle. C'était à peine s'il entendait les questions haletantes de Yukio.

Il avait reconnu le dessin sur la porte ; et, du même coup, la raison qui l'avait poussé à suivre Saïgō ici, et la nature de ce qui l'attendait bientôt.

★

De retour à l'hôtel il laissa Yukio seule dans sa chambre.

— Tu ne veux rien me dire ?

— Dans un moment, lui répondit-il, encore à moitié perdu dans ses pensées. Prends un bain, fais quelque chose. Je reviens dans peu de temps.

— Tu ne vas pas ressortir ? dit-elle d'un ton préoccupé. Je ne veux pas rester ici toute seule.

— Ne t'en fais pas. Je suis dans la pièce à côté.

Il traversa sa chambre jusqu'à la fenêtre. Les ténèbres semblaient absolues. Mais, peut-être uniquement parce que le patron de l'hôtel le lui avait dit, il eut l'impression de distinguer le panache blanc des cendres jaillissant de Nakadake, la cinquième cime du mont Aso.

Il savait maintenant pourquoi Saïgō faisait tout ce chemin pour fréquenter ce *ryu* particulier. Il n'en existait aucun du même ordre dans la région de Tokyo. Les paroles de Kansatsu le hantaient maintenant avec une intensité impossible à réduire au silence : *Il y a beaucoup de* ryus *au Japon, Nicholas. Et entre toutes ces écoles, la diversité des disciplines enseignées est à peu près sans limites. On propose parfois le bien et le mal sans discrimination.*

Rien d'étonnant à ce que Saïgō se fût montré si furtif dans ses déplacements ; si attentif à brouiller sa piste.

Vraiment la moindre des précautions pour un ninja !

Car il était devenu ninja. Ce *ryu* de Kumamoto ne représentait pas une branche régionale, mais un centre. *Le centre* pour être plus précis.

Les ninjas ne sont pas liés par la Voie, avait dit Kansatsu, et c'était la vérité. Mais le ninjutsu n'avait pas qu'une seule forme et, tout comme dans le bujutsu, on proposait et on enseignait plusieurs doctrines. Des bonnes et des mauvaises. Les noires et les rouges. Kansatsu l'avait expliqué à Nicholas avant son départ de Tokyo. Parmi les noires, avait-il dit, de très loin les plus dangereuses, le *ryu* le plus virulent était le *Kuji-kiri* : « C'est le mot chinois qui signifie : *trancher à neuf mains*, et c'est là la base d'une grande partie de la puissance réelle ou imaginaire des ninjas. On dit souvent que ces signes représentant des mains sont les derniers vestiges de magie dans ce monde. Pour moi, je ne saurais l'affirmer, mais comme tu as déjà pu t'en convaincre, il y a des moments où la ligne de démarcation entre imagination et réalité peut disparaître. » C'était à ce moment-là que Kansatsu lui avait montré le symbole du *ryu* Kuji-kiri — le même que celui qu'il avait vu sur la porte de l'entrepôt, quelques instants plus tôt.

Il entendit l'eau couler dans la baignoire, de l'autre côté de la porte. Yukio se déshabillait.

Un soupçon germa soudain dans son esprit. Et plus il y songeait, plus cela prenait forme de certitude. Kansatsu savait-il ce que Nicholas allait trouver ici ? Comment ? Peut-être avait-il eu de simples soupçons. Mais pourquoi Kansatsu serait-il donc impliqué, après tout ?

Brusquement, Nicholas eut la sensation glaciale d'être manipulé par des forces dont il n'avait même pas soupçonné l'existence. Il était sûr que Kansatsu en savait beaucoup plus long qu'il ne l'avait dit à Nicholas. Pourquoi ce silence ?

Au-dehors, la lune avait glissé hors de son étui de nuages et chevauchait à bride abattue dans le ciel. L'air immobile retenait une languide poussière de cendres en suspens, tel un réseau de dentelles jeté sur un paysage de soie.

Il sentait que les ficelles de sa vie avaient déjà été tirées par une autre main que la sienne, sans qu'il s'en aperçût. Comme il l'avait dit à Yukio la veille, il était engagé. On les avait dressés l'un contre l'autre, Saïgō et lui, dès l'instant de leur première rencontre. Pour quelle raison ? Il l'ignorait encore, mais c'était une réalité, et il lui fallait maintenant l'affronter.

Que faire ?

Il le savait. Il le savait, et cela le terrifiait.

L'eau du bain s'était écoulée depuis un certain temps déjà. Il se leva du fauteuil où il se tenait, dans l'embrasure de la fenêtre, et il ouvrit la porte donnant dans la chambre de Yukio. Il s'arrêta sur le seuil. Les lumières étaient éteintes et tout paraissait immobile. Il l'appela à mi-voix. La lumière bleue de la lune formait une tache qui se mêlait, sur le plancher, aux ombres obliques des barres des croisées.

— Yukio ?

Il entra sans bruit dans la pièce. Et, aussitôt, il se figea. *Harageï.* Il y avait quelqu'un d'autre dans la chambre. Il tourna la tête sans bouger les épaules. Il vit Yukio allongée sur le lit. Un filet de lumière auréolait l'arête de son nez. Elle était au-dessus des couvertures. De l'autre côté du grand lit, les draps étaient tirés vers le bas. Il y avait comme la marque d'un autre corps. Elle était nue. Sa poitrine et son ventre se soulevaient et retombaient : sa respiration était régulière.

— Bienvenue, Nicholas.

Il tourna la tête. Dans l'angle opposé, un fauteuil tourné vers la pièce. Le clair de lune tombait derrière le dos de l'homme ; tout le devant demeurait dans l'ombre.

— C'est gentil de te joindre à nous, reprit la voix.

— Saïgō ! Comment es-tu entré ici ?

— Devine, Nicholas. Devine.

— Je me doute qu'il existe bien des manières — pour un ninja. Saïgō ne sembla pas se troubler.

— Certainement. Oh ! oui. Mais, vois-tu, je n'en ai pas eu besoin... (Il marqua un temps.) Yukio m'a ouvert la porte.

— Yukio...

Nicholas avança de deux pas vers elle.

— Inutile, Nicholas. Elle ne peut pas t'entendre.

— Elle...

— Oh, non, non, non ! rien de semblable. Elle dort, c'est tout. Mais ce serait une perte de temps, car tu ne pourras pas la réveiller. Ne t'en fais pas, elle se porte à merveille.

— Réveille-la, dit Nicholas.

Il s'assit sur le lit. Elle avait la peau froide, avec la chair de poule, mais elle semblait respirer normalement.

— Sûrement pas. En tout cas, pas encore...

Saïgō se leva enfin. Il portait une robe de soie sauvage noire, assez démodée, semblable à celles que les mandarins chinois revêtaient jadis dans les grandes cérémonies. Ses cheveux étaient si courts qu'il paraissait presque chauve, mais son crâne rasé semblait en quelque sorte plus inquiétant qu'un crâne nu.

— De toute évidence, reprit-il, je devrais dire à présent que je suis désolé d'avoir raison. A ton sujet, j'entends. Mais ce serait mentir. Je ne suis pas désolé du tout. En fait, je suis ravi. J'ai toujours eu raison à ton sujet, et depuis le début. Comme mon père.

Il s'avança vers le centre de la pièce et Nicholas le suivit des yeux. Saïgō secoua la tête.

— Comment as-tu tout découvert, ça, je n'en ai aucune idée. Il faut porter cela à ton crédit.

— De quoi parles-tu ? lui demanda Nicholas.

Les yeux de Saïgō brillèrent et ses lèvres se tordirent en une grimace, comme si Nicholas l'avait giflé. Il traversa la pièce d'un bond et saisit son cousin par le col de la chemise.

— D'accord, chuchota-t-il d'une voix rageuse. Fini, la courtoisie avec toi. Je vois que c'est inutile. Tu crois vraiment que je ne me suis pas rendu compte que vous me suiviez ? Tu crois que tu aurais été capable de me filer si je ne l'avais pas voulu ? Tu es *vraiment* naïf.

Nicholas leva les mains et fit sauter les poings de Saïgō d'un coup sec. Ils demeurèrent face à face, regards croisés, retenant leur souffle, comme deux Titans s'affrontant au commencement du monde.

— Que crois-tu être en train de faire ? demanda Nicholas.

— Mon salut, répondit Saïgō. C'est évident, non ? J'ai été accepté au sein de l'élite. Au-delà du *bushi*, Nicholas. Bien au-delà. (Il fit un pas en avant.) Et tu peux te joindre à moi.

— Quoi ?

— Pourquoi crois-tu que je t'aie demandé de venir ici ? Ce n'est pas un village de vacances ! Et tu arrives ici avec *elle*. Insensé !

— Je l'aime.

397

— Laisse-la tomber. Elle n'est rien. Moins que rien. Une putain. Elle baise...

— Ferme ta sale...

— C'est vrai, j'oublie ton héritage anglo-saxon. Si chevaleresque !

Il fit un autre pas en avant et leurs poitrines se touchèrent presque.

— Mais qu'elle soit ceci ou cela, peu importe, poursuivit-il. Elle n'existe plus pour toi, ni pour moi. Je t'offre le monde, Nicholas. Tu n'as aucune idée de ce que c'est. Aucune. Le ninjutsu est...

— Mais pourquoi le Kuji-kiri ? Pourquoi le noir ?

— Ah, je vois. Je vois ce que c'est, à présent. Les bêtises que Kansatsu t'a mises dans la tête. Oui, c'est du ninjutsu noir, et c'est comme ça que cela doit être. Nous sommes les plus forts, les plus puissants. Avec Kuji-kiri, on devient invisible. Rien dans le monde entier ne peut nous arrêter. Songes-y, Nicholas, un pouvoir sans limites...

— Rien ne m'attire dans tout ça ! répondit Nicholas.

Tout en parlant, il avait pivoté obliquement en travers du lit, à l'écart de Yukio, en bloquant avec les poings les coups que Saïgō lui avait lancés dans les yeux, à une vitesse fabuleuse. Il répliqua par des coups fendants, trois en succession rapide. Évités par Saïgō, mais peu importait, car ils avaient rempli leur objectif : l'adrénaline montait en lui comme un raz de marée.

Il roula sur lui-même, Saïgō par-dessus lui, et il essaya aussitôt de parer un coup de coude simulé suivi d'un coup fendant, visant son larynx. Il parvint à esquiver, mais son bras gauche se trouva coincé sous le poids de l'épaule droite de Saïgō. Il était en mauvaise posture et il le savait. Dans une pièce comme celle-là, avec sa formation ninjutsu, Saïgō avait un avantage énorme. Le seul espoir de Nicholas était de se dégager et de mettre une distance raisonnable entre son adversaire et lui.

Il amorça un coup de genou, en pivotant sur lui-même, mais Saïgō ne s'y laissa pas tromper et Nicholas sentit un coup sur l'arête de sa clavicule. Instinctivement il avait baissé le buste. Il avait eu de la chance que le coup soit mal porté.

Ils étaient cloués au sol, à présent. Un pan du dessus-de-lit retombait sur leurs corps contractés. Aucun mouvement visible pendant plusieurs minutes : ils luttaient, doigts étreignant les poignets de l'adversaire, coudes bloqués contre le sternum de l'autre — semblables à une sorte de moteur pervers qui étoufferait toute l'énergie qu'il pouvait produire.

Il devenait grand temps de tenter autre chose. Nicholas lança sa rotule vers le haut. Il entendit Saïgō gémir et, presque en même temps, il perçut un léger déclic métallique à la hauteur de son visage. Il vit une petite lame luire au clair de lune, pointée comme un cure-dents mortel entre les phalanges du pouce et de l'index de Saïgō. Un truc d'illusionniste. Mais ce n'était pas une illusion. Il tourna la tête tandis que la lame avançait imperceptiblement vers son œil. Il perçut une odeur particulière et, pendant un instant, ses narines frémirent. Puis ce fut fini et il se concentra pour accroître la pression exercée par son avant-bras contre la main tenant la lame. Il poussa vers le haut, faisant levier de toute sa force. La sueur glissait entre ses cheveux et descendait avec une lenteur cruelle sur son front, menaçant de troubler sa vision.

Mais l'équilibre basculait déjà, et peu à peu, il repoussait la main loin de lui. Puis il fut libre et sur ses pieds. Sa poitrine haletait à la suite de l'effort intense des instants précédents. Il chancela un peu, attendant que Saïgō se relève. Aussitôt, Nicholas l'attaqua. Mais le coup sur la clavicule devait l'avoir touché plus qu'il ne l'avait cru, parce qu'il perdit légèrement l'équilibre. Et lorsque Saïgō contra son assaut, il lui fallut un temps anormalement long pour réagir.

Et Saïgō revenait sur lui, plus rapide que jamais, semblait-il. Il eut du mal à écarter le coup de fourchette, et il fut incapable de contrer le coup fendant sur son cou.

Il s'écroula. Il toussait, haletait, incapable d'emplir ses poumons d'air. Il s'allongea sur le dos. Au-dessus de lui, Saïgō souriait, comme s'il savait qu'il ne rencontrerait désormais aucune résistance.

Nicholas tenta de se lever mais il n'avait plus de jambes. Il fit appel à ses mains, les souleva. Ou crut le faire. Aucune sensation non plus. Il cligna les paupières plusieurs fois, incrédule... Pris au piège dans un corps inutile ! Il baissa les yeux. Ses mains étaient étalées comme des fleurs pâles appartenant à un autre univers. Il sentait son cœur battre avec une violence anormale, dans son oreille interne. Et rien d'autre.

Saïgō se pencha au-dessus de lui, un sourire ironique sur le visage.

— Tu croyais que j'étais venu sans me préparer, cette fois ? dit-il, presque aimable, comme à un ami. Non. J'avais tout organisé depuis le commencement. Oui, Nicholas, jusqu'à la participation de Yukio. Elle savait. Elle savait tout. En fait, elle m'a même donné quelques idées. Cela t'étonne ?

Nicholas ne put qu'ouvrir et refermer la bouche sans un bruit, tel un poisson en train de mourir hors de l'eau. Sa langue s'agitait comme celle d'un idiot. Non, songea-t-il avec rage. Non, non, non. C'est un mensonge. C'est *forcément* un mensonge.

— Mais cela ne devrait pas t'étonner. Ne t'ai-je pas dit que c'était une putain ? Elle a bien dû te raconter que nous étions amants ? Oui, j'en suis sûr.

Il se détourna et, dans la pénombre, Nicholas le vit tendre le bras vers le lit. Il saisit la silhouette endormie de Yukio et il la tira sur la couverture. Une lampe s'alluma devant Nicholas. Il plissa les yeux lentement tandis que ses yeux essayaient de s'habituer à la lumière : il avait l'impression de fixer le soleil.

Yukio ! hurla-t-il en silence. Yukio !

Saïgō l'avait assise. Il tenait à la main une petite ampoule, qu'il brisa et glissa sous le nez de Yukio. La tête de la jeune fille s'écarta, et la main de Saïgō la suivit. Elle secoua la tête en tous sens comme si elle voulait s'éloigner du contenu de l'ampoule.

Elle ouvrit les yeux et ses traits dessinèrent aussitôt un lent sourire, sensuel et soumis. Elle passa les bras autour des épaules de Saïgō. Il l'embrassa violemment et Nicholas vit les lèvres de la jeune fille éclore comme une fleur.

Yukio !

Veillant bien à demeurer dans le champ de vision de Nicholas, Saïgō se mit à la caresser. Il glissa ses mains sur les seins de la jeune fille jusqu'à ce que les mamelons se dressent, durs et vibrants. Il lui écarta les jambes et poursuivit ses caresses. Yukio se mit à haleter. Les doigts de Saïgō semblaient luire.

Il la retourna, cambrée sur le lit. Ses hanches étaient des orbes pâles sous la lumière crue. La soie noire glissa et tomba en tas autour des chevilles de Saïgō. Il écarta les cuisses et la toucha de nouveau pour oindre son membre. Puis il s'enfonça au plus secret.

Yukio cria quand il pénétra sa chair. De l'endroit où il gisait, Nicholas pouvait voir l'éperon rougi. Il voulut fermer les yeux, mais les gémissements et les halètements l'assaillirent plus fort, déchirant son cerveau jusqu'à ce que ses yeux s'ouvrent — c'était sa seule défense.

Les bras de Yukio volaient au-dessus de sa tête, ses doigts se crispaient convulsivement dans la couverture et la roulaient en collines houleuses. Elle avait les paupières serrées. Ses cuisses battaient contre le lit, écrasant son mont de Vénus au rythme des coups de boutoir de Saïgō.

Soudain elle poussa un cri. Le dessus-de-lit se déchira entre ses doigts fous. Ses hanches se relevèrent convulsivement et elle frémit.

A cet instant, Saïgō se retira et un gémissement de déception échappa des lèvres de Yukio. Le membre rougi de l'homme se tendait à chaque pulsation de ses veines.

Saïgō se pencha au-dessus de Nicholas et le retourna d'un seul geste. Ce fut seulement en cet instant que Nicholas comprit réellement ce qui se passait.

Il sentit un feu le pénétrer ; il entendit le gémissement sourd de Saïgō, puis il y eut un grand poids, pesant sur ses épaules et ses hanches, mouvant comme un ressac sans fin.

★

Le colonel rentra à la maison très tard.

Il demeura longtemps immobile au volant de sa voiture, la pipe aux lèvres, ne songeant à rien. Il avait l'impression de ne pas avoir fumé depuis des jours et il savourait la douce morsure du tabac brun sur le bout de sa langue et sur la voûte de son palais. Il se dit qu'il ne tarderait pas à avoir envie d'un verre.

La lune était une tache sombre près de l'horizon, prête à prendre une nuit de repos. Ce qu'il en restait en tout cas. Le colonel remonta lentement sa glace et se prépara à descendre de voiture, mais une sorte de léthargie l'envahit soudain, et il se sentit incapable de toute initiative, si insignifiante qu'elle fût.

Je suppose qu'il fallait s'y attendre, se dit-il.

Il regarda la maison dans l'ombre et il songea à Cheong, endormie sur leur *futon*. Comme il l'aimait ! Comme il lui avait fait faux bond ! Et à lui-même ! Et surtout à Nicholas ! Il avait tenté la seule chose possible, mais cela était loin d'être suffisant. Il avait tout saccagé des années plus tôt. Les événements de la soirée ne faisaient qu'alléger un peu le tourment qu'il avait dans le cœur.

Et il songea à mentir à Cheong. Il ne l'avait encore jamais fait et il n'éprouvait aucun désir de commencer. Mais il n'y avait pas d'autre solution. Il ne comprenait que trop bien les conséquences de la vérité.

Il descendit enfin de la voiture et referma la portière derrière lui d'un claquement doux. La nuit semblait terriblement silencieuse.

Il contourna la maison sans bruit et trouva le petit tas de feuilles qu'Ataki avait laissé pour le feu du matin. Il s'agenouilla et l'enflamma, écoutant le crépitement sec, respirant l'odeur âcre.

Il fixa le feu. Étrange, se dit-il, comme on se rappelle certaines choses en des moments comme celui-ci. Comme un sous-marin refaisant soudain surface, le souvenir lui revint du bel après-midi d'été où il était demeuré enfermé dans le bureau du premier ministre Yoshida pour discuter de la situation particulière créée par la guerre de Corée, avec John Foster Dulles, le général Bradley et le ministre de la Défense, Johnson. Dulles était à Tokyo parce que, parmi les premiers soldats américains envoyés en Corée, se trouvaient les hommes qui occupaient le Japon depuis 1945. Mais cela laissait les bases américaines du Japon, et environ un quart de million de ressortissants des États-Unis, sans protection efficace. Voilà qui ne plaisait guère aux Américains, bien entendu, et ils proposaient la création d'une armée japonaise.

C'était là une véritable bombe, car le recrutement d'unités militaires serait une violation directe de l'article 9 de la Constitution du Japon, datant de 1947 : « Aucune armée de terre, de mer ou de l'air, et aucun potentiel de guerre, ne seront établis. »

Selon la grande tradition américaine, la Défense attaqua les Affaires étrangères. Mais le premier ministre japonais réagit par la négative à la demande de Dulles en faveur de la remilitarisation du Japon. Pourtant, de toute évidence, il fallait faire quelque chose. Le colonel proposa que les forces de police japonaises existant à l'époque soient élargies à environ 75 000 hommes. Ce serait la réserve de Police nationale. « Nous aurons une armée de fait, sans être obligés de l'appeler de ce nom », avait dit le colonel.

Pour Dulles, bien entendu, c'était insuffisant, mais Yoshida, voyant que le colonel lui offrait un moyen de se tirer de cette situation sans perdre la face, avait accepté d'emblée. Le projet devrait rester, par définition même, *top secret*. Même les recrues, insista Yoshida, devraient ignorer à quelles fins on les entraînait.

Aussitôt, le premier ministre avait chargé l'annexe de la section des Affaires civiles, au sein de la bureaucratie existante, du recrutement et de la formation. Et l'on avait désigné un officier de liaison américain.

A la fin de cette réunion cruciale, Yoshida avait demandé au colonel de rester. Une certaine tension régnait dans la pièce, comme une odeur de moisi, et le premier ministre proposa une promenade dans les jardins.

— Je vous dois bien des remerciements, avait-il dit après les courtoisies habituelles de la conversation, qui, même dans une situation aussi exceptionnelle, ne pouvaient être ignorées.

— Le problème, monsieur, c'est que les Américains ne nous comprennent pas encore, répondit le colonel.

Il vit Yoshida lui lancer un regard en biais et il ajouta :

— Peut-être ne nous comprendront-ils jamais. Ils sont ici depuis longtemps.

— Souvenez-vous, colonel, qu'il y avait une époque où nous ne comprenions pas les Américains, dit le premier ministre en souriant. De toute façon, je vous suis extrêmement reconnaissant. M. Dulles avait très envie de m'acculer le dos au mur. Ce qu'il visait, sans aucun doute, c'était l'intervention du Japon dans la guerre de Corée. Pourquoi, sinon, demander soudain la constitution d'une force militaire aussi énorme ?

Il secoua la tête et ses petites mains se crispèrent derrière son dos.

— Il est inconcevable, colonel, que nous envoyions des soldats en Corée.

Inconcevable, songea le colonel à présent agenouillé dans la nuit claire. Cette fois-là, par la grâce de Dieu, nous avons évité l'*inconcevable*. Et, aujourd'hui, un autre *inconcevable* s'est produit.

Le feu prit de la force. Le colonel sortit le cordon de la poche de sa veste de nylon sombre et le laissa tomber au centre de la minuscule conflagration.

Il ne fut pas surpris de voir que le nœud, au milieu du cordon, fût le dernier à noircir et à se réduire en cendres.

★

Adieu mont Aso, bonjour mont Fuji.

Il plut pendant presque tout le chemin du retour. Le ciel bas était noir, plein de nuages mauvais, l'orage grondait. Un vent violent venu du nord avait fait baisser brusquement la température, l'hiver s'installait enfin.

Nicholas, mal à l'aise, passait d'une fesse à l'autre. S'asseoir normalement le faisait encore souffrir. Au fond du wagon, quelqu'un ne cessait de tourner le bouton de sélection d'un transistor : de brefs éclats de rock'n'roll coupaient une voix sèche, cultivée, qui annonçait les nouvelles. Saburo, le leader du Parti socialiste japonais, était de nouveau attaqué pour son programme de « réforme structurelle » adopté deux ans plus tôt par le parti. On estimait qu'il ne resterait plus longtemps à son poste.

Peu après Osaka, la pluie se changea en grêle. Elle se mit à crépiter contre les vitres et prit des sonorités de danseur de claquettes contre la carapace creuse du train.

Nicholas se pelotonna dans son siège et frissonna, malgré l'efficacité du chauffage. Vaguement, comme si la sensation appartenait à une autre personne, il eut faim. Mais il n'avait pas quitté sa place depuis qu'il était monté dans ce train à Osaka, pour s'écrouler sur le siège. Peut-être serait-il obligé d'aller aux toilettes avant d'arriver à Tokyo, mais il préférait ne pas y songer pour l'instant. Toute pensée lui était pénible. Son esprit semblait un tunnel de vent ; ses idées, feuilles mortes aspirées par les mêmes courants, formaient exactement les mêmes dessins chaque fois qu'elles retombaient. Gémissement dans ses oreilles, chaleur sur son visage ; la lumière — l'abat-jour ôté de la lampe ? —, les ombres mouvantes qui se soulevaient et s'abaissaient, plus grandes que nature ; Saïgō, curieusement, en train de faire le lit. Yukio, en jupe et corsage, rangeant ses bagages avec des gestes mécaniques. Il essayait de dire quelque chose, mais c'était comme si sa bouche avait été garnie de sable sec. Son larynx était-il donc paralysé, lui aussi ?

Saïgō la prenait par le bras et soulevait la valise de l'autre main. Il fallait qu'ils enjambent Nicholas pour parvenir à la porte. Il gisait sur le parquet comme un quadriplégique, les yeux brûlants du sel de la sueur et des larmes. Il voulut voir le visage de Yukio, mais il était en partie dans l'ombre, et ses longs cheveux lui tombaient sur la joue.

Saïgō arrêta la jeune fille en lui murmurant un mot à l'oreille. Son visage penché en arrière et vers le bas, luisant de sueur, était juste au-dessus de celui de Nicholas.

— Tu le vois à présent, hein ? C'est un bon petit. (Il ricana.) Et il ne cherchera pas à nous suivre, hein ? Vraiment inutile. Parce que c'est un adieu. Pas de *sayonara*, cette fois. Tu m'entends ? (Il baissa la main et caressa la joue de Nicholas presque avec tendresse.) Si nous nous rencontrons jamais, je te tuerai.

Des ombres dressées — étaient-ce vraiment des êtres humains ? —, bientôt évanouies, une simple image persistante, sombre sur ses rétines. Il ferma enfin les yeux et se concentra sur sa respiration.

La paralysie commença à disparaître peu de temps après l'aurore. Il ne pouvait pas mesurer le temps, car il avait dû s'endormir. Tout ce qu'il savait c'est qu'à son réveil, peu avant huit heures, il pouvait bouger les doigts et les orteils.

Une heure après, il était capable de se lever, et même de faire quelques pas. Il passa dans la salle de bain et y resta longtemps.

Sa première visite fut pour l'entrepôt. La rue avait un caractère entièrement différent, pendant la journée. Elle était proche du quartier des affaires, bondée de voitures et de piétons du matin jusqu'au soir.

Il essaya la porte d'entrée. Elle était fermée à clé. Après avoir fait deux fois le tour du bâtiment, il se convainquit qu'il n'y avait aucun autre accès. Forcer la serrure en plein jour était hors de question.

Il entra prendre un petit déjeuner dans un salon de thé voisin. Depuis sa table, il voyait, en biais mais de façon très claire, toute la façade de l'entrepôt. Rien ne se produisit et, au bout d'une heure, il renonça.

En payant l'addition, il demanda l'adresse du poste de police le plus proche. Il était à quelques minutes de marche. On le fit monter au deuxième étage d'un bâtiment de brique et de bois. L'endroit sentait le ciment et la térébenthine.

Le sergent de service se tenait derrière un bureau aussi usé et couvert de cicatrices qu'un ancien combattant. C'était un homme de petite taille, assez jeune, d'un teint très jaune, et qui portait une large moustache destinée à dissimuler ses dents saillantes. Son uniforme était si impeccable que Nicholas pouvait voir les plis de son blouson.

Il avait l'air aimable, prêt à rendre service. Il nota tous les détails, y compris l'adresse de l'entrepôt. Mais ses sourcils se soulevèrent quand Nicholas lui dit ce qui se trouvait derrière la porte laquée de rouge du troisième étage.

— Un *ryu* de ninjutsu ? Jeune homme, êtes-vous bien sûr qu'il ne s'agit pas d'une sorte de blague ? Une farce d'étudiants, vous voyez ce que je veux dire... Parce que si je comprends bien...

— Non, dit Nicholas. Rien de ce genre.

— Mais, bien entendu, dit le jeune sergent en caressant amoureusement sa moustache du bout de l'index, vous savez qu'il n'existe plus de ninjas. Ils ont disparu, il y a..., euh, presque un siècle.

— En avez-vous la preuve ?

— Écoutez, je...

— Je vous en prie, sergent. Tout ce que je vous demande, c'est d'envoyer quelques hommes dans cet entrepôt pour vérifier.

A regret, le sergent ôta la main de sa lèvre supérieure et la releva, la paume en avant.

— D'accord, M. Linnear. Parfait. Faites-moi confiance. Retournez à votre hôtel et attendez mon coup de fil.

Il ne rappela qu'à trois heures passées, et sa voix avait l'air très lasse.

— Êtes-vous allé à l'entrepôt ? demanda Nicholas.

— Oui. En personne. Avec deux agents. Il appartient à Pacific Imports.

— Vous avez vu le blason sur la porte ?

— Il n'y avait rien. Une porte nue.

— Mais j'ai vu...

— L'entrepôt était fermé, aujourd'hui, mais nous avons secoué un peu le gardien et il a eu la bonté de nous faire visiter les lieux. C'est un entrepôt. Rien de plus.

— Je ne comprends pas.

— M. Linnear, peut-être voulez-vous que j'envoie un homme à votre hôtel pour jeter un coup d'œil sur les bagages de votre amie ? Nous risquons d'y trouver des indices sur l'endroit où elle est en ce moment.

— Les bagages ? dit Nicholas consterné. Ses bagages sont partis, sergent. Je vous l'ai dit.

A l'autre bout du fil la voix sembla se contracter, devenir plus froide.

— Non, vous ne me l'avez pas dit. M. Linnear, peut-être avez-vous eu une dispute, votre amie et vous, la nuit dernière ? Vous aurait-elle plaqué ?

— Écoutez, sergent, je...

— Jeune homme, peut-être devrais-je téléphoner à vos parents. D'où m'avez-vous dit que vous veniez ?

Il attendit longtemps après la tombée de la nuit. Il faisait plus froid. L'humidité semblait suspendue dans l'air comme un rideau d'acier. Les rares personnes encore dans les rues à cette heure tardive le dépassaient très vite, impatientes d'atteindre la chaleur des maisons où elles résidaient.

Il fit le tour de l'entrepôt, pour être certain. Il ne vit jamais deux fois la même personne. Il demeura debout sous un porche, les yeux rivés à la porte. Le vent devint plus violent et il frissonna. Un morceau de journal déchiré glissait le long du caniveau, se soulevait puis retombait, comme un insecte géant à la recherche d'une flamme.

Il lui fallut quatre minutes pour entrer. Il prit des précautions extrêmes. Pendant ce qui lui parut un temps très long, il demeura adossé à la porte, écoutant les bruits. Il fallait qu'il enregistre tous les éléments de l'atmosphère pour que son esprit soit mis en éveil à la moindre fluctuation du tissu sonore, pendant qu'il travaillerait. Ce genre de choses pouvait faire la différence entre se tirer d'affaire et être pris au piège, en cas de chasse à l'homme. Il s'accorda dix minutes, par sécurité. L'ambiance incluait des bruits de circulation extérieure et il fallait beaucoup de temps pour les assimiler, surtout parce qu'ils étaient intermittents. Ensuite, il monta l'escalier sans bruit.

L'endroit semblait désert, mais il ne pouvait en être certain : il était en territoire ennemi. Le sergent ne serait pas content — c'était le moins qu'on puisse dire —, si Nicholas se faisait prendre ainsi. Et Nicholas n'avait aucun désir d'impliquer le nom de son père dans un rapport de police ; moins le colonel en saurait sur ses activités à Kumamoto, et mieux cela vaudrait.

Sans fenêtres, l'entrepôt était aussi peu éclairé de jour que de nuit. Le temps n'avait aucune prise. Sur le palier du troisième étage, il sortit une lampe-torche et balaya la porte.

Il demeura parfaitement immobile pendant quelques instants. Du bois craqua, quelque part en bas. Une poutre qui travaillait, pas un bruit de pas. Dehors, dans une cour fermée peut-être, car le son était creux, un chien aboya deux fois puis se tut. Bref grondement d'un camion.

Le sergent n'avait pas menti. La porte était entièrement dépourvue d'inscription.

Il traversa le palier pour regarder de plus près. Du bout du doigt, il frotta la surface, à la lueur de la torche. Rien. Y avait-il eu quelque chose, ici ? Il fit sauter le cadenas.

Quinze minutes plus tard, il était ressorti et il marchait dans la rue, en traînant la jambe de douleur. Un entrepôt. Seulement un entrepôt. Et aucun élément prouvant qu'il y ait eu un *ryu* en cet endroit. *Ne cherche pas à nous suivre.* Parce que nous ne serons pas là...

Dans le wagon du chemin de fer, la radio jouait une chanson pop qu'il ne connaissait pas. Un tempo rapide, des paroles optimistes. Le paysage qui défilait se perdait dans le brouillard — dont émergeait la grêle, qui claquait et rebondissait comme des balles de ping-pong.

Nicholas appuya sa tête contre la vitre, heureux de sentir la fraîcheur qu'elle dispensait. Il essaya de trouver un sens à tout ça. Quelle actrice superbe Yukio s'était révélée ! Et lui, quel gamin naïf ! C'était presque drôle. Tous ses efforts pour gagner la confiance de la jeune fille, alors que ce mot n'avait absolument aucun sens pour elle. Non, c'était trop écœurant pour qu'on songe à en rire.

Mais c'était ironique, oui. Tellement ironique !

Il sentait en lui une sorte de torpeur, comme si l'intrusion cruelle de Saïgō l'avait anesthésié de quelque manière, étouffant toute étincelle. Il songea à la remarque de Yukio en voyant l'observatoire bombardé, à Hiroshima. *C'est comme ça que je suis, en dedans.* Une autre facette de ses mensonges, mais ce n'était que trop vrai pour lui, à présent.

Il se mit à neiger, le ciel devint blanc. Le silence parut effrayant et absolu, après le long assaut de la grêle. Enfin, la radio avait été coupée.

Pour la première fois Nicholas commença à songer à l'Amérique comme à autre chose qu'un pays du bout du monde. Abandonner son Japon bien-aimé ? Oui, se dit-il. Oui. Mais d'abord...

Avec un crachement rauque la radio reprit vie... *I'll pretend that I'm kissing the lips I am missing. And hope that my dreams will come true...* Les Beatles...

★

Rien d'étonnant à ce que Nicholas ne se soit pas rendu directement de la gare jusqu'à chez lui. Il lança ses valises au fond d'un taxi, monta à leur suite et donna l'adresse du *ryu* de Kansatsu.

Apparemment la neige tombait sur Tokyo depuis quelque temps. Il y en avait déjà plusieurs centimètres sur le sol et la circulation était infernale. La première neige était venue si tard dans l'année que tout le monde avait cessé d'y croire et s'était laissé prendre au dépourvu.

Les essuie-glaces lourdement chargés faisaient entendre un crissement sourd, hypnotique. Ils traversèrent la ville embouteillée avec une lenteur affolante. Mais, une fois sur l'autoroute, ils gagnèrent de la vitesse ; les équipes de sablage étaient déjà passées.

Il se blottit dans un coin de la banquette arrière et n'ouvrit les yeux que lorsque la voiture s'arrêta devant le *ryu*. Le chauffeur se tourna vers lui, et Nicholas lui demanda d'attendre qu'il s'assure de la présence du maître.

Le taxi sembla s'incruster dans la neige, essoufflé. Son tuyau d'échappement expirait de petites bouffées blanches. Nicholas revint au bout d'un instant, paya le chauffeur, et prit ses bagages.

Kansatsu lui servit du thé vert dans une des arrière-salles du *ryu*. Le *dōjō* proprement dit était désert. Il n'y avait personne en dehors du *senseï* et de Nicholas.

— Tu as eu un voyage très difficile, dit Kansatsu.

Par un *shōji* ouvert, Nicholas entrevit la neige qui tombait lentement, étouffant tous les bruits. Dans la lumière du crépuscule, elle paraissait plutôt bleue que blanche. Le Fuji était invisible, à présent.

— Je peux le voir sur ton visage.

Et Nicholas lui raconta tout, ou presque.

Il y eut un grand silence lorsqu'il eut terminé. En tout cas c'est ce qu'il sembla au jeune homme.

— Kansatsu...

Mais le *senseï* l'arrêta.

— Bois ton thé, Nicholas.

Nicholas repoussa brusquement la tasse de porcelaine grise. Du thé se répandit sur les tatamis.

— J'en ai assez d'être traité comme un gamin ! Je sais ce que je veux faire maintenant — ce que je *dois* faire.

— Je crois, dit Kansatsu, impassible devant cet éclat, que tu devrais rentrer chez toi.

Nicholas se leva, le visage écarlate de rage.

— Vous ne comprenez pas ce qui s'est passé ? Vous n'avez pas entendu ce que je vous ai dit ?

— J'ai écouté chaque mot, répondit Kansatsu d'une voix calme, apaisante. Je compatis avec toi. Tu as confirmé ce que je soupçonnais depuis un certain temps. Mais il ne faut prendre aucune décision à la hâte. Tu crois peut-être savoir ce que tu as envie de faire, mais je doute que ce soit le cas. Je t'en prie, suis mon conseil et rentre chez toi. Prends le temps de réfléchir à...

— J'ai besoin d'entendre certaines réponses de votre bouche, le coupa Nicholas d'une voix âpre. Vous m'avez manipulé. Vous saviez...

— Je ne savais rien. Je te l'ai dit. *A présent*, je sais, exactement comme toi. C'est mieux, avoue-le, que d'être dans le doute. On ne peut prendre aucune décision valable tant que l'on n'est pas certain ; on ne peut déterminer aucune ligne d'action. C'est fondamental, tu comprends...

La fin de la phrase était légèrement interrogative. Kansatsu poussa un soupir et se leva. Ils se regardèrent, de part et d'autre de la table laquée.

— Je t'assure que ce que je t'ai caché, c'était dans ton intérêt...

— Pour mon propre bien !...

— Laisse-moi achever ma pensée, je t'en prie, dit Kansatsu en levant une main. Je n'avais à l'époque que de vagues soupçons concernant Saïgō. (Le ton de sa voix changea, se fit plus doux.) Et quant à toi, Nicholas, je t'ai dit le fond de ma pensée. Travailler ici plus longtemps ne sera utile à aucun de nous. Le fait que tu aies survécu à ton voyage à Kumamoto en est une preuve suffisante — si tu avais encore tendance à douter de mes paroles.

— Jamais je n'ai...

— Non, je sais. Tu ne t'abaisserais pas à cela.

Kansatsu contourna la table et posa la main sur le biceps de Nicholas. C'était le premier geste de ce genre qu'il se fût jamais permis à l'égard du jeune homme.

— Tu as été mon meilleur élève. Mais il est temps maintenant que nos chemins se séparent. Tu dois suivre ta propre route. Rester trop longtemps dans ce *ryu*, dans n'importe quel *ryu*, pourrait être désastreux pour tes progrès. Et pourtant... (Il leva un long index.) Avant de décider où tu iras, ton esprit doit être clair. Et, reconnais-le, tu ne peux pas prétendre à la clarté en ce moment, n'est-ce pas ?

Nicholas garda le silence, songeur.

— Prends plusieurs jours, reprit Kansatsu. Le temps qu'il te faudra, en fait. Ensuite, quand tu te sentiras prêt, viens me voir. Je serai ici. Je répondrai à toutes tes questions de mon mieux. Et, ensemble, nous déciderons de ton avenir.

— Il y a une chose que je ne peux pas me permettre de négliger, répondit enfin Nicholas.

— Laquelle ?

— J'ai un ennemi, à présent. (*Ne cherche pas à nous suivre...*)

J'ai envahi son territoire. J'ai ignoré son avertissement. Quand il viendra, il faudra que je sois prêt.

A ses côtés, les yeux fixés sur la neige qui tombait, Kansatsu n'avait jamais paru aussi vieux, ni aussi frêle.

★

— J'ai peur d'avoir de mauvaises nouvelles.

Il était debout, avec ses valises, sur le seuil de la maison. Aussitôt il songea à Cheong.

— Où est Maman ?

— Chez ta tante. Entre, Nicholas !

Le colonel était très pâle, les traits tirés. La maison semblait subtilement différente. Plus vide.

— Que s'est-il passé ?

— Satsugaï, répondit le colonel d'une voix égale. (Il tenait sa pipe dans une main. Éteinte.) Nous avons essayé de te joindre à Kumamoto. J'ai fini par mettre la main sur Saïgō cet après-midi. Itami a été surprise d'apprendre que Yukio avait décidé de rester avec lui.

Nicholas sentit une lame vriller ses entrailles. *I'll pretend that I'm kissing the lips I am missing...* Il y eut un silence. Il pouvait entendre la pendule sur la cheminée, dans le bureau du colonel. Dehors, rien ne bougeait. Comme si le monde se fût gelé pour entrer dans une nouvelle ère glaciaire. Le colonel s'éclaircit la gorge.

— Satsugaï a été tué. Je suis désolé, c'est une drôle de bienvenue. Et je vois bien que tu n'as pas fait un voyage de rêve.

Était-ce donc gravé de façon indélébile sur son visage ? En grandes lettres qu'il refusait de voir ?

— Comment est-ce arrivé ?

Le colonel porta la pipe à ses lèvres et souffla très fort pour la déboucher, puis en contempla le fourneau.

— Cambriolage, à ce que croit la police. Satsugaï doit avoir pris le voleur sur le fait.

— Personne d'autre ne l'a entendu ?

— Il n'y avait personne d'autre dans la maison à cette heure-là. Itami était chez sa sœur, répondit le colonel en haussant les épaules.

— Laquelle ? Ikura ?

— Non. Teoke.

Nicholas détestait Teoke. Il émit un « Ah ! » puis prit ses valises pour les porter dans sa chambre. Le colonel se baissa pour l'aider et ils traversèrent la maison ensemble.

410

— Tout est tellement silencieux, dit Nicholas. Rien ne semble être comme à l'habitude.

— Non, repartit le colonel, avec dans les yeux quelque chose de très lointain. Rien n'est jamais semblable.

Il s'assit sur le *futon* et appuya le pouce et l'index de sa main droite contre ses paupières closes.

— Les domestiques sont parties avec ta mère, et Ataki ne viendra pas de la journée.

Nicholas se mit à défaire ses bagages, séparant le linge sale et celui qu'il n'avait pas porté.

— Papa, dit-il au bout d'un instant, que sais-tu sur les ninjas ?

— Oh, pas grand-chose, pourquoi ?

Nicholas haussa les épaules et baissa les yeux sur la chemise qu'il avait à la main.

— Kansatsu m'a parlé. Tu savais qu'en 1543, quand les armes à feu ont été introduites ici par les Portugais, elles ont été incorporées sur-le-champ dans les techniques du ninjutsu ? Non ? C'est pour cette raison que les armes à feu ont été mises à l'index par la majorité des autres castes — et notamment par les samouraïs — jusqu'à la restauration Meiji.

Le colonel se leva, traversa la pièce et demeura près de son fils.

— Nicholas, dit-il doucement, que s'est-il passé entre Yukio et toi ?

Nicholas ne répondit pas. Le colonel posa la main sur son épaule.

— Tu as peur de me le dire ?

Nicholas se retourna vers son père.

— Peur ? Non. Je... C'est seulement... Je sais ce que tu penses d'elle. Elle t'a déplu de prime abord.

— Et tu ne veux pas me dire...

— Je l'aime, répondit Nicholas, la gorge nouée. Et elle m'a dit qu'elle m'aimait. Et puis... Et puis, tout est tombé en miettes comme si cela n'avait jamais existé.

Le colonel eut mal en voyant le visage de Nicholas se décomposer.

— Comment a-t-elle pu partir avec Saïgō ? Comment a-t-elle pu faire cela ? (Des larmes perlèrent au coin de ses yeux.) Je ne comprends pas. Je ne comprends rien.

En voyant Nicholas debout sur le seuil, le colonel avait ressenti le besoin intense de tout lui dire. D'avouer. Maintenant il savait qu'il ne le ferait jamais. Ce serait beaucoup trop égoïste. Le fardeau qu'il portait, il le porterait seul. Comme ce serait injuste d'en accabler Nicholas pour le restant de ses jours...

Il avait une envie désespérée de dire quelque chose de réconfortant à son fils, mais les mots ne venaient pas et cela l'effrayait. Ai-je été ainsi avec lui depuis qu'il est né ? se demanda-t-il. Je ne sais que lui dire. Comment le calmer ? Si seulement Cheong était là.,. (et aussitôt cette pensée lui fit honte). Mon Dieu, se dit-il, suis-je donc si loin de mon propre fils ? Voilà donc ce que mon travail a fait de moi ? C'était le comble de l'ironie !... Et il s'aperçut soudain qu'il avait envié les relations étroites de Satsugaï avec Saïgō. Jamais il ne pourrait vivre une chose pareille avec son fils. L'obstacle, il s'en rendait compte, était en lui-même. Il entendit tinter la sonnerie de l'entrée.

— Allons-y ! dit-il.

Ils descendirent ensemble. Un sergent de la Police métropolitaine de Tokyo se tenait sur le perron. C'était un homme assez jeune, lourdement charpenté, qui avait l'air mal à l'aise ; il ne savait que trop bien à qui il allait s'adresser. Quand le colonel ouvrit la porte, il salua avec élégance.

— Colonel Linnear, dit-il sans pouvoir empêcher ses yeux marron de bouger, le lieutenant Tomomi m'a chargé de vous mettre au courant des progrès de l'enquête. (Inutile de préciser de quelle enquête il s'agissait.) Nos dernières découvertes indiquent que votre beau-frère...

— Ce n'est pas mon beau-frère.

— Pardon ?

— Peu importe, dit le colonel. Poursuivez.

— Oui, colonel. Nous avons exclu le cambriolage. En tout cas, il n'est plus en tête de notre liste d'hypothèses.

— Ah ?

— Le rapport du médecin légiste indique une double fracture du cartilage cricoïde. Dans le larynx. Il a été étranglé avec un cordon noué. Et par un professionnel. Le lieutenant Tomomi estime que nous sommes maintenant en droit d'envisager quelque lien avec l'extrême gauche.

— Vous voulez dire que ce serait un assassinat de l'extrême gauche ?

— Oui, monsieur. Nous interrogeons des suspects en ce moment. Vous savez, les activistes habituels du Parti socialiste japonais, les communistes, etc.

— Merci d'être venu m'informer, sergent.

— Il n'y a pas de quoi, colonel.

Il se détourna. Le gravier crissa sous ses hautes bottes noires.

★

Dans les semaines qui suivirent, la vie familiale se rétablit selon une apparence d'ordre. Mais, comme le colonel l'avait fait observer, *rien n'est jamais pareil.*

Il y avait eu les obsèques de Satsugaï. Bien entendu, une cérémonie traditionnelle stricte, retardée jusqu'au retour de Saïgō à Tokyo.

La mort de Satsugaï n'avait suscité en Nicholas aucun sentiment de tristesse, et il ne fallait pas s'en étonner. Mais il attendit les funérailles avec une impatience anormale — dont il ne comprit la raison qu'en voyant s'avancer Saïgō et Itami. Son cœur se brisa : Yukio n'était nulle part. Pour sa part, Saïgō ne regarda personne et ne parla à personne en dehors de sa mère.

Avec le retour de Saïgō, Nicholas s'était attendu à ce que Cheong rentre à la maison. Ce ne fut pas le cas. Elle continua de séjourner chez Itami pendant plus d'une semaine. Elle y serait peut-être restée indéfiniment si Itami n'avait pas insisté pour qu'elle parte.

Nicholas put constater que cette tragédie avait vieilli sa mère, autant sinon plus que sa tante elle-même. Cheong souriait rarement et paraissait distante, comme si résister à l'effondrement mobilisait toute sa volonté.

En outre, et tout à fait sans raison aux yeux de Nicholas, quelque chose avait changé dans ses relations avec le colonel. D'aussi loin que le jeune homme se souvînt, Cheong avait constitué un rempart inébranlable dans la vie du colonel, un point stable sur lequel il pouvait toujours prendre appui. A vrai dire, le changement était subtil, et une personne extérieure ne l'aurait probablement pas remarqué. Mais il n'en était pas moins réel, et Nicholas prit peur. C'était presque comme si Cheong eût rendu le colonel responsable de la tragédie. Il avait sauvé la vie de Satsugaï une fois, cela ne suffisait-il pas ? se demanda Nicholas. Il jugea que sa mère n'était pas raisonnable et, pour la première fois, il se sentit déchiré par la faille qui s'ouvrait entre ses parents.

Itami venait déjeuner presque tous les jours. A plusieurs reprises, Saïgō étant en ville, elle l'emmena. Nicholas évitait ces rencontres en allant au *ryu* parler avec Kansatsu, ou bien suivre ses cours à Tōdaï, l'université de Tokyo — mais Cheong lui parlait d'eux le soir quand il rentrait à la maison.

Le colonel avait demandé une semaine de congé. Il n'avait pas pris de vacances depuis un an et demi, et il se sentait souffrant. Pour la première fois depuis que Cheong le connaissait, il alla voir un médecin. Il avait l'air pâle, les traits décomposés, mais elle fut soulagée d'apprendre qu'il n'était pas atteint sur le plan physique.

Pour sa part, Nicholas se plongea dans la vie d'étudiant. Tōdaï était un monde étrange, mais il en eut vite fait le tour. Une fois passés les examens d'entrée extrêmement difficiles, il était devenu membre à part entière de la célèbre *Gakubatsu*, la clique universitaire. Tōdaï, l'un des clubs les plus exclusifs du monde, ne préparait des diplômés que pour les postes clés du gouvernement. Cinq premiers ministres de l'après-guerre ne sortaient-ils pas de Tōdaï ?

Cette période d'immersion intensive éloigna Nicholas de sa famille et il se passa plusieurs semaines avant qu'il ne prenne conscience de ce qui n'allait pas. Le colonel avait fait prolonger son congé. Il se levait tôt le matin, comme de coutume, et tournait en rond dans la maison, en touchant les objets comme s'il les voyait pour la première fois. Parfois, il gênait les servantes, qui le poussaient gentiment dans une autre pièce, ou bien — de plus en plus souvent, car il avait tendance à revenir sur ses pas sans raison — dans le jardin. Il passait de longues heures assis au bord du jardin zen, comme s'il eût étudié les lignes courbes tracées dans les graviers. Pour un homme qui avait été puissant et extrêmement actif toute sa vie, ce comportement semblait on ne peut plus anormal.

Itami, lorsqu'elle venait en visite, semblait totalement attachée à Cheong. Elle passait de plus en plus souvent les week-ends, et elle entraînait Cheong dans de longues promenades à travers le bois de cèdres du Japon et de pins, jusqu'au sanctuaire shinto où elle avait emmené Nicholas un après-midi, bien des années auparavant. Peut-être traversaient-elles la clairière où Yukio et lui s'étaient enlacés et avaient fait l'amour. De ce dont parlaient Cheong et Itami au cours de ces promenades, Nicholas n'avait pas la moindre idée.

Un jour, rentrant de ses cours plus tôt que de coutume, il trouva le colonel encore dehors. Il était tout pelotonné dans sa vieille capote de l'armée britannique, qui semblait beaucoup trop grande pour lui à présent. Nicholas contourna la maison et alla s'asseoir près de lui. Il vit avec effroi que les os des pommettes de son père saillaient.

— Comment vous sentez-vous ? dit-il.

— Bien, répondit le colonel. Je suis simplement... fatigué. (Il esquissa un sourire triste.) Fatigué... C'est tout, répéta-t-il.

Ses doigts fins voletaient comme des oiseaux. Il y avait des taches plus sombres sur le dos de ses mains, qui étaient posées sur ses cuisses, mais ne cessaient de s'agiter.

— Ne t'en fais pas pour moi, reprit-il. Tu sais, je songe à emmener ta mère quelque part, pour un peu de repos. Elle n'a pas encore repris le dessus. Il faut qu'elle se sorte d'ici pendant quelque temps. Qu'elle oublie toute cette douleur. Ta tante s'accroche à elle comme si elle avait été sa seule bouée de sauvetage. Ce n'est pas juste.

414

— Tout ira bien, père.

— Je ne sais pas, dit le colonel en poussant un soupir. Le monde est en train de changer. Il est devenu trop complexe. Je ne le comprendrai plus jamais. Peut-être le comprendras-tu, toi. Je l'espère.

Il frotta ses paumes de haut en bas, contre ses cuisses, comme si elles lui faisaient mal.

— Rien n'est comme autrefois, dit-il.

Il détourna la tête et regarda le ciel. Les dernières oies sauvages descendaient vers le sud en immenses V semblables à deux doigts écartés en signe de triomphe, le V de la victoire.

— J'avais de si beaux rêves en venant ici. J'aurais pu faire tant de choses...

— Vous avez beaucoup fait. De grandes réalisations.

— Pareilles à des cendres, répondit le colonel. J'ai l'impression de n'avoir rien établi, de m'être simplement laissé porter par la marée. Oui, de m'être laissé entraîner par des forces dont j'ignorais tout. (Il secoua la tête.) Je ne peux pas m'empêcher de penser que j'ai manqué d'acharnement.

— Comment pouvez-vous dire cela ? Vous leur avez tout donné. Tout !

— Je croyais faire pour le mieux. Me suis-je trompé ? Je ne saurais en être certain. Je suis un homme déchiré. J'aurais voulu leur donner davantage, aller à Washington, défendre notre cause là-bas. Et j'aurais voulu leur donner moins, pour passer plus de temps avec ta mère et toi.

Nicholas posa le bras autour des épaules du colonel. Comme elles étaient devenues maigres ! Où étaient passés tous ses muscles durs ? Même pas de graisse. Tout avait disparu.

— Tout va bien, père. Tout va bien.

Quelle formule vide, n'évoquant rien. Seulement sa langue nouée.

Mais qu'avait-il donc envie de dire, en réalité ?

★

Pourtant, quelque chose d'irrévocable s'était produit dans la vie du colonel, et rien n'allait plus.

Malgré les visites répétées du médecin, malgré toutes les pilules, un régime et finalement des piqûres, il continua à perdre du poids jusqu'à ce que plus rien ne puisse le soutenir. Dix jours après sa conversation avec Nicholas devant le jardin zen, il s'endormit de son dernier sommeil.

Les obsèques furent fantastiques. Tout avait été pris en main par l'armée américaine à Tokyo. Des personnalités se déplacèrent de tous les horizons du Pacifique et le président Johnson envoya de Washington un délégué personnel. Aux yeux de Nicholas, la présence de cet homme était le comble de l'ironie, étant donné les ambitions déçues du colonel. Les Américains n'avaient pas voulu l'écouter de son vivant, mais ils le portaient aux nues après sa mort ! Il ne put s'empêcher d'en vouloir à ce représentant de Washington, malgré son charme et sa courtoisie extrêmes : il voyait en lui une sorte de Marc Antoine.

Le gouvernement japonais, comme de coutume, fut dans une certaine mesure plus sincère. Le premier ministre assista aux obsèques en personne, ainsi que de nombreux membres de la Diète. Les Japonais n'oubliaient pas la fabuleuse contribution du colonel Linnear au redressement de leur pays, et ils payaient leur dette. Un peu plus tard, après l'intervalle de temps dicté par la décence, on fit des avances à Nicholas pour qu'il se prépare à un poste officiel de niveau élevé. Il déclina poliment l'offre, mais il n'en avait pas moins apprécié l'intention.

Comme le précisait le testament du colonel, le rabbin de l'armée américaine dirigea le service, ce qui ne manqua pas de surprendre une grande partie de l'assistance, et surtout ceux qui croyaient bien connaître le père de Nicholas. Le rabbin fréquentait le colonel depuis longtemps, et quand il prononça son éloge funèbre, il le fit avec une immense conviction. Oui, tout compte fait, ce fut une belle cérémonie.

★

— Le *ryu* Tenshin Shoden Katori est la seule réponse.
— Je crois, oui.
— J'ai envie de partir et je voudrais rester.
— Je le comprends très bien, Nicholas, répondit Kansatsu.

Ses yeux brillaient, pleins de vie. Nicholas était agenouillé devant lui. Autour d'eux, l'étendue vide du *dōjō*, comme une plage déserte sous le soleil.

— Que va-t-il m'arriver... là-bas ?
— J'ai bien peur de ne pouvoir te l'apprendre. Je l'ignore.
— Serai-je en sécurité ?
— Tu es le seul à pouvoir répondre. Mais la force nécessaire est en toi.
— Je suis heureux que vous soyez venu aux obsèques.
— Ton père était un homme bon, Nicholas. Je le connaissais bien.
— Je l'ignorais.

— Oui.

— Eh bien...

— J'ai préparé tes lettres d'introduction. Elles comprennent les certificats — avec les mentions les plus élogieuses — que te valent ton travail dans ce *ryu*.

Ses yeux, fixés sur le visage de Nicholas, étaient résolus : des morceaux de jais scintillants. Il retira de sa large manche trois feuilles de papier de mûrier, roulées très serré et attachées avec une mince corde noire. Il les tendit à Nicholas et lorsque celui-ci les toucha, ce fut le seul lien physique entre eux.

— Souviens-toi, dit le vieillard, c'est une chaîne. Très mince. Elle s'allonge maillon par maillon. Prends bien soin de connaître le maillon suivant, sinon la chaîne se brise entre tes mains et tu restes sans défense.

Ensuite, il lâcha les feuilles. Sa main s'abaissa avec une sorte de gravité définitive.

— *Sayonara*, Nicholas.

— *Sayonara, senseï.*

Les yeux de Nicholas s'emplirent de larmes et il ne vit qu'une silhouette trouble se lever et quitter la pièce. *Je t'aime*, songea-t-il. C'était ce qu'il avait eu envie de dire au colonel ce jour-là, dans le jardin zen, et qu'il n'avait pas dit.

Il n'entendit aucune porte claquer mais il se rendit compte soudain qu'il était tout seul dans la maison de cèdre.

★

Curieusement, la première chose qu'il remarqua, ce fut que la vigne vierge était morte. Ataki ne venait plus, et au cours des semaines précédentes, le colonel avait été trop malade pour songer à engager un remplaçant. Les haies, toujours si soigneusement taillées chaque hiver, étaient ébouriffées de branches folles. Le sol était durci par la glace et la neige tassée.

Il eut envie de courir à l'intérieur et d'apprendre à Cheong qu'il partait, mais il conservait tellement de doutes sur la réaction de sa mère qu'il traîna dehors pendant un certain temps.

Au-dessus de lui, le ciel était d'un bleu cobalt très riche, avec quelques traces de cirrus, très haut, et, beaucoup plus bas sur l'horizon, une flaque orangée s'étalait à l'endroit où le soleil se glissait à travers le voile dense. Il crut entendre dans le lointain, comme un murmure, le grondement d'un 707 atterrissant à Haneda.

Il regrettait maintenant d'avoir annulé son dîner avec deux copains de la faculté, en ville. En fin de matinée il avait dit à

Cheong qu'il rentrerait. Une fois prise sa décision de partir à Kyoto, où se trouvait son nouveau *ryu*, il avait ressenti un vide — qui ne se comblerait qu'en informant sa mère.

A l'intérieur, tout était silencieux, comme depuis le moment de son retour de Kumamoto. Cet instant avait-il été un tournant si important de leurs vies ? La perte avait suivi le gain, et il se demandait maintenant si cela en avait valu la peine. Il songea de nouveau à la certitude de Yukio sur l'implacabilité du destin. Il songea aussi à la conviction du colonel d'avoir été le jouet de forces dont il ignorait tout. La vie ne pouvait pas être aussi cruellement insondable.

Il traversa le vestibule sombre, s'étonnant de ne voir aucune lumière. La cuisine était déserte. Personne ne répondit à son appel. Il ôta son manteau d'un coup d'épaule et le jeta sur le dossier d'une chaise, puis il se dirigea vers l'arrière de la maison. Le silence semblait s'incliner devant lui avec déférence. Il était aussi vieux que le temps...

Il arriva enfin devant la chambre de ses parents. Le mince *shōji* de papier était clos, mais une lumière brillait derrière et il vit une ombre bouger.

Il hésita, craignant de déranger Cheong si elle était sur le point de se reposer. Demain, se promit-il, je l'emmènerai à la tombe. Nous nous agenouillerons ensemble devant la plaque de cèdre, nous ferons brûler des bâtons d'encens et nous dirons des prières en anglais et en japonais.

L'ombre bougea de nouveau. Il appela sa mère à mi-voix, dans la nuit tombante. Pas de réponse. Avec précaution il ouvrit le *shōji*. Il demeura parfaitement figé, un pied dans la chambre, un pied dehors. Il n'était plus qu'un regard. Ses poumons s'étaient soudain vidés. Sa tête chavira et il sentit un choc sur sa nuque, comme le contact d'un fil électrique. Il était paralysé.

Tous les tatamis, sauf un, avaient été enlevés. Le *futon* était plié avec le plus grand soin dans l'angle du fond. Une lampe ronde à abat-jour de papier était allumée contre le mur de droite. Plus loin, au-delà des panneaux de verre du mur d'en face, s'étendait la blancheur bleutée de la neige, vierge, sans une empreinte de pas qui en eût souillé la surface poudreuse. Pas la moindre lumière dans le ciel.

Le seul tatami qui restait avait été placé au centre de la pièce. Le plancher de bois qui l'entourait semblait nu comme la chair à vif d'un écorché. Cheong était agenouillée sur ce tatami, le dos tourné vers Nicholas. Elle portait un kimono de cérémonie gris clair, avec un de ses *obis* — celui où des roses étaient brodées en diagonale. Son dos était courbé, et elle se tenait la tête très basse comme si elle priait. La lumière jetait des reflets sur ses cheveux noir bleuté, impeccablement coiffés.

Sur la droite de Cheong, Itami était à genoux, minuscule. Elle se tenait à angle droit par rapport à Cheong, et Nicholas la voyait de profil. Elle portait elle aussi un kimono de cérémonie, de couleur bleu nuit, avec les manches bordées de rouge. Son *obi* était d'un blanc de lait.

Le silence absolu de la pièce constituait une force palpable, une barrière rigide qui empêchait Nicholas de bouger et même de parler.

Puis un bruit survint. Aussi violent, aussi proche, aussi stupéfiant que le premier coup de tonnerre d'un orage imprévu.

Le glissement de l'acier dans un fourreau.

Le bras droit de Cheong se déplaça à une vitesse fantastique et pendant le plus bref des instants, l'esprit de Nicholas s'emplit sans raison directe d'un jaillissement de fleurs de cerisier, d'un rose irréel, impossible, sur une mer d'herbe verte. Maintenant que tout avait commencé, la transition de l'immobilité absolue au mouvement rapide était irrévocable.

Sous ses yeux, l'éclat métallique de la lame, sur toute sa longueur, prit la lumière — un scintillement de soleil — puis s'abattit brusquement, avec la crispation soudaine, nécessaire, vers le côté gauche de l'abdomen.

Un cri ténu. Comme celui d'un oiseau effrayé. Mais nulle angoisse. Le corps demeura immobile. Un léger frémissement. Les plis parfaits de la soie dérangés, un battement de paupières, juste avant la secousse violente, à deux mains, sur la garde. De gauche à droite, horizontalement, en travers de la cavité abdominale. Ce fut uniquement à ce moment-là que les épaules tremblèrent un peu. Il entendit un halètement, comme un soufflet impatient. Des gouttes de sueur tombèrent du front de Cheong, taches sombres sur le tatami.

Ce ne pouvait être qu'un rêve...

Sous ses yeux, les coudes de sa mère se tendirent lorsqu'elle ramena la lame vers le sternum. Bien des hommes n'en eurent jamais la force, ou la volonté inflexible.

Avec une lenteur infinie, comme s'il s'enfonçait par degrés, les poings encore crispés autour de la garde de l'épée, le corps de Cheong se mit à s'affaisser en avant — toujours sous son parfait contrôle, monument vivant. Le front toucha le sol, juste au bord du tatami.

Comme si cela avait été un signal, Itami bougea. Sa main droite vola à son côté. Dans un crissement violent, le *katana* dissimulé jusque-là dans les plis de son kimono se révéla, nu. Elle se leva et brandit l'arme très haut au-dessus de sa tête. La lame entama son mouvement descendant avec un sifflement chantant, comme si les luisances redoutables de l'acier eussent été impatientes de sentir les chairs tièdes se séparer.

L'instant suivant, la tête de Cheong était tranchée de son cou. Alors — seulement alors —, le corps cessa de se contrôler et s'effondra. Du sang coula. Sombre, propre, très peu — comme mis en place par un décorateur.

— Non !

Enfin libéré de sa stupeur, Nicholas bondit dans la pièce. Itami, les yeux baissés sur la belle tête, noire, blanche et rouge, ne tourna même pas le visage.

— Quoi ! Quoi !

Il ne parvenait pas à penser. Sa langue avait pris un poids énorme dans sa bouche, et il résista au désir de l'arracher. Il ne voyait plus rien que le corps de sa mère. Et sa tête.

— C'est fait maintenant, Nicholas.

La voix d'Itami semblait distante et douce à la fois. Le *katana* était sanglant à son côté.

— Elle est fille de l'Honneur...

LE NINJA

New York et West Bay Bridge, l'été dernier

Quelqu'un se mit à crier, avant même que la serrure saute et que la lourde porte éclate vers l'intérieur dans un bruit de tonnerre.

La pièce était un champ de bataille.

Une silhouette massive dépassa Nicholas en courant, vers la fenêtre ouverte.

Il se précipita vers elle aussitôt, parce que c'était sa stupidité qui avait provoqué cela : s'il ne redressait pas la situation tout de suite, jamais il ne pourrait se rattraper au cours des prochaines heures, et ce serait sans aucun doute fatal. Il n'avait pas envie de mourir.

Il remarqua en passant la femme écartelée sur le lit. Sa peau semblait avoir été huilée. La lumière tombait en longs rubans qui blanchissaient tout. Une Chinoise.

Il avait tout compris au moment même où ils frappaient à la porte d'entrée d'Ah Ma — ils étaient en plein *tsunami*. Comme il t'a fallu du temps ! se reprocha-t-il. Hideyoshi n'est pas le ninja !

La femme ne le voyait pas, elle regardait fixement les jambes musclées en travers des siennes, les épaules larges au bord de la couverture tachée, la tête qui dépassait du lit en formant un angle bizarre. C'était elle qui criait. Les liens de soie l'empêchaient de bouger. Elle avait les yeux si exorbités qu'il pouvait voir le blanc tout autour des iris. Elle était peut-être devenue folle, et il voyait pourquoi.

La tête en bas, Philip, le jeune Chinois, lui lançait un regard de reproche ; sa langue à moitié coupée pendait entre ses dents serrées.

Le cri semblait se prolonger, cadencé, aussi tragique qu'une sirène.

★

— Il y a une autre manière de procéder, avait dit Nicholas. Une meilleure manière.

Il avait trempé la moitié d'une boulette de viande dans sa sauce épicée, marron foncé, et l'avait enfoncée dans sa bouche.

— Je ne veux pas que vos hommes se fassent blesser, avait-il ajouté.

— Quel drôle de moineau vous faites ! dit Croaker en lui lançant un regard narquois. Mais c'est pour ça qu'on nous paie, nous les flics : pour qu'on prenne des risques.

Ils étaient dans un restaurant chinois d'Elizabeth Street, entre Canal et Bayard. L'endroit était plein à craquer, le bruit de foule énorme.

— Des risques raisonnables, insista Nicholas. Le ninja est un sorcier de la mort. Vos hommes ne sont pas prêts à l'affronter.

— Vous ne croyez pas que vous en faites tout un plat ?

— Non.

Croaker posa ses baguettes et éloigna son assiette. Un garçon vint la prendre.

— Très bien. Quelle est votre idée ?

— Laissez-moi y aller seul, dit Nicholas.

— Vous êtes cinglé ou quoi ? répondit Croaker en tendant l'index. Permettez-moi de vous rappeler qu'il s'agit d'une opération de police. Vous savez ce que cela signifie ? Je pourrais être suspendu, simplement pour avoir accepté de vous emmener. Et vous voudriez que je vous laisse l'attaquer tout seul ? Mais je me ferais hacher menu par le chef de la Police, s'il me reste encore un bout de viande sur les os quand Finnigan, mon capitaine, me laissera sortir de son bureau. Non, il vous faudra vous contenter de ma méthode.

— Pourquoi pas vous et moi ?

— Pas question. Cela signifierait que je devrais vous laisser couvrir nos arrières. Impossible.

— Dans ce cas, il va y avoir des dégâts.

— Pas si nous le maintenons chez Ah Ma. C'est la seule chose à faire.

★

Ce qui inquiétait le plus Nicholas, tandis qu'ils montaient

l'escalier conduisant chez Ah Ma, c'était leur désavantage tacti-que. Bien entendu, la surprise jouerait en leur faveur, mais l'homme dans la chambre était le seul à connaître la disposition des lieux et le nombre des sorties, et cela ne lui plaisait guère. Sur le premier palier, il arrêta Croaker.

— Vous savez, si nous ne le maîtrisons pas dans les premières secondes, c'est fini.

— Concentrez-vous sur ce salopard, c'est tout, avait répondu Croaker en repartant vers la porte d'Ah Ma.

Tapi dans la pénombre en haut de l'escalier, Croaker tenait son 38 dans une main et le mandat de perquisition dans l'autre. Ce bout de papier n'avait pas été facile à obtenir : Ah Ma avait de nombreux amis influents.

Quelque part derrière eux, le grésillement intermittent d'un néon défectueux. Une voiture passa dans la rue au-dehors, et donna un coup de klaxon. Vint le claquement d'un pas pressé. Un rire aigu, écorché.

Puis la porte s'ouvrit, Croaker bouscula une grande Chinoise élégante. Le mandat volait dans les airs comme un oiseau écar-telé.

Et juste en cet instant, tout défila devant les yeux de Nicholas comme un film. Les meurtres, l'un après l'autre, comme les maillons d'une chaîne. Une seule chaîne. Les allusions historiques de Terry. Trois poteaux indicateurs : *Hideyoshi, Yodogimi, Mitsunari*, aussi évidents maintenant que des néons clignotants. Satsugaï, Yukio, Saïgō. L'homme de la police chargé de veiller sur la maîtresse du shōgun défunt constituait une approximation assez juste.

Quel idiot ! songea-t-il, furieux contre lui-même, tandis qu'il se précipitait à la suite de Croaker. Pourquoi me suis-je laissé aveugler ?

Un Américain, les yeux agrandis de terreur, se releva maladroitement, et laissa tomber sur le sol une minuscule Chinoise. Il s'éloigna d'eux en courant, traversa une des salles de réception et entra dans une chambre latérale.

Croaker était déjà au milieu du couloir conduisant aux chambres de l'arrière. Églantine, qui leur avait ouvert la porte, appelait Ah Ma. Elle avait conservé tout son calme, même dans cette situation critique.

Ah Ma apparut à l'instant où Nicholas s'avançait pour suivre Croaker vers l'arrière de la maison.

— Qu'est-ce que cela signifie ? (Elle saisit Nicholas par le bras.) Comment osez-vous pénétrer ainsi dans mon appartement ? J'ai de nombreux amis qui...

— Le Japonais ? cria Nicholas en parfait mandarin.

Ah Ma sursauta, et se laissa entraîner quand il se rua dans le long corridor.

— Où est-il ? insista Nicholas. Nous ne voulons que lui.

Il tourna légèrement la tête : des portes entrouvertes, des chambres vides qui béaient devant eux, ironiques.

— C'est vous, Ah Ma ?

Du bruit, plus loin, Croaker donnait des coups de pied dans une porte fermée.

— Il va tout détruire ! cria Ah Ma.

Elle songea aux communistes surgissant au cœur de la nuit et mettant la maison à sac avant d'emmener son mari. Mais on était en Amérique... Nicholas devina son trouble.

— Ce Japonais est très dangereux, Ah Ma. Il pourrait faire mal à vos filles.

Elle comprit sur-le-champ, se tut et le regarda.

— Où est-il ? supplia Nicholas.

— Là. Là. Dans ce cas, prenez-le.

Il s'écarta d'elle et cria à Croaker :

— La porte de gauche. De gauche !

Croaker pivota et tira une balle dans la serrure de la porte. Il s'élança, l'épaule en avant, et ce fut à cet instant-là que le hurlement commença.

Il y eut une confusion de mouvements, et instinctivement Nicholas leva le bras à la hauteur des yeux.

Un éclair de lumière. Blanc-bleu. Odeur de cordite.

Croaker roula sur lui-même et Nicholas, dans sa course, vit un bout de jambe et de chaussure disparaître par la fenêtre ouverte.

— Bon Dieu de merde !

Il se retourna : Croaker avait une main sur les yeux. Sa voix semblait enrouée :

— Que s'est-il passé ?

— Une bombe flash, répondit Nicholas. Miniaturisée.

Un bruit venant du corridor, des pas précipités.

— Il a fichu le camp, Croaker. Par la fenêtre de derrière.

★

Le caporal-chef Tony DeLong reçut les dernières instructions du lieutenant Croaker par le radio-téléphone et pilota la voiture pie lentement sur toute la longueur de Pell Street.

— Voilà, dit Sandy Binghamton, son camarade de ronde. Arrête-toi.

DeLong éteignit toutes les lumières et rangea la voiture en diagonale, bloquant la rue. Cela avait deux effets : si le suspect sortait par l'arrière de l'immeuble, il demeurerait dans leur périmètre ; et surtout, les civils ne se risqueraient pas à mettre le nez dans un secteur « rouge ».

Binghamton sortit le premier. Il adossa sa grosse masse noire au côté droit de la voiture de patrouille. Il posa une main sur les chromes et tourna la tête vers Pell Street, derrière lui. DeLong, toujours au volant, était en liaison radio avec la seconde voiture, mais Binghamton voulait la voir de ses yeux. L'infiltration de civils pouvait être catastrophique à ce stade, et la curiosité est un mobile puissant. Il ôta sa casquette et s'essuya le front avec la manche de son uniforme.

Il se retourna, étudia la configuration du bout de la rue, et les caractéristiques de l'immeuble à surveiller.

DeLong ferma la radio et descendit à son tour. Ils allèrent se fondre tous les deux dans les ombres profondes des immeubles. Le lieutenant avait beaucoup insisté sur ce point. Pas de bruit et passer inaperçu. DeLong observa la rangée des fenêtres, trois étages au-dessus, et réfléchit à ce détail. La procédure était inhabituelle quand plus d'une voiture pie était impliquée. Mais DeLong n'avait aucune inquiétude. Il faisait confiance au lieutenant. Il travaillait avec lui depuis presque un an et demi, et il était presque certain de passer sergent à la prochaine promotion. C'était son ambition. Il en avait assez de l'uniforme. Il voulait une affectation permanente à un groupe d'enquête. Sur ce point également, le lieutenant pourrait lui donner un coup de main. Et puis l'argent supplémentaire tomberait à pic, maintenant que Denise attendait un bébé.

Il sentit tout près de lui la masse rassurante de Sandy Binghamton. Ils formaient une vieille équipe, et c'était le seul regret que lui donnerait sa promotion. Oui, dommage de briser une association qui avait porté ses fruits. Mais Sandy n'avait nul désir de passer aux enquêtes. Il se plaisait dans la rue, avec les gens.

— C'est ma vie, vieux, avait-il souvent dit à DeLong. J'appartiens à la rue. Je n'ai pas envie de glander derrière un bureau.

Ils avaient des conceptions différentes du même travail. La vie du lieutenant Croaker, par exemple, ne se passait pas en paperasses, mais jamais DeLong n'avait pu en convaincre Sandy. Une fois qu'il s'était fourré quelque chose dans le crâne, celui-là, c'était vraiment le diable de...

Binghamton lui lança un coup de coude, mais il avait déjà vu. Un éclair de lumière intense suivi d'un *pschtt* étonnamment doux.

— Des ennuis, on dirait, chuchota DeLong.

Ils sortirent tous deux leur arme, s'accroupirent dans le noir et attendirent, tendus.

Un mouvement aux fenêtres, des silhouettes pirouettant comme sur un théâtre d'ombres.

— Prépare-toi, dit Binghamton de sa voix de basse. J'ai l'impression qu'il est en train de se faire la malle.

DeLong hocha la tête et, en même temps, ils commencèrent à se rapprocher de l'arrière de l'immeuble. Ils avançaient en faisant le moins de bruit possible et sans quitter l'ombre. Pour la première fois, DeLong remarqua que plusieurs réverbères étaient éteints. Étrange, car l'Association de Chinatown attirait aussitôt l'attention de la municipalité sur ce genre de choses. Mais c'était New York...

Ils virent le mouvement furtif tous les deux en même temps. DeLong donna une tape sur l'épaule de son ami et traversa la rue en courant, vers les ténèbres protectrices. Le Noir gardait les yeux rivés sur l'immeuble du fond. Il savait, après tant d'années d'expérience, vers où DeLong se dirigeait.

Ils commencèrent à se rapprocher, en laissant entre eux l'escalier d'incendie à l'ancienne mode. Au-dessus d'eux, ils aperçurent l'ombre courir sur les traverses horizontales et ensuite... Plus rien. Aucun mouvement vertical vers le bas.

Les deux hommes se regardèrent, puis avec précaution, s'avancèrent jusqu'à l'aplomb de l'échelle pivotante, dernier élément de l'escalier de secours. Sous cet angle, on eût dit un mélange cubiste de barres et d'ombres profondes. Les quelques fenêtres éclairées, éparses, rendaient la localisation encore plus difficile : manque de lumière à certains endroits et, ailleurs, un éclairage cruel qui projetait autour du même objet trois ombres, sinon davantage.

— Qu'est-ce qu'il lui est arrivé ? demanda DeLong.

— Sais pas.

Binghamton remit son 38 spécial dans son étui et fit basculer l'échelle métallique, qui grinça dans le silence.

— Mais je vais aller voir, dit-il. Il est peut-être passé sur le toit.

Il monta sur le premier palier de l'escalier d'incendie et ressortit son arme. Vite et sans bruit, il continua de grimper. Il avait du mal à distinguer les choses à travers la forêt de métal.

Il marqua un temps d'arrêt sur le deuxième palier, en entendant une sirène de police gémir : une voiture pie dévalait à pleine vitesse le Bowery. Apparemment, elle remontait vers le nord, car le son devint brusquement plus grave, étrange, comme chargé d'échos dans la nuit d'été. Rien à voir avec eux.

— Alors ?

La voix de DeLong remonta jusqu'à lui par-dessus la rumeur nocturne de Chinatown : circulation ralentie le long des rues étroites, conversations lointaines dans des langues d'ailleurs, chantantes, crépitantes. De sa main libre, il fit un geste négatif. Au même instant, il entendit le sifflement. Une espèce d'insecte. Mais les impacts — un, deux, trois — des piqûres d'épingles qui percèrent la peau de sa poitrine et le firent pivoter, n'avaient rien d'inoffensif.

Il trébucha, tendit le bras gauche, vit un mouvement, tira une balle, s'accrocha au garde-fou. Il ne songeait plus qu'à faire entrer assez d'air dans ses poumons. Le 38 résonna contre le grillage métallique, à ses pieds.

Il se retourna, d'un geste ivre, et il vit la silhouette sombre devant lui, surgie de nulle part. Vision spectrale dans les halos de lumière et les traînées d'ombre, brisée par bandes obliques, comme un miroir magique de fête foraine. Binghamton eut envie de vomir.

Impression d'un visage très pâle dominé par des yeux noirs en amande. Puis les yeux bougèrent et une fine ligne de lumière blanche glissa sur le bord des paupières bridées. Pupilles dilatées. Drogue, se dit-il. Mais à quoi bon ? Sa bouche s'ouvrit et il grogna comme un cochon saigné : « DeLong ! » Avait-il crié assez fort ? Ses oreilles bourdonnaient comme s'il sortait d'un concert de rock.

La silhouette vint vers lui, de plus en plus énorme, redoutable. Il voulut barrer la route de l'homme avec son bras gauche raidi, tout en relevant son bras droit à l'horizontale pour que le revolver vienne en ligne... Où était son revolver ? Ses pensées devenaient aussi lentes et stupides que celles d'un homme de Neandertal.

Il eut l'impression d'être au fond de la mer. La pesanteur l'accablait autant que s'il pesait trois cents kilos. Il avait besoin de presque toutes ses forces pour tenir debout. Sa poitrine était en feu — une flamme fraîche, anesthésiante, qui semblait le faire flotter à l'intérieur de lui-même. Sa conscience se détacha de la matière inutile de son corps. Libérée enfin, elle traversa en flèche le sommet de son crâne, vers l'ardeur humide de la nuit.

Tout l'embrasement de la cité s'étendait maintenant au-dessous de lui — écaille bleu-rose de lumière au-dessus des immeubles, un linceul dans le vent. Au-delà, l'espace infini.

En regardant à travers le halo lumineux, au-dessous, il put tout juste distinguer, en perspective de plus en plus lointaine, son corps qui titubait au passage de l'ombre, bras tendu. Il put même apercevoir la tache claire du visage angoissé de DeLong, tourné vers le haut, s'avançant d'un mouvement nerveux dans les ombres de Doyers Street.

Lorsqu'il regarda de nouveau, son corps basculait déjà. Lentement, très lentement, il perdait son équilibre. Il était tellement haut à présent, qu'il dut faire effort pour bien voir. Tout était enfoui dans une aurore boréale, et il se demanda, fugitivement, s'il n'avait pas dépassé ses limites. S'il n'était pas monté trop haut.

Comme Icare, se dit-il. Et il tomba dans les ténèbres.

★

DeLong le sentit avant même de le voir. Comme un ascenseur descendant à l'improviste. Une masse terrifiante.

Il fit un pas de côté, sans avoir la moindre idée de ce que l'on avait jeté sur lui. Puis cela atterrit, tout près de lui, avec un bruit sourd n'ayant aucun équivalent dans la vie.

— Nom de Dieu ! dit-il dans un souffle.

Il se mit à transpirer et s'agenouilla près du cadavre désarticulé de son ami.

— Bon Dieu ! Bon Dieu, Sandy ! Que s'est-il passé ?

Le choc. Il savait qu'il devait se précipiter tout de suite vers celui qui avait fait ça. Il le savait, mais il était incapable de détourner ses yeux. Le choc. Et le sang glissait sans bruit, petit ruisseau rouge sur l'asphalte. Ce qui avait touché le sol en premier, c'était le côté gauche de la tête, puis l'épaule, et le reste.

DeLong se leva et recula de deux pas.

Il entendit un bruit, si doux que seul un chat pouvait l'avoir fait. Il se força à tourner la tête. Doyers Street était un piège, à présent, et il recula dans les ombres d'un porche. Il leva les yeux. Pour la première fois il se demanda dans quel pétrin le lieutenant les avait fourrés. Et où était-il passé, merde ?

Il perçut le mouvement — cette fois sans un bruit — au-dessus de lui, le long du palier horizontal, au premier étage. Dans d'autres circonstances, il l'aurait négligé — un animal rôdant dans la nuit. Mais non. Il souleva son 38, visa et tira. La détonation fut assourdissante, dans cet espace clos. Elle rebondit en écho sur les murs, zigzaguant de gauche à droite. Un bruit clair de ricochet lui apprit qu'il avait touché le métal.

— Merde !

Il visa et tira de nouveau. Pas de ricochet, cette fois. Avait-il touché ?

Avant d'accéder à la rue, le suspect devait suivre un escalier oblique et longer le dernier palier horizontal. Il serait beaucoup plus vulnérable, se dit DeLong, pendant la descente. Non sans effort, il se maintint à l'affût. Le cadavre désarticulé de Binghamton était comme un poids énorme près de lui, et il dut lutter contre le désir pressant de vider son arme sur la forme mouvante. Attends ! se dit-il. Attends et cueille ce salopard quand il sera plus près et qu'il n'y aura aucun doute.

L'ombre était maintenant au bout du palier de secours du premier étage. DeLong visa avec soin, tenant son arme à deux mains, l'une refermée sur l'autre pour bien immobiliser sa ligne de mire. Il se bloqua sur le point d'accès à l'échelle basculante. Son index se crispa sur la détente. Attendre. Respirer par vagues. Maintenant. Le voilà. Un, deux, trois...

Rien.

DeLong releva son revolver, stupéfait. Où était ce salopard ?

Puis il surprit un mouvement au niveau de la rue, à la périphérie de sa vision. Impossible, se dit-il. Comment diable avait-il pu sauter sans utiliser l'échelle ? Et sans le moindre bruit ?

Il pivota, jambes écartées, braquant le 38 dans l'attitude classique qu'on lui avait enseignée à l'École de la police. Silence. Pas un mouvement. Il tenta de se rappeler la direction de la progression, et d'extrapoler...

Il sentit la présence si proche qu'il sursauta. Il se laissa tomber sur un genou et tira très vite, par simple réflexe. Mais, au même instant, il vit la silhouette bondir sur lui. La main gauche était tendue et DeLong put distinguer un morceau de bois court, au bout arrondi, à peu près du même diamètre que sa propre matraque. Il leva le bras pour parer un coup assené d'en haut. L'attaque horizontale le prit donc complètement au dépourvu. L'inutilité de son geste le stupéfia.

Le bout arrondi effleura la toile de son uniforme juste au-dessus de son cœur. Une douleur déchirante lui traversa le corps et le projeta en arrière : un stylet de près de vingt centimètres, lancé par un puissant ressort d'acier, avait jailli du bout du bâton et le perçait de part en part : la lame lui perfora le cœur et traversa le poumon. DeLong était mort avant d'avoir touché le sol.

La forme volante était au-dessus de lui, voilée par la première goutte de sang. Elle entendit le dernier soupir de DeLong, qui, dans le cerveau mourant du policier, résonna comme le hurlement le plus puissant de la terre.

★

Nicholas entraîna Croaker à travers l'appartement. Des femmes à demi nues, debout dans les embrasures des portes, leur lançaient des regards curieux.

Ah Ma, à qui Églantine avait remis le mandat, attendait, visage de pierre, avec Penny à ses côtés. Petite Fleur était allée dans la suite que le Japonais avait utilisée, pour s'occuper de Philip et tenter de calmer les nerfs brisés de la fille. Petite Fleur est magnifique dans les moments de crise, songea Ah Ma, résignée. Exactement comme moi, autrefois. Elle poussa un soupir muet. Je n'ai nulle envie d'entrer là-bas, se dit-elle. Dans le temps, c'est le premier endroit où j'aurais couru. Pour aider. Mais plus maintenant. Les temps ont changé, et moi aussi. Elle passa le bras autour des épaules de Penny, autant pour garder la jeune fille près d'elle que pour la rassurer.

— Vous auriez dû l'attraper, dit Ah Ma à Nicholas en mandarin. Maintenant il va peut-être revenir. Il ne sera pas content. On a trahi sa sécurité.

— Il ne reviendra pas, affirma Nicholas. Il a déjà tué le responsable de l'indiscrétion.

Il fallait qu'ils ressortent par la façade et qu'ils fassent tout le tour du pâté de maisons. Dans le noir et sans liaison radio, ils n'auraient aucune chance par la fenêtre de derrière. Des coups de feu leur parvinrent, sporadiques et assourdis par les murs de l'immeuble.

Sur le palier, un chien aboyait ; et quelqu'un, à l'étage au-dessous, avait allumé la télévision, peut-être pour étouffer les bruits extérieurs.

— Bon Dieu ! s'écria Croaker en se frottant les yeux. Quel merdier !

Ils descendirent l'escalier quatre à quatre. En sortant dans la nuit chaude, moite, ils entendirent d'autres coups de feu et ils se mirent à courir le long de Doyers Street en direction de Pell Street.

Ils virent d'abord la voiture pie garée en travers.

Presque aussitôt Nicholas aperçut les deux cadavres. L'un était étalé au premier plan, l'autre écartelé comme une toile d'araignée noire, au bout de la rue. Il s'arrêta et ses yeux fouillèrent de gauche à droite, puis en arrière.

Croaker le dépassa, l'arme au poing, mais se figea en voyant le premier corps. Lentement, péniblement, il s'avança vers lui, s'accroupit, posa un genou au sol et retourna l'homme avec précautions. Il reconnut DeLong aussitôt. La quantité de sang l'épouvanta. Il chercha en vain le moindre signe de vie. Sa main était trempée quand il la retira.

Il se leva et, en courant de côté comme un crabe, il descendit rapidement jusqu'au cadavre déjà presque froid de Binghamton. Il se leva et rangea son arme. Il rebroussa chemin, dépassa Nicholas sans un mot, et se glissa au volant de la voiture de ronde.

Il appela le central et demanda le fourgon de la morgue et le médecin légiste de permanence. Puis il lança un avis général de recherche. Il était encore à l'appareil quand Nicholas vint se pencher par la portière ouverte.

— Il est loin, maintenant.

Croaker raccrocha, appuya la tête en arrière sur le dossier du siège et ferma les yeux.

— C'étaient mes meilleurs hommes.

Ses paupières s'ouvrirent brusquement et son gros poing frappa le volant si fort qu'il rebondit en l'air.

— Ma meilleure équipe, merde ! Je regrette tellement de ne pas vous avoir écouté, dit-il dans un soupir. Je ne sais pas qui est ce type, mais...

— Lew, dit Nicholas. Poussez-vous. Je veux vous parler avant qu'il y ait foule.

Croaker se retourna vers lui tout en se glissant sur le siège du passager. Au loin, ils entendirent la plainte d'une sirène. Peut-être une ambulance.

— Je sais qui est le ninja.

Croaker demeura parfaitement immobile.

— Depuis combien de temps ?

Nicholas respira à fond, comme si cela pouvait soulager le poids qu'il ressentait soudain. Les morts du présent s'étaient combinées avec celles du passé et se précipitaient une fois de plus pour l'engloutir. Il se sentit très las et très triste.

— Depuis très peu de temps, en fait. Sur le palier devant l'appartement d'Ah Ma.

— Je vois.

Il raconta tout à Croaker, vomissant les mots comme si cela pouvait nettoyer son âme, le soulager d'un poids qu'il avait supporté — il le sentait à présent — beaucoup trop longtemps.

— Vous voulez me faire croire, demanda Croaker quand il eut terminé, que ce Saïgō ne cherche pas à tuer Tomkin ? Que c'est vous qu'il vise ?

— Oui et non, répondit Nicholas d'une voix sans timbre. Il va abattre Tomkin, c'est certain, si nous ne l'en empêchons pas. Mais je crois qu'il a accepté ce travail pour me tuer, moi. C'est la seule explication possible de tous les meurtres.

— Je m'en rends compte, bien sûr. C'est comme une vendetta.

— Une affaire d'honneur.

— Mais vous auriez dû savoir qu'il viendrait !

La plainte des sirènes était beaucoup plus forte. Il y eut un cri dans la nuit, puis des voix excitées grincèrent jusqu'à eux depuis les murs de briques.

— Vous n'aviez pas peur de... commença Croaker.

Nicholas secoua la tête avec un sourire triste. Il est temps de partir, se dit-il.

— J'y suis préparé depuis longtemps.

Il descendit de la voiture. Chacun de ses muscles semblait lui faire mal, et sa tête éclatait, comme serrée dans un étau. Il se pencha à l'intérieur pour que Croaker puisse l'entendre par-dessus le bruit de la voiture pie et de l'ambulance qui la suivait. La rue s'éclaira — rouge et blanc, rouge et blanc —, comme l'entrée d'une kermesse.

— Voyez-vous, Lew, dit-il avec une lenteur infinie, je suis un ninja, moi aussi.

— Nick, attendez !

Mais il s'éloignait déjà à grands pas ; il dépassa les gens qui commençaient à s'agglutiner dans la rue, parmi les lueurs de projecteurs, qui abolissaient rageusement les ténèbres.

★

— Sam ?

Papa. Mon petit papa. Mon tout petit papa. Non, jamais il n'avait dit ces mots dans sa vie — mais, soudain, il les formulait en esprit.

— Oui ?

— Sam ?

— Qui est à l'appareil ?

— Êtes-vous encore mon *rabbi* ?

— *Oïe*, Nick ! C'est vraiment vous ?

La voix de Goldman était légère — plus légère, lui sembla-t-il, qu'à l'époque où il travaillait à l'agence.

— C'est moi.

— Bon Dieu, comment va ?

— Très bien. Et Edna ?

— Edna ? A merveille. Elle meurt d'envie de vous voir. Où êtes-vous ?

Silence.

— Nick ! Tout va bien ?

— Pour être sincère, non.

— Une minute. Qu'est-ce que...

Le son de voix étouffées parvint jusqu'à lui. Une conversation d'un autre monde. Un monde où il y avait des maisons, des familles, des enfants. Des traites à payer et peut-être un voyage de deux semaines en Europe, au printemps. Et lui, lui, que faisait-il donc là ?

— Écoutez. Vous êtes en ville ? Edna vous fait dire de passer tout de suite. C'est vendredi soir. Elle a fait de la soupe de poule. Avec des *lokschen*. Votre plat préféré, vous vous souvenez ?

— Je me souviens.

Oh, il se souvenait de tout !

— Alors venez. On mangera. On parlera. (Un temps.) Cela fera très plaisir à Edna. Elle était inquiète à votre sujet, Nick.

Nicholas posa la tête contre le panneau acoustique de la cabine. Les voitures défilaient autour de lui, presque à portée de la main.

— Oui, dit-il enfin. D'accord. Je viens.

Il raccrocha et fit signe à un taxi. Les Goldman vivaient à la résidence Dakota, à l'angle de la soixante-douzième rue et de Central Park Ouest. Le taxi suivit le Bowery, qui devint la Troisième Avenue, et remonta jusqu'à la quarante-deuxième rue avant de tourner à gauche, traversant l'île dans la largeur jusqu'à la Huitième Avenue.

Peu après Broadway, Nicholas se pencha en avant et frappa du doigt la séparation de plexiglas.

— J'ai changé d'avis. Je m'arrête ici.

Il paya et descendit.

Tandis qu'ils longeaient la longue file de façades de cinémas de cette rue tapageuse, Nicholas avait regardé distraitement par la portière de gauche, et il avait lu les titres des films. En prenant garde à la circulation à double sens, il traversa sur le côté sud de la rue. Il se dirigea vers l'ouest et dépassa deux ou trois pornoshops nouveau genre — verre et chrome — qui annonçaient fièrement : « Couples bienvenus ». L'une des boutiques avait les portes larges ouvertes ; un grand Noir avec un chapeau à larges bords et un pantalon vert moulant était adossé au chambranle.

— Des remontants ? murmura-t-il. Un joint, de la coco, de la dure ? Rien que de la qualité...

Les cinémas se pressaient maintenant des deux côtés de la rue en une succession apparemment sans fin. La plupart étaient des salles porno, mais pas celle que Nicholas avait aperçue depuis son taxi. Au programme, trois films de kung-fu. Dont deux avec Bruce Lee.

Nicholas prit dans sa poche un dollar cinquante et entra. L'endroit avait une odeur de vieilli et de moisi. Il y avait davantage de lumière que d'ordinaire dans la plupart des cinémas. Une vingtaine de gosses noirs et portoricains faisaient du tapage autour des distributeurs automatiques de sodas, au fond de la salle.

Il s'assit. Le cinéma était presque plein. Sur l'écran, Bruce Lee parlait gravement à deux Japonais patibulaires — doublés en anglais. Le public était bruyant, il attendait impatiemment les séquences d'action, et n'appréciait pas le dialogue.

Nicholas s'enfonça dans son siège et observa Lee pendant un certain temps. Les années n'avaient pas diminué son aura. Sa spiritualité semblait crever l'écran, et même le plus bâclé de ses films méritait d'être vu.

Nicholas se souvint de leur rencontre. C'était à Hong Kong — quelle ironie ! —, après la période que Lee avait passée à Hollywood, où il avait joué des petits rôles dans les films et à la télévision, et où il avait enseigné aux vedettes les rudiments d'arts martiaux qui leur permettraient de faire illusion à l'écran.

Il commençait à devenir une authentique vedette lui-même, à l'époque. Ils s'étaient pris de sympathie sur-le-champ, mais le temps et la force des choses avaient joué contre eux, et ils ne s'étaient jamais revus.

La mort de Lee avait bouleversé Nicholas. Non du fait qu'on ait tenté de le tuer. Il en savait assez sur Lee, à l'époque, pour comprendre qu'avec son naturel sans concession, il devait avoir des ennemis implacables. Mais ce qui l'étonnait, c'était que l'on ait réussi. Il s'était toujours demandé comment cela avait pu se produire. Maintenant, il croyait savoir.

Dehors, la chaleur était encore étouffante et plus que partout ailleurs, dans ces lieux de lumières crues, de bouffe à la sauvette, de came frelatée et de trafics encore plus dégoûtants encore.

Il lui fallut quinze minutes pour trouver un taxi vide et deux fois moins de temps pour arriver à la résidence Dakota. Il y avait peu de voitures.

Il n'était resté dans le cinéma miteux que le temps de revoir l'une des séquences d'action, aussi splendides qu'un ballet, de Bruce Lee — et motivées, comme toujours, par la revanche. Et ce soir-là, il n'avait rien trouvé d'artificiel dans ses gestes.

Goldman, aussi élégant que jamais dans sa chemise à rayures fines bleu pâle et son pantalon de toile bleu nuit, vint l'accueillir à la porte. Il lui adressa un sourire plein de chaleur, et Nicholas lui tendit la main.

— Nick. Nous commencions à nous inquiéter... Edna, dit-il en se retournant sur le seuil, c'est lui.

Il entraîna Nicholas à l'intérieur et lui glissa un rhum *on the rocks* dans la main.

— Tenez. On dirait que vous en avez besoin.

Edna, une petite femme boulotte aux cheveux noirs, se précipita dans le salon. Les portes battantes de la vaste cuisine se refermèrent derrière elle. Elle était radieuse. Elle leva les bras.

— *Tateleh !*

Elle l'embrassa sur les deux joues. Elle possédait le genre de chaleur intérieure rayonnante qui efface la simple beauté physique.

— Où étiez-vous depuis si longtemps, pourquoi n'êtes-vous pas venu nous voir ?

Sa voix était juste au point d'équilibre entre l'amour et le reproche.

— Quelle joie de vous revoir tous les deux, dit Nicholas en esquissant un sourire.

— Ça y est ! dit-elle comme si elle venait de découvrir un objet rare. Vous avez perdu du poids. Venez. (Elle le prit par la main.) Mangeons d'abord, insista-t-elle. Ce que vous avez à discuter avec Sam peut bien attendre que vous ayez le ventre plein.

Ils dînèrent dans la cuisine tapissée de jaune et de beige, décorée dans le vieux style West Side : table ovale d'acajou ciré, recouverte d'une magnifique nappe brodée blanc sur blanc. Sur une étagère murale dominant la table, se dressait une Menorah de cuivre.

Plus tard, quand Edna se mit à desservir, Sam fit un signe de tête à Nicholas et ils s'excusèrent. Edna les embrassa tous les deux avant de les laisser partir.

— Si quelque chose ne va pas, quoi que ce soit, vous pouvez l'arranger, Nick, lui dit-elle avec une foi absolue. N'est-ce pas, Sam ? Ai-je raison ?

— Tu as toujours raison.

Il entraîna Nicholas dans le salon.

Le beige et le vert pâle dominaient. Edna méprisait les teintes crues, peut-être parce qu'elle voyait sous ces couleurs-là son enfance dans le ghetto de la cent quatre-vingt-neuvième rue. L'effet était apaisant, comme une forêt fraîche dans la chaleur du jour.

Ils s'assirent sur la banquette de velours beige et Sam allongea les jambes sur une ottomane assortie. Une pendule ancienne tictaquait doucement, perchée comme un hibou sur le marbre blanc de la cheminée. Une grosse brassée d'eucalyptus séché, dans un vase de céramique rose pâle posé dans l'âtre, répandait son odeur piquante dans toute la pièce. Il y avait un Utrillo sur le mur d'en face et, sur un autre mur, un petit Dali. Dans leur chambre bleu pâle se trouvaient un Picasso, et un Calder que, bien entendu, Edna détestait. C'étaient tous des originaux, mais ils étaient disposés avec une absence d'ostentation qui faisait plaisir.

— C'est revenu, dit Nicholas à mi-voix. Tout mon passé. Comme un immense raz de marée.

Goldman tendit la main vers un coffret de bois, prit un cigare et l'alluma lentement.

— J'ai perdu le présent quelque part en chemin. Je ne sais plus où j'en suis.

Goldman prit soin de souffler la fumée bleue loin de Nicholas.

— Nicholas, comme Shakespeare l'a mis avec tant de sagesse dans la bouche d'Ophélie, nous savons ce que nous sommes mais nous ne savons pas ce que nous pouvons être.

— Sam, je ne suis pas venu ici pour entendre des sermons ! s'écria-t-il.

— Et je n'ai pas l'intention de vous en faire.

Il ôta le cigare de sa bouche et le posa sur le cendrier de cristal.

— Écoutez, il est totalement irrationnel d'espérer savoir ou comprendre quoi que ce soit sur soi-même. L'être humain est un animal si complexe, que nous devons nous contenter de patauger à travers les choses du mieux que nous pouvons. Certains jours, cela ne nous semble pas suffisant. D'autres fois...

Il haussa les épaules avec sérénité.

— Je comprends tout cela, répliqua Nicholas. Mais c'est vous l'expert en histoire. Je ne suis qu'en partie juif. Je n'ai pas eu l'éducation. Je n'ai pas...

— Cela n'a absolument rien à voir avec l'éducation, répondit Goldman d'un ton grave. On apprend ce que signifie être juif, exactement comme on apprend ce que signifie être homme : en vivant la vie, non en étudiant la Torah.

« Cela vient de ce que l'on ressent en son for intérieur, et l'important, c'est de ne pas renier ce qui est au-dedans de soi. Le doute et les angoisses, l'incertitude du présent et de l'avenir, tout découle de ce principe. Votre moi doit être libre d'aller dans la direction où il doit aller, quelle qu'elle soit.

« L'esprit vole, Nicholas — et c'est la seule chose en notre possession qui soit capable de voler. C'est un péché de l'attacher, de refuser à l'esprit le droit à la liberté. La vie n'est rien sans cette liberté. Si on en est privé, l'on ne fait que survivre, jour après jour, dans des limbes vides de pensée.

« Est-ce que cela répond à votre question, Nicholas ?

★

Il alla rejoindre Raphael Tomkin dans le silence nocturne de la tour Park Avenue. Pour l'instant, Tomkin était au téléphone. Quelque part dans le monde, il était entre neuf heures du matin et cinq heures de l'après-midi, ce qui signifiait que les affaires tournaient. Des décisions, vitales pour telle ou telle filiale, et donc vitales pour la société dans son ensemble, exigeaient l'intervention personnelle de *celui-qui-dit-oui-ou-non*. Trois continents attendaient l'issue de ces conversations transatlantiques ou transpacifiques.

Tandis que Tomkin parlait en méga-chiffres — jargon elliptique à demi secret des multinationales —, Nicholas examinait le minuscule morceau de métal et de plastique qu'il tenait entre les doigts. Il le fit tourner comme un globe terrestre miniature, bien qu'en réalité ce ne fût qu'un disque plat ; quand la lumière de la lampe tomba sur la face brillante, le reflet devint de plus en plus éblouissant.

Peut-être, se dit-il, ce petit bout de présent électronisé est-il en fait la clé de tout. Du passé, du présent et de l'avenir. Tout pouvait s'arrêter ici même, s'il le voulait. S'il le décidait.

Et il avait désespérément envie de prendre cette décision-là.

Il sentait, à juste raison, que Saïgō lui avait arraché toute initiative. Oui, il se sentait nu, complètement nu et sans défense, parce qu'il n'avait pas vu ce qui se passait.

Saïgō l'avait saisi par le bout du nez et l'avait fait tourner comme une toupie jusqu'à ce que la tête lui manque. Sans cesser de rire à ses dépens. C'était une technique du *Go rin no sho*. Comment s'appelait-elle déjà ? « Presser sur un oreiller ». Limiter les actes utiles de l'ennemi tout en encourageant ses actes inutiles. Le faire tourner comme s'il avait un anneau dans le nez, et quand il se trouvait dans la confusion totale, frapper.

— Où êtes-vous allé ? dit Tomkin en raccrochant.

Il avait l'air plutôt fripé, à cette heure de la nuit. Son complet de toile couleur crème plissait à l'intérieur des coudes, sa cravate grise en tricot de soie paraissait légèrement de travers. La chair de son visage avait perdu l'éclat rose un peu soufflé qu'elle conservait le plus clair de la journée ; on remarquait des rides au coin de ses yeux, mais elles le faisaient paraître d'autant plus humain. Nicholas se demanda pourtant si ce visage de nuit était bien la réalité ou au contraire la façade.

— A Chinatown.

Tomkin grogna, et pivota sur son fauteuil de cuir à haut dossier. Ses mains jouaient toutes seules sur les boutons de sa console électronique, comme un paysan grec égrenant les perles de son chapelet.

— Chinatown, hein ? Avec ce salaud de Croaker, je parie.

Il fixa Nicholas. Ses yeux, comme des éclats de quartz bleu, étaient implacables. Des yeux de marin, se dit Nicholas. Les yeux d'un homme accoutumé aux farces tragiques de l'océan et de la voûte céleste. Les yeux d'un homme qui survit. Son bateau naufragé, son équipage noyé, il serait capable de nager jusqu'à une plage déserte et, comme Robinson Crusoé, de vaincre le temps — sinon, peut-être, la solitude.

— Vous n'avez pas intérêt à faire trop ami-ami avec ce flicard. Avertissement sans frais. Parce que j'attends que cet enfoiré mette un pied en dehors de la ligne, et je le casse en deux.

Nicholas songea à ce que Croaker lui avait dit de Gelda et sourit en lui-même. Comment réagirait Tomkin quand il découvrirait que Croaker et sa fille se fréquentaient ? Une crise d'apoplexie, peut-être...

— Ce salaud a une dent contre moi et je ne sais pas pourquoi. Il s'est mis dans la tête une idée idiote. Sous prétexte que je me tapais Angela Didion, il se figure que je l'ai tuée.

Nicholas le regarda tout en frottant le minuscule émetteur d'avant en arrière entre le bout de ses doigts calleux.

Tomkin ricana avec mépris — par les narines, comme un cheval qui hennit.

— Bon Dieu, elle cavalait dans tous les coins, cette pouffiasse, vous savez ? Elle se faisait des types qu'elle ne connaissait même pas. Ça lui donnait le frisson de ramasser des mecs dans la rue. Juste comme ça. Boum ! Sauf que ce n'étaient pas toujours des mecs, vu ? Elle était cinglée, je vous dis. Complètement marteau. Si je l'avais su — qu'elle était une foutue gouine —, jamais je n'aurais... Mais elle cachait bien son jeu. (Il agita la main et de l'or scintilla.) De toute façon, c'est de l'histoire ancienne, à présent. Voilà comment je vois les choses. Mais ce flic ne veut pas me foutre la paix, vous savez. Comme un chien avec un vieil os que personne sauf lui ne veut plus ronger.

— Il fait son boulot.

— Il *ne fait pas* son boulot ! cria Tomkin en tapant sur la table. C'est tout le problème, justement. L'affaire Angela Didion est morte et enterrée pour toute la police de New York sauf Croaker. Mais pour qui se prend-il ? Pour l'envoyé de Dieu ? Eh bien, je vous le dis, il n'a rien contre moi. Oh, j'ai pigé son numéro : il aime lire son nom dans les journaux.

Il pivota avec son fauteuil, très vite, comme pour se libérer d'un excès d'énergie nerveuse.

— Il chasse la gloire, le salaud. Mais il ne mettra pas *mon* nom dans les manchettes des quotidiens. Il a besoin de recevoir une bonne leçon, c'est tout. (Il leva les yeux et cessa de s'adresser autant à lui-même qu'à Nicholas.) Et ce type, le ninja ? demanda-t-il.

— C'est de lui que je suis venu vous parler. Jusqu'ici, il a mené la danse. Je crois qu'il est temps de renverser la situation. Notre seule chance, c'est de nous rendre maîtres du décor. En d'autres termes, nous devons être sur le champ de bataille avant lui.

— Et alors ? Montez le coup. C'est pour ça que je vous paie, non ?

— Malheureusement, ce n'est pas si simple.

— Faites ce que vous avez à faire. Peu importe jusqu'où vous irez. Je veux écarter cet homme de mon chemin. De façon permanente.

— Vous êtes directement impliqué.

— Bien entendu. On l'a envoyé me tuer.

— Il est également ici pour me tuer, moi.

— Quoi ?

— Je connais cet homme. Un vieux compte à régler. Cela n'a rien à voir avec vous.

— Je vois.

— Sauf que cela peut nous aider à l'attirer dans le piège.

— Comment ?

— Grâce à l'un de ses « mouchards ».

Nicholas souleva le petit disque plat pour que Tomkin puisse le voir clairement.

— En ce moment, il est inactif. C'est un modèle à contact, ce qui signifie qu'il redeviendra actif dès qu'on le replacera contre une surface.

Les yeux glacés de Tomkin se mirent à briller : il avait toujours su conjuguer le verbe *duper*.

— Vous voulez dire...

— Nous le remettons en fonctionnement. Et nous l'utilisons. Il y a de grandes chances qu'il croie à une panne mineure et...

— Et s'il est plus malin ? Ce type est un as. J'ai entendu raconter sur les ninjas...

— Je ne crois pas qu'il faille s'en soucier, dit Nicholas. Il veut nous tuer tous les deux, et s'il croit qu'il peut nous avoir ensemble, il prendra le risque, même s'il soupçonne un piège. Ce serait un piège que je lui aurais tendu, vous comprenez ? Pour lui cela constituerait un défi, et il ne pourrait pas reculer sans perdre complètement la face. Il ne le fera pas.

— Cela revient à l'inviter, dit Tomkin lentement.

— Oui.

Les yeux bleus le regardèrent, pleins de ruse. Nicholas pouvait presque entendre les idées cliqueter dans la tête de Tomkin : il soupesait les probabilités exactement comme pour prendre une décision d'affaires d'après les analyses d'un ordinateur. Mais n'était-ce pas justement une décision d'affaires, à peine plus étrange que les autres ?

— Allons-y, dit-il sans la moindre hésitation.

Quand, ensuite, Nicholas détacha le micro-émetteur et le posa sur le coussin de coton épais qu'il lui avait préparé dans l'un des tiroirs du bureau, Tomkin lui demanda :

— Tout peut-il être solutionné après-demain soir ?

— Il n'y aura pas de problème.

— Parfait.

Il décrocha tandis que Nicholas se dirigeait vers la porte.

— Eh ! s'écria Tomkin. Vous ne m'aviez pas dit que vous avez des difficultés avec Justine.

Nicholas se figea, maudissant Tomkin en silence Avait-il recommencé à espionner sa fille ? Sinon comment saurait-il ?

— J'ai touché un nerf sensible, hein ? dit-il en riant. Vous avez un vrai visage de joueur de poker, mais je n'ai pas besoin de voir votre expression pour savoir.

— Et que savez-vous, *exactement* ?

— Qu'elle est en ville, répondit Tomkin en haussant les épaules. Avec un autre type. J'ignore encore son nom, mais ça ne saurait durer. (Il baissa les yeux et se mit à composer un numéro.) Dommage, vraiment. J'aurais aimé que vous restiez ensemble. Vous étiez bon pour elle. J'ai bien peur qu'elle ne soit retombée dans le même pétrin.

— Où est-elle ?

— Allô ? Oui...

— Tomkin !

La voix de Nicholas trancha l'espace entre eux.

— Ne quittez pas un instant, dit Tomkin en posant la paume sur l'appareil. Que dites-vous ? demanda-t-il d'une voix soudain devenue un brin sucrée.

— Où est-elle ?

— Dans une discothèque. Quarante-sixième rue Ouest. (Il fourragea dans les paperasses de son bureau.) Je dois avoir le nom quelque part. En tout cas je l'avais il n'y a pas longtemps... Ah ! le voici. (Il souleva le morceau de papier et lut le nom à Nicholas.) Vous connaissez ? ajouta-t-il.

— Je ne fréquente pas les clubs disco.

Sa voix était tendue comme un ressort. En face de lui, Tomkin avait l'air de déguster un bonbon savoureux.

— Je m'en doute. Sans quoi vous seriez tombé sur elle beaucoup plus tôt. C'est un de ses vieux repaires. Vous devriez y faire un saut, un de ces jours.

Il se tourna vers le téléphone en guise de congé. Pendant un certain temps, il parla — une conversation n'ayant aucun sens — tout en écoutant avec son oreille libre le soupir des portes de l'ascenseur en train de se refermer, puis le bourdonnement paisible de la machine qui entraînait Nicholas jusqu'au grand hall, très loin au-dessous.

Quand tout bruit eut cessé, il tendit une main et ouvrit un tiroir du bureau. Il raccrocha le téléphone sans tourner la tête.

Il scruta le morceau de plastique et de métal avec une sorte de fascination extatique. De la sueur perla sur son front, comme chaque fois qu'il prenait une décision d'affaires capitale. Son cœur battit plus fort. Son pouls s'accéléra.

Il passa la langue sur ses lèvres et, avec précaution mais sans hésiter, il ôta le micro-émetteur de son lit de coton et le fixa sur le côté du bureau.

Il pivota, lui tourna le dos, et plongea les yeux sur la face nocturne, clignotante, de la ville. Vers l'ouest. Le pays tout entier était à ses pieds — bien que, évidemment, il ne puisse pas le voir. Enfin, il se décida à parler.

— Je suppose, dit-il d'un ton presque songeur, que tout dépend d'une chose : à quel point vous *le* désirez. Mais, que feriez-vous si... si je vous *garantissais* Nicholas Linnear ? Je pourrais vous le remettre sur un plateau. Tout aussi facilement qu'un chou à la crème. Alors ?

Il pivota de nouveau et s'adressa directement au mouchard, suspendu comme une araignée bouffie.

— Je parie que cela vaut cher pour vous. Autant qu'une vie. Qu'en dites-vous ?

Il tendit le bras et décolla le micro-émetteur, qu'il posa dans le tiroir, exactement comme Nicholas l'avait rangé. Tomkin était un homme méticuleux.

Ensuite il s'assit et croisa les mains derrière sa tête, attendant le coup de téléphone qui — il en était certain — allait retentir. Le pistolet chargé, dans l'étui, entre sa chemise trempée et sa veste de complet, lui semblait lourd, chaud et infiniment rassurant.

Dans ce genre de situation, se dit-il, on ne sait jamais.

★

— Quelqu'un veut vous voir.

Le téléphone avait sonné peu après l'entrée de Croaker, mais malgré cela, et bien qu'elle eût déjà branché le répondeur, Gelda avait décroché.

Elle était dans le living-room où elle était venue pour ouvrir la porte, et ils étaient encore tous les deux dans une demi-pénombre. Elle le regardait tout en écoutant la voix dans son oreille : il était debout dans le réseau oblique de lumière et d'ombre, qui remontait le long de ses jambes jusqu'à la hauteur des genoux. Son visage était éclairé par la nappe de lumière jaune citron qui venait de la chambre.

— G. ? Vous êtes là ?

— Oui, Pear.

— J'ai cru que vous étiez partie un instant. Vous avez pris quelque chose ?

— Non Pas ce soir.

(Lew semblait affligé d'une lassitude qui n'avait rien à voir avec le manque de sommeil. C'était comme si toutes les heures interminables, au bureau, dans les rues et au tribunal, avaient sécrété un venin sournois impossible à éliminer, maintenant qu'il collait à lui comme une seconde peau étouffante, grise et sans âge.)

— Juste une petite question professionnelle, c'est tout, dit Pear, prenant à tort le silence de Gelda pour de l'ennui. En voyant ce qui se...

— Pas ce soir.

— Je sais que je ne vous ai pas prévenue. Mais il s'agit du sénateur.

Gelda savait à qui elle faisait allusion.

— Trouvez-lui quelqu'un d'autre.

— G., dit Pear lentement, d'une voix patiente. C'est vous qu'il veut. Et *personne* d'autre. Vous savez bien comment il est.

(Il restait debout dans la pénombre, comme un animal mythique rappelé à la vie — une créature d'ailleurs, que quelqu'un aurait affublée par erreur de vêtements humains. Il semblait n'être qu'à demi conscient de la présence de Gelda.)

— La réponse est toujours non.

(Mais Gelda ressentait plus intensément sa présence à lui.)

— Et Dare, quand elle reviendra en ville ?

De toute évidence, Pear avait perçu quelque chose de définitif dans le ton de Gelda.

Et soudain, Gelda comprit qu'elle avait répondu au téléphone *justement* parce qu'il était là.

— Non, même pas pour Dare. La partie est finie. Je ne joue plus.

— Je vois.

Aucun chagrin dans la voix de Pear. Et pas la moindre récrimination.

Gelda se sentit brusquement la tête légère, aussi étourdie que si elle venait de boire une bouteille entière de Dom Pérignon. Jamais elle n'avait été aussi heureuse de sa vie.

— Vous nous manquerez, G. Vous *me* manquerez.

C'était bien dans le style de Pear, de ne pas parler des clients en un moment pareil.

— Je ne vous oublierai jamais, murmura Gelda.

— J'espère que non. (Un rire bref.) Adieu, G.

Gelda raccrocha et s'avança vers Croaker.

— Que s'est-il passé ?

Elle passa un bras autour de sa taille et l'entraîna dans la chambre. A la lueur chaude de la lampe, elle vit le sang séché sur ses mains.

444

— Tu ne veux pas me dire ? demanda-t-elle d'une voix qui dissimulait son trouble. Tu as l'air tellement triste !

— Je viens de rendre visite à deux familles. Une femme enceinte et la mère de trois gosses. (Il leva vers elle ses yeux chargés de désespoir.) Tu as déjà été obligée de dire à quelqu'un que la personne à laquelle il tient le plus est morte ? (Il respira profondément.) Moi, oui. Seulement, les autres fois, ils n'étaient pas morts par ma faute.

Il baissa les yeux sur ses mains hâlées, tachées comme si elles avaient trempé dans de la teinture, avec des croûtes comme du sel de mer séché.

— Commençons par le commencement, dit-elle doucement, en prenant ses mains entre les siennes et en l'attirant vers elle. Il faut d'abord enlever ce sang.

★

Je savais ce que je faisais,
Dès le premier instant,
Je savais où j'allais.
Il y a un radar dans mon cœur...

L'endroit était tout chrome scintillant et glaces fumées, à plusieurs niveaux, comme les jardins suspendus, avec des sols en brique de verre sous lesquels des lumières colorées éclataient au rythme de la musique.

L'air vibrait sous les percussions et les voix électroniques ; il semblait tendu de guirlandes, comme un arbre de Noël : parfums, sueur et herbe fumée.

J'ai senti venir ton contact,
Ton étoile était sur ma carte,
J'ai entendu soupirer tes moteurs.
Il y a un radar dans mon cœur...

Le bar était quelque part derrière une forêt de bras levés, de cheveux tourbillonnants, de visages luisants à l'expression concentrée mais vide. Danse, danse, danse. L'impératif était clair, contraignant, atavique, résurrection d'instincts tribaux primitifs, orgie extatique, communautaire — mais banalisée, trivialisée, au point d'en réduire à néant toutes les conséquences possibles.

Les posters sur mes murs
Changent à chaque mode.
Pourquoi garder le passé en vie ?
Je sais qu'on est presque en 1984,
Mais c'est encore 1965...

Tout à fait comme quand on se meut dans un rêve. Sens assaillis sans relâche jusqu'à ce que l'illusion pousse, pareille à des mauvaises herbes dans la cour abandonnée de la réalité. Chaque pas en avant entraînait l'obligation d'en faire deux en arrière. Il songea à Alice au fond du terrier du lapin et se demanda si Lewis Carroll aurait pu imaginer cela. Non, seul Coleridge eût été capable d'un tel rêve à travers les fumées de la drogue : l'endroit ressemblait à l'antre d'un archange déchu.

> *La musique dans ma chambre*
> *N'est pas vraiment dans le ton.*
> *Mon harmonie est malade,*
> *Et je sais bien sur quel rythme*
> *Tu préférerais que je danse,*
> *Mais j'ai oublié ma révolte...*

Devant le bar, des tabourets de cuir noir sur lesquels personne ne s'asseyait — alignement de corbeaux ironiques en train de surveiller un champ de maïs grouillant de vie en été.

Nicholas prit place et commanda un verre par principe. Il n'avait pas soif. Il regarda le lamé scintiller sous les lumières tourbillonnantes, les souliers de néon aux talons d'une hauteur impossible. Le maquillage multicolore plaqué aux yeux des femmes semblait ensevelir la moitié de leur visage, tournoyant devant lui, encore et encore, au cours de la danse. La couleur chair semblait inconnue ici. Les bras, les poitrines et les cuisses étaient peints par la lumière comme des peaux de lézards. Tout ce mouvement, ces expressions, lui rappelèrent certaines scènes éclatantes du *Metropolis* de Fritz Lang.

Il cherchait Justine, mais dans cette folie, cela paraissait illusoire : tout autant que de courir sur les traces de Yukio à Kumamoto — les portes vous claquent au nez à mesure qu'on les ouvre.

Puis, ce que Sam Goldman lui avait dit plus tôt dans la soirée commença à s'infiltrer dans sa conscience. Quelle importance avait donc ce qu'il était devenu du moment qu'il savait ce qu'il voulait être — ce qu'il désirait profondément ? On n'était plus en 1963, c'était une autre vie. Pourtant, il sentait qu'il ne serait jamais vraiment libre tant qu'il n'aurait pas tout compris. Sans compréhension, tout demeure impossible. Les *kijins* — les farfadets de son passé — ne seraient pas apaisés à moindre prix.

— Qu'est-ce que tu fais ? Allez, viens ! Viens danser.

C'était une blonde aux yeux couleur prune, vêtue d'une robe de crêpe de Chine bleu lavande qui dévoilait ses seins lourds pour en tirer un maximum d'effet.

> *Je me sens chinetoque.*
> *Les gens m'font la gueule,*
> *Mais je suis né comme vous, vous, vous...*

La tête d'oiseau de la fille se balançait, lascive :

— Alors, tu ne veux pas entrer dans le rythme ? Allons, viens...

— Non, je ne crois pas que...

> *... chinetoque.*
> *Je ne vous veux pas d'mal*
> *Juste cirer vos godasses.*

— ... pricorne, c'est ça ? C'est forcé. Obstiné. (Elle prononçait *ostiné*.) Tous les Capricorne sont obstinés. Mais...

— Je ne suis pas ici pour danser, dit-il, plutôt ridicule. Je suis ici pour trouver quelqu'un.

> *Chin, chin, chin,*
> *Toc, toc, toc*
> *M'appelle pas ton p'tit chinetoque.*

— ... faire ça ensemble.

> *M'appelle pas, m'appelle, m'appelle pas :*
> *Je t'appellerai si j'ai envie d'toi.*

— Vous ne comprenez pas. Il y a une femme ici. Une femme.

— Et alors ?

La main de la fille prit la sienne — ongles écarlates brillants, aux couleurs changeantes, traits de lumière scintillante.

— Dansons, dansons jusqu'à ce qu'on la trouve.

Il s'arracha à l'étreinte de ses doigts.

— Tu ne veux pas t'amuser ? lui cria-t-elle.

> *Tu m'fais, tu m'fais, tu m'fais*
> *Sentir que j'suis chinetoque...*

Il monta au deuxième niveau, grotte bleue et verte peuplée d'algues ondoyantes. L'effet de synchronisation s'était mis en place et il sentit son pouls battre au rythme de la musique qui frappait l'air à coups de fléau, avec l'entrain d'un moissonneur dans son champ de blé.

Et, enfin, il la vit, au niveau supérieur, dans la pénombre projetée par l'escalier en colimaçon. Il dut attendre plusieurs minutes que le passage étroit se dégage : danse, danse, danse...

Il plongea sous une vague de bras et de têtes qui tressautaient et il monta quatre à quatre l'escalier métallique. Murs de cuir noir comme une cellule capitonnée. Verre fumé beaucoup trop fragile pour servir de garde-fou, à cette hauteur. Et si quelqu'un tombait ? Si quelqu'un...

Lumière rouge et jaune, qui devenait blanche et grise sur le cuir noir... Spectacle déconcertant, comme un film en couleurs visionné sur une vieille télévision : tout est un peu déphasé, d'une manière ou d'une autre.

Elle était là. Avec un homme. Grand, large d'épaules, cheveux noirs tout plats, la peau mate d'un Portoricain. Un pantalon à taille haute, rouge foncé, et un tricot de corps sans manches, orné d'une capsule de bière, rouge, bleu et or.

> *Ne t'ai-je pas entendue pleurer ce matin ?*
> *N'ai-je pas senti tes larmes,*
> *Gouttes salées glissant sur ma peau,*
> *Comme des rivières dans mon sommeil ?...*

— Justine !

Elle tourna brusquement la tête et la lumière frémit sur les paillettes écarlates de son œil. Elle le regarda sans rien dire, jusqu'à ce que son cavalier la fasse pivoter brutalement vers lui.

— Justine !

— Qu'est-ce que tu veux, mec ? Fous la paix à ma souris, hein ? Tout doux, d'accord ?

> *N'ai-je pas entendu ta voix ce matin ?*
> *N'as-tu pas appelé mon nom,*
> *Tendre murmure dans mon oreille ?*
> *Mais les mots n'étaient pas très clairs...*

— Justine ! Regarde-moi ! dit-il, tendant la main.

— Eh, mec ? Eh, eh ! C'est pas des façons. T'as pas entendu ce que je t'ai dit ? Du balai. Elle ne veut pas de toi.

Il remarqua au passage les pupilles dilatées, les narines rougies.

> *Drôle de façon de me dire que tu m'aimes,*
> *Si tu ne me donnes que ta tristesse.*
> *Qu'est-ce que tu veux ? Une épaule pour pleurer ?*
> *Pas la mienne, pas la mienne...*

— Écoute, mec. J'ai assez parlé.

Le *clic* fut inaudible dans le tumulte réverbéré par tout ce cuir... Mais l'éclair du couteau à cran d'arrêt était impossible à confondre.

— Justine !

— Ta gueule, mec. (Une de ses épaules s'abaissa.) Voilà pour toi !

Il fut très rapide et il savait se servir de son surin. Il avait pris des leçons dans la rue, où la seule règle est la nécessité de survivre. Les types de ce genre peuvent s'avérer plus dangereux que les professionnels, car ils sont imprévisibles. La lame de vingt centimètres pouvait ouvrir le ventre de Nicholas en une fraction de seconde.

Il bloqua le premier assaut du bras droit, puis, pivotant sur place, il lança le tranchant de sa main droite sur l'os de la hanche du Portoricain. Aucun bruit en dehors de la musique. Leurs mouvements violents se confondaient avec ceux des danseurs dans la frénésie de la salle gainée de cuir.

La bouche du Portoricain s'ouvrit toute grande, sa tête se renversa en arrière, exactement dans l'attitude de l'homme peint par Munch dans *Le cri*. Il fit un mouvement pour recouvrer son aplomb, et Nicholas lança sa chaussure contre le bord extérieur du pied droit de l'autre. Le Portoricain perdit totalement l'équilibre et tomba sur le côté entre deux couples ébahis. Son bras à la dérive gifla une femme au moment où elle tournait sur elle-même. On aurait dit une scène de comédie de boulevard, mais Nicholas n'avait pas envie de rire.

> *Enfin seuls,*
> *Instant magique*
> *Où tous les rêves se font femme...*

Justine le regarda, puis baissa les yeux vers l'homme par terre, qui se tenait la hanche. Le couteau gisait sur le parquet taché, comme une jarretière de mariée que personne n'eût voulu ramasser.

— Justine...
— Comment m'as-tu trouvée ? Et que veux-tu de moi ?
— Justine.
— Je n'en peux plus. Je t'en prie. Je t'en prie. Je t'en prie. Tu ne vois pas que j'ai pleuré...

> *Te voilà,*
> *Errant comme un démon,*
> *De gare en gare...*

— ... à cause de toi. A cause de toi.
— Justine, je suis venu...
— Et maintenant je me fous que tu le saches.
— ... te dire que je t'aime.

Des larmes roulèrent silencieusement de ses yeux. L'air était comme du miel, épaissi par la musique : voix douloureuses, rythmes insinuants, percussion érotique.

— Je t'en supplie.

L'avait-elle entendu ?

449

— Je t'aime. Justine, je...

Ils se touchèrent dans une sorte d'émanation d'énergie et d'émotion gâchée.

Ce n'est pas l'effet de la cocaïne ;
Je crois bien que ce doit être l'amour.
Il est trop tard pour être en retard.
Trop tard pour la haine.
Trop tard...
Trop tard...

★

— ... Pleuré dans le sable devant ta maison, dans la nuit et devant la mer. Et ça ne m'était encore jamais arrivé.

Allongé sur le sofa couleur écume de mer, avec le long corps tiède de Justine contre le sien, il songea : Tu as tort, Croaker. Je peux éprouver des sentiments. Et j'en éprouve.

— Tu n'as pas à avoir honte, dit-elle.

— Je n'en ai pas honte. Sinon je ne te l'aurais pas dit.

Il sentit que, pour la première fois, son passé était ébranlé, qu'il glissait vers le bas, vers les vagues de la mer qui l'enseveliraient.

— J'en suis heureuse.

Elle posa la main sur la hanche de Nicholas, comme si elle avait cherché une serrure à ouvrir. Ses jambes gainées de bas crissèrent l'une contre l'autre, comme un cri de cigale.

— Je suis heureuse de savoir que tu peux m'être reconnaissant pour quelque chose. Exactement comme je le suis vis-à-vis de toi.

— C'est un sentiment nouveau.

Elle regarda les yeux de Nicholas qui semblaient se tourner vers l'intérieur de lui-même et elle écouta ses paroles :

— Ce que je t'ai fait était si cruel. Mais c'était... C'était par autodéfense. Une sorte d'instinct de survie. J'ai senti soudain à quel point tu étais proche du cœur de mon être et cela m'a rappelé...

Les longs cheveux de Justine effleurèrent son épaule.

— Quoi ? demanda-t-elle.

— La mer, il y a longtemps. Le brouillard, une traversée en ferry-boat, à travers une sorte de carte postale du Japon.

Il gardait les lèvres entrouvertes même lorsqu'il ne parlait pas ; il respirait du fond des poumons comme lorsqu'on rêve.

— Cela m'a rappelé une jeune fille que j'ai aimée, autrefois. Le problème, c'est que je me croyais encore amoureux d'elle.

— Où est-elle, à présent ?

— Je ne sais pas. Elle peut se trouver n'importe où. N'importe où...

Justine sentit le mouvement de la poitrine et du ventre de Nicholas qui se soulevaient et s'abaissaient avec une régularité de marée.

— Elle m'avait dit qu'elle m'aimait... Elle m'en avait convaincu... Je ne savais pas qu'un être humain pouvait être aussi habile à tromper...

Elle sourit, à peine visible dans l'ombre.

— Si tu avais été une femme, tu aurais tout su.

— Parfois, je pense que le sexe est pour les animaux, dit-il.

Tout demeura silencieux un moment ; sauf le murmure intermittent de la circulation nocturne, lointaine et sans importance. Jamais elle n'avait été témoin d'une telle amertume, et elle se demanda ce qui avait pu se passer entre cette fille et lui, tant d'années auparavant.

— Je suis jalouse, dit-elle, consciente de prendre un risque énorme. Je suis jalouse de tout ce que tu lui as donné de toi-même.

Il était calme, tout près d'elle.

— Jamais plus, Nicholas ?

Seuls les cheveux et la hanche de Justine le touchaient.

— Qui est en train de *se* punir ? demanda-t-elle enfin.

Lorsqu'il répondit, sa voix était tendue. Contre quoi luttait-il ?

— Elle m'a fait... éprouver...

— Éprouver quoi ?

— Éprouver, juste éprouver.

— Est-ce si terrible ?

— Et ensuite, elle m'a abandonné. Elle est partie avec...

Et, inondé de honte, il lui raconta ce qu'il n'avait jamais raconté à personne.

Justine posa ses lèvres tièdes contre son oreille et murmura :

— Déboutonne-moi, Nicholas.

Il tendit la main. La fermeture à glissière crissa, comme le craquement d'une bûche à demi brûlée qui s'effondre dans les cendres brûlantes de l'âtre.

Les globes de ses seins paraissaient être pâles dans la lumière irréelle, telles les crêtes gonflées des vagues au lever du soleil. Tant de profondeurs à sonder. Mais le transport qu'il ressentait à présent ne provenait pas seulement du creux de ses reins ; c'était une sorte de marée lustrale qui enveloppait son corps et envahissait son esprit.

— Tu m'as tellement manqué, dit-il.

Toi, et non Yukio, désormais.

Elle sentait maintenant à quel point il avait été déchiré.

— Oui, murmura-t-elle. Je comprends maintenant. Je me sens vieille et fatiguée quand tu n'es pas là.

D'un coup d'épaule, elle fit tomber les bretelles de son soutien-gorge.

— Ne faisons pas l'amour tout de suite.

Elle était si proche de lui que ses yeux scintillaient, petits feux dans le lointain, comme la balise accueillante qui signale le port familier.

— Répète-le !

— Justine, parfois les mots n'ont aucun sens...

Il l'entoura de ses bras.

— Je te tiens, murmura-t-il. Et tu me tiens.

Elle effleura sa peau du bout des doigts.

★

Fukashigi, maître de kenjutsu, s'éveilla au petit jour, avec les griffes d'une pensée disparue encore plantées dans son souvenir.

A cette heure matinale, le monde était enseveli de brume ; les éléments familiers du décor évoquaient la toile d'un pointilliste.

Ce n'était pas un rêve. Fukashigi ne ramenait jamais ce genre de brumes dans le monde éveillé.

Quelque chose l'avait tiré du sommeil. Les griffes s'enfoncèrent.

Et, aussitôt, il songea à Nicholas.

Il doit donc être temps. Et malgré toute sa sagesse, Fukashigi sentit qu'un léger frisson de peur le secouait.

Il avait souvent songé à ce moment, au cours des longues nuits où le sommeil le fuyait, et maintenant il savait qu'il s'était bercé de chimères, en croyant que ce jour ne viendrait peut-être jamais.

Après tout ce temps, l'instant était venu.

Le temps, il le savait très bien, ne signifiait absolument rien.

Malgré la distance, il ressentait une traction psychique violente, comme une tempête essayant d'arracher un bateau à son ancrage.

Les longues années passées en Chine et au Japon lui semblaient un rêve enseveli dans la brume — comme le monde qu'il voyait par sa fenêtre. L'esprit, il le savait, pouvait faire beaucoup de choses et jouer plus d'un tour, et il se demanda ce matin-là quel était le monde qui appartenait au rêve. En un sens, l'Amérique ne pourrait jamais être aussi réelle que ces jours et ces nuits d'Asie, avec leurs épices et leurs mystères.

On avait le temps, à l'époque — un temps illimité, semblait-il alors — de se plonger dans toutes les énigmes. La joie qu'il ressentait chaque fois que l'une d'elles s'éclaircissait n'avait pas eu d'équivalent dans toute son existence.

Bien sûr, il avait eu plusieurs fois l'occasion de regretter le choix qu'il avait fait pour sa vie. C'était, après tout, une voie des plus périlleuses, hérissée à chaque pas de dangers réels et imaginaires.

La jalousie les torturait tous comme une fièvre éternelle, impossible à calmer. Il y avait de la haine pour tout nouveau venu. Et surtout pour celui qui cherchait à sonder les profondeurs qui s'étaient dérobées à tous les autres.

Et qui en faisait la conquête.

Fukashigi se redressa sur son *futon*. Il entendit ses os craquer. Magie, se dit-il. Que de malentendus sur ce mot. Typiquement occidental. Vraiment de quoi rire.

Puis il songea à Nicholas. Il ne l'envia pas mais il n'y avait aucune envie dans le cœur de Fukashigi. S'il y en avait eu... Fukashigi haussa ses minces épaules.

Qui sait ? se dit-il. Mais il sentait de nouveau l'excitation monter en lui.

★

Maintenant il était sûr qu'il pouvait voir clairement jusqu'au fond. Le sol irrégulier était tapissé de vase, et des poissons sans couleurs tissaient la trame de leurs vies uniformes à travers la boue, les rochers et le sable.

Cette partie des Détroits de Shimonoseki était hantée depuis sept cents ans et plus. Depuis la bataille navale dramatique qui avait vu la mort de l'empereur enfant Taïra Tenno et de tous les hommes, femmes et enfants de son clan Taïra — tombés sous les coups des Minamoto.

Souvent, on voyait là des étranges crabes Heïké — autre nom du clan Taïra — qui ont des visages humains dessinés sur leurs carapaces, et qui abritent, dit-on, les *kamis* des guerriers vaincus, depuis longtemps trépassés.

A en croire les légendes, ils ne peuvent pas trouver la paix, et par les nuits revêtues de brouillard, les pêcheurs jurent qu'ils peuvent voir d'étranges feux follets sur les eaux en colère. Ils refusent alors de mettre leurs embarcations à la mer, même si les poissons abondent, parce que, au cours de ces terribles nuits, les Heïkés surgissent des profondeurs, barrent la route aux bateaux de passage, et entraînent dans la mort les nageurs imprudents.

Et c'était pour apaiser un peu ces *kamis* perdus et malheureux que les bouddhistes avaient construit en cet endroit le temple d'Amidaji.

Mais maintenant, songea Saïgō, ce Dan-no-ura est plus que jamais un endroit hanté, car un fragment de mon âme gît, mort et vaincu, dans ces eaux. *Elle* est allée rejoindre les Heïkés sans joie dans leur errance sans fin. Pour *elle* comme pour eux, pas de bûcher purificateur, pas de refuge de Lotus d'Or.

Il pouvait voir le visage parfait gisant sur le fond, impassible, comme si aucune vague ne pouvait le troubler. Parfait seulement maintenant que ses traits se composaient dans la mort. Une héroïne traditionnelle : fille pieuse, épouse loyale, le cœur plein de sacrifice ; tous ses péchés douloureux effacés.

C'était bien, dit-il. C'était normal ; c'était juste. Une mort décrétée par l'histoire.

Qu'aurait-il pu faire d'autre ?

Il sentit que son souffle était court. Les larmes brûlantes menaçaient de détruire ses yeux morts sous leur torrent de pitié. Instinctivement il se mit à réciter le *Hannya-Shon-Kyō.*

La forme est le vide, et le vide est forme. (...) Ce qui est vide est forme. (...) Perception, nom, concept et savoir sont également le vide. (...) Il n'y a pas d'œil, d'oreille, de nez, de langue, de corps, ni d'esprit. (...)

Dans les ténèbres réside le péché ; dans les ténèbres réside la mort. Le péché nie l'esprit ; et la mort des êtres sans esprit ne peut être considérée que comme un acte de charité.

Mais, mais, mais... Comment pourrait-il y avoir amour, où il y a péché ? Cette question le torturait depuis des années, plus que toute autre chose, et modelait sa vie. Il se posa une fois de plus la question impossible, et il se mit à marteler de son poing fermé son front et ses joues, cherchant à détruire ce qui demeurait encore perversement récalcitrant au fond de lui-même. Il ne pouvait pas davantage arracher de lui le souvenir de ce visage qu'il ne pouvait renier son propre nom ; et c'était uniquement cet acharnement terrifiant en lui qui l'avait poussé à la drogue. D'un autre côté, il croyait à présent que la drogue augmentait ses pouvoirs.

Mais qui, sinon Nicholas Linnear, l'avait mis dans cette situation horrible ? Sans lui, il n'aurait pas... ils n'auraient pas... Il n'y aurait pas...

Des lumières étincelèrent sous ses paupières closes lorsqu'il se frappa, mais elles ne suffirent pas à noyer la vision des doux poissons pâles en train de jouer dans les Détroits. Et, ô Amida ! comme le vent hurlait cette nuit-là ! Comme la neige tournoyait, rideau de dentelle, avant de disparaître à la surface des vagues uniformes ! Comme le ciel noir était bas. On ne voyait ni Kyūshū, ni Honshu ! Tout seul dans la barque mouvante... Le hurlement a-t-il augmenté quand le corps est tombé dans l'eau ? Les Heïké savaient-ils qu'ils allaient accueillir une autre pécheresse, non repentante comme eux ? Car ils ne regrettaient pas leur péché : sinon pourquoi erreraient-ils par les nuits sans lune, sous forme de *kamis* inapaisés ?

Des lumières fantômes avaient dansé sur les Détroits, juste comme le disaient les légendes... Il avait récité de nombreuses prières, autant qu'il en connaissait, et il les avait répétées sans relâche jusqu'à ce que la proue de la barque touchât le quai de bois de Shimonoseki et qu'il ait abordé la terre ferme, tremblant et trempé d'eau de mer — ainsi que de sueur, malgré la neige et le vent du nord glacé.

Aujourd'hui encore, il pouvait entendre le hurlement irréel semblable à la voix des démons qui le rappelaient en arrière, pour achever des horreurs en quelque sorte inachevées — tournoyant dans sa tête comme des cerfs-volants noirs fondant sur une carcasse ensanglantée.

Enfin, l'haleine lourde de relents d'hallucinogènes, le corps trempé de sueur comme s'il sortait du bain, il tomba dans un sommeil hébété, rempli de cauchemars et — bien pis encore — d'échos sonores de rêves oubliés.

★

Nicholas rêvait de bout du monde. Et, née de la plage voisine, à la pointe ultime de la terre, s'étirait l'arche d'un pont de bois et de pierre, très semblable à celui de Nihonbashi. Comme il s'élançait sur ce pont, il vit que de chaque côté, tout n'était que brouillard en suspens. Il se retourna pour regarder derrière lui : il constata, stupéfait et angoissé, que l'étrange brume avait obscurci la terre d'où il venait. Le vide était si absolu qu'il ne pouvait plus se souvenir de quel lieu il s'agissait, tout en ignorant vers quel endroit il se dirigeait — comme si le brouillard avait envahi son crâne en même temps que le décor.

Quand il arriva à peu près à mi-chemin, il s'aperçut qu'il pouvait discerner un son, ténu et assourdi par la brume, mais plus il avançait, plus il était certain qu'il s'agissait du sanglot d'une femme.

Juste à temps, il put distinguer dans le brouillard une forme plus sombre, qui se concrétisa, à mesure qu'il avançait, en la silhouette d'une jeune femme. Elle était grande, élancée, et elle portait une robe moulante de soie blanche. La robe était ruisselante d'eau, il le distinguait nettement, comme si elle venait de surgir de la mort que ce pont enjambait (à ce que supposait Nicholas). Elle avait le dos tourné (un dos très frêle) vers le garde-fou couvert d'humidité, et elle pleurait dans ses mains. Le pouvoir de ses lamentations était tel que Nicholas se sentit contraint de se rapprocher.

Quand il fut arrivé à quelques pas d'elle, il l'entendit parler :

— Oh, vous êtes venu. Enfin ! enfin ! J'avais abandonné tout espoir !

— Pardonnez-moi.

Il sentit sa voix se réverbérer dans sa poitrine, comme s'il s'était agi d'une cavité de la taille d'une cathédrale.

— Je ne crois pas vous connaître, gente dame, dit-il, mais vous semblez m'avoir reconnu. N'avez-vous pas fait erreur ?

Et sur ces paroles, il avait tendu le cou pour essayer de voir clairement son visage, car dans la position où elle se trouvait, il ne pouvait pas dire en toute certitude s'il la connaissait ou non. Mais cela lui fut impossible. Avec ses longs cheveux noirs, gonflés comme les tentacules d'une gorgone et parsemés de petits coquillages et de mollusques, avec ses mains aux longs doigts qu'elle continuait de presser contre son visage, elle demeurait entièrement invisible à son regard.

— Non, il n'y a pas d'erreur. Vous êtes celui que j'ai attendu pendant toutes ces années.

— Pourquoi pleurez-vous si amèrement, gente dame ? Quel malheur vous a-t-il affligée ?

— Une mort sans honneur, messire, et tant qu'elle ne sera pas vengée, mon esprit est condamné à errer — à errer *ici*.

— Je ne vois pas comment je peux vous aider, gente dame. Mais si vous daignez me permettre de voir votre visage...

— Poser les yeux sur moi serait bien inutile, dit-elle d'une voix si triste qu'il sentit son cœur se briser.

— J'avais donc raison. Je ne vous connais pas.

Elle ne dit rien, et il ne devina pas ce qu'aurait été sa réponse si elle avait parlé.

— Otez vos mains de votre visage, lui dit-il. Je vous en prie, gente dame. Sinon je ne peux pas vous aider.

Lentement, comme à regret, les longs doigts de la jeune fille s'écartèrent à travers le brouillard. Il sentit son souffle se bloquer.

Là où les traits de son visage auraient dû se trouver — des yeux, un nez, des lèvres — il n'y avait qu'une peau, nue et lisse comme la coquille d'un œuf...

— ... Dieu, Nicholas, qu'est-ce qu'il y a ?

Sa poitrine bondissait, il avait l'impression de franchir les derniers mètres d'un marathon. La sueur luisait sur sa peau comme du givre.

Le visage de Justine, froncé d'inquiétude, planait au-dessus de lui. Ses longs cheveux tombaient de chaque côté : un rideau électrique, un lien ténu.

— Que s'est-il passé ? demanda-t-il.

— Je ne sais pas. Tu as crié dans ton sommeil...

— Qu'est-ce que j'ai dit ?

— Je ne sais pas, chéri. Rien de reconnaissable, en tout cas pas en anglais. Quelque chose comme, euh... (elle plissa le front pour se concentrer), *minamara no tat...* et je ne sais quoi.

— *Migawari ni tatsu ?*

— Oui, c'est ça.

— Es-tu sûre ? Vraiment certaine ?

— Oui. Absolument. Tu l'as dit plus d'une fois. Qu'est-ce que ça signifie ?

— Eh bien, au sens littéral, « agir en tant que substitut ».

— Je ne comprends pas.

— Dans le folklore japonais, il existe une croyance selon laquelle une personne peut donner sa vie pour sauver celle d'un autre être. Et ce n'est pas forcément une personne. C'est vrai pour un arbre ou n'importe quoi.

— De quoi rêvais-tu ?

— Je ne sais pas très bien.

— Nicholas, demanda-t-elle avec son intuition objective si caractéristique, est-ce que quelqu'un a donné sa vie pour toi ?... Dans le rêve, je veux dire ?

Il la regarda et leva la main vers sa joue — mais ce n'était pas sa chair douce qu'il semblait caresser, et certainement pas sa voix qu'il entendait dans sa tête.

... Dans la chambre de la mort parfaite, ses orteils touchant l'ourlet du kimono ravissant, aux plis parfaits, de sa mère, et, un peu plus loin, les filets de sang gouttant comme des rubis sur le plancher, Itami avait dit :

— Il nous faut tous deux partir, maintenant, Nicholas. Il n'y a pas de place, ici, pour des intrus comme nous.

— Où irez-vous ? avait-il demandé, la voix lourde comme du plomb.

— En Chine.

Ses yeux s'étaient levés vers le visage blanc.

— Avec les communistes ?

Elle avait secoué légèrement la tête.

— Non. Il y a les autres — qui étaient là bien avant les communistes. Ton grand-père, So-Peng, était l'un d'eux.

— Vous laisseriez Saïgō ?

Elle avait les yeux qui brillaient comme ceux d'un oiseau.

— Nicholas, t'es-tu jamais demandé pourquoi je n'avais eu

qu'un enfant ? Mais non... Pourquoi te serais-tu posé la question ?

Ses lèvres s'étaient contractées en un sourire triste qui avait glacé le jeune homme.

— Mais tu peux me croire : en ce qui me concerne, *moi*, ce fut totalement une affaire de choix, bien que Satsugaï ait pensé le contraire. Oh oui, je lui ai menti. De tout mon cœur. Cela te surprend ! Eh oui...

Elle avait frissonné légèrement, comme un sapin sous une rafale soudaine de vent, et s'était imperceptiblement penchée en avant.

— Je n'ai pas voulu en avoir un autre comme *lui*. (Ses yeux noirs n'étaient plus qu'un trait entre les paupières.) Tu me comprends ? J'en suis sûre.

Elle avait baissé les yeux un instant sur le *katana* planté sur sa pointe, ensanglanté.

— Est-ce que tu me hais ? Je n'en serais pas surprise... Mais non, je vois que tu ne me hais pas. Cela me réchauffe le cœur. Je ne peux pas te dire à quel point.

« Je t'aime, Nicholas. Si tu étais mon propre fils, je ne pourrais pas t'aimer davantage, mais je crois que tu sais déjà tout cela au fond de toi.

Elle avait hoché la tête comme si elle se fût rappelé brusquement quelque chose.

— Les jours de *kwaïdan* filent entre mes doigts comme le sable. Le temps est bref et j'ai beaucoup à faire.

Il était demeuré debout devant elle, blême, décomposé. Il n'avait pu retenir un frisson bien qu'aucune brise ne soufflât dans la pièce.

— Voulez-vous me dire, lui demanda-t-il, quel honneur il y a dans ceci ?

— Tout l'honneur qui demeure encore dans l'ensemble du monde se trouve dans cette pièce, avait répondu Itami d'une voix triste. C'est assez peu, j'en ai peur. Assez peu.

— Vous devez m'expliquer. Il le faut.

Sa voix avait presque été un cri, et il avait cru voir des larmes naître comme des perles douces, au coin des yeux d'Itami.

— Ah, Nicholas. Ce ne sont pas des histoires faciles à conter. Tu me demandes de mettre à nu toute l'âme du Japon. J'aurais plus vite fait d'enfoncer une lame dans mon propre ventre.

Elle avait fermé les yeux très fort, comme si elle eût tenté de chasser une vision de son esprit. Sa voix était devenue comme un murmure.

— Demande-moi n'importe quoi d'autre. N'importe quoi.

— Qu'allez-vous devenir..., ma tante ?

Elle avait brusquement rouvert les yeux et lui avait adressé un sourire tendre.

— En Chine, j'irai jusqu'à l'endroit où Cheong m'a invitée à aller, en rendant son dernier souffle. Je n'y resterai pas longtemps.

Sa main s'était resserrée sur la garde de son *katana*. Une autre goutte de sang avait coulé de l'acier lisse de la lame sur le parquet de bois nu...

Il faut que je voie Fukashigi, songea soudain Nicholas, les yeux fixés sur Justine dans la pénombre. Il est temps de renouveler les anciens vœux. Et elle doit rester ici. Elle doit demeurer à l'écart de la route du mal. *Aka i ninjutsu* était la seule issue, maintenant que les forces du *Kan-aku na ninjutsu* se préparaient à l'attaquer : les anciens ennemis implacables allaient se déployer sur un champ de bataille moderne. Nicholas aurait besoin, il le savait, de toutes les ombres redoutables de l'acier pour sortir vainqueur de cette dernière épreuve.

★

Quand Saïgō s'éveilla, il eut l'impression pendant un bref instant de se trouver dans le royaume ténébreux de la mort. La mort ne contenait nulle horreur pour lui — mais c'était seulement parce que la vie contenait à ses yeux très peu de chose. Elle était le plus banal des dons, et donc la quitter n'avait guère d'importance.

Puis il se souvint qu'il n'avait pas encore tué Nicholas, et il sut que le sommeil l'avait une fois de plus rejeté dans la vie.

Il y avait beaucoup à dire en faveur de la vengeance, oui. En ce moment, c'était tout ce qui faisait encore battre son cœur. Il songea à l'argent entassé dans ses comptes en banque, à ses vastes étendues de terre, aux quatre usines électroniques, petites mais en plein essor. Que représentait donc tout cela ? Même pas le moindre bout du tranchant d'acier le plus fin sorti des mains d'un maître forgeur d'épées — ah non !

L'argent n'était que la porte amère du pouvoir, et le pouvoir... Le pouvoir n'avait qu'une bonne chose, il permettait de manœuvrer à sa guise. Et en cet âge atomique, quand on peut manœuvrer, on peut accomplir n'importe quoi.

Mais Saïgō ne désirait accomplir qu'une chose : pourchasser et effacer une vie.

Ce soir..., se dit-il avec feu, allongé nu sur le *futon*. Une lumière d'un gris pâle filtrait à travers les volets puis errait sur le plafond comme un moine itinérant dont le *korom* effiloché et en lambeaux eût voleté dans le vent.

La faiblesse des Américains l'étonnait. De tels lâches ne pouvaient pas avoir une spiritualité puissante ! Il ne parvenait pas à comprendre comment ils avaient pu gagner la guerre. Il éprouverait un plaisir immense à voir le regard de Raphael Tomkin lorsqu'il expirerait sous la lame d'acier. Et cet imbécile avait cru pouvoir composer avec lui, l'acheter, pour qu'il renonce ! Impossible de renoncer — quand on a accepté un « marché ».

Non, la mort viendrait à Tomkin dans la nuit, exactement comme elle viendrait à Nicholas.

Fallait-il s'attendre à un coup nul ? La mort viendrait-elle également à lui, Saïgō ? Cela ne le troublait nullement. Au contraire, c'était peut-être ce qu'il désirait le plus, conscient que l'importance de la mort réside non pas dans le trépas lui-même, mais dans la *manière* dont on meurt. Oui, le style de la mort entre dans l'Histoire, et on se souvient autant de la façon dont le héros meurt que de sa vie même.

Pour Saïgō, comme pour tous les guerriers japonais, aussi loin que remonte la mémoire, il n'existait que deux manières honorables de mourir : au combat, ou de sa propre main — dans le calme et selon le rituel. Toute autre mort eût signifié une honte terrible, insupportable, pour toute l'éternité, un karma affreux conservé pour l'entrée dans une nouvelle vie ou, pis encore, éternellement traîné dans les limbes infinis.

Cette contemplation intérieure de la mort avait éveillé son désir physique, et il regretta presque d'avoir tué le jeune Philip. Il s'était montré si excellent ! Mais il n'avait pas eu le choix — exactement comme il n'avait pas eu le choix, bien des années auparavant...

Plus tôt, dans la nuit, il s'était senti plein de haine ; un bouillonnement pernicieux qui avait étouffé soudain l'exquise lenteur qui s'élaborait subtilement... Cela montrait bien à quel point les émotions peuvent pervertir l'âme, se dit-il en se redressant sur son étroit *futon* noir. Il maudit le jour où Yukio était entrée dans sa vie. O Amida Bouddha ! s'écria-t-il en silence.

Mais cette heure matinale était pour lui comme du cristal. Dans les ténèbres, il s'était dit qu'il fondrait sur eux. Il irait vite, vite, vite, pour se saisir brusquement de Nicholas et de Tomkin. Mais tandis qu'il dormait dans le pays de la mort, son esprit avait travaillé, et il savait maintenant que l'échéance comprenait pour lui davantage que la mort de ces deux hommes. Il songea aux Détroits et il frissonna. Des voix semblaient emplir son esprit, hurlant plus fort à chacune de ses inspirations, gémissant comme un vent d'automne chaque fois qu'il exhalait son souffle. Il retint sa respiration et crispa les paupières pendant de longues minutes jusqu'à ce que les voix s'évanouissent.

Oui, se dit-il en se levant pour prendre son bain... Son entraînement lui avait appris qu'il y a des choses pires pour un ennemi que le simple fait de lui ouvrir le ventre.

Le monde, il le savait, était une grande roue, une ellipse à laquelle on est attaché par le karma. Des roues au sein de roues. Des destins au sein de destins. Après l'échéance, son esprit serait en paix. Ensuite, si la mort devait venir, il l'accueillerait à bras ouverts.

★

C'était une journée splendide, claire et encore fraîche, avec à peine quelques touches de cirrus vaporeux, très haut vers l'ouest. Une journée beaucoup trop magnifique pour la passer à traîner dans la maison, songea Justine en lançant ses affaires sur le lit.

La plage de Dune Road sembla l'inviter, mais elle contourna la maison et sortit la voiture.

Elle suivit l'autoroute en direction de l'est, sans destination précise en tête ; mais en voyant la sortie de Watermill, elle se souvint d'une plage non loin de là, dont elle avait beaucoup entendu parler : Flying Point.

Elle perdit son chemin et ne s'en étonna guère, mais dans ce coin de la côte sud de l'île, il était difficile de s'égarer vraiment et elle retrouva bientôt Flying Point sans même avoir besoin de demander sa route. Elle descendit de voiture, ferma les portières à clé et se dirigea vers le sable.

Elle était encore trop pleine d'énergie pour s'allonger dans les dunes. Elle se mit à marcher. La plage était large, étonnamment libre de débris, avec du sable de couleur très pâle.

Le ressac semblait gonfler très haut, boucle d'un vert opalin couronnée d'écume blanche, avant de se précipiter sur le sable dans un nuage d'embruns argentés.

Il y avait relativement peu de monde à une heure aussi matinale — les plages aussi écartées n'étaient jamais bondées comme Jones Beach, par exemple, grouillante à tout moment de la journée.

Tout était paisible, silencieux, hormis le grondement répété de la mer et le cri des goélands tournoyant dans le soleil.

L'ambiance de la plage se modifia de façon si subtile que pendant longtemps elle ne prit conscience d'aucune différence. Mais elle lui semblait maintenant plus familière à certains égards. Par exemple, elle sut qu'elle se dirigeait vers une langue étroite de terre, avant même d'avoir contourné la courbe de la plage qui la dissimulait jusque-là à ses yeux. Et lorsque ce genre de chose se reproduisit, elle se demanda où elle se trouvait en fait.

Puis, elle tourna les yeux par hasard vers les maisons qu'elle dépassait sur sa droite, et elle reconnut les toits familiers. Son estomac se noua soudain comme si elle tombait dans un ascenseur en chute libre. Comment avait-elle été aussi stupide ! Flying Point était juste à l'est de South Hampton et de Gin Lane. Et la maison de la famille se dressait devant elle, dans toute sa splendeur.

Sous ses yeux, le portail de bois s'ouvrit et une silhouette descendit l'escalier de séquoia à claire-voie qui s'avançait dans les dunes.

Mon Dieu ! se dit-elle. C'est Gelda !...

Son premier instinct fut de faire demi-tour et de s'éloigner, mais elle resta figée sur place, songeant : mais que fait-elle donc à la maison ?

Sur le sable, Gelda s'était arrêtée elle aussi, et elle ôtait ses lunettes de soleil.

Elle m'a vue, pensa Justine, frappée de panique. Je ne peux plus partir.

Gelda se dirigea vers elle. Elles demeurèrent face à face sur la plage presque déserte, à peu près à la distance où deux duellistes s'arrêtent avant de décharger leurs pistolets.

— Justine !

— Oui.

— Quelle surprise !

Les yeux de Gelda devinrent ternes, comme si un rideau de fer venait de tomber derrière eux.

Elles parlaient toutes deux sur un ton aussi guindé que des étrangères maladroites réunies par hasard dans une soirée à laquelle ni l'une ni l'autre n'avait désiré assister.

— Es-tu avec... quelqu'un ?

Le vent les fouettait, faisant voler leurs cheveux comme des oriflammes sur un champ de bataille.

— Non, j'attends quelqu'un.

— Moi aussi.

— Ah !...

— Oui.

Elle se refusait à reconnaître à quel point Gelda avait changé. Comme elle était belle maintenant ! Comme elle évoluait avec grâce ! Et derrière cela, une sorte de confiance qui... Oh, elle avait toujours eu assez de confiance pour toutes les deux ! C'était Gelda qui avait toujours les petits amis et que l'on invitait toujours aux soirées ou aux matches de football. C'était Gelda qui savait patiner sur glace de façon si exquise — sur la glace, tous ses gestes faisaient oublier sa lourdeur — que ses cavaliers s'accrochaient aux garde-fous latéraux pour la contempler avec une admiration sans mélange.

Justine était toujours trop petite pour ceci ou cela ; trop maigrichonne pour que les garçons la remarquent ; trop gauche pour le sport. Elle se renfermait, s'isolait, et l'envie la rongeait comme un cannibale vorace.

— Père est ici ?

Gelda secoua la tête.

— Non, il est en ville. (Elle hésita un instant, comme si elle discutait avec elle-même.) Il a des ennuis.

— Ce n'est pas nouveau.

— Non, mais je pensais que cela te toucherait — enfin. Tu étais toujours du côté de mère.

Et ce fut là, entre elles, étalé sous leurs yeux comme une vilaine blessure suintante.

— Je ne suis pas responsable des sentiments de maman, répliqua Justine sur la défensive.

Elle sentit la colère monter en elle, et si elle avait caressé un instant la pensée de parler de Nicholas à sa sœur, c'était désormais exclu.

— Et je ne suis pas responsable d'être ce que je suis, ajouta-t-elle.

— Depuis toujours, c'est ton excuse préférée pour n'en faire qu'à ta tête.

Elles se regardèrent sans un mot. Justine était paralysée, incapable du moindre geste. Mon Dieu, songea-t-elle, désespérée, nous voilà de nouveau comme des gosses. Nous ne pouvons pas penser en adultes quand nous sommes ensemble : nous ne cherchons qu'à nous déchirer sans fin.

Gelda plissa les yeux sous le soleil.

— Veux-tu venir à l'intérieur un moment ?

— Non. Je...

— Enfin, Justine, voyons ! Tu peux tout de même te détendre un peu, non ?

★

— Tu l'as ressenti toi aussi ?

— Oui. Pendant la nuit. Ce matin. Je ne sais plus quand.

— Il est important que tu sois ici.

— Je n'avais aucun autre endroit où aller, dit Nicholas.

Fukashigi répondit par un mince sourire.

Il n'y avait pas de leçons ce jour-là et le *dōjō* vide semblait immense. Cela rappela à Nicholas — non sans tristesse — sa dernière conversation avec Kansatsu dans le *ryu* des environs de Tokyo. Et il se rendit compte qu'une grande partie de sa vie depuis ce moment-là s'était passée en errances vaines : les jours et les nuits le berçaient doucement en se fondant ensemble, et la marée de leur succession l'entraînait dans un sommeil trompeur.

Qu'avait-il accompli, de fait, en Amérique ? Qu'aurait-il pu réaliser, avec ces années, s'il était resté au Japon ? Tant d'années ! Et s'il ne s'était jamais lancé dans l'étude du bujutsu ? Oui ? Que serait-il à présent ? Un haut fonctionnaire du gouvernement sans doute, avec un salaire élevé et un jardin parfait. Deux semaines de congé chaque année, à Kyoto ou quelque part sur la côte, ou même à Hong Kong peut-être, à une saison où la colonie de la Couronne n'est pas envahie par les touristes occidentaux. Il aurait une épouse loyale et une famille. Des enfants pour lui bavocher dessus et rire avec lui.

On ne remarque le vide, se dit-il, que lorsqu'il n'est plus là. Justine. Justine. Justine. Sa récompense pour avoir enfin écrasé le passé. Comme il avait envie de revoir les tombes de ses parents, de s'agenouiller devant leur *sotaba*, d'allumer les bâtons d'encens, de prononcer la litanie de la prière...

— Tu l'as apporté ? demanda Fukashigi.

— Oui, je savais qu'il le faudrait un jour, sans pourtant comprendre pourquoi.

— Viens.

A la suite de Fukashigi, il traversa le *dōjō* abandonné, rayé d'ombre et de soleil pâle, saignant à travers les déchirures effilochées des nuages fuyants qui marbraient le ciel d'été de longues traînées obliques.

Sur le seuil des pièces de l'arrière, Nicholas ôta ses chaussures, Fukashigi ses *getas*, puis le vieillard l'entraîna tout au fond de l'édifice, dans une pièce au plancher surélevé par des tatamis. Il poussa le *shōji* de côté et ils entrèrent.

Fukashigi s'assit en tailleur, puis lui fit un signe élégant de la main.

— Mets-le entre nous, je te prie.

Nicholas posa sur le tatami le paquet qu'il portait, et le défit. C'était le coffret orné du tigre et du dragon que So-Peng avait donné à ses parents.

— Ouvre-le.

La voix de Fukashigi exprimait une certaine déférence.

Nicholas obéit. Il souleva le couvercle pour montrer les neuf émeraudes taillées.

Tout le souffle de Fukashigi sembla sortir de lui lorsqu'il fixa ces neuf morceaux de minéral qui luisaient et scintillaient dans le demi-jour.

— Jamais je n'aurais cru voir une chose pareille, dit le vieillard à mi-voix. Et elles sont toutes là. Toutes les neuf.

Il poussa un soupir et leva les yeux. La pièce carrée était immaculée, spacieuse, harmonieuse, reposante.

— Le temps change bien des choses. Quand tu es venu me voir
à Kyoto, voici bien des années, c'est uniquement, je crois, la lettre
de mon ami Kansatsu qui m'a empêché de te renvoyer sur-le-
champ. Oh, tu ne le savais pas ? C'est la vérité. Et pour être tout à
fait sincère, même après avoir lu la lettre, j'ai pensé que j'étais
probablement en train de commettre une erreur fatale. Après
tout, l'*Aka i ninjutsu*, comme nous l'apprend l'histoire, ne peut
s'acquérir comme on emmagasine des connaissances. C'est l'effet
d'une vocation sérieuse — aussi sérieuse et aussi mystérieuse que
celle qui pousse l'homme à servir Amida Bouddha — une vocation pour laquelle l'appelé est né et a grandi.

« Je peux te dire que j'avais des doutes graves au sujet de ton
entrée en *Aka i ninjutsu*, malgré ce que m'écrivait Kansatsu. Il
n'est pas ninja, me disais-je, donc il ne peut pas savoir. Notre
sécurité était déjà battue en brèche par ta seule présence, et tu
m'apparaissais bien entendu sous les traits d'un Occidental. J'étais
persuadé que Kansatsu avait perdu l'esprit.

« De toute évidence, je le sais à présent, te renvoyer aurait été
une erreur.

Il caressa du bout des doigts le coffret devant lui, et sourit.

— Vois-tu, je ne suis pas omniscient, comme on le disait si souvent de moi à l'époque, je crois bien.

— On le dit toujours.

— Oui ? (Le vieillard inclina légèrement la tête.) Comme tu
peux le voir, c'est une contrevérité. C'est grâce à l'intuition de
Kansatsu et non grâce à la mienne que tu es devenu le premier
étudiant sang-mêlé du *ryu* Tenshin Shoden Katori. Le premier et
l'unique. Un honneur insigne. Une décision peu orthodoxe de ma
part. Mais je ne la regrette pas. Le *ryu* n'a pas eu de meilleur étudiant depuis toutes les années que je le dirige.

Ce fut au tour de Nicholas d'incliner la tête.

— Mais tu étais venu à nous pour une raison, n'est-ce pas ? Et
maintenant, l'échéance est venue. Tout a commencé.

— J'ai le regret de vous dire, *senseï*, que les choses ont commencé il y a déjà longtemps.

Et il parla des meurtres au vieillard. Quand il eut terminé,
Fukashigi demeura immobile, et le silence se prolongea. Il fit
pivoter sa tête et son regard froid balaya le visage de Nicholas.

— Quand tu es venu à nous, tu as prononcé certains vœux et tu
les a renouvelés à chaque étape de ta formation. Tu aurais dû
savoir ce qui s'annonçait dès l'instant où tu as découvert le fragment de *shaken*. Mais tu n'as pas agi. Maintenant, peut-être à

465

cause de cela, plusieurs personnes — dont trois de tes amis — sont mortes.

Ses yeux froids semblèrent s'entourer d'un halo comme des phares par une journée de brouillard.

— Es-tu mort, toi aussi, Nicholas ?

Le jeune homme regardait fixement le dos de ses mains, blessé par les paroles de Fukashigi.

— Peut-être n'aurais-je jamais dû venir en Occident, dit-il. Je crois que j'essayais seulement de fuir mon karma.

— Tu n'es pas stupide à ce point. Où que tu ailles, il en sera de même pour toi.

— On dirait une malédiction.

— Si l'on décide de voir sa vie sous cet angle, c'est une malédiction. Mais je m'étonne que tu puisses penser d'une façon aussi bizarrement occidentale.

— Peut-être l'Amérique m'a-t-elle changé, comme elle avait changé Vincent.

— Tu es le seul à connaître la vérité sur ce point...

— Je ne la connais plus.

— Je suis persuadé que c'est seulement parce que tu ne la comprends pas encore pleinement.

— Je suis lié, inexplicablement, à Saïgō... et à Yukio... et pourtant...

— Il ne faut pas confondre l'acceptation du karma avec le fatalisme. Nous sommes tous, dans une large mesure, maîtres de notre destin. Mais nous devons aussi apprendre à nous incliner devant l'inévitable : tel est le vrai sens de la soumission au karma, et c'est seulement ainsi que s'obtient l'harmonie sans laquelle la vie ne mérite pas vraiment d'être vécue.

— Je comprends tout cela, répondit Nicholas. Ce qui m'échappe, c'est le remède.

Fukashigi hocha affirmativement la tête, glissa la main dans sa robe et en retira plusieurs feuilles de papier de riz soigneusement pliées. On sentait sur elles le passage du temps. Il les tendit à Nicholas.

— Cette lettre est de Kansatsu. En te la donnant aujourd'hui, je suis ses instructions expresses.

★

C'était une conduite intérieure Ford noire, ordinaire.

Doc Deerforth essaya de deviner qui se trouvait à l'intérieur, mais le soleil, déjà très haut en cette fin de matinée, inonda le pare-brise comme l'éclair d'une nova et le rendit complètement opaque

Il suivit la conduite intérieure des yeux assez longtemps pour s'assurer qu'elle filait la décapotable rouge brique de Justine. Encore soucieux — et non moins curieux — à la suite de l'avertissement de Nicholas, il donna un coup de volant et se mit à suivre les deux véhicules.

On l'avait appelé en consultation à l'extrémité ouest de Dune Road un peu plus tôt dans la matinée, et aussitôt après, il avait pris la direction de l'est pour faire un saut chez Justine. En arrivant, il avait aperçu le cabriolet de la jeune femme qui s'éloignait vers l'est. Et aussitôt il avait repéré la Ford noire.

Il resta très loin en arrière et ne se rapprocha qu'après avoir vu le cabriolet rouge brique s'arrêter à Flying Point. Mais, curieusement, personne ne sortit de la Ford noire. Il attendit impatiemment ce qui lui parut un temps très long. Il descendit de voiture et s'apprêta à suivre la jeune femme sur la plage, mais à cet instant, la Ford démarra. Lentement, elle se mit à rouler à la hauteur de Justine, sur la route longeant les dunes.

Doc Deerforth se hâta de remonter dans sa voiture. Il transpirait abondamment lorsque, après le dernier tournant, il vit la conduite intérieure noire rangée à l'entrée de Gin Lane.

Quel soulagement de ne pas l'avoir perdue ! La circulation était peu dense, et il avait dû rester davantage en retrait qu'il ne le souhaitait. La Ford avait disparu plusieurs fois pendant de longues minutes dans les méandres de la route. Mais, maintenant, il savait où ils se dirigeaient. Il avait reconnu sur-le-champ la propriété de Raphael Tomkin.

Quand Deerforth descendit de voiture, les semelles de ses chaussures crissèrent sur le gravier. Il fixa les verres filtrants sur ses lunettes correctrices pour atténuer l'éclat sauvage du soleil. Il pouvait très bien distinguer, maintenant, l'intérieur de la Ford. Elle était vide.

Tout était silencieux. Il y avait un cardinal solitaire dans un grand pin, mais il ne chantait pas. On n'entendait plus le fracas et le sifflement du ressac, et Doc Deerforth regretta l'absence de ce bruit lointain et crépitant comme un jet de pierre.

Il s'approcha de la Ford. Tout prenait une intensité étrange dans le silence. Pas un souffle de vent sur les cimes des grands arbres. Étouffant.

La Ford noire, toute proche, avait des allures de château-fort dans le désert. Qui suivait Justine ? Et pourquoi ? *Veillez sur elle*, lui avait dit Nicholas. Non sans surprise, Doc Deerforth se rendit compte qu'il songeait à ces deux jeunes gens comme s'ils avaient été ses propres enfants. Je deviens gâteux avec l'âge, se dit-il. Mes deux filles me manquent, c'est tout.

Sa chemise trempée collait à sa peau comme si elle en faisait partie. Exactement la même chose que dans la jungle, des années plus tôt. Et brusquement il chancela, poignardé par un vertige. C'est le paludisme, se dit-il, en s'appuyant contre le tronc résineux d'un arbre. Mon paludisme à moi. Parce que c'est l'été. Ça passera à l'automne.

Il posa la main sur la carrosserie brûlante de la Ford et se pencha en avant pour jeter un coup d'œil à l'intérieur. Il n'y avait rien à voir.

Il était encore courbé ainsi — vieil homme aux cheveux rares, transpirant dans la chaleur de l'été —, lorsque l'ombre se profila sur le flanc de la conduite intérieure noire.

Un long moment, Doc Deerforth la regarda. Cela lui rappela un jeu de scène de ballet qu'il avait vu en ville, des années plus tôt : l'entrée de l'Ange Noir. De chaque côté de lui, ses filles — encore jeunes à l'époque — avaient crié de frayeur. Des ailes noires cachèrent le soleil, et il eut froid soudain.

Il commença à tourner la tête et entendit au même instant le son sifflant. Il y eut comme un petit nuage à la périphérie de sa vision et, instinctivement, il leva le bras devant son visage. Puis quelque chose s'enroula autour de ses chevilles et il perdit l'équilibre. Des liens de métal l'écorchèrent et pénétrèrent douloureusement dans sa peau. Le souffle lui manqua, il se tordit sur lui-même comme un poisson au bout d'une ligne.

Il regarda ses pieds. Une longue chaîne lestée d'un poids, enroulée très serré autour de ses jambes, le halait vers un bosquet dense de peupliers, au-delà desquels s'étendaient de grands champs de maïs.

Il roula, suffoqua, essaya de se redresser... Il y avait une lame contre sa gorge.

Il leva les yeux. En travers du ciel, plus azuré qu'il ne l'avait jamais vu, il vit un visage — en tout cas une partie de visage — qui le fit frissonner. L'air lui manqua soudain.

Il plongeait son regard dans des yeux aussi morts que des pierres, les yeux de la folie. Très différents des autres yeux dans la jungle, des années plus tôt, mais pourtant les mêmes. Le ninja, songea Deerforth. Son esprit se figea sur cette pensée, comme si rien d'autre n'existait au monde. Sa vie sembla se rapetisser à la dimension d'un petit pois, puis disparaître tout à fait — devenue parfaitement négligeable.

Les cigales chantaient. Les mouches bourdonnaient. Il était revenu aux Philippines, sous la tente, il était attaché à la table. Et la voix douce, insinuante, lui disait :

— Pourquoi m'avez-vous suivi ?

— Pourquoi avez-vous suivi la fille ?

Aucun changement d'expression dans les yeux qui le fixaient, il en était tout à fait certain. Mais, brusquement, le ninja donna une secousse à la chaîne, et les maillons d'acier en dents de scie mordirent dans sa peau, tranchèrent dans sa chair, écrasèrent ses os.

La tête de Doc Deerforth bascula en arrière et le souffle se mit à siffler entre ses lèvres entrouvertes. Son visage devint exsangue.

— Pourquoi m'avez-vous suivi ?

Les mêmes mots revenaient sans fin, comme une litanie — une prière de moine à la fin du jour (comment l'appelle-t-on déjà ? L'angelus ?).

— Pourquoi m'avez-vous suivi ?

La durée cessa d'exister. La douleur montait et descendait comme la marée — tantôt plus vite, tantôt plus douce, et il n'avait aucune idée du temps qu'il faudrait pour que ses mâchoires se crispent en un rictus, pour que la sueur coule, pour que tout son corps se torde de spasmes, pour que ses cuisses tremblent, pour que les muscles de ses jambes se changent en eau.

A un certain moment — il n'aurait su dire quand — il se rendit compte qu'il y avait en ce ninja quelque chose de différent. Il était à la fois plus cruel et moins détaché. Et il devina en lui un pouvoir brut, au niveau des éléments, qui l'effraya jusqu'au plus profond de son être. C'était comme si le diable en personne était venu le dépouiller de sa vie.

Que ce fût pour lui l'heure de mourir, Doc Deerforth en était certain.

Il n'y aurait pas cette fois de sauvetage in extremis, et il était trop faible et trop vieux pour l'héroïsme physique. Mais un être humain, jusqu'à l'instant même de sa mort, possède certains pouvoirs dont on ne peut le dessaisir que s'il veut bien renoncer. Ni le temps ni la terreur n'ont d'emprise sur ces dernières possessions.

Le ninja avait maintenant posé un genou sur la poitrine haletante de Doc Deerforth. Doucement, presque avec révérence, il souleva la main droite du docteur et, simplement entre deux de ses doigts, il lui brisa le pouce. Il attendit juste le temps qu'il fallait — après le choc brutal, quand la douleur vient comme une pulsation aiguë — et il brisa l'index. Et ainsi de suite, doigt après doigt, lentement, inexorablement.

Doc Deerforth frissonnait, haletait, soupirait. Il murmurait le nom de ses filles, le nom de sa femme depuis longtemps disparue... Il sentit, plus qu'il ne vit, le ninja se pencher au-dessus de lui pour entendre ses paroles chuchotées. Une injure, suivie d'un craquement sec. La douleur éclata : son poignet droit venait d'être rompu.

Il faudra, songea-t-il vaguement, il faudra que quelqu'un prévienne les enfants. Puis la douleur le submergea et ses nerfs brûlants, hurlants, vibrants de souffrance, le précipitèrent enfin dans l'inconscience.

Un cri aigu d'enfant décida peut-être du sort de Doc Deerforth. Un cri tout proche, et Saïgō résolut soudain qu'il n'avait rien à gagner en prolongeant ce jeu. Il saisit l'autre extrémité du *kyotetsu-shoge* à dents de scie et il ouvrit la gorge de Doc Deerforth avec la lame à double tranchant.

★

« Depuis le début, lisait Nicholas, ton père a soupçonné Satsugaï. Dès leur première rencontre, le colonel avait compris que l'immense pouvoir de cet homme dans le *zaïbatsu* reposait sur un réseau secret, d'une taille et d'une puissance gigantesques. Il soupçonnait, à juste titre — comme le démontreraient ses recherches ultérieures —, que Satsugaï était très impliqué dans la Genyōsha. Avec ses pareils, il avait sûrement semé consciemment les graines qui devaient aboutir à la décision fatale de lancer l'attaque préventive sur Pearl Harbor.

« Ton père voulait écraser les forces de la Genyōsha, et c'était dans ce but qu'il était intervenu en faveur de Satsugaï quand le tribunal du SCAP s'apprêtait à le juger pour crimes de guerre. Il croyait que laisser Satsugaï libre de poursuivre ses plans provoquerait ultérieurement l'arrestation de tous les membres responsables de la Genyōsha.

« C'était un bon plan, sauf que Satsugaï le perça à jour... Il avait contracté une dette éternelle auprès du colonel — qui cherchait en fait à le détruire. C'était pour lui une situation intolérable. Satsugaï appartenait à la vieille école. C'était un homme d'honneur. Il savait qu'il ne pouvait en aucune façon toucher au colonel ou s'opposer à lui.

« Donc, il prépara son fils Saïgō à devenir son émissaire de mort : il l'envoya à Kumamoto, dans le plus redoutable des *ryus* de *Kan-aku na ninjutsu*, le *ryu* Kuji-kiri.

« Les années passant, le colonel se rendit compte de sa naïveté. Il avait joué gros jeu, et il avait perdu. Satsugaï était dorénavant à l'abri de la loi, et cela, par sa faute même.

« Ton père, Nicholas, était anglais par sa naissance, mais il n'aurait pas pu être plus japonais s'il avait vu le jour ici. Il a pris une décision exclusivement japonaise. Il a tué Satsugaï de ses mains. »

Atterré, Nicholas leva les yeux. C'était donc à cause de cette honte dans la famille, que Cheong avait commis le *seppuku*...

— Continue de lire, lui dit Fukashigi à mi-voix. Ce n'est pas tout.

« Ton père était un vrai guerrier, Nicholas, et donc personne ne l'a soupçonné. Jusqu'à ce que Saïgō rentre à Tokyo. Disposant déjà des éléments de base du *Kan-aku na ninjutsu*, il ne lui fallut pas longtemps pour deviner la vérité. Il garda ce qu'il savait pour lui, et tout en nourrissant les feux de sa haine au plus secret de lui-même, il ne présenta au monde extérieur que l'image d'un fils frappé par la douleur. Mais un plan de vengeance se dessinait déjà dans son esprit.

« Il s'arrangea donc pour rencontrer le colonel plusieurs fois, lorsqu'il savait qu'Itami passait l'après-midi chez toi, en ton absence. Je ne saurais dire si cela se passa la première ou la deuxième fois, mais peu importe.

« Tu dois savoir à présent à quel point les adeptes du Kuji-kiri sont des *yogen* (des chimistes) étonnants. Tu dois connaître toutes les méthodes subtiles et différentes qu'on leur enseigne pour tuer un être humain sans même le toucher.

« C'est ce qui est arrivé à ton père : Saïgō l'a tué avec un poison lent. »

Nicholas sentit les larmes lui monter aux yeux et il eut du mal à lire les phrases suivantes. Ses doigts se crispaient, tremblants, sur les minces feuilles de papier de riz.

« Ici, je dois te présenter mes plus profondes excuses. Bien que je ne sois pas ninja, je me sens responsable, au moins en partie, de la mort de ton père. C'était pour moi un grand ami et je sens — même maintenant que les premières affres de la douleur m'ont quitté —, oui, je sens que j'aurais dû *savoir*.

« Tu es devenu le symbole de mon expiation. Le fait que tu sois en train de lire ces mots en cet instant, avec, je pense, mon honorable ami Fukashigi près de toi, en est bien la preuve. J'ai dépassé depuis longtemps le stade où l'on *sait*.

« Je pense que tu as été surpris, en arrivant au *ryu* Tenshin Shoden Katori, de découvrir que les honoraires de tes longues études étaient déjà entièrement payés.

« Je suis sûr que tu comprends pourquoi j'ai dû faire cela avant de mourir, et je prie Amida Bouddha que tu pardonnes la défaillance d'un vieillard. »

Il vit les coups de pinceau du nom de Kensatsu à travers un rideau de larmes cependant qu'il pleurait le colonel, qui avait essayé, à sa manière, de le lui dire ; et pour Cheong. Il se sentait dépouillé de toutes ces années comme un arbre perd ses rouges et ses ors à l'automne. Et il pleurait, pleurait pour ses amis qui l'avaient aimé et qu'il avait aimés en retour. Pour eux tous, l'heure était venue...

Près de lui, silencieux comme le soleil, Fukashigi était entré en contemplation et songeait aux cruautés que le temps inflige aux jeunes gens.

★

— Tu es venue ici pour te désintoxiquer ?
— Comme te voilà agressive !
— Désolée.
— Peu importe.. Je suppose que je l'ai mérité. Mais la réponse est non. Je suis déjà désintoxiquée.

Elles s'installèrent dans l'ovale immense du salon transparent. Les murs étaient pour moitié d'immenses plaques de verre donnant sur la plage et la mer inondées de lumière. Au-dessus d'elles, le plafond semblait un diamant taillé, le plus colossal de l'univers — Justine en était persuadée quand elle était enfant. Mais dans la matinée, comme en fin de soirée, le soleil nonchalant ne jouait pas encore sur les facettes et elles baignaient dans une lumière indirecte qui mettait en valeur les beautés complémentaires des deux femmes.

La banquette sur laquelle elles étaient installées était complètement circulaire, en deux éléments séparés par des arêtes aussi nettes et vives que les bords ajustés d'un puzzle sphérique chinois offert autrefois à Justine et qu'elle n'était jamais parvenue à maîtriser pleinement. Elles étaient assises face à face, au centre, le dos raide, les yeux aux aguets — deux chats en territoire inconnu.

Les grands verres givrés, devant elles sur la table basse, restaient intacts, comme si prendre la première gorgée revenait à avouer une défaite.

— Combien de temps vas-tu rester ?

Ce n'était pas ce que Justine avait eu l'intention de dire. Elle aurait aimé s'écrier : « Je suis heureuse », parce que c'était la vérité. Personne n'a envie d'avoir une pocharde pour sœur. Mais chaque fois qu'elle désirait exprimer quelque chose de gentil à Gelda, sa langue semblait lui coller au palais. Je ne parviens pas à lui *donner* quoi que ce soit, s'étonna-t-elle. Même pas la joie la plus infime. Elle se sentit inondée d'une vague de honte, comme quand les longues mains de sa mère, gluantes de savon, l'enveloppaient de mousse...

Des années plus tard, elle attendait que tout le monde ait quitté la maison et elle prenait un bain. Quand elle sortait de l'eau, moite et tiède, elle passait une grande serviette neigeuse autour de son corps fluet, puis elle en enroulait une deuxième, plus petite, en turban autour de ses longs cheveux. Ensuite, comme transportée dans quelque cité byzantine lointaine — l'image lui venait de ses lectures assidues — elle s'installait sur cette même banquette, le dos contre les coussins moelleux, les jambes relevées, ballantes par-dessus le dossier. Et dans cette position, elle tournait la tête et observait la roue lente du jour tourner·à travers le plafond. A la forme et à l'emplacement des lumières et des ombres dans la pièce, elle pouvait deviner l'heure exacte sans jamais redresser la tête ni regarder par la fenêtre ou du côté de la grande pendule de la cheminée, derrière elle — cette pendule dont le tic-tac lourd, sonore, la faisait rêver à une lumière du jour semblable à une cascade de gouttes de miel suintant à travers les panneaux du plafond, pour tomber sur sa langue assoiffée.

C'était ainsi qu'elle s'amusait pendant que Gelda sortait avec ses petits amis.

Elle sursauta. Elle se rendit compte que les paroles de Gelda lui avaient échappé. C'était aussi bien : de toute façon elle n'avait pas eu envie de poser la question, et la réponse ne l'intéressait donc pas.

— Tu peux rester ici aussi longtemps que tu voudras, disait maintenant Gelda.

— Oh, merci. De toute façon, il faut que je parte.

Mais elle ne fit aucun mouvement pour se lever et Gelda préféra ne pas pousser l'expérience plus loin.

— Tu m'excuseras, dit-elle en se levant. Je vais sur la plage.

Elle se glissa dans l'un des deux passages étroits entre les éléments de la banquette, puis elle posa ses deux mains sur le dossier.

— C'est toujours cette pièce que tu as préférée, n'est-ce pas ?

— Oui, répondit Justine, un peu surprise.

— J'ai toujours pensé que tu serais venue dormir ici si mère te l'avait permis.

— Oui. Cela aurait été agréable.

— Bien...

Les doigts de Gelda se contractèrent sur le tissu. Elle baissa les yeux vers ses mains, puis regarda l'endroit où Justine venait de s'étendre, au milieu des coussins.

— Tu viendras me dire au revoir avant de partir, n'est-ce pas ? demanda Gelda.

— Bien sûr.

Puis Justine fut seule dans la maison — les domestiques étaient absents pour la durée du week-end —, exactement comme lorsqu'elle était enfant, et son regard tomba tout naturellement sur la lumière que le plafond laissait filtrer... Elle songea à ce que devait être la vie d'une noble dame du temps jadis, quand il n'y avait ni automobiles, ni téléphone, ni même d'électricité (elle avait toujours adoré la lumière des bougies). Pour elle, une lampe à huile, c'était prendre la mer pour des années de suite, chasser les baleines, mêler à tout instant le risque et l'allégresse. Une chose que, en tant que femme, elle ne connaîtrait jamais. Oui, prendre la mer sur les voiliers et revenir à Nantucket avec assez d'huile de baleine pour toutes les lampes du Nouveau Monde. J'aurais dû, songea-t-elle, être née harponneur.

Et ce fut ainsi que Saïgō la trouva — seule, éblouie, perdue au sein de son imagination. Jamais elle ne sut qu'elle s'était évanouie ni qu'on lui avait fait quelque chose pendant qu'elle était inconsciente. Elle aurait tout aussi bien pu être endormie. Mais il n'en était rien.

Il œuvra pendant quinze minutes, l'oreille tendue à l'affût du moindre bruit annonciateur d'une interruption. Il ne pouvait pas se le permettre. Et il espérait bien que cela ne se produirait pas : cela l'obligerait à emmener Justine hors de la maison, et il n'en avait nul désir. Elle était tellement détendue dans cette pièce ; c'était un lieu qui la mettait en confiance. Ce qu'il avait à faire en serait facilité d'autant.

Pendant tout ce temps, les yeux de Justine demeurèrent ouverts, et on aurait même pu dire, en un sens, qu'elle voyait. Mais ce qu'elle vit n'était que le visage du ninja, métamorphosé, comme brisé par une ligne de fracture après un tremblement de terre. Le changement était à peine reconnaissable. Le visage était plus qu'humain.

Il devint le sol sur lequel elle marchait, la nourriture qu'elle mangeait, l'eau qu'elle avalait, assoiffée, l'air qu'elle respirait. Il devint son monde et finalement tout son univers.

Et elle écouta ce que lui disait cette chose — cet être — qui l'engloutissait à présent, beaucoup plus immense que le diamant scintillant au-dessus de sa tête. Ce qu'il accomplissait sur elle était à l'hypnose ce que la bombe atomique représente par rapport à un arc et des flèches. A ce niveau, la volonté de l'individu ne se dresse plus comme un mur invulnérable et ne l'empêche plus de faire ce qu'il n'aurait pas pu effectuer en pleine conscience. A présent tout était possible, car *c'était différent*. Il était ninja. C'était le *Kuji-kiri* et, par delà le *Kuji-kiri*, le *Kōbudera* que même son *senseï Kan-aku na ninjutsu* redoutait.

C'était de la magie.

★

Fukashigi attendit patiemment jusqu'à ce que Nicholas repose les feuilles de papier de riz, maintenant tachées de larmes. C'était la fin du long après-midi étouffant ; la ville se refroidissait lentement, tandis que le soleil se glissait derrière le dos des grands immeubles d'acier et de verre. Mais cela avait lieu au-dehors. A l'intérieur, l'Occident ne pouvait pas s'imposer. Ici, la pérennité de l'Orient défiait le temps et les ensevelissait tous les deux. Quelque part, une voix étrange psalmodiait, comme le cri des cigales à la tombée du jour.

— Kansatsu a jugé plus prudent d'attendre ce moment pour te parler, Nicholas. Si tu l'avais appris plus tôt, tu aurais sans doute pourchassé Saïgō et tu n'étais pas encore prêt. Il t'aurait détruit aussi facilement qu'il aurait pu le faire, la nuit de Kumamoto.

— Et maintenant ? demanda Nicholas, la voix nouée par l'émotion.

— Il peut encore te détruire. J'ai peur, Nicholas, qu'il soit allé bien au-delà des enseignements *Kuji-kiri*. Il a cherché des *senseïs* qui, par la nature même de leur maîtrise, n'auraient jamais été acceptés dans un *ryu*, même pas dans un *ryu* de *Kan-aku na ninjutsu*. Des mystiques plongés dans la tradition d'une région reculée de la Chine — les steppes centrales de Mongolie — dont on ne connaît, même aujourd'hui, que très peu de chose. Il y a de la magie en lui, à présent, Nicholas. Il en est complètement possédé.

— Il y a une sorte de magie dans un grand nombre de nos enseignements ninjutsu.

— Il existe une magie imaginaire — c'est-à-dire de l'illusionnisme, et une magie vraie. Il ne faut pas les confondre.

Nicholas en savait trop pour songer à discuter avec Fukashigi de ce genre de choses. Il garda le silence pendant le repas simple que le *sensei* avait préparé. Plus tard, au cœur de la nuit, Fukashigi entama le rituel qui durerait jusqu'au matin.

— Ceci, dit-il en touchant du bout des doigts le couvercle du coffret, est le *Kokoro*.

Ce mot, comme presque tous les mots japonais, avait de nombreuses significations : cœur, esprit, courage, résolution, affection, conscience intérieure, et d'autres encore. Il désignait, en bref, l'axe central du sujet.

— Il s'agit, également, de magie vraie. Ta mère savait, et tout en soupçonnant que ton père ne comprenait pas, elle était sûre qu'un jour tu saurais, toi aussi. Ce coffret t'était destiné.

Les yeux de Nicholas, à l'affût, se remplirent de vie et... de quelque chose d'autre.

— Neuf est le nombre clé, Nicholas. Il y a neuf émeraudes. Une pour briser chaque bras du *kuji-kiri* — « trancher à neuf mains ».

Saïgō s'éveilla une heure avant l'aube et quitta son *futon*. Il avait tant à faire, en ce dernier jour ! Les heures semblaient courir devant lui malgré son organisation précise. Il avait dormi profondément et sans rêve pour la première fois depuis plus d'une semaine...

Il sortit très tôt. Il alla au fond de l'East Village acheter dans un immense magasin « armée - marine - camping » un sac de toile sombre très résistant, renforcé par du polythène triple traction. Il vérifia la solidité des courroies.

Il se dirigea à pied vers la station de métro Nord-Sud ; à ce stade, il veillait à ne prendre que des transports en commun. Il descendit à la station de la quarante-septième rue, puis marcha jusqu'à Broadway. Là, il entra dans un magasin d'accessoires de théâtre.

Son troisième arrêt fut pour Brooks Brothers où il acheta, en solde, un complet veston marron très léger. La veste était parfaite, mais il passa chez un tailleur pour faire retoucher la longueur du pantalon. En ressortant, il acheta un chapeau rond et plat, en tissu écossais assez neutre, qui paraissait ridicule sur sa tête dans la lumière du jour, mais serait parfait la nuit venue.

Il se rendit enfin à Chinatown où il choisit une canne en bambou. Puis, après avoir déposé ses paquets — y compris le pantalon du costume — il ressortit et se mit en quête d'un sosie. C'était une chose qu'il avait prévue dès son arrivée à New York. Même taille, même poids, similitude de la silhouette. Le visage lui-même n'avait pas d'importance. Pas après qu'il en aurait terminé avec lui.

★

Croaker appela le central deux fois à une demi-heure d'intervalle, et ce fut une bonne chose. La première fois, ou bien les standardistes avaient égaré le message, ou bien il n'était pas encore arrivé. Il le reçut lors de son deuxième appel.

— Matty a téléphoné. Il n'a pas laissé son...

— C'est d'accord. Je le connais.

Il était au milieu de la circulation. Il chercha des yeux une cabine, et quand il la trouva, il s'arrêta le long du trottoir. Il sortit une pièce de dix cents de sa poche et composa le numéro. Pas de lignes de la police pour cet appel-là...

— Pas ici, répondit Matty la Parlote avec son horrible accent italien.

— C'est Croaker.

— Ah ! Salut.

— Épargne-moi les politesses. Tu l'as ?

— Ouais, mais ça va vous coûter chaud...

— Matty, nous avons déjà convenu d'un prix.

— Ouais, d'ac, seulement voilà, lieutenant, on a affaire à un marché fluctuant.

— Qu'est-ce que tu racontes ?

— Le prix convenu est périmé.

— Écoute, Matty...

— La situation a changé depuis notre dernière conversation, c'est tout. Pas de quoi vous mettre les tripes sens dessus dessous. J'ai encore la marchandise.

— Et moi j'ai envie de te prendre par la peau du cul et de t'envoyer au ballon. Qu'est-ce que tu en dis ?

— Moi, lieutenant ? dit Matty en faisant claquer sa langue contre son palais. Oh, je mentirais si je disais que je m'en fous, parce que je ne m'en fous pas. Mais ce que je veux dire, c'est que vous vous en foutriez encore moins, parce que dans ce cas, bouche cousue, et vous savez bien que vous n'avez rien d'autre sur cette affaire.

Croaker sentit son estomac se serrer. Son cœur battait trop vite.

— Que s'est-il passé ? dit-il prudemment.

— Faut que ça soit vraiment important pour vous, hein ?

— Accouche.

— La première fois que nous en avons parlé, la voie était froide.

— Et maintenant ?

— Maintenant elle est aussi chaude que les tétons de Lucifer. J'ai beaucoup fouiné dans le quartier. Il y a quelqu'un d'autre qui recherche la dame en question. Elle est en tête de liste pour tout le monde. Chaud comme tout, hein ? Et tout d'un coup, on dirait...

— Mais tu as tout ? Nom, adresse, téléphone ?

— Lieutenant, quand je vous dis que j'ai quelque chose, y a pas besoin d'aller le chercher de l'autre côté des Rocheuses. Le renseignement est au frais !

— Alors donne-le !

— Pas avant d'être tombés d'accord sur le nouveau prix, s'entêta Matty.

— D'accord. Envoie la couleur.

— Le triple.

— Le triple ! Tu perds la...

— Lieutenant, dit Matty d'un ton plaintif, nous parlons de ma vie en ce moment. Si jamais quelqu'un se doute de...

— Quelqu'un comme qui ? Qui a posé des questions sur cette pute ?

— Je ne le connais pas directement.

Croaker poussa un soupir.

— Peut-être pourrais-tu t'en informer, Matty.

— C'est encore possible. Et pour le prix ? C'est d'accord ?

— D'accord.

— Parfait. Voilà le trésor.

Le nom qu'il communiqua à Croaker était Alix Logan. Le lieutenant nota également un numéro de téléphone et une adresse à Key West, en Floride.

— A propos de l'autre chose, dit Croaker. Tu ferais bien de faire vinaigre, parce qu'il y a des chances que je file dans le Sud d'un moment à l'autre, tu piges ?

— C'est urgent, on dirait ?

— Je ne me souviens plus de la dernière fois où j'ai pris des vacances.

— Ça va. Vous savez, lieutenant, vous êtes vraiment O.K. Sans rancune, hein ? Les affaires sont les affaires, pas vrai ?

— Ouais. Merci pour tes bons vœux. J'ai l'impression que je vais en avoir besoin.

— Dites-moi une chose, lieutenant. Cette affaire est vraiment énorme ?

Sa voix avait soudain un côté aigu, comme s'il venait de se réveiller.

— Qu'est-ce que ça peut te faire ?

— Eh ! Je suis dans le coup, non ? Et comment ! Jusqu'au menton. Je veux savoir si je suis assis sur un tas de merde, ou bien...

— Impossible à dire pour le moment. Les assises ne sont pas pour demain, mais on ne sait jamais.

— Je ferais peut-être mieux de m'effacer, non ?

— Ça te regarde. Mais ce ne serait peut-être pas une si mauvaise idée.

— J'apprécie, lieutenant.

— Je ne veux pas que mes puits se tarissent. C'est mon côté texan...

Matty la Parlote éclata de rire — un grincement sec comme une râpe à bois sur une bûche non écorcée.

— Ah ! ouais ! Ce que je suis aujourd'hui, c'est à vous que je le dois.

— Fais pas de vagues, Matty. Fais pas de vagues.

Il remonta dans la voiture et se dirigea vers le bureau. Finnigan, le gros Irlandais, ne serait pas du tout content de le voir, ce matin... Et puis, qu'il aille se faire foutre ! Croaker braqua avec rage, coinça le plat de sa main sur la sirène et appuya sur l'accélérateur à fond. Quand il rentrerait de Key West avec Alix Logan en remorque, il espérait bien que le salopard aurait une attaque.

S'il parvenait à la faire parler... La peur est une arme très efficace, maniée par une main experte. A moins qu'il ne se soit lourdement trompé, son petit éclat à l'adresse de Tomkin avait eu l'effet désiré. L'affaire, froide comme la glace, était devenue brûlante, soudain. Il allait y avoir, à présent, un lien direct entre Alix Logan et Raphael Tomkin. Pendant un instant, il songea à mettre Vegas sur l'affaire. Ce serait très utile d'avoir quelqu'un ici pour ceinturer la personne qui fourrait son nez partout, pendant que lui-même descendrait à Key West. Mais il écarta l'idée d'emblée. Il n'avait pas le droit de parachuter sur les genoux de Vegas un sac de merde comme celui-là. Non. Il faudrait qu'il s'occupe lui-même des deux endroits à la fois. Bien calculer son minutage. Oui, il faudrait qu'il calcule tout sans bavures...

Et qu'il ait pas mal de chance.

★

— J'ai renvoyé Justine hier, dit Nicholas. Je lui ai demandé de rentrer à West Bay Bridge jusqu'à ce que tout soit fini.

Croaker claqua la portière de sa voiture et s'avança vers Nicholas.

— Bonne idée. J'ai dit à Gelda d'aller habiter avec une amie, ou ailleurs, mais je préfère la savoir hors de son appartement pendant quelque temps.

La tour de Park Avenue se dressait au-dessus de leurs têtes — à moitié squelette, à moitié écorché, comme une maquette d'architecte coupée pour révéler les détails de sa structure.

— Il est là-haut ? demanda Croaker en montrant l'immeuble.

— Il devrait. J'ai tout mis au point avec lui. Il a des tripes, vous devez lui accorder ça.

Ils se dirigèrent vers le plancher provisoire enjambant le trottoir inachevé.

— Oh ! je ne lui accorde rien. S'il a accepté votre plan, je vous parie à deux contre un qu'il a un coup tordu dans la tête.

— C'est sûr. Il va chercher à ce que Saïgō ne s'occupe plus de lui. Vous croyez qu'il a envie d'être traqué ainsi ?

— Non, dit Croaker avec un sourire en coin. Ça ne plairait à personne. Même pas à lui.

Ils pénétrèrent dans l'ascenseur.

— Où sont les hommes ?

— Ils entrent dans la danse (il consulta sa montre) dans cinquante minutes. Des TPF — la Force de police tactique, comme disent les pékins. Nous avons mobilisé tout le cirque, cette fois-ci : gaz lacrymogènes, pistolets-mitrailleurs, même deux tireurs d'élite avec des viseurs de nuit à infrarouges. Des gars qui touchent une pièce de dix *cents* à mille mètres dans le noir. Bien sûr, tout le monde portera un gilet pare-balles. Et ils ont tous leur brevet de combat à main nue.

Les portes du dernier étage s'ouvrirent et ils sortirent de l'ascenseur.

— Tomkin a intérêt à bien se tenir, ajouta-t-il.

— Écoutez, laissez-moi m'occuper de Tomkin, d'accord ? Restez à l'écart. Il ne vous harcèle que parce que vous lui faites peur.

— Ouais ? (De nouveau, Croaker sourit.) Ça, c'est le genre de chose que j'aime bien entendre, ajouta-t-il.

Juste avant d'entrer dans le bureau de Tomkin, Nicholas l'arrêta.

— Souvenez-vous, dit-il. Je ne veux aucun de vos hommes à cet étage. Sous aucun prétexte, c'est clair ? Si Saïgō passe près d'eux, qu'ils ne bougent pas. Je ne veux personne dans mon chemin. Cet étage doit rester libre.

— Ne vous en faites pas. Ça ne me plaît pas beaucoup, mais c'est l'immeuble de Tomkin, et c'est vous qui prendrez les coups. Vu la façon dont j'ai tout gâché avant-hier, il faut bien que j'avale la couleuvre. Seulement... (il leva l'index, en guise d'avertissement) n'espérez pas que je reste en bas avec eux. Je veux être ici avec vous.

— A condition, acquiesça Nicholas, que vous montiez par l'itinéraire que nous avons mis au point ensemble. Pas de détours imprévus, hein ?

— J'aimerais bien savoir ce que vous avez mijoté pour ce type.

— Croyez-moi, il vaut beaucoup mieux que personne d'autre ne le sache. Au bout du compte, tout se soldera entre lui et moi.

— Mais vous n'avez que *ça* !

Nicholas souleva son *katana* dans son fourreau.

— Que *ça* ? Mais je n'aurai besoin de rien d'autre.

Il ouvrit la porte et ils pénétrèrent dans la vaste pièce d'angle. Tomkin était assis, comme à l'accoutumée, derrière son énorme bureau. Il leva les yeux, sourcils froncés.

— C'est à ne pas croire, gronda-t-il. Une grève des poubelles. Et en plein milieu de l'été. Bon Dieu, ces salauds des syndicats extrairaient du sang d'un tas de cailloux. Cette ville va puer jusqu'au ciel avant que ce soit fini.

★

480

Le vieil homme se trouvait sur le côté ouest de Park Avenue. Il y avait peu de voitures à cette heure tardive, mais il attendit cependant que le feu du coin de la rue passe au vert. Et aussitôt après, il se mit à traverser lentement la large avenue. De loin, on eût dit une silhouette fragile, courbée sous le poids du grand sac de toile qu'il portait sur son dos voûté. Il avait les pieds plats, et sa canne de bambou l'aidait sûrement beaucoup. Comme Park Avenue est divisée au centre par une bande de béton assez large, il ne parvint pas à traverser pendant la durée d'un seul feu.

Quand il s'arrêta sur le terre-plein central, il regarda autour de lui avec le sourire d'un grand-père surpris en train de faire un somme dans son fauteuil préféré, au beau milieu de la matinée. Sa tête semblait avoir du mal à tourner, et il se passa du temps avant que son regard ne tombe sur l'immeuble à moitié terminé, du côté est de l'avenue. Et à ce moment-là, toute personne qui l'aurait observé, même de façon fortuite, n'aurait pas trouvé étrange qu'il parcoure l'édifice des yeux jusqu'à ce que le feu repasse au vert, puis qu'il poursuive son chemin, cahin-caha, vers l'autre côté de l'avenue.

Au lieu de tourner à droite, il continua tout droit, vers Lexington Avenue. Là, il obliqua au sud, jusqu'à la rue transversale suivante. Il avait parcouru la moitié du périmètre du chantier.

Il y avait, à cet angle, une cabine téléphonique à l'ancienne mode, fermée jusqu'au sol par des parois de verre et de métal vert. Tout près, des sacs d'ordures en plastique noir et marron, attendant qu'on les ramasse. Il plaça cet écran improvisé entre lui et la tour, comme s'il voulait se diriger plus loin vers l'est.

Parvenu dans une zone d'ombre dense, il s'immobilisa, non sans avoir d'abord modifié son apparence : le sac de toile était à ses pieds et il se tenait très droit, les épaules carrées. La canne de bambou se trouvait dans le caniveau, hors de vue, même depuis les rares voitures qui descendaient Lexington. L'homme était invisible de toute personne située au voisinage de la tour.

Il attendit ainsi vingt minutes.

Sans se pencher, il ouvrit le sac de toile. Ses mouvements étaient vifs et précis...

Quand il quitta son refuge d'ombre, on eût dit un homme d'affaires assez maigre, tiré à quatre épingles, costume classique et chapeau rond et plat, aussi américain qu'un *apple pie*. Il s'appliqua à faire de longues enjambées décidées, conscient que le déguisement le plus réussi peut être trahi par la démarche, aussi caractéristique de chaque individu que ses empreintes digitales.

Il n'avait remarqué aucun mouvement du côté est de la tour, mais il avait vu deux voitures pie garées près de l'angle nord. Tous feux éteints, comme pour paraître vides. Il aurait juré qu'elles ne l'étaient pas.

Tout en achevant son circuit autour du chantier, il augmenta de plusieurs chiffres son estimation des forces de police en position. En tout, il compta une demi-douzaine d'hommes, à l'intérieur ou autour de l'immeuble. Et il surprit même un minuscule et bref reflet lumineux, quelque part au-dessus, qui ne pouvait provenir que du canon d'un fusil.

Au fond, peu lui importait le nombre des hommes assignés à la protection de Tomkin. Mais il fallait être au courant. Il détestait les estimations, à propos de tout. On lui avait appris qu'elles sont dangereuses — et c'était la vérité. Combien d'hommes ont trouvé la mort pour avoir pris une mauvaise estimation pour la réalité ?

Sur Central Park, il se dirigea vers le sud, tournant le dos à la tour. Lentement, par des voies détournées, il revint à la cabine téléphonique de Lexington, une demi-heure plus tard. Ce n'était guère le moment de se montrer imprudent.

Le sac de toile se trouvait à l'endroit où il l'avait laissé, entre les autres sacs d'ordures. Il vérifia sa montre. Trente secondes. Il ouvrit son sac pour la dernière fois. Il ôta son complet de couleur claire et enfonça le chapeau dans l'égout. Puis il s'accroupit et chargea le contenu du sac sur son épaule, un peu à la manière d'un pompier.

L'engin incendiaire, petit mais puissant, qu'il avait laissé tomber sous une voiture à l'extrême nord de l'immeuble lorsqu'il était passé déguisé en vieillard, explosa avec un éclair blanc et vert dans la nuit. Il était à une rue de distance, mais il sentit l'onde légère de la déflagration qui repoussait l'air brûlant vers la périphérie. Un fracas de métal froissé et des éclats de verre, aussi brillants que des diamants à la lueur des réverbères. Une langue de flamme se dressa jusqu'au ciel.

Penché en avant, il courut tout droit jusqu'au pied de l'immeuble, puis il longea la façade sud, sous la protection efficace des machines immobiles : le travail en double équipe avait cessé trois jours plus tôt, après que son infiltration comme ouvrier sur le chantier eut été découverte.

Quatre secondes plus tard, il avait disparu.

★

Il bondissait maintenant de poutrelle en poutrelle. Il sentait sous ses doigts la texture rugueuse de la couche antirouille. Il y avait encore de la poussière de ciment en suspension dans l'air et lorsqu'il se laissa tomber de la corniche, libéré de sa lourde charge, il vit que les ombres nettes projetées par les énormes machines donnaient à l'endroit l'ambiance désespérée d'un lendemain de saturnales. Il songea aux autres saturnales, à Shimonoseki, et à la mer se refermant lentement. Cela l'incita à glisser la main dans sa poche. Il prit un petit cube râpeux dans sa bouche et l'avala.

Il se tassa, perché comme un oiseau de proie, attendant que la drogue le secoue. On l'avait chassé du *Kuji-kiri* le jour où il s'était montré assez maladroit pour laisser découvrir ses tablettes au cours de l'entraînement. Ce n'était pas par stupidité, non ! Il ne pouvait pas s'en empêcher. Il y avait été forcé. Par le bateau qui tanguait, qui tanguait... Par le hurlement du vent et par le bruit sourd de la mer se refermant sur le...

Le choc ! En pleine lumière. Les formes et les lignes se dépouillèrent, devinrent presque bidimensionnelles, comme la toile de fond d'un décor de théâtre. Il avait soudain l'impression qu'il pouvait voir dans toutes les directions à la fois. Il prit aussitôt une conscience plus intense de la poussière qui dérivait dans l'air. Oui, il pourrait exploiter même ce petit détail à son avantage. A cause de cette poussière polluante, ses adversaires seraient obligés de cligner des yeux plus souvent pour éviter l'irritation. Ce minuscule laps de temps ferait pour certains d'entre eux toute la différence entre la vie et la mort.

Il leva les yeux. Il espérait qu'il ne serait pas obligé d'utiliser la chose, sur la corniche. Mais s'il le fallait...

Il vit le premier. Il n'était pas en uniforme comme ceux de Doyers Street. Et il semblait avoir davantage confiance en lui.

Saïgō passa plusieurs minutes à étudier le flic. Il voulait savoir plusieurs choses avant de se lancer. L'homme avait-il un territoire précis qui lui était assigné ? Et si c'était le cas, est-ce que ce territoire chevauchait celui d'un autre ?

Une fois satisfait, il prit la double branche courbe qu'il portait et vissa les deux parties l'une à l'autre. C'était un arc de matière plastique haute traction, avec une poignée et un viseur légers, en aluminium.

Intéressant, se dit-il. L'explosion n'avait pas provoqué autant de pagaille qu'il s'y attendait. Elle lui avait donné le temps de s'infiltrer dans le périmètre de la tour, mais rien de plus. Il entendit la plainte déchirante de la voiture de pompiers qui arrivait. Après s'être rapidement assurés qu'il n'y avait personne dans la voiture et qu'aucun passant n'avait été blessé, les policiers avaient tout abandonné aux services de lutte contre le feu.

De l'endroit où il se trouvait, il aperçut, juste au-dessus, le mouvement léger d'un tireur embusqué. Il attendit que le flic, à son niveau, soit à la limite extrême de sa ronde. Il mit en place la flèche à pointe d'acier, banda la corde de l'arc et visa. Ce n'étaient pas des flèches de chasse normales. Leurs pointes étaient constituées par la superposition minutieuse de minces couches d'acier, selon le même principe que les lames de *katana*. Autrefois, on les appelait les flèches perce-armures. La seule chose qu'elles ne traversaient pas était une paroi d'acier de cinq centimètres.

La flèche vola. Bourdonnement paisible d'une abeille curieuse, suivi d'un choc doux. Le reflet métallique du canon du fusil cessa d'être visible. Les plumes raides de la hampe de la flèche jaillissaient de la nuque du tireur d'élite.

Le flic qui était au même niveau que lui avait fait demi-tour et revenait. Il s'arrêta juste devant Saïgō et leva la tête. Une grosse goutte sombre tomba sur son épaule. Il fit passer son pistolet-mitrailleur dans sa main gauche pour appeler avec son talkie-walkie.

Saïgō bondit sur lui, comme l'ombre d'une bête. Son bras gauche tendu se leva, parcourut un grand arc et retomba en sifflant. Il avait la main prise dans un mince réseau d'acier s'étendant de son poignet jusqu'au bout des doigts, où il se terminait en une série de griffes courbes, acérées comme des rasoirs. Des tendons d'acier articulés couraient sur le dos de la main et le long de chaque doigt.

Le flic n'eut que le temps d'ouvrir la bouche. Les griffes déchirèrent sauvagement sa gorge puis s'enfoncèrent dans sa poitrine, arrachant uniforme, gilet pare-balles, peau, chair et organes internes. Il y eut une énorme éclaboussure de sang noir et le corps se convulsa comme s'il avait été chargé d'électricité. Des lambeaux de chair écorchée volèrent dans l'air et la puanteur de la mort fut soudain aussi prenante que la senteur du jasmin sous des cieux lointains et paisibles.

Il abandonna le cadavre, riant silencieusement de l'inefficacité du gilet spécial, et il alla reprendre son arc dans les ombres denses.

Tout d'abord, l'immense hall, songea-t-il. Il n'était pas pressé. Là-haut, ils pouvaient bien l'attendre ! Il imagina le visage large de Tomkin, moite de sueur, tendu, ne sachant pas encore ce qui se passait aux étages inférieurs.

Il se déplaçait sans plus de bruit que le murmure du vent, passant, dans la nuit tiède, entre les piliers de la tour. Dans le secteur suivant, il tomba sur un autre agent en civil. Il se glissa derrière et passa autour de son cou une cordelette de nylon noir avec un nœud dans son centre. Il tira, puis croisa les poignets très fort. Le nœud s'enfonça cruellement dans la pomme d'Adam de l'homme, qui se pencha en arrière pour tenter de reprendre son souffle.

Saïgō se laissa surprendre un instant. L'homme pivota et s'attaqua à lui au lieu de lutter contre la corde qui se resserrait. C'était un gaillard d'une force monstrueuse et Saïgō sentit qu'il perdait l'équilibre. Il était trop près. Des bras gros comme des poutres se refermèrent autour de sa taille. Saïgō sauta d'un coup sec sur le cou-de-pied de l'homme — qui le lâcha aussitôt. Il bascula sur le côté : l'élan qu'il avait pris était trop violent pour qu'il puisse retrouver son équilibre.

Le policier tomba sur lui aussitôt, haletant, redoutable, ne serait-ce que par sa masse. Saïgō lança des coups cerf-volant et des coups fendants ; ils ne portaient qu'à moitié, mais le poids énorme du flic ne permettait pas à Saïgō de prendre appui de façon efficace. Il combattit uniquement pour renverser l'homme, ne présentant qu'une défense de façade, acceptant la correction. Il se débattait et la sueur qui coulait le long de son cou tachait son costume noir.

Il se maudit pour sa faute : excès de confiance. Puis il dégagea sa main droite et libéra une lame à ressort. Il perça l'épaule de l'autre juste au centre de la clavicule. L'homme gémit et, curieusement, serra plus fort. Saïgō entendit un craquement sec derrière son oreille droite : son arc était désormais inutilisable.

Le policier porta tout son poids dans ses genoux, qui étaient sur la poitrine de Saïgō, pour chasser l'air de ses poumons. C'était une erreur. Mais comment aurait-il pu deviner que Saïgō pouvait tenir pendant plus de sept minutes sans air ?

Saïgō se concentra sur le buste de l'homme. Il manquait de recul pour se servir efficacement des griffes. Il raidit les doigts de sa main droite et les utilisa comme la pointe d'un couteau. Il frappa droit dans le flanc de l'homme, juste au-dessous des côtes. Cette fois, le gilet de protection fit son œuvre et dévia le coup, qui resta douloureux, mais sans être mortel.

En désespoir de cause, Saïgō se servit du *tettsui* contre le sternum de l'homme. L'os craqua, les poumons du corps énorme qui l'écrasait se vidèrent.

Saïgō avait enfin réussi à renverser le policier, et, à cheval sur lui, il enroula de nouveau la corde autour de sa gorge, en le soulevant à pleins bras.

Il entendit le son. De plus en plus aigu jusqu'à dépasser le seuil de l'oreille humaine. Au même instant, il se jeta de côté. Il sentit une traînée brûlante le long de sa tempe droite et, à moitié étourdi, il se laissa rouler sur les dalles du hall. Il se glissa dans les ombres, mais le son mortel l'y suivit, pleurant de ricochet en ricochet.

Un autre tireur caché ! Il s'accroupit près d'un gros pilier et il entendit, tout autour de lui, le bruit et le mouvement faire irruption dans la nuit. Du sang suintait de sa blessure et il y porta machinalement la main. Une simple égratignure. Une fois de plus, il avait manqué de prudence.

Nous ne pouvons pas préconiser l'usage de la drogue, de quelque drogue que ce soit, entendait-il son *senseï* dire. *La drogue a tendance à restreindre le champ de la conscience, à intensifier le faisceau de la perception limitée tout en donnant l'impression exactement inverse. Elle offre un aspect erroné de la réalité. La limitation de la perception est un travers inhérent à toute forme de combat, surtout au cours des derniers stades. Même les combattants expérimentés doivent s'en protéger. Lorsque ce phénomène survient, vous devez effectuer la* Tête de Rat *et le* Cou de Bœuf. *Si vous êtes préoccupé par des points de détail, reculez et reconsidérez le combat depuis une certaine distance.*

C'était exactement le piège qu'il s'était tendu à lui-même et dans lequel il était bel et bien tombé. Sinon, jamais il n'aurait été éraflé par cette balle.

Il avait encore du mal à entendre, et il s'éloigna furtivement du centre du drame. Il avait besoin d'un peu de temps pour récupérer.

Mouvement sur la gauche et devant lui. Il était allongé dans un angle, à l'intérieur de la tour. Au-dessus de lui, le grand hall en partie terminé s'étendait en un réseau de plus en plus étroit de lumière faible et d'ombre profonde. L'air noir l'écrasait comme une colonne d'eau, lourde, oppressante.

Pour la première fois, il envisagea une éventualité accablante : n'avait-il pas gravement sous-estimé ses adversaires ? Il se sentait impuissant et terriblement seul, exactement comme la nuit où les vents hurlaient sur les Détroits, tandis que, les yeux secs et les mains tremblantes, il arrachait une partie de lui-même ; exactement comme à l'instant où il avait baissé les yeux sur le visage de son père assassiné. Et une fois disparue la seule personne au monde qui le comprenait, plus rien n'avait existé en lui — plus rien hormis les derniers désirs de Satsugaï. Le reste ne comptait plus. C'était comme s'il avait abandonné la direction de sa vie entre les mains desséchées de quelque *kami* puissant : un *jikiniki*, un démon mangeur d'hommes. Peut-être son père n'avait-il jamais été que *cela* ? Il avait très bien perçu cette monomanie intangible, tout en éprouvant pour lui plus de respect que pour rien ni personne au monde — sauf, peut-être, l'honneur de son nom. Dès qu'il avait lu l'histoire de l'autre Saïgō, il avait acquis la certitude que le *kami* de ce grand patriote devait résider au sein de Satsugaï. Selon la tradition bouddhiste, c'était loin d'être impossible.

Satsugaï l'avait dominé dès l'âge le plus tendre. La vie de Saïgō n'avait été que l'extension de celle de son père, et le jeune homme n'avait jamais eu l'occasion de découvrir qu'il possédait une existence dont il pourrait jouir pour lui-même. Et maintenant, il savait qu'il n'y aurait plus rien dans la vie dont il eût encore la possibilité de jouir. Il ne lui restait que la simple conscience d'un travail inachevé, qui l'entraînait jusqu'à une conclusion inévitable.

Et soudain il ne fut plus seul ni effrayé. La drogue courait dans ses nerfs et affinait ses sens. Ses muscles frissonnaient d'énergie contenue. Il était temps de se lancer.

En sortant des ombres, il tomba sur un autre policier, le pistolet-mitrailleur prêt à faire feu. Ils se virent au même instant. Le canon de l'arme se releva, se centra sur la poitrine de Saïgō. L'index de l'homme effleura la détente ; son regard croisa le regard de Saïgō ; son doigt se figea.

Immobile comme une statue, l'homme n'eut aucune réaction lorsque Saïgō souleva un morceau de bois noir arrondi qu'il portait à la taille. Les yeux de l'homme semblaient vides. Saïgō libéra un ressort caché et, avec un murmure, une pointe d'acier de dix centimètres pénétra dans la bouche bée du policier en civil, traversa le palais et perfora le cerveau. L'homme pivota sur lui-même, son doigt se convulsa sur la détente de son arme qui laissa échapper une brève rafale — arc de cercle mortel. Puis il s'écroula lourdement sur le dallage du grand hall. Saïgō était déjà loin. Il entendit des pas lourds qui couraient, les cris rauques des autres policiers, le grésillement d'un talkie-walkie.

Il contourna le secteur couvert par le deuxième tireur d'élite ; cet élément de la situation était le seul qui le mît encore mal à l'aise. L'homme au fusil était en principe aussi mobile que lui-même. L'*haragei* protégerait Saïgō de tout assaut direct, et il pourrait, par le silence, déjouer une bonne partie de la menace des armes à longue portée. Mais dans toute cette confusion, il se sentait privé de la plupart de ses sens extra-naturels, et l'*haragei* était inefficace pour les distances qui entraient en jeu.

Il lui fallait monter, à présent, mais il savait que c'était impossible tant qu'il n'aurait pas annulé cette dernière menace.

D'un bond, il gagna l'échafaudage à mi-hauteur de la mezzanine. Deux coups de feu rapprochés frappèrent le métal près de son flanc gauche, et s'il n'avait pas été en mouvement, il aurait été touché au moins une fois.

Il courut le long de l'échafaudage, le cerveau concentré sur ce qui se trouvait directement devant lui tandis que son subconscient essayait de repérer la position du tireur d'après le double éclair qu'il avait enregistré à la périphérie de son champ visuel.

Il abandonna le contrôle conscient de son corps à cette partie de lui-même, et se bloqua sur le problème de la localisation de l'homme. Et tout ce temps, il fut à l'affût du moindre mouvement.

Il avait maintenant devant lui deux taches de lumière, séparées par une longue zone d'ombre dense. Pour contourner les taches, il lui faudrait redescendre au niveau inférieur et il n'en avait pas envie, car ce serait renoncer à l'avantage de plus en plus important qu'il avait pris sur le tireur d'élite.

Il s'arrêta à deux mètres de la première tache de lumière et, parfaitement immobile, il examina la topographie des lieux juste devant lui.

Il prit trois respirations profondes et s'élança. Un pas, deux, puis il fut en l'air, les jambes repliées sous lui comme pour un saut périlleux ; il traversa la première traînée de lumière comme une boule tournoyante.

Il était déjà presque au terme de sa trajectoire lorsqu'il entendit la détonation du fusil. Au cours de son roulé-boulé aérien, il ne put pas discerner jusqu'à quel point le tireur s'était rapproché, mais il ne prit aucun risque. A peine ses pieds touchèrent-ils l'échafaudage de métal qu'il se relança dans les airs. Mais l'atmosphère autour de lui parut soudain épaisse et humide, aussi agitée qu'un nuage en train de s'effilocher en fumée.

Instinctivement il cessa d'inspirer. Pendant une fraction de seconde, tandis qu'il roulait sur lui-même en l'air, il vit l'éclat terne du métal de la grenade rebondir sur l'échafaudage, dans la flaque de lumière. Il compta les détonations et les sifflements : quatre balles. Une brûlure rapide, comme du fer rouge sur un de ses mollets, puis il fut de nouveau dans le noir, sur ses pieds, plongeant vers l'homme au fusil. Il négligea la douleur de sa jambe droite. Son cerveau compartimenté ne permettait pas au choc nerveux de se répandre et de rompre la tension de ses sens à l'affût.

Le tireur, distinguant enfin tout le contour de la silhouette qui se jetait sur lui, ne tomba pas sur un genou pour viser mais tourna son fusil en travers devant son corps, comme pour un combat au bâton. Il lança la lourde crosse à l'avant pour tenter de briser l'élan de son adversaire, et il sentit un choc sourd, lorsque le bois frappa quelque chose qui dépassait — le coude de la silhouette, se dit-il.

Il recula d'un pas et se tourna de côté, projetant le canon en avant et vers le bas en un coup oblique. Saïgō l'écarta de l'avant-

488

bras tout en lançant sa jambe en avant. Il était maintenant à bonne distance. Il frappa : un coup cerf-volant du tranchant de sa main — aussi dur qu'un bloc de béton armé. Tout le côté droit de la cage thoracique de l'homme se brisa comme une coquille d'œuf.

Le policier n'eut le temps de pousser qu'un seul cri — comme un réflexe de surprise. Lorsque sa tête et son buste basculèrent vers l'avant, Saïgō, d'un coup de pied très relevé, le cueillit sur l'arête du nez. La peau se déchira, le cartilage s'arracha aux os. Du sang jaillit, et le tireur suivit son arme inutile par-dessus le garde-fou.

D'un bond, Saïgō s'éloignait vers l'escalier. Il crispa la main sur le *katana* qui pendait dans son fourreau, à son côté.

★

— Ils l'ont eu. Écoutez ce boucan.

Tomkin parlait des coups de feu. Il était debout derrière son bureau, le torse cassé vers l'avant à la hauteur des hanches, à la manière d'un athlète. Les colonnes de ses gros bras semblaient rigides, poings collés sur la plaque de la table.

Le crépitement des mitraillettes était monté comme l'écho d'un roulement de tonnerre, amplifié et entraîné par les courants d'air ascendants de l'atrium.

Nicholas, à son poste près des doubles portes de métal, n'avait pas bronché.

— Qu'est-ce que vous en pensez, Nick ?

La nervosité soudaine de Tomkin l'étonna. La dernière fois qu'il l'avait vu, il était aussi calme et détendu qu'un homme sur le point de prendre de longues vacances. Maintenant, il semblait à bout.

Oui, de l'autre côté de la pièce, face à la situation dans toute sa réalité, Tomkin transpirait de peur. Il commençait à avoir des doutes sur son marché avec le ninja. En bas, toute cette activité ne semblait pas normale. Il savait exactement combien d'hommes Croaker avait déployés, et avec quelles armes. L'avaient-ils descendu ? Un bruit de guerre mondiale remontait des étages inférieurs... Mais s'il parvenait tout de même jusqu'ici ?... Et si je ne peux pas lui faire confiance ? se dit-il. Mon Dieu ! Linnear est ma dernière ligne de défense — et je l'ai sacrifié.

Tomkin ouvrit la bouche, mais à la dernière minute, ravala les mots qu'il allait prononcer. Pour rien au monde, il ne fallait avouer à Nicholas ce qu'il avait fait. Il glissa sa main tremblante à l'intérieur de sa veste et ses doigts en sueur effleurèrent la crosse tiède de son revolver. Il se sentait étrangement mal dans sa peau, comme un piranha édenté qui voit soudain un requin s'avancer vers lui. Cette impression n'avait rien de réjouissant. Il aimait tenir tout en main — à son bureau, aux conseils d'administration dans le feu des luttes intestines, à l'étranger lorsqu'il mettait au pas des acheteurs récalcitrants — tandis que les autres subissaient dans l'angoisse et l'incertitude les remous et les cahots d'un destin qu'il était seul à créer. Mais cette nuit, en tout cas pour l'instant, d'autres avaient pris le contrôle de sa vie et il sentit le poignard de la peur, une frayeur comme il n'en avait pas connu depuis une journée inondée de soleil, seize ans plus tôt... La maison de Gin Lane, l'ardeur de l'été, le bruit du vent qui courait à travers les hautes herbes de la plage, le sable sec comme des billes de verre, le ressac qui se gonflait puis retombait... Un gémissement... Un mouvement, et puis... Gelda. Mon Dieu, Gelda. Gelda !

Son cœur battit dans sa poitrine comme sur une enclume, et quelque chose remonta de ses parties génitales dans ses intestins et se mit à serrer, à serrer...

— ... mieux de vous asseoir et de faire ce que je vous ai dit.

— Quoi ? Quoi ?

— Asseyez-vous, Tomkin. Il va arriver dans peu de temps.

— Arriver ? Qui ?

— Saïgō. Le ninja.

Le visage de Tomkin était luisant dans le demi-jour qui venait du mur de verre, sur sa gauche. Toutes les lumières de l'étage étaient éteintes.

— Ils ne l'ont pas descendu ?

— Je ne crois pas.

— Mais tous ces hommes... en bas ?

Il les considérait comme ses lignes de défense. Il était impossible qu'elles s'écroulent si vite, si facilement. Nicholas se méprit sur le sens de sa question.

— Vous vous souciez d'eux ? Cela m'étonne. Ce n'était pas mon idée. Nous aurions dû être seuls : moi, vous... et lui. Ce sont tous des innocents, en bas.

— Vous voulez dire, répondit Tomkin, que nous — vous, moi et le lieutenant — ne sommes pas innocents ?

Il se déplaça légèrement vers les fenêtres, se demandant si Nicholas le suivrait, comme le ninja le lui avait laissé entendre. Mais Nicholas demeura comme une statue.

— Non. Ici, sur l'Olympe, la moralité a peu de sens. Quand on s'habitue à regarder les gens depuis un lieu aussi élevé, leurs traits personnels s'effacent, ou, en tout cas, paraissent si indistincts que tous les êtres deviennent aussi interchangeables que des souris, et

490

aussi insignifiants. Que représente une fourmi de moins dans le cours de l'histoire ? Elle est trop peu importante pour qu'on tienne compte de son existence.

— Vous êtes fou ! dit Tomkin. Je ne sais pas de quoi vous parlez.

L'ennui, se dit-il, c'est que, justement, je *sais* de quoi il parle. Il appuya ses mains contre ses tempes et ferma convulsivement les yeux sur la cascade éblouissante d'images projetées sur sa rétine... Gelda et une autre fille. Pourquoi son pouls battait-il si fort ? Et soudain la haine se déversa comme du venin dans ses veines. Sa tête cognait, il la sentait gonflée comme un ballon. Comment avait-elle pu... Il avait assigné le châtiment, bien sûr. Et pour Justine... Ses pensées se mirent à fuir dangereusement...

Où étaient donc les jours de l'innocence ? se demanda-t-il. La chasse aux œufs, à Pâques, dans le Connecticut, les cours de danse, les étés faciles, pleins d'allégresse, où ses filles sortaient du ressac comme deux sirènes à la peau brune ? Ils étaient fixés sur des photos jaunies, irrémédiablement enlisés entre du papier Kodak et des produits chimiques ; pas plus réels que le Xanadu rêvé par Coleridge ; évanouis en fumée comme les espoirs d'un amateur d'opium.

— Vous dites qu'il vient ?

La voix de Tomkin était nouée par l'émotion. Il dut se racler la gorge avant de poursuivre ;

— Qu'allez-vous faire ?

— Asseyez-vous, répondit Nicholas. Ne restez pas devant ces fenêtres.

— Je veux savoir ! cria Tomkin. C'est ma vie !

— Asseyez-vous, Tomkin, répéta Nicholas à voix encore plus basse que l'instant précédent. Cessez de hurler, sinon vous le guiderez tout droit vers vous.

Tomkin le foudroya du regard. Sa poitrine se souleva sous sa veste. Puis, brusquement, il s'écroula dans son fauteuil.

Nicholas tourna la tête vers le fond du bureau. Près de la porte ouverte de la salle de bain se trouvait un couloir étroit conduisant aux circuits électriques et à l'air conditionné de l'étage, puis aux bureaux du côté opposé de la tour.

Il ne croyait pas que Saïgō viendrait par les portes d'entrée. Pour une raison très simple : elles étaient massives et s'ouvraient lentement. Oui, leur ouverture exigerait trop de temps et d'efforts. On ne pouvait pas, bien entendu, écarter d'emblée la corniche extérieure des fenêtres, mais, comme dans la plupart des bâtiments modernes entièrement climatisés, les baies ne s'ouvraient pas. On pouvait sûrement les briser sans grande peine, mais cela aussi prendrait du temps et, surtout, ferait trop de bruit.

Il était donc logique de s'attendre à une attaque venant du fond du bureau. Il songea un instant à prendre une position plus avantageuse, peut-être dans l'alvéole de la climatisation. Mais si Saïgō choisissait une autre voie d'accès, il perdrait de précieuses minutes à revenir dans le bureau. Non, il ne pouvait pas courir ce risque.

Que Saïgō fût en train de monter, il n'en avait pas le moindre doute.

Tout était silencieux, à présent. Seul un doux bruissement neutre dans l'oreille interne, comme la dernière séquelle d'une tornade violente. Une fois les portes d'entrée refermées, aucun bruit ne pouvait monter de la rue : toutes les vitres du bureau étaient en place.

Nicholas entendait le souffle lourd de Tomkin, une respiration d'asthmatique, bouche entrouverte. A l'endroit où il se trouvait, derrière son bureau, il était entièrement dans l'ombre.

— Déplacez-vous légèrement sur votre droite, lui dit Nicholas à mi-voix. Sans toucher au fauteuil... C'est ça. Et maintenant ne bougez plus.

Il tourna la tête, un rai de lumière effleurait une partie des cheveux gris acier, divisant le crâne de Tomkin en quatre.

★

Leur présence faisait vivre les lieux.

Mais bien sûr, il fallait s'y attendre.

Deux à l'entrée de l'escalier. Trois autres pour garder l'ascenseur. Il n'avait pas envisagé un seul instant de prendre les ascenseurs principaux.

Le plus facile aurait été d'utiliser l'hypnose. Un plan pratique et amusant. L'idée de se faire escorter dans l'ascenseur par un de ces policiers en civil lui plaisait. Pourtant, c'était se mettre à la merci de tout un jeu de circonstances particulières. S'il avait eu du temps, il aurait sans nul doute pu procéder ainsi. Mais il ne pensait pas, à ce stade, avoir un délai suffisant. Ils devaient commencer à prendre conscience de ce qui s'était produit en bas. Ils allaient allumer les lumières, faire le compte de leurs pertes et demander des renforts. Il ne voulait pas prendre le risque de tomber, à la sortie, sur un cordon d'une vingtaine d'hommes à la détente facile, prêts à tirer sur tout ce qui bougeait.

Oh, il pourrait très bien s'en sortir, même dans ces circonstances, mais prendre de tels risques sans la moindre nécessité était tout simplement stupide.

Dans l'ombre, il saisit quatre tampons attachés à sa ceinture. Il les fixa sous ses chaussures à semelles souples et dans la paume de ses mains. Il mit son *katana* en bandoulière dans son dos. Il ne pouvait plus faire un pas sans attirer l'attention, car sur la face extérieure de chaque tampon dépassaient des pointes d'acier de cinq centimètres, disposées selon un dessin complexe.

Saïgō déroula de sa taille une longue corde de nylon, lestée à un bout par un petit grappin triangulaire très acéré. Il leva les yeux, étudiant les parois de l'atrium qu'il connaissait déjà très bien. Il trouva ce qu'il cherchait et se mit à faire tournoyer la corde lestée au-dessus de sa tête.

Il la lâcha. Elle monta très haut et retomba par-dessus une poutrelle de fer transversale. Le point d'ancrage était suffisamment proche du mur pour que, quand il s'élança vers le haut, son élan l'entraînât contre la paroi. Il releva les jambes, afin que les semelles de ses chaussures soient tournées vers l'avant. Il sentit le choc dans tout son corps lorsque les tampons à pointes s'enfoncèrent dans la surface alvéolée du travertin.

C'était l'une des techniques les plus anciennes du ninjutsu, utilisée pendant des siècles pour s'infiltrer dans les places fortes de l'ennemi. De simples murs, si lisses soient-ils, ne pouvaient tenir un ninja en échec.

Il monta à une vitesse stupéfiante. Comme une mouche sur une paroi. Invisible de tous ceux qui étaient en dessous, même si, par hasard, ils avaient levé la tête et regardé aussi haut. De nouveau, il était totalement en sécurité.

Les hommes de l'atrium, abasourdis, avaient eu l'impression de voir une ombre s'élever dans les airs et disparaître ; c'est ce qu'ils déclarèrent à Croaker, dans leur talkie-walkie.

L'hallucinogène le frappait maintenant de plein fouet. Il était totalement immergé dans son environnement immédiat. Et tandis qu'il rampait vers le haut, il pouvait voir, sentir, goûter, entendre et toucher simultanément.

Des bruits légers, clairs et à trois dimensions, remontaient jusqu'à lui, canalisés par l'acoustique particulière de l'atrium. C'était étrange, parce que, depuis là-haut, il pouvait entendre des sons précis avec plus de clarté que s'il avait encore été aux niveaux inférieurs : des voix en train de parler, des chaussures martelant le dallage neuf. Ils téléphonaient à des ambulances. Peine perdue, se dit-il. Monologues sans réponse. Sûrement les talkies-walkies. Peu importait.

La fine poussière que soulevait son passage montait dans l'air qui tourbillonnait lentement, minuscule cyclone sans effet, qui dérivait vers les taches de lumière.

Au dernier étage, silence absolu. Comme l'avait voulu Nicholas. Et il avait insisté pour qu'aucun des hommes de Croaker ne prenne position à ce niveau. Le bruit était désormais son principal ennemi en puissance.

— Je veux, avait-il dit à Tomkin quelques instants plus tôt, que vous lui tourniez le dos dès qu'il entrera. Vous croyez pouvoir le faire ?

Car rien n'est plus difficile que de tourner le dos à quelqu'un qui a l'intention de vous tuer. Mais c'était capital. Nicholas redoutait ce que le *kuji-kiri* pourrait faire à Tomkin. Par exemple le pousser à lancer un coup de pied dans les vitres et à se jeter dans le vide — et ce n'était qu'une des possibilités.

— Oui. J'en suis capable.

La peur faisait trembler la voix de Tomkin et, de nouveau, Nicholas s'en étonna.

— C'est là que vous allez vous tenir quand il arrivera ? demanda Tomkin.

— Ne vous en souciez donc pas. Souvenez-vous de ce que je vous ai dit, c'est tout. Si vous faites autre chose, vous serez probablement mort avant de vous en être rendu compte. Ce n'est pas le moment de vouloir tout contrôler.

— Comment pouvez-vous savoir ce genre de chose ?

Une partie de sa peur — Tomkin le comprenait à retardement — venait de ce qu'il avait reconnu en Linnear une sorte d'affinité d'esprit avec lui-même. Il n'en savait pas assez, et il n'avait pas suffisamment d'intuition pour comprendre en quoi ils étaient si proches, mais il était certain du fait. Il avait en face de lui un homme dangereux, un être de spiritualité animale brute — tenue en laisse par un mince vernis de civilisation. Tomkin frissonna à la pensée de ce qui se passerait si ce vernis s'écaillait. Peut-être était-ce la raison pour laquelle il avait envie de confier ses secrets à Linnear, mais sans pouvoir se résoudre à se décharger de ce poids. Oui, ils étaient du même bois, tous les deux, et il jugeait Nicholas en le mesurant à la même aune que lui-même. Lui, Tomkin, ferait n'importe quoi pour se protéger, donc Nicholas...

— Je le sais. Je me suis suffisamment tenu sous contrôle toute ma vie. C'est difficile à encaisser. Les cals ne poussent pas seulement dans les mains.

— Que voulez-vous dire ? demanda Tomkin, mais il se doutait bien de la réponse.

— J'ai l'impression d'avoir la tête bourrée de novocaïne depuis des années.

Il s'interrompit un instant, le visage penché comme pour écouter un bruit lointain, et Tomkin sentit ses tripes se changer en eau. Le ninja arrivait-il déjà ? Bon Dieu, il avait une de ces envies d'aller aux toilettes !

— Votre fille est une personne très particulière, reprit Nicholas.

— Laquelle, Justine ? ricana Tomkin (il se sentait beaucoup mieux ; en terrain sûr). C'est certain, si vous trouvez « particulier » d'avoir un petit grain. Moi, je ne trouve pas.

— Vous êtes vraiment un imbécile, hein ? dit Nicholas.

Il y eut un bref silence. Les deux hommes se toisèrent dans la pénombre de la pièce. Nicholas se demanda si Croaker avait entendu leur dialogue. Il devait rire sous cape...

— Question d'opinion personnelle, non ? dit Tomkin battant en retraite. (Il ne voulait pas que Linnear soit furieux contre lui en ce moment.) Je veux dire, reprit-il, qu'elle m'en a fait pas mal voir. Vous ne la voyez que depuis peu de temps. Mais écoutez... (il tapa du bout de l'index sur le bureau devant lui), je vous ai appris où elle était, n'est-ce pas ? Je vous ai aidé à la retrouver. J'ai envie que vous réussissiez à vous entendre, tous les deux, je vous l'ai dit et je le pense. Vous lui faites du bien. Votre force peut l'empêcher de retomber...

— Vous ne la connaissez pas du tout, dit Nicholas. Elle a davantage de cran que beaucoup d'hommes de ma connaissance...

Il laissa sa phrase en suspens. Lançait-il un défi à Tomkin ? Si c'était le cas, Tomkin préféra ne pas relever le gant.

— Peut-être a-t-elle changé un peu. Je ne l'ai pas vue depuis un certain temps, je vous le concède. Je suppose que je la considère encore comme le bébé de la famille. Gelda, mon aînée, semblait toujours tellement plus capable de se prendre en main, même quand elles étaient toutes les deux plus jeunes. Elle a toujours été plus mondaine que Justine.

Oh ! oui, mondaine ! Vraiment de quoi rire ! Des femmes se baisant entre elles... Où avait-elle donc attrapé ça ?

— J'ai bien peur que nous ne soyons pas ce que l'on peut appeler une famille très liée, reprit-il.

Et comment aurait-il pu en être autrement ?

— Oui, mes filles font très peu preuve de loyauté à l'égard de la famille. Je le regrette amèrement, mais j'aurais dû m'y attendre, n'est-ce pas ? Quand on ne leur accorde pas assez de temps... (à travers la pénombre du bureau, Nicholas sentit que Tomkin haussait les épaules), les enfants se détournent inévitablement de leurs parents et trouvent d'autres personnes pour satisfaire leurs besoins.

L'index s'arrêta de tapoter sur le bureau et resta un instant en suspens.

— Oui, on peut dire que mes deux filles sont, en un sens, des adolescentes interrompues. Oui... oui...

★

Nul n'avait prononcé un mot depuis longtemps. Le silence semblait absolu, exactement l'inverse de ce que l'on s'attend à trouver dans n'importe quelle grande ville. L'extérieur n'existait plus pour aucun d'eux. Ils étaient enfermés là, dans un monde de violence créé par eux-mêmes, où les lois du reste de l'univers perdaient toute valeur. Des divinités sombres et sanglantes hantaient ces corridors étroits comme les galeries secrètes de la Grande Pyramide. Les années s'envolaient comme des feuilles écarlates emportées par un orage automnal.

Il vient, songea Nicholas. Enfin, il vient.

Il était né au sein de l'élément terre. *Daï-en-kyō-chi*, comme le lui avait enseigné l'*Aka-i-ninjutsu* : « Grand-rond-miroir-sagesse ». Telle était sa force, et il commença le *Shū-ji*, le mantra, le mot-graine, qui l'amènerait à l'état final de préparation, le « Mort-et-nuit-et-sang », le combat du ninjutsu.

Et à l'instant qui suivit le bruit minuscule du bond de Saïgō à l'étage supérieur, il entendit un bruit unique au monde : il dégainait son *katana*.

★

Croaker, espèce de salaud, songea Nicholas, tu aurais mieux fait de rester en dehors de tout ça. Je t'avais prévenu. C'est une affaire entre Saïgō et moi — et Dieu vienne en aide à tous ceux qui se trouveront sur notre passage.

Mouvement à l'étage. Nicholas fut le seul à l'entendre. *Harageï*. Il pouvait sentir l'adepte s'approcher. Oui, ses sens devinaient la proximité de l'homme comme une démangeaison au bout de ses doigts. Il ne portait qu'une chemise de soie noire légère et un pantalon de coton. Il saisit le *katana* à deux mains et le dressa dans l'attitude *happo biraki*, « ouvert sur les huit côtés », technique mise au point par Miyamoto Musashi plus de trois cents ans auparavant. Il n'y avait aucune autre attitude efficace kenjutsu en cas d'attaque. D'autres l'avaient démontré bien longtemps avant sa naissance.

L'énergie coulait en lui comme le courant d'un groupe électrogène. La nuit battait comme un second cœur, avec sa volonté propre, poursuivant un destin que personne ne pouvait encore connaître.

Les choses lui apparaissaient maintenant comme les éléments d'un tout, des pièces détachées qui s'encastraient dans la topographie de l'étage. Les meubles : hauteur, longueur, profondeur ; les appliques des murs, les suspensions du plafond ; le monde se réduisait à une série d'espaces rigoureusement délimités, au sein desquels allait se dérouler la danse de mort commencée tant d'années plus tôt.

Une ombre frémit et Nicholas sut que Saïgō était dans le petit couloir. Il bondit vers le centre de la pièce, le *katana* très haut au-dessus de sa tête, et un cri s'amorça dans les profondeurs de sa poitrine.

Ses narines frémirent : il était encore au milieu de sa trajectoire qu'il retombait déjà en roulé-boulé, pour s'éloigner le plus possible de l'ouverture du couloir. Il avait surpris l'odeur avant même d'entendre le doux bruit d'un roulement sur le sol.

La porte de la salle de bain était ouverte et il s'en servit. Il y eut très peu de lumière, mais la déflagration, contenue par l'espace clos, parut effroyable. Il sentit Tomkin se lever brusquement et se retourner.

Saïgō était déjà dans sa pièce, se déplaçant à une vitesse folle, utilisant le bruit de l'explosion pour se couvrir. Il se dirigeait droit sur Tomkin.

— N'approchez pas ! cria Tomkin, en levant les mains pour se protéger.

Il comprit qu'il aurait le temps de mourir de dix manières différentes avant de pouvoir dégainer son arme et faire feu.

— Il est là ! Il est là !

Il montrait, affolé, l'endroit où Nicholas s'était replié.

Saïgō ne dit rien, mais ses yeux brillèrent d'une sorte de fureur froide qui imprima aux jambes de Tomkin un tremblement de peur. Pour la première fois de sa vie, il considéra l'imminence de la mort comme une réalité écrasante. Je suis déjà mort, se dit-il en voyant sur le visage de Saïgō quelque chose qui n'appartenait peut-être pas à ce monde-ci. Oui, n'était-ce pas Lucifer venu se saisir de lui en personne ? Mais il ne croyait pas en ce genre de choses. Il vit le scintillement horrible de la lumière sur les griffes d'acier, au bout de la main gauche levée qui s'abattait comme un éclair vers sa poitrine déjà en feu.

Puis, en moins de temps qu'il n'en faut pour un clin d'œil, lui sembla-t-il, le ninja fut bousculé à terre, vers les fenêtres.

Nicholas, l'épaule droite baissée, courut d'un pas léger vers le corps qui roulait — le *katana* brandi à deux mains devant lui.

Saïgō fit un dernier tour sur lui-même et se remit sur ses pieds, face à Nicholas. Il dégaina son *katana* de la main gauche, tout en traçant de la droite un arc de cercle foudroyant.

Nicholas baissa la tête et bondit en l'air dans le même temps. Un objet de la taille d'un petit pois traversa l'espace et rebondit une fois sur le sol, juste devant le bureau. Mais Saïgō était légèrement déséquilibré à l'instant du jet et, au deuxième rebond, au lieu de glisser sous le bureau, l'objet heurta le rebord de la table et fut renvoyé vers l'avant.

La mini-explosion arracha le *katana* des mains de Nicholas ; tout le devant du bureau était défoncé et la moquette arrachée.

Saïgō se précipita aussitôt sur Nicholas qui essayait encore de s'écarter du centre de l'explosion.

A la périphérie de son champ de vision, Nicholas vit Saïgō s'avancer. Nicholas était vulnérable et il le savait. Aucune défense classique n'était possible dans sa position, en tout cas contre un adversaire aussi habile que Saïgō. Il prit sa décision en une fraction de seconde. Il projeta son corps obliquement vers le haut en prenant appui sur ses mains avec toute la puissance de ses bras et de ses épaules. Il se vrilla lorsque les semelles de ses chaussures touchèrent les doigts de Saïgō, enroulés autour de la garde de son *katana*. L'angle multiplia la violence du coup et l'arme vola au loin.

Saïgō se précipita, les griffes en avant. Nicholas contra par des coups fendants, au foie et à la rate, qui manquèrent leur but mais qui détournèrent l'attaque.

Saïgō rechercha immédiatement le coup cerf-volant au cœur. Outre le fait qu'il pouvait être mortel, il lui permettrait de rompre un jeu égal qui tournait forcément à l'avantage de Nicholas en raison du facteur temps. Chaque seconde que perdrait Saïgō, à présent, rendrait sa fuite d'autant plus difficile.

Saïgō ne réagit pas au coup serpent que porta Nicholas à sa clavicule ; il ravala sa douleur et se concentra sur ce qu'il avait à faire. Il était nerveux, surpris par le style de défense de Nicholas à mains nues. C'était en partie du ninjutsu, mais d'un genre qu'il n'avait jamais rencontré auparavant. S'agit-il d'*Aka-i-ninjutsu* ? songea-t-il aussitôt. Ce serait bien dans son personnage ! Par Amida Bouddha ! C'était ninja contre ninja...

Saïgō se dégagea de la clé à quatre mains que Nicholas lui avait imposée. Il était prêt. Pour le cerf-volant au cœur. En moins de temps qu'il n'en fallait pour y songer, Nicholas serait mort, *Aka-i-ninjutsu* ou pas...

Il s'écarta brusquement et s'aplatit tandis qu'une balle sifflait dans l'air à l'endroit où sa tête se trouvait, une fraction de seconde plus tôt. Amida ! Il y avait un autre homme à l'étage. Il pesta contre lui-même. Comment avait-il pu se laisser distraire par ce qu'il venait d'apprendre sur Nicholas ? C'était cela qui l'avait empêché de déceler la présence du troisième homme. Où était-il ?

Mais Nicholas lui avait lancé le *tettsui-tō* et l'avait déjà suffisamment bloqué pour qu'il concentre toute son attention de ce côté-là.

D'un effort frénétique, Saïgō se libéra de Nicholas et bondit vers l'endroit où son *katana* se trouvait. En un éclair, Nicholas se jeta sur lui, le corps étendu de tout son long, et verrouilla ses doigts autour des chevilles puissantes de Saïgō. Ils s'effondrèrent tous les deux contre la planche à dessin. Saïgō ramassa son *katana*. Une autre balle ricocha sur le coin de la planche, projetant des échardes sur son visage, et il roula à l'écart, avec un juron.

Nicholas bondit vers le bras armé, en songeant à tous les *shakens* susceptibles de jaillir sur sa figure à n'importe quel instant. Il choisit le mouvement air-mer pour faire perdre l'équilibre à Saïgō, car il avait entendu — tout comme son adversaire, il en était sûr — le ronronnement doux de l'ascenseur. Quand il arriverait, Nicholas le savait, les hommes de Croaker ne prendraient aucun risque, cette fois : ils inonderaient tout l'étage de gaz lacrymogènes dès l'ouverture des portes de l'ascenseur.

Saïgō savait qu'il était à l'extrême limite du temps qui lui était imparti. Il avait rencontré un élément nouveau, auquel il ne s'attendait pas. Et Nicholas n'avait besoin que d'un jeu nul, tandis que lui, au contraire...

Il attaqua haut, par une série rapide de coups visant l'œsophage de Nicholas, mais il fut contré et la sueur lui monta au front. Son esprit fonctionnait très vite, mais pour revenir toujours au même point : si tuer les deux était hors de question, il lui faudrait se contenter d'un, et laisser l'autre pour plus tard. Il n'avait pas le temps de choisir...

Il laissa passer deux coups et se plia en deux, feignant davantage de douleur qu'il n'en ressentait. Sa main droite, comme pour se protéger, se rabattit vers sa ceinture et saisit une autre sphère minuscule. Cette fois il ne pouvait se permettre aucune erreur de lancer.

Il tourna la tête une fraction de seconde pour mémoriser la position de Tomkin et ce fut à cet instant-là que Nicholas comprit. Il s'écarta de son adversaire en même temps que Saïgō lançait la bille, il plongea en travers du bureau, et percuta Tomkin, immobile. Il entendit le bruit ténu de la sphère de métal derrière lui. Tout en faisant basculer Tomkin hors de portée, il donna un coup de pied dans le lourd fauteuil à haut dossier, vers l'arrière. A peu près au même instant, il entendit un coup de feu, puis ce qui lui parut un bruit de tonnerre. Il toucha terre juste à la seconde de l'explosion.

★

Une vague brûlante vert-bleu-jaune, suivie aussitôt du choc, une onde sonore presque matérielle et, aussitôt après, un petit crépitement de meubles déchiquetés, pareil au bruit du grésil par une journée de gel. Nicholas se retourna sur le dos et se redressa.

— Qu'est-ce que ?...

Il posa la main sur la tête de Tomkin et la plaqua au sol.

— Taisez-vous ! dit-il entre ses dents.

Il vit la tête de Croaker émerger de derrière le dossier du grand canapé pour jeter un coup d'œil.

— Bon Dieu ! dit le lieutenant en se levant. Tomkin va bien ?

— Sans une égratignure.

Mais, songea Nicholas, il s'en était fallu d'un cheveu. Il regrettait amèrement d'avoir laissé Saïgō s'enfuir. Après tant d'années, il n'avait plus qu'une idée : œil pour œil, vie pour vie. Mais l'affrontement était resté sans conclusion. En un sens, il savait qu'il avait eu de la chance. Il avait lu la surprise dans les yeux de Saïgō, quand celui-ci avait compris que Nicholas était un ninja, lui aussi. Oui, c'était une compensation, mais la confrontation suivante n'en serait que plus redoutable. Ce soir, Saïgō les avait pris au dépourvu...

— Bon Dieu ! répéta Croaker, et Nicholas suivit son regard incrédule. Je n'étais pas sûr d'avoir bien vu... juste avant l'explosion, mais maintenant...

A l'endroit où se trouvait la troisième baie vitrée, il n'y avait plus que des éclats de verre. La vitre brisée jonchait le tapis ; le vent de la nuit devait en avoir fait tomber une partie vers l'intérieur.

— Dément ! dit Croaker en rangeant le 38 dans son étui. Faut-il que ce type soit dément — ou suicidaire !

Il se tourna vers les portes de métal qui s'ouvraient à la volée et fit signe à ses hommes de ressortir.

— En bas ! cria-t-il à un sergent aux cheveux en broussaille. Allez voir s'il reste assez de ce salopard pour que le médecin légiste gratte le trottoir.

Nicholas s'était avancé vers la fenêtre brisée et regardait dehors. Croaker s'approcha de lui.

— C'est trop haut, dit-il, on ne voit que les tourniquets rouge et blanc de ces putains de voitures pie.

Derrière eux, Tomkin époussetait son complet froissé, décoloré par les explosions, comme vieilli d'un seul coup. Croaker quitta la pièce sans un regard vers lui.

— Nick... (Pour la première fois de sa vie, Tomkin semblait avoir du mal à parler. Ses jambes étaient en caoutchouc.) Il est parti ?

Nicholas regardait toujours dehors, vers le bas. Il distinguait des mouvements, à présent, des lumières qui s'approchaient. Ils avaient trouvé le corps.

— Vous m'avez sauvé la vie... (Tomkin se racla la gorge.) Je tiens à vous remercier.

Peut-être Nicholas n'avait-il pas entendu ce qu'il avait dit à ce fou. Et il avait été fou, lui-même, de faire confiance à un homme pareil. Il savait, avec une certitude lancinante qui lui déchirait les tripes que, sans l'intervention de Nicholas, il serait bel et bien mort à présent. Il était en dette à l'égard du jeune homme et cela lui déplaisait. Il sentit la colère monter puissamment en lui, et pendant un très bref instant, il se détesta, exactement comme il s'était haï lorsqu'il s'était relevé, gluant et pantelant, abandonnant le corps prostré de sa fille il y avait tant d'années déjà, par ce jour d'été à Gin Lane...

★

A l'arrivée de Nicholas dans la rue, ils avaient déjà glissé le cadavre dans un sac spécial. Il les arrêta au moment où ils allaient charger le sac dans l'ambulance — il y en avait toute une file en attente. Le médecin légiste adjoint, une blonde au teint tout rose, leva les yeux vers Croaker, qui fit un signe affirmatif.

— Il ne reste pas grand-chose, après une chute pareille, dit Croaker avec une curieuse absence d'émotion.

Il avait raison. Il ne restait pas grand-chose de la tête de Saïgō, de son visage écrasé. Une épaule semblait brisée et le cou formait un angle étrange...

— Les jambes sont comme de la gelée, reprit le lieutenant (visiblement cette image le mettait en joie). Pas un os qui fasse plus de deux centimètres de long. Pas vrai, docteur ?

La blonde en blouse blanche hocha la tête d'un air las.

— Emportez-le, dit-elle. Il est étiqueté. J'en ai d'autres qui m'attendent.

Elle s'en alla et Nicholas aperçut le défilé des brancards sortant des entrailles de l'immeuble. Le visage de Croaker était blême et tiré, cependant que ses yeux enregistraient les pertes.

— Quatre morts, Nick. (Sa voix était comme une râpe.) A ce

que nous savons pour l'instant. Il y a deux manquants et deux ou trois autres qui ont du mal à revenir à eux à cause des gaz. Bon Dieu, votre ami Saïgō tue comme les autres respirent. (Il passa la main sur son visage.) Je suis content que tout soit terminé, dit-il. Diablement !

— Je regrette que cela se soit passé comme ça, répondit Nicholas.

— Surtout, ne me dites pas : « Je vous avais prévenu. »

— Je n'y songeais pas du tout. Je me disais : Il n'est plus là. Je vais pouvoir continuer de vivre ma vie. Je n'ai envie que d'une chose : voir Justine.

— Pourquoi a-t-il sauté ?

— C'était un guerrier. Mourir au combat était son seul idéal dans la vie.

— Je ne comprends pas ce genre de philosophie.

Nicholas haussa les épaules : à quoi bon expliquer ces choses ?

— Peu importe, dit-il en regardant autour de lui. Vous avez trouvé son *katana* ? J'aimerais beaucoup le garder.

— Son quoi ?

— Son épée.

— Oh, ça ? Non. Mais je ne crois même pas qu'on ait encore retrouvé son corps à lui en entier. L'épée doit être par là. Nous mettrons bien la main dessus.

— J'imagine que ce n'est pas très important non plus.

Le regard de Croaker glissa au-dessus de l'épaule de Nicholas.

— Votre patron vous cherche, je crois.

Nicholas pivota, puis sourit à son ami.

— Mon ex-patron, vous voulez dire ?

Tomkin, le complet barbouillé de gris et de noir, s'était arrêté à côté de sa limousine. Le chauffeur, près de lui, tenait la portière, toujours obséquieux. Le moteur semblait tonner. Des sirènes ululaient à la mort ; et la nuit, au moins à l'endroit où ils se trouvaient, semblait très claire.

— Écoutez, dit Croaker en prenant le bras de Nicholas et en l'entraînant sur l'avenue. Avant que vous partiez, je veux vous dire que j'ai reçu le coup de fil que j'attendais. L'autre femme dans l'appartement d'Angela Didion, la nuit où elle a été assassinée... je sais où elle est.

Nicholas le regarda, puis tourna les yeux vers Tomkin qui attendait sans mot dire près de la limousine.

— Et vous n'allez pas laisser tomber, hein ? demanda-t-il.

— Je ne peux pas. Là, il faut que je l'épingle. Vous devriez le comprendre. C'est une affaire d'honneur. Si je ne le fais pas, personne n'y arrivera.

— Mais êtes-vous sûr de ce que vous avez en main ?

Croaker enfonça un cure-dents au coin de sa bouche. Ses yeux étaient des flaques sombres. Son visage semblait plus ridé que deux jours auparavant, mais peut-être cela tenait-il à la lumière crue. Il raconta à Nicholas sa conversation avec Matty la Parlote.

— Vous vous figuriez que je ramenais ma grande gueule, à propos de Tomkin, hein ? Matty ne savait pas qui d'autre posait des questions sur cette pute. Mais je parierais que c'était Frank. Vous l'avez vu ces temps-ci ? Non ? Pourquoi ne demanderiez-vous pas à votre ex-patron où Frank se trouve, d'accord ?

— Vous ne saurez rien avant d'avoir parlé à cette femme, n'est-ce pas ?

— Exact. Et c'est pourquoi je décolle pour Key West de ce pas. Mais pour le service, il s'agit bien entendu de vacances à récupérer.

— J'espère que vous savez où vous mettez les pieds.

La dernière ambulance démarra dans un hurlement de sirène. Pendant un instant, ils baignèrent dans le flot écarlate intense du feu tournant. Puis elle obliqua au coin de la rue et disparut. La nuit s'assombrit, comme si un orage avançait très vite.

— Étrange remarque, dit Croaker. Surtout de votre part.

— Nick ! Vous venez ?

La voix de Tomkin flotta jusqu'à eux, irréelle comme dans un songe.

— Une minute, cria Nicholas sans se retourner, puis, plus bas, il dit à Croaker : Vous irez voir Gelda avant de partir ?

— Pas le temps. Je l'appellerai. De toute façon, elle m'a donné un numéro hors de Manhattan. Jamais elle n'aurait le temps de revenir. (Il baissa les yeux vers ses chaussures.) Je veux seulement lui dire que tout va bien. Eh ! ajouta-t-il tandis que Nicholas se détournait, vous devriez appeler Justine, vous aussi. Elle doit se faire un sang d'encre.

En voyant Nicholas s'avancer, Tomkin baissa la tête et se glissa dans la limousine. Tom, le chauffeur, maintint la portière ouverte jusqu'à ce que Nicholas soit entré, puis il la referma sans bruit et fit le tour de la voiture.

A l'intérieur de la limousine capitonnée, tous les bruits de la nuit se turent. Le moteur ronronnait agréablement. La climatisation fonctionnait.

La police déployait encore une grande activité autour de l'immeuble. Nicholas aperçut Croaker qui parlait à un sergent assez jeune. Il secoua la tête en réponse à une question, puis tendit le bras vers les entrailles de la tour.

— Je vous suis très reconnaissant, Nick.

Tomkin allongea le bras le long du dossier de la banquette arrière, ses doigts épais à demi fermés.

— Je le pense vraiment, dit-il. Demain vous pourrez passer au bureau prendre votre chèque. Plus une prime. Vous l'avez méritée.

Nicholas garda le silence. Il avait posé son *katana* rengainé en travers de ses genoux. Il pencha la tête en arrière et ferma les yeux.

— Et nous parlerons de votre entrée définitive dans la compagnie, continua Tomkin.

— Cela ne m'intéresse pas, dit Nicholas. Mais je vous en remercie tout de même.

— Oh ! A votre place, je ne prendrais pas de décision si hâtive.

La voix de Tomkin s'était allégée quelque peu, mais elle demeurait vibrante de sincérité.

— Je pourrais vous utiliser. A un niveau très élevé. Vous avez des talents remarquables.

Tomkin se tut pendant un instant. Même les yeux fermés, Nicholas était sûr qu'il l'étudiait.

— Cela vous plairait-il de rentrer au Japon ? lança Tomkin.

Nicholas ouvrit les yeux et les fixa sur la séparation de plexiglas droit devant lui.

— Je n'ai pas besoin de vous pour cela, répliqua-t-il à mi-voix.

— Non, reconnut Tomkin. Sûrement pas. Vous pouvez sauter dans un avion ce soir et être là-bas dans dix heures. Mais si vous y allez avec moi, cela impliquera un minimum de... disons un quart de million de dollars.

Nicholas se tourna vers Tomkin.

— Oh, je suis tout à fait sérieux, reprit Tomkin. Ce n'est pas parce que ninja est mort que tous mes problèmes là-bas sont résolus. Loin de là. J'ai besoin d'un spécialiste qui...

— Désolé, Tomkin dit Nicholas en levant la main.

— Soit. (Tomkin haussa les épaules.) De toute façon, songez-y. Nous avons tout le temps, maintenant.

Nicholas aperçut Croaker qui montait dans sa voiture.

— Allons vers la Troisième Avenue, dit Tomkin au chauffeur. J'ai envie de manger une bouchée avant de déposer M. Linnear.

La limousine démarra, tourna à gauche dans Park Avenue pour pouvoir prendre la rue, en sens unique vers l'est, qui longeait la façade sud de la tour. Nicholas vit Croaker juste derrière eux : il redescendait vers le sud de la ville déposer son rapport avant de filer à l'aéroport La Guardia.

— Comment va Justine ? demanda Tomkin.

Il n'est même pas digne de mépris, songea Nicholas. Il avait envie de rentrer chez lui pour pouvoir appeler la jeune femme.

— Vous m'avez fait suivre à la discothèque ? repartit Nicholas.

— Non, non. (Tomkin essaya de rire.) Je savais que ça ne marcherait pas. Une intuition paternelle, c'est tout.

Si ce n'était pas si triste, ce serait peut-être drôle, se dit Nicholas. Vraiment, il ne comprendra jamais !

— Elle va bien.

— Parfait. J'en suis heureux.

Le feu passa au vert et ils traversèrent l'avenue. Tomkin s'éclaircit la gorge. Il faillit dire quelque chose puis sembla se raviser. Ils arrivèrent à la hauteur de la tour. Les derniers policiers en uniforme, groupés sur le trottoir en construction, bavardaient entre eux.

— Nick, je sais que vous ne m'aimez pas beaucoup mais je voudrais... tout de même... vous demander une faveur.

Nicholas ne dit mot. Il regardait, par la portière, la tour disparaître sur sa gauche.

— Je voudrais... c'est-à-dire, je ne voudrais pas que Justine me devienne étrangère. J'ai fait... enfin, je ne sais plus que faire, et je pensais que peut-être vous pourriez contribuer à... nous rapprocher.

Ce côté du bâtiment était plein d'engins, et à mi-chemin de la rue suivante, une grue de métal et de bois servant à fixer les énormes panneaux de verre teinté dépassait l'aplomb du trottoir à une hauteur d'environ trois étages.

— Je crois, dit Nicholas, que le problème se situe exclusivement entre vous et elle...

— Mais vous êtes déjà impliqué, répondit Tomkin avec la voix qu'il réservait aux transactions d'un million de dollars.

La limousine passa sous le surplomb et la nuit parut s'assombrir. Nicholas se détourna de la vitre pour regarder Tomkin.

— A propos, dit-il, je n'ai pas vu Frank ces jours-ci. Où est-il ?

Avec un bruit d'enfer, le côté gauche du pare-brise jaillit vers l'intérieur. Tom, le chauffeur, parut bondir derrière le volant comme un marlin harponné. Il fut projeté vers l'arrière avec une telle force que le cloisonnement de plexiglas se fendit. Ses bras s'agitèrent comme des ailes et Nicholas entendit une plainte douce, comme le gémissement d'un enfant enfiévré.

Brusquement, la veste du complet de Tom se déchira et huit bons centimètres d'acier dépassèrent sa colonne vertébrale. Le sang jaillit comme un geyser et une odeur horrible envahit l'intérieur de la limousine.

— Oh, mon Dieu ! Qu'est-ce que ?...

Tomkin avait le visage blême. La limousine, continuant sa route vers l'est, traversa Lexington Avenue.

Un grand bruit de corps qui se débat provenait du siège avant, mais le chauffeur avait cessé de crier. Quelque chose ou quelqu'un tentait de pénétrer à l'intérieur par la grande ouverture du pare-brise.

Sans chauffeur, la limousine obliqua vers la gauche et suivit le trottoir jusqu'à ce que sa calandre s'écrase sur un bec de gaz, au coin de l'immeuble neuf.

Dans toute la moitié avant de la voiture, les ténèbres. Comme si la nuit elle-même venait d'entrer.

Nicholas avait déjà ôté le *katana* de ses genoux et le tenait dans sa main gauche. Inutile de dégainer dans un espace aussi restreint. A côté de lui, Tomkin se brisait les ongles sur la poignée de la portière, mais elle refusait de s'ouvrir. Les serrures automatiques étaient contrôlées de l'avant. Un dispositif de sécurité. Tomkin jura entre ses dents.

Le cadavre du chauffeur fut violemment repoussé de côté. L'odeur était si pénétrante que rien d'autre ne semblait plus exister au monde.

Quelque chose de sombre s'écrasa contre la cloison de séparation fêlée, et l'ébranla. Nicholas attendit jusqu'au troisième coup, calculant le rythme dans sa tête. Puis à l'instant du quatrième il lança violemment ses deux pieds à plat contre le plexiglas. La séparation éclata sous le choc et Nicholas bondit à l'avant de la limousine.

★

Saïgō avait contourné la façade de la tour, en se glissant avec précaution le long de la corniche étroite depuis laquelle il avait lancé dans la rue le corps déjà mort.

Il n'avait pas bougé, pour bien s'assurer que son leurre avait fonctionné, puis il s'était tapi dans l'ombre, et avait repris son chemin le long de la façade obscure. Même les quelques flics qui levaient encore les yeux vers la fenêtre brisée de Tomkin, au dernier étage, ne l'avaient pas vu. Seul Nicholas, s'il avait été dans la rue à ce moment-là, aurait peut-être eu une chance.

Accroupi dans le noir, Saïgō avait juré entre ses dents car maintenant, il connaissait la moiteur glacée de la peur. Nicholas était ninja ! Son esprit tourbillonnait et, machinalement, il glissa un autre cube marron dans sa bouche. Il le mâcha pour que l'action soit plus rapide.

Aussitôt, l'hallucinogène inonda son système nerveux, encore accéléré par le flot d'adrénaline qui courait dans ses veines. Le ciel lui parut exploser en un nuage-champignon rouge et noir. Ses

506

muscles saillaient. Son cou se gonflait de puissance. Il vit des lumières éblouissantes dès que la drogue assaillit son cerveau. Il grillait d'énergie.

Puis des voix éclatèrent dans son oreille gauche. Il leva une main et glissa l'index sur le côté de sa tête pour remettre en place le récepteur électronique dissimulé dans son canal auditif. Il entendit Tomkin et Nicholas parler, et comprit « Troisième Avenue »... Il se dirigea aussitôt vers le côté sud de la tour, où il savait que l'une des grues surplombait la rue. Au passage de la limousine, il se laissa tomber sans bruit, avec un tel équilibre que personne à l'intérieur ne s'en rendit compte.

Il s'accroupit sur le toit de la voiture et dégaina son *katana*. Le vent de la nuit faisait frémir ses cheveux courts. Il projeta l'arme à l'intérieur, vers le bas, à travers le pare brise, en hurlant d'extase tandis que la voiture frissonnait sous lui comme un grand animal blessé.

★

Croaker était sur le point de se lancer vers le sud sur Park Avenue, quand il crut voir un mouvement du côté de la limousine de Tomkin, qui, elle, se dirigeait vers l'est. Un son parvint jusqu'à lui. Il fut incapable de l'identifier, mais il freina très fort et braqua brusquement sur la gauche.

Les pneus hurlèrent et l'arrière de sa voiture dérapa. Pendant un long instant, il s'appliqua à négocier le virage sans heurter la borne de béton du centre. Des klaxons poussèrent de longues exclamations et il jura entre ses dents, luttant de tous ses muscles contre la force centrifuge.

Puis les pneus couinèrent de nouveau en amorçant la remontée sur Park Avenue, vers la tour.

★

Pendant les premiers instants de choc, il avait un handicap certain. Saïgō le savait et en tira parti. Il se baissa sous la violence de l'assaut de Nicholas, pivota brusquement et commença le *kansetsu-waza* — la dislocation — avec la pointe de son coude gauche.

Nicholas, au-dessus de Saïgō, sentit plus qu'il ne vit l'absence de résistance, et choisit comme défense l'*osaé-waza* — l'immobilisation. Il réussit à écarter le coude de Saïgō tout en poursuivant l'offensive.

Un instant, Saïgō réussit à libérer une lame courte. Puis sa main frappa vers le bas et les deux hommes furent liés l'un à l'autre, unis par l'acier affilé qui était une extension d'eux-mêmes — le saint des saints sans lequel leurs vies mêmes n'auraient eu aucun sens.

Les muscles frémissaient sur leurs dos arrondis ; de la sueur coulait de tous leurs pores. Saïgō grinça des dents. Nicholas appuya vers le bas. C'était comme si le soleil et la lune, enfants d'une entité unique, fussent entrés en conflit. Était-ce cette même violence sublime et redoutable qui avait lié Caïn et Abel, les contraignant à lever la main l'un contre l'autre ?

L'heure de leur désespoir était venue. Car ils étaient ninjas — ninjas de *ryus* déjà ennemis jurés en un temps où les étoiles muettes occupaient d'autres positions dans le ciel, où les étés étaient plus brûlants, les hivers beaucoup plus glacés, où les continents offraient le visage frêle de l'adolescence. Telle était la nature du temps éternel dans lequel ils avaient pénétré tous deux, de leur plein gré, en pleine jeunesse.

Nicholas passa aussitôt au changement air-mer, pour rompre l'impasse, mais c'était apparemment ce qu'attendait Saïgō, car il contra par le *shime-waza* — la strangulation à trois doigts — et prit Nicholas au dépourvu. D'un cerf-volant au foie, beaucoup trop court à cause de l'espace réduit, Nicholas se libéra de la prise de Saïgō. Et pendant tout ce temps, le chauffeur glissait contre eux et son sang à demi coagulé maculait leurs visages et leurs poignets.

Les muscles battaient comme des pistons, les veines et les filets de sueur sillonnaient leur peau luisante. Leurs souffles haletants se mêlaient, amplifiés par l'espace minuscule et surchauffé. Leurs regards se croisèrent. Ils étaient bien au-delà des mots, et ils se sifflaient leur haine dans une sorte de langage élémentaire que personne n'avait entendu depuis l'aube de l'humanité.

Une fois la lame du *tanto* détournée de lui, Nicholas profita de la fausse position de Saïgō pour lui forcer le poignet vers l'arrière. Mais il n'était pas un ninja *Kanaku na*, il n'était pas adepte du *koppo*. Saïgō l'était, et il savait comment faire échec à cette manœuvre. Il releva le genou gauche et amorça en même temps un mouvement de la main droite. Lequel des deux gestes était une feinte ? Ou bien étaient-ce les deux ?

Pendant la fraction de seconde où il hésita, Nicholas relâcha son étreinte sur le poignet gauche de Saïgō et celui-ci se libéra. La pointe du *tanto* jaillit aussitôt vers le haut — vers le visage de Nicholas, qui frappa l'extrémité de la garde avec l'os extérieur de son poignet, ce qui dévia la trajectoire.

Tout en eux n'était que destruction ; leurs deux esprits, se dépouillant d'années d'hostilité, déversaient leur puissance dans l'intensité émotionnelle du moment, enflammés par l'adrénaline et le *hsing-i*, que certains appellent « poing mental » : en d'autres termes, la force de volonté colossale induite en eux par leurs disciplines respectives.

Nicholas lança le cerf-volant au cœur pour se sortir de l'impasse et Saïgō, meurtri et surpris, s'écarta brusquement en décochant un coup sur le côté de la tête de Nicholas.

Aussitôt, il pivota vers le haut et sortit par le pare-brise éclaté. Nicholas le suivit et bondit sur le trottoir depuis le capot de la limousine accidentée.

Il vit Saïgō, tout de noir vêtu, debout derrière le réverbère recourbé par le choc. Il avait jeté par terre le fourreau de son *katana* et il se tenait à présent dans la première position. Il n'avait pas besoin d'inviter Nicholas.

En bordure de son champ visuel, Nicholas vit une voiture s'arrêter dans un coup de frein. Croaker en descendit.

— Laissez-nous ! cria Nicholas sans tourner la tête. Occupez-vous de Tomkin. Il est à l'arrière de la limousine.

Puis il avança sur Saïgō.

Quand on est ninja, on ne voit pas uniquement avec ses yeux. L'*harageï* permet de percevoir avec le corps tout entier. Ainsi en fut-il à l'instant où Nicholas s'avança vers Saïgō : lorsque ses yeux virent que son adversaire ne tenait son *katana* que d'une seule main, son corps réagissait déjà.

D'un dégainement *iaï*, il releva la lame de son *katana* à temps pour détourner la paire de *shakens* que Saïgō lui avait lancé d'un geste presque nonchalant. Les *shakens* bourdonnèrent au loin commes des guêpes en colère, puis retombèrent en cliquetant sur l'escalier de brique, derrière Saïgō, et glissèrent jusqu'au square en contrebas de l'immeuble. Au fond, une « sculpture d'eau » moderne tombait en cascade sur des « rochers » cubiques au milieu du bassin du square.

Leurs *katanas* s'entrechoquèrent dans la botte « feu et pierres », et leurs corps en furent ébranlés. Seules des armes japonaises magnifiquement forgées pouvaient sortir intactes d'un choc aussi puissant.

Saïgō semblait saisi de frénésie. Ses pupilles étaient si dilatées que ses yeux semblaient tout noirs. C'était si étrange que Croaker demeura paralysé par le *hsing-i*, qu'il perçut presque comme un choc physique.

Saïgō attaqua très fort et très vite. Sa puissance était effrayante, même pour Nicholas : il se sentit englouti par une sorte d'orage magnétique qui le faisait tournoyer et menaçait de le désorienter complètement. Il recula sous l'assaut.

Il vit les lèvres de Saïgō remuer lentement, sans bruit, et il se demanda soudain à quel point l'autre était hors de lui-même, quelle quantité de drogue courait en ce moment dans ses veines, et comment il pourrait en tirer parti...

Il secoua la tête. Un coup avait failli passer sa garde. Et, soudain, il sentit que ses bras devenaient très lourds. Ses paupières battaient. Il aperçut sur le visage de Saïgō un sourire de loup.

Nicholas recula en chancelant, puis il sentit de l'eau vive à l'arrière de ses mollets. Il était près de la cascade qui tombait, verticale, derrière lui. Comment avait-il pu tourner ainsi ?

Il sentit une douleur aiguë dans son bras, et il vit le *katana* de Saïgō rayé d'une ligne de sang — comme la salive d'un chien fou — il comprit alors ce qui lui arrivait.

C'était le *Kōbudera*. La magie à laquelle même les plus fanatiques des ninjas *Kan-aku na* ne touchaient pas. Sauf Saïgō.

Nicholas recula sous l'attaque féroce, jusqu'à ce qu'ils fussent tous les deux dans l'eau. La magie l'enveloppait à présent, parant la nuit de teintes écarlates. Il ne pouvait plus sentir ses jambes. Il chancelait. Ses doigts étaient gourds, leur étreinte sur le *katana* vacillait. Sa respiration haletait.

Et pendant tout ce temps, Saïgō s'avançait sans merci, frappait et souriait, tandis que ses lèvres invoquaient le *Kōbudera*.

Le pied de Nicholas glissa sur la surface lisse d'une « sculpture » qu'il ne pouvait pas sentir, et il faillit tomber. Aussitôt il reçut une autre estafilade. Du sang éclaboussa la nuit. Son sang. Les affres de l'agonie s'emparèrent de lui et il cessa presque de respirer. Ce qu'avait fait Fukashigi pendant la nuit précédente n'était pas suffisant...

L'eau de la cascade l'inonda soudain et il suffoqua. Quand il reprit son souffle, d'une longue inspiration qui remontait, semblait-il, de ses orteils à sa gorge, un rayon de clarté cristalline se glissa en lui, transperçant le brouillard qui l'avait enseveli.

Il songea à Musashi, le Saint de l'Épée, debout dans son jardin, trois cents ans plus tôt. « Qu'est-ce que le *Corps de roc* ? » lui demanda-t-on. En guise de réponse, Musashi fit venir un de ses élèves et lui demanda de se tuer en s'ouvrant le ventre avec un couteau. A l'instant où l'élève était sur le point de lui obéir, le Maître lui retint la main et dit : « Voilà ce qu'est le *Corps de roc* ».

Et c'est ce que fit Nicholas. Il plongea au fond de lui-même, où attendait une force dont il ne connaissait même pas l'existence. Il la fit monter en lui de toute sa volonté, et, comme l'a écrit Mussashi, dix mille choses n'eussent pu l'atteindre ; ni le *katana* de Saïgō, ni même le *Kōbudera*.

Comme l'éclair, Nicholas donna un coup de taille de gauche à droite. Surpris, Saïgō leva son propre *katana*, les yeux écarquillés et fixes. Le sang jaillit, d'un rouge aussi éclatant que le plumage d'un oiseau cardinal et le torse de Saïgō se cambra, ses lèvres se contractèrent en un rictus qui dévoila ses dents.

L'eau jaillissait et freinait leur lutte pour garder l'équilibre. Pour Saïgō, qui avait la peau et les chairs tailladées ainsi que le sternum, la tâche était herculéenne. Son *katana* pendait au bout de sa main gauche sans force. Ses doigts se crispaient convulsivement comme s'ils s'efforçaient d'accomplir ce que leurs nerfs coupés leur interdisaient. Saïgō oscillait d'un côté et d'autre comme un ivrogne au cours d'une ultime et sublime ivresse. Il porta la main vers le haut de son épaule, près de l'omoplate, mais Nicholas, de la pointe de son *katana*, fit voler les aiguilles *shuriken* dont il s'était saisi.

Dans un gémissement, Saïgō se raccrocha à la garde de son *katana*, dont il s'aidait à présent comme d'une canne de marche pour se tenir debout. Sans cela, il se fût écroulé comme un vieillard.

— Tue-moi tout de suite.

Sa voix n'était qu'une plainte âpre dominant le bouillonnement continu de l'eau qui jaillissait de la cascade.

— Mais pas avant que je t'apprenne, cousin, ce que j'ai attendu de longues années pour te révéler. (Son épaule se contracta nerveusement.) Viens plus près. (Sa voix se brisa, plus faible soudain.) Plus près. Nous ne pouvons pas te laisser savourer ton triomphe, ah non !

Nicholas s'avança d'un pas vers lui. Saïgō avait la poitrine et le ventre maculés par le sang et les humeurs irisées de ses organes. La douleur de Nicholas n'était qu'une palpitation sourde tout le long du bras que Saïgō avait balafré.

— Tu aurais dû me frapper de taille quand tu en as eu l'occasion, dit-il. Ton esprit n'était pas résolu. Le *Kōbudera* te consumait et, à la place, tu m'as frappé de pointe. Regarde ce que peut faire un coup de taille...

Saïgō chancela.

— Que dis-tu, cousin ? Approche-toi davantage. Je ne peux pas t'entendre.

Il grimaça de douleur, nuage fugace qui disparut bientôt, effacé par toutes les traditions qu'ils avaient acquises l'un et l'autre. C'était peut-être cela, davantage que toute autre chose, qui plaçait le Japon à part du reste du monde : ce morceau de pierre dure, intangible, sous toutes les écorces — les nombreuses strates superposées — du devoir essentiel et de l'amour filial. Oui, c'était ce qui poussait les Japonais à aller toujours de l'avant sans jamais reculer d'un pas. Mais, ô Amida, leur mémoire était déjà infiniment longue (comme on dit dans bien des contes) et s'étendait au-delà de la tombe même.

Nicholas sentit soudain venir une sorte de sommeil. Son corps avait tenu le choc et maintenant, plongé dans la douleur, il s'apaisait. Une sorte de lassitude courait dans...

— Tu crois avoir gagné, mais non ! haleta Saïgō.

Un mince filet de sang parut au coin de sa bouche. Sa langue se darda et le goûta, comme pour s'enrichir de son pouvoir.

— Je vois qu'il vaut mieux que j'en finisse... Mais ne veux-tu pas avancer d'un pas, cousin, pour m'éviter de crier ? Bien... (Ses yeux brûlaient d'une lumière glacée.)... Tu crois que Yukio est vivante quelque part, menant la vie d'une femme mariée, peut-être, et rêvant de temps en temps aux beaux jours passés avec toi. Mais, oh non ! il n'en est rien.

Il ébaucha un rire qui s'acheva en une toux déchirée. Il se racla la gorge et cracha aux pieds de Nicholas une salive rosâtre. Il fixa son cousin dans les yeux et lui dit :

— Elle est au fond des Détroits de Shimonoseki, cousin, juste à l'endroit où je l'ai noyée... Elle t'aimait, tu comprends. De chaque bouffée d'air qu'elle respirait, de chaque mot qui sortait de ses lèvres. Oh, je pouvais la droguer comme cette nuit-là, à Kumamoto. Et pour un temps, elle t'oubliait. Mais chaque fois, elle s'éveillait, et tout redevenait comme avant... A la fin, cela m'a fait perdre l'esprit. Elle était la seule femme, la seule... pour moi. Elle disparue... Seulement des hommes... Et d'autres hommes, encore et encore...

Ses yeux luisaient comme des braises. Auréolés de rouge ; un regard fou. Le filet de sang avait grossi, et s'écoulait comme de grosses gouttes tombant de la brosse d'un peintre distrait, assombrissant l'eau.

— Tu m'as obligé à la tuer, Nicholas, dit-il d'un ton soudain accusateur. Si elle ne t'avait pas aimé...

— Si la vie n'était pas ce qu'elle est..., répondit Nicholas d'une voix âpre.

Ses bras étaient déjà en mouvement et le *katana* parut devenir un croissant de lumière vivante — comme s'il eût été le vrai messager du Seigneur, tournoyant telle une entité vivante dans l'air moite.

La tête de Saïgō vola comme un arc-en-ciel, tournant sur elle-même en ce dernier voyage comme une planète miniature, suivie d'une oriflamme rouge comme la queue d'un cerf-volant ou d'une comète. Elle dépassa le rebord du bassin et rebondit sur le marbre blanc de l'escalier comme un ballon glissant des mains d'un enfant. Elle s'arrêta enfin au pied de la cascade, sur le neuvième degré avant le sommet.

— ... Mais la vie est ce qu'elle est, dit Nicholas, achevant sa phrase.

A ses pieds l'eau s'agitait, doucement bercée par une marée lointaine, frémissante. Elle caressait les jambes écartées de Nicholas.

★

Bien entendu, quand tout fut terminé, Croaker voulut savoir comment Saïgō avait procédé. Aussi demanda-t-il à Nicholas de descendre à la morgue avec lui pour l'examen de l'autre cadavre.

— On ne peut absolument rien constater sur ces restes, dit-il. Jamais on n'aurait rien su, parole d'homme.

Nicholas baissa les yeux sur le corps déchiqueté, écrasé. C'était un Japonais, de la même taille et du même poids que Saïgō. Une autopsie détaillée révélerait une différence de musculature, bien sûr : l'homme n'avait pas suivi le même entraînement que Saïgō. Mais on ne s'en serait aperçu que si l'on avait *cherché* une différence.

Il tendit la main et tourna la tête sur le côté. Il regarda le cou et toucha la peau du bout du doigt.

— Là, dit-il.

— Quoi ? demanda Croaker en examinant l'endroit. Il a le cou cassé. Et après ? C'est classique dans les cas de chute.

— Non, Lew. Regardez *comment* le cou a été brisé. J'ai déjà vu cela, il y a des années. Les os sont cisaillés comme si l'on avait utilisé un scalpel. Aucune chute ne peut faire ça. C'est du *koppo*, Lew. Une technique ninja.

— Nom de Dieu ! s'écria Croaker. Il a tué un homme uniquement pour nous blouser.

Nicholas acquiesça.

— Dans une image, il y a toujours une autre image — à l'infini...

★

Il écouta le silence. Il n'y avait que la porte de toile métallique entre lui et la fraîcheur du soir. Il écouta les vagues déferlantes soupirer en s'élevant, puis retomber sans fin, comme sa propre haleine.

Il pensait au Japon. Au colonel, à Cheong, à Saïgō. Et surtout à Yukio.

Tous étaient à leur juste place, à présent. La vengeance était accomplie. Tous les fils incroyablement mêlés se retrouvaient en écheveaux, exactement comme à l'origine — mourant comme ils étaient nés.

La rage qui l'avait envahi, quand Saïgō lui avait tout dit, semblait maintenant s'éteindre comme des braises de la veille. Il se rappela son rêve, et la femme sans visage perdit son masque blanc. Il commençait maintenant à comprendre vraiment toute l'étendue du sacrifice de Yukio. Elle aurait pu, à n'importe quel moment ou presque, fuir loin de Saïgō. Et où serait-elle allée ? A l'endroit où elle désirait être ; près de Nicholas. Et Fukashigi avait dit : *Tu n'étais pas encore prêt. Il t'aurait détruit...* Nicholas mesurait pleinement la vérité de ces paroles. En restant avec Saïgō, Yukio savait qu'elle tenait en laisse une bonne partie de sa colère latente : au moins c'était *lui* qui la possédait, et non Nicholas. Elle a donné sa vie pour moi. *Migawari ni tatsu.* Mais suffit.

Il sentit Justine s'avancer sans bruit derrière lui et il éprouva une immense paix, comme lorsqu'on arrive devant la petite maison de pierre gardée par des grands pins, au bord de la mer, la demeure que l'on connaît à fond depuis l'enfance. Un vent tiède soufflait dans son âme, et il ferma les yeux en sentant les bras de la jeune femme se glisser autour de lui, puis ses lèvres dessiner les contours de sa joue.

— Tu vas bien ?

— Oui. Oui.

Ils frissonnèrent ensemble, comme deux feuilles sur une même branche.

— La mer est tellement bleue, maintenant. Plus bleue que le ciel, dit Nicholas.

— Parce que le ciel se reflète en elle. Tu vois comme ils s'unissent ?

— C'est le peintre qui parle en toi, dit-il. Tu vois en couleurs.

Elle posa sa joue contre son épaule.

— Doc Deerforth me manque.

— A moi aussi.

Il regarda la mer.

— Ses filles vont arriver bientôt, ajouta-t-il.

— Saïgō était sûrement venu à Gin Lane à la recherche de père, dit-elle, mais pourquoi Doc ?

— Je ne sais pas, répondit Nicholas à mi-voix. Il a dû le rencontrer et avoir des soupçons.

Mais ses pensées étaient très loin.

Un peu plus tard, ils préparèrent leur repas et dînèrent dehors, sous le porche de Nicholas. Le vent s'engouffrait dans les cheveux de Justine et les entraînait d'un seul côté, comme la main d'une mère affectueuse. Leurs serviettes en papier tourbillonnèrent dans les dunes puis disparurent dans le ressac blanc et mauve.

Un couple marchait, main dans la main ; leurs pieds nus faisaient voler le sable, laissant de leur passage une trace semblable à celle de deux crabes. Un setter irlandais efflanqué, dont le soleil couchant parait la robe luisante de reflets écarlates, se précipita vers eux en aboyant joyeusement. Sa longue langue pendait hors de sa gueule, tandis qu'il dansait à la limite de la mer.

— Est-ce que tu veux rentrer, à présent ? lui demanda-t-elle en lui prenant la main. Au Japon ?...

Il la regarda en souriant, et il songea à l'offre de son père.

— Je ne crois pas.

Il s'enfonça dans sa chaise qui craqua un peu — bruit rassurant, semblable au claquement des cordages d'un bateau, dans le vent.

— Oh, un jour peut-être..., ajouta-t-il. Nous irons ensemble jeter un coup d'œil. En touristes...

— Comment pourrais-tu être un touriste là-bas ?

— J'essaierai.

Tout près de l'horizon, des bateaux se hâtaient de rentrer vers la côte, voiles hautes et gonflées. On eût dit qu'il y avait des régates, sauf que ce n'était pas l'heure habituelle. De la musique monta, quelque part sur la plage, puis s'interrompit brutalement, comme si une porte avait claqué.

Justine se mit à rire.

— Qu'y a-t-il ? demanda Nicholas.

Il avait déjà le sourire aux lèvres, comme lorsqu'on s'attend à une histoire drôle.

— Je me souvenais du moment où tu es venu me chercher à la discothèque. (Son visage devint brusquement sérieux.) Tu aurais dû tout me dire, murmura-t-elle. Tout.

— Je ne voyais aucune raison de t'effrayer.

— Je n'aurais eu peur que pour toi.

Il se leva et enfonça ses mains dans ses poches — une attitude très occidentale.

— Tout est fini, à présent, n'est-ce pas ? demanda-t-elle les yeux tournés vers lui.

Elle avait le visage relevé et les derniers rayons de lumière, réfléchis sur l'eau, coloraient doucement sa peau et la faisaient luire.

— Oui, dit-il en frottant le pansement de son bras. Tout est fini.

★

Il était sur le côté, à moitié perdu dans sa rêverie. Justine sortit de la salle de bain. Elle éteignit la lumière et, pour lui, ce fut comme si la lune avait sombré derrière l'horizon.

Il la sentit entrer sans bruit dans le lit, puis placer son oreiller dans une position plus confortable. La chaleur de son corps se rapprocha de lui : la ligne de son dos, la courbe de ses hanches, ses genoux. De l'électricité sembla passer de l'un à l'autre.

Il songea à Yukio, tandis que l'épuisement montait comme une vague, inondant ses membres et remontant vers son buste. Il savait maintenant que la peur qu'il ressentait était semblable à l'amour qu'il avait éprouvé pour elle. La sexualité purement élémentaire de la jeune fille était ce qui l'avait attiré en elle, ce qui l'avait continuellement stimulé lorsqu'il était avec elle. Mais il s'était refusé — de là sa peur — à reconnaître l'autre moitié de l'équation qui rétablissait l'équilibre ; à savoir qu'il y avait, en lui aussi, une sexualité élémentaire. Il avait aimé et redouté à la fois le fait que Yukio fût capable de révéler cela en lui.

Quelle tristesse d'avoir été contraint de vivre sur un mensonge pendant tant d'années ! Il avait cru que Yukio lui avait menti. Mais il savait à présent qu'elle l'avait aimé autant qu'il l'aimait lui-même, et cela lui suffisait. Elle s'en était allée, et depuis très longtemps — sauf dans ses rêves. Mais le souvenir lui appartenait, et il ferait pour elle ce qu'il avait fait pour ses parents : il allumerait l'encens et il dirait les prières aux anniversaires de leur naissance...

Justine bougea près de lui et il se mit sur le dos. Elle avait passé le bras droit sous sa tête, la main enfoncée jusqu'au poignet sous l'oreiller froissé. Il entendait sa respiration douce, régulière...

Dans la grande demeure pleine de rais de lumière vive, dorée, et d'ombres profondes tombant en oblique sur les parquets de bois nu, Nicholas rencontra So-Peng. Il ne semblait pas avoir vieilli depuis l'époque où le colonel et Cheong étaient venus lui rendre visite. Grand et mince, l'œil sombre et brillant, les mains longues et les ongles immenses qui cliquetaient doucement comme les mandibules de quelque créature mythique — il se tenait au centre de la pièce voûtée et il scrutait Nicholas.

— Tu m'as apporté un beau présent. Je te suis très reconnaissant.

Nicholas regarda autour de lui et ne vit rien. Uniquement So-Peng et lui. Il ne comprenait pas.

— Où suis-je ?

— Quelque part, répondit le vieillard, à l'orient de la lune, à l'orient du soleil.

— Je ne me souviens pas de la façon dont je suis venu ici, dit

516

Nicholas, envahi par une panique soudaine. Jamais je ne retrouverai...

So-Peng sourit, et ses ongles, de nouveau, cliquetèrent : le son clair des cigales à midi.

— Tu es venu ici une fois. Tu retrouveras ton chemin.

Puis Nicholas fut seul dans la grande demeure, en train de se regarder dans un long miroir.

★

La lumière de l'aurore, douce et pâle, le réveilla en frappant la fenêtre de la chambre — Justine était encore endormie. Il souleva les couvertures d'un geste léger, puis sortit du lit.

Il fit sa toilette et s'habilla sans bruit, puis passa dans la cuisine pour se faire une tasse de thé vert. Il fit tourner les petites feuilles écrasées jusqu'à ce qu'elles se dissolvent. Il y avait une fine écume au-dessus de la tasse, d'un vert aussi pâle qu'un brouillard de montagne, au Japon, en automne.

Il avala une gorgée, très lentement, savourant le goût amer qui ne ressemblait à nul autre au monde. Puis il se dirigea vers le séjour. Il alluma la lumière de l'aquarium et donna à manger à ses habitants.

Oui, une belle journée. Les nuages, très haut dans le ciel, avaient des contours bien précis, et leurs stries étaient aussi finement délimitées que celles d'un bloc de marbre. Ils se balançaient dans le vent. Il ouvrit la porte, ne laissant que l'écran métallique pour éviter les insectes. Une brise soufflait de la mer, riche et chargée d'humidité.

Justine rêvait d'un homme dont le visage semblait n'être qu'une bouche. Une cicatrice sans lèvres — comme l'horizon à l'instant précédant un orage violent, noir et menaçant, qui s'ouvre et se referme pour lancer au loin un éclair qui bifurque, blafard.

Et *cela* hurlait sur elle — sans répit — d'une voix réduite à un murmure. Chaque murmure était un coup de fouet qui nouait son cœur, laissant derrière lui un sillon, une blessure insidieuse.

Elle tenta d'enclencher son esprit, de penser avec cohérence, mais la bouche hurlante la rejetait dans la confusion : elle gisait à la dérive, comme une voiture au point mort.

Les mots que la bouche hurlait se déversaient sur elle comme une pluie battante. Son esprit était déchiré de douleur et elle n'avait plus qu'un seul désir : mettre ses mains contre ses oreilles pour étouffer la clameur horrible. Mais elle se prolongeait, prolongeait...

Le seul moyen de faire taire la bouche était d'exécuter ce qu'elle disait.

Et soudain, elle eut envie de s'éveiller. Oui ou non ? Elle n'aurait su le dire. Elle se mit à geindre et à pleurer. Dans son rêve ? Dans la réalité ? Oui, que voulait-elle faire ? S'éveiller ? Continuer de dormir ? Elle était terrifiée, et plus elle demeurait endormie, plus la peur s'intensifiait.

Elle se mit à lutter. Elle sentit de l'acier en travers des paumes de ses mains.

Puis ses yeux s'ouvrirent comme un éclair.

★

Quand Justine entra dans la pièce, Nicholas était à genoux, assis sur ses talons, le dos tout droit, face aux fenêtres : l'eau et l'aurore. Il avait les yeux clos, le thé vert fumait devant lui dans la tasse sans anse. Son esprit s'étirait, s'étirait en volutes dans le ciel clair, vers les nuages hauts.

Justine, les yeux grands ouverts et brûlants d'un feu glacé, se glissa sans bruit derrière l'aquarium bouillonnant. Son déshabillé jaune pâle tourbillonnait autour d'elle comme si elle avait été immergée dans de la brume ; il se soulevait légèrement du sol à chacun de ses pas ; il enveloppait son buste...

Elle lève les deux bras, et dégaine le *katana* suspendu au mur, juste au-dessous du *daï-katana* de Nicholas. C'était ce dernier qu'elle aurait sûrement pris s'il n'avait été hors de son atteinte...

Et voici qu'elle se retourne, transfigurée. Ses yeux ne sont plus les siens. La couleur en est différente, et les taches rouges ont été obscurcies par les pupilles dilatées. Son visage — elle le *sent* dans un mélange de terreur et d'allégresse — n'est plus féminin, bien que sa silhouette ne soit pas modifiée. Vibration d'un éclair noir ; vipère, fourmi, chose-homme. Son regard se brouille. Elle secoue la tête. Les couleurs semblent étranges. Les formes surgissent vers elle avec des proportions différentes. Tout a perdu les dimensions avec lesquelles elle voyait autrefois le monde. Il ne reste sous ses yeux qu'un endroit froid et plein de haine, sans joie, et aussi stérile que le grand désert de Gobi.

Ses poumons aspirent et rejettent l'air comme des soufflets maniés par quelque force maléfique qui la dépasse, et il lui semble qu'elle se pelotonne à l'intérieur d'elle-même, pleurant et frissonnant... Pourtant ses mains sont calmes et sûres : elle les place, l'une au-dessus de l'autre, autour de la garde revêtue de cuir du *katana*. Elle sent le poids et l'équilibre de l'arme. Elle reconnaît — sans savoir comment — la perfection de l'acier.

Et ses pieds nus se posent lentement l'un devant l'autre, selon un angle précis... Elle s'avance, de plus en plus près du dos musculeux, devant la fenêtre.

Une lumière froide l'inonde lorsqu'elle sort de l'ombre. Elle s'arrête un instant pour laisser à ses yeux le temps de s'adapter à l'éclat du jour.

Elle est si proche, à présent, que son souffle rauque devrait effleurer la peau de Nicholas. Ses bras se soulèvent au-dessus de sa tête, pour porter le coup mortel. Encore un instant et tout sera fini : une allumette craquée dans la nuit, le pincement de deux ongles l'un contre l'autre. La différence entre la vie et la mort.

La pointe du *katana* se met à frémir : l'énergie meurtrière s'accumule. On ne peut pas utiliser le *kiaï* dans cette situation — le grand cri qui libère tellement d'énergie. (Elle se demande : Comment puis-je savoir cela ?) Il faut attirer la puissance vers le haut à partir du bas-ventre — davantage, davantage... Les muscles sont si faibles !

Et c'est à cet instant, juste au moment où le *katana* ébauche sa noire plongée, que le nœud profond de sa personne — voyant enfin — commence à se défaire.

Non ! se crie-t-elle à elle-même. *Non non non !*

Mais la lame n'est déjà plus qu'un éclair fendant l'air, plus bas, plus bas, toujours plus bas. Elle sait — désespérée — qu'il est beaucoup trop tard.

★

Dans son envol, l'esprit de Nicholas semblait prendre les traits d'un vieillard. Pas n'importe lequel : un vieillard particulier.

Nicholas, libéré, était vieux mais ne semblait pas ressentir le poids des années. Au contraire, elles étaient suspendues sur une barre nue, insubstantielles, comme une série d'écharpes de soie, chacune d'une couleur différente, correspondant à ses souvenirs.

Dans le ciel de cette nouvelle journée, il dansait la danse de vie, enfant plein d'allégresse — mais qui avait connu bien des traverses, vécu bien des jours et des nuits. Il fit des épis de blé avec la substance des nuages, puis il en prit un dans chaque main et il les enroula autour de sa tête comme des rubans de papier crépon.

Au-dessous de lui, le continent asiatique s'étendait comme un tigre énorme en train de bâiller dans le petit matin, en commençant à s'étirer. Mais c'était l'Asie d'un autre temps, avant l'avènement de l'industrie lourde, avant la révolution de la Chine et la dévastation du Vietnam et du Cambodge. L'air était comme de l'encens.

Nicholas prit conscience de Justine et du *katana* au même instant. S'il ne s'était pas trouvé entraîné aussi loin par la pensée, l'*harageï* aurait décelé son approche beaucoup plus tôt. Mais il était détendu et, un moment, sa conscience s'était évadée.

Mais, en ce dernier instant, il avait perçu l'éclair du tonnerre noir. Il se retourna à la seconde où le *katana* plongeait sur lui. Toute pensée cérébrale était exclue. S'il avait pris le temps de réfléchir, même le plus bref des instants, il serait mort.

Il y a plusieurs méthodes pour vaincre sans épée. Celle qu'il connaissait le mieux était de « laisser aller la garde », et ce fut celle qu'il utilisa. D'un geste instinctif il souleva les bras, croisés juste au-dessous des poignets, de façon à passer *à l'intérieur* de l'arc tracé par la lame. Il écarta les avant-bras de Justine vers l'extérieur et vers le haut.

Il se releva et elle l'attaqua aussitôt, d'un coup de taille horizontal de gauche à droite. Il comprit aussitôt ce qui s'était passé...

Avec un cri fracassant, il lança sa jambe gauche en avant, genou plié, et croisa son bras droit par-dessus son bras gauche pour frapper du plat de la main sur les poignets de Justine.

Il frappa le sol du pied pour la faire sursauter et il se fendit vers le *katana*. Au milieu de son geste, il prit conscience que le coup qu'il allait porter briserait les os des poignets de la jeune fille. Au lieu de cela, il les saisit, les fit pivoter vers l'arrière, le droit par-dessus le gauche, jusqu'à ce qu'elle crie de douleur et que la lame tombe sur le sol.

Elle releva le genou et le frappa au creux de l'estomac. D'un geste réflexe, il se pencha en avant, et elle lança ses deux poings serrés au milieu de son dos.

Ses poumons se vidèrent, mais dans sa chute il parvint, d'un coup d'avant-bras, à lui faire perdre l'équilibre. Elle tomba lourdement au-dessus de lui et se remit à frapper aussitôt.

Nicholas tendit le bras à travers la pluie des coups et toucha le côté du cou de Justine. Quelque chose hurla. Cela venait de la bouche grande ouverte de la jeune femme ; cela utilisait ses cordes vocales, mais jamais elle n'aurait pu, d'elle-même, émettre un son pareil. Ses yeux noirs étranges basculèrent dans leurs orbites jusqu'à ce qu'on n'en voie plus que le blanc, puis les paupières se refermèrent et elle sombra dans l'inconscience, écroulée sur lui, ses longs cheveux recouvrant à demi l'acier scintillant du *katana* abandonné.

★

C'était le deuxième coup qui lui avait révélé la vérité. De gauche à droite. Justine était droitière, elle aurait dû porter son coup de droite à gauche. Ce n'était donc pas Justine qui tenait la lame. Et d'ailleurs, elle n'aurait pas été capable de tirer l'épée aussi bien.

520

Le saïminjutsu — l'art de l'hypnose ninja — avait fait partie de ses études, des années plus tôt.

Nicholas passa plus de quatre heures à exorciser Justine — défaire était beaucoup plus difficile que faire. Il mit à profit tout ce qu'on lui avait enseigné, pour chasser le démon implanté en elle.

De la sueur dégouttait de leur peau comme de la pluie, et se mêlait sur le parquet... Enfin le corps de la jeune femme frissonna dans ses bras et elle poussa un cri d'effroi.

Quelques instants plus tard, elle était profondément endormie. Il ne la quitta pas pour autant. Il continua de la tenir sur ses genoux, blottie dans ses bras protecteurs. Il ne la laissa seule, au cours de cette longue journée brûlante, que le temps de se soulager et d'aller tremper dans l'eau fraîche la serviette qu'il avait posée sur le front de la jeune femme.

Presque tout le temps, il garda les yeux fixés sur son visage. Ses traits étaient différents, maintenant. Une fois, le bouillonnement doux de l'aquarium vint troubler ses pensées et il leva les yeux pendant un instant vers les habitants des profondeurs en train de jouer entre les hautes colonnes de végétation et les arêtes vives des rochers colorés. Ils le contemplaient, impassibles, depuis l'autre côté du verre, depuis un monde entièrement différent.

★

Le troisième jour, Justine était complètement rétablie. Jusque-là, elle avait passé le plus clair de son temps à dormir, comme quand on chasse une fièvre maligne.

Nicholas lui donnait à manger et faisait sa toilette. Il passait de longues heures sous le porche, les yeux fixés sur la mer, au-delà des baigneurs et des amateurs de soleil, comme s'ils n'avaient pas existé ; mais jamais il n'alla sur la plage ni ne s'approcha de l'eau. Il ne voulait pas s'éloigner d'elle.

Et ce jour-là, à l'aurore, les yeux de Justine étaient parfaitement clairs quand elle les ouvrit ; les petites taches écarlates dans l'iris gauche semblaient aussi brillantes que des feux sur une plaine. Il la prit dans ses bras.

Il prépara le petit déjeuner. Elle alla chercher le journal. Puis il lui raconta ce qui s'était passé. Il lui raconta tout, parce qu'il fallait qu'elle sache tout pour comprendre qu'elle avait eu la volonté et le courage de traverser l'épreuve. Non, jamais il n'aurait réussi à la sauver sans son aide. Elle avait combattu le *Kōbudera* dès l'origine.

— Je suis forte à présent, dit-elle en riant. Aussi forte que toi.

— En un sens, oui… répondit-il, plus sérieux qu'elle.

— Tant de pouvoir ! J'ai du mal à m'y habituer, dit-elle, frissonnante.

Elle lut le journal pendant qu'il rangeait, et le bruit de la vaisselle dans l'évier monta, comme une onde tiède et rassurante.

— Allons sur la plage, dit-elle.

— Il est temps. L'été s'achève. Profitons de nos dernières journées ici. De toute façon, ajouta-t-il en s'essuyant les mains, je veux te présenter deux ou trois personnes en ville.

— Nick…

Elle leva les yeux du journal. Il se dirigea vers l'endroit où elle se trouvait.

— Pourquoi ce regard ? dit-il en l'embrassant.

Elle lui tendit le journal plié. Il le prit et ses yeux quittèrent le visage inquiet de Justine.

— Il faut que je téléphone à Gelda, dit-elle comme de très loin.

Un policier trouve la mort dans un accident, lut-il. L'entrefilet était daté de Key West, Floride. « Le lieutenant de police Lewis J. Croaker a été trouvé mort, hier dans la nuit, dans une voiture de location, nous a déclaré un porte-parole des services de police du comté de Monroe. La voiture semble avoir quitté l'autoroute à une vitesse élevée, et a basculé d'un remblai, à une dizaine de kilomètres à l'est de Key West, puis elle a pris feu. Les fortes pluies et les vents violents qui accablent la région depuis trente-six heures ont peut-être contribué à l'accident.

« Le lieutenant Croaker, âgé de quarante-trois ans, était apparemment à Key West en vacances. Le capitaine de police Michael C. Finnigan, supérieur immédiat de Croaker, nous a déclaré… »

Mais Nicholas ne lisait déjà plus. Il sentait quelque chose marteler sa poitrine. Un son creux qui se prolongeait en échos comme s'il se trouvait dans un sanctuaire désert. Sa vision se troubla et il ne s'aperçut pas que le journal lui glissait des mains.

— Nicholas…

Justine était debout près de lui, bras croisés, les doigts crispés, impuissants, sur ses coudes. L'émotion mettait encore son corps aux abois.

— Je n'arrive pas à le croire, dit-elle.

Mais Nicholas le croyait, dans la perspective typiquement asiatique de l'acceptation des événements au fur et à mesure qu'ils se produisent. Le karma, se dit-il avec rage. La mort de Croaker était un coup de poignard dans ses entrailles, une douleur lancinante qui refusait de se dissiper.

Puis il se souvint de la raison pour laquelle Croaker était allé à Key West. Il relut l'article, de la première ligne à la dernière,

522

cette fois. En vacances, vraiment ! Comme si le *kami* de Croaker avait plané, tout près, à sa droite, il entendit de nouveau : *C'est un assassin, Nick. Si j'avais encore eu un doute sur la complicité de Tomkin dans l'affaire Angela Didion, il se serait fait la paire avec cet ordre de classer officiellement l'enquête. C'est un requin, vieux. Voyez les choses en face.* Le vent chaud du cimetière, à l'ombre des ormes, glissa sur sa peau tandis qu'il revoyait les événements du passé sous un jour tout nouveau, effrayant. Les confrontations entre Tomkin et Croaker avaient été délibérées : Croaker avait voulu piquer Tomkin, peut-être pour l'inciter à prendre une décision précipitée, comme par exemple réduire Croaker au silence. Et c'est ce qui s'était passé — la crainte sourde de la potence. Et Frank, le principal garde du corps de Tomkin, était parti depuis plusieurs jours, Dieu sait où.

Il faut que je l'épingle. C'est une question d'honneur. Chaque mot, comme un fer retourné dans la plaie... *Si je ne le fais pas, personne n'en sera capable.*

Nicholas se leva et se dirigea vers le téléphone. L'esprit soudain très clair, il composa un numéro. Tout son corps lui faisait mal comme s'il venait d'être roué de coups. Il n'était pas juste que pareille chose se produise : leur amitié avait le goût particulier de ce que l'on prend le temps de savourer. Pourquoi un voleur la leur avait-il arrachée dans la pénombre ? Il eut l'impression très vive qu'ils avaient été trahis tous les deux...

Ceci était, il le savait, un mode de pensée occidental. Il le mit de côté, à l'écart, ainsi qu'on le lui avait enseigné — exactement comme on range sur une étagère élevée, à l'abri des hasards, un objet auquel on tient beaucoup. Pendant un très bref instant, il revit leur image : tous les quatre sur une longue dune, trempés d'embruns salés, rieurs et insouciants, le soleil dans les yeux. Puis il chassa cette vision, il la laissa disparaître comme le dernier rayon du soleil sombrant derrière l'horizon assombri. Mais cela changeait-il quelque chose ? Pas du tout, comme il l'avait déjà constaté. L'amour et l'amitié sont inextricablement mêlés, au Japon ; et il était, malgré tout le temps passé en Occident, malgré les vêtements et les nouvelles couches de vernis plaquées sur lui, un Oriental, maintenant et à jamais. Il comprit cela avec une conviction brutale et douloureuse, qui l'effraya et l'apaisa à la fois. Il avait acquis le sens de l'espace, à présent, aussi bien que le sens du temps.

Le sacrifice et la vengeance — ces pierres angulaires de l'histoire du Japon — faisaient également partie de lui. Tel avait été le sens du dernier message qu'Itami lui avait adressé, bien que, sur le moment, il ne l'eût pas pleinement compris.

La mort de Croaker ne rendait les choses que trop claires.

Une maxime attribuée à Ieyasu Tokugawa traversa sa tête, tel un oiseau de proie, et se mit à tournoyer dans le ciel de son esprit. Il savait ce qu'il ferait.

— Qu'y a-t-il ? lui demanda Justine, d'une voix aussi tendue que si elle était encore sous le choc.

Nicholas posa les doigts sur ses lèvres et dit au téléphone :

— Il est là ? Nicholas Linnear...

Il attendit un instant. Justine s'avança dans son dos et l'enlaça de ses bras.

Ce fut Frank qui répondit. Donc il était rentré. Le salopard ! Mais ce fut d'une voix mesurée que Nicholas parla.

— Passé de bonnes vacances ? Oui ? Dommage que vous ayez manqué tout le cirque.

Il sentit la pression des seins de Justine contre son dos. Passant un bras derrière lui, il lui prit la taille.

— Mais oui, la prochaine fois qu'on se verra, je vous raconterai tout.

Il songea : ce sera peut-être beaucoup plus tôt que tu ne penses... Frank lui demanda de ne pas quitter.

Nicholas ferma les yeux un instant et vit la mer à l'heure de la journée où le soleil vient de quitter le ciel pour faire d'elle le plus brillant des bas-reliefs. Entre chien et loup, l'eau scintille comme un tapis de lumière.

— Bonjour, dit-il. J'ai réfléchi à votre proposition. Oui. Oui, je sais ce que j'ai dit sur le moment.

Il ouvrit les yeux brusquement et Justine, si proche, sentit la tension monter dans tout son corps. Elle s'étonna du divorce total entre les paroles et les sentiments du jeune homme.

— Mais la situation a... euh... changé un peu. Je suis revenu sur ma décision. Oui. J'ai pensé que peut-être, vous...

Oh, Ieyasu ! Comme je prouverai que tu as raison !

— Mais... Je suis à votre disposition. (Les phalanges de Nicholas, crispées sur l'appareil, étaient blanches.) Oui. Je viens de le lire dans le journal. Bien sûr. Un ami. J'avais eu le temps de le connaître un peu.

Justine, devinant la colère qui montait en lui, se serra davantage, comme si sa présence féminine pouvait l'apaiser en quelque manière.

Nicholas, sentant la chaleur de la jeune femme s'infiltrer en lui, comprit que, très vite — sûrement avant leur départ pour la plage —, il aurait envie de faire l'amour avec elle, oui, besoin de donner, tant il souffrait pour son ami, et peut-être à cause de cette souffrance même. Il revenait à la vie à présent ; et elle aussi.

— Dans une semaine ? dit-il. Non. Je ne crois pas qu'il y ait de problème. Il vous suffira de me préciser tous les détails. Mais, de toute façon, nous pouvons étudier tout cela ensemble dans l'avion, n'est-ce pas ? Oui. Oui. (Il écouta encore un instant, l'esprit absent.) Je viendrai donc vous voir. Bientôt. Très bientôt.

Il ne faisait plus qu'un avec Ieyasu et avec ses paroles. *Pour bien connaître ton ennemi, tu dois d'abord devenir son ami.* Il absorbait maintenant tant qu'il pouvait la chaleur du corps de Justine. Parce qu'il était glacé. Glacé par la certitude que Tomkin avait envoyé Frank guetter la femme de Key West. Et Croaker avait été tué à Key West. *Assassiné.* Le mot résonna dans son esprit comme un glas pesant. Si ce n'est pas toi..., songea-t-il à l'adresse du téléphone à l'instant où il raccrocha.

Et quand tu seras devenu son ami, toutes ses défenses s'abaisseront. Alors tu pourras choisir la méthode convenant le mieux à son élimination.

NOTE

Il y a, dans la philosophie des arts martiaux japonais — qui incorpore de nombreux éléments des religions bouddhiste et shintoïste —, cinq points cardinaux : Terre, Eau, Vent, Feu et Vide.

Le *Go rin no sho* de Miyamoto Musashi existe toujours. Son titre signifie *Un livre de cinq anneaux* *.

Le ninja est également un livre de cinq anneaux.

---

* Le *Go rin no sho* de Miyamoto Musashi a été publié en langue anglaise sous le titre *A Book of Five Rings*, traduction par Victor Harris ; éd. The Overlook Press, Woodstock (New York).

Cet ouvrage a été composé par Facompo
et imprimé par S.E.P.C. à Saint-Amand-Montrond - Cher
pour le compte des éditions Acropole

Achevé d'imprimer le 14 avril 1981

Dépôt légal : 2ᵉ trimestre 1981,
Nᵒ d'Édition : 362. Nᵒ d'Impression : 516.
Imprimé en France